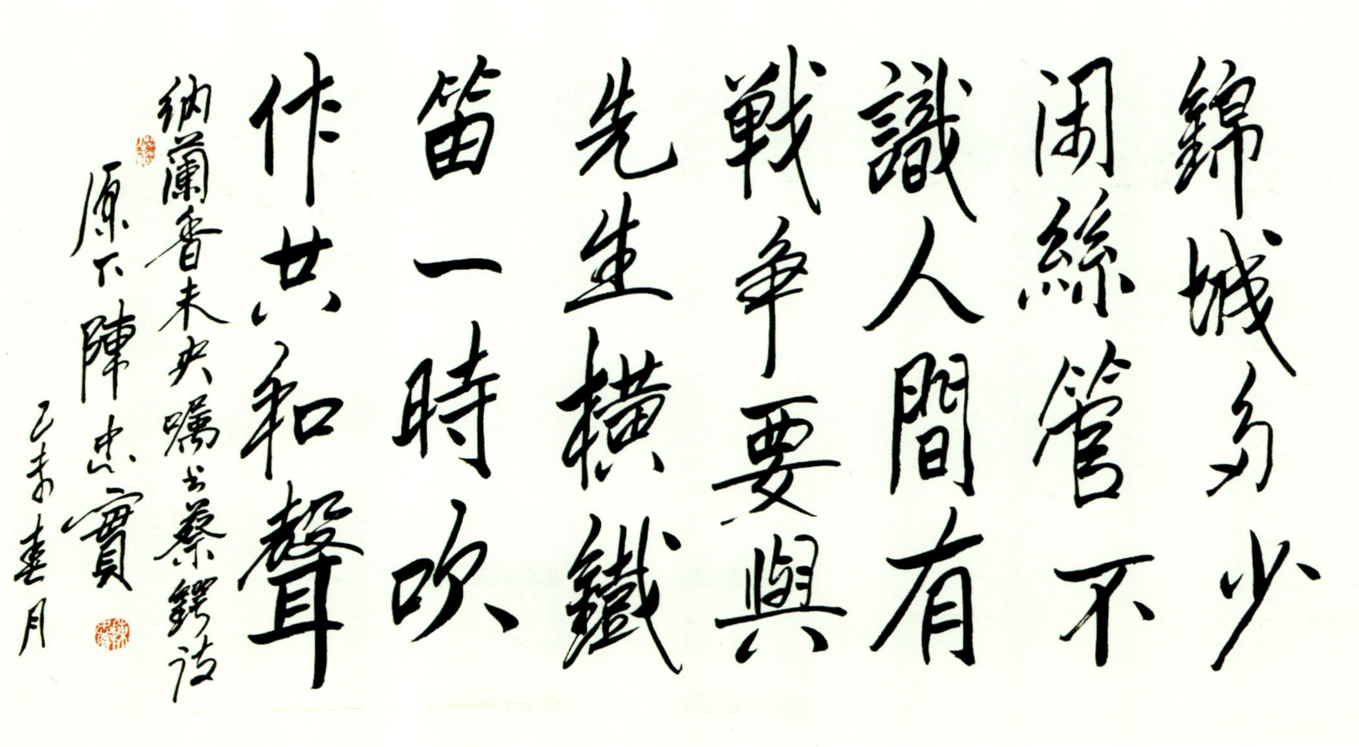

著名作家陈忠实先生题字

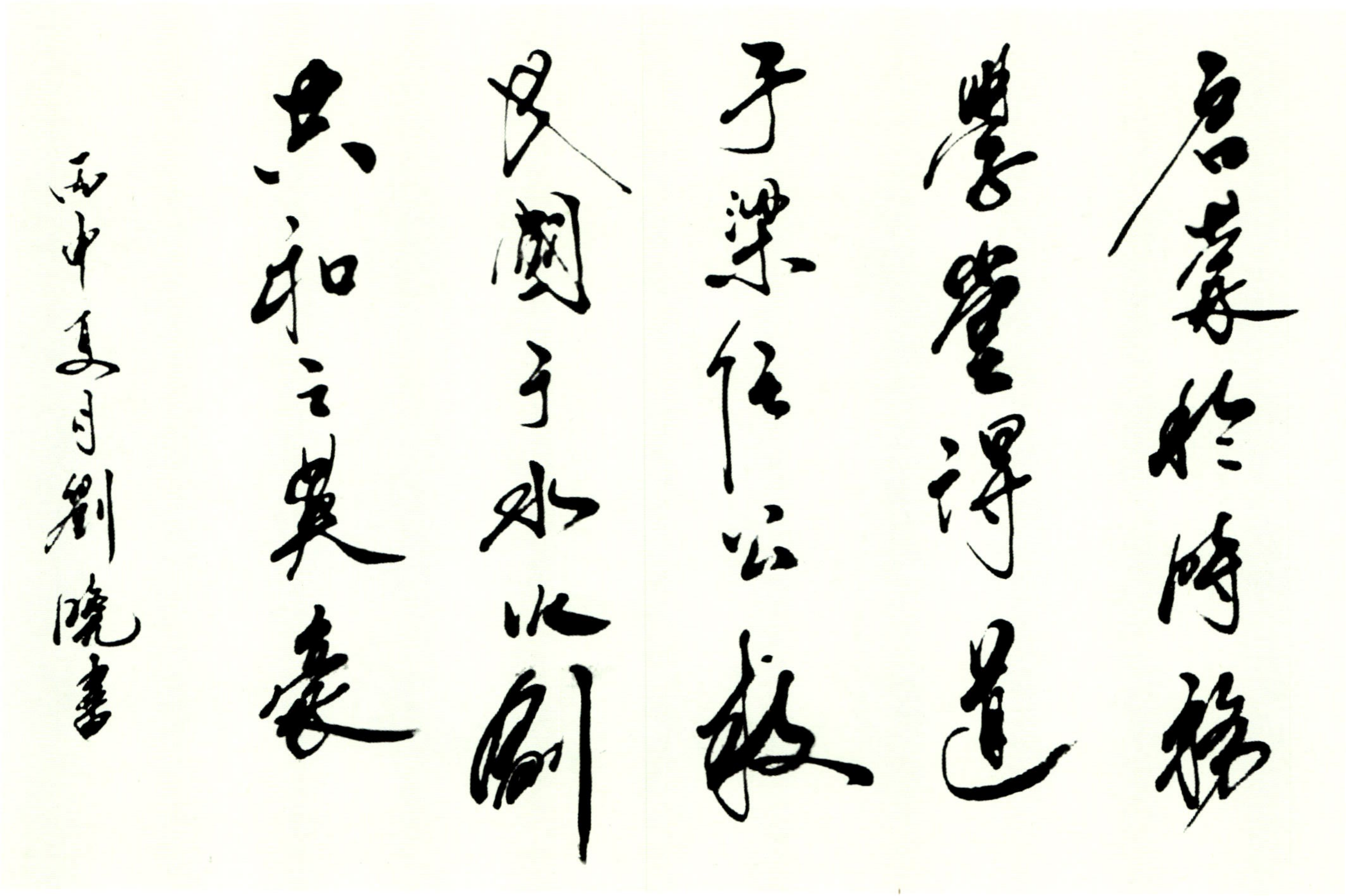

湖南省政协副主席刘晓题字

儒將傳奇

蔡順慈題

护国军神之蔡锷将军

上

纳兰香未央 著

纪念蔡锷将军逝世 100 周年

九州出版社 JIUZHOUPRESS | 全国百佳图书出版单位

图书在版编目（CIP）数据

儒将传奇 ：护国军神之蔡锷将军 ：全二册 / 纳兰香未央著. -- 北京 ：九州出版社，2016.5
ISBN 978-7-5108-4424-9

Ⅰ. ①儒… Ⅱ. ①纳… Ⅲ. ①长篇历史小说－中国－当代 Ⅳ. ①I247.5

中国版本图书馆CIP数据核字(2016)第119528号

儒将传奇：护国军神之蔡锷将军（全二册）

作　　者	纳兰香未央　著
出版发行	九州出版社
地　　址	北京市西城区阜外大街甲 35 号（100037）
发行电话	(010)68992190/3/5/6
网　　址	www.jiuzhoupress.com
电子信箱	jiuzhou@jiuzhoupress.com
印　　刷	三河市九洲财鑫印刷有限公司
开　　本	787 毫米 ×1092 毫米　16 开
印　　张	40.5
字　　数	600 千字
版　　次	2016 年 8 月第 1 版
印　　次	2016 年 8 月第 1 次印刷
书　　号	ISBN 978-7-5108-4424-9
定　　价	78.00 元（全二册）

推荐语

启蒙于时务学堂，得道于梁任公。救民国于水火，创共和之英雄。

——刘晓 湖南省政协副主席

多年心血凝成数十万字文学佳作，纳兰历述一代名将戎马铁血人生；三十四载春华秋实铸就传奇一生，蔡锷将军功勋彪炳史册流芳至今。他保持了中国传统士子赤诚的爱国之心，继承了民主救亡浪潮的激昂奋发，摒弃了百无一用是书生的孱弱形象。“为四万万人争人格，非拼着命去干这一回不可！”蔡公的壮志豪情，在今天读来依旧振聋发聩，振奋人心。我们这个民族从来不缺英雄，唯缺发现英雄的慧眼，书写英雄的诚心！

——著名导演赵宝刚（代表作《像雾像雨又像风》《奋斗》）

百年前，少年将军呕心铸就强军卫土家国梦；

百年后，巾帼纳兰妙笔书写万众心中英雄情。

——著名导演康洪雷（代表作《激情燃烧的岁月》《士兵突击》）

纳兰作品中的人物，往往比现实中的人物更具真实感；纳兰描绘的历史，像现实，而且会比现实时空更具现实感。纳兰笔下的蔡锷，我分不清是历史上的那个蔡锷，还是属于纳兰的蔡锷，抑或是我“读”出来的一个可以听得到呼吸的、看得见眼神的蔡锷。或许，都不是，纳兰塑造的蔡锷已经不属于历史，更不属于纳兰，而是属于一个完全鲜活的他自己吧。

——著名导演龚朝晖（代表作《异镇》）

“惟诚可以破天下之伪，惟实可以破天下之虚。”三十四个春秋，他不仅将信念烙印在心中，更镌刻在翠竹夹岸的峭壁之上。他把人生价值与国家兴亡紧密相连，金戈铁马，戎装一生。为四万万同胞争人格的护国将军，他的护国信念应永世传颂。蔡锷这个闪亮耀眼的名字，将随着《儒将传奇》的问世再次回到亿万国人的视线中。

——著名编剧张勇（代表作《伪装者》）

在纳兰香未央的匠心描绘下，《儒将传奇》生动地呈现了蔡锷将军忠心护国、再造共和的光辉历史。原来蔡锷不仅是一名信仰坚定、文韬武略、血气方刚的中国军人，更是一位情感细腻的好儿子、好丈夫、好父亲。愿爱国主义精神通过本书得以更大的宣扬。

——申超平 湖南省洞口县蔡锷公馆管理委员会主任

本书以蔡锷将军短暂而辉煌的人生经历为主体，抒写他的“家国情怀，铁血柔肠”，突显蔡将军的远见卓识、英勇无畏及坚强意志。依据史料，一改习见，真实呈现蔡锷将军的情感生活。全书既以史料为本，又发挥文学的想象力，深层透视人物心理，是近年来出版的蔡锷将军传记作品中难得的佳作。

——宋家宏，云南大学文学院教授，云南省文艺评论协会副主席

任何民族都有自己的英雄，任何英雄都脱离不了其生活的大时代。《儒将传奇》让我们看到一个乱世飘零、山河不整背景下的风华绝代的英雄形象，这位被他的国人誉为“护国军神”，被其他民族称作“中国的华盛顿”的中国青年将军，难道不值得我们大书特书，尤其是运用影视手段充分表现出来吗？

——美国 Transworld 环球影视集团总裁 Stanley Ma

“是真革命之先觉，乃敢特立而独行！”蔡锷将军本身就是一个传奇！纳兰用纤纤女性细腻雅静的触觉，用不逊须眉般激荡风雷的矫健笔法，为我们描摹出一幅少年将军铁马冰河捍卫共和的壮美画卷，也悄悄点燃了沉睡在每个炎黄子孙心底的英雄梦想！

——美国洛杉矶媒体栏目影视制作策划人

GFG(Hollywood) 中国影视项目专员 刘双

作为一个具有严重怀疑色彩的、自认为较为理智的人，我一向不太喜欢被神话的忠臣良将形象，也很少膜拜所谓的“个人偶像”。但是读过《儒将传奇》，却被主人公——蔡锷将军所吸引，他的特立独行的人格魅力，睿智理智的独特思考判断能力，以及在各个历史关口抉择道路的特殊方式都让我感服，我觉得我看到了一位超越了他的时代，并能将他的思想流传后世，给后人以启迪以教诲的共和伟人形象。我希望能有更多的年轻人读到这本书，去感受这份神奇的经历，去认识一位中国近代史上真实的英雄人物。

——演员谭凯（代表作《何以笙箫默》）

百年前，有个青年为了给四万万同胞争人格，艰难困苦，玉汝于成。他叫蔡锷。百年后，作家纳兰以一本《儒将传奇》将这位把生命放在了征途上的人物带到我的面前，让我感受到他澎湃的激情，并如同身临其境一般跟随着他经历着那些不平凡的日日夜夜。一直相信，能以任何一种艺术的形式感染、并打动人心的创作者们，都是精灵，他（她）们悄悄地潜入到别人的思想里工作，让人不自觉地为之悸动，并久久不能忘怀。在我心里，纳兰，是个精灵。

——演员王挺（代表作《三八线》）

将一个虚构的名字用生花妙笔塑造成英雄并不难，难在将一个真实的英雄还原成历史背景下有血有肉的鲜活可信的人物。《儒将传奇》以平凡写实的手法书写英雄传奇，白描出英雄人物的壮美辽阔一生，给人以全新的感受和心灵的震撼，同时悄然点燃今世亿万人心底深埋的英雄情愫。

——著名演员朱亚文（代表作《红高粱》《北上广不相信眼泪》）

“军人模范、国民模范，自由精神、共和精神。”这是蔡锷去世后，他的对手袁世凯的儿子送的挽联。蔡锷与袁世凯的较量，是两个立场不同、修为不同、思想境界不同的强势男人之间斗智斗勇的精彩故事，值得玩味，也值得深思。《儒将传奇》中有关这段历史史实的描写细腻传神，张弛有度，让人读后感觉过瘾且拍案叫绝。

——著名演员张晞临（代表作《黎明之前》）

一个时代的精彩缩写

冯积岐 / 文

《护国军神之蔡锷将军》是陕西青年女作家纳兰香未央继《若爱重生》三部曲等作品之后，推出的又一部既好看又有深度、既精致细微又大气磅礴的力作。作者饱蘸激情，绵针细织，开阔纵横，俯仰由己，将翔实的历史史实和富有想象力的虚构相糅合，将纪实性的春秋笔法和小说家的曲径通幽相结合，将一个历史人物用一支笔活生生地呈现给了读者。

可以说，《护国军神之蔡锷将军》是纳兰香未央对自己的挑战，对读者的挑战，对历史本身的挑战。她给自己出了一个难题。因为，她笔下的主人公蔡锷，是一个彪炳史册、被主流或野史都盖棺论定了的人物，是一个将自己和晚清、以及晚清之后的民国联结在一起的人物，是一个和这个民族、这个国家的军事史、政治史、文化史分割不开的人物，是一个几代文化人乃至老百姓都熟知的人物，是一个被几代作家书写过渲染过和印刷品和荧屏有牵挂的人物。要给这样一个人物写传奇，而且要写出个性、看点、热点是很不容易的。

由此，我要说，纳兰香未央是一个很有智慧很有才华的作家，她抓住了书写蔡锷的空间，这个空间就是蔡锷的情感世界、精神世界、心灵世界。人的情感世界、精神世界、心灵世界像海洋一样博大、深奥，挖掘不尽，书写不尽，尤其是像蔡锷这样的风云人物，他的情感世界、精神世界、心灵世界既是丰富、饱满、纯洁的，又是矛盾、痛苦、复杂的。由于抓住了书写空间，找对了书写空间，纳兰香未央才把人物写活了，写出了和其他作者笔下不一样的蔡锷。

《护国军神之蔡锷将军》把蔡锷放在了中华民族、乃至世界历史的大格局中去写，作者不只是写出了蔡锷的政治远见、军事才能、机智英勇；不只是写出了蔡锷对共和的坚定，对讨袁的果断；不只是写出了人人皆知的诸多历史事件。通过蔡锷这个传奇人物短短的人生历程的记录，读者通过作者的目光看到了晚清和民国初年的政治、军事、文化、世态、人情以及各色人等的心理、做派、形象；看到了民国初年那种理性缺失、阴谋充斥、关系蛛网般的纠结，看到了人心不古、纲纪坍塌的混乱景象；看到了晚清之后并非只是民国，晚清的筋骨连结民国的血液。正如谭嗣同所说："二千年来之政，秦政也，皆大盗也。"蔡锷所极力维护的共和是什么样子呢？虽然，蔡锷讨袁功不可没，他是袁世凯的掘墓人，可是，共和之后依旧是你唱罢我登台，以至于你还没唱罢，我就登台了，亿万百姓依旧在战乱之中。这是对共和怀有理想的蔡锷不愿看到、但又不得不承认的史实。

在蔡锷过世后的百年历史中，人们谈论最多的，文人墨客津津乐道的就是蔡锷和小凤仙的故事。《护国军神之蔡锷将军》同样不可能回避。作者看似平静地写出了蔡锷和小凤仙的感情纠葛，凸现了蔡锷既激情饱满，又理性十足的人格魅力。作者有意识地让蔡锷的夫人潘蕙英占领了蔡锷的感情高地，让蔡锷的精神世界多了一层道德光环。无论怎么说，情感就是情感；情感的美好就在于其纯粹性。如果给人物的情感中过多地添加了社会性，给情感过多地添加了情感以外的功利性，这样的情感就值得怀疑了。我想，当蔡锷步入情感这潭水中的时候，他的情感世界是很清澈的。他和小凤仙之间、和夫人之间的情感都应该是纯粹的，后世人给他强加的非情感因子和故事都是一厢情愿的做法。

《护国军神之蔡锷将军》记录了一个丰满的传奇人物，也记录了一个风云变幻的时代，这是纳兰香未央具有高度概括的现实主义的功力所在。

冯积岐：男，1953年生于陕西省岐山县。毕业于西北大学中文系。陕西省作家协会副主席，中国作家协会会员。代表作有《村子》《沉默的季节》《重生》等，是继陈忠实、贾平凹之后陕派作家重要领军人物之一。

护国军神百年祭，幸有纳兰谱新篇

袁泉／文

蔡锷将军是我的曾外公，这是我六岁时第一次知道的。那时坐在小椅子里，盯着家里的十四英寸彩电看电影《知音》，虽然不甚了了，但家人告诉我电影里的男主角是外公的爸爸，就觉得很好玩。一个三尺小童还不懂得荣耀，只是觉得好玩。十几年后，我捧起曾外公的资料，才开始试着走近他，走进一百年前他的世界。

一百年前的1916年，曾外公病逝于日本福冈。停灵期间，日本朝野名流纷纷南下致祭，凭吊这位三十四岁的中国将军。日本人还把蔡将军编写的《曾胡治兵语录》列为世界十大兵书之一。明治维新后，特别是甲午战争之后，日本人对中国人越来越歧视；但是对于真正的强者，他们还是由衷佩服的，不管他是哪国人。蔡将军长逝的噩耗传回国内，更是举国痛悼：全国各省为他召开公祭大会，南北各地为他建起祠堂，国民政府史无前例地为他举行国葬重典。人们将他誉为“护国军神”。

当我渐渐了解了这位先人，我发现他的确很“神”。

曾外公的第一个“神”，是他的文武双全。清末民初那个时代，很多将领都和蔡将军一样是秀才出身，但很少有人像他那样有幸拜一代文化巨匠梁启超为师，并成为其入室弟子。蔡公不仅个头不高、身体瘦弱、容貌清秀，而且读书勤奋、思维清晰、思想犀利，从里到外就是一个标准的书生，且被梁启超认作是做学问的好材料。他明明有条件在治学的路上走很远，却偏要从军，用武力来救国和卫国。他向老师梁启超发誓：日后若不成为一个有名的军人，不算先生门生！他也的确做到了。他不仅仅是一个有名的军人，更为职业军人树立了一个标杆：为了保卫自己的国家，不管面临多大的危险，不管与敌人的力量对比有多么悬殊，都要抛下名利、不计生死、义无反顾、勇往直前。

1915 年，当权势熏天的袁世凯欲复辟帝制时，当手握兵符的各省领兵大员或依附或观望时，蔡将军——这个两年前倡导军人不干政并率先垂范、手中已无一兵一卒的前云南都督——不顾自己的病体，抛下了娇妻稚子和京城的优渥生活，把拯救年轻共和国的重担挑在肩上。他有上百种主客观理由可以不这样做，但为了唯一一个理由，他赴汤蹈火、义不容辞，那就是军人的天职——保卫国家、捍卫国体。

从考入军校到病逝，曾外公从戎仅十五载，已官至上将衔陆军中将；死后被誉为“近代军魂”，“武”的一面已经足够出色。而“文”的一面，也始终保持着书生本色。在日本学习时，曾外公在学习军事知识、刻苦训练之余，就大量研读西方先进思想，尤其重视法治思想，然后翻译介绍给国人。他编译的《国际公法志》1902 年在上海印行，是我国关于国际公法的早期译著之一。出任云南都督后，他对内践行依法治省，对外强调依法治国。

他向往民主共和，但又有别于当时多数革命者，他不爱把革命挂在嘴上。在蔡将军看来，革命只是一时之手段；对一个国家来说，统一、团结、法治、秩序、建设，才是稳定而长久发展的基石。他对迷信革命、盲目革命始终保持着警惕和戒备。蔡将军领导云南新军发动重九起义时，有人押来两个满族军官欲杀之祭旗，被他制止；他还叮嘱进攻总督府的朱德，要尽力保证云贵总督李经羲及其家小的安全，起义胜利后把他们礼送出境。蔡公说：革命是为了推翻腐败恶劣的清朝政权，而不宜戕害个人；无论是汉族满族，还是革命派守旧派，大家都是同胞手足。护国起义迫使袁世凯取消帝制恢复民国后，很多人夸赞蔡公功高盖世，他自己却非常痛心和惭愧。蔡公看到的不是功绩和荣誉，而是在一场内耗中死难的官兵和百姓。他眼里没有护国军北洋军之分，都是国家的军人，都是中国的青年。这种珍惜生命的人道主义情怀，恰恰是一般武将所稀缺的。

蔡公在“武”之一面的成就，其实是他文化修养的体现。作为军人，他之所以善于理政、勇于赴义，而且心怀悲悯、极为克制地使用武力，正是出于一个知识分子对国家、民族深刻的认识和深切的爱，以及“吾曹不出，如苍生何”的历史使命感。这种文与武的高度契合，使蔡将军成为世人眼中的军人楷模。

曾外公的第二个“神”，是他的纯粹。何为纯粹？就是为人处世心思纯正，做事情目的单一，不怀私心杂念，不挂羊头卖狗肉，在高大上的幌子底下打自己的小算盘。日常生活里，思想纯粹的人总是受人尊敬，因为做到这一点并不容易，在中国近代的政治人物中就更加罕见。

如何才能“纯粹”？首先必须清心寡欲。19 世纪末 20 世纪初，中国出现了第一次留学潮，有志青年们纷纷东渡日本去吸收新知、开阔眼界。但现实并非那么“纯粹”。在逃离了专制的藩篱，来到一个开放的国度之后，年轻的学子们在追求思想自由的同时，也在追求身体的自由。胡汉民说过：我留学日本就干了两件事，一是嫖娼，二是革命。这种状况在当时的中国留学生中并不少见。而蔡公却是一以贯之的俭朴、勤奋、严谨、自重。如果套用胡汉民的话，蔡公留学日本也只干了两件事，一是学习军事，二是译著和撰文。与蔡公同期就读于日本陆军士官学校的蒋百里就说，蔡公有超出常人的自制力。这是成大器者的必备素质之一。

蒋百里说蔡公爱读《老子》。《老子》有言“见素抱朴，少私寡欲”，谓不为物欲所拘牵。蔡公一定很喜欢这句话。他曾对部下说：“吾辈做事，不惟不怕死、不要钱，并宜不好名；一有好名之心，则瞻循顾忌，不足以成大事。”部下也曾回忆，说蔡公：“最恶自私自利之人。辛亥革命后，见有争权夺利者，辄曰：‘大事未成，遂争小利，此辈如小儿争饼，抑何可鄙！’故任事极勇，而名利心极淡。”蔡公担任云南都督后，为了改善这个穷省的财政窘境，制定了开源节流的方针，为此两次带头减薪，把自己的月俸降到与营长同级。在护国前线，身为总司令的蔡公拒绝搞特殊开小灶，坚持与普通官兵吃同样的食物。后方补给跟不上的时候，就是一半米一半沙地硬吞，哪怕自己正罹患喉疾。

唯有自身欲求极少之人，方能立得稳，行得正，抵得住各种诱惑。有人说 1913 年蔡公是被袁世凯诱骗进京加以软禁，此说属“事后论”，着实不确。必须承认，袁世凯是个有能力的军政强人，而且识才、爱才、用才。据时人回忆，袁世凯也是很有亲和力和个人魅力的，所以他才能建立起一个以他自己为中心的庞大的军事和政治集团。袁世凯当然知道蔡锷是个不可多得的人才，而尽揽天下英才也是他的意愿。从蔡公这边来说，中华民国是他亲身参与缔造的民主共和国，作为国家元首的袁世凯和中央政府都是经过法定程序选举产生的，他没有理由不为这个国家和这个政府效力；而且，为中国打造一支能够抵御外敌侵略的国家军队，也是蔡公的平生夙愿。如果袁世凯只是想软禁蔡锷，又何必让他参与陆海军大元帅统率办事处这一军事核心领导机关的日常工作，让他掌握北洋军的内部信息？进京两年，袁世凯是没有给蔡公带兵的军权，但那是因为蔡公非北洋出身，没有人脉根基，遽掌兵权恐难服众，所以要先帮他树立权威。培养一个重要的领导干部需要循序渐进，需要时间的积淀，这是政治操作中的常态。

但问题是，袁蔡双雄有一个根本分歧：袁世凯是要所有的下属都效忠于他，做他的人；而蔡公是要对国家效忠，做国家的人。所以，当袁世凯私心自用，意欲复辟帝制时，蔡公立即站在他的对立面上。不管袁世凯之前跟蔡公有过多少推心置腹的交谈，做过多少高官厚禄的承诺，蔡公都不可能再视其为同道。袁世凯无法容忍蔡公对他的背叛，而蔡公无法容忍袁世凯对中华民国的背叛。蔡公不反袁，他反对的是洪宪帝制。作为国家军人，他不依附于任何个人，当然也不反对任何个人。他捍卫的是国家利益，谁与国家为敌，他就与谁为敌。这就是蔡公的纯粹。

比无欲则刚更难做到的，是在最亲最熟的人面前坚守原则。有人说蔡公反对袁世凯称帝是受梁启超的鼓动，是为了进步党的利益。是的，梁启超作为进步党的精神领袖，确实在为后袁世凯时代的政治布局动脑筋，这符合他的身份，无可厚非。但蔡公早已明确提出“军人不党”，进步党初创时，老师梁启超给他在党内挂了个名，他也没有承情。所以，在策划武力反袁时，蔡公说：“眼看着不久便是盈千累万的人颂王莽功德，上劝进表，袁世凯便安然登其大宝，叫世界看着中国人是什么东西呢？我们明知力量有限，未必抗他得过，但为四万万同胞争人格起见，非拼命干这一回不可。”为什么把反袁称帝说成是为四万万同胞争人格？因为袁世凯是民选大总统，他在就职时宣誓要效忠民国；余音未消就变更国体，说帝制更适合中国。如果最高统治者如此翻云覆雨、食言而肥，而全民却坐视默认、任其摆布，那么政治人物有何道德可言？国家和人民有何尊严可言？如果民选的领导人都可以公然背信弃义，开此恶例，效尤者必纷然继起，那么这个国家的政治生态、社会风气会变成什么样子？蔡公就是要用拼死一搏的行动让四万万同胞明白：企图用谎言窃取权力是行不通的；中国已经告别专制帝国，走向民主共和，中国人不能再被愚弄和奴役，要学会做国家的主人。

所以蔡公没有按照老师的安排，坐镇云南后方指挥，而是拖着病体带兵出征。袁世凯被迫取消帝制后，梁启超与一些旧官僚和地方实力派人物在广东成立“护国军军务院”，蔡公也委婉地提出了质疑，因为此举有悖于他维持国家统一、拥护中央政府的一贯立场。梁启超是想抢占后袁世凯时代的政坛制高点，而蔡锷只想恢复民国，不愿利用护国之役为自己捞取政治资本。军务院成立后，蔡公在给夫人潘蕙英的一封书信中写道：“大局稍定，争权夺利者必蜂拥以出。予素厌见此等伤心惨目之情状，不如及早避去之为得。一俟局势略定，即当抽身引退，或避居林泉，或游海外；为疗病计，以适国外为佳。贤妹亦有偕行之意否？”这也是蔡公的纯粹，是纯粹的另一个内涵：心思纯正、目的单一。

当然，“纯粹”也有两种，一种是浑然天成的，比如《天下无贼》里的傻根，头脑简单，没有复杂的想法。蔡公绝非此类，他其实有很高的智略。离京前的三个月里，蔡公同袁世凯机智周旋、巧妙脱身，他下了一盘大棋，而且步步缜密。看得出蔡公懂机谋、善权变，但他绝不把这些智慧用于牟取一己之私，他立身处世始终正直坦荡、光明磊落。这是更高级的纯粹，是给人以温暖和安全感的纯粹。

曾外公的第三个“神”，是他的感情世界。曾外公有两位夫人：七岁聘刘侠贞为正室（“娃娃亲”在当时是很普遍的），育有三女；三十岁纳潘蕙英为侧室，育有一女二男。有好事者竟然将小凤仙也列为蔡公的家眷，极为荒诞。所谓“锷凤恋”，经过多年无中生有的艺术渲染，已经深深印刻在很多人的脑海中。这里我不想再澄清事实，只想提出一个问题：为什么人们乐于相信像蔡锷这样的大英雄应该有婚姻之外的爱情？这种“英雄＋美人”的趣味所反映的伦理意识和审美心态，值得反思。

蔡公素以职业军人为荣，他也一直以军人的标准要求自己：生活简朴，律己甚严，决不沉湎酒色。蔡公选择与小凤仙交往，只是为了行动方便。因为要策划反袁，就必须和各方面通消息，见各方面来的人。无论是在家里还是去茶馆、饭店等处会面，都会被盯梢监视的密探发现；而出入花街柳巷喝喝茶、打打牌，是当时上流社会常见的交际方式，既不会引起多大怀疑，密探也不便近身窃听。为了强撑起英雄美人的传奇，作者们不仅把小凤仙描绘成侠义的京城名妓，还要把蔡公扭曲成多情的风流将军。然而，想象丰富、妙笔生花的他们可曾设身处地地体会过，蔡将军的夫人在得知自己心爱的人要去做一件九死一生的事时是何心情？以蔡公的才干，无论国体如何，他都不必担心自己的前程。只要他稍微为自己、为自己的妻儿老小想想，选择袖手旁观，没有人会把他当历史的罪人；那样的话，家庭便可完整、幸福。哪一个妻子不希望如此呢？但蔡公偏不肯妥协，“非拼命干这一回不可”。作为他的妻子，需要多么坚强？需要付出多大的牺牲？如果蔡公是英雄，他背后的女人难道不值得关注和尊敬吗？看看蔡公在护国前线给“贤妹”潘夫人写的家书，柔软温存的一面袒露无疑，再迟钝的人也能读出那殷殷思念、绵绵爱意。奇怪的是，放着这种有凭有据的爱情不理，却要杜撰一段莫须有的爱情。是何道理？蔡公的感情世界本来不“神”，那种艳俗的所谓爱情神话，其实是好事之徒强加给他的。

中国古代的男子本来就是文武兼备的，他们既饱读诗书、舞文弄墨，又通晓兵书战策，敢于仗剑走天涯。然宋代以降，思想意识渐渐转型，开始崇文抑武，把个人生计、家族传承等世俗层面的东西看得越来越重，义气衰落，豪气式微。而蔡公身上却还保有上古所谓“士”的传统，他的贞纯，他的朴质，他的正直，他义无反顾的自我牺牲，都让他闪耀着炫目的光芒，成为近世罕见的一人。

作为一部小说，《护国军神之蔡锷将军》可谓独具匠心，它采用倒叙的手法，从蔡公生命中最后也是最平静的一段时光起笔，通过蔡公本人及其周围人的种种回忆，生动描绘出蔡公虽短暂却堪称波澜壮阔的一生。颇值一提的是，小说中描写了蔡公在日本陆军士官学校的生活。由于史料的匮乏，过去此类作品中绝少触及这一篇章；而本书的作者纳兰却迎难而上，将蔡公的军校岁月有声有色地呈现出来。为何非要挑战高难度呢？因为“陆士”正规、严格而近乎残忍的军事学习和训练，对蔡公心性、意志以至于生活习惯的锻造和影响，都是决定性的。此外，这一时期蔡公与密友蒋百里和张孝准的订交、与后来在帝制问题上分道扬镳的杨度的渊源，以及肯定存在而我们却只能去想象的蔡公与日本师生的交集——友谊抑或较量，都是不应绕开和忽略的。有幸的是，纳兰通过对史料的稽钩梳理，从字里行间洞幽察微，再加上合理想象，把这些“宝藏”挖掘出来捧到了我们面前。我相信纳兰的创举和贡献，会对日后以蔡公为中心的文艺创作，产生深远的影响。

文艺作品离不开艺术加工，相比于以往一些用小说形式书写蔡公的作者，纳兰的高明之处在于深知哪部分可以加工，哪部分不可以加工。比如，书中设置了一个叫谭庆铎的虚构人物且贯穿始终，他就像一面镜子，反衬出蔡公的性格特点；特别是在几个重要的历史节点，以两人不同的心态、不同的抉择、不同的价值观和历史观，照见人性的高下；同时，还能增加故事的整体性。而在蔡公的情感方面——这个看似可以自由发挥的领域，却没有为了吸睛和猎奇而把一些野史拿来添枝加叶地大做文章。从这些或大胆或谨慎的处理中，我看到了作者深厚的文学造诣和对蔡公深切的理解——更确切地说，是对蔡公的尊敬和爱护。

纳兰从20世纪80年代中期就开始关注蔡公，搜集相关资料，走访蔡公生活、工作、战斗过的地方。她与蔡公结缘，比我早了十年，体认自然也比我更深。我总结的蔡公特点，纳兰都写到了；除此之外，还有许多女性特有的细腻，更是我所达不到的。我这浅陋的文字，就当给纳兰作个开场白吧。

我以为，了解蔡公越多，就越能感受到一份温暖和力量，感觉自己也被净化了。纳兰，你说是吗？

2016年3月29日于北京

袁泉：蔡锷将军重外孙，蔡锷研究者，青年剧作家。著有《我和外公眼中的蔡锷将军》等专著。

目　录

下册

楔 子

太平春梦已沉沉，谁识西南伏莽深。
万里波涛三尺剑，青衫磊落故园心。

一触乡关愁更愁，苍茫昆水总成秋。
年末滴尽伤时泪，流到彩云深深处。

蔡锷《感怀》(1907 年)

沉香树树心部位被动物抓伤或者受到外伤后，会分泌带有香味的树脂，这样就开始结香，再经历很长的生长期，才能变成一块优质的沉香木。沉香木就像是珍珠，是经过磨难才形成的美丽和香氛，是伤口上长出最美的花朵，是不完美的东西形成的幸运之物，是生于忧伤绝望之中的永恒之爱。

第一章 授勋

你生命将终，威名却树立；你故乡的歌谣在传唱，记述着她英雄儿子的胜利，记述他刀剑的格斗，他建立的功勋，他打赢 的战争，他夺回的自由！

——拜伦

1916年10月 日本九州帝国大学医学部附属医院（福冈医院）

位于九州北端的这座城市已经进入深秋季节，树木开始有了凋零之态。台风气候带来的丝丝寒意，悄然预示着一场严冬即将到来。

这座带着历史烙印的著名医科大学附属医院，留存有江户时代的遗迹。诊疗楼肃穆整洁，楼内各种医疗设施齐全，井然有序。位于七楼的特护病区，一般入住的，都是一些身份特殊的人士。

几个月前，一位年轻中国将军的进驻，引起人们的关注。医务人员通过日本军方提供的病人资料了解到这位青年中国军人的信息：蔡锷，籍贯中国湖南，三十四岁，他离任前的最后官职是：中国四川省督军兼省长，四川巡按使，益武将军，上将衔陆军中将。

这样辉煌耀眼的头衔加在一位消瘦虚弱、病容深重的年轻军人身上，无疑产生极大的反差效应，让见惯政界军界要人显贵以及社会贤达人士的特护病区的医务人员暗暗称奇。尤其是那群活泼开朗的小护士们——作为从小受武士道精神浸淫、崇尚军人、有英雄膜拜情结的日本女孩，私下里更是诧异着这位特殊中国病人的不凡和神秘之处。

她们首先惊讶于他的国人对他的惦念和爱戴。那源源不断从中国飞来的慰问电、问候信以及从中国远道寄来的慰问品很快就堆积如山；一些从中国赶来专门探望他的名流达士和侨居日本的华侨代表，因为怕影响到他的病体，被屡屡婉拒在门外，这其中，也包括许多日本政界军界名流以及蜂拥而来的各路记者。

这些护士中有一个来自爱知县的名为泽田美江的女孩，她拿来几张刊登有这位中国青年将军信息的报纸，有日文版的，也有西文版的，上面登载有描述这位中国将军的形形色色的文章，讲述了他如何组织中国南方军队，打败了当今中国最有实力的头号强权人物——在北京称帝的洪宪皇帝袁世凯的北洋重兵，重新挽救了中华民国的传奇经历。在一张西文版的报纸上，有评论竟然把他誉为“中国的华盛顿”。

姑娘们看后纷纷咂舌，觉得简直不可思议。在她们眼里，眼下正在接受治疗和护理的这位病人，已经处于极度病弱的状态。他入院时，是被随从人员搀扶而至，他的身材单薄瘦弱，他的面容憔悴灰暗；他身着极为普通的黑色西服，神态是恬淡随和的。当他换上这所医院特有的白色蓝条病号服时，他就和所有在这里治疗的病员们毫无二致了。

他的面庞沉静柔和，淡淡的眼，淡淡的眉，像中国画一般疏朗恬静。如果论外貌，完全就是一个白面书生的模样，和“将军”“行武”“强权”“起义”这样的字眼毫不搭界。

他就像一个儒雅斯文的读书人，气质宁静而高洁。他的日语很流利，护士们为他注射、送药、测量温度、血压，进行寻常的护理操作时，他会客气致谢，他的言谈举止都显示出他对日本的风俗习惯十分了解。

很快美江带来的另一条信息，解释了姑娘们心中的困惑。他竟然曾经在她们的这个国度生活过，整整五年的留学经历，使他对这个岛国非常熟稔。

但正是他的留学经历再次引起护士们的啧啧称奇，几个“竟然”之词出自美江之口，也让姑娘们睁大了眼睛：

他竟然毕业于日本最著名的军校——号称“东亚将星摇篮”的日本士官学校；他竟然还是该校曾经著名的优等生，以总分位列前五名的毕业成绩，击败了几百名日本优秀的青年而受到嘉奖，并且因此获得另一份殊荣，和他的两个中国同学一起，被冠以“中国士官三杰”的名号。

作为这所军校第十六期骑兵科的学生，他竟然还留下一份如今被日本少女泽田美江定义为“中国古代英雄”式的独特传奇：他上马的姿势都和别人不同，不是侧身上马，而是先挥鞭打马前奔，然后他就像只矫健的猎豹一样飞驰起来，几步追到马后，双手一按马鞍，纵身跳跃，这时的他，分明又化身为一只灵巧的燕子，从疾奔的骏马身后飞越而过，稳稳落于马背上。

美江的讲述生动而极富感染力，让听者不能不动容，像听神话一般称奇。然后美江又解释自己为何将他比喻为“中国古代英雄”：“我的表舅公说了，中国古代有个叫赵子龙的英雄，他的骑马姿势可以这样想象类比一下吧？”女孩们当然知道美江的表舅公是日本著名的一位教授，还是中国通，也就暗暗信服了这番说法。

少女美江无疑很享受这种独自占有并提供信息的优越感。她带着得意的笑容，最后扔给同伴们一条更加重量级的信息：有一本中国人著述的，弘扬富国强兵，阐述国魂精神的书籍曾经在日本被广泛刊印，年轻人几乎人手一本。此书名为《军国民篇》，竟然也是出自这个年轻中国将军之手！

几个小护士都不约而同地用手捂住了嘴，捂住了不宜在病房发出的尖叫声。当她们再次端起药盘，拿上医疗器械走进那间特护病房时，对躺在床上的中国病人，就会更加细细打量外加暗中揣测了。

将军的身边除了几名随从外，还有一位年纪在二十出头的夫人。这是一位身材小巧、长相文静的中国女子，面容极为柔和，唇边总挂着一丝若有若无的温柔浅笑。她很少开口说话，因为不懂日文，她不能和医务人员直接交流，但是护士们发现，每当专门为将军诊病的著名日本医学专家——稻田博士和久保博士来查房时，夫人总是认真地盯着他们的举止，将军的随从中有懂日文的人会给她翻译，她仔细地听着，很少发言。虽然，她完全可以通过翻译询问博士们一些问题。

可以看出这位夫人是文静而内敛的，又是温柔持重的。她像一只温驯的羚羊静静陪伴在将军的病榻前。他们必定是鹣鲽情深的。护士们看到将军精神好的时候，会和身边守候着他的夫人喁喁低语，两人脸上都挂了温柔恬静的神情。有时候，两人也不说什么，就那样安静地待着，四目相对，任静谧的时光从身边悄悄溜走。

夫人殷勤伺候着将军的病体，几乎是事必躬亲。虽然身边有副官、秘书等随从人员，但是将军的日常生活护理工作都是由夫人带头在做。甚至是很多护士该做的事情，她也会从旁搭把手，尽量不使自己离开将军的视野。

“也许，夫人这样做，是让将军能更安心些吧？久病之人，当然更渴望来自亲人的看护。”护士们私下猜测议论着。更让她们感动的，是另一幕情景：

每当病弱的将军长时间昏睡时，夫人也不会离开病榻半步。她会俯身在丈夫身边，将他的一只手握住，随即将自己的目光静静地洒在将军的面颊上。她就那样默默地凝望着自己的将军夫君，深情的表情，独特的姿态，在深秋的病房里凝固成一个让观者叹息的雕像。如果此刻有落日的余晖透过玻璃窗，给这座雕像镀上了一层色彩，那么，就恰好暗合上了这些旁观的日本少女们心中的爱情图腾的模样。金色的爱情！爱情不正是金色的吗？

“自古名将如美人，不许人间见白头。”这些日本姑娘们当然不会懂得这样令人黯然伤神的中国古诗句，但是“英雄美人”的组合是人类永远期许和仰慕的话题。神话般神勇无敌的年轻将军，温柔贤淑、一往情深的年轻夫人，给这个病房增添了多少浪漫而神奇的话题。

神奇的元素还不仅限于此。将军的随从也是传奇。除了长相清秀的两名副官秘书外，一直跟随在他身边的两个特殊伙伴也令人侧目——他们本身也是佩戴有将军军衔的军人。他们也是出身于士官学校的优秀人才，据闻同样在中国军界有一定的名望。

在这些日本医务人员的眼中，其中的那位被称为“蒋将军”或者“百里君”的年轻军人本身就是一个传奇人物。

他和蔡锷同岁，而且是同期士官生，当年据说是第十六期毕业生中的“拔头筹”者，以总分第一的毕业成绩也跻身于“中国士官三杰”的行列。后来他曾留学德国，以德意志国防军第七军营长身份留德考察军事，为兴登堡元帅器重，舌战过墨索里尼。德国名将、《战略论》的作者伯卢麦将军对他十分赏识，曾这样赞誉：“拿破仑说过，若干年后，东方将出现一位伟大的军事家，这句话也许就要应验到蒋方震身上。”

回国后，蒋方震曾被任命为保定陆军学校的校长，后因一场举世闻名的“将军自戕案”而卸任，又到北京政府陆军部就职。袁世凯称帝前后，他和蔡锷暗中计划秘密倒袁，掩护蔡锷从北京城出走，经天津、日本、中国香港、越南回到云南起兵。随后他在护国战争后期，入川辅佐蔡锷，陪护当时已经病弱不堪的、时任护国军第一军总司令的蔡锷收拾残局，到成都就职最高军政长官。护国战争胜利后，蔡锷因病辞去了四川督军兼省长的显赫职位，准备赴日本就医，原本他推荐蒋方震来接替他的位置，但是蒋坚决不从。他宁愿选择陪伴在好友身边，在这位生死兄弟极度病弱的时刻，再次扶助他，安慰他，照料他。

于是他们一同东渡，再次来到他们青年时代留学的东瀛。

但是，被这些护士们悄悄传颂的，却是他的一段极为浪漫曲折的婚恋传奇。蒋方震在担任保定陆军学校的校长时，因不满政府克扣军校师生待遇，愤而举枪自杀，以死抗争，却不料大难不死的他，因此收获了一份异国爱情。

他重伤濒危之际，意外得到日本护士佐藤屋登的看护。两人因此生情，缘定三生。目前佐藤护士已经和这位中国将军订了婚，并将自己的名字改为了“梅子”，只因为这位中国将军酷爱梅花的缘故。

佐藤梅子如今仍旧从事医务工作，虽然没有服务于这家医院，但是由于经常和蒋将军一起来探视病人，所以很快和这里的医护人员相熟了。更多的关于那位特殊病员——中国共和伟人蔡锷的故事也在她这里得到了证实。

此刻，这位佐藤护士的中国恋人——蒋方震将军正戎装齐整地走在病房的走廊里。在这异国他乡的医院特护病区里，他罕见地穿上自己的将军制服，只是为着今天即将在这里进行的一场特殊仪式。

他心里有事，所以眉头紧蹙，但是来到护士站外，却很快就被一阵压抑在兴奋中的议论声吸引住了。

“嗨，真的是公爵吗？如此年轻的……一位公爵！”

“是啊，如今蔡将军这样的病弱瘦削……单是作为一名年轻的将军已经令人侧目了，再封公爵？天！这在咱们日本是不可想象的呦！”

“唔……我们已经知道了，他是中国最优秀的军人！再联想到他的那些日本同学们，同样出身于士官学校的同学们，一定还在默默地为军衔奋斗着。而他，已经是上将军了！”

“人家如今还是公爵呢，哎，千惠子，你今天抢着去给将军阁下送药，是为了去看看年轻的中国公爵吗？”

“真子，你还好意思说我呢？你昨天不当班啊，可是抢着去那边病房查过好几次房了，别以为旁人没看出来。”

“我真的是好奇啊，想看看如果蔡将军又变成了公爵，会是什么不同的感觉呢……”

看到蒋方震微笑着走进护士站，低低的议论声戛然而止。

“姑娘们，怎么停下来了？”蒋方震含笑调侃着，“我刚才仿佛听到你们在谈论中国将军的事情？”

“哎呀，那是因为看到您这位中国将军进来的缘故啊。”那个叫真子的胖胖的护士笑应着。因为蒋方震的恋人佐藤梅子的缘故，加之在蔡锷的随从人员中，他也是少有的日语很娴熟流利的一个，所以护士们也很快和他相熟，此刻就笑着回答了他的话。

蒋方震微微一笑："好吧，刚才我听到你们说到什么年轻的公爵？"

几个小护士相视一笑，轻柔又不失活泼的日语听起来像鸟鸣一样婉转动人。

"您目前守护的蔡锷将军，不是一位年轻的公爵吗？"

"是美江说的，蔡将军刚刚被你们中国的皇帝封为了公爵的。"

这话让蒋方震看向泽田美江，这些个女孩中最纤瘦秀美的一个："唔？美江，你的根据呢？"

不等姑娘回答，他早用流利的日语先向这些小护士们解释着一个概念了："我首先要更正一下你们的说法：中国现在没有皇帝了，永远不会有了，我们已经进入了中华民国！"

"是喽，我们都听说了，就是这位蔡锷将军，他带着军队推翻了大皇帝！"另一个叫千惠子的护士接口道，"美江拿来的报纸上有这样的消息，你们中国人，认为他是英雄，是大英雄！"

蒋方震认真地点头："是的。以前，我们有满清的小皇帝，被孙先生领导的革命党拉下了皇位；后来，又出现了一位再次觊觎强权的袁世凯，倒行逆施，又做皇帝梦。就在前不久，我们在蔡将军的带领下打垮了他和他的军队，粉碎了这股恶势力的阴谋！"

他露出自信的微笑："所以，如今的中国，怎么还会有皇帝？有公爵、侯爵这些爵位呢？"

"可是……"几个姑娘都疑惑了，指向美江，"美江说她从报纸上看到，蔡将军被你们国家授予了公爵的称号。美江的表舅公是中国通，不会有错的。"

被大家注视的泽田美江红了脸，她看了蒋方震一眼，眼神却是一如既往的清澈坦然："是我表舅公藤原教授说的没错，他对中国的情况很了解。他手里有中国最近的报纸和消息，蔡锷将军被中国政府授予勋一位的荣誉，表舅公告诉我，勋一位就相当于公爵的荣誉啊。"

"啊，原来是这样，这个说法……"蒋方震笑了，"倒也没错。姑娘们，我来解释一下吧。"

他掰着指头为她们解说着："目前我们中华民国对有勋劳于国家或社会者授予勋位，共分为六等，从大勋位、勋一位到勋五位。对比前朝世爵与勋位比例之等级，勋一位正是相当于公亲一栏，也就是你们说的公爵。”

美江也认真地看着蒋方震：“我表舅公还说了，蔡锷将军得到的，就是中国军人最高的荣誉，是这样吗？”

蒋方震沉吟着点头：“大勋位得到者寥寥，几乎是凤毛麟角的政界领袖。勋一位，对于军人来说，就是至高无上的荣誉。”

“太了不起了！”几个护士都忍不住赞叹道。

美江扬起秀美的脸颊望向蒋方震，依旧是一副认真思索的表情：“蔡将军正如蒋将军所言，是带领军队推翻了一个想做皇帝的人，挽救了中华民国，所以，才会被他的同胞们视为了不起的大英雄。”

“哦，美江，这些话，也是你的表舅公告诉你的吗？”蒋方震也带笑看着女孩，“如此看来，你表舅公还真的算是一个中国通了！”

他看看几个护士，忍不住告诉一个更令她们兴奋的消息：“也算巧合吧，今天，就是今天，在这里，病房中，中国公使会来为蔡将军授勋。”

“哇！”几个护士听了果然低声喊叫起来。美江却微微嘟起了嘴，嘀咕了一句，“啊呀，要是我表舅公知道了，会不会更激动啊？”

她的话引起了蒋方震的注意，正要再问什么，却见护士长樱井嘉子从办公室出来，护士们都赶忙噤声。樱井嘉子对着蒋方震微微致意，转而吩咐美江：“跟我到将军那里查房，带上器械。”

美江俯首答应。趁她去准备医用器械，蒋方震在她身边低声问了句：“听你刚才的话，仿佛你的那位表舅公和蔡将军有些渊源？”

美江咬咬嘴唇，迟疑了一下，还是低声告诉他：“据表舅公说，蔡将军当年在日本留学时，好像因为喜欢读表舅公的文章，和他有过书信交流的，他对这个中国留学生印象很深，记住了他的名讳，后来发现他果然成为中国一名著名的将军……”

她来不及做更多解释，就忙端上器械，跟上已经前行的护士长，向蔡锷病房走去。

当蔡锷秘书唐岩手捧将军制服走到这间位于走廊尽头的病房前时，正看到蒋方震站在病房外，望着窗外的景色出神。

看着戎装笔挺的蒋方震，唐岩不由得咧嘴一笑，上前招呼：“看您穿这身，就知道……您也没劝住他。”

蒋方震收回目光，看了唐岩一眼，又看看他手中捧着的将军服，微微摇头不语。片刻，才故意板起脸，哼了一声，仿佛无意间扯起另一个话题：“我才记起来，唐秘书你也是邵阳人吧？”

不等唐岩应答，蒋方震又是一声长叹：“如今我不得不说，我着实服了你们湖南人了，干脆说算是服了你们邵阳人了！霸蛮，霸蛮！没错吧？”

唐岩明白他的意思，也不分辩，只是抿嘴笑。

“你别笑啊，难道我说的不对吗？”蒋方震做出一副忍无可忍状，“都说你们湖南有句老话：吃得苦，耐得烦，不怕死，霸得蛮！我看用到他蔡松坡身上，是恰如其分极了！你看他如今病到这样地步，还一点不听人劝！虚弱得都下不了床了，还惦记着用全副军人的礼仪行事儿！”

“将军他，一向是这样的。”唐岩觉得要为自己崇拜的人辩护些什么，“别看他往日里随意恬淡的样子，因为又一直在病中，所以自从来了这日本，从来军装没上过身的。但是碰到正式场合，他一向极注重军容风貌！他一贯是这样要求我们的，自己当然更是率先做到……”

“好了，好了，你才跟了他多久啊？倒在我面前说嘴起来？”蒋方震笑着打断年轻秘书的话，“他才是被咱们这些人惯的，越来越不听劝了！算了，看在他病蔫蔫的份上，一切遂他心愿好了。”

唐岩也觉得自己刚才那番话有关公门前卖大刀之嫌，正想自嘲一笑，却又被蒋方震最后那句话触动心中愁肠，难免有点伤感，他掩饰着想拿着衣服进去，却被蒋拉住：“你略等一下，护士正在查房呢。”

病房中，蔡锷躺在床上，两个医护人员正俯身床侧给他测量血压，夫人潘蕙英安静地坐在床的另一侧陪伴他。

病骨支离的蔡锷仰躺在病床上，身上盖着白被单，蓦然看去，身体平平，似无物一般。原本已是病入膏肓之态，加之近来持续低烧、腹泻不断，他更是迅速消瘦萎靡下去，面色晦暗，两颊深陷，只有那双细长型的眸子闪烁的一丝光亮，还彰显着一个三十出头的年轻人的活力。

护士长樱井嘉子亲自在床前操作，这位年近中年、经验丰富的医务人员手法轻柔，态度恭顺，她娴熟地完成了操作，将器械递给身边站着的护士美江，站起身来，轻柔体贴地将病人瘦骨嶙峋的胳膊放回被子里，又顺手为他整理了床铺，带着日本妇人惯有的谦恭态度，对蔡锷道：“好了，将军阁下可以休息了。”

蔡锷也微笑着用日语对她表达了谢意，却见樱井护士长像是想起什么似的，睁大了她美丽的大眼睛，对着蔡锷再次鞠躬笑道："还忘记恭喜将军阁下了。据说您今天会得到一枚奖章，是您的祖国授予军人的最高荣誉的奖章！真的很为您感到高兴和骄傲！我也为能服务于这样了不起的英雄，而感到荣幸啊！"

"护士长过誉了。"蔡锷淡淡地笑着回应道，想着自己的夫人潘蕙英听不懂日文，就将刚才樱井护士长的话低声为她翻译了一下。潘蕙英也笑着对樱井点了下头。

潘蕙英又有点担心地看着蔡锷，柔声道："可是松坡，这些天稻田和久保两位博士来查房，都说让你绝对卧床，如今你不听人劝，非要……不如问一下护士长啊，能否……"

"唉，蕙英，没事的。我的身体状况我自己心里清楚，别担心！"蔡锷笑着对夫人摆了一下头，也没打算将她的问题翻译成日语去问护士长。

正在此时，唐岩抱着军装进来，后面跟着蒋方震。

"什么？将军阁下？您打算换上军装，下床来完成礼仪？这无论如何不可以！"樱井护士长看到唐秘书手中的军装，又向蒋方震问明了缘由，急忙出声制止。她俯身蔡锷床边，认真看着他："将军，您目前身体非常虚弱，医生们嘱咐过的，您绝对要卧床静养，不可劳动。"

蔡锷温和地看着她："谢谢护士长，让你操心了。可是我是一名中国军人，这样躺着接受来自祖国的荣誉，总是不恰当的吧？"

他带着微笑巡视了一下众人，语气虽然轻但是氤氲着不可抗拒的意味："我真的没事，能坚持住，你们都别担心了。"

他回眸看了一眼潘蕙英，眼中有执着的信任，潘蕙英忍住心底的一声轻叹，站起身来，伸出胳膊，从他的颈后绕过，慢慢托起他的上身来。

唐岩忙放下手中的军装，上前帮忙搀扶他，蒋方震和两个护理人员也从旁协助。

蔡锷在众人的扶持下坐起身子，骤然的体位改变引起他一阵眩晕，他暗暗咬牙忍住，只是将头靠在扶持他的唐岩的肩头，微微闭目，调匀了呼吸，睁开眼睛，脸上努力挂上轻松平和的神情，轻声吐了句："没事，我很好。"

唐岩和潘蕙英配合默契地为他穿上了军装，见他有点气喘吁吁，就忙扶他靠坐在床头，护士美江拿来两个枕头，为他塞在身后，让他靠坐得更舒服一些。樱井护士长上前为他按住脉搏，暗暗数了，回头看到潘蕙英认真看着自己，就笑着点点头，暗示她情况还正常。看着蔡锷神情平稳安详，樱井带着美江离开了病房。

蒋方震在床边坐了，看着他脸色苍白，就努力再劝：“好了，军装也穿上了，你就这样靠坐着，也省些力气，先闭目养养神吧？醉六和李副官去迎接章公使了，也快到了。”

蔡锷也不答话，再次调匀了一下呼吸节奏，对蒋方震伸出右手来。蒋方震不解其意，握了他伸过来的手，却感受到了对方的用劲，以他的手为支撑点，明显是想撑起身子的模样。

“来，百里，搀我一把！”蔡锷边说边将另一只手递给唐岩，靠着他俩的扶持就想下床来。

“唉，你这人，怎么这么不听劝呢？”蒋方震反手按住他的身子，“你先别急着下床……”

他的话未说完，就被那个倔强的声音打断：“你刚才不是说公使就快来了，你们扶我下床活动一下筋骨也好呀。这整整躺了十来天了，骨头都躺酥了。”

“可是刚才护士长的话你没听到吗？还有她转述两位医学博士的医嘱？你现在应该绝对要卧床静养，不可劳动！”

“唉，百里，你真啰唆！不是今天早上咱们都说好了吗？作为军人，我肯定要穿着军装接受荣誉！”

“可是穿上军装，未必一定要下床？如今你是病人，穿着军装半坐在床上也未算失礼吧？”

“穿着军装，坐在床上？百里，你这算是个军人该讲的话吗？听来好笑！你忘了我和你反复讲到的意思吗？别忘了，我们这是在日本，异国他乡，何谓军人的荣誉？”

“你……”

“别废话了，百里，我知道你一向懂我！”

那人扬扬眉，苍白憔悴的脸上竟然挂了一丝孩童般纯真顽皮的笑意。他两只手各用力一下，在左右扶持他的两个人不自觉地搀扶下，慢慢下床来。

虽然脚下无力，眼前眩晕的感觉依旧，蔡锷却紧咬牙关，依靠着两人有力的搀扶，坚持走上几步，来到病房套间的外室的沙发前，才气喘吁吁地坐下。

潘蕙英蹲身在他面前，用一块手绢，为他擦去额头和脖颈上细细的汗珠，又仔细地为他系上了军装的风纪扣。蔡锷还给心爱的女人一丝嘉许的笑意，却差点逼出了潘蕙英的一汪热泪。

当中国驻日公使章宗祥和蔡锷密友石陶钧、蔡锷副官李华禹走进病房时，看到蔡锷已经戎装笔挺地坐在那里等候了。

章宗祥公使和蔡锷也是老相识了，自从蔡锷赴日治病以来，多次来探望他。在这次来的路上，他听到蔡锷的两个随员——石陶钧和李华禹讲述蔡锷近来病势加剧的情形，心中也是忧虑担心。此刻看到眼前的情形倒是出乎他意料之外，蔡锷并未像他想象的那样，目前是躺在床上恹恹无力的状况，反倒是在威武笔挺的将军制服之下依旧军人风范凛然。他病弱无力的身躯，在这身戎装的映衬下，也仿佛被注入了新鲜的活力一般，变得生机盎然起来。

“将军身体看来有所复原，真乃国家幸事，百姓之福啊！”章公使由衷地感叹着。自从蔡锷卧病九州以来，国内的慰问电、慰问信如雪片般飞到中国驻日大使馆，再由他那里转到这边病房。这句话倒也并非虚夸之词。

蔡锷闻言微微一笑：“劳公使先生挂念。其实目前所见，不过是徒具虚表罢了。”他喘息了一会儿，接着道：“这次劳动先生专程从东京赶来，为转述授勋电文一事，实在令蔡锷感佩惭愧。”

两人亲热地寒暄几句，章公使从随身带着的公文皮包中取出电文来。蔡锷见状忙示意了一下左右，秘书和副官一起上前，一左一右搀扶他起身。

章公使忙劝阻：“将军抱恙体虚，不必起身了。”

蔡锷站立起身子，摇头道：“公使先生既然是代表国家政府来此为某授勋，虽然不是正式仪式，但是事关国家法度，蔡锷一介军人，还是应该依制行事，才对得起这番来自国家的荣誉，政府的奖励。”

他努力站直身子，推开左右随从搀扶他的手，拿出军人应有的严正军姿，表情严肃恭敬地看向公使。

章公使心中感服，微微点头。展开手中电文，也用了格外庄重的语气读道：

“四川督军兼省长、四川巡按使、益武将军、上将衔陆军中将蔡锷，当前总统袁逆世凯冒天下之大不韪，擅更国体复辟帝制之际，冒险犯难，揭橥义纛，再造共和，勋劳彪炳，宜享勋一位之荣，以彰殊功，而从国意民愿。此令，中华民国大总统黎元洪。”

读毕电文，他上前将它递到蔡锷面前。蔡锷举手至额，认真地行了一个标准的军礼，才双手接过电文。

交付过电文，章公使顺势搀扶住蔡锷的身子，和副官、秘书一起，将他扶回沙发上坐下。

章公使说："这是授勋电文，我特意先带来转达给将军。此番得受勋位之员在外省者，皆由大总统派遣专员将勋位证书徽章向得受勋位之员代授之。据闻国内的特使不日将会到来，在此地会再次举办仪式，为将军佩戴银质饰金圆形铸牡丹花叶纹嵌十珠徽章，以及大总统署名盖印之证书。"

蔡锷摇头："此番公使代为表彰之举也就罢了，其他形式可以免了。蔡锷贱躯病弱，就偷个懒吧。"

石陶钧接言："我可是听说了，日本这边的军部也对这次授勋事情很是关注，毕竟你是出自士官学校，这边搞些仪式庆贺一下也是人之常情啊。"

蔡锷神色疲倦地挥挥手："这些，若推托不了，就由醉六你，或者百里代我应付一下吧。"

蒋方震正想说什么，看到门开了一道缝，小护士泽田美江在对着自己招手。他走过去，听了她的话，微微一笑，转身来到蔡锷面前，俯身对他说了一句。

蔡锷微微一愣，未及推托，蒋方震已经大声对门外道："这番盛情难却，我做主了，大家请进来吧！"

其实，美江等护士在门外已经等候很久了。就连樱井护士长也和这些小护士们挤在一处，透过门上的玻璃窗观看了上面的一幕。

她们讶异地看到，往昔里自己护理的重症病人，那位总是恹恹卧床不起的中国将军，在穿上了军装后，竟然像变了个人一般！一股神奇的生命活力又回到了这个病弱不堪的中国青年军人身上。

他那典型的中国南方汉子的瘦削身材因为重病，原本格外单弱，但是此刻在挺括有型的将军服衬映下，倒现出一份精干飒爽的味道；瘦长的脸颊上，神情庄严凝重，一双细长的眸子熠熠发光；他微微抿起嘴角，略显文弱的面庞上就显露出刚毅果敢的劲头，让人不能不记起这是一位身经百战、功勋彪炳、凌然不可藐视的战将；光洁明亮的额头，挺直而轮廓鲜明的鼻梁，略显疏淡但生动有型的眉毛，也在肩头闪亮的将星徽章辉映下，为观者呈现出一位年仅三十四岁上将军英姿勃发的风范。

此刻蒋方震话音未落，医护人员早就笑着涌进病房。几个小护士手里都捧着鲜艳的花束。

为首的泽田美江上前看着蔡锷，微红着脸请求道："将军阁下……我们想对您表示祝贺！祝贺您获得了来自自己祖国的至高无上的荣誉。"

小姑娘磕磕绊绊地竟然用的是不太流利的中文："因为……因为，您知道的，我会一点点中文，大家就公推我，首先对您致意，向您献花！虽然，您的日文很娴熟的，但是，在这个特殊的日子，对您致意，用中文，更有意义对吗？”

“谢谢你，美江护士，也谢谢大家！”蔡锷笑着用中文回答了美江，又接过了她手里的花束，他再次看向周围这些护理他的医务人员，用日语再次重复了一遍感谢词。

“将军，给您献花，祝贺您！”几个医护人员依次向他献上花束。几个小护士还低声嘀咕着，“第一次看到将军穿军装，真的是好英武啊”！“将军果然是年轻英俊的公爵风范啊”。

在这些让蔡锷或明白或困惑的赞许声中，几捧鲜花已经堆满他的身前。看到同事们都在向将军献花，细心的美江悄悄拿过一束花，递到站在一旁的潘蕙英手里，同时悄声道：“夫人，将军的荣耀，也是您的荣耀，祝贺您！”潘蕙英接过花束，对美江露出感激的一笑。

樱井嘉子护士长最后出现，招呼护士们离去：“好了，你们的敬意将军阁下也领受了，见识了英雄被嘉奖的场面，好奇心也满足了吧？都快散了吧，将军也需要休息啦。”

看着护士们离去，她又认真看向蔡锷：“请您尽快回到床上去休息吧？您一定很累了！”

章公使也随即起身告辞：“是的，将军您该遵医嘱，马上回床休息才是。我也正好要去和医务人员了解一下您的治疗情况，也好回复国内外人士的询问。大家都在关心着你这位共和英雄的病况呢。”道过别，他在石陶钧陪伴下和护士长一起离开了病房。

看着众人离去，蒋方震笑看蔡锷：“好了，现在总该躺回床上去了吧，我们的英雄？”

蔡锷微微喘息着，没精力理会好友的调侃之语，看到李副官和唐秘书上前欲搀扶自己，只是无力地对着他们直摆手。

潘蕙英敏感地发现他的不适，忙蹲身在他的面前，握了他的一只手，柔声问道：“松坡？你怎样？”

蔡锷对着夫人苦笑一下，潘蕙英瞬间明白了他的困境，就无奈地回头看了一下蒋方震，又对副官李华禹暗示了一下。

周围的人这才明白过来，眼前的病人身体状况严重超负荷，已经虚弱到站不起身的地步。李副官忙上前，一手托住他的脊背，一手伸到他的腿下，将他打横抱起来，送回里间病房的床上。众人围拢在他床边，为他脱去军服，才发现他的后背已经被汗水浸透了。

唐岩打来热水，几个人配合着用热水为他擦拭了身子，那人却已呈虚脱状态，沉沉睡去。

潘蕙英默默坐在床边，望着沉睡的人发呆，蒋方震来到她身边，轻声相劝："蕙英，他现在情况还算平稳，就是身体太过虚弱，这场礼仪累着了他，让他好好睡一觉就好。我看，你不如趁空回客栈休息一下。这些天，你守着病人也辛苦过逾了，也该休整一下。何况，孩子还留在那里呢。"

自从蔡锷最近一周病势加剧，潘蕙英几乎寸步不离床榻，亲身伺候着他。和他们夫妇一同来日本的未满周岁的幼子永宁，交由仆人在客栈照看。

潘蕙英没有吭声，只是望着床上那人，眼睛都舍不得离开片刻一般。良久，才回头看了一眼蒋方震，语气幽幽："其实，我也难得这样陪他。这一年多了，在你们征战最艰苦卓绝，松坡身体状况最痛苦不堪的时候，我都没能陪在他身边……"

她停顿了一下，叹息一声："唉，不知道像这样的陪伴还有多久？这样美好的日子，我舍不得……"

她说得平静无波，但是蒋方震听来几乎落泪。作为挚友，他很熟悉这对夫妇的生活状况，也很感慨于他们的鹣鲽深情。他知道潘蕙英为人沉静，极为内持，在外人面前很少暴露情绪。此刻也是她在极度担心和忧虑状况下的一种发泄罢了。

但是为她的身体健康考虑，还是要苦劝。蒋方震说起自己早就想好的一个托词："还有件事，为了让你安心照料松坡，我和梅子商量过了，由她暂时将永宁接到她家里住一段时间。现在梅子已经去了客栈，蕙英你不妨回去交代一下，也把孩子的东西准备一下。关于照顾孩子的细节问题，你和梅子当面谈谈吧。"

潘蕙英站起身来，看着蒋方震，有点动容："谢谢了，百里兄。你和梅子小姐想得很周到。"

"回去吧，你也趁此好好睡一觉。松坡这边的护理还是长久的事情，你也需要保重自己的身体才是。"蒋方震含笑对她道，又回身吩咐唐秘书送夫人回去。

看到李副官守在那人床前，一时无事，蒋方震来到外间，拿了一张日文报纸正要浏览，却见护士美江又进来，手里拿着一张名片样的东西："蒋将军，有人来探视蔡将军，据说是他的日本士官学校的同学，护士长鉴于将军今天太过劳累，就极力阻拦了。那位探视者留下名片，让我们转交给将军。”

“上野矢浩？他怎么来了？”蒋方震看着名片，暗暗沉吟着。

美江正欲离开，又被他叫住：“对了，美江护士，你前面说过你的表舅公和蔡将军有过师生缘分？究竟是怎么回事？”

女孩咬咬嘴唇，摇头：“具体情况我也不清楚，就是他老人家说过那么一嘴子，我听到了。”

“你表舅公的名讳是？”

“藤原纪男。”

“原来是他？！”蒋方震惊讶地睁大了眼睛。

第二章　师徒

吾爱吾师，吾更爱真理。　　——亚里士多德

1916年10月　日本福冈日清客栈

潘蕙英和佐藤梅子坐在榻榻米上聊天，九个月大的幼子永宁咿咿呀呀地爬在她们身边玩耍。佐藤梅子不停地用手抚弄着永宁黑黑的头发，用有些生硬的中文笑着对潘蕙英道："这孩子真可爱啊！上次带到病房去探望蔡将军，好多护士都很喜欢他。我看到将军看到孩子也是很开心的样子。"

潘蕙英微微叹息："可惜松坡不让孩子常去看他，说是孩子太小了，去病房是不适宜的。"

佐藤梅子点头，伸出一只手，拉住潘蕙英的手："夫人，将军的顾虑是对的，他也是极爱孩子的缘故啊！"

她回身将永宁揽在怀里，吻着他毛茸茸的头发，笑道："我听百里君和我讲过，说是永宁的名字是有典故的。"

她看到潘蕙英在微笑看她，得到鼓励，就接着说道："我听到的说法是，当年他们护国军从云南进入到四川打仗，在一个叫永宁河的地方，打了一场大胜仗。恰好这时候，蔡将军收到家中的电报，夫人您，刚刚诞育了这个男孩，于是将军就为孩子起名'永宁'，也是绝好的纪念意义，是这样的吗？"

潘蕙英拉过孩子的小手，在自己的手中抚弄着，低头默默呢喃着："是的，'永宁'这个名字，是有着这般特殊意义。但是，它还蕴藏着更深一层的含义，那就是，"她抬起头，看着眼前这个异邦的女孩，这个和自己在这里结下特殊友谊的好友，嘴角挂上一缕淡淡的笑意，"企盼我们的国家，从此倒置干戈，

永远和平安宁！”

佐藤梅子显然被她的话感动了，她深深地看着眼前已经被她视为知己的潘蕙英：“夫人，你相信吗？我也祝福你们的国家，真心地祝福她！”

“当然，我当然相信！”潘蕙英笑了，也拉住梅子的纤手，“你即将成为蒋将军的夫人，中国就会是你的婆家，肯定也是你永远牵挂和祝福的地方。”

“是的，夫人，你懂我。”梅子的脸上满是虔诚的神色，“也许，我会慢慢变成和你一样的……中国人，从我开始改名起。”

潘蕙英点头：“是了，我听松坡讲过，你原来的名字是佐藤屋登，改为梅子这个名字，完全是由于蒋将军的缘故。据说百里兄他酷爱梅花。”

一丝娇羞的红晕飞上梅子的俏脸，她捂嘴笑了，俏皮地看向潘蕙英：“夫人啊，其实你是只知其一不知其二了。”

“此话怎讲？”潘蕙英不解。

梅子神秘地一笑：“我还有个新名字呢，一个完全中国化的名字，是我和百里君一起起的。”

“哦？是什么？”

“左梅！”

“左梅？”潘蕙英念叨着这个名字，轻浅笑了，“真好听！蒋左梅，更好听！”

“哎哟，夫人，想不到你也有这样顽皮的一面啊？”梅子搂住她的肩膀，巧笑盼兮，“其实你说得不错！就叫蒋——左——梅！反正按照你们中国的说法，应该这样叫吧？”

“都改了中国名儿了，还你们中国呢？”潘蕙英继续取笑她，“应该是咱们中国！”

“不错，咱们中国！”梅子性情爽朗，大笑着应和道。

潘蕙英看着她微微点头：“其实我想说，梅子啊，你刚才说要慢慢变成中国人，依我看，倒不是始自你改中国名字起。从你和蒋将军相识那天起，冥冥之中，就有一条红线，把你和这个国家维系到一起了！”

这话引起梅子深思。她眯起眼睛，望着窗外昏暗的天色，仿佛回忆起往事来：“是的，夫人，你说得没错。当年，百里君因为军校事务拔枪自戕，生命垂危，中国政府向日本公使馆提出医务支援的要求。我恰巧当时是公使馆的护士长，就奉命来护理他。”

潘蕙英认真听着。有关蒋方震和佐藤梅子相识以及恋爱的故事，她曾经从蔡锷嘴里听说过，但是目前当事人的讲述，无疑更有细节，更具吸引力。

“夫人，奇怪的事情就这样发生了。”梅子的讲述很是生动，“你相信吗？当我第一眼看到他的时候，他还处于昏迷不醒状态，可就是当时这个面无血色、奄奄一息的中国将军，让我突然有了似曾相识的感觉，我们好像认识了一辈子一样！”

潘蕙英点头叹息：“这也许就是我们常说的缘分二字吧？”

“是缘分还是命运，我其实至今都分不清楚。”梅子甩甩头，仿佛想甩掉困惑，她带笑继续讲述，“我就是相信这样一个事实——我和这个叫作‘中国’的国家，和这位中国军人，要发生点什么了。”

她拧起秀长的眉毛：“多奇怪啊，日本国有那样多的优秀军人，我的身边也一直不乏追求者，但是我却偏偏爱上了这个中国青年军人！”

她边说边看着潘蕙英，感受到对方眼中流露出理解和赞许的笑意，就更加激动地述说着：“更加奇怪的是，后来我们两人相识了，百里君曾告诉我，当年他从昏迷中醒来，第一眼看到我的时候，也有同样似曾相识的感觉！他本来还有再次自戕的打算，后来因为我，放弃了这个轻生的念头……我不知道别人是否了解到了这个，后来日本医生都撤回国了，但唯独还留我护理了他三个月，所以，才会有后来的故事，你们大家看到的那些……”

“是的，我们才有机会欣赏到一段缠绵美好的异国情缘。”潘蕙英笑着接口道。

永宁此刻爬到母亲怀里，咿咿呀呀的样子甚是可爱，潘蕙英低头亲吻了他一下，男孩望着母亲，咯咯笑了起来。

梅子感动地看着这一切，微笑地对潘蕙英道：“其实啊，我觉得，夫人才是这世界上最幸福的女人！最疼爱你的丈夫，还是一位顶天立地的英雄，还有这样活泼可爱的孩子！”

潘蕙英抱着孩子，微笑不语。

“夫人和将军的故事，我听到的不甚详细。但是百里君曾经和我说到过一个极感人的细节：当年在戎马征战之余，将军给夫人写了大量的书信，连跟随在他身边的人都觉得奇怪，因为那时，军务繁重，环境恶劣，将军的身体状况已经很糟糕，但是他还是时刻惦念着远方的妻子，唉，真令人感动啊！”

潘蕙英仍然含笑不语，脸上却悄悄飞起一层红晕，让她秀丽的面颊分外动人。

梅子却笑着不肯放过她："我猜想这些书信，夫人会时刻带在身边的。就不知道我是否有眼福看到一位将军最美丽的情书？"

潘蕙英笑着剜了她一眼："谁告诉你我随身带着那些书信了？"

"我是以己推人啊。"梅子笑道，"百里君写给我的那些书信，我若出远门，必会随身携带。那是最宝贵的东西呢。"

看到潘蕙英仍旧笑而不语，梅子顽皮地晃晃头："其实我早参透了夫人和将军之间的秘密！"

"什么？"潘蕙英果然关注。

梅子指指潘蕙英的脖颈："如果我没记错的话，夫人脖子上带着一只木头饰品，上次咱们一同沐浴时，你给我看过的，上面雕刻有一只鸟的图案；可是，上次我在将军病床前为你演示护理细节，无意中看到，一只几乎一模一样的木头饰品，出现在将军的脖子上！"

她得意地笑看潘蕙英："我因此大胆地猜想，这对木头饰品，一定是有典故的！一定是将军和夫人的定情物对吧？"

"哎呀，你真顽皮，哪里像日本世家女孩了？"潘蕙英被她说中隐私，脸更红了。她掩饰着逗弄着孩子，又回头吩咐正在为孩子收拾东西的女仆们事宜。

"夫人，你不能这样哦，刚才我都和你讲了我和百里君的故事，你也要对我以诚相待才对。别忘了，我们以后都是一样的——中国人。"

聪慧过人的潘蕙英抓住她这个话头，忙笑道："好吧，目前我们毕竟还是在贵国土地上，以后回到中国，我再慢慢讲给你听好吗？"

"可是，夫人，我真的很好奇，这是一种贵重的木头吗？它是？"

"沉香木。"潘蕙英静静地说道，"总会有机会的，我会讲给你听沉香木的故事，相信我，梅子！"

梅子正欲回答，看到一个仆人进来禀报，打断了她们的谈话。却是他们家接她和永宁的车子到了。

1916 年 10 月　日本九州帝国大学医学部附属医院（福冈医院）

又一个清新的早晨来临。蔡锷在潘蕙英的服侍下，洗漱完毕，半卧在床榻上，他的精神不错，眼睛恢复了往日的神采。

副官李华禹端来一碗粥，潘蕙英接了，用小勺舀了，在唇边试了温度，喂到他嘴边。

“嗯，多吃点，趁你精神不错。吃过粥，咱们好吃药。”潘蕙英温柔地絮叨着，像照顾一个孩子般精心。

蔡锷也正如一个听话的孩子般配合，他边咽下一口口粥，边笑谓夫人：“奇怪呐，我今天突然感觉身子轻松不少，倒好像病都好了一半似的。”

这样的他让大家都感欣慰。李副官笑着道：“听久保博士说，昨天开始，给将军换了一种新药，看来有效果了。”正说着，石陶钧笑盈盈地走了进来。

“好吧，我们蔡大人的身体终于有了些起色，这病房里也该有点欢声笑语了！”石陶钧声音朗朗地说道。

他是蔡锷的随从人员中，和蒋方震一样的另一位将军，是蔡锷真正的邵阳同乡，又是发小，比蔡锷大两岁。当年他们同时被名流江标收为门下弟子，又同时考中了秀才，曾被誉为“邵阳二神童”。

后来两人又同时投在长沙的时务学堂梁启超门下，结交了谭嗣同；先后赴日本学习军事，前后毕业于日本士官学校。回国后，他襄助蔡锷在广西办学治军；在后面的护国战争中，又曾担任过蔡锷麾下的参谋长，和蒋方震一样，他是蔡锷身边极为亲密的诤友、兄弟。

这次，他刚刚在他们共同的恩师梁启超的建议安排下，专程赶来日本，陪护重病在身的好友。

他有着一张圆圆的脸庞，很多时候，这张脸上都挂着笑意。他是典型的乐观派，也很豁达幽默。他的到来，不仅解决了蔡锷随从人员中，只有蒋方震懂日文的困境，而且给久病的好友带来无限的心灵慰藉。

此刻他的话让病房的气氛瞬时变得暖融融的，潘蕙英喂完粥，又服侍蔡锷吃了药，才含笑带着李副官离开。今天难得蔡锷的精神好，也让他们两个老同学自在说说话。

石陶钧掏出一张邀请函，对蔡锷晃晃：“中华民国留日学生总会发来的，邀请你参加本月 10 日举办的共和纪念大会。我读给你听。”

他清清嗓子，读着邀请函内容：“松坡先生鉴：国事奔走，疲劳心血，临风景慕，曷胜崇拜之至……去岁，袁氏窃国，群小罗拜。爱国之士，虽多痛心疾首，然为高压所辖挟迫，几至莫可谁何，此诚千钧一发之秋也。独先生鸿猷硕画，毅力精魄，登高一呼，万山相应，义师旆乎西南，景从遍于全国，共和再造，先生大有造于四万万同胞！……干戈之余，国事底定，先生以精神之过疲，遂罹重疾，养疴东沪……同人等侨学海外，情切桑梓，于本月之十号，开共和纪念大会，并欲一睹风采，以伸景仰之意，聊表欢迎之忱……”

“共和纪念大会……”蔡锷默默念着，叹息道，“我若身体能支持，当然该去，也想见见那些青年学子们呐。”他说着露出微笑，看着眼前好友：“他们和咱们当年一样，定是怀着‘师夷之长技以制夷’的愿望来到这里求学。真希望能有机会和这些年轻人多交流一下的。”

“哎哟这个就算了吧？”石陶钧忙阻拦，“共和纪念大会在东京召开，你身体若此，怎么能撑着跑这样的远路？就算你想，稻田博士他们也不会批准的。”

蔡锷有些沮丧地垂下了头，良久抬起头看他：“那你就以我的名义回个电文吧，也算祝贺外加致歉之意。”

他略微沉吟，说出一行电文来：“总会执事先生钧鉴：共和纪念，锷以病躯，未克躬至，歉甚。除电祝中华民国万岁外，肃此，敬候公安。”

石陶钧点头道：“记住了，你放心吧。”他看着好友病弱憔悴的脸，尝试着拉回刚才的话题，再次提到了有关授勋的事情：“章公使说的没错，这次授勋，政府非常重视。黎大总统发布命令，凡受勋位之员在外省者，大总统将派遣专员将勋位证书徽章向得受勋位之员代授之，所以，随后肯定会有中国授勋官员带着授勋令和绶带勋章，专程来到这里……而且，我还听说，”他为蔡锷整整被子，笑看他：“日本军部及福冈军政民团各界，也很为此事振奋，准备专门举行一个庆祝会为你道贺助威。据说，咱们士官学校的一些师兄弟们也会前来为你祝贺呢。”

“唉，整这些虚幻花哨的事情有意思吗？”蔡锷微微蹙眉，“就如你刚才所言，如今我身子若此，哪有精力应付这些？你和百里商量了，尽量把这些事情推掉吧。不然，”

他弯弯嘴角，露出一丝孩子气的戏谑笑意：“你和百里如果愿意代替我去遭这份洋罪，我也没意见。”

“嗨，松坡，我简直搞不懂你了！”石陶钧对着好友直摇头，“你好像对这份荣誉很不上心？可是，前日章公使到来，你为什么又十分不听劝，不顾自己的病体，非要穿上军装，接受那份授勋电报呢？”

“章公使是代表国家政府来探我的病，顺便带来授勋令。蔡锷既然是一名军人，只要有一口气在，也要着装整齐地去接受这份荣誉才是。”蔡锷认真解释着，“何况，当着这么多见惯日本军界名流的日本医护人员，我也不能堕了咱中国军人的志气不是？”

“那正式的授勋会呢？”

“有个简单的仪式倒也罢了，但是大张旗鼓地进行表彰，尤其还是在这异国他乡，我看就大可不必了！”

“松坡，我还是不大懂你的意思。”

“只为我觉得这个勋一位的荣誉，得来没多大意思，又何必大肆宣扬，徒增溢美之词盈耳呢？”

“哈？勋一位的荣誉你还觉得没多大意思？”石陶钧夸张地一挑眉，看着老友，“我的蔡都督，你还想要什么？”

蔡锷摇头：“醉六，你没懂我的意思，我是说……”他话音未落，一阵猛烈的呛咳袭来，他捂着胸口，低头咳喘起来，片刻，就咳得满脸通红，喘不上气来。

石陶钧吓了一大跳，忙起身为他捶背，一边迭声劝道：“好了，别说话了，快缓缓劲儿。”

恰巧此时蒋方震拿着几封电报进来，看到此情景，就忙放下手中东西，倒了一杯水，送到蔡锷面前。

蔡锷咳喘渐渐平复下来，倚在石陶钧怀里低低喘息着，半晌，又喝了一口水，脸色才逐渐恢复平静。

蒋方震笑看着石陶钧：“你们俩刚才说什么呢？害得松坡又激动了？”

蔡锷笑着摇摇手，石陶钧倒把刚才的话如实讲给了他。

蒋方震深深看了一眼蔡锷，叹息道：“松坡的意思，我倒是猜出了一二，就不知确否？”

看着蔡锷和石陶钧都望向自己，蒋方震沉吟道：“这个答案，应该在松坡此次离开上海前，为卓如师的《盾鼻集》做的序文中的一段话。”

蔡锷听了，也不答言，只是怔怔地看他。

在石陶钧的注视下，蒋方震背诵着其中的句子：“‘西南之役，以一独夫之故，而动干戈于邦内，使无罪之人肝脑涂地者以万计，其间接所耗瘁，尚不知纪极，天下之不祥莫过是也……’”

蔡锷和石陶钧的神色都愈发凝重起来。

石陶钧长叹一声：“我明白了，松坡，国人都誉你为再造共和之绝世功臣，你也因为那场战争，得到了军人至高无上的荣誉，但是在你的心中，这不过是一场内耗，一场自己国人杀死自己国人之悲剧！”

“一个军人，战胜于国外乃为雄！”蔡锷沉默许久，方才幽幽道，“我曾经向政府提过这样的建议：‘军重在对外，凡非杀敌致果者，均不得荣膺上赏。’军人的职责是与外国侵略者作战，只有在抵御外辱的战争中取得胜利，才可以获得高等级的奖赏，这样的奖章也才值钱！”

他看看身旁的两位好友：“不然，将来外辱来袭，国家危难之时，又用何种荣誉来激励将士们奋勇杀敌，为国建功呢？”

他又露出一丝苦笑：“何况，我们目前身处异国，这种中国人自己内耗产生的战争，还有脸面炫耀荣誉吗？让那些日本人怎样看我们中国人？”

这个话题，让病房里的空气变得凝涩沉重起来。

“唉，这劳什子的庆祝会，你不想去也罢了，免得看到不愉快的人，再徒增烦恼。”石陶钧突然冒出这样一句，惹得蔡、蒋二人都疑惑地望向他。

石陶钧迟疑了片刻，才看着蔡锷，又望向蒋方震：“你们的老同学，那个谭庆铎，也要来凑这份热闹呢。”

蒋方震听了一愣：“谭庆铎如何又冒出来了？”

石陶钧冷笑道：“可知你们这位好同学，可算是一棵万年不倒的墙头草！革命，保皇，共和，宪政，袁家，段家，左右逢迎，好不乐哉！”

他看着一脸不屑神情的蒋方震，又看看沉吟不语的蔡锷，再次冷笑一声，掰着指头数落着：“我替你们的这位老同学捋捋一番经历吧：当年算是松坡用枪逼着他参加了重九起义；后面他进了北京，去依附袁世凯；袁贼谋逆时，他可是帝制疯狂鼓吹者；后来洪宪倒台，他又背弃袁党，而去俯就新贵……据说他现在已是国务总理段祺瑞麾下的红人，也许将来有个总长之福分也未可知。”

蔡锷和蒋方震默默听着，相视无语。石陶钧继续说着：“可笑该君最近也到东瀛公干，说是要专门来探望松坡，而且专门挑日方准备为松坡举办授勋会的当口，还扬言要组织士官学校的中日同学们，为松坡大张旗鼓地表彰一番。”

蒋方震听了直摇头：“也罢，松坡，这样说来，这场授勋庆祝会我不支持你去，连我自己都懒得参加了。看到那样的嘴脸，我心里不舒坦。”

蔡锷清浅一笑，看着老友安慰道：“不去就不去吧，各人有各人的活法，你又奈之何？百里，活了半辈子了，你还是这样较真，既想不开，也看不透吗？”

蒋方震苦笑着摇头，又从口袋里拿出名片：“说到老同学，我倒忘记了。那日章公使来转达授勋电报，你劳累过度，昏睡半晌。期间咱们士官的另一个老同学也来看你了，不过被护士们挡了，他留下名片，估计这两日还会再来。”

蔡锷接过名片看，石陶钧凑过头去，忍不住读出声来：“上野矢浩？是日本同学？”

蒋方震笑了：“不但是日本同学，还是和松坡极有渊源的一个日本同学呢。”

“哦？什么典故？”石陶钧果然十分好奇。

蒋方震看了一眼蔡锷，见他面色平静，手举着那张名片在出神，就对石陶钧笑道：“这是当年和松坡在军校里反复较量过的一个同学，他们也算不打不相识吧？”

“哦？快讲讲！”石陶钧挑起眉毛，露出格外兴奋的神情来，“惜乎我虽然大你们两岁，入士官却比你们晚两届。那时你们和孝准的‘中国士官三杰’的名头已经叫响了。我是格外好奇你们当年在士官的经历呢。什么天皇御赐宝刀啦，什么真正的前三甲都花落咱们中国人身上啊，传说多多啊。百里，你快讲讲。”

他笑着对蒋方震催促道：“就从这个上野矢浩讲起，讲讲他和松坡如何较量的？这个有趣得很……”

“行了，什么事到你嘴里都有趣得很，什么事事关于我，你都好奇，真是奇怪了！”蔡锷笑嗔着打断石陶钧的话，却是认真看向蒋方震，“百里，刚才看到你拿了几封电报进来，都是谁来的？”

蒋方震忙从桌子上拿起电报，对着蔡锷挥挥：“来自两位尊师。一封是卓如师打来的，另一封是老夫子的。这每日里从各地发来的慰问电也太多了，我专门挑了重要的拿来给你看。”他说着将手中的两份电报递给蔡锷，看看石陶钧，又不动声色地将剩下的一份电报藏匿在手边，趁眼前两人不注意，又悄悄塞到自己口袋里。

蔡锷打开电报，这封是他们口中的“老夫子”发来的。老夫子即康有为。蔡、蒋、石三人都是梁启超的弟子，而康有为又是梁启超的老师。所以按师徒排辈，康有为应该算他们的“师祖”，被他们称为“老夫子”。

这封电报上只有一行字：“弟关系中国至大，倾闻重病，忧念至深，望为国珍摄。”蔡锷看着电文，心中感慨莫名。

其实蔡锷和这个有着师祖位份的康有为先生并没有太大的交集。戊戌变法之后，康有为和梁启超的思想逐步分流，辛亥革命后，康有为拥护君主立宪，而其学生梁启超则主张共和宪政，作为梁启超学生的蔡锷自然也是如此主张。

虽然政见不同，但是在反对袁世凯复辟帝制这件事上，他们师祖、师徒三人的主张是完全一致的。为了表示对蔡锷反袁行动的支持，康有为曾经发电报给当时率领护国军征战的蔡锷，说是“弟起兵，实我决策”，说明蔡锷此次起兵反袁是他和梁启超的意思，他利用自己的威信名望，在舆论上给了蔡锷很大的声援。

如今，这封问候病情的慰问电报，再次表明了他对蔡锷这个徒孙的殷切关怀之意，情深意切。蔡锷一时竟不知说什么才好，只是对着电报出神。

石陶钧拿起他手边的另一封电报，看了看，解释道：“卓如师的这通电报，准确地说是发给百里的。主要是问你的病况，并且嘱咐，请百里说得越详细越好，他心中着实挂念得紧……”

这话说得三人都有些伤感。梁启超是他们共同的恩师，而他和蔡锷的师徒情谊，比别人更是有所不同，这点大家都心知肚明，却一时也无语相对。

片刻，蔡锷才强笑道：“百里，你就劳神给老师发通电文，说我病情有所遏制，在逐渐转好了。你们看，如今我不是蛮精神的吗？”

石陶钧乐天，就忙接话：“是啊，如果这种情况能维持下去，你的病当真是有转机了！这可太好了！”

蒋方震没有他那样乐观，但是此情此景，为了让病人开心，他也忙点头附和，又解释道：“其实，我前几天给老师发过一通电报，那时松坡情况还不大好，但是怕他老人家担心，我还是选择报喜不报忧，只是说在治疗中，有所转机。算算日子，那封电报也就快到老师手里了。”

蔡锷点头，又记起一事来：“今天有精神了，我倒想和你们商量件事。这次到日本来，几乎一直在缠绵病榻，把人都憋闷坏了。有很多想去的地方，我都是望之兴叹！如今我好些了，就想出去走走。”

“你想出去？去哪里？”蒋、石两人都紧张地看着他，几乎是异口同声地问道。

他们的情绪让蔡锷好笑，就只好尽量放缓语气道：“以前在日本学习的时候，我总爱在海边走走，简直是迷恋那种海天一色的景象啊……也罢，东京的纪念会你们不让去，就找个近点的地方吧？听小护士们说，附近有个北海湾风景不错，不如你们陪我去散散心，也借机好好呼吸一下新鲜空气，如何？”

“海边？开玩笑！”石陶钧抢先对他撇嘴，“你瞧瞧你的身体，才能撑着坐起身来呢，就想往外跑了？还想去海边？怎么可能？”

“是啊，松坡，”蒋方震也劝道，“医生们不会准许你出去的。何况海边都是风大浪大的，你的身体，如何经受得起？”

蔡锷嘟嘟嘴，直摇头：“我的情况我清楚。再把那种新药用上几天，我一定没问题，完全能外出走走！”

他带着委屈的神情看着两位密友：“你们也该可怜我一下吧？这都闷在病房一个多月了，我浑身上下都快被捂出霉斑来了！”

他伸出手来比画：“三天！三天如何？我保证三天后比现在还要好很多！咱们就出去一趟吧，让我呼吸一下新鲜空气，对我的病体也很有益处，对吧？”

“不对！”石陶钧直摇头，“现在你静卧养病才是正道，呼不呼吸新鲜空气并不重要。你这种无理要求，想都不要想！稻田博士，久保博士，还有樱井护士长，谁都不可能批准你的！”

“是的，松坡。”蒋方震也想继续劝说，却被蔡锷凌厉的眼神逼得咽回了话头。

“如果你们都不陪我去，我自己也会去的，或者还有蕙英也可以！”蔡锷虎起脸来，语气不容置疑的坚定，“而且，我都不忍心那样对你们，但是目前看不用权威还不行了！百里，醉六！”

他认真叫着两人的字，表情严肃：“请把我刚才的话，当作一道军令去执行好了！”

石陶钧喊起来：“你都这样了，还发布军令呢？”

“怎么？你不服气？我的参谋长？”蔡锷喊出当时在护国军中对石陶钧的称呼，石陶钧不忍心反驳他，吊着脸瞪着他。

蒋方震打起圆场来：“好了，别争了，又不是现在。等三天过后，看松坡身体的情况再说吧。”

石陶钧哼了一声，不再说话，蔡锷却低声嘟囔了句：“三天后，也得执行。什么是军令如山？”

1916 年 10 月　梁启超北京寓所

宽大的书房中，四十三岁的梁启超正伏案在看他的《盾鼻集》初稿，长女梁思顺倚在一旁，拿了蔡锷在赴日前，扶病为恩师的这部新书而撰写的序文在看，忍不住低声吟诵：

“当去岁秋冬之交，帝焰炙手可热，锷在京师，间数日一诣天津，造先生之庐，咨受大计。及部署略定，先后南下。濒行，相与约曰：事之不济，吾侪死之，决不亡命。若其济也，吾侪引退，决不在朝……”

“壮哉，松坡哥哥！”梁思顺忍不住击案赞叹，“‘如果失败，就殉国，绝不流亡海外，如果成功，就下野，绝不争地盘！’护国战争之前，松坡哥哥就和爹爹您订下了如此光明磊落的君子之盟，实在叫人感服！”

梁启超点头：“不错，我这个学生，我一向认为他最可贵之处，就在于心地光明，毫无权力思想！”

他转而叹息：“民国以来，多少总长、总理都不过蝇营狗苟之辈，奔着权和利而来，而你们的这位兄长——蔡松坡，身居要职，手握重兵，却从来没有利用手中的枪杆子为自己谋取丝毫利益！他不是朝三暮四的政客，对权力没有膨胀的欲望，连做拥兵自重的军阀都不屑，更对一些身外的荣誉视若粪土！他这一生想做的事情，无非是——做一个纯粹的军人，为这个极弱的国家训练出一支训练有素、作风优良的强劲之旅，可以抵御外辱，强我国威！”

“壮哉，松坡哥哥！”梁思顺再次感叹，正要说什么，却见弟弟梁思成拿了一封电报进来。

“父亲，百里兄有电报来了。”

“哦？怎样说？松坡的病情如何了？快拿来给我看！”

梁启超急切地接过长子手中的电报，翻开细看。

梁思成对姐姐解释着：“据说，松坡兄上月抵达日本福冈，已经住进帝国大学附属医院，经过诊治，病情有所好转。这下父亲，咱们都可稍稍放心了。”

梁启超手握电报频频点头：“天佑我中华啊！松坡如能逃过此劫，真乃吾平生之最大快事也！”

梁思成看着案上的书稿，微微摇头：“其实，我有时在想，松坡兄身体孱弱，长期艰苦卓绝的军旅生涯，并不适合于他。所以此前他赴日前，在上海记者招待会上曾说过这样一句话——‘若有机会，还是想追随在恩师梁卓如先生身边，做点研究，搞点学问。’”

梁思顺也赞同：“我刚才一直在读松坡哥哥的文，从这个为父亲《盾鼻集》所做的序文，到那篇《梁启超致蔡松坡第五书》后的跋语，不由要感叹，他的文笔真好！笔翰如流，文采斐然！爹爹，他当得起您的第一高徒！”

她看父亲莞尔一笑："我在想，若是松坡哥哥一直跟随在您的身边，假以时日，一定也可以成为一代名儒，学问不可限量呢。"

儿女们的议论勾起梁启超的一番回忆和感慨："唉！你们又哪里知道？你们的松坡兄他原本的志向并非从军，他当年投身在我的门下，就是想做一代儒生，清静搞学问呐。那时候，他还叫蔡艮寅这个名字……"

他的脑海里，又浮现出当年和蔡锷初识时的一幕。

1897 年 10 月　长沙时务学堂

担任中文分教习的谭嗣同和唐才常，和中文总教习梁启超一起批阅学生的文章。谭嗣同拿过一篇文章，递给梁启超："任公，你留意一下这篇文章，作者就是我多次给你提到的，所有学生中年龄最小的那位。你看看，颇有点意思！"

"蔡艮寅？"梁启超接过文本，先注意了一下文章上方署着的名字，才看正文。一旁唐才常笑道："这个蔡艮寅，倒也是我看好的一个学生。他来自邵阳，十三岁中秀才，有邵阳神童的美誉。"他扭脸看看谭嗣同，"他的文章，我和复生兄都常有评议，此生胸怀大志，文思敏捷，是个可造之才！"

谭嗣同点头："佛尘说的没错。我最看重此生的，除了过人的才华外，就是那种胸襟博大的情怀，踏实稳健的行事作风，小小年纪，已露博观而约取，厚积而薄发之态。"

梁启超闻言一笑："难得复生、佛尘两兄都如此推崇此生，观此文，倒也从容有致。但是其中观点却不敢苟同。对于这个年龄最小的学生，我倒有兴趣好生点拨他一下。"

谭嗣同拊掌大笑："好了，这也算是他蔡艮寅的福分到也！俗话说，玉不琢，不成器。这个邵阳小才子若得你梁任公金针度人，河汾门下，成才可期！"

夜晚油灯下，梁启超看着身边的学生蔡艮寅，听他在陈述自己文中观点："先生，学生研习《春秋》，有一事非常困惑：《春秋》似非改制度之书，应该是用制度之书。如果我们今天将其视为改制度之书，那么其作者圣人孔子，不就有了僭越之罪，倒是越俎代疱了吗？"十五岁的少年眼睛熠熠发光，看着自己崇拜的老师："难道，圣人孔子也能算做改制度的先驱？"

梁启超喜欢这个学生的敏慧，更喜欢他的认真踏实学风，他和蔼地看着他，语气却是斩钉截铁般肯定："不错，在我的眼中，孔子正是这样的先哲。国家制度非僵化不可撼动之物，随着时代进步，文化发展，制度也要相应地更新才是！这也就是为什么西方社会进步，就在于‘制度者，无一时而变当改者也。西人惟时时改之，是以强。’”

他看着学生，继续启发：“纵观我国状况，就是弱在制度终古不改，安常习故，守缺抱残，所以逐渐微弱下去。长此以往下去，终会堕入不可收拾的局面。”

少年听得出神，频频点头，接言道：“先生的话，让学生联想到读到过的一则典故。”

“不妨说来。”梁启超鼓励地看着他。

蔡艮寅：“《史记·商君列传》有这样一句话：‘常人安于故俗，学者溺于所闻。以此两者，居官守法可也，非所与论于法之外也。’说的是，战国时期，秦国国君秦孝公准备任用商鞅进行变法，提高农民与将士的地位，遭到大夫甘龙与杜挚的反对，商鞅据理力争，认为甘龙的话是世俗之言，他们只能安于故俗，溺于所闻，居官守法。但是根据当时秦国的形势，商鞅认为，唯有推行新法，革除弊政，才可以富国强兵，称霸于诸侯。”

他认真地看着老师：“今日之中国，内忧外患，层出不穷。也许正需要一场彻底的变革？就从行动礼仪着眼，欲求变化可自天子降尊始，先变去拜跪之礼，上下莫习虚文，然后方不为外国人所讥笑。”

梁启超点头，受到鼓励的学生情绪大为振奋。少年艮寅虽然一向推崇“君子讷于言而敏于行”，但是当着这样的良师，却想知无不言言无不尽，“而且，学生也从先生的批语里学到另一层认识，不能因为是圣人之言就不敢质疑。论政议事不能有等级观念，什么时候都要保持自己独立思考和决断的习惯。”

“很好，艮寅，所谓孺子可教也。”梁启超大悦，拍拍他的肩膀，眼中露出欣赏的神色。

从此，时务学堂的各处都留下了这对师生相依相携的身影。梁启超对自己这个最小的弟子赏识有加，在各方面都提携、指导他，而少年艮寅也极其崇拜大儒恩师，一言一行都追随老师的足迹。

1916 年 10 月　梁启超北京寓所

此刻对一双儿女讲述着自己和蔡锷这段难忘的半世师生缘分，梁启超依旧是心潮澎湃，满脸的眷恋和幽思之情。

“那后来呢？松坡哥哥又是怎样追随您去了日本，又为何改学了军事？”梁思顺以手托腮，看着父亲问道。

梁思成也说出自己的疑问：“我倒是好奇松坡兄改名为‘锷’的典故，以前大致听说，总不得其详。”

梁启超却是一声长叹：“其实你们这两个问题根本就是一回事情。”

他眯起眼睛，继续为儿女们回忆起往事来：“那年，戊戌变法失败，谭复生殉难，我和恩师康南海流亡海外，时务学堂也被解散，松坡他们几乎陷入失学状态。”

“远在东瀛的我，实在放心不下这几个优秀的学生，尤其是松坡，年纪最小，天分和抱负却极高。于是，我写信给他，让他和几名同学商议，想法东渡来日本，跟在我身边，继续做学问。但是他们几人都是出身农家，缺少盘缠，不能成行。

“后来，我托在国内的朋友为他们设法筹款，无意间得到当时任工部右侍郎的袁世凯的资助，几个学生各得到一千元，才有机会来到日本。”

听到这里，梁思成忍不住叫出声来：“天呐，当年松坡兄赴日本留学，倒是袁大头资助的差旅费？”

梁启超一笑：“那时的袁世凯，同情思想进步的流亡学生，给不少人提供资助，松坡就是其中一个。但是他袁项城哪里会想到，十多年过后，当他思想倒退，又做起称孤道寡的皇帝梦时，却是当年他无意间资助过的这位学生，用从日本军校学习的本领，来指挥千军万马，将他从洪宪皇帝的宝座上拉下来呢？”

梁思顺也拊掌叹道：“也许，这就是所谓的历史吊诡之说吧？”

梁启超微微摇头，继续刚才的话题：“松坡初到日本时，倒是潜心跟随在我身边念书、做学问。当时我们师徒有十几个人，在小石川区久坚町租了三间房子，以席铺地，抵足而眠，亲密非常。这样的美好时光继续了九个月，松坡又遭遇到一个重要的人生选择。

“他的另一位老师，也是我的好友，唐才常，佛尘兄，带着弟子回国，他们成立了自立军，准备进行勤王讨贼，为戊戌六君子复仇的起义。松坡是其中最年幼者，也跟随去了。

“我没有阻拦他，因为他当时对我说了这样一句话——‘先生，我们一直在期待着中国社会有个巨大的变革，来实现我们的理想。那么，坐着言，何如起来行？'”

说到此处，梁启超的眼眶不觉湿润起来，眼睛里有晶莹的东西在闪烁："那年他还不满十八岁，就毅然追随他的佛尘师，和一些同学，回国举义去了。"

他看看身边的一双儿女，再次叹息着："后来，你们也知道的，自立军起义失败，几乎是全军覆没。松坡因为实在年少，唐才常不忍心他冒此杀头之险，故在起义前，用计遣他往别处送信，有意保全下他的性命。但是在此之后，再次回到日本的松坡，性情却已大变……"

"我清楚地记得我再次见到他时，他那一脸的忧伤和愤懑之情。他告诉我，他已经改了名字，不叫艮寅了，从此名'锷'，以'蔡锷'的名字行于世。这个'锷'字，取'砥砺锋锷，从新做起'之意，表明了一种破釜沉舟，刺破青天的志向！"

"砥砺锋锷，从新做起！"梁氏姐弟都在喃喃自语着。

"是的，从那时起，这个邵阳青年就决心投笔从戎，走上一条全新的人生道路。"梁启超万分感慨，"我不知道这是幸，还是不幸？也许，对他个人而言，从此丢掉锦绣文才，放弃'悠游林泉，择天下英才而教之'的美好闲适的愿望，倒是走向一条万分艰险，一去不可回头的道路上了。

"但是，对于咱们这个国家，这一定是大幸，万幸！中国少了一个奋笔疾书的文人，却多了一个钢筋铁骨的军人，一个无私无畏的斗士！不，应该说，是一位狂士、死士、烈士！当国家危难之际，在共和大厦将倾之时，能挺身而出，振臂一呼，不顾自己生死，却将为四万万同胞争人格的重任担在肩上！"

说到这个自己平生最为爱重，又最引以为豪的弟子，梁启超的心情如大海一样翻滚，久久不能平息。他深情地望向身旁的一个银质相框，那里面嵌着蔡锷的一张戎装照片。这个相框就放在书案上，他每天都会不自觉地看上几眼。

"我忘不了你们的松坡兄，当年，他再次回到日本时，就这样凝视着我，提出了一个恳求——请老师为我设法，我想改学军事！如果不能成为一名出色优秀的军人，我就算不得您梁卓如先生的弟子！"

他的话，让身旁的两个小儿女，也湿了眼眶。他接着又感叹道："几年后，当他回国，身着戎装来见我时，已经是个服饰鲜明、佩剑铿然的标准军人了！黧黑刚劲的脸庞，炯炯有神的眼睛，利落的寸发，挺直的身板，一丝不苟的军容风貌，都让我对他刮目相看！他已然蜕变成一名威武有力、英姿勃发的军旅男儿了！"

这番回忆让他不觉地微笑："说到样貌，我还记得他随后用击椎生的笔名发表过两首诗，其中有句'烈烈西风吹短发'，意气风发的样子很形象，我很喜欢！"

他说着冥想片刻，缓缓吟诵出爱徒的那两首《回国有感》：

频年浪迹大江游，漂泊南冠笑楚囚。
烈烈西风吹短发，万山叶落洞庭秋。

十年戎马历边城，欲诉乡心对短檠。
我亦有亭深竹里，也思归去听秋声。

吟罢他转而叹息："思顺，思成，你们刚才说得不错，松坡生就一介书生体格，也许更适合做一个文士。只是时事维艰，这个衰败破损的国家，已容不得他安安静静地埋身书海，做自己想做的事情！他投笔从戎，非关功名利禄，也不图出将入相，只是想走军事报国之路，成为献身国家的一个纯粹军人！"

他露出忧伤而担心的神色："可叹造物弄人！想当年他逃离京城，图谋反袁，那时已然是带病之身。如果没有这场病，他断难借医病之借口，逃脱袁贼之手；可是也是由于这场病，他万里间关，艰险征战，延误了医治良机，只怕……"

他再也难以按捺住起伏的心潮，起身走到窗边，望着遥远的东边。

"唉，松坡，松坡！如今你做成这除逆匡义、再造共和之丰功伟业，就是我梁启超最心仪的弟子，足慰我平生'择天下英才而教之'的心愿了！"

这声长叹，仿佛能穿透窗外暮霭沉沉的夜空，传递到很远很远的地方。

第三章　结义

身无半文，心忧天下；破书万卷，神交故人。——左宗棠

1916年10月　日本九州帝国大学医学部附属医院（福冈医院）

护士泽田美江换去护士服，准备下班。拉开抽屉拿包时，她迟疑了一下，又将一份放在里面的中文报纸塞到包中。

她穿过长长的走廊，来到楼梯口，拉开门正欲出去，却不料和一个人碰个满怀。

两人尴尬地互相抱歉，美江的包被撞到地上，她边蹲身捡包，边不忘以一个日本女子的谦和态度鞠躬不迭，却不料对方利落地抢先捡起包来，递到她的手上。

“小姐，真是对不起！”

一个清朗的男声响起在耳际，美江抬眼望去，眼前是一个年轻的男孩，最多二十出头的年纪，有一双弯弯的眼睛，笑起来很温暖。

“哦，也是我开门急了，您没被碰到吧？”美江依旧是日本女孩谦逊多礼的态度，她留神看到男孩身着本医院的白大褂，心中暗想这是一名新来的年轻医生吗？自己怎么从来没见过？转而一想，又笑自己：偌大的附属医院，人员众多，自己哪里能都认清楚了？

“请问小姐，您是这个科的护士吗？”

“是的，先生是哪个科的呢？”

“我是脑科的实习医生，小林建昭，请多关照！”

美江再次鞠躬还礼，说了自己的名字。两人搭讪几句，美江就欲离开，却

发现男孩跟在自己身后一起下楼。两人边走边聊。

“小林医生不是要去我们科找人，怎么？”

“哦，不好意思，泽田护士。其实我是想打听一个人，看到您，不妨问一下，不算失礼吧？”

“您想打听的是？”

“一位病人，一位来自中国的将军，据说住在你们特护病区里？”

这话让美江睁大了眼睛，又认真地打量了一下身边的男孩：“您打听这位特殊的病人？”

小林建昭露出一丝腼腆的神情：“是啊，据说是中国一个了不起的大人物，很多人都想去看望他，却被告知将军要静养，不能打扰。”

“是的，我们被上方告知不能随意向外人透露自己护理着的病人的信息，”美江柔声解释着，“但是小林医生是本院人员，我也只能告诉您，将军的情况还好，这两天有明显好转。”

“那太好了！”男孩高兴地咧咧嘴，又看看美江，语气有点迟疑，“可是……真的没办法，能见到将军吗？哦，我是说，如果您带我进去，看将军一眼，不会打扰到他的？”

“哦，不可能的！”美江这次是毫无商量的语气，“这个根本不可能被允许。任何人，不经过两个主治博士先生的允许，是不能去探望将军的，包括本院人员。”

她抬眼扫了小林一眼：“很多记者，政府要员，包括将军在这里的故交都被挡驾了呢。”

男孩明显看出来很沮丧：“真遗憾。”

美江有点同情地望向他：“您为什么想着去见将军？哦，我猜您是将军的崇拜者，对吗？”

“是的，他是我最仰慕的人！”小林说得很斩钉截铁。

“可是，这还是没办法通融的事啊。抱歉，小林医生，我无法帮到您。”美江温柔地对他笑笑，“但是我可以做到的是，明天上班见到将军，我会找机会告诉他，我们医院脑科的小林医生，很仰慕他，向他问好。”

“好吧，泽田护士，谢谢您。”男孩微微鞠躬，告辞而去。

美江继续向外走，经过院中的一个花园时，迎面碰到佐藤梅子。

两人笑着打招呼。因为经常和蒋方震一起到病房探望蔡锷，梅子和护士们都很熟识，尤其是美江，因为彼此会中文的缘故，格外投缘。她们还经常一起切磋中文听说能力。

此刻美江知道梅子是去蔡锷病房，就告诉她蔡锷和蒋方震都不在，听说是去海边了。梅子惊讶地睁大了眼睛。

“天呐，海边？蔡将军这两天身体是有所好转，但是怎么会被允许……去海边？”

美江笑笑：“稻田博士为将军换了一种新药，效果很好，将军的身体比前一阵好多了。据说去海边，是将军一再要求的，由蒋将军向院方说明了。博士们和护士长反复商量了，又请示了医院上方，最后同意了这个要求，不过军部那边派了车，还有医生跟着的。”

梅子点头，又听美江体贴地告诉她：“您可以去病房的，蔡夫人在那里的。”

两人正欲分手，梅子看到美江拉了自己手一下，明显有话想讲，却又欲言又止。

“美江？”梅子温柔地看她。梅子年龄大美江几岁，但是两人出身相仿，她很喜欢美江的清纯热情又温柔大方的性情。私下里，她让美江称呼她“梅子姐”。

“有件事情，从前两天到现在，一直憋在我心里，也无人可讲。最想请教的，就是梅子姐姐您，却又觉得有点……”

“美江，究竟是什么事啊？”梅子拉着她的手，两人一起在花园的石凳上坐下，她带着鼓励的微笑看着女孩，“这里没别人，你不妨大胆说出来吧。”

美江得到鼓励，终于点点头。她打开手包，拿出那张报纸来，递到梅子手里。

这是一份旧的中文报纸。梅子的中文在蒋方震的耐心辅导下，已经有长足的进步。不仅听说能力过关，她和潘蕙英已经能够进行无障碍式交谈，而且也能较为通顺地阅读中文文章。美江从小受到表舅公的中文教习，中文基础也不错。

此刻，梅子翻开手中的报纸，看着美江指点给她看的那篇文——不爱江山爱美人，蔡松坡痴恋小凤仙。

“梅子姐，蔡将军是一个了不起的人。自从他住进我们医院，我来到他身边护理后，我听到了很多有关他的传奇故事。和很多同事一样，我们很尊敬这位中国将军，不，应该说是崇拜他！”

女孩脸色绯红："从我这边讲，我还有另一层崇拜的情结，就是他和夫人的爱情！我亲眼看到他们夫妇俩恩爱有加、情深义重的情形。夫人对将军的挚爱，从日常的点点滴滴都显露无遗；将军对夫人的怜惜，也让人感动。有一次，我去送药，无意间透过门上的玻璃窗看到这样一幕感人的情景：当时病房没有外人，只有夫人守候着将军，躺在病床上的他和守在床边的她，两手相扣，紧握在一起，他们没有说话，就那样深情地对望着，仿佛时光凝固住，外界的一切都和他们无关了……这样的画面，每一个人看了都会动容！我当时鼻头发酸，眼泪差点就落下来了。总觉得，这就是爱情，最美好的爱情！可是，"

她有点沮丧地垂下头："我前几天看到了这个，这篇新闻，虽然是旧的，但是难道不是他们中国报纸记载的事情吗？这也太……令人失望了，简直是意外的打击啊！我看了心头发堵，不愿意相信，也不能相信！但是报纸上白纸黑字就那样写着……而且，以前我听表舅公说过的，这是中国有名的一种报纸，难道不可信吗？我简直搞不懂了！梅子姐，你说，这是怎么一回事情呢？难道夫人不是将军最爱的女人吗？还是……将军拥有很多的女人，不是唯一的爱情？"

女孩握住梅子的手，激动得身子都微微颤抖，她紧紧盯着梅子的脸，仿佛要从那上面看出答案来。

这篇文章也震撼了梅子。有关蔡锷和这位叫"小凤仙"的女子的情感纠葛，她也是第一次看到。但是梅子究竟大上几岁，情感上要成熟很多，她匆匆看完文章，将报纸叠起，看着美江："这件事情，我也是第一次听说到。其实报纸上写的东西，也未必都是可信的。不过，我还是想有机会，找百里君暗中打听一下，他作为将军的好友，一定知道内情。"

她又问美江："这张报纸你也是从你表舅公那里得到的吗？可以先放在我这里吗？回头我会还给你。"

美江点头："当然可以的。不过梅子姐姐，如果您从蒋将军那里知道真相后，能告诉我吗？您放心，我会保密的。这张报纸上的内容，我就没有告诉任何人呢。蔡将军是大家崇拜的英雄，我不想听到任何有损他清誉的议论。"

女孩的单纯善良和维护自己偶像的痴心让梅子感动。她拍拍美江的手，给她以安慰："你放心吧，我一定会问出这件事的真相来。而且，以我对将军和夫人的观察、了解，我觉得，一切不会有问题的！我坚信。"

"嗯嗯嗯，我也是。"美江忙点头。看着梅子，她心里突然现出一点顽皮的念头来，就笑着打趣她，"就像我坚信梅子姐姐和蒋将军一样！就像我坚信爱情一样！”

“鬼丫头，你竟然敢拿我打趣起来？”梅子笑嗔她。

北海湾高高的岸堤上，一辆军用汽车停下来。石陶钧先下车，又回身搀扶蔡锷下来，最后下来的蒋方震吩咐身后跟着的医生在车子旁等候，然后他们三人向海边走去。

蔡锷手里拿着一根手杖，借以支撑自己的身体。看到石陶钧和蒋方震小心翼翼左右搀扶着他，不由得笑着挣脱他们的手臂：“好了，走慢点，我没问题的，又不是七老八十了，哪至于这样左扶右搀的？”

“虽然不是七老八十，但是你忘了就在不久前，你还是病得七荤八素的？”石陶钧鼓鼓眼睛揶揄他，又挥挥手：“好了，你爱逞强，也不勉强你。百里陪你慢慢走，我先过去给咱们找一个歇息处吧。”他说完快步向沙滩奔去。

蒋方震陪蔡锷走着，照顾他体虚，走得很慢，遇到高低不平的地段，还不忘用手搀扶他一下。

虽然天气还不是很冷，病体孱弱的蔡锷已穿上了夹袄。临行前，想起他喉痛不能受风，潘蕙英还细心地拿出一条藏青色的绒线编制的长围巾，仔细地给他围上。此刻他们边走边谈，正说到了一个值得两人注意的话题。

“百里，据你说，那个泽田美江护士的表舅公，就是藤原纪男教授？”

“是的，她亲口告诉我的。以前我隐约听到其他护士说，美江的表舅公是大学教授，又是一位中国通，没想到竟然会是藤原教授。”

面前有几级台阶，蒋方震忙搀住蔡锷的臂膀，扶他下了阶梯，来到沙滩上。

“百里，难为你还没忘记这位藤原教授。”蔡锷说来语气幽幽，蒋方震听了不由一笑。

“这个自然难忘。当年在士官的时候，你总爱拿着他的文章来读，几乎到了废寝忘食的地步，我怎能不印象深刻？”

“百里，你是否注意过他的文章内容呢？”

“这个……倒没啥印象了。唉，那时候，咱们学业繁重，训练又苦，手边杂七杂八可读的东西也太多了，各人选择不迭的。你有你爱读的，我爱的，还有运隆爱的，都不一样。”

他提到的运隆，是他们士官同期同学张孝准的号，他们三人当年曾被并誉为“中国士官三杰”。

“可是，终于让我又找到这位藤原教授的踪迹了，总算不虚此行！”蔡锷没有理会他的话，仿佛突然迸出了这句话一般。

“松坡，这话什么意思？”蒋方震不解地望着好友。蔡锷没有回答，只是微微抿了一下嘴，露出思索的神情来。

蒋方震却是敏感的，他一向心细，就带着疑惑看向他：“你竟然说不虚此行？哎，松坡，倒让我记起前次在上海时的一个问题了。那时，大家在卓如师寓所研究你究竟该在哪里治病的问题。有些朋友建议，你身体孱弱，应该留在上海，延请外国名医为你诊治；卓如师却极力主张你来日本治疗，理由是这边医疗条件好过国内；而且也是咱们年轻时待过的地方，风土人情熟悉；也可借机有个摒弃外人打扰、清净养病的场所。”

蔡锷也不插话，静静听着好友说着。

“后来，我私下问起你的想法。你毫不犹豫地说就遵从卓如师的建议。你还特别对我说了句：‘我本来也想再去日本一次，有些故人，有些故事，是要再细细思量一番的。’如今看来，这位藤原教授，莫非就是你极想见到的一位故人吗？”

“百里，你心细如发，记忆力也极好，真是佩服之至。”蔡锷对着他拱拱手，竟然带着顽皮的笑意，“可是，你也只猜对了一半而已。你难道忘了，当年我在日本，也和这位藤原教授未曾谋过面的？”

“是的，但是否算神交过？这次莫非你想一了夙愿，见见他？”蒋方震继续猜测。

蔡锷却摇头：“未必要见，也未必能见到。但是这次来日本，的确也有我未了的心愿……”他说到此处，似乎有不想继续说下去、说明白的样子，这让蒋方震仍旧困惑，想要细问，却听到远处已经响起石陶钧的喊叫声。

“好了，这个话题到此为止，容我想想再说。这个重要的心结，我总会找机会告诉你的。”蔡锷毅然结束了两人的对话，脸上挂了轻松的笑意出来，“咱们先去那边吧，你看醉六该着急了。”

这是一片浅滩礁石，因为侧面有一块巨大的礁石挡住了海风，这里显得风平浪静，几块大石头错落有致，也是绝佳休息处。

毕竟重病在身，很久没下床走路了，蔡锷明显体力不支，这段不远的距离也走得他气喘吁吁起来。蒋方震和石陶钧左右搀扶了他，安置他坐在一块平坦的礁石上。蒋方震为他轻拍着背，轻声问：“怎么样，松坡？还坚持得住吗？”

“什么话？”蔡锷渐渐调匀呼吸，笑着道，“我好容易有机会出来一次，你们别想找理由就马上劝我回去。”他打量一眼四周，微微点头：“此处不错。”

“当然！”石陶钧骄傲地一仰头，看着两位好友笑道，“也不看是谁找的地方？这可是一绝佳背风处！海边风大，松坡你这样弱，如何敢坐在风口？”

蒋方震笑了：“是不错！哎，醉六，我恍惚记起了一事——据说当年你在士官学校时，军事地形学总考第一啊？”

“百里见笑。不过相对于你们学业优异的士官三杰，这简直不值一提！”石陶钧笑着摆摆手。

“别总把三杰挂在嘴边。都是多少年前的事情了？”蒋方震也笑着逗他，三人独处时，也爱这样斗嘴玩玩。

“过去多少年它这是实情啊，也是永远让人骄傲的事情，尤其是对于咱们留日学生来说！”石陶钧却是一脸的真诚，“我进士官学校比你们俩晚，那时候你们士官三杰的名头已经叫响了！作为中国留学生，原本受的刺激和轻辱也多。好容易有个扬眉吐气的机会怎能不大书特书，记忆深刻？所以，也成习惯了。”

他因此记起一事来，就忙道：“前两天说到那个话题，那个来看松坡的日本同学，叫上野什么的？据百里说，曾经和松坡较量过多次？不妨讲讲这些故事啊。”

蔡锷和蒋方震相视而笑，也不答话。蒋方震却将话题引到石陶钧身上：“要听我们的故事不难，我倒有几个问题想先问你呢。”

“百里学长请问，学弟我定当知无不言言无不尽。”石陶钧咧嘴笑。他虽然比眼前的两人要大两岁，但是因为进士官学校比二人要晚两年，所以如此玩笑。

蒋方震却摆出一副认真的表情：“以前总没机会和醉六兄详谈，关于当年留学这里的事情。听说醉六兄最早是打算研习兵工技术的，我很好奇，你怎么后来又改学陆军了呢？”

石陶钧大大咧咧地一挥手：“我这个人啊，几乎是旁学杂收的，先在振武学校正式学的陆军，后来又去名古屋第三师团炮兵联队实习，最后才转入的士官学校。”

蒋方震笑了：“这个如何算杂学旁收？你这番经历和松坡的也很相似。”

他回头看看蔡锷：“当年你投笔从戎，改弦更张，不也是走过这样一种路子的？先是考入东京成城学校，又入仙台骑兵第二联队，后来才考入的士官学校？”

蔡锷点头，又接着笑着摇头："百里你别打岔，还是继续听醉六讲他的经历吧，他一打开话匣子，就收不住了。"

石陶钧没有在意好友的善意揶揄，继续认真回答着蒋方震刚才提到的问题，以解释自己当年在日本的求学历程。

"哎，那时我年轻，想法简单，只想着使中国民族兵工独立而不再受外辱，所以志在日本学习兵工技术。后来在这里结识了克强兄，他为人睿智热忱，又刚烈威猛，是我崇拜的那类人。他对我建议说，救国不独心力，尤以身力为必要，只有挺身杀敌或杀身成仁才真有力！他劝我与其研习兵工制造技术，还不如直接学着怎样用兵，倒来得更为酣畅淋漓些！这话甚合我意，于是我就毫不犹豫地走到这条路上了。现在看来，一切是缘，咱们三人也算殊途同归吧？"

听到他提起黄兴黄克强，蔡锷心头一动，回眼望着远处起伏的波浪，再环顾周围礁石林立的景致，心底涌动着一丝追忆之情。

蒋、石二人自然猜不到他的心思，他们还在继续着年轻时有关理想的问题。

"好啊，醉六，其实看来你学陆军是完全正确的！看看在护国之战中，你作为参谋长，立下赫赫战功，简直是松坡的重要臂膀呢。"

"不错，如果不是改学陆军，咱们几个也未必完全能碰到一处吧？"

"所以说你的这个改弦更张改得好！"

"谁料想后面会遭遇老袁谋逆而动这回事呢？你想不到，我想不到，松坡肯定也想不到！也许是上天注定，咱们几位要凑到一处，做成这件大事！"

两人说得正欢，却扭脸注意到蔡锷愣愣地望着远处，脸上满是怅惘之情。一阵风吹过，他捂着嘴低咳起来。

蒋方震上前为他轻拍着背，石陶钧担心地看着他："松坡？"

蔡锷忍住咳嗽，挥挥手，岔开话题："我没事。你们刚才在说什么？我恍惚听到百里在说醉六改弦更张的事？嗨，这更有典故。"

他勉强笑笑，努力把话题引向轻松方面。

"说起醉六的改弦更张，倒真应该从他的秀才经历论起呢。这个我是有充分的发言权，从小和醉六相识、相知，我自然可以证明一些事情。"

他笑着和蒋方震眨了眨眼睛，嘴边挂起顽皮戏谑的笑意："百里，你知道吗？ 当年我和醉六一起参加乡试，考了史学辞章，醉六才高八斗，可是摘了桂冠的！那时候，他是意气风发，指点江山。还信誓旦旦地和我说，他以后的理想事业，是潜心研究咱们民族文化，从中找到富国强民之路！你看，这完全是走文人道路呢，哪里有一点从军的念想？更遑论你们刚才论及的兵工、陆军的话题了？”

蒋方震听了这话，忍不住拊掌笑起来。

“嗨，好你个蔡艮寅，你倒说起我来？”看到久病虚弱的蔡锷，今天竟然有这般精神和兴致来谈笑，石陶钧自然很为好友高兴。他叫着发小的原名，接着他的话题反击起来。

“你难道生来就是个军人胚子？还是从小就有从军的梦想？我看未必见得！借用你刚才的论调，我们是发小，你的事情，自然我也可以证明！”

他指指蔡锷，看着蒋方震笑道：“你瞧瞧，这个人比起咱们来，是不是体格、形象都不同些？小时候才有意思呢，他文文弱弱的样儿，被同乡的小伙伴们戏称为闺阁弱女，笑话他有弱柳扶风之态。”

蔡锷不满地白了他一眼，正要自辩，却被石陶钧抢先用话制止了：“先听我说完吧。百里，你仔细打量一下，如今他就是个名满天下的护国大将军了，可是眼下这副形容嘛……”

他笑着咂嘴，蒋方震顺着他的指引也注意打量着身边坐着的蔡锷。

但见他身着深灰色的棉夹袍，瘦削单薄的身子的确有不胜衣之态；因为在病中，没有以前在军中留着寸发时的刚劲利索形象，稍长的头发倒是更加显出几分读书人的斯文模样；原本瘦长的脸颊如今有些清减，变得更加轮廓分明，加上绕颈的藏青色围巾簇拥着细长的脖颈，反衬出苍白秀气的面颊温润如玉，显得格外年轻儒雅。

看到此处，蒋、石二人对视一眼，都会心地笑了。

蔡锷被两位好友看得莫名其妙，就微微瞪起眼：“你们又在搞什么鬼？这般坏笑？”

石陶钧忍住笑，晃晃脑袋：“古人云‘眼若明星，面如冠玉’就是指松坡这样的吧？”

蒋方震也频频点头：“起码松坡给人的最初印象，就是个读书人的模样，怎么也想不到戎装男儿上头。当年在日本士官学校初次和他相识，我心里就犯嘀咕：这位同胞同学分明就是个玉面书生的模样啊，怎么会也投身军校呢？”

“哎，百里，你这话奇怪……”蔡锷正要反驳，却被石陶钧大笑着抢过话头。

“哈哈，妙！妙！百里，你这个玉面书生的词用得极妙！倒让我想起一则笑话来！一则大大的笑话！要不要听？”他说得有点手舞足蹈起来。

这话勾起蒋方震的兴趣来，就赶忙催促他快讲，蔡锷不知道他说的是什么话题，也只好注意看他。

“这话倒不是出自你们士官求学时期，就发生在不久前的护国之战前夕……”石陶钧看到两个好友都很留意他的话，就更加得意万分地讲述起来。

“先郑重声明一下，这个可不是我编的，是我几个月前在《京报》副刊上看到的一则轶闻。”

他故意清清嗓子，郑重其事地复述着：“话说那年蔡松坡将军被袁世凯软禁在北京城，万般无奈之下，只好做出放浪形骸、留恋勾栏的形象，也因此瞒过很多人，方有后面出京反袁护国之壮举！可是他当年在北京蛰伏时，其中一个关节点，当属结识八大胡同云吉班的雏妓小凤仙之举。”

他以说书人的口吻说出“小凤仙”这个敏感的名字，蒋方震微微一愣，倒勾起一段心事来，不由自主地看了蔡锷一眼。

蔡锷却是微微抿起嘴，望着石陶钧，脸上似笑非笑，挂了一丝无奈的神色。

石陶钧也不看两人的表情，只是自顾自地讲述着：“那时候，咱们这位蔡将军简直成为京城小报的关注焦点了，和小凤仙出双入对的情形频繁见诸报端。大家都在议论这位前云南都督蔡松坡英雄难过美人关，坐销壮志，自甘沉沦，是个风流将军。”

“哎呀，这些闲话，废话……简直都是些没名堂的旧闻，还不快快说到正题上？”蒋方震倒有点不耐烦他的这番话，就含笑催促道。

“人家当事人蔡将军都没急，百里你急什么？”石陶钧笑笑，又故意板起脸来，继续讲述，“下面我就要讲到主题——就是刚才说的那个词——玉面书生了。”

“后来某一天，那个痴恋小凤仙，缠绵云吉班的蔡将军突然从京城消失了，像风一样没了踪影。后来，云南那边就出事了，有人竟敢张罗起队伍，和准备登基的袁大总统较起劲儿来！再后来，这场较劲儿愈演愈烈，把洪宪皇帝的宝座都动摇了。

“袁世凯父子又气又恨，才想起来挑头这个犯上作乱的家伙竟然是从京城自己眼皮底下溜走的！对，正是那个麻痹了许多人的蔡松坡！气急败坏的袁大公子就想起当年由自己牵线，和蔡松坡交好的小凤仙来，派人把她带来问话。谁料得小丫头是哭哭啼啼，一问三不知。完全问不出任何线索来，袁公子也只得把人放了。

“岂料小凤仙回到云吉班来，这边倒炸了窝。她那些花界姐妹都围着她问：‘就是整日在你屋里喝酒弹琴，下棋画画，长得像大姑娘一样秀气的那个蔡将军，竟然会跑到云南拉起队伍，和大总统大皇帝干起来了吗？’后来，据说云吉班的头领——老鸨崔妈妈也忍不住了，也冲进小凤仙的房里，眼睛圆睁，拍手直嚷：‘这事也忒蹊跷了，你说破大天我也不能相信！那个和你好的老蔡，分明就是个玉面书生嘛，竟然敢造这个反？！就他那个弱不禁风的病身子，倒敢拉起队伍，和袁大总统对抗起来？’”

石陶钧讲得手舞足蹈，声情并茂，他学着妓院老鸨的声音、形态的样子实在滑稽，把蒋方震逗得哈哈大笑起来。

蔡锷一直面色平静地听着，此刻也有点绷不住劲儿了，又不好意思公然笑出来，只好偷偷扭脸，用手中的竹杖敲打着身旁的礁石，掩盖住自己的笑意。

“好吧，终于听到了你嘴里有关玉面书生的典故，”蒋方震边笑边指着石陶钧，“你也真够淘气，绕了多大的弯子，倒说上这一大堆儿来！不过，你却勾起我的兴趣来！我很好奇，后面的事儿呢？那个老鸨的问话，小凤仙是如何回答的？”

“唉，你们两人啊，简直是无聊至极！”蔡锷哼了一声，忍笑抗辩道，“百里，你还好意思说醉六淘气？你看你……”

石陶钧却不理会蔡锷的抗议，倒是故作认真地回答蒋方震的问题：“刚才都告诉你了，这段轶事我是从报纸上读到的。关于小凤仙如何回答老鸨的话？这个报纸上没有记载，我可不能瞎编！”

他又对蒋方震使个眼色，捂嘴笑道：“不过当事人如今坐在你身边呢，你不该问问他？”

这话惹得蒋方震更加大笑起来。石陶钧却不肯罢休，反而认真勾头去看蔡锷的脸色，笑问：“蔡将军，你和小凤仙姑娘朝夕相处那么久，你认为她会怎样作答呢？”

蔡锷再也忍不住了，边笑着，边用手中的竹杖作势敲打着石陶钧的腿：“还说不瞎编？我让你编！我让你编！”

石陶钧跳着躲开了，继续笑着揶揄他：“你少冤枉人罢！我哪里编得出来这个？敢公然调侃你这位名满天下的大都督大英雄？明明是《京报》登出来的，回头我找给你看……”

几人正开心地说笑着，一阵咳嗽袭来，蔡锷又佝偻着身子咳喘起来。蒋、石二人忙停住笑，分别为他捶背揉胸。好半天，蔡锷止住咳，才笑着摆手：“好吧，只要你们能高兴，拿我这个病弱之人玩笑也罢了。想想你们困在我身边，整日陪伴病人，伺候病人，也着实憋坏了？”

“谁说的？这番东渡陪伴你治病疗养，可是我们心甘情愿的。”石陶钧忙认真纠正他的玩笑话，又看看蒋方震，道，“百里就不必说了，跟着你从四川，到上海，一路殷切照应。就是我来此地，也是卓如师的特殊安排。”

当时蔡锷从上海动身到日本治病，梁启超考虑到他的随从中只有蒋方震一人懂日语，怕照顾起来不方便，就特意拍电报给湖南都督谭延闿，请他通知石陶钧，也能赶赴日本，襄助于蒋方震，一起料理蔡锷治病事宜。所以此刻石陶钧才会有此一说。

听他提起恩师梁启超来，三人都颇为感慨。蒋方震也记起一个话题来：“刚才提到形容松坡的那个玉面书生一词，其实也和咱们卓如师有些渊源。”

他认真回忆道：“卓如师曾经同我讲过，当年松坡改学军事，他最初是持反对意见的。他总觉得松坡体格太弱，不大适合军校严酷的训练。他说过这样一句话：‘松坡就是一个文弱书生的体格，学军事，我怕倒会戕害他的身体，或者半途而废，倒更不堪。’……”

他的话音未落，早被石陶钧抢过话题：“嗨，那算咱们卓如师不了解他这个高徒！其实松坡当年在长沙时务学堂时，就曾动过投笔从军的念头，我说的没错吧？”

他说着笑看蔡锷，后者微笑不语。

石陶钧就继续着自己的观点：“我还记得当年的那番情形。那时学堂约有数百学生，大家都爱谈论时政，抨击朝廷。唯独松坡沉默寡言，只爱埋头读书。其中他犹爱读兵书，除了古代兵书外，还加上些西方用兵新论。有的同学笑话他学而不能致用，他竟然回答道——将来的事，何能料到？做个万人敌，也是不错！”

这话倒是蒋方震第一次听说，不由看向蔡锷：“松坡，是真的吗？”

蔡锷腼腆一笑，也不分辨。

蒋方震忍不住感叹：“难怪。后来你在这里改学军事，倒是并非没有前缘啊？只是卓如师没有参透此情吧？不过，针对他老人家对你改学陆军颇有疑惑的事情，你倒是回答得铿锵有力哈！”

"只需先生为我想办法，得学陆军，将来不做一个有名之军人，不算先生之门生！"石陶钧抢先背出这句当年蔡锷回答梁启超的话来，"松坡这句誓言，简直算是当年我们这些军校留学生中传颂一时的励志名言了！"

蒋方震也点头："不错，松坡，你说得铿锵有力，做得更是游刃有余啊。连卓如师都为你感到骄傲，多次对我们说，蔡松坡是他最优秀的弟子，是他真正的得意门生！"

这番赞扬让蔡锷更加不好意思了，他轻轻摇头，眉端始终紧蹙。

"但是，我更知道的是，松坡弃文从武，改学军事，却是有着一番极为惨痛的经历的！"石陶钧幽幽插言道，"这件事，还是克强兄当年讲给我听的！当真听得人血脉贲张，扼腕长叹！"

听他再次提到黄兴的名字，蔡锷不由得暗暗感叹，用手杖支撑起自己的身子，默默望向远方。

远处海水波浪起伏，拍打着礁石，发出阵阵巨响。

"克强兄……不错，近来我会时常想到他，还有我的那些昔日的盟兄弟们！"蔡锷轻声说着，眼中氤氲着淡淡的雾气。

"你们可能想不到，我为什么坚持想要来到海边？只为日本海湾这种熟悉的景致让我难忘，能勾起我许多回忆！当年我和克强兄等几人结义，就在海边。那个地方你们也熟悉——大森海湾！唉，一晃十多年过去了，几个兄弟中，如今星台兄和稽亭兄已经长眠在岳麓山上，思之怎不叫人伤感？说起来，也是这样一个深秋的天气，在大森海湾……"

蔡锷的声音轻柔却幽远，把身边的两个好友一同带入到深藏自己心中已久的那场回忆中。

1900年秋　日本大森海湾

四个来自中国湖南的年轻人一起走在这个异国长长的海滩上。

前面走着的是禹之谟和陈天华，禹之谟那年三十四岁，是个沉稳厚重的读书人模样。

走在他身旁的二十五岁的陈天华，则格外引人瞩目，他身材高挑单弱，有着一张略方正而不失为秀气的脸庞，眼睛很大很明亮，两道细眉却长年处于紧锁状态；虽然都穿着日式学生制服，但是他留着齐肩的长发，因而走到哪里都引人注目，分明是一个落魄文人的形象。他以不修边幅而闻名于同学之间，愤世嫉俗，言辞激烈，是个情绪终日低沉，但又随时可以慷慨激昂的人。

后面走着的是二十六岁的黄兴，他有着湖南人中少见的魁梧壮实的体格，皮肤黝黑，性情爽朗，深邃的眼神有着和他年龄不太相称的持重和成熟。他正在日本弘文学院学习，刚刚结识了才来日本的这三个湖南同乡。

走在他旁边的，是十八岁的蔡锷，他有着瘦削挺拔又不失结实精干的南方人身材，白皙秀气的面庞上一双细长的眼睛亮晶晶的，挺直的鼻梁，轻抿的嘴唇，使他的面容在年轻朝气中带有刚毅果敢的神情。

这是他第二次来日本，相较于一年前第一次东渡求学时的他，无论从身材体格，还是精神风貌上都成熟很多，此次赴日，他的人生将会有一个很大的转折，而此刻结识他仰慕已久的黄兴，则让他兴奋不已。

黄兴和蔡锷也是一见如故，他边走着，边侧身打量着身边这个身材单瘦，面容秀气的小同乡，感叹道："其他人也还罢了，唯有你蔡松坡，实在让我没想到！"

蔡锷文静地笑笑，看着黄兴："克强兄此话怎解？"

黄兴笑道："我是久闻其名，料想梁卓如、谭复生、唐佛尘诸先生的高足，名声远播的长沙时务学堂的高材生，必定是魁梧高猛的壮士模样！如今一见，却原来是个文弱秀气，女孩般斯文的细伢子，实在是没想到！没想到！"

黄兴的一连串没想到，引起了前面走着的禹之谟的好笑。

他忍不住回头笑说："你可别小看了这个貌似文弱淑女的蔡松坡！他的文笔犀利得很呢，他的时评、政论文章，连梁卓如先生都十分激赏！再说，你光听听他的笔名：奋翮生、劫火仙，志向不小嘞！"

蔡锷究竟年轻，听了兄长们的赞扬，不觉羞红了脸："哪里，要论文章，谁能比得过星台兄的佳作《警世钟》《猛回头》，读起来当真让人心潮澎湃，荡气回肠！"

四人走到一片礁石群，正准备坐下来继续畅述胸怀，就看到又有两名穿着学生制服的青年向他们这边跑来。

"叔桓，小远！"蔡锷起身招呼他们，又将二人领到大家面前。

"我来介绍一下，这位是来自云南陆良的殷承瓛，字叔桓，刚来日本，现准备报考东京振武学校学习军事；罗湘，是我的发小，同乡，字邵远，年纪最小，今年不过十五岁，也被西学东渐的风气吹到这里来了！"蔡锷兴奋地为大家做着介绍，几个人很快断混热乎起来。

殷承瓛看看众人，腼腆一笑：“我发现这里除了我之外，可都是湖南人？我真是有点不好意思搅了你们的同乡会呢。”

黄兴爽朗大笑：“不过是碰巧我们几个湖南人凑到一处罢了，往大圈子说，大家都是中国人，分什么南北西东，同乡异乡啊？”

蔡锷也笑着拉了殷承瓛一把：“志同道合者，相聚才算有味！大家如今到了这个岛国，怀揣的志向都是一致的，更该相聚言欢才是！”

他又看看众人，继续笑着道：“我和叔桓也是一见如故，将来我们求学的节奏，也许都会步调一致呢。”

大家又寒暄几句，就回到蔡锷刚才的话题上，谈到《警世钟》《猛回头》两部书，都建议应该尽快刊印，运回国去。

陈天华慨然长叹：“写得再好，空为纸上谈兵罢了！像咱们这样的留日学生，即使空学一身本领，将来回国，也至多分派到一些学堂当个教习罢了，于国家百姓能有何裨益？”

“这次我们到日本来，亲眼看到他们的工商科技日益发达，这正是我国需要效仿之路。”禹之谟正在日本工厂实习，所以还是倾向于实业救国之路。

黄兴摇头：“当今政府朽败，断难当此大任！如今国家外有瓜分之忧，内有腐化麻木之弊，根据我这些年之见闻，必定要实行一场摧枯拉朽之革命，才可挽救国家与庶民于水火！推翻专制，建立民主共和之政体，我们的国家才算真正有希望！”

众人都点头赞同。黄兴注意地看着蔡锷，笑问道：“松坡，这里除了罗湘外，你年龄最小，但是你文章里的志向可不小！最近你又有一篇谈论军事的大作发表，我读了更是激赏！”

“那是自然！”陈天华笑着插言，“因为，松坡已经准备改学军事了！”

一直没吭声的罗湘也插言道：“是啊，他刚才自己都说了，和叔桓兄的志向相同呢！”

黄兴和禹之谟都扭脸去看蔡锷，蔡锷看着殷承瓛笑笑，用劲点了一下头。

其实刚才听了大家的一席话，蔡锷早有一腔肺腑之言想倾诉出来，但是虽然他年龄小，却生就“讷于言而敏于行”的君子风格，因此一直未曾开言。此刻看到几位兄长都亲切地看着自己，他不由得露出腼腆一笑：“星台兄他们说得不错，此番艮寅回到日本，已经抱定投笔从戎的念头，而且已经和卓如师商议过了，先进入东京成城学校，打下学军事的底子。”

黄兴深深地凝视着蔡锷，点头道：“松坡此举，当不是一时心血来潮之举。我猜想，你前次回国参加唐才常先生的自立军起义，遭遇过一番惨痛的经历，这个应该算作诱因对吗？”

“知我者，克强兄！”蔡锷激动地对着黄兴道。

黄兴再次颔首：“我是从前次读到的你的一首诗里感悟到的。‘流血救民吾辈事，千秋肝胆自轮囷’！我能读到你的激愤和心痛，自立军起义，会是深藏你心中永远的伤痛！”

蔡锷点头，神情格外凝重起来：“半年前，我追随佛尘师，还有林圭兄等人回国举义，就在起义前夕，佛尘师突然命我去汉阳给驻军那里的黄忠浩送信。我到了那里，就被黄统领强留下了。后来，我才知道，这是佛尘师和黄忠浩定下的计策，为的是保全住我这条年轻的生命，不忍我踏险履危……就这样，除了我之外，佛尘师和林圭等弟兄们，都殒命在起义失败的血泊中。”

他的眼里，有晶莹的东西在闪亮，黄兴等人也被他的动情讲述打动了，都露出凝重伤感的神情来。

蔡锷轻柔的声音依旧，细细听去，却明显从微微带着颤音的状态转入铿锵有力之势：“我这副被恩师想方设法保全下来的皮囊，如今应该不只是属于我个人的了吧？我的身上，背负了太多人的期许和理想。”

“一年前的戊戌变法失败，复生师等六君子殉难；半年前我再次品尝到失去恩师、同门兄弟的苦痛！这伤痛击伤了我的心灵，却也让我的思路逐渐清晰起来。复生师、佛尘师的相继遇害，使我感受到专制制度的强大和凶残！所谓如花妙笔，珠玑之文，又怎敌荣禄、袁世凯的几千毛瑟、几旅新兵？因此，我认为，要想推翻这个专制腐朽的政府，就要建立一支强大有力的军事力量！”

他讲到此处，忍不住握拳挥舞。这在蔡锷身上很少看到的激愤之情，让和他相交已久的陈天华和禹之谟感到惊讶，也让和他初识的黄兴感慨万千。他们都没打断蔡锷的话，都更加认真地聆听着。

“刚才听到几位兄长论及国事现状，我想从军事角度看待这个问题。我认为目前中国不缺奋笔疾呼的文人，但缺少训练有素的新式军人。那么，不妨从自身做起，从我蔡锷起！”

“蔡锷？”这个新的名字，让黄兴等人露出不解的神情。

蔡锷露出自信的微笑：“不瞒诸位兄长，小弟此次回到日本，既然抱定专攻军事，投笔从戎的信念，就想给自己一个全新的开始！就从姓名开始，我已经将名字改作蔡锷了。”

“单名一个‘锷’字？”禹之谟首先念叨着，“锷者，刀剑之刃也。”

殷承瓛接言道：“古语云‘底厉锋锷’，又有‘莲花穿剑锷，秋月掩刀环’之诗句，松坡改名的寓意都在这里了。”

“总是刀刃锋利之意，倒有宝剑出鞘的劲头，不错！”陈天华也大声赞道。

“这个名字的确威武有力！”黄兴也笑道，“其实名讳的改变倒是表象，我更看重的，是松坡小小年纪，竟然有此等不凡志向，着实令人感佩！朝作书，暮作书，雕虫篆刻胡为乎？投笔方为大丈夫！是为斯言！”

受到几位兄长的鼓励，蔡锷心情激动，就忍不住直言出自己的一番志向：“兄长们鸿鹄之志，将来都是国之栋梁。小弟不才，对政治当真兴趣寡然。此生唯愿潜心军事，将来回国做一名专职带军练兵的军官，能有机会为咱们这个积弱已久的国家训练出一支装备精良、战术精湛的军队，抵御外辱，护我疆土。而且，”

说到这里，一丝略带羞涩的笑意挂上他的唇边：“将来诸位兄长如举大事，公忠体国，军事力量必不可缺。小弟愿效鞍前马后之力，为争取民主自由、国家独立而战！此生如能为中华重振雄风而战，虽马革裹尸亦无悔无憾！”

他说得激动起来，年轻的脸庞被海风吹得潮红一片，深秋的阳光给他年轻纯净的面容涂上了一层淡淡的金色，竟让人感到一种圣洁的光辉。众人也都被他的激情洋溢的话语感染了，竟然久久没有作声。

良久，黄兴击掌感叹：“壮哉，蔡松坡！大丈夫当如斯言！你这几句话太对我胃口了！”

陈天华站起身来，慨然叹道：“松坡年纪虽小，刚劲决绝的风骨令人佩服，从此我当刮目相看！在下不才，空有一支拙笔，但是我也暗自立下誓言，平生夙愿仅两件：其一作书报以警世，其二则遇可死之机会而死之！”

他的话悲壮莫名，竟然有肃杀厌世之意，令在场的人既感佩又悲叹不已。

蔡锷担心地看着陈天华，心中忽然涌上一层悲凉不祥的预感。他想出言相劝几句，有鼓舞激励之意，一时却又不知道说些什么才好。

为了打破这种沉闷的氛围，陈天华率先提议道：“大家都是留日生，今天又有机会在此处相遇，相谈甚欢，总是一腔报国热血，在体内沸腾，让人不能安稳！我提议，咱们不妨效法古人，来个义结金兰如何？大家同心同意，同仇敌忾，为四万万同胞的尊严和福祉，洒尽咱们的鲜血，也是无怨无悔的事情！”

“好呀，好呀！星台兄说得我此刻都热血沸腾起来！我同意！”年龄最小的罗湘先鼓掌大赞。

“小朋友倒闹腾得欢，再怎么义结金兰，你也是最小的一个，排尾的！”黄兴故意逗他，却见罗湘一梗脖，不服气地顶他道：“就算是排尾的，我也高兴！一下子有这样多的英雄哥哥，我好霸气！”

殷承瓛笑着道：“除了罗湘小朋友外，咱们几个也该叙叙年齿？”

禹之谟用手指掐算着各人的年龄，却被黄兴一把拦住，笑着道：“说是义结金兰，咱们也莫学什么古时桃园三结义那样的循规蹈矩之举，既然大家都是新派人物，不如就来个推陈出新的新举措，排咱们的兄弟秩序！”

他想了想，又四周张望了一下，指着对面一块巨大的礁石，回头笑着看众人：“想来大家都会游泳，不如就以前方那块巨礁为限，看谁先游到那里，谁就为老大，其余人按照成绩相继排序。那做老大的，将来要起到领头羊的作用，带领这帮兄弟，成就一番大业！诸位意下如何？”

究竟都是年轻人，意气风发，血气方刚，大家都一致欢呼起来。黄兴一把脱去上衣，向海边跑去，众人也纷纷效仿，跟在他的身后。六个健儿，像六条蛟龙，齐齐投入大海，在波涛中奋勇前行。

陈天华文弱体虚，罗湘年幼力薄，殷承瓛水性一般，禹之谟年龄究竟大上几岁，游出去不到百米，几人渐渐落到下风。只有黄兴和蔡锷，不相上下，难分伯仲。黄兴矫健威猛，蔡锷灵巧柔韧，两人各展水中技能，奋力遨游，几乎是同时到达了终点。两人爬上礁石，甩掉脸上头上的水珠，相对哈哈大笑了起来！

黄兴赞道：“又一次让我刮目相看了，小艮寅！哦，不，现在是蔡锷君了！你这身功夫是在哪里学的，我可是常年有计划地在游泳健身的啊！”

蔡锷用细白的手掌，擦去脸上的水珠，甩了甩湿漉漉的头发，腼腆地笑说：“小时候体弱，我就有意在家乡的水边击水健身。不过，今日还是克强兄有意承让了，小弟感服不已，他日当推兄为大哥，带领我等成就一番大业才好！”

黄兴双手一揖，半认真半玩笑地笑道：“既孔武有力，又有古君子自谦之美德。善哉，蔡松坡！”蔡锷也被他感染得大笑了起来。

这爽朗的笑声传了很远很远。

第四章　蹈海

生，亦我所欲也，义，亦我所欲也，二者不可得兼，舍生而取义者也。

——孟子

1916 年 10 月　日本福冈北海湾

蔡锷的讲述深情幽远，让身边的两个好友都眼眶发潮，唏嘘感叹。

想起故人，总是令人心绪难平。

蔡锷手扶竹杖，默默伫立在礁石上，远望大海，好像独自在呢喃着："大森海湾留给我的，还有永生难忘的痛苦记忆！十一年前，星台兄就是在那里，一步步由浅海走入深海，直到冰冷的海水淹没他三十岁的年轻生命……据说，多数自杀者会在濒死的那一刻心生悔意，但是原本水性很好的他，却依然用这种随时可以转身放弃的方式，实现自沉，这需要多大的义无反顾啊！"

他这番痛心疾首的话语让身旁的两位好友心都随之颤抖起来。

石陶钧哑着嗓子感叹了句："唉，其实松坡，那天你提到要来海边走走，我就担心，你会因此记起星台兄……"

他走到一旁一个大大的礁石上，面向远处的大海，低声呢喃："天下海水是一家啊，何况在这极为熟悉的日本海海边？我此刻想大声问一句——"

他伸开臂膀，对着大海方向高声喊道："星台……陈天华！你的魂魄还徘徊在这异国的海湾上吗？"

两人默默看着他的背影。蒋方震和陈天华也有过交往。这位写出名篇《警世钟》《猛回头》的作者当年自沉大森海湾的壮举，也为他所熟知。刚才听到蔡锷讲述他当年和陈天华、黄兴等人在此结义之事，一丝隐忧又浮上他心头。

以前他就听蔡锷讲过同陈天华的深厚感情，他们不但是留日时的密友，还曾在黄兴创办的“军国民教育会”中结下过一段缘分，是真正生死与共的战友和同志。但是念及此刻蔡锷毕竟重病在身，在这个故人逝去的海滩，追忆亡友，总是于他的病体无益。蒋方震正想出言相劝，却听到石陶钧已经朗诵起陈天华那首著名的诗句来：

长梦千年何日醒，
睡乡谁遣警钟鸣？
腥风血雨难为我，
好个江山忍送人！

蔡锷用手杖支撑起身子，站了起来，他向前走了两步，蒋方震下意识地去扶了他一把。他回头看着好友，嘴边现出一丝凄楚的笑意：“星台兄的诗作，想必你也听闻过？”

陈天华的名篇《警世钟》当年在留学生中风靡一时，蒋方震自是了然。此刻唯有长叹一声，用手紧紧搀住蔡锷的身子，此刻给他以一份支撑力，耳边，是石陶钧朗朗的读诗声：

万丈风潮大逼人，
腥膻满地血如糜；
一腔无限同舟痛，
献于同胞侧耳听。

蔡锷怔怔地听着。片刻，他回头低声对蒋方震解释道：“可能你还不知道醉六和星台也有一段渊源吧？当年在日本学习时，他们也曾是无话不谈的伙伴，还有一段时间还是同桌学友。所以，我一直想，我和他有机会，一起再回大森海湾去祭奠星台兄一回。但是依我眼前的情形，分明是办不到了，我……”

刚说到此处，一阵咳嗽突然袭来，他俯下身子咳喘起来。蒋方震忙一手扶住他，一手为他拍背；石陶钧也被他的咳嗽声所惊，急忙回到他身边，和蒋方震一起搀扶他再次坐下。

“唉，既然海边是伤心之地，松坡，你身子有病，就不该来！”石陶钧有所醒悟般嘟囔着，看着蒋方震，后者也微微点头。

“松坡，这故人也算回忆祭奠过了，咱们回去吧，你的身体……”蒋方震接言劝道。

蔡锷没有理会两人的劝慰之语，他的思绪似乎已经飘到了很远的地方，面色变得更加苍白，清澈的目光也变得迷离起来，幽幽的声音，像是穿透历史的雾霾，袭入两人的耳膜：

“这些日子，躺在床上养病，心里却总是浮想联翩。那些故人、故事，又漂浮在我的脑海里。而一些纠结难言的问题，更是将我紧紧缠绕……我又记起了星台的死！这都过去十来年了，有关他的死因，还是说法不一，难辨真伪！”

石陶钧忍不住说了自己的观点：“那年日本政府发表了一个取缔中国留学生的规则——《清国留学生取缔规则》，这对中国留学生也算一个轻辱，很多中国留学生抗议抵制，星台为人激愤好强，自然格外痛心疾首！就如刚才松坡提到的那样，星台早已抱定人生目标——其一作书报以警世，其二则遇可死之机会而死之。那么他当时做出这样以身殉义的壮举，当不为奇怪之事吧？”

“这个还不是主要原因。”蒋方震摇头道，“我认为，当年中国留学生中的派系之争倒是使他失望厌倦的重要原因。针对那个《取缔规则》，中国留学生分为了对立两派，一派是以秋瑾、宋教仁为主的激进派，主张全体留日学生罢课回国以示抗议；另一派是以汪精卫和胡汉民为代表的稳健派，主张忍辱负重留在日本继续求学，两派斗争甚至到了水火不交融的地步。两派中国学生引起内讧，反而让日本当局钻了空子，耻笑污蔑中国人是‘乌合之众’。日本的《朝日新闻》批评中国人缺乏团结力，甚至干脆说中国留学生是‘放纵卑劣’的一群！星台的遗书里面曾痛心地说明白，想以自己的死来警醒同胞，同心协力，勿作被日人轻蔑诋毁之劣举！”

蔡锷默默听着，此刻深深吸了一口气，缓缓道：“其实值得痛惜的，不仅仅是他壮烈的死！更让人痛心疾首的是——四万万同胞，又有多少人能理解他的这番自沉壮举，明白这条年轻生命消逝的真正意义呢？”

他捂着胸口喘息了一阵，继续道：“我一直想说，星台之死，不外乎三个目的：其一，是用自己的生命，来告诉麻木不仁，几千年来信奉‘好死不如赖活’的国人，这世上，毕竟还有比生命更重要的东西，那就是人格；其二，他用自己的死，来警示国人，应该警惕和戒除我们族人的缺陷和陋习；其三，他也是用他这条年轻的生命，提醒那些轻辱藐视中国人的日人，以及西方诸列强，中国人中自有不怕殒身、奋然抗争的死士在，他争的是个国格——国家的尊严！”

“是的，他争的是四万万同胞的人格尊严！”石陶钧接口道，他看着蔡锷，“正如松坡你，带病潜出京城，回云南竖起反袁护国的大旗，其实说到底，也是一样的目的——为咱们四万万同胞争人格！”

蔡锷却有着自己更深一层的考虑：“如今共和重生，咱们这些军人们，就该具有更深、更远的考虑。”

他用手杖指指身后的海堤，那里有影影绰绰的人们在海边玩耍。日本年轻人经常会在深秋季节，还进行着游泳等强身项目的锻炼。欢快的笑声，激昂的口号声，昭示着这个民族的活力和进取精神。

“你们看看，看看我们身边的这个民族吧！自从明治维新以来，他们打出‘富国强兵’的口号，短短几十年时间就富强起来！”蔡锷的讲述深沉有力，却难脱一丝悲凉之意，“甲午海战打败了中国，日俄战争打败了俄国，最近在山东，又打败了德国，成了独霸亚洲的强国！”

他低低喘息着，声音更加喑哑下来：“再看看我们的国家，我们的国人！人家诸位列强都打到家门口了，我们还在自己的家园里忙些什么呢？政客们在翻云覆雨，钩心斗角；军人们在利用手中的枪杆子争权夺利，抢占地盘；百姓们，在麻木不仁，引颈待割……想到这一切，怎不叫人痛心疾首！”

这番话也触动了蒋、石二人的愁肠，他们面色凝重，默默不语。

“也许，不久的将来，我们就会和这个‘邻居’有交手的机会，可是，作为军人，身为中国的资深军官们，我想问一句，百里，醉六，我们国家的胜算几许？”

这个问题让两人更加无语。他们和蔡锷一样，都是在日本学习军事，留日的经历，让他们明白脚下这个国度的真正国力。如果眼下中日之间真的爆发一场战争，中国究竟胜算有多少？这简直是一个让人思之就感觉到不寒而栗的问题。

三个中国军人，坐在异国深秋的海滩边，心情都是从来没有过的沉重。大家沉默着，远处潮起潮落的波涛声传来，夹杂着蔡锷断断续续低低的咳嗽声。

乐观开朗如石陶钧，也蹙起眉毛，垂首不语。少许，他抬头看看蔡锷，轻声劝道：“这也不是一时半刻能想清楚的事情。天色不早了，你的病体也不能盘桓许久，咱们还是回去吧？”

蔡锷摇摇头，望着远处的海水，低声道："让我再坐一会儿吧。这里空气畅快些，起码这里不像在医院时总是憋闷了。"他下意识地捂捂胸口。

"可是……"石陶钧不知道如何安慰病中好友，只为他自己眼下也是郁闷难言。

蒋方震却站起身来，向前走了两步，看着远处的大海，深深吸了一口气，回头再望着两个好友，脸上显现出些许温暖的笑意。

"也许，一切并不是完全失去希望！"他的声音很轻，却语气坚定："当年，宋教仁先生曾和我说过，他读了陈天华的《警世钟》一书，彻夜不能安眠，觉得有一种激情像烈火一样，在体内燃烧！我在想，我们的国人，从来不会缺乏像陈星台这样的狂士和死士！纵使众人千年长梦难醒，只要不断有人敲响警世钟，点燃我们血脉中的烈火激情，中国就不会亡！中国的事情，总会有办法解决！"

他几步走回到蔡锷身边，蹲下身去，握住他的一只手："松坡，我知道你的心里，也一定不会失去希望！你今天带着病体，和我们一起来到此地，无非是想让大家找回年轻时的壮怀激烈！"

石陶钧的激情也瞬间被点燃。他也将自己的手，放到两个好友的手上："没错！当年咱们的老师——谭嗣同先生殉难前，曾豪迈吟出这样的诗句——'我自横刀向天笑，去留肝胆两昆仑'！这'去'和'留'，今天看来也大有深意！复生师去了，佛尘师去了，星台兄去了，宋教仁先生去了，自然有他们离去的壮怀激烈；而我们这些留存的人，也自然不会自我沉沦，忍看山河沦丧！"

"是的，我相信，中国还有很多人！有你们，有孙中山，有黄克强！"蔡锷明显是为战友们的话语所激动，泪水不觉滑落。他终觉不好意思，侧过脸去，悄悄拭去了。又回身再次握住两位挚友的手。

"说什么呢，松坡？"蒋方震嗔看他，敏感地觉出他对自身病体的绝望和悲凉之情；石陶钧也感觉到了，忙加上句："你怎么会忘了你自己？等你治好病，咱们一起回去！为咱们的国家，重整威仪，壮怀激烈！"

三个人的手叠放在了一处，他们的眼中都有炽热的火苗在跳跃。蔡锷哽咽着，最后呢喃了句："愿中国永远不失去希望！"

1916年10月下旬　日本九州帝国大学医学部附属医院（福冈医院）

又一个清新的早晨来临。

脑科病房的走廊上，泽田美江迎面碰上小林建昭。

“美江护士，真巧，咱们又碰面了？”小林医生露出真诚的笑脸。

美江脸微红：“其实，小林医生，我是专门来找您的。”

她从白大褂口袋里掏出一张纸来：“听说你们脑科来了几位中国留学生，我想请您帮我找个人，翻译一个东西。”

小林建昭接过女孩手里的纸张，看到上面写着一首中文诗。他咬咬嘴唇，露出微笑：“美江护士是在学中文吗？为什么……会挑这样一首诗呢？”

美江羞涩地笑笑：“我中文只会讲一点点，看文章也是磕磕巴巴的，半猜半认。这首诗目前对我很重要，我很想弄清楚它的含义。”

她挑挑眉毛，秀美的脸上露出一点无奈：“其实我表舅公就是一位中文很好的人，可惜他最近一段时间到南方去疗养了。我没人可以请教，就想到你们科的那些中国留学生了。请多多关照，小林君，拜托您啦！”女孩说着深深鞠了一躬。

小林医生也忙欠身答礼，又摸摸自己的鼻子，微笑道，“如果我说，我也会点中文，我就可以帮到你，你会不会感到惊讶啊？”

“天呐？这样巧？小林君您就会中文？”美江激动地睁大了眼睛，“岂止是惊讶，简直是惊喜咯！您……”

“好了，美江护士，咱们都去掉敬辞吧，”小林笑着打断她的话，“‘您’啊‘您’的不累吗？”

“是，小林君。”美江又是一躬。

小林建昭笑笑，拿起纸来，用中文读给女孩听：

> 当关油壁掩罗裙，
> 女侠谁知小凤云。
> 缇骑九门搜索遍，
> 美人挟走蔡将军。

小林奇怪地看着女孩：“我很好奇，你为什么独独对这样一首诗感兴趣呢？”

“小林君，你知道这首诗的意思吗？”

“当然，它就是写蔡锷将军的一段传奇。”

特护病房中，潘蕙英在整理着一包东西，一叠丝带缠绕着的信件，她小心翼翼地打开，一封封抚摸过，又小心地重新用丝带扎起。

手边，还有一对穿着红色丝线的饰品，这是一对沉香木雕刻的龙凤挂件。她捧在手里默默看着，看了很久，才用一个绢布包好，和信札放到一起。

最后，她拿起一把精致的剪刀，也凝神看了半晌，又默默和上面的东西放到了一起。她才将这些东西整理完毕，放到一个小木匣中，就听到屏风后的病床上传来响动声。

潘蕙英来到病床前，看到蔡锷睁开眼睛，唇边勾起一抹笑意：“蕙英，我这一觉……睡的时间不短。”

潘蕙英俯身在床前，用手摸着他的额头，试过温度不高，才放下心来。她故意蹙眉看着他：“昨天你在海边待了那么久，知道我有多担心吗？回来你累成那样，百里兄他们把你搀到床上，你就沉沉地睡了。我几次在耳边唤你，想让你吃点东西，你都不理会。最后还是樱井护士长来看过了，说你就是累极了的缘故，一切还好，我才放下心来。”

蔡锷静静地听着妻子讲述着，脸上露出羞愧不安的神色：“对不起，蕙英，又让你担心了。”

“我只怕你出去吹了海风，再发起烧来就麻烦了。好在一切正常。”潘蕙英微微摇头，“我的担心倒不值什么，只要你一切安宁，我就别无所求了。”

妻子娇嗔的话语让蔡锷心动，他伸出手来，将妻子的一只手握住，眼睛深情地望向她。

“好了，我先帮你洗漱吧，然后你乖乖地吃点东西，我才能彻底放心。”潘蕙英对病中的丈夫，总像哄孩子般温存。她挣脱他拉住自己的手，去隔壁盥洗间打来温水，伺候他洗漱起来。

扶他半坐起，靠在床头上，潘蕙英手法温柔地为他擦拭过面颊，又解开他的衣领，为他擦拭起脖颈。蔡锷突然发现异常：“哎，我的小龙呢？”

潘蕙英边擦拭着边淡淡回答：“我先放起来了。”

“别呀，那个东西不能离身的，是你说的。”身为将军的人，在自己妻子面前，嗫嚅着像个孩子。

“你不是病着呢吗？护士们经常要为你做护理，戴上那东西不方便。我先收起来，等你病好了再戴吧？”

“平日里我的贴身护理，不都是你在做吗？哪里又不方便了？再说了，”那人咕噜一句，“既然是你看重的东西，我当然要时刻戴着。我这身子已然如此，若要指望病好？恐怕……”他的话语未落，就对上妻子愤恨的眼神。

“蔡松坡你……”

温柔贤淑的潘蕙英很少这样提名带姓地称呼自己的丈夫，蔡锷知道她是急了，就忙缴械投降：“好了，蕙英，我说错话了，你别生气。”

潘蕙英的眼里已溢满泪水，她不愿意那人看见，侧过身去擦拭了，才默默拿起手巾，为他擦过脖颈，又扶他半躺好。

“我是说，那个挂件，是咱们的定情之物，我不舍得它稍离我的身边……”做丈夫的人仍旧一脸愧意，他明白自己的病势给妻子带来的心理压力，其实他心头何尝不是沉甸甸的？他本不是一个畏死贪生之人，但是就像他心里永远蕴藏有一种家国情怀一样，眼前这个女人，也是他在这个世界上的重要牵挂。

潘蕙英走过去，从小木匣中取出那两个沉香木挂件，拿到自己丈夫面前，然后自己也伏身在他的身侧，凝视着它们。

蔡锷用手摩挲着这对沉香木挂件，脸上带着幸福的笑容。

“当年你第一次把这对挂件拿给我看的时候，我以为是你们家祖传物件。后来，你对我说，是你特意地选了一对沉香木雕刻而成。”

潘蕙英依偎在他的身侧，幽幽地答道：“是的。我九岁那年，听祖父讲过一个有关沉香木的传说。在我们老家，老人们都爱戴一个沉香木的东西在身上，说是辟邪祈福。”

她抬眼看了一眼心爱的夫君，将自己的脸颊贴在他的胸膛上，听着他沉稳的心跳，就觉得格外心安：“可是，松坡，你知道吗？其实我选择沉香木饰品作为咱们的定情物，是由于我在古书上看到的一个说法。”

“哦？蕙英？为什么没有听到你提起？”蔡锷好奇地挑挑眉。这个动作又让自己的妻子心生怜爱之情，潘蕙英忍不住伸手摸摸他的眉毛，露出顽皮一笑：“那时我们新婚，一切还未真正开始。我不想马上告诉你。”

“那如今呢？咱们也算老夫老妻了吧？都有三个孩子了，你该告诉我这段隐情？”

“哪里有什么隐情？不过是一段有趣的说法罢了。”潘蕙英笑笑，终于说出暗藏于心已久的，有关沉香木的传说。

“据说，沉香树树心部位被动物抓伤或者受到外伤后，会分泌带有香味的树脂，这样就开始结香，再要经历很长的生长期，才能变成一块优质的沉香木。沉香木就像是珍珠，是经过磨难才形成的美丽和香氛，是伤口上长出最美的花朵，是不完美的东西形成的幸运之物；是生于忧伤绝望之中的永恒之爱。”

潘蕙英抬头看着静静听着自己讲述的丈夫，再次将脸颊贴上他的心房：“两个人的因缘何尝不是这样？一起携手跨过人生的沟沟坎坎，才会收获最真诚、最美满的爱的芬芳果实。”

蔡锷被妻子的话打动了，更加深情地凝视着手中的沉香木挂件。

“松坡，咱们新婚那夜，我拿出来这对挂件作为纪念品，挂在咱俩的脖子上，就是想用这两个沉香木的小东西，记述我们的爱情，我们的永恒！而且，你没发现它是有灵性的吗？一个小龙是你，一个小凤是我，日久生情，彼此融入骨髓里？”

“我终于明白了。当时你对我说过，当我们在一起的时候，你戴着你的凤，我戴着我的龙。只有我们要在一次次无奈中分离时，才会交换各自的信物。这样，龙跟着你，凤随着我……”

潘蕙英也不回答，含笑看着丈夫，静静地听着他领悟后的深情讲述。

“难怪，蕙英，那年咱们好容易潜出北京，在天津分手时，我的龙，换了你的凤。我戴着这只小凤，经过艰险万分的四十天，从天津到日本，再到香港、越南，辗转回到云南。万里间关，有它在我身边，就好像有你时时刻刻陪在我身边一样！”

潘蕙英痴痴地听他讲述着，泪水一滴滴落在他的胸前。

蔡锷突然感觉到了，忙用另一只手捧起妻子的脸：“蕙儿，你怎么了？”他柔情似水，喊出了只有在夫妻两人独处时才会唤她的昵称。

潘蕙英将头扎到他的脖颈下，抽泣着说道：“这对沉香木龙凤……永远不要分开！松坡，答应我，求你！让它们永远在一起，无论何时何地！”

“傻丫头，当然……当然！”他搂着爱妻，眼睛却望向窗外，眼眸里满是凄楚和无奈。

脑科病房外的椅子上，小林建昭在和泽田美江讲述着那首诗句。

美江睁大美丽的眼睛：“你是说，这首诗，是讲蔡将军和一个名妓的爱情故事？”

小林点点头，又摇摇头：“从字面上理解，是这个意思，仿佛是在说蔡将军在这个叫小凤仙的女子的帮助下，逃离了袁世凯的魔爪。他们之间，似乎发生过暧昧的一段情，但是，我以为，这只是报纸的一种渲染！很多报纸，你懂的，无论是中国报纸，还是日文报纸，都爱渲染炒作一些无聊的话题。那么，一个美人救助英雄的故事，不是绝好的一个题材？”

“美人救助英雄？”美江重复着，眼中露出羡慕的神色，“好浪漫的说法啊。”

小林微微一笑：“但是真相呢？也许永远隐藏在不为人知的地方！”

美江突然记起自己的忧虑之情来：“可是，我更看重爱情的唯一！爱情应该是排他的！英雄的爱情也是如此！蔡将军的挚爱究竟是谁？温柔贤淑的潘夫人？还是传奇浪漫的小凤仙？”

小林抿起嘴，再次摇头：“我不关心这个，我只知道，那个目前躺在你们科里的那位将军，是我毕生仰慕的英雄，再造共和，推翻强权，是一个顶天立地的大英雄，这就够了！”

“不，不！小林君，我和你不同！我崇拜英雄，更崇拜爱情！”美江说得动情，“也许我就是永远追求完美的一个人！爱情在我心中，永远是……”

女孩说过这句话，突然意识到自己和相识不久的一个陌生男孩，大谈特谈爱情这个话题，终究不甚妥当，不由得红了脸，忙停住了这个话题，咽回了最后半句话。

小林却不甚了解她的心思，只是奇怪地看着她。

特护病房外，蒋方震和佐藤梅子带着永宁过来。副官李华禹捧着一个包裹正要进病房，看到他们，停住脚步。

“哪里来的？”蒋方震指指他手里的包裹，李华禹笑答：“是将军老家寄来的。”

蒋方震点头，暗示他将包裹交给自己，李副官递给他后就离开了。

“等等，百里君。”看到蒋方震欲进病房，梅子喊住他。蒋方震回头看着未婚妻，见她一副欲言又止的样子，不觉有点奇怪：“怎么了，梅子？”

梅子看着蒋方震手里的包裹，脸有点微红：“看到这个，蔡将军家里寄来的东西，我想到你以前告诉过我的，将军的家事？他在老家还有一位原配夫人，对吗？”

蒋方震点头："不错，我同你说到过的，他的原配夫人姓刘，和蔡老夫人一直住在邵阳老家。怎么了，梅子？会突然问起这个问题来？"

梅子摸摸怀里的永宁，用嘴巴蹭蹭孩子的头发，遮住自己的面颊，她觉得有些问题，问出来是羞涩难言的。

"梅子，你究竟想表达什么意思？"

"哦，百里君。我是突发奇想吧，算我胡思乱想好了。我在想……像蔡将军这样出类拔萃、万人敬仰的人物，自然会有很多女人仰慕的！也许……很多这样的中国位高权重的将军们，都逃脱不了几次婚姻……或者是被爱的命运？"

"你究竟想说什么呢？"蒋方震上前细看着梅子的脸，谐谑一笑，"你不会是一语双关吧？"

"一语双关？什么意思？"因为梅子想多练习汉语，尽快能提高自己的中文水平，所以他们两个恋人之间说话，都尽量用中文，但是有些寓意深刻的词汇她还是不能明白，此刻就瞪大了眼睛。

蒋方震笑着，改用日语和她说话："我是说，你不会是在旁敲侧击地说我们的事情？我的一切，早已和你坦白过了吧。"

原来蒋方震也曾有过一场婚姻。当年他的父亲为他订了一位门当户对的女子为妻。这位查姓女子目不识丁，与蒋方震文化差异太大。蒋对这门亲事非常不满，婚后不久就离家求学，再也不肯回到那场婚姻中。查夫人未曾生育，一直居住在硖石镇侍奉蒋母杨太夫人。

蒋方震和梅子相恋时，就向她坦白了自己这段包办婚姻。其实像他们这一代有着新思想的留学生，多半会有相同的旧式包办婚姻的羁绊。有关蔡锷和原配夫人刘侠贞的故事，他也曾和梅子提到过。

此刻听到梅子突然发出这样的感慨，蒋方震很是不解。

梅子摇摇头："你别多心，我不是在说你。我是想问，蔡将军和你一样，冲破了旧式包办婚姻的樊笼，遭遇到潘夫人这样的人生知己，也算是一件幸运的事情。他和潘夫人的感情，我们大家都看在眼里，自然不会怀疑。但是，但是……"

她说得又有点纠结难言起来，看着怀里的小永宁，虽然孩子不满周岁，完全不懂事，但是她觉得当着孩子的面，议论起他的父母的婚姻感情来，还是让她难以启齿。尤其是上次美江提到的"小凤仙"的事情，一直横亘在她的心头，她更加不知道该如何表述这番意思了。

“哎，梅子，你究竟怎么了？”蒋方震表情变得严肃起来，他认真看着恋人，“我们之间，还有什么不可言说的事情吗？”

看他态度谨慎认真，梅子觉得不能无端引起他的误会来，就磕磕绊绊地说出了自己这几天纠结于心的问题：“我是想问，蔡将军和一个叫……小凤仙的女子，有过什么……什么交集吗？”

梅子问得自己先脸红起来。她再次将脸颊藏到孩子的身上。

“嗨，你纠结在这里了？”蒋方震释然一笑，故意用手将她的脸扳过来，望向自己，“我倒奇怪的是，你从哪里听到过的这个女子的名字？”

梅子将那天美江给她看的报纸上的内容简单给他复述了一遍。

蒋方震听后沉默不语。片刻，他正色看着恋人，轻声道：“这段轶事，当时报纸上炒得沸沸扬扬的，也难怪世人都存着一份疑惑。但是梅子，依我对松坡的了解，一定别有隐情在。”

他微微蹙起眉来：“松坡是个内持寡言的人，很多事情，他不愿意解释，即使我和他亲如手足，但是也不想破坏他的某些坚持。对，你就理解为固执己见也成，总之，当说的，他会说，不当说的，他沉默，没人忍心逼他一定要讲出来。”

梅子看着他，思索着他的话，沉默不语。

蒋方震摸摸上衣衣兜，喟叹道：“其实不瞒你，前两天我收到一通电报，是松坡的一个发小挚友罗湘打来的，就是有关那个……小凤仙的事情。我还没有交到松坡手上。”

“为什么呢？你在担心什么？是担心蔡将军身体病弱，不想引起他的烦心吗？还是？……”梅子露出很好奇的样子。

蒋方震摇摇头：“我不知道。就是觉得时机不到。目前他的身体和精神都处于很衰弱的阶段，也许我应该自觉地为他分担些什么。虽然可能是我武断了……”

“不，百里君！你和蔡将军是挚交好友，你的感觉，一定是对的，我相信这点，并深信不疑！”

“好吧，等我考虑清楚了，自会和他明说。”蒋方震得到心爱的人的支持和理解，心下大慰，他笑看着她，“咱们赶紧进去吧，永宁也急着见爸爸了吧？”他用手逗着孩子的小脸，搂住梅子的肩膀，一起进了病房。

幼子的到来，果然给了病弱之人很大的慰藉。蔡锷半靠在床头上，让永宁依偎在他的怀里。他低首嗅着孩子头发，一股好闻的奶香味差点逼出他的眼泪来。

“儿子……儿子……我的宁儿……”他在心里默念着。想到还有蒋方震这对恋人在面前看着，他拼命忍住自己伤感、留恋的情绪，示意潘蕙英将孩子抱开。

“这都多少日子没见了？让宁儿和爸爸好好亲热一下吧。”潘蕙英含笑轻声道。

蔡锷又贪婪地吻了孩子的脖颈，将他小小的身子递到潘蕙英的怀里：“宁儿太小了，这里是病房，我这病也不好……”

蒋方震看着他，安慰道：“你虽然是肺病，医生说了，已经不在传染期了，应该没事的。”

蔡锷却摇头：“毕竟这是病房，还是不大好。对了，”他看向妻子，“你这两天也一直憋在病房里，现在不如和梅子带着孩子一起去花园里散散心，呼吸一下新鲜空气也是好的。”

潘蕙英抱起孩子，又看着他，蒋方震忙道：“你们娘儿仨只管去逛逛吧，这里有我陪他。”

他指指自己带进来的那个包裹：“这是老家寄来的，等会儿我刚好拆开给他瞧瞧。”

潘蕙英点头，抱着孩子和梅子一起出去了。

这边蒋方震果然找来剪刀拆开了包裹，看到里面都是一些湖南邵阳的吃食，里面还有一封信，就递给蔡锷。

蔡锷接过信封，打开，家书是发妻刘侠贞的笔迹，但是分明是用母亲王太夫人的口吻，一声亲切的称呼“虎儿如晤”，裹挟着一股久违的母爱之浪，向他冲击而来。这股亲情的潮水让卧病异国他乡之人情难自禁，泪水已经蓄满他的眼眶。

生性刚强内敛的他，即使是当着亲如手足的好友也不愿意纵情恣意。蔡锷默默扭过脸去，暗暗吸了一口气，不经意地揉揉脸颊，悄悄将眼中的泪水拭去，转过来细心读着母亲的来信，体味着母爱亲情。

母亲近乎老生常谈的家常话带给他的慰藉，此刻尤为明显。不到两页纸的内容，他读了不短的时间。蒋方震也不打扰他，只是好奇地在看手中的一张画纸样的东西。

看到蔡锷将信件读完，重新装入信封，蒋方震才笑着将自己手中的画纸递给他：“这是刚才拆开包裹时，不小心掉出来的一件宝贝。”

“宝贝？”蔡锷不解地看着他，接过那页纸，打开一看，眼中马上闪烁起一丝温情的光芒。

这是一幅儿童画，上面画着一间小房子，窗户开着，里面站了一个梳着辫子的小姑娘，小姑娘分明在流眼泪，这股眼泪被画的很长，一直流到下面很远的地方，那里有一条河，上面标明是日本海，海边有一栋房子，房子里面的床上躺着一个穿着军装的男子，那个小姑娘的眼泪就一直流到那个男子的身上。旁边还有一行秀气的字迹：我在想爸爸。

看到最底下的署名“铸莲”两个字，忍了又忍，蔡锷的泪水终究未能忍住，划过面庞，滴在了图画上。这是他十岁的长女铸莲从遥远的家乡给他寄来的礼物。

“铸莲懂事了，真的是大姑娘了！”蒋方震笑着安慰他，为了缓解他伤感的情绪，又说起了他们几个好友间时常爱开玩笑的一个话题来：“其实啊，看到这幅画，你当爹的激动点也罢了，估计醉六看到，也要大大得意一番呢。”

蔡锷的长女蔡铸莲和石陶钧的长子石潮白年岁相当，所以大家开玩笑，说等孩子们大了，两家就联姻，还说好了由蒋方震做媒人。此刻蒋方震说起这个典故，自己都忍不住笑起来：“这样懂事明慧的一个好姑娘，将来要给他们石家做儿媳妇，这个石醉六简直是捡了大便宜啦。”

石陶钧正推门进来，恰巧听到后面这半句话，就笑问：“什么大便宜让我捡到了？”

蒋方震指着蔡锷手里那幅画，和他才说了大概，就看见石陶钧笑着摆摆手：“这是闲话，咱们以后再说，现在有正事。松坡，百里，有个你们的老同学来此探病，恰好在楼下遇到我了，我就带了他进来。”

他将门大打开，一个年约三十多岁的男子笑吟吟地走了进来。

“上野矢浩？”蔡锷和蒋方震看到来人，同时叫出了他的名字。

第五章　从军

英雄就是对任何事都全力以赴，自始至终，心无旁骛的人。

——波德莱尔

上野矢浩是蔡锷和蒋方震当年在日本士官学校时的同学，蒋方震当时读的是步兵科，而上野矢浩和蔡锷则同为骑兵科的同学。石陶钧比他们晚两届，所以并不认识他。他将上野矢浩带进病房，彼此寒暄几句，他就笑着离开了。

一晃十多年未见，三位当年的同期同学彼此相看，都无限感慨。

“松坡君，百里君，能在日本和你们再次相见，实在令人兴奋莫名啊！”上野矢浩明显很激动的样子，他反复打量着两人，尤其是蔡锷，眼中满是激动的神色。

蔡锷也点头：“前两天听到百里说，你专门来看过我？不巧当时我病况严重，你竟然被挡在外边没能进来？”

上野矢浩笑着直点头，他性情爽朗，直言快语，很有日本军人特色。

“松坡君现在是名满天下的英雄人物，在日本也是极有影响力的。你在此休养，一般人是不能得见尊容的。虽然我们是老同学，也没有特许权。我这次是利用了日本军部的同学关系，才得以进来的呢。”

蔡锷无奈一笑，蒋方震也笑着解释：“这没办法。一是他的病，着实需要静养，不能太过操劳干扰，加之你们日本人，从医生到护士，都很认真严谨，看管得也很严啊。”

上野抿嘴笑，又看向两位老同学：“只是前两天中国方面派特使，专程来此地为松坡授勋一事，其实倒是个很好的契机。当时，我们几个日本士官同学，都想找机会重聚在一起，也为松坡庆祝一下。日本军方也很看重这件事情，据闻还拟定了庆祝大会的计划。毕竟松坡出自我们日本士官学校，这也算是咱们母校的荣誉，甚至算是大日本国培养出来的军人的荣誉！但是，却被松坡你拒绝了，这真是让人遗憾的一件事啊。我一直想当面询问一下你这位老同学，究竟为何如此呢？”他说着，盯着蔡锷的脸，观察他的反应。

“唉，再大的荣誉，加在一个病人身上，也是不相宜的吧？”却见蔡锷只是淡然一笑，“你看我身体这般，一切也看淡了。那些繁文缛节，恐难勉力支撑。所以……”

蒋方震明显对上野的这番话不以为然，就语气较为硬朗地顶了一句：“上野君提到这算是咱们母校的荣誉，倒也罢了，但是若算是大日本帝国培养的军人的荣誉，我倒觉得有些绕口了。不如换个说法，是在日本学习过的中国军人的荣誉，更为妥当精准些？”

“百里兄是才子，喜欢咬文嚼字哈？”上野貌似轻松地笑笑，“这两个说法不是一回事？”

蒋方震却是一脸正色：“我的说法，多加了一个定语‘中国’，这个很重要，说到底，松坡的功勋，当是一名中国军人的殊荣，这点毋庸置疑！”

他笑看上野：“就比如上野君，你将来有了卓越战功，当然可以大书特书，此乃大日本帝国军人的殊荣！”

“哦，是的。”上野点头认同，又轻叹口气：“但是目前差别好大啊！”

他的眼睛，来回在蔡锷和蒋方震身上巡视过：“如今，二位都是贵国位高权重、赫赫有名的军人。松坡君更是有了护国大将军的美名。但是回看我们这些帝国的老同学，就简直和你们无法比拟了。”

蔡锷看着昔日的老对手，自己曾经不打不相识，有过较量，也有过惺惺相惜同窗之意的人，问道：“上野君从士官学校毕业后，依例会进入陆军大学深造。如今高就何处呢？”

上野矢浩：“我是前年才从陆军大学毕业，目前在近卫步兵第三联队任队长，军衔是少佐。”

他笑看两位同学：“站在我面前的，一位是上将军，一位是陆军少将，这样相比起来，简直有天渊之别啊。”

蔡锷清浅一笑：“各国国情不同吧。日本军校，对本国学生的教育是系统而完备的。从士官学校毕业的军校生，经常会有机会参加实战演习，或者野战军代职操练，然后再次回炉到陆军大学深造，如此出来，才可成为中高级军官。”

他看看蒋方震，继续道："而我们中国，经常处于戡乱时期，本国的军校体系还在建立、完善中。从日本学习军事回国的学生们，经常会到一些军中任职，经过实战演练，升职是要快些。"

"不错，松坡君研究得很透彻。"上野点头，"其实咱们那批同学中，我们日本国的军人们，现在一般才在军事领域起步开始，远远没有取得战功，获得显赫的军中位置。我举几个例子吧，有几个当年比较优秀的日本同学，你们都熟知的目前的情况。"

他为他们历数着："板垣征四郎君，当年和百里君同为步兵科同学，他在士官毕业后，远赴你们中国东北参加日俄战争，1913年被调回国后，才进入陆军大学深造。今年才刚刚毕业，目前是上尉军衔；还有同出自咱们十六期步兵科的土肥原贤二君，前几年从陆军大学毕业后，以参谋本部部员的身份被派到中国，目前是日本驻中国武官坂西利八郎的副官，军衔也是陆军上尉；另一个成绩优异的同学安藤利吉君，前年毕业于日本陆军大学第二十六期后，曾以驻英使馆副武官身份赴英国留学，专门进行军事研究。"

蔡锷和蒋方震默默听着，也没说话。

上野摇头笑道："同样是一期毕业的同学，你们诸位，我们的中国同学们，都干到将军的位置上了，真是令人心生感慨之意啊。"

这番感叹让蔡锷和蒋方震心里都不大舒坦起来。中国烽火不断，连年内战。先有军阀之间为了抢占地盘，相互倾轧之混战；后又有利欲熏心、强权专制的人物觊觎皇位，复辟倒退，做了称帝美梦。这代中国军人，肩负的责任重大，但是目前可悲的是，都把聪明才智消磨在中国人打中国人的悲剧中。这样造就的将军、元帅，又有何意义？

这个话题的提起，还让蔡锷蓦然记起一桩往事来。当年他从云南辞了都督之职，进京履职途经越南河内时，法国驻越南总司令曾设宴款待。席间，那位七十多岁须发皆白的法国总司令拍着自己的肩膀赞道："如此青年，功在民国，官至上将，法国未有也。"蔡锷当时有些惭赧，他注意到一个事实：东西各国陆海军人，非到相当年龄，不能升为将官。

想到这里，他沉默不语，蒋方震却看着眼前的异国军旅同学，不想堕了我方的志气，因此上微微一笑着，赞美道："中国有句老话——自古英雄出少年，松坡当是现实中一位很好的实践者吧？"

蔡锷笑着摇手，三人又就这个话题随意笑谈几句，上野却貌似无意间又提起一个话题来。

“士官毕业后，我曾经在日俄战争期间到过贵国的东北地区，那里的人物风貌给我留下了极其深刻的印象。土地肥沃，资源丰富，那浩瀚无垠的广袤地区，让我大开眼界啊。我在想，这真的是我们日本国无法比拟的。”

他用认真的神情看着自己的两个中国同学，口气倒是玩笑轻松地说道：“目前，我即将到我国南部地区军校任职，我在想，如果有机会，将来能和松坡君、百里君相逢在贵国，一起相携同游，岂不是人生一大惬意之事吗？”

“相携同游？”蒋方震看着日本同学微笑，“不错。如果有那样的机会，我们当尽地主之谊。但是联想到上野君刚才讲到的那种经历——作为日本军人，为了打仗来到我们中国的地界，无论如何，都不会令人有舒服的感觉。”

上野感受到对面的两个同学看向自己的目光，都有了深意。

蒋方震沉吟着：“日俄战争……日本和俄国为了争权夺利，在第三国——中国的土地上摆开厮杀之势，其实终究两方都怀有瓜分脚下这片疆土之野心！”

他看着上野微微冷笑：“上野君在别国的领土上征战杀伐之余，倒有闲工夫去流连感叹脚下土地的肥沃富足，这番闲情逸致带有一丝血腥味，终非善行。”

上野露出一丝尴尬神情，但是瞬间大义凛然地正色道：“身为军人，自然须服从命令，听从指挥！松坡君，我还记得，当年我请你给我讲解过你们中国著名的典籍《左传》中的一句话：‘君命无二，古之制也。’这就是军人的职责，也是军人的宿命吧？”

蔡锷没有正面回答他这番话，只是微微眯起眼，看着他露出淡然一笑：“我倒记起当年咱们在士官时期的一件往事了。上野君，你难道忘却了，那年你作为军校生参观了你们日本国的皇宫，仿佛大受鼓舞一般，回来喝了酒，说出了一番话，从而引起和中国留日学生的一场纠葛？”

“哦，是的，那件事情，实在是令人遗憾。”上野也记起前情，脸上更现出一股沮丧的神情来。

蒋方震：“那件事情也久远了，我只是恍惚记得，当年是上野君的一句狂言，引起中日同学间的冲突。具体你所说的话的内容，我当时可是听得不大真切，如今你还记得吗？”他认真看着上野，嘴角却挂了些许笑意。

“哦，我……我都忘了。不过是一句酒后之言罢了，论不得真假。”上野摆摆手。

却不料回眼对上蔡锷亮晶晶的眼眸，后者的神情，是他曾经在青年求学时代，在这个中国同学脸上时常看到过的认真和执着之色：“上野君当年那句话，深深印刻在蔡锷心中，须臾不敢忘怀——‘参观了振天府，世上已再没有什么可留恋的了，做天皇陛下的御盾，在满洲的土地上粉身碎骨也心甘！’我想这不可能简单地以君命不可违来解释了吧？作为军人的上野君，心中自然澎湃着别样的野火，只是不知道何时会燃烧起来罢了？”

上野叹息：“我是没想到，就是这样一句玩笑话，竟然引起中国同学如此激烈的反应？更使我惊讶的是，当年的你，总是给我留下儒雅持重形象的松坡君，那次仿佛也很激动的模样？你的中国同学们失去理智对我当场挥了拳；你虽然是没动手，但是那副冷峻的模样也让我记忆犹新！”

“失去理智总比失去良知好吧？”不等蔡锷回答，蒋方震冷冷插言，“当年我是没在场，要是在，上野君估计更加难以忘怀了。事关一个中国人的良知和尊严，你难道不明白吗？”

“作为一名军人，都是有着自己的底线的，这点野君心里自然清楚。因为我了解你，你和我们中国同学们一样，都是有血性、有责任感、尽忠职守的军人。”蔡锷语气和缓，却有不容置疑的坚定意味蕴藏在话语里面。

蒋方震加上一句：“我理解的军人底线，当是国家的荣誉，民族的尊严。”

上野点头不语，片刻抬起头来，叹息道：“二位都是卓越军人，我当年有这样的感觉，今天更加印象深刻！”他又认真回看蔡锷，“松坡君的睿智和敏感依然是我记忆中的样子，而且如今身为上将军的你，更有一份别样的霸气和从容，我是一如既往的欣赏啊。”

蔡锷安静地看他，唇边勾起一丝恬淡的笑意：“且看后面的事情吧。我只是作为老同学，真心希望和上野君一样的，我的日本同学们，心中那股无法遏制的野火，不至于失去理智，蔓延泛滥，烧伤别人的同时，也将自己引向毁灭的深渊。”

“是的。其实松坡君，当年在士官分别，我就有一些不祥的预感。这次见面，也早已做了充分的心理准备，但是我还是不能不感到遗憾和纠结，”上野尴尬一笑，“从此我倒有个极为不安的想法了，就是祈祷以后和你们这些，我的中国同学们，最好不要遭遇在战场，在中国战场！那样的悲剧，想起来都令人不寒而栗！”

蒋方震嗤地笑了：“这个祈祷很是必要！作为朋友，相聚日本，还是中国，当然都是令人欣慰的事情。我国有句古语——有朋自远方来，不亦乐乎？但是如果作为军人的身份，昔日同窗，相逢在两军阵前，当是格外令人痛心的悲剧！”

蔡锷微微点头，看着上野：“愿这样的悲剧，永远不要发生在你我这些同窗之间。”

上野咧嘴一笑：“当然。松坡君和百里君都是我真心佩服的同窗好友。我在想，如果和你们交手，我的胜算未必大？”

蔡锷眼中露出镇定自若的光芒：“征服者的胜算永远不可太多高估，因为征服一个国家容易，征服一个民族是无法想象的。作为一名职业军人，如果以守土卫疆作为毕生的追求和事业，他心里的强大力量，自然也是无法估量的。”

上野点头感叹：“松坡君的见识依旧让我感服啊，中国有你，你们这样的军人，真是江山社稷之福！”

看着蔡锷和蒋方震，他又自然而然提到他们的另一个中国同学。

“谭庆铎君，这次我在东京也见到了，他现在是新政府大总统的专使，据说，他想趁这次福冈军界为你举办庆功会的机会，组织往昔的士官同学一聚，他也和我说了详细计划。他说到这次你们在国内反袁起义的事情，他在北京也有所策应。而且，他当时和松坡在北京共事，也很为松坡做过一些掩护的。所以松坡此番获得勋一位的殊荣，作为老同学，战友，他格外感到欣慰和骄傲。”

“哦？那谭庆铎是这样和你说的？”蒋方震睁大了眼睛道，“这真是千古奇谈，天方夜谭！”

上野矢浩惊异不解地看着蒋方震，正欲询问，却看到蔡锷用话拦住了这个话题，他的语气听来有些虚弱无力：“哎，百里，说这些没用的话做什么？已经过去的事情了，就算是绝世功勋，在我这里，也算过眼云烟，何足道耳？”

他捂着唇低咳几下，露出疲倦的神色来。

蒋方震心里明白他是不想由着自己发牢骚谴责本国同学，毕竟家丑不可外扬，所以才会用别的话题来堵他，他也就借着照料病人身体的契机终止了话题。

他上前扶住蔡锷的身子：“松坡，你怎么样？要不要躺下歇息？”

蔡锷摇摇手，上野矢浩也上前劝道：“对啊，松坡君，你有病在身，不可太过劳碌，我也要告辞了，你赶紧休息吧。”

他上前握住蔡锷的手：“我马上回东京，很快要去南部军校任职。你好好将养，咱们总是后会有期。”

“好的，大家各自保重吧。”蔡锷也回握住他的手，用力晃晃。上野和蒋方震左右扶持着他躺下。

潘蕙英独自回到病房，蹑手蹑脚来到床前，却看到蔡锷睁着眼睛躺在那里，一副思索的模样。

“你怎么还没睡？该闭眼歇息一下了啊。”她为他整理了一下被子，握了他的一只手，温柔地看着他。

蔡锷仿佛才回过神来，看向妻子：“宁儿走了？”

“嗯，百里兄和梅子带他回去了。”

“孩子没哭闹找你吧？”

“没有。别看他年纪小，可是真的很随你的性子，沉静安详，不急不躁的，也不犟。”

潘蕙英笑看着丈夫：“宁儿比他的哥哥姐姐更像你，我希望他能像他的名字一样，一生平静安宁。”

蔡锷沉默着，片刻幽幽说道：“清平盛世，总有一天会到来，孩子们，一定会享受得到。”

看着他脸色苍白，有疲倦之态，潘蕙英再次柔声劝道：“你今天和老同学重聚，还是话说多了，劳累过逾，赶紧闭上眼睛休息一会儿。”

蔡锷点点头，不再坚持。他闭上眼睛，尽量放松自己的周身，在身体逐渐松弛下来的同时，大脑中却无法停止地飞速运转着，似梦非梦间，他竟然觉得自己身体漂浮起来，像是插上翅膀飞翔着，又回到了十多年前的这片土地，在他从军伊始的时代。

1901 年秋　日本陆军成城学校

刚刚领到军校生军服的三个中国学生相聚在宿舍里。他们都还穿着西服。

十九岁的蒋方震看着两个中国同学，朗声道：“咱们先自我介绍一下吧，我来开头：蒋方震，字百里，光绪八年九月初四生，籍贯浙江海宁。”

谭庆铎笑着接言：“谭庆铎，字含风，湖州人士，光绪八年三月十五生人。”

蔡锷放下手中的军服，也回应道：“蔡锷，字松坡，光绪八年十一月初十生，祖籍湖南邵阳。”

谭庆铎抢先笑道：“原来咱们三人同庚，如今又同入一校，实乃天赐缘分也！”

蒋方震也点头："留日同学，总爱以籍贯结团共叙，今日我们三人虽然同庚不同籍，但是却同样选择了从军这条路，果真是缘分，当为同道中人。"

"不错！百里说得很准确！哦，从今日起，我们就该遵从咱们中国传统礼仪，相互以字称咯？"谭庆铎建议道。

"好呀，"蒋方震忙接口，"既是同庚，也莫论长幼之序，大家就以彼此的字来称谓，才算亲密无间。"

两人说得热络，旁边的蔡锷只是腼腆一笑，表示赞同之意。

蒋方震看着蔡锷，微微点头，开起了玩笑："这位来自湖南的松坡君，我看你气质沉静，体态柔弱，细观来，竟然有淑女之态，如何也走到行伍这条路上来了？"

谭庆铎也附和："是啊，刚才在领军装的地方，初见松坡，我就觉得他的身材、体态，在咱们中国人中，也算瘦削纤细的，仿佛和军校、行伍这样的词都不搭界呢。"

蔡锷仍旧沉静地笑着，看着两个同学都注意看着自己，仿佛在等着一个回答。他咧咧嘴，露出一丝顽皮的笑意，语气依旧轻缓无波："两位仁兄进此军校前，据闻也都是文人出身？那么自是才高八斗，学贯中西。小弟倒有一句古语不甚明白，要向两位兄台请教。"

"松坡所询何事呢？"谭庆铎先就好奇，又挥挥手，"你又是谦恭过头了，刚才百里都说了，莫论长幼之序。你如今又是兄啊弟的，忒客套了！"

蔡锷听了，只是抿嘴笑。蒋方震也认真看着蔡锷，似有询问之态。

蔡锷轻声解释道："往昔读《韩非子》中有这样一句话：'以容取人乎，失之子羽！'据说还是圣人孔子的一句感叹，不知寓意几何？"

谭庆铎听得不甚明白，他出身世家，从小养尊处优，在学业上未曾格外上心，对一些经史典籍涉猎的也不深，此刻就茫然地看向蔡锷。

蒋方震从小饱读儒学典籍，文学、史学造诣都极高，闻听此言，已经大笑起来，用手指着蔡锷："松坡当真顽皮有趣得紧！这话问得妙，也问得霸气！"

他回头对谭庆铎解说："当年孔子有位弟子，名澹台子羽，因为貌丑被圣人师傅冷遇，他无奈退出圣人弟子行列。但此人奋发图强，终成一代大儒。其才干和品德传遍了各诸侯国。后来他昔日的恩师孔圣人也自悔不迭，所以说了上面一句话，总之是教育后人，莫要以貌取人罢了。"

言毕又对着蔡锷一拱手："我们今日不要步那孔圣人的后尘，看错人才啊！"

“原来如此，承教了。”谭庆铎也是恍然大悟。

蔡锷羞涩一笑，也拱拱手：“适才不过同窗间玩笑之语，百里、含风莫怪。”

蒋方震摇头：“俗话说，诗言志，言语莫不如是？松坡，我也想送你一句古语：‘休嫌貌不扬，白璧璞中藏。’何况如今观君之容貌，哪里有‘貌不扬’之说？当真是面如冠玉，气质超然，不过是看上去稍有纤弱之态罢了。有此等志向，将来一飞冲天，为人中之龙，也未可知？”

蔡锷笑着摆手：“窃以为，从军之人，不求什么人中之龙，当为虎豹之姿，方能统领军队，号令八方。具体说到自身，从小体质较弱，也是实情。今天既然走到从军这条路上，当与两位同窗共勉，一起努力上进，强筋健体，不再给异国之人以攻击我等为‘东亚病夫’之口实才对！”

“说得好！”蒋方震拊掌大赞，“我记起前几天看到的一篇文章了，也是咱们留日学生所做，名为《军国民篇》，此文当真提气得紧！我犹爱其中这样一句话——‘野蛮者，人所深恶之词。然灵魂贵文明，而体魄则贵野蛮，以野蛮之体魄，复文明其灵魄，则文明种族必败！’此话正合我意！所谓国民体魄强壮，正是一个国家国力强势的重要条件！”

“这话不错。百里，你刚才说的那篇什么……《军国民篇》，是谁写的？我也找来一读。”谭庆铎随即接话道。

蔡锷也不吭气，微微低头作沉思状。蒋方震已经说出作者名字来：“貌似是一个笔名，叫‘奋翮生’，听说也是一个湖南人。”

“‘奋翮生’？有什么含义吗？”谭庆铎看向蒋方震。后者不觉吟道：“‘剑锋出磨砺，梅馥发苦寒。尚流云致远，须奋翮高飞。’总是志向远大的意思吧。”

蔡锷插言道：“坐着言，何如起来行？从今往后，我们三人当相互勉励，相互监督，都先‘野蛮’体魄，方能跟得上这军校的严格训练吧？”

蒋方震点头，谭庆铎却忍不住叹息：“唉，据说这日本军校训练当真是惨无人道，就不知道咱们以后还会遇到什么难忍的折磨呢？”

蒋方震奇怪地看着他：“进军校哪里有不吃苦的？含风你这番论调真是奇怪？”

谭庆铎摇头：“我进军校，更多的是为了好奇，再加上好面子！”

“好奇？还‘好面子’？”蒋、蔡两人都不解地看向他。

谭庆铎解释道：“我出身所谓的世家，书香门第，兄弟八人，我排行末尾，学业水平也是排在最末，总让父兄们看不起。我干脆一气之下，也投笔从戎了，不挣个军官回去，有何颜面见家乡父老？”

他看着两位同学嬉笑道：“这个成城军校不过是初级水平，将来咱们还须进入士官学校进一步深造，毕业回国后自然就是各个军队争相延聘的人物了，进军队当个教习是没有问题的。”

他走到桌子旁，看看自己刚才领到的军服：“可是看看这个，我倒是有点失望啊。你们看，粗布衣服，还一人只有一套？我可听说了，人家士官学校的军装才叫帅，每人两套新呢子军服，还有一件崭新的呢子大衣，另外还有两套布军装，两双新皮鞋。”

蒋方震摇头：“你还没说完全呢。要知道你刚才罗列的，是士官学校给中国留学生的军装装备，只为中国留学生，几乎都是官派留学，政府间有协定，才特别优待一点。而同期的日本学生，则只发一套新军装，再发一套退伍士兵穿过的旧军装、旧皮鞋。旧军装有的打了补丁，皮鞋也是穿坏补好的。因为学生兵们日常训练比较艰苦，筑城、架桥、爆破、坑道样样都干，衣服破损快。据闻那些日本军校生们倒很爱惜衣服鞋袜，平时在军营里劳动、操练全穿旧衣服，节假日或有时外出才穿新军装呢。”

他又正色道：“既然选择从戎这条路，尤其是进了这种军官初级培训学校，艰苦训练，摸爬滚打是必然的，穿好看的军装也没必要吧？”

谭庆铎哀叹：“唉，所以啊，我是从这点小事上看出，以后的日子未必好混。这还没开始训练呢，我已经感到惨不忍睹了！”他低头看看自己身上穿着的英国花呢西服，哀叹道：“让我怎么舍得这身行头哟？”

蒋、谭两人对话间，蔡锷已经走到自己床边，脱掉身上的黑色西服，穿上粗布军装。

“哎，松坡，你真性急，这就穿上了？”谭庆铎对他嚷道。

蔡锷仍旧是安静一笑：“我盼望这一身，已经很久了！”

军校生活从此开始。这是一所专门从事陆军士官学校预科教育的学堂，课业繁重，训练艰苦。学生们除了要学习日本语以及各项理科学科、生理卫生和典令教范等基础学科外，还要研习诸多军事基础课程，而且要通过严格的体能训练，包括长跑、游泳、体操器械以及马术等。

日本人教训态度严谨刻板，在一些细节上也毫不放松。这日，学生们在老师的带领下，进行筑城学中的一段实习——投土作业。

一个年轻的教官演示着标准的投土姿势。只见他用手拿着一个圆锹，身体跃起，一只脚向着圆锹的边沿用力一踩，一脚下去就要把圆锹土装满，装满以后，侧转身，面向后，圆锹柄向上，然后转身面向后，后脚一蹬，再把土抛出去。土抛出去以后，又准又远，中途毫不散落。

学生们看得目瞪口呆。队列中的谭庆铎对站在自己身边的蔡锷低语道："这日本人真较真儿，挖个土呗，至于还要上一堂课？你看这姿势，虚头巴脑的。"

蔡锷抿着嘴并不答言，只是认真观察着教官的反复示范动作。

教官示范做了三遍，就点名让排在队头的一个日本学生来做上一遍。那个学生身体僵硬地模仿刚才教官的铲土动作，却没能铲上半锹土，倒是身体跃起降落下时，和手上动作配合不佳，身子歪斜，差点摔倒。

教官摇摇头，又指点一个学生上来做动作，这次他选中的是蒋方震。

蒋方震同样没有按规定完成动作，他无奈只好用正常的动作，铲了一锹土，准确地投到后面的坑里。同学队列中有人低声笑起来。

教官挥手让蒋方震归队，又严肃地看着学生们："今天学习这个动作，不是简单地让你们把土铲起来，投出去就完事，必须严格按照我刚才示范的标准动作来完成。你们看，"他指指自己的腰部，"不仅要使上手上的力，脚和腰部的力也必须同时用上。土抛出去以后，要力求又准又远，中途不能散落。开始投土时，每一个基本动作都要经过反复练习，要达到相当熟练的程度，做到干净利落，准确有力为止。"

他板着脸看着学生："作为军人，日常的每一个训练细节，看似乏味无趣，但是我们力求做到效果最大化，强调规范，注重细节，就是要培养你们严格细致、一丝不苟的工作风范。细节？不错，很多时候，细节决定了成败！"

学生们都敛容听教，然后在教官的再次示范后，一个接一个上去练习。蔡锷和蒋方震排在队列中，也在一遍遍演练着，态度格外认真。谭庆铎噘嘴掉脸，也在不断揣摩、练习着。

日常教学中，这样枯燥无味的细节练习还很多。就是一个捆绳子这样的简单动作，也有一定的程序和方法，有其规范的窍门所在。学生们在教官的示范下，学会每个结怎样打才能既省时又牢固，都有讲究。训练时谁先打好结，就高举起手，喊一声"完结！"。学生队队长上前检查质量，达到合格就表扬，反之会有各式体罚。学生们一次次将绳子打结，然后解开又重新捆。如此反复练习，直到训练成熟，手法完全准确才可以停止。

体能训练也是严酷而苛刻的，这种训练是把一个普通青年演变为军人的脱胎换骨式的过程。其中艰苦卓绝，非常人可以忍受。蔡锷等三人咬牙坚持住了种种考验。

初试成绩出来的那天，谭庆铎兴冲冲跑回宿舍，却只看到蒋方震在埋头写着什么，蔡锷并没有在。

谭庆铎："嗨，百里，大星期天的，还在用功干什么？总算考试都通过了，咱们今天出去逛逛吧，我请客，咱们去好好吃上一顿。咦，松坡呢？"

蒋方震没有抬头："他可能去海边游泳去了，这项运动于他，是风雨无阻的。"

谭庆铎撇撇嘴："松坡看似文静寡言，其实骨子里犟极了！就算他体格稍微弱一些，也不需要这般拼命吧？看看这次测试，咱们三人的专业科目都还不错，尤其是松坡和你，位列优等中的前两名。这招真争气，让那些日本教官和同学都惊掉了下巴磕儿！就是体能科目弱点，我才勉强混得了及格。但是你和松坡都还是良等啊，已经算不错了。"

他说着挥挥手："管他！总归能及格，合格毕业就是了！别忘了，咱们终极目标是进入士官学校。"

蒋方震摇头，仍旧没有从书写中抬起头来："人各有志。松坡是不服气，他觉得咱们中国人比不了西方人，天生体能有差异，倒也罢了，和日本人，同为亚洲人种，当不会有太大差异？所以，他立志要强化自己的体能，不能输给日本人。"

"唉，较劲儿，真较劲儿！何必呢？完全是自讨苦吃！"谭庆铎摇摇头，上前一把将蒋方震手里的笔抢到手上，"你别学他，这样刻苦作甚？你的功底原本不弱，不需要这样拼命的！走，咱俩上街逛逛去，好容易有这半天假期，不能浪费了。"

蒋方震从他手里夺过笔来，摇头道："我可和你比不了。你是贵族出身，家资雄厚，每月用度从容。我出自寒门，这学费还要靠我自己挣得。你看，"他指指手里正在翻译的文章，"我就靠写点文章，翻译点作品，挣些稿费来维持学费了。松坡和我一样，没有靠山可依，这成城学校的学费可不低，不过好在我们都能通过自己业余时间写文章挣出来。"

谭庆铎晃起脑袋："所以我要说你们俩是一样的，一根筋，不开窍！我要资助你们，你们却整死不肯，非要抱着中国士人的所谓面子不放，又有什么办法？"

蒋方震严肃地摇头："这不是什么士人面子，这是做人的起码尊严。我们来到这个异国他乡，就是为了学习独立人格，继而强化国格的目的来学习先进文化，如果连自给自足、安身立命都做不到，又何足道哉？"

"死脑筋，不开窍！"谭庆铎白了他一眼，独自离开了。

东京大森海湾，蔡锷将身上披着的浴巾扔到沙滩上，向海边走去。他的身体依旧瘦削单薄，但是已经有了精悍的线条，皮肤由于长期在海水里游泳的缘故，已经变得黝黑发亮。加上四肢肌肉的隐隐在现，这个年届弱冠的湖南青年，已经有了军旅男儿的彪悍之韵味。

他来到海边，纵身跃入海水，奋力游了起来。游过几个来回，正在踩水休整时，身边相遇一个和他年纪相当的青年，正是和他同岁的上野矢浩。

"嗨，你好！我观察你很久了，每日来此游泳，风雨无阻啊！"上野矢浩用日语对他大声打着招呼。

蔡锷甩甩头发，粲然一笑，也用流利的日语回答："那么你也不错啊，肯定也是风雨无阻，勤学苦练的，才能有时间有机会观察到我？"

上野矢浩笑着露出整齐的白牙齿："是啊！因此恕我冒昧吧，你是否有兴趣跟我比拼一下？你看那边，"他指指远处的一排防鲨网，"那边红白相间的浮漂作为界限，咱们赛上一把如何？"

蔡锷看看远处，距离他知道的目的地，大约有五百米的距离，就微微点头。上野喊了句"开始！"就开始挥臂前游。蔡锷也紧跟着扑向前去。

他们在浪中振臂划动，身后掀起一排排白色浪花。两人一前一后手触目标物，上野领先了蔡锷半个肩膀的距离。

赛完两人上岸，一边擦拭着身上的水珠，一边闲聊着。

"哎，你这技术，终究算是不错的了！"上野带笑称赞道，"要知道我可是出身于北海道专门游泳训练馆的，没有几个人可以在游泳上和我比肩！"

他认真打量了一眼蔡锷，从他的肤色和体态，明显把他当成了和自己一样的日本人，就继续道："咱们日本人就不说了，原来很多就擅长这个健身运动。可笑的是，这个海湾如今总有些支那人逡巡，也学日本人游泳健身。"

"你没有注意到吗？"他指指远处，"可以明显看出来，那些支那人肤黄体弱，一副弱不堪击的模样，难怪他们从前都有一个名号——东亚病夫呢？"

他撇起嘴，一脸不屑的神情："他们简直是不自量力啊！上次有个家伙，估计是我的游泳姿势打动了他吧，竟然提出来想和我比赛。我就和他赛了一把，不仅将他远远甩到身后，还让跟着他游在身后的另一个支那人差点呛水而死，哈哈，真好笑！”他说着兀自哈哈大笑起来。

蔡锷神情严肃地看着他，声音冷静得让他瞬间止住了狂笑：“很遗憾，先生，你遇到的是支那人，如果遇到的是中国人，就不一定了！”

这话让上野愣住了，眨着眼睛，听不明白，他疑惑地看着蔡锷：“什么意思？支那人？中国人？难道不是一回事吗？”

蔡锷严肃地摇头：“以前一样，现在不一样了！完全是两个概念。先生，你需要与时俱进。”他用日语说完这句话，接着又用中文重新说了“与时俱进”这个成语。

上野愣愣地看着他：“你是……支那人？”

“不，我是中国人！”蔡锷的面色依旧沉静无波，但是声音里却有了铿锵有力的金石之声，“这次我比赛输了，但是我希望下一次我们还有比拼的机会。那时，咱们再好好探究一下——支那和中国，两个词有何不同意义？”

上野没想到自己竟然面对的是一个中国青年，他半晌没说出话来，默默看着这个瘦弱却气场很大的中国人，对自己莞尔一笑，从容捡起沙滩上的浴巾，转身离去。

蔡锷在军校里的刻苦训练是出了名的，不仅谭庆铎侧目，就连蒋方震都惊讶且佩服。开始时，他们训练科目中的几项：翻杠、跳高、跳远，因为蔡锷瘦弱力小，曾经不及格，到学期末时，全部顺利达标。

勉强考过了这几项的谭庆铎私下和蒋方震议论这番玄机所在，蒋方震顶他一句：“你没发现松坡每天晚上都会在操场加练几个钟头吗？那时候，你早去梦周公了。”

谭庆铎不以为然地咧咧嘴。蒋方震继续道：“那天我在松坡的书桌上，看到他抄录的王夫之的那首名句——‘六经责我开生面，七尺从天岂活埋’，这也是他借诗言志了！蔡松坡，不可小觑的伟男儿，我心甚服！”

看到一向孤高自赏的蒋方震说出这样一番发自内心的感叹语，谭庆铎也是默然无语。

毕业前夕的那个周末，蒋方震手拿一本书，跑到学校不远处的一个僻静的山坡边，去找正在练习马术的蔡锷。

他看到令他惊讶感叹的一幕：一匹枣红色的骏马在飞奔，蔡锷瘦削灵巧的身体在飞快地跑动着，他直追到马尾，手按住马臀，纵身一跃，看情形是想从马尾处跃上马身。不料马奔跑的速度太快，他跃起的地方离马臀部距离过大，没有跃上马身，却被马拖住身子，他的手还紧紧揪着马尾，身体却在地上被飞奔的马儿拖拉起来。

“哎，松坡，当心！”蒋方震担心地大叫起来。却见那人松开马尾，灵巧地就地做了一个翻滚动作，停了下来，又一个打挺站起身，拍落满身的草叶，笑着向他跑来。

“嗨，小家伙，你刻苦训练倒也没错，但是不可太过冒险啊！”蒋方震笑道。虽然他们同庚，但是蔡锷的月份最小，而且他身体单薄，面庞秀气，看上去比几个同庚的同学都要小。有时候，同学开玩笑，就爱叫他小家伙。

此刻蒋方震突然想起自己手里拿着的书籍，不觉立马改口：“哎，如今我是不敢再叫你小家伙了！奋翮生，击椎生，猛搏，劫火仙，一个比一个威猛有力啊？”他边说，边向他挥动一下手中的书本。

蔡锷擦擦满头的汗水，平静了一下呼吸，看着他手中的书本，露出不解的神情。

“好你个蔡松坡！你瞒得我好苦！”蒋方震激动地数落着他，“《军国民篇》是你作的？你还同样是梁卓如先生的高徒？哦，不，据先生说，你更是他的第一爱徒！”

蔡锷从他手中接过书来，翻开一看，是一本日文版的《军事篇》一书，由日本人河边半五郎编著，是将蔡锷的《军国民篇》和蒋方震的《军国民教育》两文合订而成，当年在日本青年中反响极大，先后印行达七版之多。

此刻，蔡锷羞涩一笑，赧然道：“百里你的这篇文章我也读过好多遍，心中感服得很！”

“你少偷换概念啊，我在说你的问题。”蒋方震忍笑继续奚落他道，“咱们同窗有一年多了吧，你真是深藏不露啊！要不是我今天有机会见到卓如师，还没弄清楚你的庐山真面目呢！让我一直仰慕不已的才子奋翮生，竟然是你，蔡松坡！文弱淑女般的漂亮人物，如今看来，当真是文武双全，在下不能不顶礼膜拜啦！”他说着故意夸张地双手抱拳，对着蔡锷长揖一下。

蔡锷向左边一跳，灵巧地躲开了，咯咯笑道：“你少来！你的这篇《军国民教育》丝毫不输于我，你这崇拜何来？”

却被蒋方震上前一把抓住他的手腕，笑道：“不管怎么说，咱俩的缘分更深一层了。从卓如师这边论，也是同门弟子！更好笑写篇文章，都会同时被日本人合编成册，在他们这边青年中流传。”

蔡锷也兴奋地点头。

蒋方震又笑看着他道：“今天我和卓如师谈到你，恩师自是夸赞不已。又说到你当时想投笔从戎时，他的反对无效，就转而支持你。先生曾当面对你说——‘吾党所缺者，正唯将才耳。松坡有此大志，非徒吾党之幸，亦国家之大幸也！’”

听他提及往事，蔡锷也很激动：“幸亏老师不拘于陈腐之论，积极为我主张，我才得以顺利进入军校，学习军事。哎，对了，”

他突然记起什么，急急看向蒋方震：“老师来了吗？你刚才说见到他了，在哪里？”

蒋方震哂笑：“看你急的，都约好了，今晚咱们师徒三人一聚。走吧，咱们先回去吧。”

蔡锷点头，打了一个响亮的口哨，那匹枣红马听话地来到他身边，他牵了马，和蒋方震一起回校。

蒋方震侧身仔细打量了一下枣红马，问蔡锷：“你近来总是在刻苦演练马术，不只是简单地锻炼体能吧？”

蔡锷点头：“升入士官学校，我想进入骑兵科。”

“骑兵科？”蒋方震很感意外，“这个恐怕不易！据闻骑兵科是士官学校最老的系别，里面的课程也最为繁重。中国学生很难毕业，所谓进去容易，出来难。你何必选这个？”

蔡锷淡然一笑：“原先也就是一点个人爱好罢了。十岁那年，我在家乡刘乡绅家念私塾时，第一次接触到骑马这个行当。我一跨上骏马，就有一种莫名的兴奋感！刘乡绅不在家的时候，他的马儿就归我驰骋，漫山遍野地飞奔，倒也练出一点马术技巧来。”

他挥手摸摸枣红马的身子，对蒋方震道：“那时候条件不行，马上没有鞍子，就只好抓紧马鬃，久而久之，倒也熟练驾驭起来。”

蒋方震点头：“刚才我看你在练一种与众不同的上马姿势，倒是威猛得很！看来你是铁了心要进骑兵科了？”

蔡锷咬唇笑笑："我也想赌一口气吧。百里你刚才都说到了，骑兵科是士官最有挑战性的系别，那我倒是想检验一下自己的承受能力。而且，我越来越感受到了，咱们这些中国留学生，总是会被日本同学们瞧不起，他们嘴上不说，心里如何想法你我都能从方方面面感受得到。"

他认真看着好友："就如百里，我也看到了你的暗中拼搏精神，在各方面总是想做到最好！这点，可能是咱们这些留学生心照不宣的一点心思吧。"

"不错！"蒋方震马上赞同，"咱们只有做到比别人更强，更好，才能真正得到来自对方的尊重，这就是咱们的心结，更是咱们身上……时时压抑着的重担！"

"那又如何？"蔡锷昂起头，露出在蒋方震看来，很少在蔡锷身上看到的狂狷之气，"百里，咱们就勇于挑了这副担子又怎样？总归让某些人服气并相信，中国人，早已不是往昔他们眼里的——支那人！"

蒋方震默默凝视着好友，看到他秀气稚嫩的脸上，满是坚毅凝重的神色，他的心里，又记起这位湖南青年作的一首诗来：

而今国土尽书生，肩荷乾坤祖宋臣。
流血救民吾辈事，千秋肝胆自轮囷！

他们就这样无语，默默站在异国风景如画的土地上，心中慢慢回忆起故土的山山水水，点点滴滴。

第六章　骠骑

只要提着正义之剑攻击，再柔弱的手臂也会力大无穷。

——韦伯斯特

1916年10月下旬　日本九州帝国大学医学部附属医院（福冈医院）

又是一个天气晴朗、阳光温暖的上午，蒋方震身着笔挺的将军服，手里拎着个公文包走进病房。看到病床上没人，他正觉得奇怪，就看到秘书唐岩端着杯子和药瓶从露台那边推门进来。

“将军今天觉得身子轻松了不少，一大早就非要坐到阳台上看报纸，我们也劝不住。这不，才吃了药。”唐秘书对他解释道，又对着露台方向努努嘴。

蒋方震无奈摇头：“他要是听话，也不会把身体弄到今天这种地步；他若是听话，也不是蔡松坡了。”

这话让年轻的秘书莞尔一笑，悄然离开了，蒋方震走向露台。

隔着大大的落地窗户，就看到蔡锷坐在藤椅上，手里拿着一堆报纸在翻阅着，身旁副官李华禹在吊着脸劝说着：“您该躺回床上休息，这都坐了不短的时间了。这些报纸不能拿给您看，这是蒋将军和石将军都吩咐过的，您老这样，分明让我们这些属下难做人……”

“哎哟华禹，你烦不烦啊？这都一上午了，就在我眼前晃悠，让我连一份报纸都看不消停！还满口蒋将军、石将军的，你究竟是谁的副官啊？你快让开，该干啥干啥去。”

“我当然是您的副官。我该干啥去？我的任务就是照顾好您！您的身体……”

“我的身体我自己知道！现在，我命令你，向后转，起步……”

蒋方震这时走了过去，打断他的号令：“一个病人家，还在发号施令？你没这权力了！”

他上前从蔡锷手里拿过那摞报纸，递给李华禹：“你赶紧收好，以后没有我和石将军的首肯，任何文字类的东西，不能给你家将军看，这才是命令！”

“是！”李副官忙立正回答，抱着报纸，忍住笑意离开了。

蔡锷无奈地叹口气，带着委屈的神色看向好友：“百里，我就奇怪了，我目前在这里，是养病呢，还是坐牢呢？”

蒋方震顺手为他整理好身上盖着的薄毯，也认真地看向他：“你能消停点吗？我的蔡将军？你这身子才好转几天啊，就这般不听话起来？稻田博士他们都说了，你目前重要的是静养，不能劳神。看报纸什么的，也在不被允许的范围之内。”

“看报纸算什么耗神的事情？真搞不懂那些医学博士们都是怎么想的！”蔡锷不满地嘟囔着。

“术业有专攻。人家既然为这个行业知名的博士专家，做出的决定就不会有错。”蒋方震正色道，“何况你自己的毛病你不清楚吗？整个一个爱操心的命！什么事都放不开！你忘了前不久，你看了《朝日新闻》上面一篇议论国内时局的文章，气得几晚上没睡着觉吗？这样对你身体何益呢？所以啊，为你的健康计，报纸这类东西，目前对你不适宜，能不看就不看！”

“哼，那你们干脆憋死我算了。”蔡锷不满，蹙紧眉头，“这病要不了我的命，郁闷之情也会要了我的命，不信走着瞧。”

蒋方震笑笑，抚着他的肩膀，看着他：“我让你少看些无聊新闻，其实是想让你养精蓄锐，做点正事，有多好？”

“正事？”那人仍旧蹙眉不解，“我病困至此，还能做什么正事？”

蒋方震神秘一笑：“你忘了前几天你吩咐我为你找的东西了？”

“哦？”蔡锷激动地一扬眉，“是的，你找到了吗？”

蒋方震从随身带来的公文包里取出一页纸，递给他，又解释道：“你要找的藤原纪男教授的文章，我还没找到，但是从一个朋友那里查到了这个目录，都是藤原教授近几年来的文章。这样，我们可以按图索骥，有个目标。”

蔡锷看着手中的目录直点头。

蒋方震又说出自己的一层想法来：“我在想，也许咱们可以通过这里的美江护士，索取一些教授的文章？你忘了，那个小护士是她的侄外孙女儿呢？”

“我再想想吧，如果不使小姑娘为难的话。”蔡锷思索着。

“如果是普通学术文章，也没有什么为难不为难的话？”蒋方震笑道，“不过，我总觉得这里面有事情不简单。你虽然没明说，我心里有感觉。”

他笑看着好友，那张充满病容的脸上，眼睛依旧明亮闪光。

“松坡，我怎么觉得……这事神神秘秘的？好像间谍行为似的？”

“为自己的国家，做回间谍，也没什么吧？”蔡锷浅笑一下，回看他。

“天！这里面真的有猫腻？藤原教授的文章……有什么玄机？”蒋方震瞪大了眼睛。

蔡锷却是不肯明说的样子，他的神色依旧很安详：“百里，你别猜了。将来你若能找到藤原教授的文章，读上两篇，你就会明白了。聪明如你，自然毫无悬念。”

“唉，我真后悔，当年在士官读书的时候，你那样爱看藤原教授的文章，据说还和他书信交流过？我怎么就没留心他的那些文章内容呢？”蒋方震有点失悔的样子。蔡锷看了，笑起来：“行了，什么时候去读都不算晚。既然这次我有机会再来日本治病，你又执意要陪我一起来此地，就是老天的安排。咱们注定和这件事情有缘。”

“你越说越神秘了，也让我越发好奇了！我……”蒋方震还想再说，却被蔡锷打断了他的话：“哎，突然才发现啊，你今天怎么好好的，又穿上这么一身？”

蔡锷上下打量着好友，看着他身着的笔挺有型的将军制服，不由得扑哧一笑，用手指点着他：“我明白了，你想去干什么了！嗯，也难怪啊，女为悦己者容，反之亦然。当年梅子小姐是作为你的特护和你相识的，自然爱重你这位中国将军的形象了。如今你去约会，穿上将军服，也是很合佳人心意的吧？”

蒋方震一撇嘴：“自作聪明！实话告诉你吧，今天日本军部还是会举行一场有关你授勋事情的小型庆祝会，醉六先去了，我想想还是也去一趟，只为你这尊正神难以光临，但是面子上还要敷衍一下吧。虽然，可能会见到咱们那个老同学，谭庆铎，据说他昨天到此地了。我去了，也替你拦一下，省得他在跑到这里来作秀，倒让你看了堵心。”

蔡锷听了，沉默不语。片刻才嘀咕一句：“难为你。”

蒋方震摇摇头，又环顾四周，才想起来问道：“蕙英呢？怎么不在？”

“她连续熬了几天，我逼着她回去歇息了，也去看看宁儿。”

“你放心，永宁在梅子那里很好。”蒋方震看着他，倒是露出不放心这里的神情来，“醉六不在，蕙英不在，我再走了，今天谁陪在你身边？”

“唉，唐岩、华禹不是在这儿？”蔡锷无奈地摇头，“你快去吧，我又不会逃跑，还要人看着不成？”

他扬脸望着好友，露出一丝顽皮的笑容：“你放心，我再坐会儿就会回到床上歇息。我实在是闷得慌，在这里看看景儿，呼吸一下新鲜空气倒好。”

蒋方震也是无奈点头：“好吧，一切靠自觉，你自己掂量着办。要知道国内外有多少人在牵挂着你的病体？我们跟着你的这些人身上的担子有多重！你这刚好一些，大家才稍稍松了口气！可别再有什么闪失了！”

他俯身看着蔡锷，做了一个夸张的表情：“真是时时刻刻想对你这位不听话的病人进一句言——我的蔡大人，您要自我珍摄！不为贵体念，也只当可怜可怜我们这些跟班伺候你的人吧？我们容易吗？”

蔡锷扑哧笑了：“百里，我发现你嘴巴越发刁钻了！而且……总是婆婆妈妈的，像一个爱唠叨的看护妇！”

蒋方震撇着嘴轻轻点头，同时竖起两根指头：“这已经是第二次了啊，我都给你记着呢。那年在天津，你当着卓如师的面，说我是勇于自杀，不敢杀人，不像军人倒像妇人！哎……我蒋方震一世的英明都被你蔡松坡败坏了！”

蔡锷也不辩驳，只是扭过脸去暗笑。

蒋方震故意板着脸：“看你在病中，我不和你多计较，等你康复了，我再和你算总账！到时候我要和你决赛一把！”

蔡锷少有地露出过去青春好胜的劲头来，他扬起秀气的眉毛，笑着斜睨着蒋方震：“好啊，比什么呢？射击？骑马？游泳？打大车轮？”

看着他病中难得露出的豪气和兴致，蒋方震很欣慰，就继续逗他：“我自知这些都比不过你！不过……”他故意拖长腔调，“总之，只要不下棋就行！”

“什么意思？”蔡锷疑惑地望着他。

蒋方震憋住笑，得意地盯着他：“你知道大家最怕的一件事是什么吗？和蔡松坡你对弈！你赢了还倒罢了，输了就缠着别人不停地下下去，直到摧垮别人的意志为止……”

他终于忍不住大笑起来：“你知道你这种行为叫什么吗？你又知道我们背后是怎样叫你的吗？就用你们湖南的俗语，天生一个——‘霸蛮’！”

他话音未落，已经扭身跑开。蔡锷又气又笑地看着他，环顾四周，没有其他武器可以用，就索性拿起手边茶几上果盘中的一个苹果，念叨句："让你们背后刻薄我？"向好友砸去。

"蔡将军息怒，属下去办正事了！"蒋方震潇洒地伸手从空中接过苹果，咬了一口，边笑着走了。

好友走后，蔡锷又拿起手边刚才那页目录，看着出神，思绪又飞回到十多年前，自己在士官学校求学时的一幕。

1903 年 12 月　日本士官学校

身着崭新士官学校军服的蔡锷，正坐在自习室里读书。他的面前，放着日本知名学者藤原纪男的文章，题目是《中国人留学日本新见》，他默默读着："中国的急务在发展教育，而教育上的急务在派遣海外留学生。今日清朝派遣留学生来我国，最先虽或因我国公使领事劝诱所致，然实亦气运所使然……"

"松坡！"听到有人低声叫他，他抬起头，看到谭庆铎在门外对他用劲挥手。只好放下书，来到门外。

蒋方震和另一个青年站在不远处，他们都穿着士官学校的制服。谭庆铎拉住蔡锷，揶揄道："这才报到，还没正式开课呢，你可就刻苦攻读起来？还不快过来，有新朋友来看你。"

蒋方震也在对他招手："松坡，来认识一下，你的一位同乡。"

蔡锷走过去，看到面前站着一个体形瘦长、面色白皙的青年，正对着自己微笑："你好，松坡，久闻大名，奋翮生，击椎生，威武有力的笔名；《军国民篇》，妙笔生花的文章！"

蔡锷不好意思笑笑，看着青年问道："这位同学也是湖南人？"

青年笑着点头："看我，光顾得上敬仰你了，忘了做自我介绍：张孝准，字闰农，号运隆，光绪七年生，湖南长沙籍。"

蔡锷拱手笑着称呼道："运隆兄！"

张孝准摆摆手："也别兄啊弟的，咱们都直呼字或号好了。松坡，我是早就想结识你了！自从读到你和百里的有关军国民教育的文章，让我心里热浪滚滚，汹涌澎湃啊！今天能和你们在一个学校里求学，真乃幸运之至！"

蔡锷摇头，笑看他："但不知运隆你学的是什么科？"

“工兵科。”张孝准说完又看蔡锷和谭庆铎，“你们二位竟然选择的是骑兵科，当真令人佩服得紧！这里学骑兵的中国学生不多，课程繁重，体力消耗更大，据说很多日本学生都吃不消的。”

蒋方震也看着蔡、谭二人：“松坡倒罢了。含风你自称怕吃苦头得很，为什么也选择学骑科呢？”

谭庆铎一咧嘴：“我打小就羡慕骑兵！坐在高头大马上，威风凛凛！哎，咱们中国古代很多英雄人物，不都是骑在马背上的形象吗？”

蒋方震摇头：“这个可不是说着玩玩，过嘴瘾的！以我对你性子的了解，我看悬！”

“哎，百里，没有你这样打击人的吧？”谭庆铎直对他翻白眼。

他们两人斗着嘴，这边蔡锷和张孝准已经谈到了湖南老家。

“运隆你是长沙人？那里给我留下了太多难忘的记忆。时务学堂的求学生涯，还有岳麓山的壮美景色。”

“松坡，你也喜欢岳麓山？太好了！以后学成归国，咱们结伴去游岳麓山如何？”

“一言为定，还可以再约些同乡呢！运隆，你既然直接进入士官，来日本时间也不会短了？可认得在这里的咱们几个湖南老乡？黄兴克强兄，陈天华星台兄？还有杨度皙子兄？”

“松坡啊，真巧！这几位都幸而相识！”

两人说得激动起来，拉着手笑个不停。一旁的蒋方震和谭庆铎都奇怪地看着他们。

骑兵科的第一次出操，学生们排着整齐的队列在寒风呼啸的操场上。

“报告！”

“入列！”

一个因故晚来骑兵科报到的日本学生完成标准化的敬礼、立正、转身动作，来到学生行列末尾入列。

冷眼旁观，蔡锷惊异地认出他正是那日在大森海湾和自己比赛过游泳的那个日本青年。蔡锷心中计较，脸上却没露出任何表情。

五公里长跑结束，大家正在休整，青年走到蔡锷面前，仔细打量了他，才咧嘴笑起来，“果然是你啊？我还以为认错了人！想不到，你竟然也是士官生？”

他伸出手来："很高兴我们又见面了，认识一下吧，我叫上野矢浩！"

蔡锷微握住他的手："蔡锷。"

"蔡君？"上野矢浩点头，"你们支那人……"话刚出口，他又忙改口："哦，你们中国人，通常除了名字外，还会有字、号的？蔡君的字号是？"

"松坡。"

"那我以后就称你为松坡君吧？"上野挠挠头，露出一丝孩童气来，这样的表情，明显和那日在海边的狂狷气不同，让蔡锷心底产生了一丝好感。

上野还在解释着："我听说这样才够礼貌。在你们中国士大夫阶层，直呼其名是没有教养的行为，虽然我不明白这是为什么？但是我想还是遵从贵国的礼仪，来称呼你比较好。"

蔡锷微笑道："上野君竟然颇懂得我们国家的一些情形？当真令我惊讶且感佩。我想贵国和我们中国一样，都是历史悠久的礼仪之邦，大家相处都讲究和睦相敬，温文尔雅。称呼本是小事，但是彰显出一个民族的教养和素质。根据我国古代礼仪，直呼其名为莽撞无形的事情，彼此以字、号相称，既婉转又亲热。当然各种辈分的人，有不同的称呼规范。"

上野点头道："我还知道，贵国有一句俗语——人生何处不相逢？这句话来形容我和松坡君的情形倒是很恰当的一件事吧？"

蔡锷不觉更有点讶异："上野君你真的让我惊叹了。"

上野露出得意的笑容："其实我们家族和贵国渊源颇深。我的曾祖，祖父辈的很多长辈，都曾留学贵国。只是……到了我们这一辈，才会看到这样的情形：竟然会有源源不断的贵国学生，来我日本国进修、学习。"

"是的。"蔡锷点头，"贵国开西化早于我国，目前有很多值得我们中国学习的地方。而且，据我所知，贵国的公使和领事，还有许多军政要员，都游说鼓吹我们中国学生到东瀛留学。在留学西洋还是东洋的问题上，中国人也自会有自己的考察、判断能力和抉择！"

上野看着蔡锷，露出欣赏的神色："上次在海湾和松坡君有过交流，就感到你不是一般的……中国人，自有一种独特的气质。今天听到这番高论，更让我感佩：松坡君对一些问题是有过研究的，也有着自己独到的见解。有空我们好好切磋一下吧？"

蔡锷坦然一笑："当然可以，我也想和上野君交流一下。但是有个问题，我还是想澄清一下：就是你刚才提到的——我不是一般的中国人？"

他微微摇头，脸上满是自信的神色："其实上野君若是细心观察进入咱们学校的这些中国同学，你就会发现，中国人，尤其是现代中国留学贵国的这些中国学生，他们具有怎样的一种风貌？他们代表的，就是新生代的中国人！你之所以认为我不是一般的中国人，表明了你还是对中国人误解太深，心里抱着过去你们对所谓的'支那人'的偏见和歧视，这是不客观，更是不公平的！"

"好吧，我们有时间可以慢慢探讨，你那天说到的，有关'支那'和'中国'的区别。而且我以为……"上野矢浩还想再说，那边已经吹集合号了，两人只好止住话题，重新站到队列中去。

士官学校的课程较之成城学校更为繁重。其教学设备较为齐全，在当时都属世界先进水平。

这里的教官在教学过程中，通常采取内场与外场理论与实践相结合的方法。专业科别分为学科与术科。学科主要讲授战术、兵器、地形及筑垒、交通等四大教程；术科则讲授器械体操、刺枪、劈剑、马术等。

在授课时，主要由教官口授，或以动作示范。一般分为内场、外场，内场主要是讲授教科书，外场则是学习实际操作。战术作业是一门很重要的功课，先由教官讲授基本原理后，由教官出题，假想一种敌情，让学生们根据所学原理，用军用符号在地图上标明敌我态势，绘制成图，呈教官审评。此外还要定期到野外进行模拟战术实施演习，以巩固学习成果。每期学生毕业时，还要进行各兵种联合军事演习。地形筑垒也是如此，讲授基本原理后，由学生拿起标杆、测尺、水准仪等测量工具，到野外进行实地测绘，构筑各种工事。兵器课主要讲授各种武器的性能，还要进行实弹射击。在学习中，各科还根据本科的特点，重点学习一些专业性强的军事课程。

学生们要学习战术学、战史、军制学、兵器学、射击学、筑城学、交通学、航空学、测绘学、卫生学、外语学等学科，同时进行极为严酷的体能训练。这些堪称魔鬼化训练的磨炼，考验的是人的极限耐受力。除了残酷的体能训练外，还有高压性的'顶点训练'，即把学员的压力最大化，以激发出每个人的潜能。

骑兵科的体能训练又严苛过于其他科系，体能训练强度也大大超过别的专业学生。其实进入骑兵科的第一堂课，就给蔡锷等学生留下了深刻的印象。

教官高木一郎是个严肃刻板的青年军官，他身着笔挺的教官服，戴着白手套的手里执着一只教鞭。

他首先向学生们讲述了一个故事，确切地说，是讲述了他自己极为崇拜的一个偶像人物，号称“日本骑兵之父”的秋山好古大将的故事。他用极富感情色彩的语气，讲述了同样出身于陆军士官学校的秋山好古的事迹——有关他留学法国效法法国骠骑兵的经历，以及他在甲午之战中的优秀表现，他担任陆军骑马学校长，为骑兵科的设立立下不朽贡献的事迹。

“如果一个骠骑兵打了一年战争还没战死的话，这不是骠骑兵，是废物！”高木教官冷冷地大声说道，他挥挥手中的教鞭，又用冷傲的眼神巡视了一圈满教室的学生，“你们知道这是谁的名言吗？”

他不等学生反应，就接着道：“是秋山大将的偶像，法国拉萨尔上将评论他的骠骑兵的一句话。在座的各位，出了这个校门，今后会有机会成为勇猛无敌的骑兵。那么，我今天更想代替我们大日本国骑兵之父——秋山大将问诸位一个问题，那就是：骑兵是什么？”

“骑兵是什么？什么意思呢？”

“骑兵是什么？这个问题……”

学生们纷纷交头接耳，议论纷纷。

高木教官放下教鞭，摘下右手上的白手套，来到教室门口的一个窗户边。他猛吸一口气，突然挥拳奋力向一扇玻璃窗砸去。只听到哗啦啦一声响，伴随着学生们不由自主地发出的惊呼声，窗户玻璃碎了一地，高木的右拳顿时鲜血淋漓。

高木举起带血的拳头，再次猛然一挥，血珠飞溅，他声音冷峻得如同窗外结起的冰凌一般：“这就是秋山大将的回答——骑兵是速度和力量，是用流血代价换取的速度与力量！”

学生们纷纷惊叹不已。上野激动得喉结不停地颤动，他狠狠咽下了一口吐沫，仿佛同时咽下了澎湃至喉间的心潮；谭庆铎也吃惊地睁大了眼睛，看着教官流血的手，又撇撇嘴，用中文小声嘀咕了一句：“野蛮……残忍！”蔡锷挺直身子坐在那里，面容如往昔般沉静，但是仔细打量，他细长的眼睛里，还是闪过一丝震撼之色。

高木教官却是轻描淡写般，边用白手套擦拭着掌上的血水，边大声命令着：“听我的口令，立即到门口集合！这堂课的下半截，就是——今天的第二场五公里越野！”

学生们迅速行动，集合，整队，开始长跑。早上刚刚跑完五公里越野，每个人的体力都露出不支之态，但是都在咬着牙坚持着，当终于精疲力竭地跑到目的地时，所有人都如同一摊烂泥一样倒下了。

上野喘着气，缓缓爬到蔡锷身边，边喘边道："松坡君……你知道……我为什么……要学骑科吗？"

蔡锷正靠在一棵树旁喘着粗气，闻言微微摇头。

上野喘息着，露出一丝笑意："刚才……高木教官讲到的……秋山前辈，也是我的……绝对偶像！"

蔡锷回望他，露出理解的微笑。

"松坡君，你相信吗？我会成为……像秋山大将一样的出色骑兵？"

"也许，你会的！"蔡锷慢慢调匀呼吸，点头道，"我们中国有句俗语——事在人为，又道是有志者，事竟成！"

上野得意地笑了，休息片刻，两人渐渐平息下来。他又认真地看着蔡锷问道："松坡君，你呢？你为什么也选择……这个骑科？"

蔡锷思索片刻，才蹙起秀长的眉毛："我从小对骑马就感兴趣，而且，我想成为一名优秀的军人！如果说，'陆士'的骑兵科更具有挑战性，那么，就这样好了！"

"虽然你不爱听，我还是想说，你是一个不一般的中国人，起码在我感觉是这样。"上野真诚地感叹，"如果我想说，我很珍惜将来每一次和你比拼决斗的机会，你会怎么想？"

蔡锷仰起脸，哑然一笑，用亮晶晶的目光凝视住面前这个狂狷不羁的日本同窗："那么，我是否可以为我刚才的话，做一个补充？我一向不爱和人较量，但是，如果，我接受你刚才那句话，或者说，是接受了你的挑战，从此也把你作为假想敌，是否也可以作为我学骑科一个理由了？那就是，是想和某些人比拼一番？"

上野闻言一愣，接着大笑起来："松坡君，你真幽默！这也是你不同于其他中国人的地方！"

"那是你根本不了解中国人！"蔡锷大声回敬道。

上野挥挥手："我不管，我就觉得和你有缘，我愿意把你作为一个假想敌，让咱们好好赛上几把吧！"他站起身来，看着蔡锷的角度就有点居高临下，"我从来没想过，我会把一个中国人，当作比拼对象？这真是一件不可思议的事情！"

蔡锷不吭气，也站起身来，扫落身上的茅草，眼光可以平视上野了，他才风轻云淡般说了句："还是要很遗憾地回答你同样一句话——谁让你根本不了解中国人？"

这天夜里，谭庆铎发起了高烧，被送进医务所救治，据说是劳累过度的缘故。几天后，他痊愈了，就申请调到步兵科，和蒋方震在一起了。

"松坡，这鬼骑兵科简直不是人待的地方！我先过去了，你要坚持不住，也申请调过来吧，咱三人还可以混在一处。"

蔡锷笑笑："我眼下可走不了。就是那个上野矢浩也放不过我啊，人家早给我下过战书的。临阵脱逃，岂不是让人笑话？"

"你理他？"谭庆铎撇嘴，"日本人都是疯子，整日都处于亢奋状态，教官如此，学生兵也如此，真可怕！这是怎样的一个民族？"

"是可怕，这样一个民族！"蔡锷也嘀咕着，"而且更可怕的是——它还是咱们的邻居！"

另一场比赛是在劈剑场上，学生们两两结对，练习拼杀，每个人都练得头上、身上满是汗水。在休息间歇，上野提着剑来找蔡锷。

"松坡君，还记得咱们的约定吗？得空咱们就可以较量一下？"他挥着手中的剑，对蔡锷笑道。

蔡锷擦擦额上的汗水，微微嘟起嘴："等会下半场训练，咱们会有机会结对儿对决的，上野君你急什么？"

上野摇头，指指操练场："按教官的这样轮转安排结对练习，我数了数，咱们且轮不上呢。哎，反正休息好了，咱俩先比画一下，也没什么吧？"

他笑看蔡锷："你既然答应过我的挑战，咱们也算有过契约的！随时比拼，也算一种交流吧？何况，松坡君，我最喜欢的两项运动就是游泳和劈剑。上次游泳咱们比过一回，这次咱们何妨试试劈剑？"

他看看手中之剑："我的偶像秋山前辈曾有过这样的感叹：'我的刀就是我训练的骑兵！'，那么，如今，我的剑，就是我的部队！松坡君，贵国剑术据闻也是历史悠久，你不会是压根不敢和我比试吧？"

"你这时时刻刻好斗的劲头倒是贵国的特征吗？"蔡锷嘟囔着，微微摇头。

"嗨，松坡君！你是我认识的第一个中国人呢！"上野更进一步挑战，他看着蔡锷，索性一不做二不休，"是真的，是中国人，而非以往的支那人！"这话果然有用，他看到对方——那个文静秀气的中国同学眉毛一扬，脸上有了些许激愤之色。

此刻，上野摆出的这副不达目的不罢休的劲头已经惹得很多同学都看向这方。蔡锷无奈摇头，嘟嘟嘴，也提起地上的剑，和他分别穿上防护服，来到赛场中央。看到他们二人摆开厮杀之势，同学们都围观起来。一旁的高木教官也远远看着。

上野举起手中的利剑，大喊一声“嗨……”冲向蔡锷，手起剑落，蔡锷忙挥剑迎上，两把宝剑空中相逢，发出铿锵之声。

“嗨……嗨！”上野每一次刺杀都伴随着大声喊叫。他的情绪亢奋，手臂上肌肉隐隐凸起。他的个头和体格都强于对方，明显是采取先发制人的手段，想采取速战速决策略，尽快战胜对方，从速完美收官。

蔡锷体格虽然薄，但是动作灵活多变，他紧紧咬住下唇，不发一声，只是见招拆招，沉着应战。

上野矢浩的体力明显更胜一筹，他再次大喝一声，提剑用了“泰山压顶”之势，直逼蔡锷，只听“咣当一声”，蔡锷手中之剑被他猛然压住一挑，直落地上。

刀剑落地的铿锵声中，一旁已经有同学自觉作出裁判：“第一局，上野君胜出，还有两局。”

日本比剑一般讲究三局两胜。蔡锷捡起地上的剑，刚握到手里，对方的攻势已到。上野明显是胜了一局，气势大盛起来，更有快速拿下第二局，结束整个战斗的意味透露出来。他剑法凌厉，招招直逼对手空挡。蔡锷紧紧抿着嘴，眉峰紧锁，沉着应战，以柔克刚，不疾不徐的速度仿佛在和对方打着太极。

上野不清楚何谓中国式太极，他只觉得自己的每一剑，都像刺在了棉花上。几番较量，他不能果断占上风，就有点急躁起来。他用劲一抖剑身，使用蛮劲磕向对方剑上，只听哐当一声，两剑交汇，蔡锷手中的剑竟然断成两截。

“这局重来！”突然听到一声断喝，大家回头一看，却是高木教官走上前来，从一个学生的手里抢过一把剑，扔给蔡锷，又看向上野，蹙眉道，“上野君，注意你的剑法，要有规矩章法，你倒急个什么？”

两人提剑再战，上野心绪难耐，还是频繁猛烈攻击，却在蔡锷步步为营，沉稳迎战的情形下占不到丝毫先机。他急躁中被对方瞅了空挡，一剑压下，封喉在前。第二局蔡锷胜出。

第三回合两人心情都有些紧张，毕竟胜败在此一举。上野依旧是提气大吼一声，率先挥剑发起进攻。他这番充满杀气的蓄力强攻，仍遭遇到对方细致周密的抵抗。蔡锷的招式稳健从容，面对对方虎狼般的进攻态势，他依旧是不急不躁，稳扎稳打，一副兵来将挡水来土掩的沉稳气度。

上野矢浩却是求胜心切，他不能输了这局，他也自信自己不会输了这局。眼前这个文弱秀气，个头、身板都不如自己健硕的中国青年，看上去实在是平淡无奇，令人不能产生太多的警惕心和防范心。

其实不但当事人上野自己越战越心惊肉跳，就是围观的同学们也看出了两人目前的胜负态势。高木教官面色平静，双手抄在胸前，看着两个奋力厮杀的学生，不露丝毫异色。

很快的，上野就在对方见招拆招、以柔克刚的路数下，显得逐渐力不从心起来。他每一剑都刺向对方命脉，却不料对方的防守无懈可击，自己的剑身却招招刺空，令人沮丧。他透过飞舞转动的剑影，仿佛看到蔡锷唇边挂着一丝若有若无的笑意。他不知道眼前这个瘦弱的中国同学，心里正默念着自己少年时代，在长沙时务学堂时，跟随恩师谭嗣同练剑时的情景。中国剑法自有玄机在，尤其是太极剑术搏击，攻防体现在沾、粘、连、随、轻灵、转换、善变、声东击西和出其不意几种招数上。

几番回合不能出奇制胜，难以拿下对方，上野这边露出心浮气躁的神色来，他的路数全部用尽，被对方熟知，手上的力气也几乎被消磨殆尽。他逐渐露出疲态，步伐也开始凌乱起来。

正在这时，围观者突然看到蔡锷开始了自己的反攻之举。但见他眼睛圆睁，紧咬嘴唇，并没有像其他人发力时那样大喝一声，却明显是手下力量迸发。他举剑凌空而下，直劈向上野矢浩的胸部，对方慌忙间举剑来挡，只听咣当一声，蔡锷的剑身已经重重压在上野的剑身上。蔡锷用手中的剑死死摁住对方的剑身，加劲下压，那尖端却直逼上野的胸部，观之不到寸余。即使隔着防护服，上野也能感到对方剑上的一股寒意迎面扑来，同时他更体会到对方蕴于剑上的极强压力。仓促迎战间，他反手使不上劲，那压力却在一点点加大，他的心脏，甚至是五脏六腑都逐渐感到沉重，慢慢到难以呼吸的境地。万般无奈间，他只好大叫一声："嗨，你这家伙，不要太重啊！我……"

"好了，此局胜负已定，各自收剑吧！"高木教官大声喊道，又冲场上的两个学生挥挥手。蔡锷收剑跳开，上野则万般沮丧地垂下了手中之剑。

训练完毕，上野跟在高木教官身后，神情沮丧地嘀咕道："今天这场比赛，当真匪夷所思！我也不明白怎么就败在支那同学剑下？真给咱们大日本帝国丢脸啊。"

高木教官回眸冷冷地盯了他一眼，语气淡然："在我的眼里，你们都是我的学生，谁的技能胜出，都是骑兵科的荣誉，也是我们'陆士'的荣誉！"

上野听着教官的话，默默无语。

高木深深看了他一眼："也许，你不了解你的这位支那同学的地方还多。"

"教官的意思是？"

"以前，作为一名立志从军的青年，想必你一定读过那本下河边半五郎编著的《军事篇》吧？"

"当然。那是两名支那人所做，是他们在留日期间写就，也很合咱们日本人的口味，所以在这里得到推崇。"

"其中的那篇《军国民篇》更为驰名，你知道其作者是谁吗？"

上野挠挠头，不解地望向教官。

高木一郎微微一笑："作者笔名奋翮生，就是今天和你对弈的蔡松坡。"

"什么？是他？蔡松坡？他竟然是《军国民篇》的作者？这……这更匪夷所思了吧？"上野惊讶地叫道，眼睛瞪得如铜铃一般大。

高木却是神色平静，语气更是沉静无波："蔡松坡和另一篇《军国民教育》的作者蒋百里，都是这期士官新生，蒋目前在步兵科，据闻学业也极为优秀。"

他拍拍上野的肩膀："其实啊，有关这两个学生的情况，入学时候，校方就是了解的。我们当教官的，也明白这些留日中国学生，和咱们大日本帝国的军校生，还是有着很不同的特质的。他们中国学生，能来日本留学的，几乎都非等闲之辈，像蔡锷、蒋方震这样的文武兼修的人才，更只有在乱世中国，才会出现，才可以少年成名！"

他再次认真看向自己的学生："咱们日本学生，也许要借鉴、学习他们的东西很多？你们有着更好的深造条件，也有着较为安定的系统受教育的环境，当更加珍视，并且更加努力才对！"

上野心下感服，低头道："学生谨遵老师训导。"

"去吧，学习一切应该学习的东西，学习一切值得你学习的人，这样，你才可以进步，大日本帝国才可以进步，前进，征服！”高木第一次露出了些许笑意，却看到眼前的这名学业已露峥嵘势的学生是一脸严肃，他向自己立正，再次大声道：“学生谨遵老师训导！”

第七章　较量

如果不是一名优秀的骑兵，我会是一名充满战斗热情的勇士。

——巴顿

1904 年春　日本东京杨度寓所

蔡锷和张孝准来到同乡杨度家中吃饭。杨度字皙子，湖南湘潭人。他年长蔡锷八岁，一向对这个湖南小同乡关爱有加。当年两人在长沙时务学堂同时听唐才常、梁启超的课，讨论国事，很是投契。

去年，杨度带着弟妹们来日本留学，进入弘文学院学习。他热心国事，友善同学，加之才华出众，性格儒雅，在中国留日学生中颇具声望，很多中国留学生都经常来他的寓所聚会，就餐。这个寓所常常高朋满座，有“留日学生俱乐部”和“湖南会馆”之称。对于自己曾经格外青眼相看的学弟蔡锷，杨度当然爱重依旧。每逢周末，他都邀请蔡锷来家中吃饭，由自己的妹妹杨庄主厨，以期给这个小兄弟改善一下伙食。

此刻，蔡锷和张孝准一进门，走出玄关迎来的杨庄就蹙眉嚷道：“哎呀，你们两个家伙，怎么来得这样迟？今天的饭，早就被抢光了！”因为彼此相熟，杨庄也极爱和自己哥哥的这些朋友和兄弟们开玩笑。

张孝准听了她这句调侃话，大大咧咧地一挥手：“有什么残羹剩饭随便来一口就成啊！”

杨庄微嗔他一眼，正欲再说，一旁蔡锷已经含笑看着她道：“叔姬姐，我来帮你到厨下造饭吧？我给你打下手，洗米洗菜都行。”杨庄和蔡锷同岁，月份略大于他，但是蔡锷称呼她时，总爱在她的字“叔姬”后面加上一个姐字，以示尊重，杨庄也一向像姐姐般照顾蔡锷。

此时她用手点点张孝准：“看看人家松坡，就是比你乖巧懂事！学着点吧！”

张孝准比杨庄还大一岁，但是在她面前也是服服帖帖的，就咧嘴一笑：“知道你一向最偏松坡，和大哥一样！这叫有其兄必有其妹也！”他嘴里念叨的大哥，正是杨度。

却回头看见“大哥”正站在玄关前笑看着他们摇头：“你们可是今天来家吃饭的第三拨人啦！”

他招手叫两个小兄弟进屋，又吩咐妹妹杨庄再去做饭。兄弟三人来到正厅的榻榻米前坐下，一如既往地海阔天空地聊起来。

杨度这次更是有兴奋点要说。他前不久到横滨见到了故友梁启超，相谈甚欢。他对蔡、张两人说到，这次横滨见面，他将自己新写的一首《湖南少年歌》托梁启超发表在其主办的《新民丛报》上。

看着杨度清秀儒雅的面庞，一双穿透力极强的眸子里，却跳跃着激情的火花，蔡锷很是感佩，就笑着道：“卓如师昔日曾作《少年中国说》，让人读之心潮澎湃，不能自已！”

张孝准点头，接口道：“梁启超先生的《少年中国说》简直是一篇战斗檄文，鼓舞了多少中国少年之斗志？也是我最爱的一篇文！”

他忍不住朗诵其中名句：“故今日之责任，不在他人，而全在我少年。少年智则国智，少年富则国富；少年强则国强，少年独立则国独立；少年自由则国自由；少年进步则国进步……天戴其苍，地履其黄。纵有千古，横有八荒。前途似海，来日方长。美哉我少年中国，与天不老！壮哉我中国少年，与国无疆！”

杨度笑看着两个同乡小兄弟，理解地点头，又对蔡锷道：“我写的这篇《湖南少年歌》，其实就是在和令尊师梁卓如先生的这个名篇。”他说着从一堆书稿中拿出一篇文章来，递给蔡锷。

蔡锷接过来细看，张孝准也凑到身边一起观看，两人不约而同地吟诵起来：

“我本湖南人，唱作湖南歌。湖南少年好身手，时危却奈湖南何？湖南自古称山国，连山积翠何重叠……

“中国如今是希腊，湖南当作斯巴达，中国将为德意志，湖南当作普鲁士。诸君诸君慎如此，莫言事急空流涕。若道中华国果亡，除非湖南人尽死。尽掷头颅不足痛，丝毫权利人休取……”

不独蔡锷和张孝准同声吟诵着，杨度也激动地加入了他们的行列：“惟恃同胞赤血鲜，染将十丈龙旗色。凭兹百战英雄气，先救湖南后中国。破釜沉舟期一战，求生死地成孤掷。诸君尽作国民兵，小子当为旗下卒。”三个人声调越来越高，几乎是声震屋顶。

“好词，痛快，痛快！大哥，小弟更加膜拜你了！”一诗吟罢，张孝准朗声大笑，对着杨度拱拱手。

杨度微笑着摆摆手，却回眸看到蔡锷手捧着诗稿，还在愣愣的状态，明显是没有从极度亢奋的情绪下回转过来。他往昔清俊持重的面容不再，此刻脸上分明是激动难抑的神色。

“松坡？”杨度伸手搭在他的肩上，亲切地唤他，蔡锷回头看他，杨度却从这个自己一向看重的坚毅稳重的弟弟眼中，看到了两颗晶莹的泪珠。

“‘若道中华国果亡，除非湖南人尽死！’大哥，此句难为你如何想来？”蔡锷万般感慨，他低头悄悄拭去泪水，抬起头，看向兄长的面容恢复了往昔的宁静，“‘尽掷头颅不足痛，丝毫权利人休取。’小弟谨记兄长教诲。从今以后，皙子兄的这篇《湖南少年歌》，将和卓如师的《少年中国说》一样，作为一种特殊的勇气和……营养，融化在小弟的血液中了！”

杨度也很感慨，眼中也蓄起晶莹的水色，他再次拍拍蔡锷的脊背：“松坡是性情中人，也是我极为看好的一位猛将！”

他又看看张孝准：“你们都是猛将！相对于我们这般手无缚鸡之力的文人，你们这样敢毅然决然地投笔从戎的猛士更令人钦佩！两位贤弟，戎马功成，未来可期！”

三个人都是激动莫名的神色，当杨庄端着一托盘饭食进来时，他们还是激昂快意，语气铿锵之势。

“好了，猛士可当，也要先填饱肚皮吧？”杨庄笑语打破了这份壮怀激烈。

蔡锷和张孝准几乎是狼吞虎咽地吃完了所有饭食，杨度同情地望着他们：“你们‘陆士’往日里不给饱饭吃吗？何至于如此狼狈形象？”

张孝准咽下最后一口饭，拿着筷子的手直摆：“饱饭自然是没问题，但是日本饭如何与咱们中华美食媲美了？简直是不可同日而语呢。”

蔡锷摇头：“不能怪人家日本料理的味道不好，只怪咱们自己长了个适合中华料理的胃吧！”他望望杨度，又笑道，“何况在大哥这里，能吃到正宗的湖南菜，你让我们怎生忍得住呢？就是想维持温文尔雅的样子也难！”

杨度笑着点头：“所以一方水土养一方人的说法是很有道理的！”

蔡锷和张孝准帮着杨庄收拾了餐具，又回到客厅和杨度再次攀谈起来。每周的聚会，这种恳谈总是会让人流连忘返，但是不过片刻，就被一个人的突然闯入而坏了气氛。却是谭庆铎的到来。

原来，当时在留日学生中，分保皇派和排满革命派两大派系，各自宣传自己的主张。谭庆铎参加了革命派的一个组织。就在前几天，他们发起一个纪念中华民族亡国二百四十四年纪念会，认定汉民族的统治，在1660年南明政权消亡后就结束了，表示不承认满清的统治地位。谭庆铎很热心这个活动，他在这个组织里上下运动，担任了一个重要的联络干事的角色。在纪念会之前，他将几名同学，如蔡锷、蒋方震、张孝准等人的名讳也给签上了，虽然他事先没有和他们打过任何招呼。不料别人还可，唯有蔡锷听闻后，坚持要把自己的名字划掉。这件事激怒了谭庆铎，他知道这件事情不便在军校里公然讨伐，因为士官学校明令学生不得参与任何政治、党派组织，对留日学生的监察尤为密切。谭庆铎知道蔡锷周末有到杨度家吃饭的习惯，他也曾和他一起来杨宅聚餐过，此时就匆忙赶来了。

杨度看到谭庆铎怒气冲冲赶来，也不知为了何事，正开口询问他是否吃过晚饭，却看到谭庆铎匆匆敷衍了他一句，就几乎是冲到蔡锷的面前。

“松坡，我问你，你坚持要去掉参加纪念会名册上自己的名字，却是为何？”他绷着脸，直盯着蔡锷的眼睛。

蔡锷平静地看着他，语气平和地答道：“含风，你别激动，先坐下来，咱们再说。”

“坐个屁！”谭庆铎红着脸，对着他一挥手，“这件事你不必含糊，直言直语给我解释清楚才好，否则，别怪我对你采取行动！”

杨度和张孝准看到他气势汹汹的样子，忙相劝不迭，无奈谭庆铎也是个犟种，目前革命热情正在高涨中，此刻他谁的话也不想听，谁的面子也不想给。

“蔡松坡，你不妨从实讲来，当着这些兄弟的面！”谭庆铎直直盯着蔡锷，语调升高了一些，“你不要被我们猜中了，被我们大家都猜中了——你，不是革命派？”

蔡锷抿起嘴，也露出刚毅神色来：“有些事情，我不想解释太多。目前咱们都是军校学生，该学习的东西还很多，在我看来，学习、锻炼、掌握该学的知识，争取早日毕业才是大事。其他的，可以先放一放。”

“啊？革命的事能放在一边吗？蔡松坡你以前口口声声为了国家强盛，我们才来这里学习军事。目前，反抗清朝统治就是带领我们这个国家走向强盛的必经之路！革命才是如今首要问题！”

谭庆铎越说越激动起来。他站在蔡锷面前，用手指着他：“有人说，你是梁卓如的高足，肯定是承袭了他的保皇改良思想，我开始还不相信，现在看来，这句判断语一点都没冤枉你！哼，蔡松坡，你别忘了，你的老师，不仅有梁启超，更有谭嗣同，唐才常！他们可都是死在满清王朝的屠刀下！作为他们的学生，你今天如此懦弱，不感到羞耻吗？”

这话说得异常激烈，杨度直摇头，张孝准都忍不住替蔡锷分辩了：“含风，大家都是同学，犹如手足一般，你这样苛责松坡，未免有些过分？你一进来就大声嚷嚷，几乎没有给松坡辩解的机会，未免太急躁了吧？”

杨度也缓缓道：“你们年轻气盛，总是沉不住气，何如坐下来好好说话，做什么要这样剑拔弩张的？”

谭庆铎恨恨地坐下，仍然直视着蔡锷：“好吧，你可以解释了。”

蔡锷默默看着他，此刻脸上表情淡淡，几无波澜。他咬咬嘴唇，轻语道：“我做事，自然有我的原则。我不善言辞，也不想过多解释什么。但是，对于你们搞的纪念会，这样的活动，我着实没兴趣参加……”

“什么？”谭庆铎又激动了，正想再次起身，却被杨度伸手按住了，“你急什么？听松坡讲完。”

蔡锷看看杨度、张孝准，又望向谭庆铎：“先辈已逝，与其纪念二百年前的所谓正根正苗的汉民族统治者，不如潜下心来，做一些有益于中国未来的事情。”

他长吸一口气，正色看着谭庆铎：“虽然说，人言可畏，但是我心中自然有一份坚持。如果将来能用自己所学知识，真正实施救国救民、改天换地的抱负，那么，我又怎会在乎这一时的流言蜚语？”

他站起身来，对三人施礼：“我有事先告辞一步，诸位见谅！”他走向玄关穿鞋。

“嗨，松坡，你怎么也急了？这就要走？”杨度想起身拦他，却见张孝准拉了自己一下，微微摇头，只好看着蔡锷离去。

张孝准笑着解释道：“我知道，松坡是真有事。他每天都要去自我训练一个时辰，不是练马术，就是练射击，休息日也不间断的。”

杨度点头，谭庆铎却是一脸的不屑：“他肯定是被我刚才的话给羞愧到了，这才有意避开。”

杨度看着他，淡然一笑：“你刚才那番话，是否羞愧到松坡，我不知道；但是羞愧到我了，这个倒可感知。”

“怎么呢，皙子兄？”谭庆铎不解地看着他。

“你忘了，我也不是你们的革命派？你刚才说松坡的，不正好也敲打了我？”

杨度这番话逗笑了张孝准，他强忍住笑道：“皙子兄既非保皇派，也非革命派，倒是中立人士。”

“不错，我主张宪政，不想介入两派论争！你们不管什么派，什么党的，统统可以到我这里吃饭，吃中华料理，只要别动辄剑拔弩张、火气冲天的就好！”他看看谭庆铎，后者扭过脸去，也不看他。

张孝准笑着道：“含风近来思想激进得很，但是同学间正常的活动你还是要参加的吧？下周日在大森练兵场咱们继续射击练习，你别缺席。”

“我肯定缺席，谁让你们回回推举的射击教练都是他蔡松坡？”谭庆铎直撇嘴。

张孝准抿嘴笑：“那下次你来上啊，你打得过松坡就好！”

“我拿什么比他？他处处占先，而且你们也是一直偏心他！”谭庆铎剜了两人一眼，也起身准备离开。

下一个周日到来，十几名中国留学生提着猎枪来到大森湾练兵场，除了蔡锷、蒋方震和张孝准等士官学校的学生外，还有刚刚毕业于振武学校的方声涛、殷承瓛以及陈天华、戴戡等留日生。蔡锷和另一名学生各牵了一匹马，走在最后。

空旷的演兵场上，春寒料峭，风中仍裹挟着丝丝寒意。这群身着便装的中国学生，各个生龙活虎，跃跃欲试。

蒋方震和张孝准在靶场前给大家讲述射击要领，又给他们做着示范。他们从当地人手里买的猎枪，有几支是几乎接近报废的，准星不准，张孝准和殷承瓛各打了几枪，成绩都不太理想，他看看靶子，摇摇头，将枪递给蒋方震：“你这位步兵科的高材生，应当比我打得准些！”

蒋方震笑着接过枪，瞄准了一下，又从方声涛手里另外拿过一把，瞄准了，射击，看看靶子，也是一笑。

他笑看几位同学："咱们这里自有高人呐，让松坡来。"

陈天华笑了："松坡入陆士前在仙台骑兵第二联队实习时，就得了'神枪手'的美誉。如今入了陆士半年，应该更了不得了。咦，松坡呢？"

他回头望，"看，他在那边演马呢！"一名同学大声叫道，但见蔡锷正在远处演马场上策马飞驰。

"我去捉了他来！让这个'神枪手'给我们教授一下绝技如何？"陈天华边大声叫道，边向那边跑去。

"嗨，他现在纵马在奔，飞将军一般，你这两条腿如何赶得上？更遑论捉了他来？"蒋方震对着他的背影大声笑道。

一旁的张孝准却笑着接话："星台兄自有办法。盟兄去唤盟弟，松坡还不是乖乖听教？"

蒋方震这才记起一事来，他回眼看着张孝准："这两天在学校里偶遇松坡，看他总是眉头紧锁，不吭气的样子，猜想他又遇到什么心事了？这个家伙，平日里沉默寡言，什么事情都喜欢默默扛着，就是不求人！这次不知又遭遇什么了？"

张孝准低声向他大致讲述了上星期发生在杨度家的那场争执，蒋方震微微叹息："那个含风，近来倒是很爱参加一些社会团体的活动。这也无可厚非。但是他要是借此挤兑攻击松坡就不对了。"

他看着手中的猎枪，又望了一眼身旁在专注打枪的戴戡、殷承瓛等人，更加压低声音道："松坡过去参加过不少留学生反清排满组织，也是积极分子之一。卓如师的《新民丛刊》上就有他写的许多文章，这个不是明证？而且，去年成立的拒俄义勇队，后来改名学生军，松坡不是军事教练之一？何来松坡不革命的说法呢？"

张孝准笑道："你还提梁卓如先生呢？这正是人家攻讦松坡的由头！梁先生是康南海先生的弟子，是著名的君主立宪派，他不是一直在进行着和革命派的独立战争？松坡作为他的高足，受点这样的责难，也是想象得到的事情吧？"

他看向蒋方震："还有你啊，百里，你别忘了，你也是梁先生的得意门生！"

蒋方震摇头："我没什么可怕的。但是我倒很理解松坡。自从进入军校后，他潜心学习军事，立志将这所东亚先进军校的先进军事理念和技术都学上身，以期回国后在我们军队中，能有所建树！基于这样的考虑，松坡如今淡定思想，潜心攻读，甚至有点两耳不闻窗外事的举动，就不足为怪了吧？”

“当然，这也是我们这些人的共同理想！”张孝准铿锵有力地回答，“不然，我们这些往昔的书生们，投笔从戎却是为何？”

正说着，蔡锷已经牵着马，和陈天华向这边走来。

“松坡，等着你这位神枪手呢，快来给我们继续指导和演示吧！”方声涛大声喊道，几个同学也在一旁附和着。

蔡锷笑着挥挥手：“这边百里、运隆都在呢。尤其是百里，是步兵科的翘楚啊，几次测试都是名列前茅的，我怎敢班门弄斧？”

蒋方震指着他笑：“好你个蔡松坡，大家都巴望着你一露绝活儿呢，你却往我身上推什么？大家公认的神枪手一直是你，可不是我。听运隆讲，你最近练就了一项秘密武器，还不快给我们这些人展示一下？”

蔡锷一扬眉，年轻的面庞上尽是不解：“哪里有什么秘密武器，你听运隆瞎说！”

张孝准在一旁已经开始不留情地揭发他了：“你最近苦练的绝技，就算不是秘密武器，也是一路绝活，给这些同胞好友看看没啥吧？”他指指蔡锷身边的马匹，又做了个飞翔的动作。

蔡锷恍然大悟，摇头微笑：“不过是一个上马动作罢了，这个百里是知道的呀。何况，又不是射击动作，你忘了咱们来此地的目的了，是星台兄召集人练习射击技术的？你这分明说偏题了。”

陈天华在一旁笑着鼓励道：“什么神奇的上马动作，你们说的这样神秘有趣？松坡，赶快给我们露一手吧！”旁边几个同学也被他这番话鼓动了，都鼓掌欢呼起来。

见自己的盟兄这样催促，蔡锷不好推辞，带着羞涩的笑容，他咬咬嘴唇，也不吭声，只是牵着马走向跑道。

但见他突然扬起手中的马鞭，抽了马身一下，那匹枣红马扬蹄向前奔去。蔡锷随后也身形轻快有力地奔跑起来。几步追到马尾，他双手前伸，按住马臀，身子一跃，从马后面一跃而上，几乎像是飞上了马身，稳稳落在马背上。这一系列的动作，都是在急速飞奔状态下完成的，如流星般划出完美弧线，看得人目瞪口呆，猝不及防，众人沉默片刻，才爆发出热烈的欢呼声。

“呀，这样上马，着实不易，松坡真乃少年英雄！”

“哇，好精彩的上马动作，过瘾！”

一片喝彩欢呼声中，蒋方震大声对着策马飞奔的蔡锷喊道："松坡，继续！马上枪法也来一个！"

陈天华回身从殷承瓛手里拿过那把准星较为精确的猎枪，跑到马场边，正逢蔡锷策马回来，他将猎枪向他扔过去，蔡锷扬臂接了枪，腿下一夹马肚，再次策马飞奔起来。

马上的蔡锷举起猎枪，伏在马身上瞄准着，在枣红马飞奔过几个枪靶的对面时，他接连发射了几枪，远远望去，似乎都中了靶心部位，众人的欢呼声更高过一浪。

方声涛早跑过去验过靶子，两只手兴奋地乍起，比画着两个"九"字的形状。

"好枪法！"陈天华笑着大声赞道，回看蒋方震和张孝准，"你们'陆士'果然厉害，松坡的马术和枪法都更加精进了不少啊！"

张孝准笑道："还是松坡自己更为用功，才有这般成绩！"

蒋方震也点头附和："这小子真是拼命，就没见过比他更刻苦的学生了，我们这些人，虽为'陆士'同学，都自愧不如啊。"

正感叹着，蔡锷策马过来，将手中的枪扔回给一旁的殷承瓛，又跳下马来，松了马缰，边用手抹着一头的细汗，边向这边跑过来。

几个同学却不能放过他，早笑着围上去，把他抬了起来，一遍遍向空中抛去。大家欢乐在一处，笑声传出去很远。

几天后的大森海湾，蔡锷又在傍晚时分来练习游泳，再次遇到上野矢浩。

"松坡君，我给你留了一段时间练习的，如今怎么样？准备好了吗，可以和我再次一决高低？"上野嬉笑着看着自己的这位中国同学。

蔡锷闻言淡然一笑："上野君的话里话外，总透着决斗的意味。"

"有什么不妥吗？同学之间，较量一下，比拼一回，很正常吧？何况，人生如战场，何处没有竞赛呢？"

"这话有点哲学的意思。"蔡锷又是淡淡的笑意挂在嘴边，"好吧，我如今不接受你这份挑战都不行了。按照上野君上面的说法，竟然是给我留足了'练习时间'的！"

"不错，和你比赛很有意思，我一直在耐心等待，你有足够的实力，能和我再次较量……游泳技术。虽然，你在某些方面……赢过我，但是我也会继续努力操练，再次和你决斗在劈剑赛场上！"

“好吧，此刻是海滩，咱们只谈游泳好了！”蔡锷一挥手，一把扔掉自己身上披着的浴巾，率先向海边走去。

看着碧蓝的海水，蔡锷回身望着上野矢浩：“咱们今天好好赛一把如何？先游上一个长距离的，再说其他项目？”

“没问题！在海边，怎么游，怎么赛都成。”上野指着远处隐隐显露的一片礁石，“既然要来个长距离游，以那边石头为目标如何？”

蔡锷眺望一下他指的目标物，含笑摇头：“距离不够！说是长距离游，起码从这里到那边，咱们游上两个来回才作数！”

看到上野并无异议，蔡锷率先走到水边，做好扑入浪中的姿势，回头笑看上野：“我们可以开始了吗？”后者点头，也跟着走前几步，两人几乎是同时跃入水中。

游到那片礁石跟前，他们实力相当，几乎游在一个水平线上。当手触过礁石向回游时，蔡锷渐渐游在了前面。上野的爆发力强，但是耐力却明显弱于蔡锷，两人的距离逐渐拉大。浪里奋力拼搏过后，蔡锷以绝对领先地位赢了这场比赛。

上岸的两人喘息着看着对方，上野的脸上，明显露出些许沮丧的表情，但是瞬间他又倔强地咬咬唇，再次发出挑战：“松坡君，你的长距离游泳技术令我惊叹，但是，我们还有项目可比，不是吗？”

蔡锷微笑：“不歇一会儿吗？你还想比什么？”

上野倔强地摇摇头：“潜水！潜水你敢和我比吗？”

蔡锷暗暗撇嘴，明白自己的这位日本同窗，已经犯了中国人所说的“轴”劲儿，或者说是自己湖南人所谓的“霸蛮”劲儿，只好理解地笑笑，微微点头。

两人又略微歇息一阵，再次来到水边，同时跃入水中的两个异国青年，像两条灵动的鱼儿，倏然没入海水里。

水面归于平静。过了一会儿，当上野矢浩在水中央猛然跃起，大口换气时，他惊讶地发现身边一片风平浪静，蔡锷全然没了踪影！

他愣了会儿神，茫然四顾，突然心里生出一丝恐惧，自己的这位对手，会不会遭遇不幸，溺亡了？

“松坡君？松坡君？”他大声呼喊起来。

在他三十多米远处，浪花跃动，蔡锷冒出水面，边踩着水，边甩掉一脸的水珠，对着他微笑，微微黧黑的面孔上，一排牙齿熠熠生光。

“嗨，你这家伙，吓人一大跳！好像……你又赢了！”上野大笑着。

蔡锷也不答言，挥手招呼他一同上了岸。两人坐在沙滩上休息，边聊着天。

“好吧，你这家伙，真是一个不可思议的人！不可思议的中国人！”上野发自内心地感叹道。

蔡锷谦虚地一笑：“你不必纠结，上野君！其实你今天不过是略微轻敌，以自己的短板硬碰了对手的长板而已。”

“哦？松坡君，愿闻其详。”

蔡锷微微眯起眼来：“我从小在江边长大，因为体弱多病，就用了游泳这个法子来健身强体。我最擅长的，就是长距离游泳和潜水，但是我的爆发力肯定弱于你，所以上次比赛，我会输给你。”

他露出顽皮一笑：“其实如果今天咱们再次比赛短距离游，我也未必能胜过你。也就是各人都有长处、短处吧，就看如何发挥，怎么竞赛罢了。”

上野认真盯着蔡锷看了半晌，也不说话，他这副愣愣的模样让蔡锷困惑起来：“你这是什么表情？直勾勾的眼神……真好笑！”

“可是你的话一点也不好笑，倒是很可贵的！”上野由衷地叹道，“以前，我听长辈说，中国，是一个礼仪之邦，有博大精深的文化，可以供我们日本人学习，我是不以为然。我看到了太多的支那人的不堪行径。哦，松坡君，请原谅我再次用了这个让你不愉快的词，我想说的是，你真的是我认识的第一个中国人！你和他们不同，你身上有很多值得我学习的地方。会让我联想到很多美好的中国词汇。”

“没那样夸张吧，很多中国词汇？”

“是的，松坡君，你知道我的中文很粗浅的，但是我知道一些词汇，是中国人赞美有本事的人时用的。”上野的神情格外认真，他磕磕巴巴地说了几个语焉不详的中文词汇，虽然发音不准，但是还是说明了意思：“孔武有力，谦虚儒雅，不战而屈人之兵！”

“不战而屈人之兵？”蔡锷重复了一句，笑了，“这个用得不恰当吧？我们分明是‘战’过的呀？”他用流利的日语解说着，上野直摇头。

“虽然可能词不达意，但是我的意思是，你骨子里有一种你们中国话‘不战而屈人之兵’的味道，让我这样的人，都能不知不觉间，被你折服。所以，我很佩服你，松坡君！你在很多技术上战胜过我，但是你更让我服气的是，你的平和儒雅，胸襟开阔的风范，这点……真的令人无法抗拒！”

蔡锷微微一笑，也露出坦率的神色来：“其实我愿意和你较量，最本真的想法，就是要纠正你的偏见——你对支那人的偏见，也是对中国人的偏见！”

“‘支那’，‘中国’，真的这样让你感到不舒服吗？”上野还是露出迷惑的神态，“我也知道的，近来很多中国留学生，都反对被称为‘支那人’，他们和你一样，爱以中国人自称，但是我却不太理解。”

“有什么不可理解的呢？上野君，当你那日在这里，第一次对我指着远处的中国人，嘲笑他们是‘支那人’，是面黄体弱的东亚病夫时，你认为，你话语里的‘支那’两个字，就没有贬义吗？”

“这个……”

“上野君，其实‘支那’这个词开始并非有贬义，中国人对日本人称自己为‘支那人’也并非开始就那样敏感和反感。”蔡锷细心解说着，“当年我的老师梁启超先生，就曾经自己起过‘支那少年’这样的笔名。但是从你们的明治时代开始，就有了轻辱中国人的倾向。你们把中国人称为‘猪尾巴’或‘豚尾奴’。甲午战争开始，这样的称号更加流行起来。中国人走在日本的大街上，总有日本小孩对着他们高喊‘日本胜利，支那败北！’”

他年轻的脸庞浮上一层激动的绯红色，他觉得有太多的话要倾诉出来：“我留意过很多日本人用‘支那’称呼中国人时发音的表情：他们说‘支’的时候，故意要把鼻头皱起来，说‘那’的时候，又会把鼻音拉成一个长顿，配合脸上厌恶轻蔑的神色，把一个民族对另一个民族羞辱和轻视的心态表现得淋漓尽致！请问，如果这个被轻辱民族的青年，听了此种词汇，倒会感到无动于衷，甚至是欣然笑纳，你觉得，他还算一个有着正常心态的人吗？”

“这个，我承认，你说的是实情。但是在很多情形下，应该怪你们中国人。”上野也很较真，侃侃而谈，“中国的古文化灿烂绚丽，中国曾经一直是日本人极为崇拜，并想去留学的国家。但是自甲午战争以来，中国变成了什么？变成了一个昏昏欲睡、奄奄一息的老者，一个谁都能瓜分一块的肥豚！这个世界，就是强者生存、弱者安息的围场。既然西方列强都能不远万里，去中国分一杯羹，那么，我大日本帝国，为什么不能把自己的这个软弱无力的邻居，纳入麾下，实现更美好的统治呢？”

“更美好的统治？”蔡锷冷笑，“统治一块土地容易，统治一个民族何其难？我不妨给你打个比喻吧。”

蔡锷认真看着上野，用手比画着：“上野君，我想把你比作一阵野风，汹涌狂作的野风，而我，就做一张纸好了，普普通通的一页纸。请你设想一下，你是否可以轻松将我刮起，带入到空中？”

“那当然，这个是很简单的事啊！”上野肯定地说道。

却见蔡锷眼波一闪，脸上露出诡异的微笑：“那么，如果我换做是一只蝴蝶呢？一只普通而轻柔的蝴蝶，又会是怎样一个结果？”

“这个……”上野有点挠头。

蔡锷如今脸上满是自信的微笑：“你能奈我何？你可以用你的狂暴，将我的翅膀折断，将我生命损毁，这样你可实现带我上天的目的，但是只要我活着，你是不能轻而易举地将我刮上天的！因为，一张纸和一只蝴蝶的重量也许相当，但是后者却是有生命的。”

蔡锷此刻提高了声音：“是的，这就是生命的重量，换个词，也是生命的力量！一个民族也是如此，她是有着顽强生命力的！她不会屈从，不会永远臣服、折辱在强权之下！会有千千万万只蝴蝶，用自己的生命力，去抗衡暴虐和凌辱，哪怕粉身碎骨，万劫不复！就像我最近读到的一句诗里写到的那样——‘若道中华国果亡，除非湖南人尽死！’”

他用日语念过这句诗，又郑重地用中文念了一遍，才改用日语对上野道：“中国又岂止湖南一省？中国又何止湖南一省的青年才俊？”

上野沉吟着点头：“我明白了，松坡君，你，还有像你这样的中国人，就是抱着这样的目的来日本学习的？学习先进的技术，然后回去——建设并保卫你们的国家。”

他深深看着眼前的这位中国同学，自己屡次败在他手下的人：“难怪你如此刻苦、勤奋。高木教官说的没错，你身上有很多值得我学习的地方，中国人真的并非我以前想象的那样。不过，松坡君，恕我直言，就是从人口比例来算，像你这样的中国人，为数也不多？即使来日本学习的中国留学生，也是形形色色，各有主张的？”

“不怕！”蔡锷自信地摇头，“只要有警醒者就好，会不断唤醒自己的国人、同胞，这是一个漫长的过程，但是也是一个充满希望的过程。”

上野笑了：“松坡君的乐观精神真让人佩服，我们姑且后观好了。”

蔡锷已经提起了另一个话题：“其实，我最近拜读了不少你们著名学者藤原纪男教授的一些文章。他的一些观点，很让我感叹。我记得他的文章里有这样一段话——‘盖今日中国之急务在发展教育，而教育上的急务在派遣海外留学生。近年中国屡派学生来向昔日的弟子问道求益，真不愧大国风度。观清国于四五年前，仍对我国轻辱厌恶，今一朝反省，则对我颇加认可，且学派留学生，来我日本国深造，实为以其人才委托我国教育，我日本国如何觉醒反思一己之重任？'”

他看着上野，讲述着自己的学习体会：“我理解为从我方讲，留学贵国之风渐起，是由于日本接受西学早于中国，从地理位置看，留学成本以及中日两国语言相通等因素看，都有很多便利条件。而从贵国论呢？从弟子演变为昔日老师之老师，除了有无限惊喜和心理满足外，还有日本政府的一番深远考虑，那就是试图帮助中国进行改革，希望中国强大起来，实现中日联合对抗西方列强的想法。这可能是很多日本学者深入研究的问题，也是应该为中日两国青年关注的一件事情。”

上野摇头：“我对政治不敏感，也不感兴趣。但是我立志成为一名军人。军人以服从为天职，我们只会效忠天皇陛下和大日本帝国。我们会时刻准备着，为自己的祖国利益献出鲜血和生命！”

他神色严峻地看着蔡锷，看到后者抿起嘴，也露出格外认真沉毅的神色来：“和上野君一样，蔡锷也会成为一名铁血军人，我的鲜血，也会抛洒在抵御外辱、保疆卫土的战场上！”

两个人深深对望着，最后，上野无奈一笑：“真希望，将来不要和松坡君有机缘在战场相逢，那样，多令人遗憾和……伤感？”

蔡锷也轻轻摇头：“中国更不是一个好战的民族，但愿不要有你所说的悲剧，在我们国土上发生！”

两人望着远处的潮起潮落，内心中都涌动着异样的不安情绪。

几天后，上野在课后来找蔡锷，述说了自己的一段委屈心曲。

原来，上野矢浩自从进入士官学校后，以衣冠不整，不修边幅，甚至是不爱搞个人卫生形象示人，他很少洗澡换衣，身上总是弥漫着一股异味，不但一些中国同学觉得他邋遢不愿接近他，就连他的日本同学也对他颇有微词。

这天，他因为在自己的军装上发现了虱子，被日本同学责难，心中委屈，就来找蔡锷诉苦：“这些同学愚昧极了，简直是不可理喻！他们难道不明白，我这是在效法我的偶像——秋山好古将军的做派吗？”

对于这位号称“日本骑兵之父”的秋山好古大将的事迹，蔡锷也有所耳闻，但是他没有打断上野的话，还是饶有兴趣地听他倾诉着。

“松坡君，虽然你是个中国人，但是我目前认你为知己！我想，你当能理解我？”

上野矢浩一脸的委屈神色：“秋山将军就是这样的，故意不洗澡，不换衣，他这是进行着自己一项特殊的意志磨炼。当年他的同僚们闻到他身上散发出的异味，也曾质疑过他，但是秋山将军铿锵有力地回答说——‘在战场不知道会发生什么事情，万一洗澡的时候就无法处理！’他又反问那些人——‘咱们军人千里迢迢来到战场难道是为了洗澡吗？’我如今不过是模仿先哲的做法，我自认是毫无过错的！松坡君，你怎么看？”

蔡锷抿嘴一笑，看着上野道：“你的做法无可厚非，你要当成是一种意志力的磨炼，我很理解。但是如果因此触犯了军校内务条例，不知道你如何处理？”

上野更是激动了：“就是难在这里了！同学们的白眼我可以忽略不计，但是昨天高木教官把我叫去了，勒令我必须搞好自己的内勤管理，我向他解释了自己的初衷，但是高木教官只送给我一个词，一个非常令人沮丧的词。”

“什么？”蔡锷好奇地看他。

上野吊着脸嘟囔道：“混蛋！”

蔡锷笑着摇头不已。上野不高兴了：“嗨，蔡松坡，你为什么也幸灾乐祸？”

蔡锷的脸上，既有同情也有遗憾：“我是说，高木教官的反应实属正常，我笑的是你的不通情达理。”

“松坡君，愿闻其详。”

“军校之所以成为军校，自然有着其严格的管理制度，这涉及方方面面，也包括每个军校生的内勤内务。就像你以前说的那样，军人以服从为天职。这分明和你的另类坚持很矛盾。”蔡锷语气平静地为他解说着，“可是，如果我是你，就不会有那样的坚持。”

“为什么？松坡君？你难道不觉得秋山将军的做法，更像一名真正的军人，一名铁血军人的做派吗？”

“秋山将军的行为没有错，但是作为一名中国军人，我可能会选择另一个方式的坚持。那就是，审时度势，有所为，有所不为。”

“松坡君，我，不能很明白你的意思？”

蔡锷淡淡一笑：“严格自身管理，平日里严修内务，礼貌示人；如果遭遇战争，为军人者，宵衣旰食，夙兴夜寐自是常态。别说不能饱食，不能换衣，就是殒命疆场，马革裹尸，也是军人荣誉的死所，又何必纠结于一时的形式主义呢？我倒认为，什么时候都能很好地管理自己的情绪、自己的行为，合于准绳，不逾法规，也是一项不容易的个人操守，更是军人操守！”

这话让上野矢浩低头深思，接着对着蔡锷一抱拳：“再次承教了！松坡君，你是个智者，有你做我的知音，甚好！”说着他起身跑开。

“上野君，你这是急着到哪儿去？”

“我先去浴室，再去……”他很快跑远了，后面那句话已无法听闻。

但是这对异国同窗的知音情愫很快就遭遇冰霜。

毕业前夕，这批士官生来到日本皇宫参观。他们都穿着严整的军装，腰佩长剑，马靴铮亮。在振天府前，蔡锷留意到上野矢浩和他的一些日本同学聚集在一处，神采飞扬地嘀咕着什么。

晚上是难得的宴会，众人散去后，上野和几名同学又多喝了几杯酒，他们唱起日本国歌和军歌，上野借着酒劲儿，大声喊出了一句豪言壮语，他觉得仍不够尽兴，回头看到邻桌有几名中国同学，就摇摇晃晃地走过去，对着这些中国同学又喊了一遍刚才的话。

等蔡锷在宿舍里听闻发生同学斗殴事件时，和一些同学回到食堂查看时，见到上野矢浩和几名日本、中国同学都在低头接受高木教官的严厉训话。

因为临近毕业，这场斗殴事件被淡化处理了。上野酒醒了不少，看到同学们散去，蔡锷远远地站在一边，面色冷峻地看着他。

“松坡君，你们中国人，为什么像你这般沉稳儒雅的不多？我不过是说了一句玩笑话，不，是一句日本军人的豪言壮语罢了，他们竟然对着我挥拳？”

蔡锷冷冷地望着他，依旧无语。

“嗨，松坡君，你为什么不说话？”

“‘参观了振天府，世上已再没有什么可留恋的了，做天皇陛下的御盾，在满洲的土地上粉身碎骨也心甘！’上野君，你刚才这番所谓的豪言壮语会让所有的中国军人想对你挥拳！包括我！”

“松坡君，你也想打我？那为什么还不动手？来呀！我宁愿再和你比拼一下拳脚！”

“不，目前，我是一名日本士官学校的学生，我不会逾规。但是不久，我就是一名中国军人。我会把你这句话，当成是一面镜子，时时提醒我，作为中国军人的职责！”

蔡锷冷冷扔下这句话，转身离去。剩下上野矢浩在那里发愣，又狠狠地摇了下头。

毕业典礼上的一幕更加耐人寻味。

三百多名毕业生整齐地列队在操场上，听伏见宫亲王发布毕业成绩。按规矩步兵科、骑兵科和工兵科等分别排名。伏见宫亲王先浏览到步兵科的第一名，也是总分第一名的成绩获得者，是中国学生蒋方震，他宣读了名字，并且将最高荣誉——天皇御赐宝刀授予了蒋方震。这在学生们的队列中引起了一阵骚动。日本的天皇宝刀竟然被中国学生获得，几乎所有的日本学生脸上都有了愤愤不平的神色。

伏见宫亲王当然心头更感到压力沉重，他准备宣读总分第二名——骑兵科的第一名时，特意留意了一下学生的名讳，发现竟然还是一名中国学生——来自中国湖南的蔡锷，他微微摇头，又向下看去，工兵科的第一名，竟然仍旧是一名叫张孝准的中国学生！伏见宫亲王的脸色很难看，他清清嗓子，稳定了一下情绪，和身旁的陆军士官学校校长低语了一句，就将自己看到的，骑兵科排名第二的“上野矢浩”的名字大声读出。

队列中的上野矢浩脸上露出诧异的神色，他瞄了身侧前排的蔡锷，从侧面望去，看到蔡锷神色平静，毫无异色。

总分第三名被宣读的是工兵科的第二名武忠玉郎，随后的排名才是蔡锷和张孝准。总分前五名的学生受到特别嘉奖，他们无疑是这批毕业生中的翘楚。

毕业典礼后上野又见到蔡锷，他正在打点行装，准备回中国。

对于毕业成绩的排序问题上野心头还有些纠结，他正皱着眉头想和蔡锷议论一二，却见后者笑着制止住这个话题，说到了分别的事情。

“一切都过去了，我很高兴的是，我即将回国，从此我将开始我真正的军人生涯。”蔡锷笑吟吟地说道。

“松坡君，你是一个让我难忘的中国人，当然，还有一些你的中国同学，也给我留下了深刻的印象。比如说，这次独占鳌头的蒋百里君，据说他还想进一步深造，到德国去学习更加先进的军事技术。”

“是的，”蔡锷点头，“你可能想象不到，对于百里来说，得到军校最高荣誉的‘天皇赐刀’固然可贵，但是比之更加珍贵的是，能进一步深造，去学习更加高超、先进的现代化军事技能，以期将来能更好地服务于我们的国家！”

上野也点头赞叹：“据说你们三个中国学生的名头已经在学校里叫响了，‘中国士官三杰’，不错，威武有力！”

"'中国士官三杰'……"蔡锷低头沉吟着，抬头看向上野，眼中闪烁着坚忍不拔的光芒，"这个所谓的名头也不重要！重要的是，三名中国军人，就要分别回到自己的祖国了，这才是我们日夜盼望的一件事啊！"

第八章 含垢

天下有大勇者，卒然临之而不惊，无故加之而不怒。——苏轼

1916 年 10 月下旬 日本九州帝国大学医学部附属医院（福冈医院）

蔡锷躺在病床上沉睡着，突然喊出一行断断续续的呓语：“天皇赐刀……中国士官三杰，不，我们最高兴的事，是……就要回到我们的祖国了！”

“松坡，醒醒？”一阵呼唤声把他惊醒，睁开眼，他看到蒋方震坐在床前，握住他的一只手，低声唤着，石陶钧也站在床头笑看着他。

“哎，你这觉睡得时间真不短啊！”石陶钧笑着感叹，又边和蒋方震一起，应蔡锷的要求，一左一右扶他坐起，靠在床头的被摞上，一边笑着调侃他：“估计是做了往昔的梦？听见你在喊什么‘赐刀’‘三杰’的？”

蔡锷腼腆笑笑，拉拉自己身上盖着的被子，看着两位好友：“不知道怎么又梦到了当年在‘陆士’读书时的情景。”

蒋方震却很理解：“这不奇怪，肯定是前两天上野矢浩的来临勾起你的回忆了。还有就是，你找寻那位藤原教授的文章的事情，也触动了你的情怀？”

他说着站起身来，从桌子上的皮包里拿出一本日文杂志：“藤原教授的文章这里有一篇，你精神好时就可以看看，不过，不能贪多，自己悠着点就好。”

蔡锷点头，接过杂志放在床边。却看到蒋方震看着他露出欲言又止的模样，就笑问：“你还想叮嘱什么？”

蒋方震摇摇头，又叹息一声，才慢吞吞地说出一件事来：“咱们那个好同学，谭庆铎，几次提出想见你，我都拦下了。理由我都懒得和他编造了，因为我已经失去了和他这种人周旋的兴趣！”

石陶钧也一旁接言道：“我听百里讲了你们这位同学的经历，百年墙头草，挺立总不倒，也是奇葩一株！他是翻脸比翻书快，换主子就像换个袍子一般轻松，如今倒是段祺瑞的座上客了。这样的人，松坡你不见也罢，省得当着面说寒暄话、假话、敷衍话，还要劳神费力！”

蔡锷面无表情地沉默一会儿，轻声道：“不见就不见吧，所谓的同窗之谊，在云南护国举义前，就已走到尽头了。”

“是的，松坡，你完全没有必要为见这样的小人劳神。咱们和他的人生道路，越走越远，已经不会再有交叉点了！”蒋方震沉吟着说道。

石陶钧忍不住叹息：“可是你们没发现，如今的政治环境，就是像谭庆铎这样的人，才可以如鱼得水，左右逢源，活得比较滋润吗？再看看咱们几个，”他指指蔡锷，“他是一根筋，干什么事情都认真、拼命，所以弄得一身病痛如斯；你呢，放着显贵位置不要，偏要陪着好友来此治病休养；我嘛，也是赋闲状态。而且，此番回国，我要寄情于山水之间，悠游于林泉之下了。”

蒋方震看到蔡锷沉思不语的样子，唯恐石陶钧再说下去，这番牢骚话倒触动了他的愁思愁绪，就忙用话岔开道：“好吧，所谓同气者可以同居，我们不妨把这次相聚的时间，看作是彼此难得的又一场缘分吧？”

石陶钧正要再说什么，就见护士美江端着托盘来为蔡锷定时检查身体状况。蒋、石二人闪过一旁，看着美江为他量体温、血压，又数过脉搏，微笑着用日语说了一句“将军情况还好”，几个人都是轻松的表情挂在脸上。

晚上潘蕙英赶到病房，照顾他吃饭、洗漱。蔡锷听说儿子永宁有些发烧，就嘱咐夫人最近多去照顾孩子，又强调自己这边一切都好。

潘蕙英还是在医院陪了他一夜，第二天早晨才准备回客栈。石陶钧正要去街上买些东西，就顺路送她回去，蒋方震也有国内的电报要回复，看到蔡锷这日早晨精神很好的样子，就吩咐李华禹好生看住他，不要让他多劳神，随后也离开了。

上午的特护病区静悄悄的，走廊中也空无一人。这时一个身穿白大褂的年轻男子悄然进了病区，他戴着一副大大的口罩，几乎遮住了大半边脸，但是从他的眼睛还是可以认出，他正是那位脑科实习医生小林建昭。

他左右看看没人，就靠近了蔡锷所在的特护三号病房。

透过玻璃窗，他看到病房里一个年轻人正和半靠在病床上的病人争论着什么，他从病人手里抢过一份杂志，又按住他躺在床上休息。小林建昭仔细打量着那位病人，确定他正是自己要找的人，就推门进去。

“您好，将军阁下，我是稻田教授的学生，按照博士的吩咐，来这里查房。”小林建昭用流利的日语对蔡锷说道，又微微躬身致意。蔡锷点点头，只好放弃跟副官李华禹的抗争，由着他将那本刊登有藤原教授文章的杂志没收了。

小林建昭走到病床前，掏出听诊器，俯身为蔡锷听了一回心脏，微微点头：“很好，将军阁下，请放心！”

蔡锷笑笑：“刚才美江护士听过了，说是一切正常。怎么你们还要多人反复听吗？”

听他提到“美江”的名字，小林医生眼中明显闪过一丝慌乱的神色，却被蔡锷敏感地捕捉到了。他心头闪过一丝疑惑和警觉，但是不动声色地打量着眼前这位年轻大夫。

他最多不超过二十五岁的样子，脸部虽然被遮盖了，但是观察眼睛和体态也能分析出他的大致年龄。他身穿这个医院的统一医生制服，但是胸前并没有挂上一般医护人员都有的胸牌。

“请问你贵姓？”蔡锷冷静发问。

“小林建昭。”对方回答镇定。

“哦，小林医生，是稻田博士新招的研究生吗？前面几次他带的学生里，没有你。”

“哦，是新招的，才入院没多久。”小林看到李华禹还在附近，不敢大意，就支吾着回答。

“我记得稻田博士那天和我闲聊，说是他带的这批研究生都是去年入学的，今年他正在做课题，还没有新的招生计划？”

“哦。稻田博士是这里的著名医学教授，很多人都是慕名来的，所以……”小林有点答非所问起来。他用了几个词汇，觉得有点绕口，却被蔡锷敏感获知。

“听说稻田博士也带过中国实习生，你不会是中国人吧？”蔡锷的发问仍然冷静极了。

“您怎么知道？”小林脱口说了一句中文出来，虽然声音很低，他惊慌地看向李华禹，发现他正将手中的杂志放到那边桌子的抽屉里，因为相隔一段距离，似乎没有听见这句话，才略微放心。

“果然是中国人，你究竟是什么人？”蔡锷神色平静，但是语气却带了警惕的意味。

小林建昭忙低声亮明身份来：“蔡将军，我是中国留学生，我叫林建昭，来自中国广西，我是您的仰慕者，我想和您见上一面，能聊几句就更加荣幸了。但是这个病房管理严格，我没法进入。今天也是机缘巧合，我溜进来了，请让我和您交谈几句好吗？”

他说着，从口袋里拿出自己的姓名牌来，递给蔡锷看。医院统一制作的牌子上，标明着“脑科林建昭：中国实习生”几个日文字。

蔡锷微微点头。林建昭将胸牌别在白大褂的左胸上，又回头看了一眼李副官，欲言又止。蔡锷明白他的紧张顾虑所在，就找个理由让李副官出去了。

“好了，现在你可以随便说了，用中文和日文都没问题。”蔡锷笑看眼前的青年。

林建昭的脸上却现出困惑的神情：“将军，您为什么这样相信我？仅仅是因为我是中国人吗？”

这话更让蔡锷忍俊不禁，他微微摇头：“作为一名军人，我自然有着自己的判断力，你说是直觉也好，总之，我选择相信你的身份，也许也可以满足你的一些要求。”

他抿抿嘴，露出顽皮的笑意，这点在林建昭看来简直有点不可思议：“这位小林同学，你刚才说想和我聊几句，请开始吧？”

“您这样相信我吗？不怕我是来害您的刺客？”

“我这一生经历的刺客也多了，如今只剩这副残败的身躯，还会有人有兴趣下手吗？”

“那不一定！虽然您再造共和，立下盖世奇功，为万民敬仰，但是目前国内毕竟还残留不少袁氏逆党，定会将您看作是欲除之而后快之人吧？”

“我自信平生未做暴戾无道之事，袁氏却有倒行逆施之罪，我何惧之有呢？”

望着蔡锷自信平和的神情，林建昭忍不住感叹：“到底是蔡将军啊，名不虚传！我真的是太有幸了，能这样近距离接触到您！”

蔡锷笑了，指指床边的椅子，示意青年坐下。林建昭已经迫不及待地说明了自己的来意。

“蔡将军，我是中华民国留日学生总会的成员，前不久，您还收到我们那里给您发来的邀请函对吗？请您参加在东京举办的共和纪念大会？”

蔡锷静静地听着，也没答言。林建昭继续说道：“您的回电我们也看到了，能够想象到您目前身体方面的困境。可是，我有点不甘心，总想找机会能接近您，哪怕一回，几分钟都行！因为，我是您的一个狂热崇拜者！哦，不，是我们有一帮人呢，您可能想象不到吧，在留日的中国学生中，有很多像我这样的您的崇拜者，为此我们还专门组织了一个团体，就叫‘松坡研究会’。”

“‘松坡研究会’？”蔡锷露出惊讶的神情，不以为然地摇摇头，“胡闹！我一个普通军人，值得研究什么？难道你们不该把精力放在一些有用的研究中去？将来学成后，也能为国家尽一份力。”

林建昭笑道：“我们研究您，其实就是在研究国内一些政治问题，以期认清局势，而有所为，有所不为。毕竟你是民国一个重要的军事领袖，也是著名的政治人物，很多问题，我们在研究中，就会得到启迪和教育，这对于有和您当年相似的留学背景的青年学子们，当不是一件坏事情吧？”

“哦，这样……”蔡锷闻言沉吟起来。

林建昭露出一丝羞赧的笑意来：“刚巧我是学医的，又在您就诊的这所著名医院实习，所以我猜测可能有机会见到您，这也是很多同学的委托和希望之事呢。其实，我今天贸然进来的事当真有些冒昧，但是我只是想有一个机会，当面向您求教一些问题，并得到您的解答。但愿，也不使将军您，在病中受到更多困扰，我会充分注意的……”青年说得诚恳而纠结，语气有点磕巴起来。

蔡锷宽容地笑笑，用平和的口吻道：“那么我不妨给你一个这样的机会吧。你可以开始了。”

“谢谢将军！”林建昭腼腆一笑，觉得机会难得，时间紧迫，就干脆单刀直入，直奔主题，“您知道，我从广西来，自然对您曾经在广西治军办学的事情最感兴趣。您当年创办的广西陆军小学堂实在是赫赫有名，培养了大批的军事人才。我有个同乡叫李宗仁，字德邻，就曾经是您的学生，他亲耳听过您的训导，亲眼见过您为他们演示骑马，游泳等技术。他对您印象深刻，此生难忘。他把您比作平生见到过的，最威武有力的‘飞将军’！”

“哦，广西陆小……”青年的这番话，让蔡锷心中一动，不由得陷入沉思。

随着青年激动的讲述和问询，前尘往事涌上蔡锷的心间。他对青年回忆起往事，林建昭也不时对自己崇拜的将军讲述着曾经听到的有关他的传奇，还有他们“松坡研究会”的研究成果。

1908 年　广西桂林陆军小学堂

这个创办于 1906 年的新式官费学堂，由蔡锷任总办，教官多半是来自日本士官学校毕业的留学生，招收十五至十八岁的学生，待遇优厚，是当时著名的军校之一。

学校的大操场上，数千名学生制服整齐，列队站立，等着迎接总办蔡锷等人的视察。这些学生中，有时年十七岁的李宗仁，十五岁的白崇禧，还有黄绍竑、李品仙等人，他们都是后来桂系的著名军事家。

一群服饰鲜明的军官向学生队列走来，走在最前面的是总办蔡锷，他和身后跟随着的雷飙、何鹏翔等十几个教官，都穿着统一的军服——绣有金色花纹的蓝呢制服，长筒马靴光可鉴人，腰间都挂着明亮的指挥刀，因为刀身偏长，直拖地上，于是，他们这群人走过来时，刀声靴声，铿锵悦耳，威风凛凛，学生们都流露出羡慕神往的表情。

二十四岁的蔡锷正当华年，他清癯俊秀的面容在背后虎虎生威的他的士官学校同学教官中略显文弱，但细长的眼睛里射出的光芒却是犀利而坚毅的，加之微微轻抿的刚毅的唇角，自然有一种舍我其谁、压倒群雄的威严。

他走到学生队列前，停下，用戴着白手套的手为一个学生整了整风纪扣，好似随意地笑问："来自哪里？"

学生立正回答："报告总办，学生来自湖南长沙。"

"为什么来当兵？"

"为国效力！"

蔡锷点点头，继续前行。

这次他来到了李宗仁面前，他扬扬眉毛："军校训练苦不苦？"

李宗仁挺身而自信地答道："不苦！当兵就不是为了享福！"

蔡锷赞许地拍了拍他的肩，回头对跟在他身后的监督雷飙、教官何鹏翔等人满意地点点头。众人簇拥着他登上操场中间的讲台，监督雷飙上前请蔡锷给学生讲话。

蔡锷微微一笑，来到讲台前。他略微沉吟，朗声道："我素乏捷才，也不善辞令，今天看到同学们的精神和风貌，很欣慰也很感动。"

"我在广西训练新军，创办测绘学堂以及这个陆军小学堂，为着什么样的目的呢？就是为了给我们这个积弱的国家训练出一批忠诚优秀、英勇善战的军事指挥官，从而带出一支强健有力的现代化军队来！……为此，我提出了广西练兵的三个主旨：”

他做出强有力的手势说：“第一，为求中国之独立自由，必须战胜至少一个帝国主义国家，应以此为练兵之最高目的；第二，为达此目的，必须胸怀全国，与全国各省联合一致，共同奋斗；第三，广西应该争取成为全国新军之楷模，首先必须强调内部之团结！”

他秀长的眼中射出一缕激动亢奋的光芒：“同学们！为了实现以上的宗旨，我们应该树立自己成材的目标，不仅要成为优秀的军事人才，更要成为积极向上、堪为表率的有为青年！”

学生中爆发出热烈的鼓掌声。

蔡锷指了指操场上的器械设备：“为了达到这个目的，除了正规的军事训练、战术学习外，我格外看重大家的体能训练。想要摆脱东亚病夫这个帽子，我们就必须增强体质，强化体魄！根据我们学校的地理位置和设施条件，我个人推荐骑马、游泳、双杠打大车轮三项运动！”

学生中响起窃窃私语，大家交头议论。

蔡锷潇洒地笑笑，用戴着白手套的手做了个安抚大家的手势：“我不妨给大家讲两个自身的例子：我刚来广西时，因水土不服，得了热病，几日不见好转，我没有服药，干脆起身下床，纵马奔驰了十几里地，出了一身大汗，热病竟然不药自愈了！”

听到这里，学生队列中传来会意的笑声，讲台上的雷飙和何鹏翔等人也都抿嘴笑了。

蔡锷伸出两根手指，有力一挥：“第二，我说游泳。我从小爱用游泳强身健体，后来到日本学习军事，发现自己在专业科目上尚能领先，但是体能课目却明显弱于一些日本同学。于是我又捡起了游泳这个武器，来增强体质，提高体能。后来的成绩说明，这个方法是非常行之有效的。我认为，游泳非仅为水上娱乐也，须以烈日晒之，海水浸之，时晒时浸，日久不怠。久之，皮肤黝黑，便成铜筋铁骨！”这番话落地，学生队伍中再次爆发出热烈的鼓掌声。

这时，一个大胆的学生在队列中喊出：“蔡总办，听说您毕业于陆军士官学校骑兵科，成绩优异，骑术精湛，可否请您为我们示范一下？！”

学生中爆发出热烈的鼓掌声和附和声。自从蔡锷回国后，在各地练兵时就跟随在他身边的何鹏翔含笑走上前，在他耳边低语了几句。蔡锷沉吟了片刻，微笑着点了点头。

看到这个情形，雷飙上前激动地宣布：“下面，请蔡锷总办为大家演示骑术！”欢呼声、鼓掌声顿时响彻会场。

一匹白色的高头大马被牵到操场上，蔡锷和众教官走下讲台，来到操场中央。所有人的眼光都落在这匹健壮的大马和他们年轻而貌似文弱的总办身上，他们不知道他将给他们演示怎样的一幕。

蔡锷从容地解下佩刀，交给一旁的何鹏翔，又从牵马的副官手中接过马鞭，仰面看着这匹昂首大马，微微眯起眼睛。

他的脸上平静如昔，波澜不兴。只是看似随意地绕到马尾，众人正关注着他，对他的行动暗自揣测着，却突然看到令人震惊的一幕：

但见这位年轻的总办突然一扬眉，手起鞭挥，对准马臀猛然一抽，白马扬蹄向前狂奔而去。学生们都在吃惊，不明白他为什么不按常规上马，却打马前奔？何鹏翔、雷飙等人自然熟知自己上司的马术，各自微笑不语。

当这匹白马跑出了十几步远，蔡锷才从马后飞步追上，两脚在地上一蹬，两手向前按住马臀，像一支灵巧矫健的飞燕，一纵而上。众人还没回过神来，蔡锷已经稳稳落身马上，他打马飞驰几步，又策马折身跑回原地，勒住马首，腿部在马头上划了一个优美的闪电般曲线，没容人看清他的下马招式，他已轻身落地。

这一系列动作是那样娴熟、迅捷、完美，把所有人都看呆了，直到蔡锷从马上跃下，将马缰绳扔给一旁的副官，大家才回过神来。学生队伍中蓦然响起狂热而持久的掌声和叫好声，年轻人眼光里都闪出惊异、仰慕、神往的神色。

接下来，在学生们的欢呼声中，蔡锷又为大家展示了打大车轮。他灵巧瘦削的身体能在双杠上面转动出美妙的曲线，学员们崇拜有加，几乎都呈狂热状态，无法收场。

雷飚等人只好又请蔡锷再为学生军们上一堂游泳课。于是，在漓江边上，蔡锷又为大家展示了他的游泳技术，他长距离的游水技术和长时间的潜游能力又使大家大开眼界、赞叹不已。

1916 年 10 月下旬　日本九州帝国大学医学部附属医院（福冈医院）

林建昭绘声绘色地对蔡锷讲述着自己从老乡李宗仁那里听到的有关蔡锷的

传奇："李德邻曾经对我说，那时他们那些军校生年纪都很轻，而您作为总办也还不到而立之年，您的风范让人难忘，学生们曾经将您奉若神明。仰望着您的马上雄姿，就觉得好像赵子龙周公瑾再世于面前！所以，他们那些学生私下里将您形容为'马中赤兔，人中吕布'，您是他们心中绝对的偶像人物！"

"你们这些年轻人啊，说话实在是夸张有趣！"蔡锷笑着摆摆手，"哪里有什么偶像人物？广西陆小的每一个教官，都是严谨认真、文武兼修的。很多人，是我从湖南等地带来，也是毕业于日本陆军士官学校的同学和师兄弟们。他们的精气神儿也都是一等一的！"

林建昭直点头："嗯，总之李德邻对广西陆小的印象真的是蛮深刻啊。但是，我这次千方百计地贸然来这里打扰将军，却不是单单想和将军聊广西陆小，我是代表我们'松坡研究会'，想就一些困扰我们的问题，来向将军您当面请教。"

蔡锷仍然平静地笑着："愿闻其详。"

"将军，恕我直言，对于我们这些您的崇拜者来说，最想搞清楚的一个问题就是：蔡松坡究竟是革命党，还是改良派？"

这句疑问让蔡锷微微一愣，他沉吟着未曾答言，林建昭已经在准备进一步解释自己提出这个问题的缘由，却听到背后有响动，门开了，护士美江端着一个玻璃药瓶和水杯进来。

看到林建昭，美江不禁一愣："小林医生，你怎么会在这里？"

林建昭匆忙站起，慌乱中不知如何回答，美江愣愣地看着他，突然眼睛扫过他左胸前的牌子，更是吃了一惊："啊？你……竟然是中国实习生？是……中国人？"

林建昭的脸瞬间蒙上一层红晕，他支支吾吾地不知如何解释。半晌，才迸出一句话："原谅我，美江护士，你知道……我是蔡将军的崇拜者。我怕说成中国实习生，你们这里更加不会放我进来看望他了，所以……所以，那天我对你说，我是日本医生……"

"原来如此！林建昭……小林建昭？哼，你可真会耍小聪明啊！"美江瞪着眼睛，呼扇着小鼻子，气哼哼地看着他，"为了见到将军，真是煞费苦心！"

"哦，美江护士，容我说一句，"蔡锷吞下美江递过来的药片，又接过她手里的水杯喝了口水，才神色平静地为眼前这个青年解围，"这位小林医生，是我的一位朋友，如今看来，竟然和美江护士也相识？那是太巧了。他今天有事情来见我一面，这里管理严格，所以才用了不得已的方法，请美江护士见谅并通融一下吧？”

“将军，我是一名护士，并不能做这个主的。这位林医生是否能继续待在这里，还是要看教授们或者护士长的意见呢。”

“我明白。”蔡锷笑着安慰小护士，“不会让你为难的，麻烦你把我的那位副官叫进来，我对他吩咐一句。”

美江点头，出去叫来了李华禹，蔡锷低声对他说了句什么，李华禹盯着林建昭看了一眼，出去了。

蔡锷对青年笑笑：“好了，小林，我和院方打过招呼，你可以踏实坐一会儿了。”

“谢谢将军！”林建昭致意过蔡锷，又扭头看着美江，“也谢谢你，美江护士！给你添麻烦了。”

“你谢我做什么？我又没帮到你……何况，你是将军的朋友……难怪那天你给我读诗，你的中文那样好……”女孩的脸，红得像熟透的春桃，粉嫩可爱，青年更是脸红到发紫，含笑对视，两人都有点不好意思起来。

蔡锷看着他们的情形，微笑着用日语道：“估计你俩前面也有误会啊？这用中国话说，叫不打不相识吧？好了，以后小林，你若想进来和我聊天，可以直接找刚才出去的那位李副官，或者，找眼前这位美江护士也可以的。”

美江点点头，先出去了，林建昭重新坐回到蔡锷床前，释然一笑：“谢谢将军的信任和帮助，这下可过了明路了！”

蔡锷摆摆手，看着眼前的青年：“我是蛮好奇你刚才问我的那个问题——蔡锷究竟是革命党，还是改良派？”

他抿起嘴，思索片刻，又笑看着提问者：“你不是说，你们一直在研究我？我倒想听听你们的研究成果呢。就从这个问题说说好吗？”

“将军您杀了我一个回马枪。”小林也在笑，“我算是‘请君入瓮’那个倒霉蛋吗？”

他轻松说过笑话，转而换了严肃的表情：“将军，我还是说说我自己的研究观点吧。我认为，您是革命党中的改良派，又是改良派中的革命者！”

这样的评语是蔡锷平生第一次听到，他猛然愣住了，思索片刻，哑然失笑：“年轻人，年轻人，你们不得了啊！竟然给了我这样一个评语，而我，也无法去辩驳什么？”他咬着薄唇微微摇头，又轻轻点头，心中感慨万千！

“所谓‘知我者谓我心忧，不知我者谓我何求’，将军，我想用这句话来描述您曾经的经历，获得的荣誉和功勋，当然，还有很多不平凡的历程，更有许多难以忘怀的磨难和非议！”

“你还是在说我在广西的经历？”蔡锷点点头，“是啊，那毕竟是我从日本学成回国后，待的较长的一个练兵之处，那里留下了太多难忘的回忆！”他眯起眼睛，仿佛陷入昔日的历史云烟中去，却被身边这位年轻人的轻柔语气再次震颤了心灵。

“蔡松坡究竟是怎样一种人？为什么当年广西的一些革命党组织，会发动那样一场声势浩大的‘驱蔡运动’？如果当年的运动组织者，再看到您前不久领导的那场挽救共和、挽救革命的反袁护国运动，不知道他们又会有怎样的感想？他们如今该怎样再次评价您呢？会不会再问一次这种问题——蔡锷究竟会不会革命？”

林建昭发出一连声的疑问，他和当事人——蔡锷，自然而然地一同回忆起往事，让身心完全沉浸到历史的雾霾中去。

1910 年春　广西陆军干部学堂蔡锷办公室

正面的墙上，贴着蔡锷手书的一个条幅：“淡泊明志，夙夜在公”。

时年二十八岁，时任陆军干部学堂总办兼学兵营营长的蔡锷坐在办公桌前，默默看着手边的两封信不语。信封上注明一封是黄兴所书，另外一封没有书写姓名。

他的助手何鹏翔进来，看着他问道：“总办，您找我？”

蔡锷沉吟道：“嶷青，你看一下这个。”

何鹏翔拿过来两封信，先打开署名黄兴的那封，是一封黄兴写给蔡锷的介绍信，说明有几位可以信任的朋友到此地，请蔡锷关照；另一封空白信封里装的是一封没有署名的短信，上面写着一段话：“我等此次路过香港，遇君之故友黄君，他言及昔日东瀛留学时，曾与君结盟。故托我等带来书信一封，且有要事于蔡君相商，请于明晚九时于江南会馆前门晤面。”

看完信，何鹏翔望着蔡锷：“这是克强兄的人，一定是同盟会的同志。最近，听闻同盟会将在这里成立广西支部，克强兄此时叫他们来见您，可能也是为了此事。”

蔡锷依旧沉默不语。

何鹏翔征求着他的意见："您是否准备和他们接触一下？"

蔡锷摇头："我觉得现在还没有必要。"

他拿过那两封书信，又把黄兴那封仔细看过了，沉吟着说道："三年前，克强兄离开这里，去镇南关组织反清起义之前，曾经和我约定'各自分开，各立基础'，现在虽然有克强兄的书信在此，但是广西目前的情形，克强兄并不是真正了解。这里的一些革命组织幼稚冲动，热情有余，稳健不足。他们创办的很多宣传革命的刊物，都被查封，很多人被通缉。革命的时机还很不成熟，此刻成立同盟会广西分会，应该低调一些。在一些公开场合，不能贸然亮明自己的政治观点。"

他停顿了一下，又继续道："最近南边来的这几人，现在在咱们干部学堂陆续任职，我暗中留意了一下，行径张扬，口无遮拦，行事作风颇不周密隐忍，我心里很为他们担着一份心呢。"

何鹏翔也点头："您分析的没错。五年前，您从日本留学回国，先后在湖南、江西等地任职、练兵，自然对一些事情看得比较透彻。反观现在咱们广西这边的形势，一些积极革命者的做派的确非常不智。就说前不久，几个革命派青年，和巡抚张鸣岐吃饭，竟然公开扬言'要想中国复兴，就要推翻满清！'还当场拿出手枪直射天花板。那巡抚大人当面好言安慰，过后该抓的还不是抓了下大狱，剩下的几人皆闻讯逃跑了。"

蔡锷叹息："革命岂是盲动的事情？拿着自己的脑袋开玩笑，又有何价值？"

他回身望着窗外，心中记起了往事，轻声叹道："那些年，我们因为组织松懈，准备不足，多少次起义失败，又丧失了多少手足兄弟？这样的悲剧还少吗？"

"所以，总办，我也建议您不要轻易和这些人接触，咱们不妨先静观其变。"何鹏翔冷静地说道。

蔡锷点头，回身望向他："我的身份特殊，不能格外表示出什么。你可以联络雷飚等一些可靠的人，争取利用外围身份，接触一下这些同盟会的同志们，侧面给他们提个醒。广西这边局势复杂多变，不可太过急躁，凡事要有计划、有步骤地进行才是。"

何鹏翔点头。又看到蔡锷长叹一声："我心里总在想，怎么才能让这些胸怀革命壮志和热情的同志，明白这样一个道理才好？时机不成熟，万事做不得；时机若成熟，一切皆可为？"

“也许，我们自己先要牢牢把握住这个原则才是！”何鹏翔捏紧了拳。

两天后，在一个小客栈的客房里，来自干部学堂、陆军小学、学兵营、谘议局等几个部门当差的同盟会会员，聚在一起开会，成立了中国同盟会广西支部。他们选举耿毅为支部长，何遂为参议，还有一些任职。其中耿毅和何遂就是前次将黄兴的书信放到蔡锷桌子上的人。此刻他们讨论过章程文件，就谈到了蔡锷身上。

耿毅首先做义愤填膺状：“这个蔡松坡根本就不能算是革命同志。前次我和何遂到广西来之前，在香港碰到了黄兴同志。他当时对我们说，广西陆军干部学堂总办蔡锷蔡松坡也是革命同志，这次可以来找他。他又提到几年前在镇南关发动起义时，他曾到这边联系过蔡松坡，得到过他提供的武器支持。据闻蔡也曾经参加过黄君组建的同盟会外围组织‘兴汉会’。但是此次我们带着黄兴同志的介绍信来见他，在他办公桌上留信约他见面，他却毫不理会，可见此人已经心怀二志，不愿意加入我们的革命组织了！”

何遂也附和道：“没错。纵观蔡松坡的历史，他曾在长沙时务学堂求学，是梁启超的高足，他一定是接受了他老师的衣钵，崇尚君主立宪，而不是崇尚真正摧枯拉朽式的反满革命！这次我们对他态度的测试，更证明了这一点——蔡锷是改良派，而绝非革命派！”

一个会员怯怯地提出相反意见来：“可是咱们这次过来，黄兴同志一再推崇这个蔡松坡，说他行事稳健，心思缜密，是个很可靠的同志，这又怎么说呢？会不会他目前地位显赫，不便于亮明自己的政治观点？”

耿毅一挥手：“只要是缩手缩脚的胆小鬼，就不配谈‘革命’二字！我们来了有一阵时间了，并不见这个蔡松坡和我们有任何联系。革命形势复杂，瞬息万变，软骨头随处可见。而且我打听过了，这个蔡总办目前掌管新军的大权，和一些旧官僚，如李经羲、张鸣岐等人都交好，出门坐轿子，官味十足，身上根本看不到革命者的味道！”

何遂也接言：“虽然据黄兴同志讲，那年他因为友人刺杀广西巡抚未遂而受牵连被捕，蔡锷曾经利用自己的关系将他解救出来，其实我看这也可能只是他们盟兄弟之间的个人情谊，并不能说明黄兴是革命党领袖人物，他的盟弟蔡锷也是革命党！何况如今蔡锷身为留学东洋归国的军事高级人才，极得清廷重用。听闻当年他从日本回国时，广西、湖南、奉天三个地方的巡抚都争相邀请蔡锷去任教、组织练兵。在这样的情形下，蔡松坡安居高位，脱离革命不就是很正常的一件事了吗？”

一名会员站起身来，厉声道：“既然他不是革命党，就是我们的敌人！他目前掌握新军大权，更是我们要严加防范的对象！”

另一名极为年轻的会员也扬声道：“我们坚决把他当作革命的对象，绝不含糊！”

耿毅点头：“我们上次放到他那里的书信，已经暴露了我们的身份，那么我们就要先发制人，对他采取行动了？”

何遂思索着：“这边咱们的组织刚刚成立，还不宜盲动，毕竟他手握军权。我们可以睁大眼睛，静观其变，如果有机会，一定将他一举拿下！”

桂林象鼻山下，蔡锷和雷飚、何鹏翔牵着马在散步。蔡锷望着烟波浩渺的漓江，沉思不语。

雷飚在分析着形势：“目前，一些革命党人的活动更加张扬无羁，他们言必称革命，仿佛是在说一个时髦词一样。”

何鹏翔也点头附和：“不错，我也是这样的感觉。仿佛排满革命变成了一句流行语。但是究竟会有什么行动，却只能后观吧？”

蔡锷没有理会两人的对话，只是站立在江边，仿佛在默默自语：“广西这个地方的军校生源不够好，很多同学的文化基础太差。要想训练出具有现代化思想的军队，要做的事情还很多，要走的路，还很艰难……”

“总办，我们在说革命！”雷飚大声对他道，“您如何看待军校生中现今涌起的革命思潮呢？”

蔡锷回头看看两个年轻的助手，微微抿起嘴，轻声道：“革命难道不需要一个好的人员基础吗？且看看如今咱们这里的新军，编制畸零，人员素质低下，对于军人精神，尤不注重。至于学兵营聚众殴官、斗狠杀人之事，层见叠出。唉，军官们以跻身高位、享受厚禄、安享荣华富贵为志，士兵们则以得到虚誉，能顺利领到一份津贴为满足。官兵们精神涣散，全无壮志，并没有‘渡同胞于苦海，置国家于坦途’的从军目的，如同这一盘散沙的状况，终难改观。这样的军队，何谈对外抵御强敌，对内革除弊政，求得新生？这样的革命基础在哪里？我实在是无法看到！”

雷飚：“所以，我知道您一直在致力于改造新军，谋求提高军队的人员素质，这样的练兵势在必行！”

蔡锷点头：“改造军队，岂是容易之事？首先要重塑一支军队的灵魂。总要让官兵们明白这样一个道理：是为什么目的当兵？该做怎样风貌的军人？将来为谁去打仗？”

何鹏翔沉吟道：“刚才您说到的那两句话——渡同胞于苦海，置国家于坦途，其实我理解就有两层含义：如今的大清王朝，丧权辱国，已经沦为洋人的朝廷。我们要‘置国家于坦途’，就必须反对外国侵略，卫我疆土；而若要‘渡同胞于苦海’，更需要有一只强有力的军队，推翻满清统治，实施民主政治。”

“说得好！”雷飚拊掌赞道，“要实现这样的理想，就必须训练出一支具有现代化思想的军队，而不是过去的‘湘军’‘淮军’那样的私家军！有了这样思想基础的军队，我们才可以实现革命的行动，而绝非如今夸夸其谈，毫无目的性的‘革命’二字！”

“也许，我们都在等着一个时机，在摸索着，努力地做一个抉择，一个艰难的，但是将注定是无悔的抉择……”蔡锷眺望着远处的象鼻山，轻轻呢喃着。他的眉毛蹙得很紧，那里面仿佛隐藏了太多的思索。

几天后在陆军干部学堂的操场上，十几名十八至二十岁的学生队伍聚集在一起，听时任学生队队长的何遂在讲演。何遂大谈反满革命，满嘴都是新鲜的革命词汇：

> 同学们，我大汉民族被满洲人统治，已经二百六十余年，其中屈辱奴役，不可胜数！我们中国人原本有我们中国人之形象，今满洲悉令削发，拖一长尾于后，是使堂堂中国人变为禽犬也！我们中国人自有中国之衣冠，今满洲另置顶戴，胡衣猴冠，坏先代之服冕，是使中国人忘其根本也！更有扬州之屠、嘉定之屠、广州之屠、大同城陷之惨剧，交叠发生，令人痛彻心扉！我四万万同胞，当泣血为誓：驱除鞑虏，复我中华，恢复汉制！到那时，春雷动地，千年之醉梦惊回；旭日当空，万里之妖氛尽扫！

学生中群情激奋，大家都被他这番慷慨激昂的话语振奋了精神。何遂继续道：“我们做了一首歌词，准备谱上曲子，教给大家唱起：汉军起义把仇报，革命自有我同胞！长枪大炮准备好，男儿铁血冲云霄！驱除鞑虏复中华，世界大同乐淘淘！”

一名学生忍不住振臂高呼：“驱除鞑虏，复我中华，同学们，我们要革命，要前进！”

一时间群情激奋，喧闹声引起周围同学和教员们的注意，有人交头接耳，有人摇头不语，也有人悄然离去。

何遂两眼放光，一脸激动神色。他看看周围被他的话感染得热血沸腾的同学，心里激情难耐，就环顾四周，看到操场中央有座天桥，他振臂一呼：“同学们，要革命就不能怕死，要有牺牲精神！有志革命者，我们拿什么证明我们的勇气和精神呢？我建议，就以前面那座天桥为测试物，要敢于革命的同学，先从天桥上跳下来，以显示自己的决心和勇气！”

他的话音刚落，十几名小伙子就呼喊着向天桥冲去。他们爬上天桥，纷纷向下跳跃，有几人不慎扭伤了脚腕，坐在地上呻吟。更多的人，还在向天桥上冲。

蔡锷的办公室里，教员们聚集在一处，议论纷纷。

“有十来名学生跳桥跳伤了自己的腿脚，这是军校，还是野蛮人斗勇的场所呢？”

“这些学生太冲动了，完全是瞎胡闹嘛，这哪里还像学堂了？”

“听说他们还公然高喊反满抗清的口号，这也太胆大了吧？”

“学生们太冲动、幼稚了，恐怕会引起祸端，为咱们学校招来当局的监控啊！”

蔡锷紧锁眉头，一言不发。思索片刻，才看着众位教员语气平和地说：“大家先不要非议了。各自回去安抚好学生，注意照顾安慰一下受伤学生。让他们的情绪先平静下来。”

众人离去，何鹏翔和雷飚进来，对蔡锷汇报道：“据闻上面已经派人到学校明察暗访，留意革命党首领，并将咱们学校重点监控起来了。”

蔡锷摇头叹息：“这些冲动的学生们，哪里明白韬光养晦的道理？我前次让你提醒何遂等人，注意自己的言行，不要在学堂里有过激的行为，你可做了？”

何鹏翔狠狠摇了一下头：“怎么没做？我三番两次、苦口婆心地都说尽了道理，但是那几个激进的年轻同盟会会员根本听不进去，还多次拿话呛我。如今更是连我都不理睬了。”

蔡锷也有点着急：“我必须找机会和那几个领头的学生们谈谈了。”

雷飚忙拦道：“总办，您可千万别去！听何遂那几人的口气，已经把您当作顽固派、拦路石了，人家就想找机会搬掉您呢，您再亲自劝说，简直是火上浇油之举，断不可为！”

“唉……”蔡锷忍不住长叹。思索一阵，他还是嘱咐两人道：“你们去联络平日里思想可靠的教官，咱们今晚就商议研究，争取拟定一个保护学生的方案来。我们要给学生们最大的掩护和帮助，不能让这些热血青年遭到无端迫害！”何鹏翔点头接受任务。

同一时间，何遂、耿毅等同盟会会员也在聚会商量。他们一致认为蔡锷已经是革命的拦路虎，必须要把他搬掉，他们也在拟定计划，争取把蔡锷赶走，赶出陆军干部学堂，赶出广西！

学校采取了措施，压制学生们的过激行为，并对一些鼓吹革命的干部学员进行了调整工作的处理。随后，蔡锷又利用自己的关系淡化了这次学生跳桥事件的影响，尽量维护学校的正常教学秩序。

蔡锷召集学生干部训话，提出军校首先以学业为重，先学好军事理论知识和实战技能，对一些政治问题谨慎对待，不能有鼓动、纠集、推波助澜的行为。何遂、耿毅等人面露愤然之色，却又只能暂且忍耐。

他们背后却酝酿着更大的行为，蔡锷在他们心中化身为顽固势力的代表，已经成为他们革命的首选目标。很快一个机会到来，他们要对这个蔡总办实施革命行动。

由于经费严重紧张，广西编练的新军缩编，陆军干部学堂第二期的一百七十名学生毕业后，将面临无法全部得到安置的局面。身为总办的蔡锷决定进行一场学业考核，通过考核品行、语文，对新兵教育期满的第二期学生进行甄别，优胜劣汰。

蔡锷亲自主持了这场考核。根据考试成绩，对表现不佳、体格孱弱、品行和语文成绩差的学生予以张榜公布，声明淘汰。共拟定淘汰学生六十一名，其中广西籍学生文化水平普遍较低，占淘汰名单的多数——四十九名，湖南籍学生六名，其他外省学生六名。这就埋下了“声讨蔡锷，驱逐蔡锷”风暴的导火索。

“学堂总办蔡锷，身为湖南籍人士，偏袒同籍学生，打击、排挤广西本地籍学生，故意用这种不公平的手段，达到他不可告人之目的！广大广西籍学生，以及外省同学们要联合起来，声讨蔡松坡，把这个‘徇私、庇湘、仇桂，祸害本省'的总办驱逐出陆军干部学堂，驱逐出广西省！"

何遂、耿毅等广西同盟会会员们发出上述檄文，随即发起声势浩大的"驱蔡运动"。他们散发《告广西同胞书》等传单，联合陆军小学堂，学兵营、法政学堂、桂林中学等学校，一起游行、罢课，声讨蔡锷，要求罢免他的一切职务。

这日，何鹏翔来到蔡锷办公室，对他讲述了目前面临的严峻形势。眼下已经有几所学校的学生联名以罢课形式抗议陆军干部学堂总办蔡锷偏袒湖南籍学生，排挤广西籍学生的行径，学校领导出面调停，但是并不奏效。

蔡锷静静地听着他的情况汇报，没有说话，只是抿着嘴沉思着。

"其实……您有没有想到离开这个是非之地？"何鹏翔建议道，"我记得前几天，您不是收到云南都督李经羲的书信吗？他极力劝说您能赴滇任职，他以前任用过您，自然知道您的才干学识。广西这个地方，偏僻狭窄，这人心也狭隘无状！咱们凭什么在这里白白被他们诬告构陷？"

"好了，嶷青。就事论事，说那些偏激的话有用吗？"蔡锷微蹙着眉，对自己信任有加的助手摇头道。

"那您是否同意我的建议，离开这个是非漩涡？省得事情再向恶性化程度发展？"

"我不赞同你的建议，我此刻不会离开广西。"蔡锷说的语气很轻，却是不容置疑般坚定。

几天过后，学生罢课情况愈演愈烈，在广西同盟会成员何遂、耿毅的煽动下，又发生了商会罢市等活动，谘议局等官员也开始弹劾蔡锷。他们还联合当地媒体，一起向政府施压，坚决要求蔡锷离开桂林。

此事很快惊动了清政府，陆军部派专人来调查此事。湖南、江西、云南等地闻听此事，一些对蔡锷军事才干有所了解的督军们私下拍来电报，邀请蔡锷借此机会，离开广西，到自己属地任职。

深知蔡锷被辞退学生事件无辜构陷的干部学堂的一些教官们，在雷飚的带领下，来见蔡锷，也善意地劝说他暂时离开是非之地，免得遭受进一步的诬陷和责难。

"谢谢大家的关心，我目前没有离开本地的打算。清者自清，听说陆军部已经派人下来彻查前次淘汰学生一案。我们不妨一起等待一个结果吧。"蔡锷平和恬静地望着大家，他的语气自信从容，神色如常，众人唯有心底叹气，再也难以说出什么规劝的话语。

跟随在蔡锷身边的何鹏翔和雷飚等人看到，这段时间，蔡锷处于被调查期，他被迫停止了一切工作，自己关在办公室里读书。他的神情一如既往般平和无波，让一心为他抱不平的这些人既忧心如焚，却也无可奈何。

好在很快有了调查结果。陆军部专员和干部学堂的调查小组经过反复取证、分析、彻查，认定蔡锷被污，其行为并无违法之事，也无不公平不合适之处。为此他们专门写了一份调查报告，从四个方面讲明了此次淘汰学生事件的过程，完全符合优胜劣汰的原则。报告中称“平心而论，蔡锷于剔退学生之事，上系抚院严谕，下有监督、科长各员之分任实验。去留之际，本无成心。调查该堂学生成绩表及试卷，一再详核，尚无不公之处”。认定此次考试的总负责人——干部学堂的总办蔡锷行事磊落，并无徇私行为，没有值得弹劾的理由。各个学校要求所有罢课学生回学堂复课，对一些被剔除的闹事学生给予了教育。至此，“驱蔡运动”中对蔡锷头上加注的种种不实之词终于得到了澄清。

这份报告一式两份，一份递交陆军部汇报结论，一份在干部学堂当场宣读。总办蔡锷的名誉得到恢复。

三天后，蔡锷递上辞呈，决定辞去自己在广西的一切职务，接受了云南总督李经羲的邀请，准备赴滇任职。这件事情再次在干部学堂里引起哗然。

离开广西前，蔡锷在学堂的小食堂里设宴，请“驱蔡运动”的几个后台人物耿毅、何遂等人来此小聚。开宴前，何鹏翔看着桌子上的菜品，吊着脸对蔡锷道：“总办，您可是真的好涵养啊。如今您就要离开此地，去云南任职了，何必再多此一举，宴请这些往您身上泼过脏水的人呢？”

蔡锷看着自己这位忠实的部下，微微一笑，也不答言。

“我真的很不理解啊，有很多事情，横亘心头，不吐不快！”何鹏翔沉着脸嘟囔着，蔡锷看着他笑了：“好吧，看来不让你说出来真要憋坏你，那你就赶紧发泄一下吧？”

何鹏翔看了他一眼，直言道：“前段时间，‘驱蔡’风潮正烈之时，很多同僚、朋友都劝您离开此地，避避风头。我也曾苦劝您，反正这边已经是把您当成眼中钉，肉中刺，非要除去而后快！可是云南、江西、湖南等地，都有官员邀请您去任教、练兵呢。所谓此处不留人自有留人处，咱们何必像小媳妇般委委屈屈呆在这里，任人诟骂侮辱？可是您就是不听，谁的话也不听，就在此处纹丝不动，置若罔闻。真让人想不通啊！”

他紧皱眉毛，嘟着脸看向自己的上级、大哥，那副愤愤不平、苦大仇深的神情再次逗笑了蔡锷：“嶷青，你说话真好笑——像小媳妇般委委屈屈？你哪里看出来我，或者是你，像小媳妇般行事了？”

“我不过是个比喻罢了。”何鹏翔嘟囔道。

蔡锷坦然一笑：“其实啊，这段时间，我一直在思考一些问题。这次遭遇这场风波，起因究竟是什么？背后里，自然有我和同盟会同志的误会在发酵、酝酿，但是表面上，也有很多值得我们深思的问题。这次剔除不合格学生，我虽然自信秉心公正，并无私念，但是单单从结果看，被剔除的学生中，广西籍占了大多数，而湖南籍的人数偏少，这也是实情。”

何鹏翔替他鸣不平：“后来事情真相不是搞清楚了吗？其实广西的军政官员中湖南籍的就多，湘人迁桂的也比较多，而且湖南学生一般文化水平要较之广西籍学生为高。后来，通过调查学员成绩，不是最终为您洗清了误会？”

蔡锷沉吟着：“这样的比例，必然令人心生疑窦。何况有关事项，当时校方又未能及时解释清楚，所以他们自然会认为是我这个湖南籍的总办在徇私偏袒。如今看来，这个虽然算是欲加之罪，倒也不完全是捕风捉影！作为最高军事长官，我肯定也有责任，起码是自辩的证据未能及时掌握和运用。”

何鹏翔摇头不认同：“我明白所有真相，我觉得您并无过错。联想到您来到广西后，做了很多整治弊端、严肃军纪、不徇私情的事情，加上如今位高权重，自然会遭到本地籍人士的猜忌和排挤。再加之同盟会的一些人，在是否革命的问题上的甄别和错认，自然会引起这场风波来！我感到困惑的是刚才说到的问题——正逢‘驱蔡风波’如火如荼之时，您镇定自若，心平气和，不解释，不申辩，也不愿意接受建议离开是非之地；如今真相大白，水落石出了，一切归于风平浪静了，您可又接受云南都督李经羲的邀请，毅然决然地要赴滇任职。这一切，真的让人匪夷所思啊！”

蔡锷戏谑一笑：“不该走的时候不能走，该走的时候，就毫不留恋地离开，这难道不是明智之举吗？”

“可是……”何鹏翔还是不能明白，蔡锷摇摇头，笑着拍拍他的肩膀：“好了，嶷青，别纠结了，也别猜测了。总之，是到了咱们该离开此地的时候了！唯感到欣慰的是，蔡锷当真问心无愧，可质鬼神！扪心自问，在广西这几年，可以说没有吃半点冤枉饭，对得起这方水土，就够了！”

“哼，您倒真想得开！”何鹏翔心疼地剜了他一眼，听到外边有脚步声，知道是那些客人到了，就出去迎接。

宴席上，蔡锷和耿毅、何遂面对面坐着，大家低头吃着饭，都有点尴尬难言的神情。

酒过三巡，蔡锷笑着对他们道："我就要离桂赴滇了，在此和诸位做个道别。前次你们来，带来黄克强先生的一封信，也曾邀请我去和你们会面，我拒绝了。但是今天，我就要离开此地，还是想以一个朋友的身份，对大家说一番肺腑话。"

何遂和耿毅等人都抬头望着他。

蔡锷微微一笑："前面的'驱蔡行动'是你们针对我的一场发难，我自然是心知肚明。只是到今天，我才想叹息一句——你们何苦撵我？你们是革命党，我比你们资格更老！你们太年轻啊，浑身带刺，激情勃发，但是要明白身处乱世，须处处小心，谨慎为上！不要在时机不到之时，做一些暴露身份、授人以权柄的事情。不然，将来难免遭遇杀身之祸，而且会是毫无意义的牺牲！我在这里维持着，尚可为你们敷衍一二，我此番走后，望你们更加自爱，谨慎行事。须知道革命不是一朝一夕的事情，千万不可拔苗助长，自毁根基！"

"原来您竟然是……"蔡锷刚才那句"你们是革命党，我比你们资格更老"的话听得在场几人面露震惊之色，相互看看，不知该如何答言。

稍后耿毅看着蔡锷，叹息道："蔡总办，其实来这里赴宴之前，我们几个就开了个碰头会。对一些事情，我们心里也有数。这次您对待'驱蔡行为'的态度，还有往昔您对进步学生、革命党人点点滴滴的爱护、退让之举，也让我们有理由相信，黄克强先生不会看错人，您应该算我们的人！"

何遂也神情尴尬地加了句："咱们这能算……不打不相识吗？"

蔡锷没有正面回答他们的问题，淡然一笑："我知道你们都是热情高涨、豪情冲天的青年，可是你们缺少的是理智思考、成熟稳健的作风。我一向认为，指天画地、昂扬激愤并不代表革命者的所有形象，要理解并认同革命者还可以有其他的形态。"

几个青年默默思索着蔡锷的话，若有所思。

何遂忍不住又问道："蔡总办，我也有个困惑一直在心头，前一阵'驱蔡风潮'最激烈的时候，学生罢课，商会罢市，您的压力很大啊，可是您纹丝不动，丝毫没有离桂避风头的意思；如今一切平定下来，您的声誉得到维护，此时您却主动要求调离广西，去云南任职，究竟为什么？"

“这个问题，我刚才也被我的助手问到过，我没有回答他，如今你又问起，我也不想给出什么答案。一句话，此次离桂赴滇，就当我想给自己一个事业重新开始的机会吧。”蔡锷平静地望着眼前神色激动的青年，“但是我想送你一句话——就是苏东坡的《留侯论》中的那句‘卒然临之而不惊，无故加之而不怒’，隐忍不怒的人，胜于勇者。人生在世，各有修行，一切看自己的悟性吧？但是，想成就大业者，必须要不断提高自己的悟性和秉性，这是颠簸不灭的真理！”

他巡视一边在座的青年：“如果你们自认为将来都是要做大事的人，请都去读读我刚才提到的那篇《留侯论》。古人所谓豪杰之士，必有过人之处。何以可以做到‘卒然临之而不惊，无故加之而不怒’的境界？无非八个字——胸怀大志，目标高远！在没有达到目的之前，隐忍，蛰伏，委曲求全，知白守黑……诸如此类的行事风格，都是格外需要坚持的！革命的口号不难喊，革命的动作容易做，但是革命的目的是什么？革命的目的如何能够达到？才是每一个革命者应该深思熟虑的事情！”

他坦然一笑：“蔡锷是个俗人，樗栎庸材，资质平常，凡抱朴守拙，何时何地都不敢奢求捷径坦途，唯有踏踏实实做好手下的每件事而已。不过既然痴长诸位几岁，说了上面一番话，也是想与诸君分享一下个人心得罢了。”

他走到一旁的案几旁，拿了一个炮筒过来，递给何遂：“这是从我的书房里拿过来的一个物件儿，送给你们做个留念吧。所谓修己治心的人胜于攻城略地的将领，这个物件儿和刚才那句古语联系到一处，你们会印象更深刻些！”

何遂接过炮筒，沉思片刻，也坦然地望向蔡锷：“蔡总办，我们记住你今天的话了，我相信，咱们总会有再次相见的一天。那时候，我们再把酒言欢，分享革命成果吧！”

几个青年轮流传看着这件礼物，这场聚会在极为平和的情形下结束了。

第九章　举义

兵在精而不在多，将在谋而不在勇。　　——冯梦龙

1916 年 10 月下旬　日本九州帝国大学医学部附属医院（福冈医院）

"'扪心自问，在广西这几年，可以说没有吃半点冤枉饭，对得起这方水土，就够了！'将军，您这句话，听上去让人心酸，也很感慨！"

病房中，林建昭和蔡锷一起回忆着广西往事，他有点唏嘘感叹。抬起头，对上蔡锷温和的目光，那张病容深重的脸上，此刻满是怅惘之情。

林建昭："当年广西新军基础太差，某些革命者的行为又偏激、张扬，所以您选择隐忍不发，对他们暗中回护，保存了革命的力量。据说此事还有后话？后面您领导重九起义，云南光复后，何遂等人还给您发过电报的？祝贺您的革命行动，也再次叙同道者情谊？这也算一段佳话了。"

"有些事情，回过头再看，会有不同的感悟和豁然开朗。所以我经常在想，这世上就没有白吃的苦，白摔的跟斗，很多磨炼，当时是痛苦的挫折经历，回首再看，就变成人生旅途上难得的体验、成长，是成熟的必经过程。"蔡锷语气幽幽，看着青年的神态很是认真恳切。

林建昭默默点头："您这番话我记在心底了。其实我想说，将军，您的前半生人生轨迹很有意思，我这样回首望去，心下颇生感慨之意。"

"唉，咱们也算有缘。虽然我不是很认可你们搞什么'松坡研究会'，但是我倒是很想听听你这位'研究者'的研究成果。这就好比一个人故去了，才会有盖棺定论之说，谁又有机会在生前，听到别人对自己的一生做出较为客观的评价呢？这不是一件奇事，也算一件快意之事吧？"

蔡锷这番笑谈引起青年的不安，他忙用话来拦："将军！此话不太吉利吧？"

"哎，你这位医学生，还这样迷信吗？"蔡锷笑了。

看到林建昭红着脸语塞，他又豁达笑笑："也罢，偷得浮生半日闲，既然有缘在这异国相聚，相谈，倒不如来个知无不言，言无不尽的爽快之举吧？"

林建昭认真地点头："人生线路，自然不会是笔直无折的，回看您走过的这前半生，却是比别人更加蜿蜒曲折啊。当年，您才从日本军校荣归故国，当真是意气风发、光彩照人。像您这般人才，自然是各路诸侯争相延聘的对象，据闻当年有好几地的首脑都邀请您去属地就职，整治军队，练兵强军。您先后在湖南、江西等地军队里任职过，后来又去了我们广西。在那里您一待就是五年，创建广西陆军小学堂，任职龙州陆军讲武堂，后来又统领桂林陆军干部学堂。但是纵观您在广西的这几年，却让人感到是走在人生的低谷中。"

蔡锷默默听着，并没有打断他。

林建昭："您大力推进新军编练改革，任劳任怨，呕心沥血，力图在广西打开局面，实现您为国家训练出有现代化军事思想的精兵强将的夙愿，但是却遭遇了非议责难，以至于后来发生了那场'驱蔡运动'。在您的反对者中，既有持狭隘地域观念的桂籍保守势力，也有怀疑您真实政治面目的革命派人士！我感觉到，那时的您，就像是孤独地行走在黑暗中的夜行者，在很多时候，面目模糊，令人无法看清楚，那么误会、猜忌、责难，甚至是攻讦、打击就会接踵而来！您熬过那段时光，当真不易！"

蔡锷默默咀嚼着这番话，没有点头，也没有摇头，面色平静，只是细长的眉毛，不易察觉地微微蹙起。

林建昭认真地看向他："可是，当您离开广西，来到云南，开始的状况并没有得到太大改观？有关蔡松坡是否革命的疑问，就像一个大大的问号，笼罩在您的头上，伴随您离桂赴滇，又在云南同盟会的成员心里浮起。我记得看到过报纸上一篇写云南重九起义的回忆文章，作者是云南同盟会的人，他形容您当年曾经给他们带来太大的困惑，那就是——手握兵权，身为第三十七协协统兼云南陆军讲武堂教官的蔡松坡，究竟是否能够革命？据说重九起义前，您就接受过革命党们的很多次考察、试探和分析？总觉得，云南前期，重九起义之前，你还算是承接了广西时期的低调和内敛状态，仍处于您革命生涯的蛰伏期吧？"

蔡锷依旧没有接他的话，他的思绪，已经飞向了那段难忘的岁月。

1911 年 7 月　昆明承华圃三十七协司令部蔡锷办公室

蔡锷的办公室更像一个书房，三面墙都矗立着高大的书柜，里面陈列着形形色色的书籍。有西文的哲学、军事等理论，还有日文及中文的进步书刊报纸。

云南陆军讲武堂也在这个院子中，学生们经常到教官蔡锷这里来阅读、借阅书报，蔡锷从来是来者不拒，其中有一名来自四川仪陇的学生，叫朱德，字玉阶，因为经常来向教官蔡锷请教书中问题，和他的关系越走越亲密。

“玉阶，又来借书？上次那本孟德斯鸠的《法意》可曾看完？”坐在办公桌旁的蔡锷抬起头，笑看眼前这个自己颇为钟爱的学生。

朱德时年二十五岁，血气方刚，有着一张黝黑的国字脸。他带笑看着教官，点头道：“读过了，这里我写了一点感想，想请您看一下。而且，我今天来，是想就您的教案请教一些问题。”他说着拿出一本《曾胡治兵语录》。

《曾胡治兵语录》是蔡锷到云南后编写的一部军事著作。回到祖国后的数年军中生活，使蔡锷亲身体会到所谓的“新军”，依然是风气败坏、纪纲废弛。他痛心疾首地看到军队的基础已经败坏，欲挽回补救，决非一二人之能力所能奏效。面对这种现状，他感到只有号召多数同心同德之君子，互相勉励，团结一致，人发志愿，以救国为目的，不畏牺牲，才能“渡同胞于苦海，置国家于坦途”。

因此在云南新军任职后不久，他就潜心辑录了湘军统帅曾国藩、胡林翼的治兵言论，从二人的奏章、函牍和日记中，摘取了大量有价值的内容，分类凑辑，取名《曾胡治兵语录》，以此作为云南新军的精神食粮。

其时云南新军仅一个镇，即第十九镇，这个镇有两个协，即三十七、三十八协，蔡锷担任三十七协统领，等于掌握了云南新军一半的兵权。而且在两个协中，三十七协驻兵昆明城，地位尤为重要。

作为重要军事长官，三十七协统领，蔡锷在云南陆军讲武堂兼任教官。当时的云南讲武堂大批任用日本士官学校毕业生担任领导和教官，其中大量同盟会会员充斥期间。从督办李根源起，到其他高级军官及教官如李烈钧、方声涛、唐继尧、罗佩金等人，都是蔡锷的故友或者“陆士”的同学、师兄弟。当时的云南讲武堂已经逐渐为革命党人掌握了大权，和对手方的北洋军势利形成对峙局面。

蔡锷仿佛是其中的一个异数，他表面上维持中立立场，远离是非圈，态度沉静，不在任何场合表达自己的政治观点，除了带兵操练及到讲武堂授课外，他深居简出，几乎过着隐居生活一般。但是他的办公室里，却有很多有关民主革命的书刊报纸，所以吸引着很多倾向革命的进步学员来索取、阅读，蔡锷神态自然和蔼，任由学生们借阅这些报刊，他总是报以理解的微笑，却不发一言。在这些学生中，新近加入同盟会的朱德和一些老同盟会学员们都是这里的常客。

这本他亲自编辑的《曾胡治兵语录》，是蔡锷用于自己在讲武堂授课的教材，更是经常会有学生上门请教问题，蔡锷耐心讲解，诲人不倦。

此刻他翻开书，根据朱德提出的问题，逐条耐心地为他讲解起来。两人还像往常那样讨论了一番。

朱德认真地看着比自己大四岁的年轻教官："蔡协统，看了您编的书，从前言部分领会到您编纂此书主要是针对当今的民族危机——帝国主义各国企图瓜分中国和中国边疆的危机日益严重的情形，为了厉兵秣马，加强我们的国防力量，以对付外国的侵略。但是纵观眼下形势，当朝政府腐败无能，帝王昏庸懦弱，唯知割地赔款，任人宰割。我等若不行摧枯拉朽之革命，又何谈万众一心，抵御外辱呢？"

蔡锷沉静地笑笑，拍拍朱德的肩膀："玉阶，所谓读书明志，学而不思则罔，思而不学则殆。你能从所读的书籍里悟出真知灼见的真理，实乃善莫大焉！"

这样的回答并不能使年轻好胜的学生服气，朱德进一步追问道："目前，学堂里洋溢着革命的风气，李根源督办曾经带领我们学生军去观看了滇越铁路通车典礼，法国人已经将铁路修到了昆明！而咱们的大清王朝官员们竟然还奴颜婢膝地去祝贺献礼！这样的朝廷，有何颜面立于当今世界之上？"

蔡锷静静地听着，不发一言。

朱德侃侃而谈，回望老师，又露出一丝不解且不满的神情来："读您的著作，我可以感觉到您是一位热切的民族主义者，听闻您的过往经历，也无疑是一名民主主义人士。可是，反观现状，您如今在课堂上，和其他出身'陆士'的教官不同，从来不讲革命道理，只是讲您的军事思想，军事策略，我真弄不懂，您？……"

蔡锷淡淡一笑："玉阶，有些事情的观察，你继续下去好了，没必要随时随地地亮明观点。你觉得对的事情，就坚持下去！既然树立了自己的人生理想和奋斗目标，就努力前行，不要为他人的行为所困惑，所干扰！而且，作为一名军校生，你眼下有一项重要的任务，就是努力学习先进的军事思想和技能，这个对你的将来，会有很大用处的。相信我的判断，玉阶，你是一个天生优秀的军人种子，好好做下去，自会有一番大作为！”

“可是，老师，我还是想问……”朱德还欲再说，却见蔡锷对他摇摇手，笑看着他：“你已经被选入特别班，下月就要提前毕业，到我的三十七协来见习，到时候咱们再好好相叙吧。今天倒想送你几本书。”

他起身从书架上取出几本书递给他：“这都是你前次请求我替你找的。喏，都在这里了，你拿回去仔细研读吧。”

他微微挑眉，思索片刻，又加上句：“还有你平日里相好的那些同学们，你也都可以给他们看看，当然是私下里悄悄地看，千万留神谨慎些，毕竟这是在军中，一切都要遵从军令法规，凡事当心就是！玉阶，你要记住，很多时候，韬光养晦、隐忍不发，也是一名优秀军人的必修科目！”

朱德点点头。低头看着手中的书籍，都是自己向往已久的——《扬州十日记》《革命军》《中国魂》《猛回头》等书籍。

三十七协的练兵场上，蔡锷戎装严正，正在观看属下的七十三标、七十四标的军事训练。雷飚、唐继尧、刘云峰等军官带着军队在操练。大家挥汗如雨，十分辛苦。

蔡锷亲自督导练兵，不肯丝毫放松。他带头演示了各项军事技能，给士兵讲解武器用法、技巧，以及各项训练的目的和诀窍。士兵们纷纷面露钦佩之色。

在休息间歇，蔡锷借机对身边的军官们做训示：“我在《曾胡治兵语录》中提到‘勇毅’二字，主张上级军官要‘毅’，下级军官及士兵要‘勇’，从而各司其职，法立然后知恩，威立然后知感。以菩萨心肠，行霹雳手段，才能带好手下的兵士。古今名将用兵莫不以安民爱民为本，仁民爱物是军队的命脉。练兵之主旨，以能效命于疆场为归宿，所以我们作为军官，要精诚团结，共矢忠诚，爱兵如子，身先士卒。在平日的训练中，也要贯彻这样的精神。总之，练兵不仅要重视锻炼士兵的军事素质和技能，尤其要树立兵士的人格，注重军人们的精神教育，精神既立，物质自然而然会随之而进。这也是我们和旧式军队不同之处。只有每个士兵胸怀大志，有自己独立自强的人格，这支军队才会树立起军魂，在国家遭遇外辱内乱之时，才能用自己手中的枪杆子，为四万万同胞争人格，为这个国家，争国格！”

雷飚、唐继尧等人频频点头。

蔡锷目光炯炯地看着众人："纵观目前的形势，我们的边境堪忧，各国列强，虎视眈眈，都怀有瓜分我疆土之心。作为军人，须奋发图强，整军经武，先要训练出精兵强将之军队，才可以抵御外辱，卫我疆域！"

他停顿一下，回头看着身后挂着的一幅地图，指向南方部位："我们都是军人，军人只当为国拼命！但是，在这'拼命'二字外，尚需选择一稳健策略。如果厉兵秣马，立足于在南方，为我国能训练出二十万正式国民军，万众一心，定可在外国强权侵入时，赌存亡之决心，一震国威！"

正在此时，何鹏翔走来，伏在蔡锷面前耳语一句，蔡锷点头，安排属下继续操练，自己离去。

协统办公室里，一个不速之客在那里等着，正是蔡锷的陆军士官学校的老同学谭庆铎。

在蔡锷接受云南总督李经羲的邀请赴滇任职后不久，他的士官老同学谭庆铎也择机来到云南。谭庆铎当年从日本回国后，一度回到老家浙江湖州。他后来辗转在各个军中任职，都没有太大的发展，后来听闻云南总督李经羲广纳人才，尤重日本士官学校的毕业生，又听说回国后因在各地练兵，已经小有名气的老同学蔡锷也在滇，就急忙赶来了。他利用自己能言善辩、曲意逢迎的手段，很快取得了总督李经羲的信任，先是在李经羲的卫队担任过职务，近来突然被任命为三十七协统辖下七十四标的第三营管带。

此刻，他在蔡锷的办公室里四下打量着，看到他书柜里、书桌上的各类报纸，不自觉地撇嘴摇头。

蔡锷进来，两人寒暄几句，谭庆铎就直言不讳起来："松坡，人家都在传言云南讲武堂如今成了革命党的天下了，虎大难免伤人，李总督倒是未曾太过重视此话，如今看来，倒是此言不虚啊。你看你蔡松坡的办公室里，都充斥着这些革命味道的书报了？"

蔡锷从水盆里捞起一条毛巾，擦去满脸汗迹。才回头看着老同学，淡然一笑："当教官的嘛，多涉猎一些各式各样的资料有什么不好？再说了，这些东西，咱们当年在日本时，看的还少吗？"

他招呼谭庆铎一起在一旁的沙发上坐下，又笑着盯着谭庆铎看，看得后者不自在起来。

"唉，松坡，你这样看着我作甚？好像是颇有意思的？"

蔡锷抿嘴笑："我奇怪于含风你刚才那番话语。想当年，在日本时，你可是个革命的激进分子啊，每日里热血沸腾，夜不能眠的。就连我，都经常是你抨击的对象。怎么如今，倒像是突然间来了个大转弯？”

谭庆铎撇撇嘴，不自然地笑笑，又用手搔搔脑袋，叹道：“唉，只能说那时的我，还是年轻，混不懂事啊！被一些革命学说所蛊惑，成天想着革命，排满！其实，我们真的是没想明白，我们这些人，何来排满一说？又为何革命？”

他认真地看向蔡锷：“先不说这些年来，我们看到多少反清组织不自量力、以卵击石的举动？哪回不是彻底失败，鲜血白流？多少大好青年的性命，就这样毫无价值地牺牲掉了！可是我们又得到了什么呢？难道我们这些人，远赴东洋，在军校吃苦受训，历经磨难，回来就是过这样提心吊胆、朝不保夕的生活的？为了一个虚幻的口号，白白送掉自己的大好前程，甚至是性命？这也未免太不值得了吧？这番深刻道理，我也是逐渐想明白的！”

他掰着指头数落着：“你看，我从日本回国后，回到我湖州的老家，一时没找事做，在家里闲逛了些日子，完全是靠着祖荫过舒服日子。我有空认真思考了一下，才心里豁然开朗起来：你说，我的祖辈，我的父辈，我的兄长们，不都是满清的官员？我闹革命，不就是在革他们的命吗？那么，我最后得到的会是什么呢？”

蔡锷认真地听他讲着，不露声色。

谭庆铎继续侃侃而谈：“所以啊，现实是最好的老师！咱们这些当年留学东瀛的士官生，很多不是享受着朝廷提供的留学费用吗？咱们在军校里吃苦受累，百般忍耐，才换来衣锦还乡、荣归故里的眼下状况！目前，像咱们这样的人，个个都是香饽饽！当今朝廷想任用海归的人才来训练新军。尤其是松坡你，自从东瀛归来，在各地练兵，小有名气，更是成为各地总督们争相延聘的对象。在这样志得意满的情形下，我们何必再掺和什么革命、造反之类掉脑袋的事情？只需在军队混下去，还愁将来没有位高权重、光宗耀祖的前程？”

他说着，认真地看着蔡锷，在等着他的应和。蔡锷哧然一笑：“原来含风你已经想明白一番道理了？难怪如今改弦更张，将自己往昔的理想说放弃就放弃了！”

谭庆铎点头：“我没有松坡你的城府深，也没有你看得远啊！想当时你在广西军中任职，不就和革命派楚汉对立，才引来所谓的‘驱蔡运动’？但是塞翁失马，焉知祸福，你倒有机会来到这云南，得到总督李经羲大人的格外青眼相看。云南乃西南重地，你如今手握重兵，比在广西时更是如鱼得水，游刃有余，真乃千载难逢的机遇啊！你这样顺风顺水地做下去，凭借着这文武兼得的才干，怕不成为一代名将？或者效法你们湘籍的曾文正公，创立一番惊天伟业也未可知？”

“罢罢罢，含风，你先莫要把我浑比先哲。先说说你的问题。”蔡锷轻叹道，“俗话说，三军可以夺帅，匹夫不可夺志。你如今倒是见风使舵，转变得快！自己的信仰，说丢就丢了，眼睛都可以不眨的，怎不叫人感慨不解！”

“唉，闲话休提。刚才我等于已经和你说明了我的志向。”谭庆铎挥挥手，眼波一闪，“实不相瞒，我此次被李总督派到你这边任职，也是想加强你这方的力量。如今革命党无孔不入，讲武堂已经成了同盟会的地盘了，从督办李根源起，到各级军官、教官，都貌似是革命派，目前已经抢夺了教育权。他们给学员们灌输革命思想，鼓动这些人反对朝廷，李总督很是忧心啊。他希望我襄助你，控制好三十七协的局面，不要发生一些不可收拾的事情！”

“你，襄助我。控制三十七协的局面？”蔡锷唇边挂了一丝谐谑的笑意，盯着谭庆铎看。

谭庆铎有所感觉，忙挥挥手：“唉，你是知道的，我各方面才干如何敢和你比了？日本求学时期，就比不过你们所谓的‘中国士官三杰’，况今日乎？我是说，你掌控着云南最有实力的一支军队，咱们俩须联手，时时刻刻睁大眼睛，发现任何不利于朝廷的蛛丝马迹，要在第一时间禀报给李总督。除此之外，你这边再未雨绸缪，做些防范工作，应当可以说万无一失吧？”

“好吧，没想到，含风你如今倒干起为上面做眼目耳目的事情了？这算督军的意思吗？”

“哪里，松坡，你还不了解我？我是懒得做什么辛苦事情的！我只要维持自己的地位和享受就罢了！生逢乱世，就该顺势而为，及时行乐！我才不会傻傻地去做鸡蛋碰石头的事情！但是要让我举着石头去砸鸡蛋，我倒也不想费那个劲儿！”

“嗯嗯，明白，你是期望最好直接吃到鸡蛋就好了。”蔡锷哈哈大笑起来。

晚上，在蔡锷的宿舍，雷飚正在和蔡锷密谈。雷飚历数着三十七协各标、营、连、排中军官任职情况。他看着蔡锷：“根据您的周密安排，如今三十七协辖下的七十三、七十四标的营以上军官，绝大部分已经换上我们自己可信任的人了。”

蔡锷点头：“这是按照计划一步步完成的，应该不会引起他人的质疑。”

雷飚还有个疑虑在心：“就是那位您的老同学，作为七十四标第三营管带，目前是个值得注意防范的人物。”

“这个自然在我的考虑之中，”蔡锷看着最信任的助手之一，“其实，在我的心中，七十四标第三营管带是你，你明白吗？”

雷飚困惑地眨眨眼，望着蔡锷，看到后者眼里闪现出信任的光芒，他心中豁然开朗起来：“我……明白了，协统！”

蔡锷含笑对他点头。正在此时，何鹏翔匆忙进来，带来一个令人震惊的消息：“刚才听闻七十三标、七十四标那边各有一名见习排长被统制钟麟同下令逮捕了，据说罪名是宣传异端邪说，蛊惑人心。”

“哦？是哪两人？”蔡锷问道。

“一个叫黄毓英，一个叫朱德。”

蔡锷蹙紧眉头：“人现在在哪里？”

何鹏翔：“据闻已经押往十九镇总部，听说钟统制要自己亲自审，说是近来革命党在新军中活动猖獗，他正想在一些军官身上打开突破口呢。”

蔡锷咬紧下唇，思索片刻，吩咐道：“先给我接通李经羲总督的电话，然后，我就去见钟统制。”

新军第十九镇统制办公室里，钟麟同笑着和蔡锷打着哈哈：“那两个见习排长，聚众宣讲一些歪理邪说，满嘴的新名词。什么十八世纪法国革命、民主政权之类的。我抓了他们，本想依此做个筏子，好好训导一下新军官兵，莫要信什么异端邪说，更莫要被革命党蛊惑了头脑！不料刚才接到李总督的电话，说是蔡协统你亲自出面保这两个人？也罢，就算我不给你蔡松坡面子，也不能不给李总督面子不是？”他有点阴阳怪气地笑了。

蔡锷坦率地望向他：“其实这两个排长，不过是看了一些哲学、历史方面的书刊，闲暇时和底下官兵闲聊，就如街市上说书一般，不过图个热闹罢了，并没有真正宣传什么排满、造反之类的言行，这点想必统制心里也是很清楚的？”

钟麟同摇摇手：“倒也不是这样轻松吧。只要是不符合军校教材的歪理邪说，都在我们禁止宣讲之列！只是，李经羲总督非常信任蔡协统你，他认为你信守军人操守，很少涉足政治，不偏不倚，立场中立。往日在讲武堂的授课中，也没有什么不良政治倾向，只是纯粹讲解军事学术理论。李总督认为你是可以信赖之人，是忠于朝廷的！所以嘛，如今由你出面保这两名手下军官，不管是李总督，还是我，都会给你一点面子的！”

蔡锷正色道：“请统制放心，属下带回这两名军官，必要严加训斥，断不会让此类事情再次发生，让总督和统制劳神费心！”

蔡锷办公室里，朱德和黄毓英呈标准的军人站姿，伫立在他的面前。蔡锷默默看着两人，语气淡淡地说道：“好了，你们各自回去吧，以后做事都小心点！”

他看看朱德：“玉阶，你以后和下属交流思想，要注意对象。意气相投者方可敞开心扉，不要不分场合、不分对象地随便亮明自己的政治观点。俗话说得好，交浅勿言深，以免招来祸端。”

他又回头望着黄毓英：“还有你，子和，注意克制自己的性子，刚毅、果决当然是军人的本色，但是太过锋芒毕露，有时也会遭遇不可避免的挫折。当然，也须注意‘小心谨慎’四个字。”

他轻浅一笑，拿起桌子上的一些杂志，随手递给他：“最起码，以后在自己的床底下，别让人家搜出来这些带着革命颜色的杂志才好！”

黄毓英接过自己被收缴的杂志，带着难以置信的神色看着蔡锷：“蔡协统，我们……我们好像没有交流过？您竟然知道我的字？而且……您好像很了解我……”

蔡锷微微一笑：“你不是和玉阶一样，经常会到我这里来借书看？虽然没有过交谈，但是我对你有印象。”

他再次看看两个年轻的军官，点头道：“好了，天不早了，你们可以走了。”

朱德望着长官，露出不解的神色：“我们就这样……您不再对我们训示些什么吗？”

蔡锷莞尔一笑：“怎么，想听我讲课？明天课堂上见吧。”

他再次挥挥手：“好了，快回去休息吧！”

“是，教官！”两个年轻人都露出轻松的神情来，相视一笑，对蔡锷敬过礼，各自离开了。

半个月后的一天晚上，蔡锷正在办公室读书，黄毓英突然来见他。

“蔡协统，今天我来，是想请求您一件事情！”他来到蔡锷的书桌前，看着蔡锷道。

蔡锷从案上的书中抬起头来，望向眼前的青年。只见那张年轻的脸庞因为激动的神色而熠熠发光，两只眼睛更是炯炯有神，放射着锐利逼人的光亮。

“哦？是黄子和？有什么事？”蔡锷平静地问道。

“请您加入我们！”黄毓英一字一顿，说得格外认真。

蔡锷站起身来，走到他面前，也认真地盯着他，片刻，才反问一句：“你们？什么意思？”

黄毓英长吸了一口气，他的眼睛更加发光，他的语气越发坚定：“加入我们——同盟会！实施革命行为，推翻满清王朝，建立新型民主政权，救四万万同胞于水火！”

“黄子和，你好大胆子啊？竟然敢公然到这里来游说我？你知道这是什么地方吗？”蔡锷轻轻一笑，指指办公室的地板，“这是三十七协协统办公室，你就敢在这里大谈革命，难道不怕我处罚你吗？”

黄毓英坦然一笑，年轻的脸庞上尽是无畏和自信的表情：“您是什么样的人，我心里自然有数。不然，我何必自投罗网？”

蔡锷抄起两只手臂，抱于胸前，笑看着他：“好一个胆大妄为的青年！我倒想听听，你认为，我是怎样一个人？”

“您是我们的人！”黄毓英用肯定的语气接上了他的话，“有人派我来见您，从他谈起的一些往事，我推断出，您的革命资历，当在我们这些人之上！尤其令我黄毓英佩服莫名！”

他微微一笑，侃侃而谈：“您当年在长沙时务学堂，就是谭嗣同和唐才常两位革命前辈的高足，恩师们的惨烈牺牲，让您悲愤交加，改自己的名字为‘锷’，取‘砥砺锋锷，从新做起’之意，投身日本军校，誓以军事报国；您学成归国后，先后在各地训练新军，致力于军队改革；但是在这期间您不忘襄助革命，参与斗争！当年黄兴黄克强先生在广西因为友人刺杀广西巡抚未遂而受牵连被捕，您曾经利用自己的关系将他解救出来；后来他谋划起义，您也派手下襄助与他；后来您在桂林训练新军时，被广西同盟会同志们误解，对您进行过无情的‘驱蔡运动’，您利用自己的声望，化干戈为玉帛，大事化小，离开广西，回避矛盾，临行前给那些打击过您的同盟会同志们留下箴言，提醒他们从此小心行事……”

说到此处，他看着蔡锷，咧咧嘴，露出一丝顽皮的笑意来：“蔡协统，我说的是否完全？还有什么需要补充的吗？”

蔡锷也笑了，对着青年摇头：“看来，你真是把我了解得够透彻的！可是你还没告诉我，那个派你来见我的人，究竟是谁？”

“一个和尚！”黄毓英诡秘地笑笑，“一个叫张愚成的和尚！他对我说，他忘不了和您的一些交往！四年前，他在镇南关筹划反清起义前，曾特意潜入广西，与您密会，他告知了您一切起义计划，您派手下岳森己购置一批武器枪械，交给他的起义军使用。他和您分别前，曾经握手约定：‘各自分开，各立基础’……”

蔡锷默默听着，眼中已经悄悄跳跃起激动的火苗。

黄毓英继续深情地讲述着：“他更对我提到一件往事——十一年前，在日本的一个海湾，他曾经和您有过盟约，一个奔走呼号，为革命奔波，一个潜心军事，为这个积弱的国家训练出一支新军！到那时，你们的会合，将会是一个摧枯拉朽时刻的到来！”

蔡锷的眼里闪现出泪花，从眼前这位青年说出“张愚成”——这个当年黄兴的化名时，他的心底就激荡着一股浪花，此刻这股浪花撞击到他的心扉，让他心绪难平。他强忍住心里的激流，对着眼前这位果敢威猛的青年点头道：“好了，你的意思我懂了！眼下，我只有一句话送你，望你记在心里——时机不到做不得，时机一到绝对支持！”

“蔡协统？”黄毓英激动地低声喊道，“您这是表明了自己的态度吗？”

“你说呢？”蔡锷笑着反问，“你对我的经历既然了如指掌，难道还不清楚我这个人的性格吗？”

“是，蔡协统，我……我太激动了！”黄毓英立正向蔡锷敬了个标准的军礼，又热切地握住了他递过来的双手。

“只是，我一向认为，您是一个格外谨言慎行的人！您的立场，曾经让很多同盟会的同志们难以判断，不敢做出认定…… 可是，您为什么这样相信我呢？”青年因为激动，话说得都有点磕磕巴巴起来。

“想不想听听我对你的了解呢？ ”蔡锷也是顽皮笑笑，看着青年缓缓道，“你出身本地会泽一世家，十八岁赴日本留学，先后在弘文学院、东斌学校学习。六年前加入同盟会。黄克强先生发动河口起义时，你受孙逸仙先生指派前去襄助，那时离你毕业只差一个月，你喊出‘要中华，不要文凭！’的壮语；后来起义失败，你和你的同志在滇西开展革命活动，后来又考入这里的新军。”

“蔡协统，没想到，您这样了解我……”黄毓英也是惊讶万分。

蔡锷看着他微笑：“你是我从讲武堂要到七十三标的优秀学生，破格提前升任见习排长。你以为我会糊里糊涂做出这样的决定吗？”

“蔡协统，我今天才算真正认识您了！真的，我很激动，也很兴奋！我想，我的同志们，也会更加兴奋的！”

他再次举起手，欲给蔡锷行军礼，蔡锷上前拉下了他的手臂，笑着嘱咐道：“记住我刚才吩咐你的那句话，也请把它带给你的同志们！”

“是！时机不到做不得，时机一到绝对支持！蔡协统，我记住了！”青年带着满足的笑意离开了蔡锷的办公室。

同盟会的秘密会议上，黄毓英讲述了蔡锷的态度，唐继尧、罗佩金、刘云峰、李鸿祥等人都露出兴奋的表情来。

练兵场上，何鹏翔、雷飚对蔡锷汇报着三十七协的干部布局以及军队布防情况。

何鹏翔道：“根据您有计划的布局，目前咱们掌控的军队中，百分之九十的团以上军官，都由受过良好军事教育、有先进思想的讲武堂师生担任；营连排级别的军官，这样的比例更令人欣慰，几乎达到了百分之百！”

雷飚也很兴奋：“基础已经建立，云南新军最主要、最有力的一股力量，现在已经在咱们这一边，如果谋划做些事情，一定志在必得！”他充满希望地望向蔡锷。

蔡锷轻轻颔首，面色依旧沉静如昔：“未雨绸缪，早做筹划，就会万无一失，不打无准备之仗。”

雷飚激动地问他：“您觉得目前时机成熟了吗？我们向往已久的——革命？”

蔡锷点头，毅然看向远方：“云南目前有两个革命之因素——一是清廷腐败、官吏贪污的情形已经愈演愈烈，到了让人无法容忍的地步；一是外辱将至，在我们的周边，英国占领缅甸，法国占领安南，虎视眈眈，皆以云南为下一步侵略目标！这内忧外患双重夹击，云南民众的觉醒在即。再加之我们训练新军已经初见成效，在我们掌控的三十七协中的两个标——七十三、七十四标中，各级军官已经安排好了我们可以信任的人员。此时，真的是到了万事俱备只欠东风的时候了。”

何鹏翔和雷飚相视一笑几乎是异口同声地期盼道：“那么让东风来得更快一点吧！”

这个时机很快来临。1911 年 10 月 10 日，武昌起义爆发，全国震动响应。云南同盟会酝酿起义，滇军新军作为起义的主力部队。在推举起义总指挥人选上，颇费思量。时任三十七协协统的蔡锷作为分量最重的滇军领袖，在新军中有着极高的威望，成为大家推举的最佳人选。

无论从同盟会资深会员黄毓英对蔡锷的试探情况，还是刘云峰、殷承瓛、唐继尧等人对蔡锷的了解和认定，大家对蔡锷的革命性有了肯定的认识。平日里谨言慎行、不露声色的蔡锷，此刻以极大的革命热情参与到这次革命行动中。

云南革命党在起义前先后举行了五次秘密会议，在第二次会议上，蔡锷就任起义军总指挥，众人确定了起义的各项事项和步骤。

10月25日　刘存厚寓所

云南同盟会在此举行第四次会议，商议起义时间问题，与会者有了不同意见。

殷承瓛阐述着自己的观点："我认为，起义还是应暂缓举行。目前军心尚不统一，仓促举事，恐行动不一，造成混乱之势。"

众人有的摇头，有的颔首，也有人沉思不语。蔡锷看看众人，站起身来，以领导者的沉稳姿态叙述道："我倒认为起义应该从速举行。此刻云南一动，当为西南各省首倡之举，其鼓舞人心之效应不可低估！纵然武汉方面失败，我们滇中也可于半年内整顿军备，进退自如。在数月之中，川黔可以得手。若能形成如此局面，滇、川、黔联手与满清政府抗衡，那么胜利之势可期！"

他指着书案上的地图，对众人讲解了自己考虑已久的形势分析和具体军事部署，与会者发现蔡锷胸有成竹，早有布局，纷纷点头表示赞同。

唐继尧附和道："松公所言极是！我们既然谋动，宜早不宜晚！拖延下去，恐消息走漏，反成被动之态！"

李鸿祥站起身来，大声道："不如就在今天，进行盟誓，从此相约举事，不可反悔生变！"

众人纷纷赞同。殷承瓛找来一张白纸，提起桌子上的毛笔，饱蘸墨汁，在上面写下一行字。在场的军官围拢看去，纸上赫然写着醒目的十六个字："协力同心，恢复汉室。有渝此盟，天人共殛。"

蔡锷点头道："很好，我们现在结盟于此，也是滇军历史上值得记录的一幕！"

他郑重地举起右手，置于耳边，带头宣读了上述十六个字，殷承瓛、唐继尧等人也随后跟着诵读一遍。然后拿过火烛，将此字纸焚化，将纸灰撒入案上早已准备好的几只酒杯中，在场的人都端起酒杯一饮而尽，以示结成同盟。大家约定起义将在近期进行，各人分头回去做好起义前的各项准备工作。

10 月 28 日夜，洪化桥唐继尧寓所

同盟会举行第五次会议，确定具体起义时间。蔡锷特意邀请黄毓英等中级军官也参与会议。

起义军骨干军官之一的刘存厚提出现实问题："目前各部队士兵手里的子弹有限，如果不能尽快获取更多的弹药，恐近期仓促起义，会有难以为继的情形。我认为，近两日起义恐不妥当！"

听了他的话，另一名资深军官李鸿祥急切地站起身来反驳："可是，就在昨天，我和几名军官接到上方手令，调我们分别去外地招兵。我分析此乃总督李经羲的调虎离山之计！如果他真的是心中已起疑心，对咱们这些人采取各个击破、釜底抽薪之策，那么后果就相当可怕了！难道咱们这些人只能坐以待毙，被他们搞成分崩离析之势不成？"

唐继尧等人闻言点头沉吟不语。刘存厚还在犹豫："可是，起义的诸事并没准备完善，我们能有多少成功的把握呢？万一……"

他的顾虑，也存在于在场的一些军官心里，有人已经开始沉吟不语，会议有陷入胶着状态的情形。

"哪里顾得上这样那样的'万一'？"唐继尧大声接言，"起义原本就是冒险犯上之举，要是诸事求全责备，求个四平八稳的，永远也不会有起事时机了！"

"可是目前情形是有些难下决心……"有军官在低声辩解。

这样的情形让蔡锷心中暗暗焦急，他抿起嘴，沉下心来，准备破釜沉舟地再做一番鼓动工作，却回眸看到黄毓英正望向自己，眼中露出激动的神情来。蔡锷明白，自从前次和黄毓英有了那番交心之谈后，两人心有灵犀，在很多问题上，看法一致，并私下就起义之事有过交流。此刻他看着这个勇毅果断的青年，微微点头，眼中流露一丝鼓励的神色。

"诸君，请听我一言！"黄毓英霍然站起身来，剑眉横竖，怒目圆睁，大声道，"起义之事，重在隐秘、迅速！此刻已到拔剑出鞘时刻，何必做此等优柔寡断、犹疑不定之态？俗话说，当断不断，反受其乱！你们若不能决，我自己单干！”

他望着众人，目光坚定，但是语气却像孩童般倔强执拗，加之一种别样的决绝霸气：“不错，我自己挑头单干！如果事情败露，被敌擒获，我必招供今日和诸君同谋之举！我死了，你们诸位也未必能幸免？与其反与不反都是一死，请诸君考虑，早做定夺！”

“子和，不得耍小孩脾气！”蔡锷故意嗔看他，又望向众人，沉稳地说道，“子和刚才的话，虽然有些偏激、赌气的味道，但是蕴含的一股勇往直前的威猛精神我很欣赏！诸位，箭在弦上，不能不发，我们既然决定举事，就早已没有了退路！目前，云南新军已经掌控在我们手中，各项筹划工作也已经基本到位。蓂赓说的没错，起义原本就是冒险之举，不能诸事求个四平八稳！只要有百分之六十以上的成功可能，我们就要付出百分之百的努力！既然早晚要做，不如早做；一场血战，已在所难免！我们先竖起起义大旗，后面的事情，自当相机行事，各自进取！眼下我们就如同过河之卒，只能前进，不能后退。退缩犹疑或举棋不定，很可能功败垂成，倒不如勇往直前，奋力一搏，未尝不能闯出一片新天地？”

看到在座的军官们都认真聆听着自己的话，蔡锷心里油然而生一股勇气。他明白现在已经到了关键时刻，士可鼓不可泄。他露出坚毅自信的微笑来：“大家懂我，我蔡锷从来不打无准备的仗！”

这句话极有分量。看到往昔内敛持重的蔡锷，如今完全是意气风发、胸有成竹的指挥者形象，在座的滇军军官们心中都各自感受到一种强有力的鼓舞力量。

蔡锷一向以谨言慎行著称。他的学识和素养出众，成熟稳健、儒雅谦和的大将之风已经久为这些滇军军官们所仰慕，他在军事方面的卓越才干和指挥艺术更是众人熟知并推崇的。此刻作为起义军总指挥的他，这副从容有度、镇定自若的姿态，无形中给大家吃了一枚定心丸。

“支持蔡总指挥的建议，滇军起义，势在必行，无可拖延，此刻必要一锤定音！”唐继尧、李鸿祥等人纷纷大声相和，在场军官鼓起掌来。

蔡锷挥挥手，稳定了众人情绪，大家集中精神，将起义事项再做了一遍梳理，第一次明确了举事时间，定在两日后的重九夜，以夜间演习为名，举行反清武装起义；公推蔡锷为起义军总司令。接着众位军官又制订了周密细致的起义进攻计划。商定了起义的各标、营联络用的口号，以及起义军的统一标识物——军帽上一律缠上白色的布条。

蔡锷以起义军领导人身份再次认真建议，起义发动之时，应同时发文向社会宣布滇军起义宗旨："吾辈今日此举，为倾倒满清恶劣政府，不宜戕杀其个人。汉满蒙皆属同胞，应一律看待。"同时严令起义各军队严明军纪，不得枉杀一人，不得妄取民间一物，并饬令起义部队应保护居民，注意防范缉拿一些破坏分子。

1911 年 10 月 30 日，农历九月初九，重九起义爆发。

黄毓英所在的七十三标三营率先打响起义第一枪。蔡锷在七十四标设立的临时指挥部中，等候消息，电话铃声刺耳响起。

蔡锷操起话筒，里面传来总督李经羲气急败坏的喊声："松坡，松坡！七十三标发生叛乱，本督命令你，亲率七十四标，火速进城驰援，坚决镇压叛军！"

"是，属下明白。"蔡锷冷静地回答，放下电话，目光炯炯地看向围绕在自己身边的军官们，"是时候了，我们这边马上发兵，会合加入七十三标的革命行动！"

他即刻下达响应七十三标起义的命令。正在此刻，有副官进来报告，七十四标的第三营管带谭庆铎突然闯进指挥部，要求见协统蔡锷。

所有在场的军官们都下意识地拔出了枪。蔡锷做了个制止大家的手势："大家先不要冲动，这个谭庆铎，我来应付！"

刘云峰上前劝道："总司令，现在是一触即发的关键时期，万不可掉以轻心！谭庆铎是李经羲安插在七十四标中的耳目，又素与部属不和，此时万不可因他坏了大事！"

"不错。"罗佩金也劝道，"蔡协统，时间紧迫，实在不必多讲，干脆一枪结果了事！我们要顾大局，此刻不能讲感情了。"

蔡锷摇头："这个人我能应付，毕竟是陆士毕业的人才，再争取他一下也应该！你们少安毋躁，给我两分钟时间，等我问问他的态度，再决定如何处置也不迟！"

刘云峰急切接言："松公，你不能因为他是士官学校的同学，就动了恻隐之心啊！"

唐继尧也上前欲劝说："是的，总司令，时间急迫……"

“难道这样一条人命就不值两分钟时间吗？”蔡锷厉声打断他的话，“不必多言，我去见他！”他快步向外走去。

“快！跟着保护总司令！”唐继尧忙示意何鹏翔等人。

蔡锷走到外间，看到谭庆铎正站在院子里疑惑地看着身旁的一切。他的军帽上未曾缠上白布条，因而显得格外突出和另类。他看到围着自己的士兵，几十条枪，几十双阴沉沉的目光盯着他，不由得愣在那里。

见到蔡锷出来，他仔细打量了，看到蔡锷神色自若，平静如水，稍稍松弛了一些紧张的情绪。

“唉，松坡，这究竟是怎么回事儿啊？”他挥挥手中的配枪，大声嚷道，“据闻七十三标哗变，我们是否应该马上报告李总督？我刚才对第三营下达进攻叛军的命令，可是竟然没人听我的？雷飚那小子过去了，说是遵照你的命令，目前由他代理第三营管带？这究竟是怎么回事？”

他突然间止住了喊叫声，因为他看到蔡锷突然拔出自己腰间的配枪，指向了他。

“蔡松坡，你干什么？！”

“含风，此刻你跟我走，别无选择！”蔡锷突然用日语对他喊话，谭庆铎一愣，在愣怔中也不由自主地改用日语对答。两人就在众目睽睽之下，说起了令周围持枪士兵听不懂的语言

“跟你走？干什么？”

“革命！”

“革命？蔡松坡你？……哼，我要不从呢？”

“你别无选择！”蔡锷的回答简单利落，不容置疑。

看着眼前指向自己的黑洞洞的枪口，又回望周围群情激奋的士兵，谭庆铎有点灰心，低头叹气，神情很是无奈，换了中文答道：“好吧……蔡松坡，我随你！”

蔡锷释然一笑，放下手中的枪，上前拉住谭庆铎，一同进了指挥部。

两人进去还未和众人搭话，就有士兵押着两名满族军官进来，准备杀之祭旗，蔡锷忙制止住，让士兵把人带下去。

他对众位指挥官道：“我们要切记起义前大家的约定和承诺，汉、满、蒙、回、藏皆属同胞，应一律看待，不可滥杀无辜！”他又命令罗佩金：“请告知进攻督署的部队，要保护好云贵都督李经羲及其家属的安全。”

七十四标二营为第一纵队，目标是占领五华山，进攻军械局。蔡锷看到担任二营一连一排排长的朱德身先士卒，冲在最前面。在得知二营一连连长临阵脱逃后，蔡锷命令朱德担任连长，指挥连队，做进攻之先锋队。

经过一夜激战，起义军血战勇猛，所向披靡，逐渐占据优势地位。至次日中午，攻上五华山，占领了总督府，总督李经羲隐遁，统制钟麟同身亡。起义军控制了昆明全城，重九起义宣告成功。

三日后，李经羲被起义军从藏匿处搜出，朱德奉命来礼送他出滇。他看着眼前的滇军军官，长叹一声："蔡松坡也会参与反叛？这个实在是令我诧异啊！"

"不，是革命！"朱德看着他，语气平静，却蕴含着力量，"李总督，你不妨放眼看看如今的形势吧，你们苦苦维持的满清王朝已经灰飞烟灭了！"

李经羲长叹一声："唉，我是自作自受，亲手将自己的终结者请到了云南！看来也是大清的运数如此，奈何奈何？"他不可思议地摇头，再次感叹，"只是我怎么也不会想到，蔡松坡……也会是革命党！"

第十章　缘起

勇气如爱情，需要希望来滋养。　　——拿破仑

1916 年 10 月下旬　日本九州帝国大学医学部附属医院（福冈医院）

走廊里，蒋方震手里拿着一封电报，碰到拎着两篓橘子走来的石陶钧。

“醉六，你从哪儿弄来这两篓橘子？看着很新鲜哦？”

“当然从我们老家邵阳啊，等会你尝尝就知道了，特殊味道，保准吃了就忘不了！”

石陶钧是一贯制的嘻嘻哈哈，蒋方震自然是一脸不相信的样子：“你在做白日梦呢？我倒真想尝尝你们邵阳有名的蜜橘，就是没有机会。”

石陶钧将手中的竹篓凑到他面前，笑道：“你爱信不信，等会让松坡给你证明就是！”

两人说笑着来到特护病房门前，看到副官李华禹端着一碗熬好的中药站在门边。见两人过来，李副官忍不住埋怨道：“今天真是邪门了，不知道哪里蹦出一个大神来？一个年轻日本医生，和将军叽里呱啦聊了大半晌了，我送了几次药进去，都让将军挥手挡了。”

这话让蒋方震蹙紧了眉，石陶钧早嚷了起来：“怎么会有这种事？”他们说着从门上的玻璃向里面张望着。

病房里，蔡锷半靠在床上，和林建昭谈兴正浓。

回忆了重九起义的往事，林建昭带着崇敬的目光看着蔡锷，轻声叹道：“俗语有云，慈不掌兵，您在重九起义后，礼送总督李经羲出滇，不仅让人垢评您犯了兵家大忌，而且指责您革命性不够坚决彻底，对李经羲有着封建报恩思

想。”

蔡锷不说话，只是带着自嘲的微笑撇撇嘴。

“其实，我以为您固然是有着自己为人处世之原则，对师友有慈悲怀，怜悯心，但是您此举也蕴含着一层深意——善待李经羲，也是一种安抚政策，在那时当可以起到可感化旧官僚、平定人心之作用。”

蔡锷惊愕地望着眼前的青年，不由得感叹：“哎，后生可畏，你算我的一个知音吧。”

听到来自自己崇拜的人的肯定和夸奖，林建昭不好意思地笑了，红着脸挠挠头。

蔡锷仿佛喃喃自语着道：“我始终觉得，革命是手段而非目的，一个执掌权力的领导者，必须学会控制自己和下属的革命情绪和激情。若任由激情无限制蔓延，革命必将失去它的正义性和正当性。当然，这是另一个深层次的问题，也非一两句话可以说清楚的。”

两人说话声音很轻，但是门外的蒋、石二人已经看出来一些端倪，石陶钧推门进来，故意大声埋怨道：“好一个年轻日本医生？我说华禹真是糊涂愚笨！中国话、日本语都扯不清楚？”

他和将方震都认真地看着林建昭，蔡锷忙为他们作了介绍。林建昭红着脸，对两人鞠躬致意，又看向蔡锷：“是我冒昧了，将军卧病，还和我谈了这样久……”他再次对着蔡锷鞠躬：“谢谢您，你该休息了！”他急忙退出。

石陶钧看着蔡锷嬉笑：“好吧，看在你卧病已久，心中烦闷，他乡遇到个同胞小友，可以聊聊天，倒也罢了，只是注意劳逸结合，别太累了就是。”

蒋方震也点头：“也总比你看一些文字类的东西劳神强些。”

蔡锷轻叹口气，故意用夸张求饶的语气道：“在下倒要谢谢两位将军的法外施恩了？那个小林医生这下算是过了明路了。你们不知道，小医生蛮有意思的，有思想，有自己独到的见解，也算后生可畏呢。”

“好了，先别说不相干的人了，你先把药吃了。”石陶钧挥挥手，招呼李华禹将药递过来，看着他喝了下去，才将刚才进门时放在门边的两篓橘子拿给蔡锷看：“也算一个惊喜吧？你想吃的东西来了！”

蔡锷从李华禹手中接过剥好的橘子，放到嘴里细细品尝，万分感慨：“唉，想不到，在这里真的吃到了故乡的蜜橘。”

石陶钧则边递橘子给蒋方震，边说明了此物的来历。

原来蔡锷卧病日久，口味寡淡，不思饮食，日渐消瘦。一日潘蕙英给他买来几枚橘子开胃，他吃后叹息："日本橘子可比我们邵阳老家的蜜橘味道差远了。"

石陶钧在旁边闻知，记在心头。恰巧一日收到国内电报，问候蔡锷病情。其中有黄兴从上海打来的一通电报，向他问询蔡锷的现况，又问到蔡锷的饮食起居，是否需要家乡的特产？石陶钧回电说明蔡锷的病情，顺便提到"松坡思念邵阳蜜橘"一句。

不料关心盟弟的黄兴闻知此事，不顾自己也是病体沉重，卧床不起，特命长子黄一欧代办此事。黄一欧委托湖南邵阳的朋友购买了两篓蜜橘，通过邮局寄到这里。

蒋方震剥开一个橘子尝过，点头道："这橘子倒真是远涉重洋，有点价值的！"

蔡锷看着手中的蜜橘发愣，许久，才轻声叹息一句："这个克强兄啊，当真是一诺千金……"

他对身边的两个好友讲起自己离开上海，东渡日本时的一个场景。

"这次从沪上动身东渡治病时，克强兄和公子一欧到码头送我上船。当时克强兄握着我的手，嘱我好好治病、休养，又说如果在东瀛惦念起什么家乡的食物了，就打电报给他，他一定想办法给我寄来。如今果然……"他又低头看看手中的橘瓣，眼中笼上一股潮气。

蒋、石二人也为他们盟兄弟之间这份情谊所感，都敛容不语。但是得知另一份隐情的他们各自心中恻然：黄兴目前的健康情况也很不好，因为严重的胃出血症候，那位曾经健硕有力的共和伟人已经在沪上卧床不起了。此刻，怕蔡锷听闻此消息忧心，不利于他的病体，蒋、石二人丝毫不敢提及此事，只是用别的话安慰了蔡锷几句，看到他露出疲倦的样子，又安排他躺下歇息了。

1916年11月初　日本九州帝国大学医学部附属医院（福冈医院）

又一个清晨来临。护士美江在下夜班回宿舍的途中，在花园边遇到了像是在有意等她的林建昭。

"美江护士，对不起，我还是想特意对你道个歉。"

"没什么，事情都过去了。我理解了你。蔡将军是一位令人敬仰的英雄，你想见到他的心情完全可以谅解。”

“你真的这样想？太感谢了，美江小姐！”林建昭有点激动地对女孩说，两个人不自觉地在花园里走着，日语的交谈轻松惬意。

他们聊到了彼此的爱好、兴趣，美江提出拜小林做老师，学习汉语，因为她酷爱中国古诗词。说到此处，林建昭想起来一件事情，就从口袋里掏出那张从蔡锷那里得到的目录。

“那天和将军聊天，他提到当年在日本留学时，很喜欢看藤原纪男教授的文章，所以他建议我有时间也可以找几篇来看。我听说，藤原教授是你的一位长辈？”

美江接过目录看了一眼，上面的中文字她不是完全能认识，就用手指指着辨认。

小林笑笑，露出整齐洁白的牙齿：“我准备先到学院的图书馆找找，有问题再请教你。不过，将军有过交代，如果要向你借阅藤原教授的文章，须请你先征得藤原教授的同意，绝对不能让你为难。”

“好的，表舅公的文章都发表在杂志上，我可以找几篇给你看。都是这里公开发表的杂志，没什么为难的呢。”

“那就拜托了。”小林对她微微鞠躬。却抬眼看到姑娘捂着嘴笑了：“林医生……小林医生？真有意思，也难为你那次能别出心裁地想出这样一个日本人的姓？”

特护病房中，阳光温暖的阳台上，几位好友也在愉快的相聚中。

蔡锷这些天病情稍稍稳定，精神状态不错，让身边陪护他的几个人都欣慰不已。这日佐藤梅子随蒋方震一起来看望蔡锷，潘蕙英也让女仆带了永宁来病房，加上石陶钧，几个人坐在阳台上，享受着深秋季节难得的灿烂阳光，每个人的心情都是愉悦的。大家逗引着孩子说笑，看着这个不满周岁的男孩在女仆怀里做出各种各样充满童趣的表情。

副官李华禹端了中药进来。潘蕙英接过药碗，捧到半卧在藤椅上的蔡锷面前。她没有直接将药碗给他，而是先端到自己唇边尝了一口，才递到他手里。她这番动作做得自然大方，毫无扭捏，其实也是他们夫妻间一个习惯性的场景。

蔡锷接过药碗，一饮而尽，对着妻子温存一笑，潘蕙英用手中的绢帕体贴地为他拭去了唇边的药迹。

这温馨的一幕映入梅子的眼帘，她抿嘴一笑，回眸用日语对身边的蒋方震像是问了一句话，蒋也用日语回答她。

他们说的语言潘蕙英听不懂，但是直觉他们的话题与自己有关。因为她敏感地看到，蒋方震回答的声音不高，但是却能被在场的人听闻。石陶钧听了这话，微笑着看向潘蕙英，而自己的夫君蔡锷，竟然也露出一丝略带羞涩的笑意。

其实当这两位女子初始接触时，她们是无法直接交流的。潘蕙英不懂日文，梅子的中文也是初级水平。两个女子相逢交谈时，通常会需要身旁的蔡锷和蒋方震为她们做着翻译。

很快潘蕙英就发现正在苦学中文的梅子口语听力水平进步很快，她的现成老师——恋人蒋方震对她的教授耐心负责且成效显著。不久梅子就能用磕磕巴巴的中文和潘蕙英进行交流。几个人在一起的时候，梅子和蒋方震、蔡锷等人交谈用日语，和潘蕙英则用中文。这一个月来，梅子的中文更加精进，两个女人经常可以做一些倾心交谈了。

此刻，看着几人都对着自己微笑，潘蕙英有点脸红，她看向丈夫，一双秀丽的大眼睛仿佛在向他要着答案。蔡锷微微一笑，拉她靠近自己身前，俯在她耳边说了一句，潘蕙英的脸更红了。

石陶钧抬眼看看头顶上的阳光，笑着岔开话题："今天天气实在不错！不如我们在这里厮杀一盘如何？"

他看着蒋方震："上次我还输给你了一局，一直想找机会扳过来呢。怎么样啊，百里？敢不敢接受我这份战书？"

蒋方震笑了："不就是下个围棋吗？你看得倒如同一场战争似的？有什么不敢？再来一局就是！"

他回头看看半卧在藤椅上的蔡锷，谐谑一笑："就是怕某人劳累了，他身子还弱，不能像往常一样，大玩什么车轮战术。"

石陶钧明白他的意思，也笑着继续着揶揄口气："是咱们两人要战，哪里又轮到他上场了？一个病人家，他该回病床上好好歇着去。"

蔡锷听着两位好友一唱一和地说着调侃自己的话，也不答言，只是抿嘴笑着。

石陶钧盯了他一眼，故意板着脸道："松坡，你还别笑，如今没人继续惯你这份霸蛮性格！"

"哈哈，说的好！除了你二人自己说出这个词，我可不敢拿这个再来形容你们湖南人了！”蒋方震忍不住大笑起来。

这边他们吩咐李副官摆开棋盘，兴致勃勃地摆开一副开战模样。石陶钧看看两位女子，笑着建议道：“男人们准备开战，两位贤夫人不如带着孩子到花园里逛逛？”

这样的称谓让梅子多少有些不好意思，潘蕙英拉了她，又让女仆抱了永宁，一起走出病房。

花园里，女仆带着永宁在玩耍，潘蕙英和梅子坐在树荫下的长椅上，喁喁私语。

梅子看着眼前和自己年龄相当的年轻夫人，笑着对她解释了自己刚才的一幕。

“夫人，刚才看到你在服侍蔡将军喝药前，自己先尝了一口药汁。我有点不理解，就问百里君，他告诉我，你这是和自己夫君同甘共苦的意思！啊，中国女人好痴情啊！”

她俏丽的脸庞上闪烁着激动的神色，却看到潘蕙英的脸像三月的桃花，红得娇艳动人。

“唉，梅子，痴情的岂止是中国女人？你和蒋将军的爱情，不也是千古佳话？”潘蕙英拉过梅子白皙细长的手，看着那上面的掌纹沉吟不语。

“夫人，你在看什么？”

“中国人喜欢看相，手相也是其中一种。我自然是不懂这些，但是小时候也喜欢和闺中伙伴们看着玩。你看，你这手掌上的这条线路，用老话说，是感情线，又深又长，注定是个痴情一生的女子。”

梅子感兴趣地看看自己的手掌，又握了潘蕙英的手掌细看，笑着道：“哈，夫人，你这条线路也好长呢？看来咱们是一类人啊。”

“是啊，痴情的女子，自古不少……”潘蕙英移开目光，望向远处，唇边挂上一丝若有若无的笑意。

“夫人，你在想什么？是回忆起和蔡将军的往事了吗？”梅子看着她，扬脸问道，却看到潘蕙英摇摇头，浅笑一下：“其实我是想起你上次和我说到的，你和蒋将军的婚恋传奇。唉，虽然过去好几天了，你说过的那一幕幕场景，总是在我眼前晃悠。我在想，你们爱情，真的是跌宕起伏，充满传奇性！让我不由得记起中国的一句古词——金风玉露一相逢，便胜却人间无数。”

她突然意识到梅子应该听不懂这句古文，正想怎么用通俗的话，对她解释一番，却见对方用夹杂着发音不标准的中文跟着念了一遍这句古词句，又微微笑起来。

“‘金风玉露一相逢，便胜却人间无数。’好巧！夫人，前两天百里君正好教给我这句诗，他详细给我讲解了含义。只为这句诗就曾经是我们之间的一个哑谜呢。”

“哦？哑谜？”潘蕙英好奇地看她。

梅子点点头：“是的，是我和他初识过程的一个哑谜呢。还是要从我们那个奇妙的相识开始说起……”

潘蕙英随着梅子的深情讲述，和她一起回到了三年前的“蒋方震自杀案”现场。

1913 年 6 月 17 日 夜　保定军官学校校长办公室

身为保定军校校长的蒋方震从北京回到学校，脸色非常难看。

半年前，刚满三十岁的他从德国留学回国不久，就被委任为保定军校校长。

保定陆军军官学校正式创办于 1912 年，为当时全国最高军事学府，是中国近代军事教育史上成立最早、规模最大、设施最完备、学制最正规的一所军事学府，直属陆军部。而立之年即当上全国最高军事学府的掌门人，蒋方震踌躇满志，无比自豪。他决心锐意改革，用现代化军事理论改组军校教学任务，为国家培养有现代意识和现代技能的军事人才，实现自己为国家训练出一支精兵强将的夙愿。

但是很快现实就给他上了残酷的一课。蒋方震的改革军校计划触动了北洋系军阀的利益，他们设置种种障碍，千方百计阻止他实施其改革方案。他们采取的最残忍的手段就是不给学校拨款。很快学校的日常教学和生活难以为继，教官的工资都无法兑现。为此校方多次函电北京陆军部催要款项，均得不到答复；蒋方震亲自进京交涉，亦没有结果；蒋方震无奈间致电袁世凯要求辞职，袁世凯又不批准。

这次蒋方震从北京归来，似乎有了破釜沉舟的决心，他脸色阴沉，沉默不语。跟随他身边的随从副官们看到一向性情温和儒雅的蒋校长这副罕见的阴郁神色，都不敢多嘴相问。蒋方震将自己关在办公室里整整一晚上，写了几封书信，黎明时分才吩咐手下集合全校师生，他要讲话。

一身整齐戎装，肩头将星闪烁的蒋方震登上学校大操场中心的讲台，他深情地巡视了一遍台下站立着的两千多名师生，声音虽然有些喑哑，但是语气铿锵有力地开始讲演：

半年前，我奉命来执掌本校，当时曾对你们有过这样的承诺："在我的任期，一定要使本校成为最完整之军校，使在学诸君成为最优秀的军官。将来治军，能训练出最精锐良好之军队。我当献身这一任务，实践斯言！万一不效，当自戕以谢天下！"我要你们做的事，你们必须办到。你们希望我做的事，我也必须办到。你们办不到，我要责罚你们。我办不到，我也要责罚我自己。现在看来，你们一切都还好，没有对不起我的事。我自己却不能尽校长的职责，是我对不起你们……现在要发生一件事情，我希望你们不要激动，继续拿出毅力，鼓起勇气来担当中国未来的大任！

说到此处，他突然拔出腰间的配枪，向自己的前胸射击。身边站立的副官、随从见状大惊，上前夺枪，已是来不及，只见他瞬间中弹倒地。

这起将军自杀案震动朝野。蒋方震留下几封遗书，除了给家中老母交代后事的家书外，另有一封给陆军部，说明自己为了维护军人尊严，为了一个学校领导的责任担当而自杀。

这个事件对陆军部震动很大。因蒋方震伤势危重，陆军部出面向医疗技术较强的日本大使馆请求援助。日方也很重视，派出了技术精湛的医疗救护小组，其中当时还叫佐藤屋登的梅子，作为经验丰富的护理人员，也随医疗组赶往保定。

佐藤梅子就这样来到蒋方震的身边。第一眼看到的是躺在染血的白被单上奄奄一息的中国年轻将军。日方医疗组检查了蒋方震的伤情，子弹由肋骨间射入，幸未伤及心脏，但是失血过多，经过急救，暂时脱离了危险。

作为护士，佐藤从此守候在蒋方震身边，殷勤服侍，温柔照料。好在他们没有语言障碍，可以随意交流。很快，他们之间就有了一份默契。这份默契慢慢演化成为一种特殊的情愫，在这对异国男女青年的心底晕染开来。

当蒋方震伤情平复之后，日本医疗组即将离开，却留下佐藤护士继续护理病人一段时间。医疗组的组长平户医生将自己从蒋方震枕头底下搜出的几十片安眠药交给她，又叮嘱道："照目前诊断看来，病人无生命危险，却需要长期休养，不能让他再存消极的念头。精神的安慰比药物的治疗更为重要。校长命不该绝，应当劝他放宽眼界，你的责任比我的重。"

当蒋方震再次从沉睡中醒来，佐藤护士就和他貌似闲聊中提到了自幼学到的日本"忍字诀"。她认真地看着眼前脸色苍白的中国将军，轻语道："我很钦佩你用自己的行为诠释了军人的职责，肩负了军人的担当。但是我想从另一个方面说点想法。我小的时候，父亲教给我一个道理，说忍是大勇者之所为，自杀不是勇敢而是逃避人生责任。所以，我想劝将军一句：人生责任应以大无畏的精神，冲破一切难关，以求实现其伟大理想。如果不能忍耐，将来如何能够成大功立大业？如果有热血、有志气的好男儿轻言牺牲，国事还由何人来承担？又如何对得起国家和培养人才的老前辈？"

蒋方震没有答言，只是轻轻叹了口气。

几天后，当佐藤护士照料他服用一种中国中药汤剂时，又和他无意间谈到隐忍坚持的问题，却听到这位往昔沉默寡言的中国将军幽幽说了句："我依你的话不再轻生了，可是，以后遇到生死关头，没有像你这样的人在我的身边提醒我，谁来鼓励我的勇气呢？"

温柔敏感的佐藤护士意识到这是蒋方震在委婉地向自己表达了一份爱情。其实在这段朝夕相处的日子里，情窦初开的日本少女也爱上了这位文武兼备、又英俊多情的中国军人。但是少女的娇羞之情让她没有马上回应他递来的爱情橄榄枝，只是温柔地笑笑，将一勺汤药喂到他的嘴边。

接下来的日子变得甜蜜温馨又玄机暗伏。一天，佐藤发现蒋方震在用中文念叨着一句诗句，她虽然听不懂，却好奇地相问。蒋方震诡秘一笑："是我们中国的一句古诗，很符合你我目前的情形。如果将来有机会能教你中文，我一定仔细地讲给你听！"

佐藤温顺地点点头，心底种下一枚神秘而期盼的种子。

两人心照不宣地走入了恋爱季节。佐藤对蒋方震无微不至的照料，让他很快恢复了健康。她的温柔体贴和任劳任怨，也得到了蒋方震母亲杨太夫人的认可和赞许。

蒋方震自戕重伤后，其母杨太夫人曾到保定军校探望儿子。她亲眼看到了佐藤护士对儿子的细心照料，也参透了这对小儿女的情感，老太太感叹道："我虽然只有百里一个独子，但是自从他从军后，我就知道他是献身给国家了。为国牺牲和职务殉职是一样的，这次我以为失去儿子了，不料他还能得到重生。佐藤小姐对他的照料和安慰很有用，我把儿子交给你是放心的。”

蒋方震痊愈后，佐藤屋登回国，两人书信往来，依旧情意缠绵。却不料这段异国恋遭到了佐藤家族的反对。对于世家女的佐藤屋登要嫁给一个中国人，佐藤家族是不满意也不支持的。这个情节源自日本人的一个婚恋倾向：自甲午战后，日本视中国人为“劣等民族”，贵族女子便不愿再嫁给中国人。佐藤屋登痛苦纠结，给远方的恋人写信求助。

蒋方震性情温和，但是骨子里却有一种军人的刚烈执拗特质。他给恋人写了一封真情实感的书信，在里面阐述了两人的生死爱恋，最后他决绝地写道：“我因你而生，你现在又要置我于死地！我马上到日本来，要死就死在你的家里！”他提出即刻要赴东瀛，当面向佐藤的父母求婚。

佐藤被爱人浓烈而决绝的爱情火焰所激励，她也破釜沉舟，将百里写给她的几十封信都拿给父母看，表明此生除了这个中国军人自己不再嫁人。

两个异国青年对爱情的执着打动了佐藤的父母。佐藤的母亲对女儿说：“一个人呱呱坠地时，就把一生的命运带来，你救过他一次，就再救他一次吧！爱情是无国界的，我料他终生不会亏待你，你若舍弃他而嫁别人，此生必耿耿于怀，这对你也是很不利的。”两个人的婚恋终于得到家长的祝福。

为了表达自己对恋人的挚爱，深情温柔的佐藤屋登将自己的名字改作佐藤梅子，只因蒋方震酷爱梅花之故。“我会把你这朵最美的梅花，永远珍藏在心里！”蒋方震也满含激动之情地发出誓言。

这期间蒋方震写给佐藤梅子的书信里还有这样一句话：“你不是问过我养伤时总念叨的那句中国古诗句吗？亲爱的梅子！那是中国最深情的一句古诗句，而它，却恰巧暗合了我们的爱情！等我们再见面时，我会讲给你听，还要让你学会美丽的中文，亲自用中文来朗读它！”

1916 年 11 月初　日本福冈大学医院花园中

“‘金风玉露一相逢，便胜却人间无数。’夫人，当我领会了这句诗的含义后，我落泪了！它太美，太巧合了！它真的是恰到好处地描述了我和百里君的爱情相遇！”梅子对潘蕙英仔细讲述了和蒋方震的相识、相恋的详细过程，不由得再次感叹道，“我曾经告诉过你，我和百里君都曾经有过一种奇妙的感受，当我们第一次相见，就好像似曾相识一般！也许，这样的邂逅，就是前世未了情缘的再次轮回？抑或是上天命定缘分的此生兑现？所以，这份情，自然会‘胜人间无数’！”

她讲得非常动情，她的胸脯起伏着，面色绯红，眼睛里透射出幸福的光彩。

却突然间，梅子停住了话题，她惊异地看到潘蕙英的脸上已经是泪珠闪烁。

“夫人，你？”

梅子拉过潘蕙英的手，仔细打量着她。又从衣袋中掏出一方手绢，递在她手上。

潘蕙英接过手绢擦拭了泪水，看着梅子有点哽咽：“不好意思，梅子，我被你们的爱情故事打动了！我……”她扭过脸去，想隐藏住自己内心的波浪涌动，却被眼前灵透聪颖的女孩瞧破了心事。

“夫人，我看出来，你一定是心中有故事的对吧？你曾经答应过我，讲述你和蔡将军的故事？我一直在等待着，想听到你们的感情经历，我想，应该也是极为美好的回忆对吗？因为我看到了你和将军的深情！你们夫妻间心心相印的那份深情，让每一个旁观者都会动容的。”

梅子拉过潘蕙英的手，恳切地看着她：“夫人，我想知道你们的故事，那些将军在戎马征战之余，曾给你写过的书信；还有就是，那对神奇的木头饰品？哦，对了，我记得夫人说过，那叫沉香木，是有典故的！”

女孩的态度真诚而执着，潘蕙英觉得无法拒绝下去。何况，在这个阳光灿烂的下午，在异国他乡的花园里，那句在自己心中，也曾千回百转般流连过的古诗句，那枚被提及的沉香木信物，都让潘蕙英无法克制地回忆起往事。

不远处，她和他的爱情结晶，小小的永宁在欢乐嬉笑，而他和她的爱情故事，仿佛也在孩子身上闪烁着光彩。她第一次敞开心扉，向眼前这个异国女孩回忆起了如烟往事。

1911 年春　云南昆明

十七岁的潘蕙英走在昆明的一条老街上。她当时是云南女子学堂的学生，自小经受过严格规范的传统教育的她，作为昆明城里的名媛——普济堂堂长潘廷权的爱女，如今又在西学渐进之时，进入昆明城里仅有的一所洋学堂就读。

潘蕙英生就一张精致的面庞，容貌清丽可人，配上苗条的身段，白皙的肤色，虽然称不上闭月羞花之容，倒也当得起小巧玲珑、貌美如花几个字。尤其是她通身散发着与生俱来和后天养成的优雅娴静的气质和风度，让她更有一番与众不同的姿态：她丝毫没有当时一般闺阁女子的怯懦、拘束、僵板、羞怯的味道，饱读诗书、怀揣锦绣的她，总在气度上显现出大家闺秀和洋派学生两种气质交融的独特风范。

此刻，穿着月白色上衣，黑色裙子——一身标准校服的她，来到老街上一家首饰加工作坊，从随身带着的坤包里，取出一个绸绢包裹的东西，放在柜台上。坊上伙计打开绸绢，看到一块品质上好的沉香木。

这是潘蕙英的祖父送给她的一件传家之物。祖父是前清的一个拔贡，学问颇深，对嫡长孙女潘蕙英疼爱有加，亲手将这块乌黑油亮的沉香木交到她手中，给她讲了沉香木不寻常的成品过程。

沉香木就像是海底的珍珠，是经过无尽的磨难才形成的吉祥之木。就像是人生，经受过苦难的熬煎，才会长成有价值的东西，在世上刻名流芳。

少女潘蕙英却联想到爱情，因为她正处于“哪个少女不怀春”的曼妙时刻。

作为受到过良好教育，出身书香世家的名门闺秀，那时的潘蕙英芳名在外，门户相当的世家子弟们纷纷托人向潘家提亲，追求仰慕她的人如过江之鲫，络绎不绝。

但是当时生活在人们羡慕眼光中的潘蕙英，内心是不快乐的，甚至总有一丝焦虑不安情愫伴随着她。她清楚，这来自于她自小心中郁结的一种英雄情结。

她从小爱读古典小说，对历史上的金戈铁马、挑灯看剑、醉卧冰河的英雄人物有着强烈的向往之情。在她情窦绽放的花季之年，当终身大事被提到日程上来时，她却感到了莫名的困惑和纠结。家族长辈们给她挑选的婚姻对象自然都是一些门当户对的世家子弟，在她眼中，这些纨绔子弟，碌碌无为，浑浑噩噩，和她心目中的英雄相差太远。受过西式教育，聪慧过人、心境眼界颇高的潘蕙英是无论如何不愿意接受这样的婚姻的。

幸好祖父、父亲都是难得的开明之士，并没有用强权威势迫使她接受这种包办婚姻，他们对她的宠爱，为她的婚恋问题留下了一丝宽松的选择空间。

可是随着年龄的增长，潘蕙英内心变得焦灼不安起来。人海茫茫，红尘滚滚，该到哪里去寻得合乎自己英雄情结的如意郎君呢？也许，这一生也未必遇得到这样的人物吧。潘蕙英甚至抱定了宁缺毋滥、终身不嫁的念头。

她进入洋学堂上学后，因为学习西文，又迷上了几部外国名著。书中那些悱恻缠绵的爱情故事更让她的婚恋选择多了一层见识：她要选择此生真爱的另一半，绝不能为了世俗的荣华富贵和陈规陋习委屈自己接受无爱的婚姻。她愿意安静地等待，直到自己命定的那一半——能带给她爱情甜蜜滋味的人，出现在她的生命里。

在她读到过的中外名著中，她发现爱情经常是有信物的。很多才子佳人、英雄美人在情定终身之时，都会彼此赠送有意义的物件。潘蕙英目前没有心上情郎，但是出于对美好爱情的向往，她记起祖父赐予的这块沉香木来。爱情可遇不可求，但是她至少可以将心中一份甜蜜的期待雕刻在那块沉淀了岁月沧桑的沉香木上，留在自己身边，静静地等待命定的那份缘。

她交代首饰加工坊的伙计把这块沉香木雕刻成两枚挂件，一枚龙形图案，一枚凤形的，龙凤呈祥，和谐如意，就是中国古典爱情的美满象征。

一个月后，潘蕙英取回了自己定做的两枚挂件。那栩栩如生的龙凤图案，悄悄点燃她心底的爱情火苗，她把两枚挂件用绢帕仔细包好，藏到衣柜深处，又在夜深人静之时，来到母亲生前的小佛堂上，第一次点燃香烛，在神佛前许下一个心愿。

仿佛神仙也要成全这个温柔聪颖的少女，不久她就遇到自己命中注定的白马王子。

那是1911年初秋的一个午后，在昆明郊外的一片青草地上发生的事情。那天潘蕙英是和女校的几位同学去郊游。爬过山，在溪边洗过脚，这群女学生三三两两地坐在一片草地上休息。她们无意中看到了精彩的一幕，从而改变了潘蕙英的人生道路，她不知道，自己的爱情旅程即将起航。

在离她们不远的地方，有一帮年轻人在骑马，看装束，潘蕙英猜想他们是一群军人，因为他们的下身都穿着统一的军裤，裤子扎在马靴里，上身则穿着统一的粗布白衬衣。潘蕙英有个表兄在滇军新军服役，所以对这种装扮她很熟悉。

因为在休息，她们这些女学生就看着这些军人演练马术，欣赏着年轻的军人们轮流在马上驰骋，很是快乐潇洒的样子。

很快，女孩们就看到令她们惊奇的一幕——

在这些年轻军官的大声起哄中，一个瘦削挺拔，看身形稍显文弱的青年站了出来，奇怪的是他和他们的装束不同，他没穿军裤、制式白衬衣，而是穿着一身白色的衣裤，像马裤式样的白色裤子，扎在黑色的长筒马靴里，上身也是一件同色调的衬衣，但是明显比其他人的制式白衬衫要白一些。他接过了别人手中的马鞭，从那一群马中挑了一匹高头大白马，牵了出来。

“快看，有个人出列了，好像要表演什么？”

“嗨，那个青年又瘦又弱，看身形，就是一介书生模样，也能演马吗？”

女孩子们叽叽喳喳，笑声不断。

潘蕙英也不自觉地撇了撇嘴。看这身打扮，她猜测这青年一定是个富家少爷，和这群军官结伴出来游玩的。现在看到他挑出这样一匹高头大马来，她有些不以为然。虽然她看不清他的面容，但看他的个头，在这群军官中只能算中等，而且还明显瘦弱一些，她实在有些好奇，想看看这个文弱如大少爷的人，如何来驾驭这匹骏马？

潘蕙英和她的同学们一起睁大了眼睛，等着看这个白衣青年和高头大马的一番较量。

众军官的呐喊助威声响起，那个白衣青年突然扬起手中的马鞭，向马臀抽了一下，大白马受惊，撒蹄向前飞奔而去。此刻在场军官们的喊叫声更加响亮起来，这边的女学生们却不约而同地发出“咦？”的诧异声，她们不明白这白衣青年此番举动所为何来？

潘蕙英和她的同学一样纳闷，她没有吭声，只是用贝齿轻轻咬住嘴唇，紧紧盯着前面的场景。

但见那个白衣青年突然奔跑起来，瘦削灵动的身子像一只矫健轻盈的羚羊。他奔跑的速度很快，几步就追到马尾，只见他双腿猛然一蹬，身子此刻又化作一只轻巧的燕子，腾空飞起，同时双手前伸，按住马臀，以此为支点，身子跃然而上，像一道闪电，几乎是从马后直接飞上了马身，稳稳地落到了马背上。

“呀，好一位飞将军！……”周围有女生捂住嘴感叹，潘蕙英冷静地注意到，在这个青年做出上述的一系列让人不可思议的御马动作过程中，那匹白马的速度竟然一点都没有放慢！

周边响起震天动地的欢呼声，那边军官们的，和这边女学生的赞叹叫好声汇成一片。

潘蕙英紧紧握起拳头，不可置信地看着马上纵横的青年，眼中露出惊异和仰慕的神色。

白衣青年似乎没有满足于这惊呆人眼球的上马姿势，他打马前奔，驰回到军官们面前时，突然将手中的马鞭扔在地上。接着，他再次掣马在草地边上跑了个圈，又一次回到马鞭落地处之时，只见他突然纵身而下，将身子低低下垂，吊在马腿左侧，几乎贴着地面，一手紧紧抓住马缰，一手从地上轻轻滑过。等他再次翻身跃上马背时，手中已经高高扬起那只马鞭！

“协统威武！协统威武！”

“教官万岁！教官万岁！”

青年军人们喊声震天，掌声雷动。在助威声欢呼声中，白衣青年继续打马飞奔，跑了几圈，再次掣马回到原地，他大喝一声“着！”一拉缰绳，那匹狂野的骏马瞬间像一头乖顺的绵羊一样停了下来。青年右腿高抬，从马头上划过一道漂亮的弧线，蜻蜓点水一般，人已经跃下，稳稳站在地上。

这一连串的动作如风驰电掣般激昂，却也似行云流水般舒畅，一切是那样的洒脱自如，浑然天成，竟然如梦境一般，把所有在场的人都震慑了。不过片刻寂静，人群中再次爆发出狂热的喝彩声。伴随着军人那边的欢呼呐喊声，这边女学生们也早已三三两两站起身来，欢呼跳跃，加油助威，有人喊得声音都变了调子。

“太神奇了！真是激动人心的一幕啊！”

“‘但使龙城飞将在，不教胡马度阴山！’好个驰马飞奔的军中男儿！”

女孩们七嘴八舌地议论着。潘蕙英也激动得脸色绯红，她用绣花手帕紧紧捂住嘴，才没有喊出声来，她的眼眶里，竟然突然蕴含了一汪泪水，连她自己都想不明白所为何来。只是觉得一丝异样的情愫在心底慢慢涌起。这白衣白裤、飞奔驰骋的矫健形象，让她脑海里瞬间闪出的，就是那魂牵梦绕的四个字——白袍小将。

“周瑜、罗成、赵子龙……不过如此吧？原来世上真有这样的少年英雄！”她暗自感慨，莫名忧伤。

悄悄擦去了眼睛中莫名蓄起的那汪泪水，再次远远望去，看见那白衣青年将马鞭扔给了身边的人，笑着跑回了军人们中间。潘蕙英隐约记起刚才那边人的欢呼声中叫出的一些称谓：协统，教官？原来，他竟然也是一名军人？好像还是他们这些军人的头领？这点更是让潘蕙英感到意外。

那天的潘蕙英莫名有些恍惚起来，她一个人愣愣地坐在草地上，没有再次加入到同学们热切的讨论中。她直觉自己的芳心已乱，说不出原因的烦躁和焦虑，还有一丝隐隐的兴奋。

夕阳西下时分，那群军人结束了演马，准备回营。他们路过这边女学生时，潘蕙英不禁偷偷打量着这群人，在其中找寻那个白色的身影。她看到了，那人走在最后，正和身边的一名军人攀谈着。

走近了，再近一些，恍惚中她终于看清楚那人的眉眼——一张年轻秀气的精致面庞，温和儒雅，一双笑起来宛如新月的细长眼睛，一切像流星一般倏忽而去。

1916 年 11 月初　日本福冈大学医院花园中

五年后的今天，当潘蕙英和梅子讲起这段和蔡锷的初次见面场景时，眼中还是弥漫着娇羞而深情的神色。

梅子也被她描绘的场景所吸引，感叹道："好威武有力，又好唯美浪漫啊！我记得百里君和我讲到过蔡将军卓越的骑术。他说，当年他们在这里留学时，蔡将军的骑术就远近闻名，在陆军士官学校的骑兵科里也是佼佼者。百里君学的是步兵科，也很喜欢骑马。他曾经和蔡将军交流过骑术，蔡将军告诉他的骑术技巧，他至今记忆犹新——'要做到马上无人，胯下无马，人与马浑然一体，才可以算骑得好！'今天亲口听夫人描述了蔡将军的马上功夫，我才相信百里君说的，真不是虚言啊。"

潘蕙英点头："当年他在马上的英姿，的确令人难忘。"

梅子笑看她："是白衣骑士的形象更令人难忘吧？夫人刚才说到你看到蔡将军，联想到自己读到过的中国古典小说中的'白袍将军'的形象，我在想，美人爱英雄，自古亦然，也是不分国界的情愫，所以我很理解夫人你的这份情思。我猜想，从那一幕开始，你就爱上了蔡将军，对吗？"

潘蕙英微微一笑，眼中尽是怅惘："我也说不好，可能是有这方面的因素吧？很多时候，一些偶然的因素，就造成了命定的一些局面，就连当事人，也未必全能说清楚呢？"

她摇摇头，耳边的珍珠耳坠随之晃了晃，为她秀丽的脸庞增加了几分生动的色彩。她的语气依旧是一贯制的轻柔平缓："其实后来我们结缡了，我又想起那日的情景，就问松坡，为什么那天作为军校教官的他，没有穿上军装军裤，反而穿了那样一件白衣白裤呢？"

"哦，那蔡将军怎样回答的？"梅子很好奇。

潘蕙英再次摇摇头："他呀，说是忘了！"

“忘了？”

“是的，松坡说他想不起来了。”潘蕙英自嘲地笑笑，“估计他是真没留意，所以没有刻意记住那些细节。你不知道的，松坡这个人，当了半辈子的军人，在工作时间总是戎装整齐的、一丝不苟的，很注重军人的仪表；但是在工作之余，他其实是不爱着军装的。身为当时云南的高级军事长官，他的军装和军衔在哪里都引人瞩目。他似乎更觉得一身便服来得更轻松自在些，这样他就能够更从容地和他的学生、普通士兵们交流，不会有长官的威仪感造成的隔阂和距离。我理解他骨子里的文人情结和平民意识。在后来我和他生活时期，我能强烈感受到这些，所以我理解了那天的情形。”

她微微眯起眼，看向远方，语气变得有些怅惘迷离：“只是，他一定不会想到，那身白衣白裤，对我的意义不同！仿佛是一种长期期待的感情救赎的起点，也无意间成了这场姻缘的起点……”

梅子点头，看着潘蕙英的神色很是理解：“痴情的女子，终于发现自己心里的白马王子的踪影，一定是无比的激动和兴奋吧？夫人，那后来呢？后来你和将军是怎样相识的？我真好奇后面的故事！”

“后面的故事……”潘蕙英淡淡一笑，“后面的故事，也不是一帆风顺的。相较于你和蒋将军的，诞生在生死线上的那份真爱相遇、相搏、相恋，我和松坡，看似行云流水般波澜不惊的情感历程，其实也经历了太多的纠结、无奈，还有一场好大的别扭！”

“别扭？”梅子睁大了眼睛，“什么别扭？感情别扭……是什么意思呢？”

“感情别扭，来自于感情中的人别扭！”潘蕙英抿着嘴笑了，“你可能想象不到啊，你嘴里的这位蔡将军，就是一个别扭的人呢？唉，真别扭啊……”

她的神情有点无奈，有点戏谑，但是梅子却敏感地看到，其中蕴含了更多的，是幸福！

第十一章　知音

我不仅要爱的肉眼认识我的肉身，我要你的灵眼认识我的灵魂。

——徐志摩

1911 年 11 月　昆明郊外北校场

一场欢送援川军出征将士的活动正在进行中。刚刚过去的重九起义，让昆明城换了新天地，满清时期的暮霭沉沉的景象已经逐渐散去，到处都有五色旗飘扬，到处都是革命后的欣欣向荣景象。

潘蕙英和同学们手捧鲜花站在广场中心的演讲台下。她们被安排为即将出滇援川的将士们献花，同学们都很兴奋，成绩优异的潘蕙英被选为学生领袖，指挥这支由女学生组成的献花队伍。

“听说今天新任都督蔡锷会来主持这项仪式。你见过这位蔡都督吗？”

“没有啊，听说他曾经留学日本，是个文武兼备的人才！而且……很年轻的！”

“是啊，据说他还不到三十岁！好年轻的都督啊，就不知道长得什么样……”

女学生们窃窃私语，潘蕙英回头低声制止：“肃静，会议马上开始了！”

一阵嘹亮的军号声吹过，一群人簇拥着新任都督走上演讲台。台下所有人的目光都聚焦在那位穿着鲜明的大都督军礼服，走上讲台的人身上。

潘蕙英只是好奇地看了那人一眼，就觉得自己的心脏都蓦然间停止了跳动：怎么竟然是他？！

自从那日秋游回来，潘蕙英就忘不掉那位白衣青年的形象。她不能肯定这就是爱情的萌芽在心头蠕动，只是暗中好笑自己从此竟会得上一个毛病：走在昆明的街道上，每一个从她身边经过的军人，她都会不由自主地打量一眼。冥冥之中，她预感自己会再次谋面那个令人难忘的青年军人。

她竟会这样忘不掉他！但是作为大家闺秀，对一个连名字都不知道的青年，她又能做什么呢？一次她那位在滇军服役的表兄到家里来吃饭，她含蓄地问起他们军队的人，是否都善于骑马？

表哥奇怪地打量着她，摇摇头："我学的是步兵，没有骑马项目。蕙英，为什么突然问起这个？"

潘蕙英的脸突然红起来，支吾道："我……我想骑兵好威武的，应该比步兵舒服多了，起码行军时要省很多力。表哥，你也可以改学骑兵啊？"

表哥笑着，耐心地和她解释着他们军中的观点："我们步兵行军时自然辛苦，除了攀山越岭之外，身上还要背负粮袋、水瓶和弹药，好像骑兵省力许多。但是到了宿营处，我们就苦尽甘来，马上可以休息。可是骑兵们倒要伺候马匹，给它喂饲料、饮水，这时候他们自己却顾不上歇息。所以说，骑兵是行军乐，宿营苦。"

潘蕙英不再接话。她不敢、也不愿再向表哥打听什么，好像她也无从打听。她纠结难耐，又毫无办法，只能一次次走到家中的小佛堂里，对着母亲的灵位诉说着女儿的私房话，或者在夜深人静时分，将那对龙凤沉香木挂件拿出来凝神观看，沉默无语。

可是，老天一定是想成全什么，为何让她再次遭遇那人？此时此刻，他就在离她不远处的讲台上，正以云南最高军政长官的身份，作为今天仪式的主官出现。

"下面，请云南新任都督蔡锷致辞！"担任主持人的都督府秘书长修承浩大声宣告，台下响起了热烈的掌声。蔡锷庄重地举起右手，对着台下行了个军礼，开始他的讲话。

潘蕙英默默注视着他：他今天身着大都督军礼服，洁白板正的军装修身合体，斜披着绯红色镶金边的绶带，纯金色的垂着缨络的硕大圆形肩章，威武有型的竖在双肩，各种形状的璀璨勋章闪烁在他的胸前，镶着精致镂花剑柄的佩剑垂在腰间，加之军帽上高耸的白色盔缨，使他的这身军装在周围的一群军官中，也能卓尔不群，有灿然夺目之风采。

潘蕙英想象不出旁人穿上这身军礼服是何种形象，此时只觉得他的瘦削挺拔身材和这身略显华贵而夸张的礼服相得益彰，一种天然而成无法掩映的威武高贵气度和儒雅风采，让她有些陶醉甚至有些眩晕。

上次离得远，只看清他的大致容颜，此次有足够的时间和距离，让她来仔细端详和打量着这张面容——

他的眉眼都是恬淡的，像一幅国画那样疏离淡雅，鼻梁细长秀挺，强化出他的鲜明轮廓来，但又不失为秀气；嘴唇微微抿起，无形中流露出坚毅、倔强的来自他故乡的强烈地域色彩。仔细看去，发现更多的文人特征——他的双眉，都不是像其他行伍男子那样浓密挺拔，而是如远山般清爽秀润，他的一双细长眼睛，也如春夜的晨星那般悠长深远。这副年轻秀气的面容，和身上庄严肃穆、略显烦琐的大都督礼服似乎形成很大的视觉反差，折射到潘蕙英眼中，却变幻成往昔少女春闺梦中的期盼——刚劲而不失儒雅、内秀但不失霸气的少帅形象。

他微微笑着，可是潘蕙英却从他的眉端、眼眸中分明看到一种孤独忧伤的神色，这无关乎情境和场景，是一种与生俱来的百年忧郁和伤感。看到这里，潘蕙英心头像被什么东西狠狠撞击了一下——怎么如此熟悉这副容颜！似乎在哪里见过？不，仿佛是前生熟识的一张面容！

他似乎在讲着话，至于他说了什么，潘蕙英一句也没听到耳中，她被这种莫名其妙的熟悉感弄得六神无主，几乎失去了正常思维。

直到一阵掌声响起，她才清醒过来，慌乱中努力理清思绪，平复下乱蹦在胸的那颗芳心。

她看到他演讲完毕，从台中央退到一旁站立，秘书长修承浩上前宣布下一个议程——由学生代表给入川将士们献花。

一列年轻威武的入川将士代表军容齐整地走上主席台，站立后，向都督蔡锷敬礼，又转身向台下民众行军礼，引起一片鼓掌声。

修承浩来到蔡锷身边，对他低语道："都督，这次给出征将士们献花的，都是昆明女子学堂的优等生。学生们都怀着一颗敬仰英雄的心啊！"

蔡锷含笑点头，看到几名女生几乎是跳跃着走上台来，将各自手中的鲜花递献到出征将士手中。战士们以军礼回赠，又引起台下掌声阵阵。

修承浩继续低语身旁的蔡锷："按照您的指示，我已经知会学校方面，这次献花只对出征军人，对身为大都督的您，不采取任何致敬行为！"

"很好！"年轻的都督满意地点头。

眼看着接受过鲜花的将士们和学生都下了台，却不料一个意外情况突现蔡锷等人面前。

那位刚才领队上来献花的女学生，手捧一束鲜花再次跑上台，直奔他们这个方向而来。

潘蕙英是临时决定做出这番大胆出格的行为的。早前她得到学校老师的嘱托，说是都督府秘书长有过交代，这次献花只对出征军人，其余台上诸人不得有此待遇，包括新任大都督。据说这是新任都督自己的建议。

但是就在刚才和蔡锷的再次相遇，那份奇怪的熟悉感，让潘蕙英在心跳加速的同时，突然做出了一个大胆的决定：她要为他也献上一束花，她要以此行为默默祝福自己和他奇妙的再次相遇，虽然，他未必知道内情。

况且她有足够的理由可以实现这份“私意”：刚刚过去的重九起义，让领导者蔡锷的名字一夜间闻名整个昆明城。这位年轻的都督无疑成为学生们心目中的当代英雄。

潘蕙英的西学教育此刻发挥功效，她做出了和传统儒家教育中的闺阁女则相背驰的举动，她要尝试着追逐一次自己的爱情！

于是，在蔡锷和修承浩惊异的目光下，潘蕙英再次上台来，落落大方地走到他们面前，将手中的鲜花捧举到蔡锷面前。

“蔡都督，您好！我代表云南民众给您献花！感谢您领导了重九起义的壮举！”莺声婉转，那张秀气的瓜子脸也因为激动和紧张泛着粉红色的光彩，格外娇美。

刚刚得到蔡都督褒奖的修承浩可无心欣赏佳人美色，他感到尴尬难堪，有一种说嘴打嘴的滑稽感，不由得冲着女孩咧咧嘴：“这位同学…… 你……怎么能……？”却也不好深责眼前的姑娘，毕竟她是在对当今云南首脑人物采取一种致敬之意。

更加意外难堪的还要数年轻的都督蔡锷。他微微愣怔，剑眉一挑，眼中露出惊讶和无奈的神情。他的指令就在此刻遭受到挑战。但是毕竟盛情难却，何况面对的，还是这样一个年轻热情的女学生，下面还有几千张充满敬意和期待的面庞。

性情平和儒雅，又睿智内秀的蔡锷自然能在窘境中很快调整好自己的情绪。看看站在自己面前微红着脸，一脸赤诚的女学生，再回望一下有点目瞪口呆，尴尬纠结在那里的属下官员，此刻的他已经全然收起军人的锋芒，都督的威严。他咬咬唇，露出一份略带孩子气的羞涩笑意，平静自然地接过了女学生递过来的那束鲜花。

“呃……谢谢同学！谢谢云南的父老乡亲！”

台下响起更为热烈的鼓掌声。因为这份尴尬无奈，蔡锷只是扫过女孩几眼，根本没看清眼前这位女生的面容。

1911 年 12 月　昆明潘蕙英家内宅

身着一袭淡紫色衣裙的潘蕙英坐在自己的闺房中，娥眉淡扫，天然妆容。但是与往日里从容淡定的神色不同，此刻的她，脸上却少有地挂了一丝紧张、局促的神色，似乎预感到有什么事要发生，或者是她正在殷切地期待着什么？她侧身坐在床边，双手绞着一张手绢，望着身旁一本书发呆。

淡雅的书皮上，“军国民篇”几个字醒目刚劲，旁边是著者的名字，“蔡锷”两字，看在她的眼中，如剑似戟。

仿佛极力按捺住内心的焦虑和不安，她丢开手绢，又拿过那本书，翻到其中一页，低声诵读着那段她因为喜欢，而在近期读过多遍的一段文字：

> 谚曰：“好汉不当兵，好铁不打钉。”此语也，虽穷乡僻壤之愚夫愚妇，亦常道之，而长者每持此以为警励后生之格言。呜呼！兵者，国家之干城。国民之牺牲，天下之可尊可敬可馨香而祝者，莫兵若也。捐死生，绝利欲，弃人生之所乐，而就人生之所苦，断一人只私，而济一国之公，仁有孰大于兹者？……

读到此处，潘蕙英不觉在唇边露出微笑：“此话有理！我打小最崇拜的人，也是那些金戈铁马，浴血冰河，为国家战死疆场，马革裹尸草亦香的军人！”

她微微颔首，又翻到另一端令自己难忘的段落——文章结尾处震人发聩的一段话来：

> 欲强谓为吾族之国魂，吾族所愧受也。吁！执笔至此，吾汗颜矣。忍而吾脑质中，有一国魂在。

是的，所谓“国魂”，亦为“国格”，当体现在当今四万万同胞的人格之上。潘蕙英想起在西学课堂上与同学们经常议及的这个问题，心里陡升一种仰慕之情。这篇《军国民篇》她近来读了多遍，每次都有不同的感受和沉思。

那日从北校场回到家中，她就开始找寻各类有关他的信息来读。书是托表哥找到的，曾在滇军新军中服役，又在云南讲武堂读过书的他自然有很多蔡锷教官的文集和教材。他将这些东西交给了表妹，又奇怪于她还想看新任都督最近新发布的公告、告市民书之类的枯燥文稿。

“嗨，难道你们洋学堂的女学生如今这样向往革命，从而关心时政起来？”他笑着打趣自己的表妹。

潘蕙英正色回敬他：“革命不分性别，不分身份，关心时政也有错吗？”私下里她却怕面对表哥疑惑不解的目光，扔下这句辩词，赶紧抱着这些有关“他”的印迹的东西跑回闺房。

这些天，她就这样如饥似渴地阅读着“他”，有关他的一切，仿佛都是令她心动的东西。

此刻她将书抱在胸前，在房间里踱步，脑海里默诵着其中触动她心的句子，忍不住又将书中夹着的一张素笺取出来看。薄薄的素笺上秀气的蝇头小楷，出自她的笔墨，是她偷偷记录下的“他”的履历：

“蔡锷，原名艮寅，字松坡，湖南邵阳人。十二岁考中秀才。十六岁考入长沙时务学堂，师从梁卓如（启超）、谭复生（嗣同）……十八岁东渡日本，弃文从武，改名为‘锷’，入东京陆军士官学校，回国后在各地军中任职，今年中，来滇任协统。在刚刚发生的重九起义中，被推为临时革命总司令。起义成功，旋成立云南军政府，任都督……”

“改名为锷……锷，刀刃也。《汉书》中有底厉锋锷之说，作为男子之名，倒很有些意思在里面呢！”潘蕙英微微含笑，凝神遐想在那里。

“禀小姐知道，那位名满滇中的青年才俊蔡都督来了！”猛然间一个清脆的女声打断了她的遐思。从小跟着她的贴身婢女绿绦喜气盈盈走了进来，满脸挂笑望着自己的小姐。

一向大方从容的潘蕙英竟然会莫名红了脸。她将手中的素笺匆忙夹回书里，嗔怪地看了婢女一眼：“饶舌的丫头，讨厌！客人来了也就罢了，自有老太爷、老爷接待，又干我何事？倒要你巴巴地来这里禀报？”

她忍住笑，继续板着脸：“禀报了倒也罢了，为什么又自作主张地加上这些溢美之词？”她故意露出不满意的样子来，白了自己的体己婢女一眼。

绿绦和潘蕙英同岁，九岁那年就来到潘蕙英身边服侍。潘蕙英性情随和温柔，和蔼可亲，从小教这个小丫鬟写字，让她也有了一定的文化素养。加之后来潘蕙英上了洋学堂，接受西方民主教育，崇尚人人平等，主张废奴制度，更是看视这个一起长大的婢女如同亲姊妹一般。

绿绦在她面前一向是随便惯了，也最了解自己小姐的情怀和心事，此刻毫不在意，仍笑道：“我说的难道不是实情吗？人家如今是堂堂的云南都督，二十九岁年华，主政滇中，万人拥戴，怎么不能担此美名呢？”

她笑着走到小姐跟前，仔细打量了她一番，莞尔一笑：“却原来小姐你今天也着意打扮了一番？嗯，这身紫衣裳真好看，衬得你如仙子般超凡脱俗！”

她看到潘蕙英对自己瞪起了眼睛，就忙转换话题：“那个……贵客……刚才我也见了，真可称得上少年英俊，风流倜傥！我是真心为小姐你高兴啊！”

“死丫头，越发口没遮拦了！”潘蕙英被小丫头道破一番心思，脸更红了，“好了，你去做你自己该做的事吧，别在这里废话了，我看你可比老太爷还唠叨！”

绿绦离开后，潘蕙英是坐不住了，她对镜整理了一下容颜，牵牵衣襟，轻步来到客厅外。

客厅里人声鼎沸，热闹无比。潘蕙英站在雕梁画栋的屏风后，暗自打量着厅内的情形。

厅里高朋满座，昆明城里有头有脸的达官贵人齐集一堂，大部分都是潘蕙英熟知的面孔，其中倒有一两个陌生的年轻面孔，想来是出身军人的新政府人员了。大家的服饰是五花八门，中式西式间杂，以长袍马褂居多，三三两两聚在一处谈论着，很是闲适随意的模样。

屏风后的这双慧目当然在找寻着自己的目标，很快就锁定了令她魂牵梦绕的那个人，他静静地坐在那里，很有些遗世独立、卓尔不群的味道。

他的身材是瘦弱的，却是异常挺拔的样子。一身咖啡色的西服修身合体，里面衬着米色的衬衣，西服上衣没有扣上，露出同色调的西服马甲来。这几乎是目前爱好西学的年轻人时髦的装束，也是很多海外留学生很正常的打扮。据闻他曾经留学自东瀛邻国，当更是喜欢西服胜于中装吧。

潘蕙英猜测着，打量着，将一根纤长的玉指轻吮在贝齿间，暗暗抑制住唇边不觉中溢出的一丝顽皮笑意。

这份顽皮戏谑的心思来源于对眼前这位“青年才俊”心理的暗自揣度。

他一定没想到会置身在一群老学究、老士绅们的包围圈中罢？此刻的他身姿有点略显拘束和僵硬。或者是自己想错了，难道忘却了吗？他是名军人，又出身以“训练刻苦，军姿军容要求极为严苛”的邻邦著名军校，自然该有这番特殊的坐姿——

他的背脊是异常挺直的，上身因此显得格外笔直挺拔，肩部自然下垂，双手习惯性置于膝上。这番不自觉露出的军人的素养和气质，在这群东倒西歪随意靠在椅子上面的官员们中，显得很另类。

看到这里，女孩再次捂嘴笑了，忽然有个调皮的念头闪现在她的脑际：如果他今天也是一身长袍马褂，这样的坐姿，岂不很滑稽吗？

潘蕙英暗笑着，也暗暗在心底赞叹。这是第三次与他谋面，她发现他真是一个奇怪的人，三次着装不同，带给她的感觉就大相径庭。

第一次是在郊外演马场上，他一身白衣白裤，就给她留下了银盔小将的初识印象；后来在北校场欢送援川军队出征的集会上，他军礼服肃然严整，霸气外泄，分明是一位端庄儒雅的军中统帅形象；如今，这身合体简洁的西服，又俨然让他有了海外归来的青年才俊的风貌。

“蕙儿，为父今天请新任都督蔡松坡来府聚会，自然是有着一定目的的。前次我已经同你说过，有关孩儿的终身大事，估计难免会应到此人身上！”

父亲的叮嘱此时回响在她的耳边。

自己的父亲潘廷权是格外开明的，此前早已和爱女讲明了这次宴会的目的。并非潘家妄想攀龙附凤，欲谋与这位现任云南军政首脑联姻，实乃机会就放在眼前，可谓老天牵线，机缘难料。

原来，当时云南军政界有一群人，包括蔡锷身边的都督府的人，都在为他的私事操心着。蔡锷从日本士官学校毕业回国后，曾经遵从父母早先为他订下的一桩婚姻之约，回到故乡邵阳，迎娶了刘家小姐。后来他在江西、广西等地军队任职，夫人刘侠贞陪伴婆母王太夫人在故乡生活。蔡氏夫妇虽为包办婚姻，感情不是很深厚，但是刘侠贞为人沉静温柔，随分从时，蔡锷又一心扑在工作上，以训练新军为自己的重大责任，所以夫妻关系虽然平淡如水，倒也相敬如宾，和谐安宁。

刘侠贞身体孱弱，在有了两个女儿后，就不再生育。蔡锷为家中长子，为子嗣计，她和婆母王太夫人一直在劝蔡锷纳妾。在那个时候，像他这样的官员，三妻四妾很是平常。但是蔡锷心思都在整军练兵上面，对儿女私情未曾萦绕心间，所以一直孤身在外，几乎吃住都在军中。这样的他，就给人留下形单影只、生活无人照料的孤独情形。

重九起义后，他成为云南新任都督，作为当时云南的军事行政第一长官，他的私生活就引起人们的关注。王太夫人不习惯城市里的生活，又兼云南路途遥远，不愿从老家迁居此地，随儿子住进他的官邸；刘侠贞愿意陪伴婆母，也不想离开家乡。蔡锷听从她们的意愿，仍是孤身一人在云南履职。

年轻的都督生活乏人照料，五华山都督府缺少一位料理内政的都督夫人，这很快成为当时云南都督府操心解决的一件大事。

这样的情形让他周围的人都迅速行动起来，瞒着他在物色新任都督夫人的合适人选。云南的官员们，当然更希望他能娶一个本地姑娘，这样，身为最高军政长官的年仅二十九岁的他，就会踏实在云南主政下去。正当年华，出身世家又学贯中西的潘蕙英，很快成为绝佳候选人。

除了她家世优越，容貌秀美，个人素养良好外，她曾经的一个壮举，也使他们将她作为首选对象——她曾是云南当地表彰的"孝女典范"。她十四岁那年，曾经和父母去四川成都叔父那里生活了一段时间，期间她的母亲得了重病，救治无效，万般无奈之下，救母心切的她竟然仿效古代孝女的做法，用刀割下自己的一片臂肉，放到药里，给母亲服用，以期用孝心感动上苍，挽救母亲的生命。

最后，母亲还是不治而亡，但是她的壮举却因此传开了。虽然当时已经是西学渐近的年代，但是在边陲之地的云南，这样的行为还是得到大多数人认可和钦赞的。当她随父回到故乡昆明后，她得到了当地政府的褒奖，她的行为被表彰为"孝女烈行"。

现在，当这些云南官员幕僚为新近推举的年轻都督挑选伴侣时，这样德、才、容兼备的世家女孩无疑很快进入他们的视野。在和潘家秘密商议后，就有了这场看似寻常，却满含玄机的宴会。

潘蕙英此刻正暗自发呆，就听得身后响起婢女绿绦轻轻的禀报声。

"小姐，让我一番好找！老爷请你准备一下，该出去了！"

"古琴可准备好了？"

"早安放在那里了。"

潘蕙英下意识拂拂鬓发，又牵牵衣襟，欲举步时，又现迟疑之态。

绿绦却理解她，伏在她耳边轻语："那人，你说你是见过的，剩下的众人，也多半是熟面孔吧？何况还都是陪衬！那琴吗，也是你的强项啊，那还犹豫什么？又怕什么？”

“谁说我怕了？”潘蕙英被她激起斗志来，傲然一笑，“你这个鬼丫头不是总说我是出身洋学堂的，原该大方坦荡吗？哼！我还被你小瞧了不成？”笑着撂下这句戏语，潘蕙英昂首进了大厅。

潘蕙英坐在一架古琴旁，贞静温婉的神情让人怦然心动，徒生爱怜之情，周围的宾客们都翘首以待，含笑瞩目，唯有新任都督蔡锷眼中露出一丝不解的神情。

刚进入这个宴会厅时，潘蕙英就留神暗中打量周遭之人，所有人都带笑望着她，只有那人正襟危坐，很少将目光望向这边。她抿嘴暗笑，心中认定他目前应该是不知情的，他可能根本不知道这场宴会的深刻含义。

宴席上，她曾任过前清“拔贡”的祖父先简短致过辞，父亲潘廷权含笑做着补充：“刚才家严说了，诸位都是风雅之士，今天聚会，当有风雅之物相衬才是！所以请大家玩赏这架家藏古琴。恰有小女略通琴艺，特献丑于诸前辈面前，还望诸公不嫌粗鄙，赐听海涵！”

他又专门朝向那坐在上首的西服青年：“又闻蔡都督才艺过人，琴棋书画无所不精，还望指教小女一二！”

席间宾客纷纷凑趣附和：

“潘堂长过谦了，古琴虽然难得，令爱更是秀外慧中，才艺出众，闺阁淑名，誉满滇中，我等此番有耳福了！”

“蔡都督青年才俊，不但马术、射击等西式武艺技能出众，更兼学贯古今，中西合璧，文采风流，雅技在身，早已是闻名遐迩了！今天听了潘府千金的金曲，当更会有一番精彩点评？此等雅事，可凑成一段‘双绝’之佳话了！”

却见蔡锷站起身来，对着众人一揖，又对着潘氏父子拱手：“诸位言重，潘老先生和潘堂长更是抬爱了。蔡锷不才，愿领教女公子的佳艺！”

坐在堂前的潘蕙英始终不好意思直视那人，只是用余光敏感地觉出他根本没有注意打量自己。

“好一个谦恭拘谨的君子！倒也迂腐可爱！”

她在心底暗自感叹，看到父亲对自己点头示意，就凝神静气片刻，然后玉指轻叩，划出了第一声音符。开始了这段她最爱，也是有心要弹奏的那个曲子——《高山流水》。

“巍巍乎志在高山，洋洋乎志在流水。”

"善哉，子之心而与吾心同。"

她在心中默默念着这样的句子，手下婉转轻柔。这首她平日弹奏了无数遍的曲子，今天弹起来，分外地激情肆意，她觉得她是在为一个等候了几生几世的故友知己在弹奏。

是的，她等得太久，但是，毕竟让她等到了。忍了又忍，一滴幸福而欣慰的泪珠，还是滚下了她的面庞。

一边弹着乐曲，她一边用余光打量着坐在首席上面的他，直觉他已经深深陷入琴声中去，他的目光变得更加深远悠长，眉毛微微蹙起，整个面容像是笼上了一层迷离惆怅的吊古之意。

却忽然想起父亲曾经和她说过，身为都督、作为军人的他，不仅文章了得，而且精通琴艺。沉浸在快乐和满足中的潘蕙英因此突然想到了那个"曲有误，周郎顾"的典故。

"当年风流倜傥的少帅周瑜周公瑾，不仅外貌俊美，文武全才，而且极为精通琴艺。据说他耳力超凡绝尘，乐人在席间弹琴，只要弹错一个音符，周郎必定能发觉，因而会看那乐人一眼，以示提醒，哪怕在他酒醉时……"

边弹着琴，潘蕙英在心里暗暗计较着："周瑜府中的乐女们爱慕主人风采，为了让周郎多看她们一眼，竟然故意弹错音符……因此留下了那句脍炙人口的诗句——欲得周郎顾，时时误拂弦。"

想到此处，女孩低首含笑："偏也是叫'都督'！当然，这'都督'不是那'都督'。"

年轻聪颖的女孩突生顽皮心思，却也是想借机考验一下眼前这位"青年才俊"、滇中军政一把手。

"此刻不妨弹错一个音符来，我倒想试试看，某人是名副其实呢，还是绣花枕头，金玉其外败絮其中？我潘蕙英如今是对牛弹琴呢，还是'高山流水谢知音'？"

心思暗生，玉指轻划，一个美丽的错误产生。

这番"误拂弦"的结果，使她在瞬间收获了一个异样的注目礼，来自于自己芳心暗指的他。

蔡锷其实一直沉浸在悠扬的琴声中，那"巍巍乎志在高山，洋洋乎志在流水"的古意已经让他心驰神往，陡然陷入怀古悼今的心绪中。他甚至没有来得及关注那位众人瞩目的紫衣弹琴女孩。

“‘善哉，子之心而与吾心同！’”他在心底默念着，又有些许怅惘之意：难道会在此处遭遇自己的知音吗？

那动人心意、摄人魂魄的琴声流畅缠绵，逶迤清丽，让他突生疑问：眼前究竟是何人，能将自己平生最爱的一首古曲演绎出这般超凡脱俗的意境来？

他正要认真打量眼前的弹琴女子，就听到一声不和谐的“败音”袭来，虽然只是一个很小的音节，却让精通古琴，又因为格外喜爱而格外关注、熟悉这首古曲的他，听出了毛病。他扭头认真看了她一眼，无意间，这才有机会认真打量着眼前抚琴的紫衣女孩。

女孩年纪极轻，身材轻盈，眉眼秀丽，一身淡紫色的衣裙，素雅洁净；配上乌云般的秀发，如瓷般白皙纯净的面庞，自然而然令人生出“清水出芙蓉，天然去修饰”的感慨。

看清了她的脸庞，蔡锷心中骤然一惊。好熟悉啊，他似乎见过这个女孩，就在不久前，又好像是在很久以前！有多久呢？仿佛在前生？久远得令人迷茫——她仿佛是自己前世熟悉的一个身影！这样恍惚的情绪，让聪明颖慧如蔡锷，也觉得思维片刻失去了方向。他微微蹙起眉端，在心里暗暗沉思着、讶异着。

这蓦然紧蹙的眉端让弹琴的潘蕙英胸臆大快！刚才那阵“误抚弦”，所有在场的人都没有反应，只有他——自己心目中的知音者，有些困惑地突然扭头盯了她一眼，眼中流露出一丝诧异和探寻的表情。

“果然是知音！我竟没看走眼！”潘蕙英万分感慨中，一曲演奏已罢。

四周响起意料到的热切鼓掌声。那人自然也在其中。潘蕙英落落大方地站起身来，环顾四周，深深一揖：“诸公见笑了！”

“蔡都督，您的评议如何？我等可是恭候许久了！”因为事先有安排，这就是一场处心积虑的聚会，在座的人除了蔡锷外，都是心知肚明的，此刻人们纷纷凑起趣来。所有人都看向席间年轻的都督，包括那双灵动期盼的大眼睛。

蔡锷推辞不得，站起身来，仍旧是沉稳内敛的神色，一副眼观鼻、鼻观心的状态。他没好意思再看潘蕙英，只是望着她的祖父和父亲，露出一丝中规中矩的笑容：“女公子的琴艺自是天成，学生大饱耳福，承教了！”

众人看他如此客套拘谨，却是要继续凑趣起哄：“蔡都督虽然言简意赅，对潘小姐的琴艺多有赞誉，但终失之于简单随意啊！还请都督多说几句？”

“这个吗……”蔡锷有点为难，虽然极为感同身受，但是这种场合，这样的情景下，怎能妄加评语，唐突眼前佳人？

涉及自家女孩，以自谦论，潘蕙英的祖、父也不好相逼，此刻间场面就有些尴尬微妙。

潘蕙英倒是坦率大方地望向心目中的英雄。她款款起身，来到他的面前。作为新式学堂的高材生，世家女儿，她见过太多的大场面，如今，她要把握住自己的命运，圆自己今生难遇的英雄梦。

在他的面前，她轻轻一揖："谢蔡都督夸赞！听说都督精通琴艺，小女子还想求教一二。刚才这首《高山流水》，都督可听出来了什么意境？"

她看到他瞬间脸红了一下，似乎有些局促不安的感觉，带着一丝羞赧的表情迅速打量了她一眼，又低下了头。不过片刻时，他已恢复了镇定，含笑说道："这首曲子，倒使我想到了一首古诗来，"

他扬起秀长的眉毛，朗朗吟道：

摔碎瑶琴凤尾寒，
子期不在对谁弹？
满面春风皆朋友，
欲觅知音难上难！

周围自是一片叫好声。潘蕙英的祖父捻须点头，父亲潘廷权也是含笑赞叹。潘蕙英心中自是感慨万千！

她粲然一笑，望向蔡锷："曲高和寡，自然知音难觅。不过都督现在主政云南，年轻有为，正是建功立业，燕然勒名之时！所谓'鸿鹄高飞，一举千里。羽翼已就，横绝四海。'实在不必作此惆怅感怀之语！恕小女子放肆，我也想送给都督一句古诗：

莫愁前路无知己，
天下谁人不识君！

吟完此句，她再次微笑，眼中有鼓励更有期待。她敛裙再拜，然后转身离去。在回过身去的一刹那，她分明看到他的眼光中流露出惊讶、惊奇、惊喜的神色。

1916 年 11 月初　日本福冈大学医院花园中

佐藤梅子听潘蕙英讲述了她和蔡锷的两次见面经过，抿着嘴笑了：“夫人和将军的爱情，真的像中国古诗词里面描述的意境，充满诗情画意！可是，”她微微蹙起秀眉，看向潘蕙英，“夫人刚才提到蔡将军的‘别扭’，我怎么一点也没听出来呢？”

潘蕙英脸红着，轻叹口气：“是我还没给你讲到呢。前面两次的见面，都是在他不知情、没准备的情形下，他根本没想到，我和他的生活，会有什么关联之处？可是当他明白，有些事情，是他的下属在为他谋划，是在为他热心牵红线时，他就别扭起来！”

“哦？蔡将军是怎样的想法？他……竟然会不同意，和夫人你……？”梅子惊讶地睁大了眼睛。

潘蕙英低头沉吟，又再次轻叹一声：“唉，当时的情形是，他有过一次婚姻，也有了两个可爱的女儿。他那时一心放在事业上，练兵习武，带好军队，就是他最关心的事情，对于儿女私情嘛……他未曾放在心头。”

“有过一次婚姻……”梅子也沉吟着，“其实我听百里君也提到过。蔡将军和百里君一样，在来日本留学前，就由家中的长辈订下了婚约。后来，他们这批学生，接受了西化的思想，决心打破封建婚姻的樊笼。他们作为新式军人，自然不赞同中国旧式军官妻妾成群的陋习，但是他们也不会委曲求全地接受来自自己父母的包办婚姻！所以，很多留学生，都自离家求学后，就不再承认家中的那段姻缘，努力在外边为自己开拓一片新天地！我觉得这是一种进步的思想，这不是中国传统意义上的喜新厌旧，忘恩负义，而是新式青年反抗旧势力，为自己争取人权的合理斗争！人权，不是也包括了自己可以决定自己婚姻的权利吗？”

梅子慷慨激昂地说了一番话，引得潘蕙英理解地笑了。

“夫人，你莫笑我呀，你也是读过新学堂的洋学生呢？”梅子红着脸，拉着潘蕙英的手道。

潘蕙英笑着点头：“你说的固然不错，我也听松坡讲到过，蒋将军反抗自己旧时婚姻的事情。我是想说啊，松坡的情形有点特殊，有个重要的原因，让他无法像他的同学那样，轻松决绝地打碎封建婚姻枷锁，开始自己新的感情生活。”

“有个重要的原因？”梅子更好奇了，“夫人快讲讲吧。”

潘蕙英：“你可知道松坡前面的那段婚姻，其实也是一场匪夷所思的传奇经历？”潘蕙英为梅子轻声讲述着，其实也是她从蔡锷那里听到过的一段坎坷的感情经历。

1904年冬　湖南武冈州（今洞口县）山门镇蔡家

一场被当地人瞩目，争相交议的婚礼正在进行着。

尽管蔡家门庭并不显赫，这场婚礼却聚集了众多的民众围观，人们按捺不住或好奇或讶异或赞叹或感慨的心理，纷纷挤进洞房，等着看到新娘的红盖头揭开的一瞬间。

二十二岁的蔡锷长身玉立地站在那里。他刚刚从日本陆军士官学校毕业归来，那个号称“东亚将星摇篮”的著名军校，不但健全了他强健硬朗的体魄，也赋予了他一种威严挺拔、卓然不群的武将风采。虽然穿着正式婚礼服，还是难掩那份独特的军人气质。

此刻的蔡锷，心中波涛汹涌，感慨万千。他俊朗的面庞上带有一丝平日少有的犹疑之色，细长的眼睛里闪现出迷茫的光泽，他不知道该怎样揭开这个眼前的红盖头，从而揭开自己的婚姻之帷幕？

人们看到新郎的迟疑和犹豫，更加议论纷纷起来，这场奇特的婚事带给这个小镇的震撼不亚于一场八级地震，它更像是一部存在于古书中描写的姻缘传奇。

这竟然是一场“妹代姊嫁”的人间悲喜剧。

这场不平凡的婚事源于十六年前的一场约定。

六岁的蔡锷离家求学，来到山门镇大地主刘辉阁家的私塾上学，因为他天资聪颖，才华出众，有出口成章之才，秉器宇轩昂之资，为主人刘辉阁赏识和喜爱。他不仅免去了蔡锷的学费、书费和食宿费，而且决定把他引入自己门庭之中。他没有女儿，身边却有两个疼爱的侄女。小侄女刘森英年龄尚小，长侄女刘长姑却已经长大成人，待字闺中。于是他做主订下了这场婚约。六岁的蔡锷和十三岁的刘长姑就这样结了娃娃亲。虽然女方比男方大了七岁，但是按当地的风俗，这是很正常的。

一个是豆蔻年华的富家小姐，一个是瘦小单弱的寒门小子，这场婚姻一开始，就让刘长姑感到心中别扭，她无视寄居在家中读书的蔡锷的存在，经常流露出对这门亲事的不满和愤懑。

当时年少天真的蔡锷却是浑然不觉的。

好学的他，那时还沉醉在书海遨游的愉悦中，他有着更高远的志向。带着这股勤学善思的劲头，他完成了六年的私塾学习，后考取秀才，师从名士樊锥，接着考入长沙时务学堂，成为梁启超、谭嗣同的弟子，后来，又两次东渡日本求学，走上了从军之路。

二十二岁从日本归国时，那个单薄瘦小的乡间少年已化茧成蝶，成长为一名飘逸俊朗、器宇不凡的年轻军官。

当星眉朗目的他穿着笔挺英武的军服回到故乡，就像一颗石子扔进了静水深潭，激起了层层波浪，毕竟海归骄子在那个闭塞的城镇，在那个时代还是稀有之物。

虽然父亲已经故去，但是当年的婚约还在。也许蔡锷生来就不具备一个激进的革命党的做派，他更多禀赋了儒家正统的道德准则和修养，恪守着君子报恩和守约的美德，几乎是平静而坦然地接受了这个和他留学生身份和思想不相匹配的旧式婚姻。回乡不到三天，他便遵从母命到刘家拜会，定下了即刻成婚的约定。毕竟刘家大小姐年龄已大，不便再拖延。

谁也没有料到刘家这边却出了大问题。当英俊潇洒的蔡锷出现在刘家的那一瞬，家里就注定不平静了。刘长姑听闻如今的蔡锷风采，是悲悔交加，加之她已经年近三十，色衰心冷，强烈的自尊瞬间化作更强烈的自卑心理，她拒绝和蔡锷的会面，并断然提出悔婚，甚而向长辈提出，如果让她履行婚约，她唯有一死而已！

刘辉阁很矛盾，作为著名乡绅，贸然悔婚必然伤害刘蔡两家名誉，可他又不能不顾及侄女的性命，他如今陷入极端无奈的尴尬境地。却不料事情会突然发生转机，他的小侄女，刘长姑的妹妹刘森英提出愿意代姐出嫁。

刘森英那年十九岁，因为和继母相处不睦，早就想早日离开家门。此时看到一向疼爱他的伯父陷入为难境地，加之听闻了蔡锷的过人才学、不凡之姿，生性爽快大方的刘森英就主动提出自己愿意代替姐姐履行这份婚约。于是，就有了如今这个为乡邻瞩目的奇特婚礼。

面对着阴差阳错，李代桃僵的新娘，此刻的新郎蔡锷百感交集。在亲友乡邻的催促下，他揭开了那薄薄的却似有千斤重的红盖头。刘森英年轻娇美，面如满月的脸庞显露在他的面前。

洞房花烛，夫妇双方都有些尴尬别扭。毕竟这桩非同寻常的婚姻给两个当事人都留下了心理阴影。但是刘森英豁达大度、温柔娴静的性格，加上蔡锷笃诚仁厚、极负责任的个性，使两人短暂的婚姻生活也算相安无事，宁静平和。

蔡锷感慨于妻子代替姊嫁，慨然履行蔡、刘两家婚约的豪放仁义之举，为她改名“侠贞”以示嘉勉。又向她郑重承诺，永远尊重她的正妻地位。

那时作为职业军人的蔡锷，注定不能尽一个守家立业的传统男子之责，他先后在各地军中任职，几乎是过着居无定所的生活。他将这段说不上有多少感情的婚姻放置在遥远的家乡，从此在军中过着苦行僧般的单身生活。即使后来为延续蔡家香火考虑，母亲和妻子多次劝他纳妾，他也不加理会，根本未将儿女私情再放在心头。

如今，遇到了这样一个明慧可人，天生丽质，又似有前世熟悉感觉的大家闺秀潘蕙英，他在怦然心动之后，仍选择了心如止水的状态。

第十二章　信物

爱的最高原则是把自己奉献给对方，感到自己只有在对方的意识里才能获得对自己的认识。

——黑格尔

1916年11月初　日本福冈大学医院花园中

此刻，梅子听潘蕙英讲述了这桩奇妙的婚姻前缘，忍不住感叹道："唉，没想到蔡将军竟然有这样一段非同寻常的婚姻？难怪……可是这也不是他当时拒绝夫人感情的合理理由啊？既然那位原配刘夫人都劝他可以有新的选择，他又何必……"

潘蕙英叹息："人啊，其实都是感情动物，但是感情这个东西，又有谁说得清楚呢？"潘蕙英和蔡锷后来结缡后，曾经谈到当年在昆明初提这段婚姻的事情，蔡锷坦率地告诉她，其实在他和潘蕙英相遇之前，他的感情世界几乎是一片荒漠。长期单调枯燥、艰苦卓绝的军校，而后军营的生活，让蔡锷几乎没有时间和精力去考虑自己的感情问题。遵从父母之命，和刘侠贞结缡后，他就将婚姻生活看得更如已经完成的任务一般，心河中再也未曾泛起过涟漪。

他常年住在军营，和士兵们生活在一起，心中、脑中想的都是如何带好兵，如何更好地完成自己军事化管理、教学的事情，家庭生活被他封锁在心底很小的一个角落。

而且，蔡锷还和潘蕙英讲到过自己当时的一种奇怪的纠结别扭情绪：当年那场差点被毁约、妹代姐嫁的婚姻，给情窦未开的他的感情世界里更增添了一丝阴影。他悲观地以为，在中国，旧礼教的枷锁太过沉重，婚姻就像是两个家族间的一场利益合并，可以随意组合，也可以任意更改，只要不妨碍两方家族的利益就为善事，并不用考虑和顾忌两个当事人真实的情感。那么，这样的婚姻，又有什么意义？

蔡锷并非完人，也有着他心理缺陷的一面。起码那时他对于感情生活的处理，就有些偏颇，他对婚姻采取的就是一种不自觉的消极态度。虽然经过那次别人刻意安排的潘府听琴，他对那位芳名叫潘蕙英的女孩有了极大的好感，甚至由于心中奇妙地产生的熟识感，他对她几乎是一见钟情，爱情的味蕾有苏醒的态势，但是他仍然固执地坚守着自己的偏见和纠结。他不想轻易敞开心扉，开始一段新的感情。对于这些，他没时间，也没精力，更没有太大的兴趣。

于是他拼命压抑着对潘家小姐的好感，严词回绝了形形色色到都督府为潘家提亲的达官贵人。他的理由就是冷冰冰、毫无商量余地的那一条：家有妻室，不能停妻再娶。于是这件事情陷入了僵局。

此时，和梅子回忆到此处，潘蕙英的唇边挂上一丝无奈的笑意。她觉得也许这种来自性格缺陷的别扭劲儿，如今回忆起来，似乎也是蔡锷最吸引她的地方之一。他的固执和坚持，都令她慨然叹息。

1911 年 12 月　云南

新任都督这份固执己见的别扭劲儿，当时也让热衷关心他生活的人一筹莫展。云南政界一些人热心做媒，都碰了年轻都督不小的钉子，形形色色的说客逐渐退缩。都督府秘书长修承浩，蔡锷的副官长何鹏翔，以及雷飚等这些蔡锷身边的亲信们却不死心，接棒上阵，继续规劝上司，演出了一场场逼宫的好戏。

某次把蔡锷逼急了，向这些跟随身边的属下吊起了脸，说出一番看似有商量余地，其实是戳中众人死穴的话："我是不会停妻再娶的。人家潘家小姐，名门闺秀，怎能委屈求其次呢？所以，这件事情，没有商量，你们趁早死心吧！"

修承浩听了心动，私下和何鹏翔、雷飚等人商量道："都督可算有点活话了？以前都没松口的。听他今天这句话，好像若是潘小姐愿意委身下嫁，没有正室夫人的名分，他倒是愿意……"

跟随蔡锷时间最长的副官长何鹏翔撇嘴道："你可别那样乐观。都督的脾性我最清楚，他这分明是以退为攻之策！你想啊，人家潘家在昆明城里也是高门大户，潘家小姐怎能委屈给人做妾？他这个条件分明就是胡搅蛮缠，毫无道理！"

听他用这些“大不敬”的词形容自己的上司大哥，雷飚笑了，点头道：“巍青说的有道理，但是我以为，这倒不可不谓一个突破口呢？总之咱们就算抓住都督的话柄就是了。如果潘家小姐真心爱慕都督，愿意俯就呢？哼，那某人可就不能变卦啦！”

他们把蔡锷这番话婉转告知了潘家，潘廷权作了难。于情于理，潘府的千金都没有给人做小的道理，即使是新任都督，云南第一高官，潘家也未必愿意攀附，落下攀龙附凤的名声。但是潘堂长是个开明绅士，也是个慈爱的父亲。他深知爱女蕙英的心愿。对于眼光颇高，一直待字闺中不愿下嫁的女儿，也是心里有数。他决定给女儿以充分的自由选择权利，所以将蔡锷的回复又婉转地告诉了潘蕙英。

潘蕙英沉吟片刻，只对父亲说了一句话：“别的都不用提了，如今五族共和，是新时代了，滇军据说也要招女兵，孩儿去当兵也罢。”

潘廷权听出了女儿的意思，没有再说什么。他对修承浩等人说明了女儿的态度。

这些亲信再次来见蔡锷都督时，就直言告诉他，他的要求潘家都答应了。蔡锷莫名其妙地看着这几个随从官员，一脸的困惑之情：“我的要求？答应？什么意思？”

何鹏翔看着他，正色道：“您上次提到不能停妻再娶，潘家小姐嫁入蔡家只能是如夫人的名分，尽管条件苛刻，人家潘家也都答应了。如今您可不能变卦啊？”

修承浩和雷飚也在旁附和。

蔡锷哭笑不得，用手指指三个属下，叹息道：“你们这样完全是在绑架长官意愿。婚姻大事，岂容儿戏？何况人家潘家小姐是名门闺秀，怎能这样戏谑玩笑，损人名节？”

雷飚点头道：“松公，你还知道这样的道理啊？可是你想过没有，你如今这样做，已经把人家潘家小姐逼到了绝境？”

蔡锷看着他：“此话怎讲？”

雷飚：“这里的贤达人士热心为你做媒，也是成就好事之意。潘家小姐仰慕都督风范已久，也默许了这份婚姻。可是松公却百般推脱，提出了极为苛刻、不近情理的条件，如今人家又委曲求全地答应了，可是你竟然再次毁约，全不顾潘家人颜面，这不是把人家潘小姐逼到绝境之地吗？还讲什么悔不悔名节的话？哼，我们都替你难过死了。”

何鹏翔也白了他一眼：“可不是，我都臊死了，如何有脸再去见潘堂长？再见云南官员们？”

“哎？你们……”蔡锷又委屈又无奈，平日里心思缜密，思维伶俐的人，生生被身边这几个属下气得思路都不活泛了，他原本就讷于言，此刻思维一短路，话语更加磕绊起来：“你们……这简直是欲加之罪……”

文人气质的修承浩看到往日里一言九鼎的都督大人被自己身边的两个勇猛武将弄得神情尴尬，他心里涌出“君子可以欺之以方”的俗语。他在心底暗暗好笑，面上却不露声色，也加入到谴责的行列，只不过他是给蔡锷出了个难题：“唉，这样吧，都督您若是实在为难于这门亲事，想回绝潘家，我倒有个建议：不如都督您亲自修书一封，对人家潘小姐讲明白您不能答应这场婚姻的原因，我想，潘小姐也许可以谅解之？”

蔡锷此刻心里明白，才不会上他的当，就回他一个白眼：“秘书长这番话更是拟于不伦了。既然我拒绝了这门婚姻，好端端又给人家小姐写什么信？如何措辞？这不是为难我，更是要臊着人家潘小姐了！”

修承浩缓缓摇头，继续用老学究的语气道：“非也！都督是新派人物，曾经留学东洋，难道还拘于男女授受不亲的陈腐陋习不成？你就大大方方地给人家潘小姐写封信，说明你的苦衷不就行了？”

雷飚忙接言道：“不错，不错！秘书长言之有理！何况，我听说，人家潘小姐说了，如果你不答应这门婚姻，也没关系，她要来都督府当兵，做你手下的一个女兵！”

“什么？当兵？还女兵？瞎胡闹！”蔡锷被这个说法明显吓了一跳，忙摆手道，“这都什么事吗？真是奇怪极了！”

何鹏翔梗梗脖，瞪着眼睛看着自己一向亲近有加的上司大哥：“革命成功了，新政权建立，如今是新社会了，讲究男女平等。咱们滇军不是已经开始拟定招收女兵的计划了吗？人家潘小姐提出这个要求合情合理吧？有啥奇怪的？”

雷飚点头：“不就是加了一条，要到咱们都督府来当女兵吗，这样也未尝不合理呢。”

“哎呀，你们这两个家伙别说了，哼，这封信我写还不成吗？”蔡锷拿这几个下属没办法，又气又笑地摇摇头，答应了给潘蕙英写信的要求。

第二天早晨，蔡锷将昨晚连夜写就的信交给何鹏翔等人，让他们转交潘府小姐。何鹏翔和雷飚悄悄打开看了，各个倒抽一口凉气。蔡锷在信中直言不讳地提出了反对这门姻缘的三条理由，让他们忧心忡忡。

“完蛋了！”雷飚哀叹，“这样的信让潘小姐看了，这场婚姻肯定要黄了！”两人有点垂头丧气起来。

这封信辗转交到了潘蕙英手里，她打开看了，默默无语。蔡锷提出的三点理由坦率真诚，又明显是一副拒绝姿态，让性情豁达的潘蕙英也陷入了沉思。那信上的文字一遍遍萦绕在她的脑际。

蔡锷在信中如实说出了他的纠结和困惑，对他们之间的婚姻问题提出了三点负面意见：

第一，他虽然是云南都督，军政一把手，但是目前他正在进行吏治吏风改革，他曾经发布两次减薪令，为了起带头作用，他已经主动把自己的月薪从都督标准的六百元降为六十元，只相当于一个营长的水平。因此，他无法给她提供一个较优越的生活环境，但她是出身富裕家庭的女孩，所以今后的生活无法预测；第二，他比她大十来岁，且他曾经得过肺病，体质不太好，这点有关健康问题，是婚姻很重要的基础，她要充分考虑清楚。他不认为可以带给她稳定安宁的生活；第三，这是关键的一条，他在老家有结发妻子，他承诺过永远尊重她的正妻地位，即使由于没有男孩，发妻支持他娶如夫人，以延绵子嗣，但是他也绝不能停妻再娶，更不愿设两处夫人。如果她要嫁给他，只能是如夫人的名义。这点对她这样的女孩，是极不公平的，他希望她慎重抉择。

潘蕙英考虑了一夜，第二天平静地告诉父亲，她已经写好了给蔡锷都督的回信，但是她希望能当面亲手交给他。

她就这样安排了自己和他的再次相见，他们约定在昆明大观楼见面。

1912 年初　昆明大观楼

潘蕙英在表哥的陪同下登上大观楼，在一个约好的僻静处，看到身着便装的蔡锷和何鹏翔、雷飚已经等在那里。彼此寒暄几句，三人离开，留下蔡锷和潘蕙英两人默默相对。

两人像相识许久的朋友，彼此竟然没有想象中的拘束和陌生感，他们各自在心中暗暗惊讶，但是都没有表现出来。

他们都没有提及主要话题，仿佛这场重逢是自然而然的一场相聚。蔡锷语气淡淡地提到了自己刚才看到的那副著名的大观楼楹联，作为本地人的潘蕙英自然是熟识的，就和他探讨了一番。

蔡锷暗暗感叹于潘蕙英的博学多才和锦绣谈吐，他心中更加疑惑的是，总觉得和这个温婉清丽的女孩有一种奇怪的默契感。寥寥数语，已经看得出她对自己思想的了解，有一种遭遇知音的舒服味道。

于是，不自觉中，连蔡锷自己都没意识到，他已经悄悄敞开了心扉，对眼前的姑娘说出了自己藏于心底的一番感叹："以前没来昆明前，早就听闻此处有大观楼胜迹。又总会让我想起一个人来，也是你们昆明城曾经的一位名人，他的名讳貌似和这座楼有点联系，所以经常让我有些恍惚的感觉。"

潘蕙英静静地答言："蔡都督说到的名人，莫非是明朝著名义士薛大观先生？"

蔡锷再次惊异于她的博学和敏锐，点头道："是的，薛义士名'大观'，字尔望，是让人仰慕的忠贞之士，想不到潘小姐也知道他的事迹？唉，毕竟是远隔尘烟的历史人物了。"

"是昆明人，都不应该忘却大观先生。"潘蕙英语气清浅，却深沉有力，"不，我甚至认为，是中国人，都不该忘却大观先生，因为英雄人物都是应该被铭记的。"

蔡锷看着她，剑眉微挑："你认为大观先生算是英雄人物吗？"

"当然！"潘蕙英肯定地回答，"能在乱世中，殉自己的信仰，为国死难，难道不应该算英雄吗？"

女孩面色凝重地讲述着，声音里有一丝悲壮的意味氤氲其中："永历十二年，清兵进攻云南，偏安一隅的南明皇帝朱由榔贪生怕死，不思抗击清兵，反而率亲信部属西奔，流亡缅甸。大观先生乃民间一生员，就是一个普普通通的读书人，却明晓大义，铁骨铮铮，他痛恨永历君臣不能与国土共存亡，为思保命，逃往异乡。大观先生决心以一介书生的慷慨殉难壮举，来告知那些如虎如狼的野蛮清军，汉民族自有威武不屈、宁死不降的有人格之人！"

她说得感怀，他听得怅惘，两人不约而同地同声一叹。潘蕙英继续道："大观先生对自己的儿子说，我是一介书生，不能徒手搏敌，但是可以以一死表示抗争，你们剩下的人好自为之！没想到，他的儿子也慷慨激昂地回答他，父亲可以为国死，做儿子的人，又为何不能为父亲死？父子俩话音未落地，一旁跟随的大观先生的妻子和儿媳也纷纷表示自己愿意为夫死；就连身边抱着孩子的奴仆，也提出愿意为主人死。唉，于是，这性情刚烈的一家老少七口人，就在那个漆黑的夜晚，手牵手，一同跳入黑龙潭的珍珠池里……第二天清晨，人们发现，他们的尸身浮起在湖面，彼此拉着的手，还没有分开……”

蔡锷沉吟着：“是的，据闻他们殉难的地方——黑龙潭，也在昆明城里？”

潘蕙英点头：“我曾经去过。公道正义自在人心。昆明人捐资为殉难的薛家老少主仆们修建了坟墓，还立碑记载这一壮举。”

“寒潭千秋洁，玉骨一堆香！”蔡锷轻声吟诵道，“后世有人这样题诗歌咏他们。一介布衣书生，在国破之时，毁家捐生来殉道义，自然该千古留名！”

潘蕙英微微点头，语气轻柔却异常坚定地道：“所以，我要说，薛大观先生，就是我心中的英雄。生命诚然可贵，但是自古以来，气节，更是中国士人宁死也不愿意，也不可能放弃的东西！因为这样，陆游才会留下‘僵卧孤村不自哀，尚思为国戍轮台’的志向；文天祥才发出‘人生自古谁无死，留取丹心照汗青’的慨叹；就是女流之辈的李易安，也傲然吟诵过‘生当作人杰，死亦为鬼雄’的壮言！”

她抬头看了一眼身旁的年轻都督，“当然，看到您，我还会记起一个人，就是您的恩师，谭嗣同先生，那句‘我自横刀向天笑，去留肝胆两昆仑’的遗言，更是让人胸中填血，激情澎湃！”

“壮哉，潘小姐！想不到你这样一位闺阁弱女，倒有此番壮怀激烈？”蔡锷被她的豪情所打动，忍不住感叹一句。

潘蕙英又深深盯了他一眼，嘴角微微抿起：“有什么想不到的？是都督根本不愿意、不屑于想吧？”

她脸上闪过一丝顽皮的笑意：“我说过我要去你手下当兵的，你是否批准呢？”

“这……”她果断将了蔡锷一军，让他有点尴尬起来，就支吾难言。不过片刻，机敏过人的年轻都督已经想好了说辞，这当然也是他隐藏在心底很久的一丝纠结和担忧。

“潘小姐，刚才你讲到薛大观一家的壮举，我当然是感同身受。可是，你是否知道，就在不久前的重九起义时，你们昆明城也有这样的感人事迹呢？”

“都督，小女子愿闻其详。”

蔡锷微微蹙眉，望向远方：“我有一个部下，战友，叫唐继尧，字蓂赓，是你们云南会泽人士，他在重九起义前是重要联络者，当时担任我三十七协七十四标第一营管带。我们在起义前最后一次预备会议，就是在他家里召开的。他们家是一个书香门第的大家族，当时他的三个妹妹曾为我们做会议警戒工作。重九起义时，唐蓂赓带领起义军队去攻打清政府总督署，你知道当时他的家眷是怎样度过那段日子的吗？”

潘蕙英认真地盯着蔡锷，听着他用充满磁性的深沉语气继续讲述道：“毕竟这是起义，是造反啊！弄不好会掉脑袋，甚至是诛灭九族的事情！作为这样的革命者的家眷，怎么能不跟着担惊受怕，经历了一场难以言说的风波？……事后，我曾经遇到过唐蓂赓的三妹唐蕙赓，她对我讲述了当时的情形——重九起义的那天晚上，他们一家老少躲在佛龛前，相互依偎在一起，听着远处的枪炮声，默默祈祷着……”

他回头看着潘蕙英，好像不忍心说出一些残忍的情形，声音变得更低沉了：“据说蓂赓离开家准备参加起义前，曾经郑重地对自己的家人有过嘱托：此番起义若成功，实乃国家民族幸事，自然家人也是无事；如若失败……”

他停顿了一下，看到潘蕙英紧紧地盯着自己，秀丽的大眼睛里充满讶异。他移开了目光，再次望向远方，声调里有了悲凉的颤音：“全家人就去黑龙潭跳珍珠池，效法明朝忠义之士薛大观一家，以身殉国，为天下明大义！”

潘蕙英深深吸了一口气，被这个悲壮的故事震撼了。

蔡锷再次凝望着她，语气变得柔和起来：“有时候，我在想，作为军人，我们以身殉国，马革裹尸，自是分内之事，更是军人荣誉的死法！但是，作为军人的家眷，注定要承担太多沉重的东西，经历太多的磨难，这对你……你们来说，也许是不公平的，也是让人不忍心的……”

潘蕙英倔强地抿起嘴角，直视着他。

蔡锷这次没有回避她的目光，他看着她的目光充满温情：“是的，革命成功，新政权刚刚建立，还有很多未知的艰难困苦、险境，甚至是绝境，等待在未来的道路上！我们需要面对的磨难还很多，多得难以想象！可能有误解，有离别，有痛苦，还有生与死的考验和较量……”

“不怕，既然选择了，就该无怨无悔！”潘蕙英的眸子里跳跃着激情的火花，“我想，当年的薛大观家中的女眷，还有您提到的唐蓂赓的姐妹们，都一定抱定了这样的决心，才能度过这种心灵的挣扎！唉，其实……舍生取义，伴随在自己的亲人身边，一同走向牺牲，未尝不是一种幸福？”

女孩决绝无畏的神情震撼了蔡锷，他久久地望着她，不知道该再说些什么。

两人就这样默默对望着，仿佛时空已经凝固不动。

良久，潘蕙英的脸上浮起一层红晕，她咬咬唇，从衣袋里取出一封书信，递给蔡锷："上次你给我的信，我都看了，回信在这里，你自己拿回去看吧！我想……我最起码也能成为你身边的一位女兵，你是推脱不了了！"

她说完这句话，将信塞到他手里，红着脸跑走了。她和他都没注意到，她在这番话中，已经把对他用的称呼，从"您"改作了"你"。

蔡锷接过信，看着女孩的背影，呆立在那里。

愣怔了半晌，他才展开书信，默默读着，很快的，他的眼前就变得雾气重重，连眼前的字迹都变得模糊起来。

他抬起脸，长长吸了一口气，掩饰着用手背拭去眼里的泪花。回头看到何鹏翔和雷飚向他走来。

1912年春　昆明五华山督军府

洞房花烛夜。宾客散去，唯剩一对新人相对。

红色的喜幛挂在床前，一对喜庆的蜡烛在吐着幽幽的烛光，给这间不大的房子平添了一丝喜气洋洋的暖意。但这样的新房依然是简朴的，没有繁复豪华的物品陈设，甚至没有太多传统的婚庆摆件。

新郎今天没穿军装，也没穿西服，一身簇新的长袍马褂让他依然有玉树临风的姿态，脱去戎装，这样的装束更显他的文人气质。

娇小玲珑的新娘是一袭艳红色的龙凤绣服，她挽着双髻，显得格外年轻稚嫩，并没有喜帕盖头，倒是有一方粉色的罗帕绞弄在新娘葱白的指间。

"呃……婚仪这般简单，省事，委屈你了……"蔡锷用手轻拨着放在喜案上的，那架作为新娘陪嫁古琴，回头望了一眼新人，满含歉意的口气。

"这如何怪得了你？"潘蕙英看到他羞愧难言的样子，竟会莫名心疼起来，于是走上前去，用水汪汪的大眼睛凝视了他，"原本是我们的约定之一，不是吗？"

"约定？"做丈夫的人都有些困惑了。

做妻子的却得意地笑了："你忘了你前番那份别扭劲了？"

她贝齿轻咬朱唇，难以抑制的笑意偷偷绽放在如花的面颊上："就许你做个勤俭自珍的君子，我倒做不成个夫唱妇随的贤内助吗？"

“蕙英……”蔡锷望着新婚妻子，万分感慨，他有立即拥她入怀的冲动，却从她轻轻吐出的“别扭劲”这三个字，记起了自己前段时间固执己见地婉拒这场婚姻时的情景，不免又有些羞赧和悔愧，就面色微红地愣在了那里。

聪颖敏慧的潘蕙英似乎洞悉了他的这番欲行又止的心理，就戏谑一笑，故意再要呕他一番。

“好了，很多繁文缛节咱们都省却了，这里该有的重要仪式你还是要给我才是，也不枉我潘蕙英嫁你一场吧？”

“蕙英，你说就是……”这次他答应的倒爽快，却回头看看周遭，并没有交杯酒什么的东西，如何进行仪式？做新郎的倒再次困惑起来。

年轻的新娘抿嘴笑笑，看着自己丈夫的目光纯净如水：“据说你是留过洋的，不管是东洋还是西洋，究竟呼吸过国外自由先进空气的……你可知国外的新婚夫妇是如何进行婚礼仪式的呢？”

“这如何讲呢？东洋有东洋的传统，西洋有西洋的风俗，岂可拉成一律？”新郎官是见过世面的读书人，论起理论问题来，倒别有一番认真考量的劲头，这神情看到潘蕙英眼中，又是可爱极了。

“况且，蕙英，据闻你也是在西学堂读过书的现代女性，不妨直说你的意思就好！”他究竟是聪颖灵透的，此刻也在考问她的真实意思。

潘蕙英笑着点头：“我听洋学堂的老师讲过，西方国家那些夫妇是不像咱们这里一般，要拜堂、闹洞房的，也没有什么交杯酒、合欢床之类的嬉闹之举。他们都是到教堂成婚，在他们信奉的神——上帝面前去求证他们的爱情。”

蔡锷也颔首称是。却看到他娇媚的小新娘突如其来地喊出一句：“我也要！”

“你要？……”他更加困惑不解。

却看到女孩的脸上已经飘起了红云：“我的意思是，那西人夫妇不是在教堂还要相互起誓吗？对自己，和对方……两人的一辈子做出一个圣洁纯净的誓言？……我也想……就在这里，就在眼下，我要咱们的……誓言！”

蔡锷显然瞬间被妻子的真情感动，他上前抓起她的小手，发现那只柔嫩的手掌里已经满是湿漉漉的汗水，才发现自己这位小小的新娘貌似镇定自若，其实内心也是紧张得很呢。

他忍不住将她的手轻轻地放在自己的胸口上，带着怜惜的神情望着她：“好的，蕙英，你说吧，如今要怎样，我都依你便是！”

“松坡！”潘蕙英此生第一次叫出心上人的字号，心中徜徉的都是柔情蜜意：

“也不用别的，你就把前次在信中你质疑我的三个问题，再问上一遍；我呢，要郑重、虔诚地再回答你一次！”

终于完全明了了妻子心意的蔡锷感慨万千，就像遭遇了此生最美最甜的醇酒一样醉了心田，他望着眼前的可人儿，轻轻点头，眼中已经有朦胧的雾气在氤氲。

“松坡，准备好了？可以开始了吗？”

蔡锷心潮起伏，难以平静。就在前不久，为了婉拒众人的这场婚姻安排，他一再别扭，还亲自写信拒婚，但是当他收到潘蕙英的回信时，终于收获了这场无法逃避的爱情。

此刻，他微红着脸，语气艰涩地说出了自己当时在给她的信中提出的第一项疑问：

“蕙英，我虽然目前是云南都督，军政一把手，但是正在着手进行吏治吏风改革。我曾经发布两次减薪令，为了起带头作用，已经把自己的月薪从都督标准的六百元降为六十元，等于一个营长的薪俸水平。因此，我可能无法给你提供一个较为优越的生活环境。蕙英，我知道你是出身名门望族的女孩，你能过得惯寻常人家荆钗布衣的生活吗？”

潘蕙英静静地望向他，郑重回答道：“我嫁的是心目中的英雄，而不是所谓的云南高官。因此生活是奢华还是清贫，对我来说，根本就不是问题！我要的幸福感觉，我自己自然明白，以后……你当也会明白！”

蔡锷感慨地点头：“还有就是……年龄问题。蕙英，你知道的，我大你整整十二岁，这其中的距离你纵然可以忽略不计，可是我患过肺病，因此体质上一直不甚强壮。如果……如果天年不假……”

“好了，松坡！”仿佛感觉到此刻说起这类话题蕴含不祥之意，潘蕙英急急地打断他的话，语气坚定地回答，“我既然嫁的是心目中的英雄，自然就该与他甘苦与共，生死相依！相互扶持、照料、担待一辈子……”

有一股热流就在此刻闯入蔡锷的眼际，他深吸口气，勉力压抑住，悄声问出第三个问题：“再就是，有关名分的问题，我……”

“好了，松坡，你不用问了，这个问题其实最没有意义！我要的，都已经得到，其他的，根本就未曾萦绕心间，又何必纠结？我如今，踏踏实实跟在你身边，是蔡松坡的女人，一切……就够了！”

蔡锷久久地凝望着她，女孩娇媚的脸庞上，尽是幸福和满足。他摸着她的脸颊，叹口气："那么，蕙英，你是否还做过这样的准备呢？蔡锷身为一介军人，崇尚以命报国，鞠躬尽瘁！我的毕生之愿，就是能在抵御外辱、卫国保疆的时刻献出自己的一切！日本明治维新时期的一位著名武将西乡隆盛曾写过这样一句诗——埋骨何须桑梓地，人生无处不青山！这也正是我之心声！可是，这样的命运，注定会是惊涛骇浪，生死难测，也许从此会过上颠沛流离的日子，再难有一份平静、安适的婚姻生活。唉！这对于你，娇小文静的世家女孩，是否太残酷些？"

"松坡，你该信我！"潘蕙英几乎未曾稍加犹豫，就款款应声，无限深情的目光追随着自己的偶像，在烛光下熠熠生辉，"我说过，我潘蕙英此生要嫁的，是心中仰慕已久的英雄！既已许国，再难许家！你的选择就是我的宿命！作为弱女子的我，也许永远成为不了掣马扬鞭、伴夫并肩作战的梁红玉和平阳公主，可是我愿意用我的温情，抚平你眉间的百年孤独和忧伤！"

"蕙英啊！"蔡锷低唤一声，突然上前一把将那个娇小的身躯紧紧拥到怀中，紧紧地拥抱着，久久未曾分开。

"我们的誓言完成了，我要的婚姻礼仪完美无缺！"娇小的妻子在丈夫宽广温暖的怀抱中抽泣，仿佛是一头受尽委屈的小鹿在战栗。她嗅着他的味道，感受着他的心跳，沉醉而满足。

"等等，松坡，我还有东西要送给你。"

"蕙英，什么……"蔡锷还没问完这句话，就看见妻子从一个红色的绸绢里，拿出两块木质的挂件来。

"这是？"

"一块沉香木制成的两个挂件，一个龙，一个凤。"潘蕙英指点着手中的沉香木挂件，对丈夫解释着，"这是有着特殊意思在里头的。你看，这块龙，是给你的；这块凤的，我留在身边。平日里，咱们各自戴着，如果……"

新娘忽闪着大眼睛，看着自己的新郎："如果咱们遇到什么事情，要暂时分别，你就把龙留给我，你戴走我的凤，这样，就好像咱们没有分别一样，你在我身边，我伴在你左右。等到咱们重逢时，再重新交换回彼此……松坡你说好吗？"她带着期盼的神情望着他，好像生怕他会拒绝一样。

小妻子这般怯生生的神情让蔡锷又心疼又好笑，他接过挂件，仔细看了，感叹道："两个信物相见之时，也是咱们的重聚时刻。一个深情的许诺啊，怎能不好？"

潘蕙英兴奋莫名："松坡，这么说你答应了？戴上这礼物？我真高兴，我以为……"

蔡锷笑看新婚妻子："你以为什么？"

潘蕙英脸红了："我以为，你不会轻易同意呢。因为你是军人，会不会嫌我啰唆，太女人气了？"

"哪里是女人气？分明是孩子气。"蔡锷故意逗着新婚小妻子，"如今你还提不提到我这儿当兵的事了？"

潘蕙英噘噘嘴："此刻，我不就在你面前，任你蔡都督驱使，还不等于是你的兵了？哼，照老话的意思，还可能是一辈子的兵呢。倒说人家孩子气？"

蔡锷忍不住大笑起来："好了，这份孩子气，我喜欢！不过，"他微微蹙眉，"说起我是军人的话，当真是惭愧得很！"

"松坡？"

"你看我，身无长物，并不能回赠你什么礼物。"

"傻子，"潘蕙英甜蜜地笑了，"正因为你是军人，知道你们都是身无长物，我才准备了两个东西啊，一个给你，一个我来戴。"

蔡锷笑着点头："好吧，算是我占便宜了，你等于把我送给你的礼物，都替我准备好了。"

"哼，还是那句老话，从今天起，连我这个人，都算是你的了，何止于区区此等物件焉？"幸福的小新娘对着丈夫拽起了文。

蔡锷扑哧笑了："好吧，我以为自己娶到的是洋学生呢，原来是个老古董啊？"

"老古董还有的是老东西呢。"潘蕙英戏谑一笑，"我还要讲给你听，有关沉香木的故事呢。"

"愿闻其详。"蔡锷深情地看着自己的娇羞新娘，忍不住一把将她单弱瘦小的身子拥入到自己怀里。

1916 年 11 月初　日本福冈大学医院花园中

佐藤梅子的眼中含着泪花，看着潘蕙英无语凝噎。潘蕙英笑看她，安慰地摸摸她的手。

梅子擦去泪水，对潘蕙英道："没想到，夫人和将军的爱情，经历了这样的波折！我一直以为，咱们刚才提到的那句——金风玉露一相逢，便胜却人间无数，用来形容我和百里君的爱情很贴切。现在我才感觉到，这句古诗词，用在夫人和将军的爱情上，更为合适啊。”

潘蕙英笑了：“天下痴情人，都是一样的，这无关乎身份，无关乎年龄，无关乎国籍。梅子，你和蒋将军的爱情，经历了生与死的救赎和选择，一定会结出最美的花果！”

她拍拍女孩的手背：“我等着呢，等将来你和蒋将军一起回到中国，我们再好好相聚，我等着叫你‘蒋佐梅’的那一天！”

梅子幸福地低下了头。片刻，她抬起头来，看着潘蕙英：“夫人知道吗？当年百里君写给我的那句诗句，我也曾回赠给他一首小诗，同样是令人荡气回肠，久久难忘的一首爱情小诗？”

“哦？是什么？”

“夫人曾经就读于洋学堂，对西文想必也通晓些吧？”

“西文倒是会一点点。”

“嗯，这诗是印度的一个著名诗人所做，用英文写就的，很清丽唯美！诗人是个长着长长胡须的人，前不久他就旅居在我们日本，他说他很喜欢日本俳句的简洁明丽。他的诗句在日本也极受推崇，经常会有淑女求他题写扇面或纪念册。”梅子激动地讲述着，“我先用西文读一遍那首诗给你听。”

女孩的声音甜美温柔：

I love three things in the world，
the sun，the moon and you.
The sun for the day，
The moon for the night ，
and you forever.

她握住潘蕙英的手：“去年百里君为了求婚来到日本，我将这首作为回赠，读给他听。他听了也很感动，就翻译成了中文，据说还是用中文古诗文的形式，可惜我的中文不够好，不能真正领会它的好处。夫人，我拿给你看吧，我写在一个卡片上，随身带着呢，你看看他翻译得如何？”

她从随身带的坤包里翻出一枚方形化妆镜，打开镜盒，取出一张小小的粉红色的纸片，递给潘蕙英。

潘蕙英默默读着，一遍又一遍，有些愣怔在那里。

“夫人？”

“哦，梅子。可不可以将这首诗，抄给我一份？”

“没有问题的呀。这张你拿走好了，我回头再抄写一份就是。”

潘蕙英将纸片拿在手中，默默诵读着上面的文字，心里暗暗压抑住层层浪波。她回头看着梅子，轻声叹道：“这诗写得太美了，翻译得也真好！”

两个女人各自沉默着，回味着。梅子拉开手包，将手中的镜子放回去，蓦然间，看到里面放着的那张报纸，是前几天美江拿给自己看的那张报纸，上面刊登着一首小诗，有关蔡锷和一个叫小凤仙的故事。她突然愣在那里。

她神情不太自然地拉上包链，看着潘蕙英，欲言又止。半晌功夫，她才试探地问了一句：“刚才夫人讲到有关‘名分’的问题，我知道，你爱将军至深，可以不计较一些俗世的东西。可是，夫人，你真的没感到过委屈吗？”

潘蕙英温柔地看着她，沉默片刻，笑着摇摇头。

梅子还是有点痴心，她感动于潘蕙英对蔡锷的爱，但是她心中的疑问如何解开？她只能拼命用不太娴熟的中文，找着合适的字词，来表达自己的这一份担心：“你们有过这样的真爱历程，自然……将军也是深爱夫人的。但是……但是，毕竟将军位高权重，如果……如果……在一定的情境下……要逢场作戏，要和别的女人有瓜葛……夫人，你会在意吗？”

潘蕙英平静地听她说着，唇边挂上一丝理解的笑意：“我猜，你是听到有关松坡的一些传言了对吧？当年在北京时，他的花边新闻可是满天飞啊，他和一个叫小凤仙的女子……”

梅子的脸先红起来：“是的，是那个事情！我真不明白，将军和小凤仙……”

她的话音未落，身边传来孩子的哭声。女仆抱着永宁走了过来。

“夫人，估计小少爷是饿了，一直在闹着要您呢。”

潘蕙英从女仆手里接过孩子，笑看梅子：“那件事情，说来也话长，下次有空，咱们再聊吧？”梅子点点头。

晚饭后，梅子向潘蕙英告辞，又提出女仆带着永宁再次去自己家暂住。潘蕙英看了一眼半卧在床上的蔡锷，也想多陪陪他，就答应了。蒋方震去送梅子她们，石陶钧去了隔壁房间，病房里就剩下蔡锷夫妇。

“松坡，你今天躺的时间不多，累了吧？我给你按摩一下？”

“不，蕙英，你坐下，现在没人，清净，咱们说说话。”

“看你，平日里话不多，这一阵子，遇到几个相谈甚欢的人，话说得多了，我总怕累着你了。”

“怎么会？你看我最近精神还好……”蔡锷笑着回答夫人，不料正在此刻，一阵咳嗽袭来，他捂着嘴咳了起来。

潘蕙英忙上前扶起他的身子，为他捶背揉胸，好半天他才平息下来。潘蕙英轻轻扶他靠回到床头的被摞上，自己坐在床边，一只纤手还不忘抚在他胸前，为他捋胸顺气。

蔡锷顺势抓住了她的手，仔细打量着她的面庞，蹙眉轻叹：“唉，你这一阵熬得……伺候我，又要照顾孩子，人都瘦了一圈。”

“哪里这样严重了？”潘蕙英笑看着他，用手摸摸他的脸颊，“傻子，我瘦点没什么，你才应该胖点呢！你忘了前次我们在上海，梁先生总对我叨咕：‘松坡太瘦了，松坡太瘦了！你说这个蔡松坡他怎么总也长不胖呢？这么瘦，病如何能好？’”

她的这番话让蔡锷想起在上海和老师梁启超见面时的情景，不由得抿嘴笑了：“打小我师从卓如师起，他就没见我胖过，当然会有这番感叹。唉，他也是，时时刻刻，方方面面都为我操心得太多了，我有时在想，如何报答这份师恩呢？”

潘蕙英攥着他的手，摩挲着，轻声道：“你好好养病，早日康复回国，再见梁先生，他就该高兴了。”

蔡锷仿佛没有听到她的话，他还沉浸在自己刚才那句感叹中：“唉，还有你，蕙英，也是为我操心太多！我的心中，愧疚更深！”

他低下头，忍住心底蓦然涌起的一阵心酸：“你我结缡有四年了吧？你跟着我又享过什么福了？就是头一年，顶着个都督夫人的名誉，你实实在在过着的，倒是荆钗布衣的生活！堂堂督都夫人，经常要操心的，竟然是自己丈夫的俸禄，是否够一家老小的开销？更有人传言，说咱们是在过着一种苦行僧的隐居生活！唉，蕙英，真难为了你！”

他始终低着头，不让她看到他一脸的忧伤和悲凉，她强笑着，用劲握握他的手：“唉，这是什么话？好好的，你倒和我道起歉来不成？何至于啊？那是我自己选择的理想生活，甘苦我自己明白。而且，我分明是甘之如饴，你明白的！”

蔡锷依旧在叹息：“五华山督都府的那些日子倒也罢了，毕竟是和平时期，清贫是清贫些，毕竟是安定的。可是后来，从到了北京开始，你就和我过上担惊受怕的日子，在那个大樊笼里，熬煎着，隐忍着……后来我万里间关，回到昆明，又要上战场。那时的你，正要临盆，那场离别……唉，真有点生离死别的意味了！”

潘蕙英静静地听着，嘴边始终挂着温顺平和的笑意。

蔡锷却像是在此刻要尽情发泄出自己对妻子的愧疚之情：“蕙英，有时我真有点后悔……娶了你！”

“松坡你？”潘蕙英知道他之所谓，但是还是微嗔着看他，“又说没用的傻话！”

“是真的，蕙英！近来卧病，我总在想，咱们的这场婚姻，当真是误了你？如今我这番情形，万一有个山高水低……”

“松坡，我不许你说这样的话！”潘蕙英终于忍不住，将他的手紧紧攥在自己手里，眼睛直视着他，她看到他抬起头来，眼中已经有泪光在闪烁，她自己的泪水此刻却忍不住流了下来。她将泪水擦去，强笑着，转换了话题：“好了，说点开心的事情好吗？今天，宁儿在女仆的搀扶下，已经会走几步了。”

蔡锷也懊悔刚才自己失控的情绪流露，让妻子伤心了，此刻就笑应道：“是吗？这真是让人开心的一件事儿！宁儿比他哥哥端生走路要早呢。”

提起远方的大儿子，潘蕙英又是一阵心酸，她强忍住情绪，表面不露出半点，只是笑着点头。

“对了，蕙英，前次母亲来信，是侠贞代笔的，说到端生，他一切都好，据说孩子比以前胖了，你放心！”蔡锷自然明白妻子对自己所生的长子的牵挂，就笑着安慰她，说了家乡来信的内容。

潘蕙英又点点头，含笑附和着丈夫的话：“端生放在母亲和侠贞姐那里，我有什么不放心的？”

“唉，我明白你的心，做母亲的，再多的孩子，每一个都是当娘的心头肉。我想等我好些，你就……”话未说完，他又咳嗽起来，咳得瘦弱的身子像秋风的树叶，簌簌颤抖。

潘蕙英急急揽住他的身子，为他捶着背，安慰道：“好了，快别说话了，歇歇吧。你什么都不用想，我会一直在这里陪你。等你病好了，咱们一起回去看孩子，还有……家人！”

这阵咳嗽好容易平复下来，潘蕙英强迫蔡锷平躺下来，一手握住他的手，一手为他捋着胸口顺气：“你闭上眼睛将息一下吧，我守着你。嗯，我给你念一首诗吧，是我今天从梅子那里听到的，据说是个外国诗人写的，百里兄译成了中文古诗句——

世之万物，吾爱有三：
一曰为日，一曰为月，
一曰为汝。
日出昼也，月升夜也，
爱汝恒也！”

她的音调温柔至极，将这首清丽缠绵的小诗读得缠绵悱恻，婉转动人。蔡锷一遍遍复述着，感叹着：“哦，是的，真美！真美！”

潘蕙英也一遍遍在他耳边轻声复述着这首小诗，甜美娇柔的音调像是在唱着催眠曲，她又用手一遍遍为他按摩着前胸后背，仿佛要用自己的痴情和温柔，将他身上的病痛拂走一般。蔡锷在妻子的温情抚摸中，沉沉地进入梦乡。

潘蕙英深情地凝望着自己的夫君，想起他刚才对自己发出的那阵感叹，心里暗暗心酸：傻子，你到今天还会说后悔娶我这番话吗？当然，我明白你是在心疼我，怜惜我。但是松坡，你怎么就不明白，嫁给你，是我今生最幸福的事情！

她又回忆起自己和他刚结婚时的那段心路历程：当那个有过特殊盟誓的洞房花烛夜过去之后，婚姻的画卷在他们之间慢慢展开。两人惊喜地发现，他们彼此找到了此生的真爱！

她感受到来自他的深爱、痴爱。她相信他的爱情触觉逐渐被自己唤醒。他爱她至深至纯，那种浓烈的情感让她战栗，也让她欣喜。

她是以如夫人的名分嫁给他，搬进都督府后，却担负起都督府的女主人的全部重担。她已经进入到她理想中的婚姻生活，她如愿嫁给了心目中的英雄，要为他奉献自己的一切。

自从她走进这座坐落在五华山的云南督都府，有意无意间，她也从此开始了云南“第一夫人”的生涯。出身富家的她，如今要用实际行动，支持丈夫正在进行的新政改革。

督都府的生活简朴如寻常人家，这首先表现在衣食住行上面。蔡锷特地向曾任滇中观察使的周钟岳打听过，一般人家日餐所耗多少金，得到答案后，蔡锷下令裁减用度，要求军需官对他的餐费支出要跟一般人家一个标准。督都府的伙食标准和平常昆明居民并无两样。

没等他建议，她早已悄悄收起绫罗绸缎的华服，换上寻常布衣；她亲自下厨做饭，依照他的口味，调理饮食，将粗茶淡饭也做出不一样的温馨味道；为了减少家中开支，除了必要的仆人外，她的身边，甚至没有使唤丫头；同样为了节俭，她从来不用金银器皿这种和督军府原本相衬的物件，倒会选择一些古朴、拙而不俗的陶泥器皿，去烹茶煮水，然后在月下，院子里，他们夫妇相对品茗，给人以古风古韵的感受。

作为都督夫人，她的衣饰和做派仿佛是一支风向标，引得贵族夫人、平民女子都纷纷效仿，改变了当时云南交际场合的奢靡风气。她绝少出现在云南社交场合，她和自己的丈夫——云南省第一高官，过着几乎是一种与世隔绝的隐居生活。他们过起简朴而低调、清贫但温馨的小家庭日子，这也是他们两人梦寐以求的生活

潘蕙英是无限满足和幸福的。她在暗自庆幸，她没有看错他，她真正找到了心目中的英雄。

他在政界是一个勤勉自持、果敢有为的政治家。他积极推行云南各项改革，使云南气象为之一新，他的以身作则，模范带头，带出了一批廉洁奉公的官吏，使军都督府风气为之一新，云南上下，廉洁成为一时风尚。

生活中的他又是一个内敛稳健、洁身自好的好男人，他身上没有一般旧军阀的不良习性，更多的是具有一个受过西方文明熏陶的新式军人的良好风气。他有着民主、平等的思想，有着极好的绅士风度，有容人的雅量和良好的教养。在她的眼中，自己的丈夫近乎完美无缺。

此刻，在异国他乡的病房里，守在自己丈夫的床边，潘蕙英沉静地微笑着，她的脑海里，又浮现出当年丈夫执政云南，他们夫妇的一些生活片段。

第十三章　治滇

士有公天下之心，然后能举天下之贤。——张养浩

1912年　云南昆明五华山督军府

“真是岂有此理？有令不遵，莫非真的将我这个都督看成是一个摆设了吗？”蔡锷将手中的一张请柬拍到桌上，愤愤道。

他正在自家院子里石桌前看书，秘书送来一张请柬，他看后就是这番激愤模样。秘书有些紧张，不敢接言，又不敢离开，只好神情尴尬地站在那里。

潘蕙英正捧着一杯茶走到他身边，也被他的这番激动的神情吓了一跳：“怎么了，松坡？”

蔡锷又盯了一眼桌子上的请柬，没有回答她的话，只是紧紧抿住嘴角，清癯的脸上满是愤慨之情。

潘蕙英微微对秘书点了下头，他心领神会，悄然离开。

将手中的杯子放在桌上，潘蕙英才拿起请柬看过，淡淡一笑，并不作声。转而轻轻拉蔡锷的衣襟：“好了，你先喝杯茶，平息了这股气再说吧！”

蔡锷接过妻子递上的茶杯，默默看着出神。

潘蕙英知道他的心思还在那张请柬上，就忙故意岔开话题，用轻松语气问道：“这普洱是我炖了许久的，虽然只是中下等的茶末，但是你猜我用什么水烹的？”

蔡锷不好太拂妻子的美意，只好勉强笑道：“我哪能知道啊？蕙英你有时候就像小孩子一般，总是爱别出心裁地做些事情。”

“别出心裁？听起来貌似是贬义哦？”潘蕙英撅起嘴来，“怎么，不喜欢我

带给你的这种新生活？”

蔡锷看了看妻子小脸紧绷，眼珠子却在俏皮地转动，就知道她是在故意撒娇，并没有真正生气。此情此景让他暂时忘却了刚才的烦忧之事，倒动起顽皮心思，要和她逗趣一番。

他故意叹息：“不错，既嫁入这五华山督都府，你也就是人家众口交议的‘云南第一夫人’了，却喜欢做些标新立异、奇奇怪怪的事情。嗯，比如说，”

他笑看手中的茶杯：“收集梅花、冬青上的雪水，或者在雨天去檐下接些雨滴，再用来煮水烹茶……如此这般，倒是很有古代文人雅士的遗风，可是在这边陲之地，教化所关，又有几人能懂这番闲情逸致？传出去，难免就被人笑话了？”

“那又怎样？松坡你？……”潘蕙英急切欲辩，却被蔡锷截住话头：

“别急，我才说了个开头呢。”蔡锷放下茶杯，笑着对她眨眼，“还有，我知道你喜欢李易安，喜欢她的词，也喜欢她的风骨，更仰慕她的爱情——和赵明诚千古不灭的爱情，所以……”

他看看脸上已经飞起红云的小妻子，嬉笑道：“你就连夫妻日常生活细节，都在学你的偶像吧？空闲时间，总爱拉着我对弈黑白，品诗吟对，还要和我比拼记忆力，看谁记得的名句佳篇为多？”

“可是，松坡……”

蔡锷将食指竖在嘴前，制止了妻子的声辩，又孩子气地挑起眉毛，故意上下仔细打量着她的穿着打扮：“还有你这身装束吗……”

“又怎么了？连衣服都不对了吗？”小妻子认真撅起嘴来，粉嫩的小脸涨得通红。

做丈夫的人几乎憋不住笑意了，他上前搂住那个纤细的肩膀，在她耳边轻语道：“堂堂的都督夫人，放着绫罗绸缎不穿，却偏偏喜好麻布粗衣？嗯嗯，所不同的是，此粗衣布裳倒因为裁剪合度，样式别致，据传已经为云南官场贵妇们效法的标本了！”

他又笑看妻子的头发：“还有你这髻上绾的荆钗，也听说成了当今名媛们争相效仿的流行的发饰了。如今这督军府上下，云南官场内外，谁不知督都夫人穿衣打扮标新立异，不走常人的路数？”

“这……”潘蕙英听他讲的倒也是实情，自己欲辩无词，就推开他搂着自己的胳膊，直视着他，娇嗔阵阵，“好吧，蔡松坡！别花言巧语拿别家话搪塞应付我，听你这番评议，分明是你自己变了心思！哼！难怪会有古诗云——人生若只如初见？这才多久？你就对我视如敝屣了？”

“我接个下句吧——等闲变却故人心，却道故人心易变？”他竟然还带着顽皮的笑意对她。

“没错！就是喜新厌旧！”她还是绷着小脸生气。

“嗯嗯嗯。”他上前拉住她的手，一起坐在石桌前，笑看着她，“想不想听听我替自己夫人做的辩解之词？”

“啊？是什么？”潘蕙英睁大了眼睛，望着丈夫，一脸的好奇。

蔡锷笑了，他清清嗓子，正色道：“我的妻子潘蕙英，自从嫁给我那天起，就立志过一种全新的生活，确切地说，是一种全新的‘云南第一夫人’的生活。”

“她收起了前任督都府里陈列的金银器皿，名贵瓷器，换上了土陶粗瓷器皿；拒绝了绫罗绸缎，代之以粗布土衣；金银珠宝她不缺少，却爱用荆钗绾发，锦衣玉食的生活她不眷恋，倒甘心过一种简朴归真的平民生活……这个出身世家，中西学都有涉猎的女孩，就是这样，以自己的言行，为云南政界、社交界引入了一股全新的风气……

“身为督都夫人，她的衣饰做派，就是一支风向标，改变了当今上流交际场合和民间坊里的审美情趣。贵至名门之秀，下至平民女子，都纷纷效仿都督夫人，一只荆钗，几点香草，天然雅趣，返璞归真，一时间尽扫往日奢靡浮华之景象。”

“松坡……”明白丈夫刚才是故意用反话在夸赞自己，潘蕙英羞红了脸。

蔡锷握住妻子的手，将这只柔白的小手爱抚在自己掌间：“又有谁能想得到，居住在五华山都督府的蔡夫人，身边连使唤的丫头都没有，自己需亲身下厨做饭？而且这位小女子又不爱以夫人身份出席各种社交活动，深居简出，几乎是常年蛰居在自己家中……”

“这个可不独我？”年轻的妻子忍不住笑着反驳，“身为都督，你自己都很少热衷于抛头露面，流连于社交场合？我只不过夫唱妇随罢了！”她俏皮地对他笑着，一副揶揄神情。

蔡锷有些感慨：“你是知道我的，一向不喜欢热闹的场所。工作之余，回到书房，静静读上几本好书，该是多么惬意的一件事？”

潘蕙英抿嘴一笑：“这也是你低调内敛性格使然！有时候我在想，蔡松坡实在不是一个适合仕途经济的人，他就应该是一介书生才对！”

“书生既然‘投笔从戎’，目前蔡锷就是一个军人！”他认真地纠正道，“蕙英，其实我的理想，就是做一名效忠国家，保土卫疆的纯粹军人，而不是什么政界人物……”

“我明白！”潘蕙英充满怜惜地望着丈夫，“可是如今你既受民众拥戴，任了这个都督，就该勉力为之，造福一方，勤政为民！你能做好的，我一点都不怀疑！”

蔡锷为妻子的真情所感，垂首沉吟不语。片刻，他抬头望向妻子，眼中溢满感激之情：“可是，蕙英，你可能想不到吧，你给我营造的这份平常人家粗茶淡饭、浑若天然的生活，正是我一直以来向往的生活状态！何况你又用妙手慧心，烹茶煮水，月下联诗……琴棋书画，诗情画意，采桑东篱下，悠然见南山！这不正是古代读书人最向往的桃源仙境吗？哎，蔡锷何幸，得贤妻若此？”

说到此处，他忍不住嘴角上弯，露出孩子气般得意的微笑来。

“嗨，看你这个神情，像个孩童般得意满足，哪有个都督的样子？何况，哪有这样夸自己的夫人的？”潘蕙英心里暗暗高兴，但是嘴里还是故作笑嗔。又记起什么来，蹙起秀眉：“可是，我的都督大人，这样的生活，在一些人眼中，简直是不合时宜的古怪行径呢！我可听说了，有人评议说，云南都督蔡锷，倒像是个不谙风俗、不近情理的苦行僧！”

“丈夫行于世，安能为一些流言蜚语所惑焉？所谓‘大行不顾细谨，大礼不辞小让’。如今我正在推行的吏治改革，就是要努力革除晚清以来奢华旧习，崇尚俭朴新风。蕙英你这般行事，正是在侧面响应了我之决策，善莫大焉！”

“可是，松坡，我虽然懂你，支持你，也时常为你担心。”做妻子的她紧皱着双眉，“你的倔强脾气，你的书生意气，都会让你时常收获一些麻烦。”

蔡锷静静地听着。

“还记得上次二弟松墀的事吗？”潘蕙英看着丈夫，幽幽说道：

“自己的哥哥做了云南都督，是统领一方疆土的父母官，我都能想象得出，你的两个弟弟欣喜激动的心情。

“二弟蔡钟从老家湖南乡下，千里迢迢地赶来投奔你，原指望你这位都督哥哥能替他谋个一官半职的。最起码，也能在都督府里做个闲差？可你倒好……”

她望着他叹息：“竟然一口回绝了二弟的要求！还不收留他多住，给了回家的盘缠就打发他转身了！唉，松坡，二弟走时，眼含热泪，我看了都好生不忍！”

“松墀……”蔡锷感同身受，也蹙起了眉毛，“是的，我对不起松墀！其实，我心里明白，家里人，母亲，姐妹，两个弟弟，我都对不起他们！”

“松坡，很抱歉，都怪我，让你想起伤感之事了！”

“不，蕙英，其实这些事早已压抑在我心中已久……”

他不由得深深吸一口气，将眼中蓦然间涌入的一股潮湿压抑住了：“我少小离家，对家中帮助的实在太少！奉养父母，照顾姊妹，都是我那两个弟弟在操劳！父亲逝去后，松墀为长，家中诸项事务都是他在维持；三弟松垣年少，却也知道为母分忧。我听母亲告诉我过一件事，让我想起来就心痛不已。”

潘蕙英认真地听着，蔡锷的语气越发沉重：

“松垣小小年纪就每天上山打柴，他背回来的柴火母亲几乎不忍心烧，因为每根柴木上，都有七八道砍痕，那是三弟他人小力气薄，砍不动的缘故……”

泪水就在这时滚出了他的眼眶，他背过身去，偷偷拭去了。

潘蕙英俯身上前，用手握紧他的手。

蔡锷看着妻子，理解地一笑：“从内心讲，我觉得对不起我的两个弟弟，作为长兄，我对他们的照顾和关爱实在太少！可是，蕙英，这次松墀来这里谋职，我却依旧不能通融变通，你能理解吗？”

“当然，松坡！你一定是怕招致闲话，引起他人无端猜疑。你刚刚在云南颁布新法，进行吏治革新，裁撤、调整了一些官员，如果此时将自己的兄弟安排公职，必然是瓜田李下，遭人垢评，又岂能规范他人？”

蔡锷点头：“我现今正在实行的，是将带给云南政界翻天覆地的一项变革运动。我认为，只有下一剂猛药，才能彻底扭转这个晚清以来贪腐龌龊的官场局面！那么这剂药，必须我自己先尝，才可端于众人喝！我记得是这样和松墀解释的，我说你想在云南做事，也未尝不可以。但是，我身为都督，带头把自己的兄弟安插在身边，别人会怎么看待，又怎样评说？不但坏我蔡门寒素家风，弄得不好，云南政界其他官员还会学着我的样子做，这样对你对我都不好……而且，母亲年纪大了，她老人家养育我们兄弟姐妹不容易，家里需要有人照顾，所以我建议你还是回去为好。”

蔡锷叹息：“蔡钟他一向听我的话，这次也不例外……唉，我这个弟弟啊！”

他又露出一丝苦笑：“不过这件事，也成了我薄情寡义的确证了，好几个朋友都当面责怪过我。”

“蔡松坡自有蔡松坡的胸襟，蔡松坡也有蔡松坡的胆识！”潘蕙英正色道，“你们老家的先哲——曾文正公有云‘名满天下，谤亦随之’，不过如此而已！”

不知不觉中，夜色已暗，月亮升上了中天。石桌边，夫妇依旧相对而坐，默默看着桌上的那张请柬。

蔡锷叹息：“蕙英，你如今明白了我为什么刚才动气了？”

他拿起那张请柬：“前不久，我们刚颁布一系列条令规定，其中有很多全新的举措和规定：如政府兼职人员不得兼薪；军政人员不得侵吞缺额饷银，不得行贿受贿，不得挤占挪用教育经费……还有些具体的较为详细的执行细则，其中一项即为——公职人员不到星期日不准相互宴请，即使宴请，一桌宴席的费用也不得超过五元，违者必须接受惩罚。”

他生气地将请柬再次掷于桌上：“再看这位现任警察厅长，全然不把都督府颁布的禁令放在眼中？在非星期日设席请客，宴会地点和规模，远远超出这‘五元’的标准，更可气他竟然明目张胆地发帖于我，还公然邀我坐上席？真是糊涂昏聩之至！”

潘蕙英忍不住叹息：“往昔官风旧习，想要彻底扭转，并不是一件容易之事！”

她用略微担忧的表情望向他：“可是这位官员位置显要，也曾是重九起义功臣之一，如今更是你手下的股肱之臣，很多人都一定在关注着对此事的反应……我刚才看你也是在气头上，就先拿别样的话来打断你，就是想让你先平静下来，再看此事如何处置？”

蔡锷沉思片刻，毅然道：“中国有句古话，‘物必自腐而后虫生’。既然下决心要扭转、纠正这股奢靡、腐化官风，必然要做到立木南门，峻法严刑。对于此等逋慢之罪，岂可放纵不惩？那一路发展下去，到后来就必然是败法乱纪之局面了！”

他拿起桌上的笔，在请柬上批了八个字：违背条令，罚薪半月。

“好了，公事处理完了，都督大人可以用饭了？”潘蕙英看着仍眉毛紧锁，面目严肃的他，笑道。她回身端来了饭食，石桌前，两人相对而坐。

蔡锷捧起夫人递过来的饭碗，依然是若有所思状：“这个请柬倒也使我想起一事来。这个周末，你准备一顿便饭，我也要请客。不过……”

潘蕙英闻言莞尔一笑：“是了，这个‘不过’我明白，就是那条不要超过五元钱标准的禁令，为妻记下了！”

她笑看丈夫：“其实倒不用你吩咐，咱家的一日三餐用度并不比滇中平民百姓高。加上你领的那份薪水，唉，所谓巧妇难为无米之炊！你尽可以放心，身为都督府主妇的我，想违规也没能力！”

却见眼前这位态度较真、方正可爱的都督竟然微笑点头：“所以说，同气者方可引为同居者，信夫！”

年轻俏皮的妻子却又加了句：“还有，你总提到的‘微服私访’计划，行头我也给你预备好了。夜深人静时分，蔡都督就可以独自去逛逛昆明城，探访一些你想了解的真实民生了。”她指指门里衣架上挂着的粗布衣衫。

“好好好，又是贤妻行为！蕙英，如此发展下去，你快成为当代孟母、乐羊子妻了。”

“才不是呢，我不要比那些贤妻模范，我只要跟着你，看着你，就满足了！”做妻子的人，又露出小女孩娇憨模样，“你要求我做的，我都圆满完成了。如今我也有一个小小的请求，请答应我吧，都督大人？”她扬起俏丽的小脸，望着爱人。

“唔？说来听听。”

“咱们以前有过约定的，我要时时刻刻陪在你身边。落实到现今的状况嘛，那就是——你微服私访时，要带我一起去！”

“带上你，多一份招摇，那还如何算得上微服私访？”

“你刚才都说过我是荆钗布衣的，如何算得上招摇？何况，我的书呆子都督，你忘了为妻可是本地人哦，风土人情烂熟于心，自然可以给你很多帮助呢？”娇媚的小妻子收起如花笑容，鼓鼓眼看着自己的夫君。

“那……好吧！”秉书生意气的丈夫，犟不过自己的小娇妻，只好孩子气的嘟嘟嘴，勉强答应了。

几天后，还是在蔡锷官邸，几个准备赴美留学的年轻人被都督邀请到家中做客，为他们饯行。此刻几个年轻人围坐在石桌旁，谈兴正浓。时年二十四岁的董泽也在其中。他望着四周简朴的院子，府内的朴素陈设，又看看眼前石桌上的督都府待客食品——几杯清茶，一碟炒黄豆，不由得微微点头感慨。

旁边一个学生模样的人笑问：“看着董君的模样，似乎想发什么感慨似的？”

董泽点头：“以前我听说蔡都督一廉如水，两袖清风，今日见到督都府内的种种情形，才知道并不是虚词！”

有学生也附和道：“外界总传蔡都督几乎过着隐居的生活，就连都督夫人也很少露面，总是给人以极强的神秘感。今日得见，才知道竟然是这样一位知识女性；言谈举止，修为甚高啊！”

隔壁书房里，二十六岁的朱德站在高大的书柜前，露出如饥似渴的神态。书柜中陈列着很多当时市面上不多见的书：康有为的《日本明治变政考》《俄罗斯大帝彼得变政记》《意大利游记》以及梁启超的《新大陆游记》等。

未加迟疑，他还是抽出了自己多次读到的那本《曾胡治兵语录》，来到书桌前，坐在一旁的蔡锷微笑看他：“又看这个？玉阶，今天还是有一大堆问题要问吗？”

朱德认真地点头，憨厚笑笑：“其实，对于我来说，这不仅是一部用兵理论经典著作，还是我的军事启蒙教材，更是我带兵时很实用的一本书。恰好这次又有机会向您当面求教，我当然是不肯放弃啊。”

蔡锷看着比自己年少四岁的昔日学生，如今已经成长为一名成熟稳健的军官，心中自然是欣慰莫名，他笑着感叹：“唉，玉阶，你可能也想不到，这本书虽然是我编著的，但是这样面对面详细讲给旁人听的情形，也独你一份！”

朱德很激动，也很感动：“其实我从您这里学到的东西岂止这本书？还包括——诸项军事谋略与运筹帷幄的指挥艺术，更有政治竞争中非常需要，但却又相当稀少罕见的人格道德，一种患难与共、相忍为国的政治艺术。”

蔡锷摇摇手：“哪里有你说的这样好了？不过，我还是想听听你们这次援川的情况。”师生二人详细地探讨起来。

开宴时，蔡锷招呼学生们坐到餐桌旁，他和潘蕙英坐在主位相陪。学生们放眼望去，餐桌上摆好了几样朴素寻常的菜品。

蔡锷端起酒杯：“今天我们在这里小聚一场，既为玉阶援川功成归来庆祝，同时也是为董泽等君践行。”

他看着几个学生，眼中尽含期待、勉励之色：“你们是我们云南政府选派的第一批公费留学生，即将赴美就学。蔡锷身无长物，备此家宴，为诸君壮行，希望你们能在异邦刻苦用功，学有所成，将来回国效力，不枉费政府对你们此番栽培造就之意，也不辜负云南民众对你们寄予的厚望！”

董泽代表赴美学生表态，他向蔡锷夫妇敬酒：“久闻都督和夫人贤达之名，今日得见，方信为真！”

朱德和身边的几位学生纷纷点头。

董泽又看看桌上的饭食："据府中仆役讲，就是此等菜肴，比之府中日常馔食，已经算是都督府待客的上品了。都督和夫人的清廉作风给我们留下了深刻的印象。吾等当以此为楷模，勤勉自律，修身养性，做个对社会和国家有用之人。"

他接着叹息道："刚才我们这些人还在纷纷感慨，您二位是我们见到的最清廉的都督和最贤惠的都督夫人了，就不知道以后还能遇见这样简朴自律的官员吗？"

"你们学成归国，当成为一个又一个优秀的官员，超蔡锷十倍、百倍才是！"蔡锷回答的铿锵有力，"不然，我们此举送诸君远行求学何益？历览前贤国与家，成由勤俭破由奢。让我们相互勉励！"

董泽看着自己的父母官，说出了一个念想："学生不才，想请都督赐一张相片，随身携带，也好时时观瞻，相互比照，自检自省。"

书房中，蔡锷将自己的一幅照片取出，提笔在背后写下一句话："董泽君志愿宏大，学性卓赢，今有美洲之行，特赠此照留念。"

"董泽记住都督的嘉勉之意了，当以此自我激励，不敢丝毫有所懈怠！"他认真向蔡锷说道，蔡锷满意地点头。

一周后的傍晚，蔡锷脸色阴沉地回到家中，独自进了书房。潘蕙英做好了饭，去敲门叫他几次都不出来。后来她悄悄打电话问过副官长何鹏翔，才知道是他曾经爱重的一个部下牺牲了。

晚间，蔡锷走出书房，打电话叫何鹏翔过来，递给他一叠文稿，又吩咐了他几句，何鹏翔领命而去，蔡锷才坐到饭桌前。

端起饭碗，他几次难以下咽，神色凄楚，让潘蕙英看着忧心。

"松坡，你要是心里不舒服，就先别勉强自己吃，不然吃下去，心里也不受用。"

蔡锷看了妻子一眼，微叹口气，随便吃了几口，放下饭碗，又进了书房。

潘蕙英收拾完家务，也来到书房里，看到蔡锷坐在书桌前，对着一张照片发呆。她走过去，伏在他肩头观看着，那是几个军人的合影照，重九起义胜利后拍摄的。蔡锷指着其中一名年轻军官，对妻子道："看，他就是黄毓英。"

他轻声对她回忆着："黄毓英，黄子和，是我的学生，讲武堂毕业后，我提前把他和朱德一起要到我的三十七协作见习排长。他是一个激进的革命者，年纪虽轻，却算是老同盟会员了。重九起义前，他大着胆子来游说我参加他们的组织，参加革命。也是这样一个夜晚，他突然出现在我的办公室里，给我留下了极深的印象！好一个头角峥嵘、光芒四射的青年啊！”

往昔的情景回放在蔡锷的脑际，那个云南会泽籍的青年激情澎湃的话语还回响在耳边：

“蔡协统，请您加入我们！”

“加入我们——同盟会！实施革命行为，推翻满清王朝，建立新型民主政权，救四万万同胞于水火！”

“您是什么样的人，我心里自然有数…… 您是我们的人！”

镜头又闪回到重九起义前，蔡锷记起当时看到众位军官处于犹豫不决时，自己心里焦虑万分，黄毓英挺身而出，发出誓言：“起义之事，重在隐秘、迅速！此刻已到拔剑出鞘时刻，何必做此等优柔寡断、犹疑不定之态？俗话说，当断不断，反受其乱！你们若不能决，我自己单干！”

“…… 如果事情败露，被敌擒获，我必招供今日和诸君同谋之举！我死了，你们诸位也未必能幸免？与其反与不反都是一死，请诸君考虑，早做定夺！”

说到此处，蔡锷的眼眶濡湿了。他长吸一口气，用力揉揉自己的面颊，将一腔悲怆之情用劲压抑在心底。

潘蕙英默默站在他的身后听着，此刻用手轻抚他的发际，无声地安慰着他。

“多好的青年啊！”蔡锷感叹着，“蕙英，你知道吗？重九起义，黄毓英功不可没！当时他率领部队攻破北门，为起义建立首功，被誉为‘辛亥首功之臣’。他当得起咱们云南最年轻的辛亥元勋！今年年初，川、滇两省共同组成北伐联军，准备北伐，成立了‘援黔遵义支队’，黄毓英任副支队长，他们进入贵州后，剿匪安民，稳定了遵义一带的秩序。却不料就在前两天，他竟然回滇途中，被土匪暗杀……”

潘蕙英也惋惜地长叹一声。

蔡锷好像喃喃自语着：“对于这样的青年英雄，我们要大力表彰，让他们的英名传遍全滇、甚至全国！我已经亲自为他写了墓志铭，也提出建议，等他的遗体运回昆明，就为他举行公葬！”

潘蕙英点头，又提示道：“是否还应该优抚其家眷？”

这话让蔡锷又是一阵心酸。他叹口气，才幽幽道：“当年，他受孙逸仙先生指派，从日本回国参加反清起义。由缅甸入滇途经仰光时，成立了同盟会仰光分会，黄毓英被选为会长。其间，家中多次来信催他回家结婚，他回信说：'国且将亡，于家何有？其革命者九死一生，若有妻子，则生足以累己，死又累人，愿鉴愚衷，勿复相促。'这就是咱们身边的'匈奴未灭，何以家为？'之壮举吧！"

蔡锷说得伤感起来，沉吟片刻，拿过一张宣纸，提起笔，写下四行诗句：

浩气充横万古存，光芒凛凛照千门。
当年战骨成灰烬，犹有英雄未死魂！

潘蕙英读着诗句，也被深深感染了。她握起丈夫的手，和他一起望着那张照片，看了很久。

1912 年冬　云南昆明五华山督军府门前

寒风呼啸，已经是夜深人静时分。

一个身穿粗布衣衫，脚穿旧布鞋的身材瘦削的年轻人来到大门前，正是微服私访回来的蔡锷，此刻的他完全是一个做工者的打扮。他紧蹙着眉头，像是在思索着什么，不知不觉间，来到都督府门前，他习惯性向里面走，却听到耳边一声大喝：

"站住，什么人？"一个卫兵斜端着枪吆喝着。

沉思中的蔡锷吓了一跳，忙直觉回应道："哦，我是蔡锷，出去办点事，回来晚了。"

"什么？蔡锷？你这个样子的要是大都督，老子就是当今大总统了！穷酸小子，竟敢信口开河地冒充大将军？快滚，小心挨老子几枪托！"

卫兵扑面而来的酒气熏得蔡锷直皱眉头，他转身离开，向都督府后门走去。

都督府后门。

守门的卫兵也将来人拦下，他上下打量眼前这个人，警惕地看着他，严肃地喝令："证件！"

蔡锷摸摸口袋，什么证件也没带在身上，无奈间露出一丝苦笑。

“对不起，我出来匆忙，证件忘记带了。”他含笑对卫兵解释着。

卫兵再次打量了他的装扮，满脸狐疑，语气更加严酷起来：“没带证件？你究竟是什么人？”

蔡锷也随着他的目光低头看了看自己的穿着，又记起刚才前门那个卫兵的话来，知道即使说明身份，也未必会让人相信，只好再次无奈苦笑：“我……我自然是这督都府里的人……”

“督都府里的人？看你这身行头，不过是个仆役、园丁？这大晚上的，这里的工人都早已下班，府中并无闲杂人等走动……”年轻的卫兵目光如炬地看向眼前这个令自己万般怀疑之人，“哼！我看你倒像是个……”

蔡锷不解：“像什么？”

“奸细……暗探？”

蔡锷简直哭笑不得，不知道该如何和眼前兵士解释。片刻，他以手拍额，似乎想出了良策：“这样吧，小军士，你进去帮我找个人好了，你把她叫出来，一切就真相大白了！”

“你想找什么人？”

“蔡夫人。”

“什么？！”

“蔡夫人潘蕙英。你请她出来就好。”

“你说你找谁？”卫兵的语气明显是从怀疑变成了愤怒。

蔡锷未曾察觉，他白皙文气的脸上，此刻倒露出书呆子气的较真神情：“怎么了？有什么不对？就找潘蕙英！麻烦你请她出来，我有话说……”

“啪！”

话音未落，他的脸上已经重重地挨了一巴掌。

卫兵上前揪住他的衣领，简直是怒不可遏：“胆大狂徒，夜闯都督府，还竟然扬言要见都督夫人！真是色胆包天，狂妄至极！我非把你……”

这番动静惊动了不远处的值班室，门开了，警卫连长跑了出来。

“啊？！都督，怎么会是您？”

看到蔡锷，警卫连长大惊失色，话都说不连贯了：“都督……没想到您……这是个新兵，他不认识……您……我们……我回头……教训他……”

他边说边上前搀扶蔡锷，看着他捂着被卫兵掌掴的左脸，在那里抽气忍痛。

蔡锷的脸色自然不好看，他咬咬嘴唇，似乎克制下自己上涌的怒气，甩开连长的手，淡淡地说道："这不怪他，是我没带证件，有错在先……"说完，他盯了卫兵一眼，转身向府里走去。小卫兵吓傻了，嘤嘤哭了起来。

"你还有脸哭？竟敢掌掴都督大人？我看你是混到底了？收拾铺盖立马给我滚蛋！"连长又气又恨，咬牙切齿地低声着责骂卫兵。

"我说过了，此事错在我处，你不准难为他！"蔡锷听到身后动静，扭身吩咐一句。

"是，都督！"警卫连长忙立正应声。

督都府卧室里，潘蕙英身怀有孕，身形略显笨重，她用毛巾仔细为蔡锷擦拭着被打的脸颊。蔡锷咬着嘴唇，一副尴尬沮丧的模样。

潘蕙英擦着擦着，忍不住扑哧笑了："你呀你，也真够书呆子气的！这样晚的时候，你说找谁不好啊，偏说找都督夫人，这不是找打吗？"

蔡锷咧着嘴苦笑："我哪想到那么多啊！就觉得很晚了，总不好打扰别人？也只能想到自己老婆身上了，谁知……"

潘蕙英忍笑点头："往日里你去私访，都有我陪伴在侧，一切都没问题。谁让你这次非不带我去？一不留神就挨打了吧？"她俏皮地对丈夫眨眼。

蔡锷轻抚了妻子凸起的腹部，无限怜惜地看着她："你如今这个样子，我怎么放心再让你陪我东奔西走，夜行街巷？"

潘蕙英边为他擦脸边笑问道："今天回来的这样晚，走的地方肯定不少？一定颇有收获吧？"

蔡锷点头："今天是去了昆明城好几个地方。我发现，只有在这些街头巷尾，才能让我感受到真正的民间疾苦。"

他扶着妻子坐下，叹息着说出了今天的一则见闻。

"今天傍晚，我刚来到昆明西城，就遭遇了暴雨，无奈间只好就近躲进一户人家避雨。不料却看到悲惨的一幕……"

"哦？"潘蕙英放下手中的毛巾，认真看着他。

"那一家子共五口人，一位白发苍苍的老太太正卧病在床，一对中年夫妇，还有一男一女两个小孩。全家人目光呆呆地坐在一起，都是面黄肌瘦，衣衫褴褛的样子。"

潘蕙英专心地听着。

蔡锷的表情很凝重："我仔细询问家中境况，才从女主人口中得知一二，这家人姓朱，当家的男人是一个货郎担，走街串巷卖点杂物，赚几文小钱，以维持全家生计。谁料想近来昆明连日暴雨，难以出去叫卖，家中无以为继，只能每日以两顿薄粥度日。老母重病无钱医治，孩子年幼饥饿啼哭……”

潘蕙英闻言轻声叹息。蔡锷握住她的手：“蕙英，你都想象不到那一家人目前的惨状！尤其是他们那种绝望悲哀的神色……当真让人不忍相对！那种情景下，我的眼泪再难忍住……”

他低头叹口气，又道：“我出去匆忙，身上也没带什么值钱的东西，只好搜遍全身，把衣袋中仅有的二十多枚半开（云南币），全部留给了他们……”

潘蕙英拉着他的手放在自己手中抚摸着，望着他的眼睛，用充满理解和信任的语气道：“我知道，你后面一定还会安排救济这家人的！”

蔡锷点头复摇头：“是的。可是蕙英，回来的路上我一直在想，像朱家这样穷困潦倒到难以为生地步的百姓，昆明城里还有多少？我今天能救济得了朱家一家，可是其他的呢？那些挣扎在死亡线上的家庭，老人，孩子……”

“这就是上次我为什么会在全省高级军政官员会议，一再倡议大家减薪，开源节流以减轻百姓负担的原因所在了。”他仿佛喃喃自语般讲了这样一番话，站起身来，走到窗前，望着屋外墨色的天空，像是在自问，又像是在叩问苍天：“民国已经建立，如果让老百姓依旧呼吸不到革命带来的新鲜空气，分享不到革命带来的丰硕成果，甚至是，享受不到他们作为民国公民应有的福利，那么……我们这场革命所为何来？！”

“‘长太息以掩涕兮，哀民生之多艰’！松坡，我真正觉得，你身上的担子好重！”潘蕙英也感叹着。

夫妻俩感同身受，相对无言。

临睡时，潘蕙英记起一事，忙问丈夫：“我还记挂一事，刚才打你耳光的那个卫兵，你会如何处罚他？”

蔡锷一扬眉毛：“为什么要处罚他？”

潘蕙英笑了：“打了都督大人，没个说法，你以为那位警卫连长，还有那个小卫兵，今晚能睡得着觉？”

“言之有理，还是你心细。”蔡锷赞扬妻子一句，抄起桌子上的电话，接通了警卫室，“传我的命令，前门今夜当班卫兵，酗酒违纪，严加管束！后门卫兵勤勉守职，提为警卫排长！”

潘蕙英闻言抿嘴笑了：“这个卫兵今晚这巴掌打得好，打出了一位新任警卫排长。”

蔡锷也笑了：“奇怪吗？那没办法。谁让他忠于职守，认真负责，像我的兵呢？”

潘蕙英点着头：“这才是蔡都督的做派，我一点都不奇怪啊！”

1916年11月初 日本福冈大学医院特护病房中

“唉，如今的滇军兵骄将悍，纪律气质远非数年前可比！此次护国有功，未免更添了居功自傲之气！四川的局面……罗佩金、殷叔桓他们如何相处？……”

病床上，沉睡中的蔡锷发出呓语，他又抬起右手拼命一挥，惊起了伏在他床边浅眠的潘蕙英，她握住他的手，轻声唤道：“松坡？松坡？”

蔡锷恍然睁开眼睛，仿佛才记起自己还躺在这异国他乡的病房中，他粗粗喘过几口气，一阵剧烈的咳嗽袭来，他又直着脖子咳喘起来，脸瞬间憋得通红

潘蕙英上前将他上半身略微扶起，取过枕头，垫在背后，扶他靠好，又用手为他不停地捋着胸口。好半天，蔡锷才缓过气来。

潘蕙英起身倒了杯水，小心喂他喝了几口，看着他脸色慢慢恢复正常。又伸手摸摸他的后背，已是濡湿一片。

她端来一盆水，为他仔细擦拭了后背，又为他换了一件衣服，扶着他躺好，才微嗔着他：“你呀，总是精神不肯放松，老操心着国内那些事情，这病体怎么能好转？”

蔡锷却是一副若有所思的神色，他沉吟着道：“蕙英，你去叫百里或者醉六来，我有些事情要和他们商量。”

潘蕙英惊讶地看着他：“你睡迷糊了吧？这深更半夜的，你倒要找人吗？”

蔡锷这才醒悟过来，他看看窗外的夜色，自嘲一笑：“我当真是病糊涂了！忘记是半夜了。唉，蕙英，你也该到那边床上去歇息，别总这样熬着。”

潘蕙英看着他轻轻摇头：“我不累，守在你身边，我才放心。好了，你快闭上眼睡吧，我就趴在你床边，一样睡得很好，真的！”

她强迫他闭上眼睛，又将他的一只手握到自己手中，再将自己的头轻轻枕到上面。

清晨来临的时候，潘蕙英醒来，梳洗过了，看到蔡锷睡得正熟，就蹑手蹑脚地离开病床，想去外间给他熬点清粥，却看到秘书唐岩进来，神色凝重地看看床那边，对她暗示了一隔壁方向。

潘蕙英随他来到隔壁房间，看到蒋方震、石陶钧和蔡锷副官李华禹在里面，几人都是表情沉重的样子。潘蕙英不解地望着他们，蒋方震将一封电报递到她手里，潘蕙英看后也惊呆了。

电报上白纸黑字记录着一条噩耗：黄兴病逝！

“天呐，怎么会？”潘蕙英拿着电报的手在微微颤抖，“克强先生……殁了？”

蒋、石等人都沉默不语，每个人的心头都沉甸甸的。在震惊悲痛之余，想到黄蔡二人的挚交深情，他们此刻甚至顾不得悲伤，要考虑一个棘手的问题是，如何将这个噩耗瞒过眼前这个缠绵病榻的人？

蒋方震表情凝重地说道：“昨日稻田先生还专门嘱咐了，松坡目前看似情形略微稳定，其实他的身体已经到了灯枯油尽的状态，只能慢慢将养，以期能有所转机。切记不能让他思虑过甚，情绪激动。否则……情况不堪设想！”

唐岩插言道：“按将军和克强先生的关系论，这个打击实在是太大了！他如何承受得住？”

“所以我们务必要瞒住他，不管采取什么方式！”石陶钧急切地接话道。

蒋方震看了他一眼，叹气道：“从今天起，日本各大报纸都是这个消息，要瞒住他……谈何容易？”

李华禹忧虑地看看众人：“这可如何是好？这些天将军身体略微好转，经过你们批准，每天可以拿几张报纸给他看的。这突然又……岂不让他生疑？”

“我实在想不通，老天为什么这样薄待松坡？连这一点希望和信念支持也不给他留下！”一直沉默不语的潘蕙英冲口而出这句话。一向镇静自持的她如今心急如焚，以她对蔡锷和黄兴关系的了解，自然明白这件事情对丈夫的打击有多大。因为关切之殷，她几乎急出了眼泪。

“这件事会要了他的命的！他和克强先生的私谊你们自然是知道的。尤其是，目前他病到这种地步，黄兴黄克强先生，几乎就是他的希望所在啊！”她的声音都颤抖起来。

蒋方震点头：“是的，松坡每次和我谈起时局，谈到国家的前途，总是说唯愿这个国家能在黄克强诸君引领下走到正途上去……如今，唉！”他说不下去了。

“那就千方百计瞒住他！能瞒多久是多久！”石陶钧用不容分说的语气道。他回头看着李华禹，“最近什么报纸都不要给他看，就说大夫今天又有新医嘱，他需要静养，不能看文字类的东西扰心！”

“可是……”李华禹很为难，“将军的脾气，你们也不是不知道，只怕我管不了他，再说……”

“再说什么啊？管不了他？那要你这个副官何用？”石陶钧急切之下燥脾气又来了，他瞪了一眼李华禹，语气强硬地嘱咐，“或者，你就说是我的主意，我不让他看报纸劳神，一切为他的病体考虑，没什么条件可讲，他必须遵守！”

“我可不敢……”李华禹嘟囔着，石陶钧正要再训他，被蒋方震制止了。

“醉六，你怪华禹何来？他如何敢违拗松坡的意思呢？我们要想别的办法。”

众人正一筹莫展，到隔壁看视的唐岩过来说蔡锷醒了。潘蕙英抹去泪水道：“我先过去，你们再商量。”她忙过去服侍蔡锷起床。

蒋方震沉吟道：“有个暂时的法子，上次那个闯进来见松坡的中国实习生，好像姓林的青年，你们还记得吧？”

李华禹点头：“林建昭，在这所医院的脑科做实习医生。将军好像和他蛮谈得来，曾经吩咐我，以后他再来，就让他进来！”

蒋方震：“这样吧，你今天就去脑科找了他来，让他这两天抽时间能陪着松坡，分散一下他的注意力。你把这边的情况告诉他一下，当然，要提醒他千万小心，绝不可泄露克强先生病逝的消息，倒可以随意和松坡聊些别的什么。”

李华禹有点困惑：“不是说将军要静养，要少说话吗？可是那个年轻医生和将军谈得很投机呢。上次他走后，看将军都累成什么样了！”

蒋方震正要答言，石陶钧不耐烦地一挥手：“两害相权取其轻。哪里顾得许多？先这样缓冲几天也好。”

蒋方震也点头，李华禹不吭声了，转身去脑科。

第十四章　出滇

不以一己之利为利，而使天下受其利；不以一己之害为害，而使天下释其害。

——黄宗羲

病房里，蔡锷穿着日式睡袍，坐在沙发上，美江为他量过了血压，笑对他说道：“一切情况都很好，将军阁下！”

蔡锷也含笑用日语对她致谢。美江突然记起一件事来：“将军，上次林医生和我说了，你们喜欢我表舅公的文章。刚好他去南部休养了，很多文章我找不到，倒是在他书桌上看到有两本杂志，里面登着他的文章，我就交给林医生了。”

蔡锷点头：“谢谢你，有时间请代我向你表舅公致意，当年我在日本留学时，就经常拜读他的文章。目前我把他的文章推荐给小林医生看，只是不要给你带来麻烦就好。”

“哪里啊，表外公的文章都是公开发表的论文，谁都能从杂志上看到的，怎会有麻烦？而且，”美江微微一笑，“我以前听他老人家讲到过将军您，他好像也关注过您的著作？日本的报纸上也刊登过很多您的事迹，他是中国通，当然对将军很是仰慕。他前几天去南部之前，还说回来后，要找机会和您见面呢。如果能征得院方许可的话。”

蔡锷笑了，和小护士开了个小玩笑：“我也期待能和他谋面一次呢，看机会吧。藤原教授是德高望重的学者，总不能学林医生那样潜伏进病房吧？”

美江捂着嘴咯咯笑了，看到潘蕙英端了热牛奶进来，忙笑着告辞了。

蔡锷接过牛奶，一饮而尽，将杯子递给妻子，长吁了一口气：“我觉得最近精神好多了，喉痛也不那样剧烈了，也许……就此好了，也未可知？”他望着妻子，露出孩子般的笑意。

潘蕙英真的像照顾孩子那样，用手巾为他擦了擦唇边的奶迹，也笑应道：“那是。只要你好好听话，不去想一些烦心事，不去操心那些国事、政事，什么样的病好不了？”

看着爱妻娇嗔的笑脸，蔡锷怦然心动。连他自己都没有察觉到，在外人眼中刚强内敛，自持力极强的他，却只有在潘蕙英面前会偶尔示弱，显示出脆弱敏感而需要抚慰的一面。

此时的他，却是有一股内疚和不安的情绪涌上心头，还夹杂着一丝虚弱无力的感觉，他就像做错事情的孩子一般驯服地点头：“唉，我知道，我的病让你操碎了心！这两天我在想，如果这病从此好了，我真不想再涉足政界、军界了。咱们不如学着范蠡夫妇那样，放舟五湖，归隐林泉如何？”

潘蕙英笑着摇头：“这个恐怕做不到，而且你说了也不算啊。你难道忘了前次在上海，梁先生对我说过的那句话——‘蕙英，请代我，不，是代替四万万人，照顾好松坡！你要记得，蔡松坡不仅仅属于你，他更属于四万万同胞！’”

蔡锷笑道：“你这么个聪明人，怎样听不明白呢？卓如师的意思是……”

“意思是让我好好照顾你！我自然明白的，就是担心你……”

话未说完，蒋方震和石陶钧敲门进来了。看到蒋方震又是一身戎装，蔡锷不由抿嘴一乐。

他还未开口，蒋方震忙道：“你别误会啊，我穿这身是去办公务。你忘了，云南省议会议长赵伸代表云南各界来看你，已经到东京了，我这就准备去迎接他！”

蔡锷点头：“我倒忘了这事。”

蒋方震想起电报上说的，赵伸因为突然接到黄兴病逝的消息，要在东京先参加黄兴追悼会的事情，便笑着解释：“他在东京还要参加一些华人团体的活动，估计会耽误一半天的，总之我和他一道回来。这两天，醉六在这里伴你。”

蔡锷点头，他在想着另外的事情，国内的来人，勾起了他一段很深的心思和忧虑。

他想了想，终究还是问了出来：“我忘记问你们了，最近戴戡可有信或者电报发来吗？四川的情形如今不知道怎样了？我一直惦记的是，他和罗佩金的搭档是否融洽……？”

潘蕙英点头又摇头："刚刚才说过要放舟五湖，不问时政呢？这倒好，没两分钟……"她对着蒋、石二人笑笑，拿着杯子出去了。

石陶钧笑道："看到了吧，蕙英就算沉默贤惠的啦，也受不了你了！你能省省心吗，我的蔡将军？"

蒋方震却明白他心系何事，知他忧虑所在，倒不如解析两句，也让他宽怀。

"戴戡忠诚内敛，是你所信任和倚重的，从这次潜出北京，一路辗转回云南的经过上，他和你配合默契，他的能力你也是欣赏的。你既然未雨绸缪，推荐了他做四川代省长，就该放心才是。至于罗佩金，也曾是你的部下，他任督军也是你所推荐委任，应该不会有什么太大的问题和嫌隙。"

蔡锷摇头："四川的局势并非你们想的这样简单！虽然目前西南局面已戡定，实在是尚不可盲目乐观！相信你们也看到了，如今的滇军兵骄将悍，纪律气质远非数年前可比，加之此次护国有功，未免更添了居功自傲之气，他们就是连我的命令都未必听从了！我是担心罗佩金、殷叔桓他们的情形不妙啊……"

他转而看着蒋方震："殷叔桓是咱们士官学校的同学，你我自然是了解他，其为人淡泊名利，颇有大将之才，我本意是想推荐他接手督军位置，只是罗佩金已兵权在握，为了避免冲突和意外，我才无奈有此之举，转而让戴戡任省长，辅助于他，不过究竟是不能放下心来！"

蒋方震点头："我自然明白你的意思！"

蔡锷意味深长地笑着注视着他："你真的明白我的意思吗？"

蒋方震知道他指的什么，只是终究不知如何回答他才好，只好回避他目光炯炯的逼视，沉默不语。

石陶钧笑了，看着蒋方震："其实松坡的意思，是想让你去接手四川都督一职，以你在中国军界尤其是北京高层的声望，取代罗佩金是众望所归！"

蒋方震何尝不明白，却不点破，只是笑说："我目前唯一的任务，就是陪伴你，治好病，早日一起回国！"

蔡锷深深看他一眼，有些失望，又有点感动。沉默片刻，才轻声道："如果我的病有所转机，恐怕也要休养很长一段时间，短期内不想再次涉足时局政务……当然，我自会声援襄助于你。如果一旦……我希望你尽快回国，担起这份责任来！"

"松坡！你又说这样的话！"蒋方震心下难受，打断他，"一切从长计议，目前，你还是静心养病为上！别的事情，就先放一放吧！"

石陶钧感慨道："四川局势究竟是你的一块心病，松坡！难怪你离川前会写下那样令人感触的《告别蜀中父老文》，最后那段我是记忆犹新！"

他不觉背道："锷行矣！幸谢邦人，勉佐后贤，共济艰难。锷也已苇东航，日日俯视江水，共证此心，虽谓锷犹未去蜀可也。"

蔡锷点头："你若看了四川各界对我的殷勤挽留之意，就会明白我的感触和忧虑所在了！非是我蔡锷有什么过人的名望和才干，实在是川中父老渴望安定局势，祈望久治为安的愿望太迫切了！所以，我人离开了，心实在还留在那里……"

他担忧地慨叹："我担心的是，一旦局势有变，西南地区缺少了有威望的人的节制，那么西南军阀混战局面就是在所难免啊！"

他望向蒋方震："百里，你有空给戴戡发个电报，问问他那里的情形，还有泸州的朱德那里，有什么消息……"

蒋方震点头答应。他看看石陶钧，暗递了个眼神。

石陶钧明白，对蔡锷正色说："对了，松坡！我这几天和稻田教授等人谈过了，据说你近来情况比较稳定，也是静养有效的缘故，为了巩固这份成果，从今天起，我要对你严加管束！"

"又要严加管束？什么意思啊？"蔡锷听了这话，紧张地看着他，唇边挂了一丝苦笑。

石陶钧也不理他，板着脸继续道："我看你也不是个听话配合的病人，你那个李副官太年轻，也管不了你；蕙英是贤惠得过逾了，自然更不忍约束你太严。所以只有我来做这个恶人了！"

他清清嗓子："从今天起，所有报纸书刊类的东西不要再看了，这实在不利于你凝气养神！"

"怎么又不让看了？"蔡锷蹙起眉，无奈地争辩道，"醉六你言而无信啊，这才对我宽松几天？又上紧箍咒了？"

看到他这番委屈神情，蒋方震有点不忍心，就和缓一下气氛："醉六话说得急了些，但却是真心为你着想之意。你目前的身体状况，不宜再做劳心费神之事。就比如刚才议论到的国内局势问题，都可以先放在一边。云南有唐继尧，四川有罗佩金和戴戡，湖南有谭延闿……要知道天下初定，共和体制犹存，一切自然会慢慢走上正轨……你若是实在不放心，不甘心，不省心，"他笑笑，"不如下决心养好你的身体，我们一起杀个回马枪，如何？"

蔡锷看到他调侃中带着劝慰，劝慰中带着鼓励的神态，心下似有感悟，夸张地叹了口气，不再吭气。

石陶钧也附和道："只要你行为配合，有些事可以网开一面。比如说，你精神好的时候，可以找个小友聊聊天什么的，只要不太劳累，这个倒可通融。"

蔡锷疑惑地看他，石陶钧进一步点拨道："就比如上次偷偷潜入病房探病，被你掩护着的那个中国青年留学医生？他就可以过来陪陪你。"

"林建昭？"蔡锷不觉惊喜，秀气的眉峰一挑，"他是被特许进来的人啦？"

石陶钧笑着点头："不过，聊天的时间不可过长！而且也有条件——我们几个，包括华禹，唐岩他们，随时有权利命令你休息，不得违抗！"

"遵命……我的参谋长！"蔡锷白了他一眼，慢吞吞地答应了。

下午时分，阳光很好，病房外的阳台上，蔡锷半靠在藤椅上，身上盖着薄毯，正和林建昭随意聊着。

李华禹端了两杯咖啡进来，放在他们面前的石桌上，看看蔡锷，轻声劝道："将军，医生说您不宜再喝咖啡，夫人刚才回客栈前再三嘱咐我说，只能让您浅尝一下，千万别多喝……"

蔡锷怨念地看了一眼副官，也是轻声回道："好了，我知道。你先出去吧。"

林建昭见状却站起身来，将两杯咖啡递还给李华禹，又看着蔡锷道："李副官提醒的没错，将军如今绝对不能再沾这些有刺激性的东西了。"他又低声对着李华禹讲了一句什么，后者点头出去了。

蔡锷无奈笑笑："哎，别都端走啊，我喝不成，你可以喝呀。"

林建昭直摇头："咱俩都换个东西喝，李副官去找美江护士，她知道的。"

蔡锷认真地打量了一下眼前的青年，微微勾起嘴角笑了："我差点忘了，你是学医的！你们这些医生啊……"他感叹过了，又诚心赞美道，"不过你为人很细心，倒是块学医的好材料！"

林建昭腼腆一笑："其实，我个人起初并不是很喜欢学医。我家是中医世家，长辈们希望我们弟兄几个都能承继衣钵，我还算是叛逆的了，经过抗争，才征得他们的让步，允许我到日本来学习西医，好歹也算是入了从医这一行吧！"

蔡锷笑看着他："那你自己的志向和兴趣又是什么呢？"

"文学和历史！"林建昭认真解释道，"我觉得当今中国最大的问题就是，人民的麻木不仁，缺少现代人的独立人格意识！有人说，这是中国人的奴性使然，我以为，正是这几千年的封建王朝的压迫，使中国人丧失了作为人的意识的觉醒！我觉得，用自己手中的笔来唤醒民众，远比用医术来诊治他们身上的创伤，这个意义来得更大！”

蔡锷含笑看他，露出欣赏的表情：“你说的很好！倒使我想起了一个人来。他也曾有和你近似的思想呢。”

他回忆道：“那是个浙江绍兴人，叫周树人。说起这个人，要提到那天你在这里见到过的石陶钧将军。在进入士官学校之前，石将军曾就读于东京弘文学院，因为是故交和同乡，我经常去那里看他，结识了很多国内有志之士如黄兴等君，也认识了当时同在弘文学院读书的周树人。”

“当时的周树人是一心想学医的，因为他的父亲就死于误诊，他想要成为一名医生，挽救像他父亲那样的‘被误的病人的疾苦’，并且希望通过医学将中国人身体变得强健，他因此进了仙台医学专科学校学习。后来，残酷的现实使他认识到，当今中国，外有各国列强的欺侮，内有同胞的麻木不仁，忍辱偷生，学医似乎并不能救国，他于是改弦更张，弃医从文了，决心用自己手中的笔来替代手术刀叫醒民众之灵魂。后来他供职于北京教育部。”

说到这里，他看着林建昭笑笑：“我记得他曾经和我提到过一点，就是国人精神上的麻木远比身体上的虚弱更加可怕，是不是和你的想法很接近呢！”

林建昭点头：“不仅想法一致，做法都会一致也未可知？也许，我终将走到这条路上来！”

蔡锷微微颔首，眼睛望向远方：“你们是清醒的，无疑也是正确的！从思想意识上唤醒国民至关重要。我时常在想，我们推翻了帝制，维护了共和，但放眼中华大地，仍是军阀混战，生灵涂炭，民不聊生，如此情景，又与前朝何异？革命的本质是什么？革命的目的又是否达到？……民众不知共和之真谛久矣，又何以争其权利？我们以前主张的精英政治，也许在当今的中国，是根本行不通的，要想达到革命的目的，必先达到民众的觉醒！”

林建昭静静地听着，若有所思。

蔡锷继续道：“年轻时，我曾在拙作《军国民篇》中这样写道，‘国魂者，国家建立之大纲，国民自尊自立之种子。’可是，我们应该明白这样一个道理：一树之根若不旺盛，洒水于冠又有何益？一国之民若无苏醒，国有良策何处恩泽？”

“可是……”听到这里，林建昭睁大眼睛，看着蔡锷，欲言又止。

他抬眼看到蔡锷鼓励的目光，终于问出自己心底的疑问：“您当年以一介书生的身份东渡日本，却投笔从戎，选择从军，这分明是走了一条和您上述思想完全相反的道路，却是为何呢？”

蔡锷看着这个欲“执子之矛攻子之盾”的敏锐而勇敢的青年，从心底对他表示出激赏之意。他理解地笑笑，温和地解释道：“当年啊，我也和你一样年轻，也有着自己的想法和追求！”

“也许，那时的我，太急于做一个实践者，总觉得现实中国，不少慷慨激昂的从政者，却缺乏脚踏实地的练兵者。尤其是受过严格训练，拥有现代化军事思想的军事指挥管理人才。我想从军事方面走出一条路来，为我们这个国家训练出一支能抵御外寇的精兵之旅！”

林建昭点头赞叹：“您的理想很切合实际，而且您后来也一步步脚踏实地地去做了。也许没有激昂热烈的言语，你用实际行动，在逐渐践行自己的理想，也是我们的榜样！”

蔡锷微微摇头，没有注意他的赞语，他还在沿着自己刚才的思路说下去：“很多事情，现在看来，竟然极为巧合！十四年后，困居在北京的我，在发现袁世凯的称帝野心后，曾借口治病，到天津和我的老师梁启超先生密谋相约反袁护国。梁先生当时这样和我约定，他作为文人，在思想领域发文声讨袁氏逆行，唤起民众的支持，而作为军人的我，蛰伏待机，找机会潜出北京，带领军队实行讨伐行动。可以说，这次护国成功，这文武两方面都是缺一不可的！”

林建昭也很感慨：“是啊，有梁先生的如椽大笔，加上您的护国精兵，才做成这件反对复辟、捍卫共和的大事！这样想来，您当年愤然投笔从戎，实乃国家大幸！我甚至觉得，您就是为了这件事而生的！”

他用亮晶晶的眼睛看着蔡锷，面露崇拜神色：“将军，原谅我，我都想不通自己为什么会有一些想法？作为‘松坡研究会’的主要策划人，这样的想法真的不够科学，甚至是唯心的！那就是——蔡松坡，为何年纪轻轻，就做成这样令人难以想象的惊天壮举，成就这番再造共和之伟业？他深厚的思想，果敢的行为，过人的胆略，超前的智慧所为何来？只能解释为上天专门派您来做成这件事，拯救共和体制于倒悬，为四万万同胞争得人格脸面！”

蔡锷低头沉默不语。片刻才幽幽说了句：“这场护国之战，是不得不打的一战，却也是难言胜负的一战。不要过高评价这样一场战争，正如不要过高赞誉我这样一名军人一样。我就是一个普普通通的中国军人，我离自己的理想完成，距离还很大，大得你无法想象……”

他唇边露出一点苦笑：“但是我的身体，你也看到了，已经到了不可收拾的地步。所以，我不知道自己是否还有机会去再次完成自己的理想？从目前看，希望真的很渺茫……”

话音未落，咳喘袭来，他佝偻着身子剧烈地咳起来。林建昭急忙俯身在他身边，扶住他的身子，为他捶着背脊。这阵咳嗽来势凶猛，一时半刻竟停不下来，正纠结着，李华禹和美江端着杯子进来。

看到这般情景，李华禹忙将手中水杯递给美江，上前扶抱住蔡锷的身子，和林建昭配合着，为他捶背揉胸，好一阵他的咳喘声才逐渐低了下来。

蔡锷闭目伏在副官的怀里，又喘息了一阵，才平复下来。他睁眼看到美江蹲身在他的面前，将水杯递到他唇边：“将军，您喝一口，润润嗓子就好了。”小姑娘一脸关切。

蔡锷点头，就着美江的手举着的水杯，喝了一口，觉得有一股淡淡的甘甜，进入到自己的喉咙里，马上产生舒爽的感觉。

看到他露出舒适可口的神色，李华禹一手揽住他的身子，一手接过美江的杯子，凑近他的嘴边，一口口慢慢喂他。直到喝完了整杯水，才扶他重新靠坐在藤椅上。

“谢谢……难为你们。”蔡锷平息了呼吸，又轻声问美江，“这是什么水啊？甜丝丝的，喝起来很舒服。”

美江莞尔一笑：“是林医生建议给您准备的淡蜂蜜水，看来对您的胃口”

林建昭不好意思地笑笑：“将军的喉咙有病，不能喝刺激的东西，蜂蜜水有润肺止咳，抗菌消炎的功效，而且还能帮助改善睡眠，很适合现在的您饮用。”

“看来百里说的对，真的是术业有专攻。”蔡锷笑笑，“我没事了，你们都别这样围着了。”

李华禹建议道：“您还是回到床上好吗？”

林建昭也赞同：“你躺着休息比较好。或者，您躺在床上，我也可以陪在您身边说话啊。”

蔡锷摇摇头：“让我再晒会儿太阳，此处就很好。”他环视众人，“别担心，有小林在我身边陪着呢，他可是个医生，无碍的！”

他暗示李华禹等人离去。美江将刚才端来的另一杯水递给林建昭：“这是给你的，我自作主张给你换成了柠檬汁，估计这个更适合你？”

林建昭有点惊喜地看着她："你怎么知道我喜欢柠檬汁？"

"你也喜欢柠檬汁？哎，好巧！"美江也睁大了眼睛，"我在想你喉咙又没病，不用陪着将军喝淡蜂蜜水啊。我自己蛮喜欢柠檬汁，就拿来给你了。"

"谢谢，真好！"林建昭笑了。美江也得意地笑笑，就和李华禹出去了。

林建昭重新将毛毯给蔡锷盖好，看着他神色平静地靠在藤椅上，自己才放心地坐回旁边的椅子上。

"美江护士不错，专业技术很好，很有爱心，也开朗活泼。"蔡锷轻轻说道。

林建昭嗯了一声，表示同意他的观点，就忙说到另一个有关这个小护士的话题上："前两天，她给了我几本杂志，上面有她的表舅公藤原教授的文章。我看了，觉得他真是一个中国通啊，对中国的问题，从古至今，尤其是现实问题，眼光独特，观点独到。我在想，您从年轻时留学这里开始，就一直很关注他的文章，也是有道理的。"

蔡锷没接他的话，似乎是突然问到一个不相干的问题："现今的你，和从前的我一样，离开故土，来到这个岛国，是为了学习先进的理论和技术，以期学成回国，对我们积弱已深的祖国会有所建树。可是，你又是怎样看待我们这个邻邦，我们目前脚踏的这个国度呢？"

林建昭思索着回答道："这个国家有着很深的民族主义思想，顽强而团结的战斗意识，这是一个尚礼又好斗，喜新又顽固，服从又不驯，保守又求新的民族！"

蔡锷摇头："你没有明白我的意思，我是说，这个国家，对于中国意味着什么？"

他没有等待眼前青年的回答，已经暗自沉吟道："其实当年在日本学习期间，我就留心研习明治维新以来的日本史，留意它的兴盛和崛起，以及对于中国的意义和……威胁。从甲午战争，到日俄战争，日德战争，这个岛国给我们带来的，是无尽的忧患和前途莫测的命运！"

他的眉峰紧锁着，好似在那里瞬间蓄满了他对中国前景的悲忧，他的语气逐渐沉重起来："从江西、广西到云南，我主持练兵，曾提出一个治军练兵的最高目的，就是至少战胜一个帝国主义国家，才能彰显我们的国力军力，才能使中国真正在世界列强面前抬起头来，才会筑起我们强健的国格！我也曾经设想了两个假想敌，作为我们未来的防御目标，一个是法国，一个就是日本。"

说到这里，他机警地回头看了看身后的房间，确定没有人在周围，才放低声音，继续道："我以前在北京参议院会议上，曾说过这样一段话：'盖日本原为岛国，非在大陆上活动，实难展其野心。所谓其大陆政策，非在大陆上活动不可。质而言之，即吞并我中国之策略也。'基于这种判断，我预测中日终究难免一战！而且，我始终认为，中国想要实现现代化强国梦，首先要迈过日本这道坎！"

蔡锷脸上阴郁担忧的色彩更加浓厚了，这个沉淀于他心底脑海的沉重问题，一直像一块巨石，让他有呼吸不畅的感觉。

林建昭的神色也变得凝重起来，他的心被深深击中，继而沉默起来。片刻，他有些疑惑地看向蔡锷："您建议我看藤原教授的文章，也是这个原因吗？"

蔡锷微微点头："我的上述观点的形成，也和我关注藤原教授的文章有关。你不妨带着这样的疑问去看他的文章，相信你会有收获的。"

"将军！"林建昭突然喊了一声，脸上露出兴奋的表情，"我只是一名普通留学生，不是一名军人，也没有一官半职的，您也这样看重我，和我探讨这样的大事吗？"

蔡锷深深地望着他："你是一个有思想、有抱负的中国青年，你们就是我们国家的未来！不要看轻你自己，也不要轻视每一个个体的力量。只有你们明白了，思考了，努力了，奋进了，咱们的国家，才有希望！"

林建昭默默思索着他的话，觉得仿佛有一股新生的力量，在自己胸中燃烧升腾起来。

时光流动着，寂静的下午，阳光温暖。林建昭看蔡锷精神尚好，又小心翼翼地和他谈到了一个一直以来困惑于心的问题。

"将军，刚才您提到您对中日关系未来走向的看法和分析。其实我记得，当年您在北京时，就是因为《二十一条》的签订，才和袁世凯真正分道扬镳，您才充分警惕到，他作为独裁者，复辟倒退，倒行逆施的可能性？可是，我更好奇的是，再往前看，那年袁世凯召您进京任职时，您是怎样考虑的呢？"

蔡锷静静地看着他，等待他问下去。

"或者，我直截了当地问出自己心中的疑问吧。"林建昭露出破釜沉舟的神情来，"将军，我很好奇于您对袁世凯的认识和看法？从拥袁到反袁再到倒袁，您经历了怎样复杂的心路历程？"

他望向蔡锷，边思索着边选择适合的词句以期准确表达自己的困惑："重九起义后，您主政云南，实行锐意改革，很短的时间颇具成效。把一个偏僻落后的省份治理成著名的边陲模范省份，当时的云南民众甚至要为未满三旬的您建立生祠，以示拥戴之意。可是，后来您却选择接受了时任大总统的袁世凯的调令，进京履职，才有了后面人们交议的陷入樊笼之说。”

“对袁世凯的服从和拥戴，使您先是经受了太多的责难和质疑，甚至是垢评；后来又经历了蛰伏隐忍、暗中筹划的波谲云诡的京中生涯；继而开始了惊心动魄的万里间关回云南的历程，真可谓九死一生！何况，从结果来看，反袁护国战争使您建立了盖世殊勋，被誉为再造共和的英雄，但是同时又严重损害了您的身体健康，最终使您暂时无奈地退出了政治舞台……这一切，在我们这些爱您、崇敬您的人看来，是如此的令人慨叹！那么，作为当事人，您的真实想法，我太想了解了！”

蔡锷望着眼前这张年轻的面庞，心中的确是感慨万千！自己一路走来的这一段千难万险的历程，岂是一两句话就可以轻松概括了的？

他的思绪再次飘向远方，带着身边这个睿智好学的年轻人，回到那个波谲云涌的往昔时代。和袁世凯的纠葛交往，当然不是重在少年留学时无意间得到的经济资助，或者是广西练兵时有过的北京秋操观礼偶遇，而是在那个微妙难言，玄机暗伏的“二次革命”时期。

1913 年 6 月　云南五华山都督府

蔡锷在读着一封信，眉头紧锁。

他的身旁，站着一位来访的不速之客——老友黄兴特意派遣来的一位密使，曾任宝靖招讨使的谭心休。

“将军，此次我受孙中山先生和黄兴先生之托，特意来滇拜会，就是商讨这件大事来的！”谭心休望着蔡锷轻声道，“你是知道的，前不久发生的宋教仁先生被刺案，已经引起了全国各界的震惊和愤怒！”

他看着蔡锷的表情凝重而伤感：“3 月 20 日，钝初遇害，4 月 26 日，孙先生和黄先生就通电全国，要求现任中华民国临时大总统的袁世凯组织特别法庭，传讯其国务院总理赵秉均，‘严究凶手，同伸公愤’，不料却被那居心叵测的政治小人暗算，颠倒黑白，指鹿为马，栽赃陷害！”

蔡锷看过了来信，静静望着对方。

谭心休激愤难耐：“就在前不久的 5 月 11 日，袁世凯竟然借口破获‘血光党’一案，诬陷黄兴先生是暗杀党领袖，要求上海当局传讯他！”

他倒吸一口气：“是可忍孰不可忍？孙先生和黄先生决定即刻对这股邪恶势力进行反击，我们要再次发动一次革命，直指袁党，伸张正义，维护民国宪政，为宋钝初先生复仇雪恨！黄先生特意命我前来联络将军，就是希望您能起兵襄助，共举二次革命的大旗！”

他热切的目光看着蔡锷，等着他的回应。

蔡锷紧皱双眉，手里握着那封信，在屋子里踱步了几个来回，再回到谭密使身边时，眼中尽是冷静、决然的光芒：“估计，蔡锷这次会让你们失望了！”

“将军您？”谭心休一脸的不解。

蔡锷看着他，语气平静无波：“钝初先生惨遭暗杀后，我也曾通电谴责这种卑劣残暴的行径！但是请恕我直言，目前……我还是坚决反对用兵！”

“将军，我搞不懂您的态度了？”

“让我给您仔细说明我的心迹。”蔡锷不急不躁，为他解释着，“我以为，‘宋案’应组织特别法庭，由法律解决，不可抱着成见，意气用事，更不能凭借各自势力去破坏国家法纪，制造言论，混淆视听，尤其应该警惕军人出兵干预！鉴于此番情形，我只能很遗憾地说，云南方面，不会出兵襄助。”

谭心休虽感意外，但责任相关，还是要努力劝说，他自然会提及众所周知的蔡锷和宋教仁的过往情谊：“我们都知道，钝初先生和将军私交很好，如今惨遭暗杀，难道我们就能坐视不理，任由正义难伸，逝者不能瞑目九泉吗？为了公理和道义，也该为此事讨个说法吧？”

蔡锷微微点头，眼光中满是缅怀感慨之神色：“先生所言不虚！但是，正因为想到钝初先生，想到他的品行和节操，他的抱负和志向，作为好友的我，才会有此决定！”

“将军的意思是？”

“钝初先生生前于南北意见极力调和，若是因为他的身后事，同室操戈，惹起南北交恶，恐他九泉之下也不能安心吧？”蔡锷万分感慨，忍不住直抒胸臆：“依据《临时约法》，大总统若有谋叛行为，应由参议院弹劾，而总统的政治过失，则应由国务院负责。未有穷尽法律程序就贸然起兵，事实上是对当前共和政体的破坏。”

说到这里，他的眼神转而变得犀利敏锐：“即使说袁世凯必须推倒，也不当此刻！现在正式总统选举在即，袁将来是否能够当选，宜取决于全国人之意愿！

此事自有国会解决，不能轻易诉诸武力。”

谭心休听了，沉吟不语。

蔡锷微微眯起细长的眼睛，似乎在收缩聚拢那让人无法逼视的决绝光芒：“我在5月17日，曾和四川、贵州、广西诸省都督联名通电，反对战争，我们为此发过誓言——万一有人发难，当视为全国公敌。而后，我又和浙江、四川两省都督联名致电袁世凯及各省都督，进行调停，主张以法律程序解决纷争，力劝不要轻言动兵。我始终坚持这样的看法，那就是无数先烈流血牺牲艰难缔造的民国需要靠大家来维护，而不是轻易发动讨伐和战争！”

此话磊落坦率，谭心休心下暗服，只得苦笑回应：“人说蔡松坡平日谨言慎行，却口角锋利如宝剑，不开口则已，一开口必占上风！我今天才有所领教！”

蔡锷含笑摇头：“关键不是怎样说，更应该看重怎样去做！这种同室操戈，兄弟阋墙，相煎太急的事情实在令人扼腕长叹，隐恨良多！又让那些列强如何看待中国人呢？此类同种相残、杀机大启的事情实非国家之福，我们应该为国家稍留元气，消除戾气，以避免为他国所耻笑！”

他的语气沉重起来，带着一股令人佩服的正气：“作为一名军人，我一向反对内耗！手握兵权者，如果热衷于同胞间的相互杀戮，虽建立战功，也是一种耻辱！”

谭心休有些灰心的神情，他似乎意识到很难说动眼前这位年轻的将军，只能长叹口气，勉为其难地再进一言：“只是，松坡将军！袁世凯的独裁面目已经昭然若揭，孙、黄等诸君讨伐之意已决！黄兴先生此次派我来，还给你带来一样东西！”

他拿出了一张便笺，递到蔡锷面前。

蔡锷看了他一眼，打开便笺，一行遒劲有力的字迹映入眼帘：

寄字远从千里外，
论交深在十年前。

这熟悉的字迹让蔡锷眼中瞬间闯入一丝潮湿的东西，酸酸的感觉让他不禁暗自唏嘘。谭心休亲切真诚的话语此刻就响起在他的耳畔：

“我知道将军和克强先生的情谊！您和他结识于日本留学时期，据克强兄讲，相差八岁的你们从此结下了兄弟的情缘。

“后来，克强兄刺杀前广西巡抚未遂而被捕，又是时任军中学堂总教习和监督一职的您，星夜赶往泰兴，以重金保释他出狱，又买了去日本的船票，亲自将他送往码头，赴日本避难；后来的策反桂林巡防营首领郭人漳事件，以及镇南关起义，您都和他配合默契，关键时候施以援手。尤其是您和云南同盟会领导了重九起义后，谁还能怀疑蔡松坡不是革命党呢？”

他深深地看着蔡锷：“我以为，您和黄兴先生的情谊，也已经到了这样一个境界——心灵交汇，心心相印，不需要他人，甚至历史来猜测和评说的地步！”

“你说的不错，心灵交汇，心心相印，不需要他人，甚至历史来猜测和评说！”蔡锷喃喃道，他再次认真看了看手中的便笺，微微露出一丝苦笑。

谭心休充满期待地望着他。

合上便笺，压抑住感慨幽叹的情感，他深深吸了一口气，努力使自己的情绪稳定下来。眼中瞬间换上了一种坚定、甚至是决绝的神色：“请转告克强兄，手足情深，同志意厚，蔡锷自然铭刻心中，时刻不能忘怀！但是，蔡锷是个军人，首先当以国家利益为重！”

他的语气格外深沉有力：“请你这样回复孙先生和黄先生，就说民国初建，国基尚未巩固，当劝诸君安静。袁势方张，此时未可轻动。”

谭心休跌足叹气：“袁世凯的目的已经昭然若揭，我们再忍耐下去，他必然会再进一步，当皇帝！”

蔡锷冷然一笑：“他如胆敢称帝，我将在西南也做起皇帝来！”

谭心休很是惊异：“松坡将军何出此言？”

蔡锷正色道：“国体共和，载在约法。有人敢违约法，国人必起而共击之！他袁世凯如果真敢做出这样大逆不道的事情来，我蔡锷就第一个不饶他！”

他的眼中闪现出锐利而自信的光芒，嘴角微微抿起，神情肃穆决绝。

谭心休再次仔细打量眼前这个秀气的年轻军人，他的周身就洋溢着这样一种刚毅威严的气势。也许，这才是真正传说中傲视群雄的骁将蔡松坡吧！

为这个名将的风采深深折服，只是想到此行自己的使命，谭心休还是颇有点为难：“终是我能力有限，未能说服将军，有愧孙先生和克强兄的重托啊！”

蔡锷收起自己锐利的锋芒，换上一贯的平和凝重的神色，他笑看谭心休：“请先生代为致意孙先生、克强兄，就说现今袁氏逆迹未彰，师出无名，所以我主张暂时忍耐，毕竟时机未到，劝诸公等万勿轻举妄动！”

谭心休慨叹：“也罢，只好如此回去复命了！那么，你不回答克强先生片言只字吗？”

蔡锷沉吟片刻，毅然摇头：“不必了！你刚才说到的，所谓——心灵交汇，心心相印！克强兄自然懂我！……无论如何，这次算我蔡锷有负于他，只是，为了这个国家的大局，为了我作为军人的信念坚持……负了也只能负了！”

1913年9月　云南滇军司令部

营长以上的军官们都军容齐整地坐在会议桌两旁。其中有蔡锷一向倚重的何鹏翔、朱德等人。

蔡锷一身庄严威武的都督服，习惯性的军容严谨，甚至连风纪扣都扣得一丝不苟。

他正在讲话：“现任大总统袁世凯，他原是我们的政敌。戊戌变法中，由于他的出卖和背叛，我们失去了最亲密的师友和兄弟，还逼着很多的同志和战友流亡海外！现在忆及往事，尤其是想到复生师的音容笑貌，我都心痛莫名！”提到谭嗣同，蔡锷的眼眶湿润了。

他眼中换上坚毅的神色：“我今天选择相信他，服从他，并非我忘记师仇，亦非趋炎附势。实在是衡量中国当今的情势，非此人不能维持。大家都知道，我曾写过一文《军国民篇》，信奉军国民主义，即富国强兵的思想，要实现这样的理想，只有假手雄才大略的权威才能有所作为。袁世凯毕竟是合法选出的共和国临时大总统，是目前中国统一的象征！作为军人，我们要服从大局，不可以一己之私利而害公义！我此次进京，也是作为军人的一点念想，做出个服从中央的范例，蠲除前嫌，帮助袁总统匡扶国政！他毕竟是个人才，也是个强人，希望他为民国服务，带领民众加快建设，使我们的国家成长为世界强国。我想，只要他能把中国治理好，我们就该鼎力支持他，支持这个由国会选举产生的领袖！”

他停顿了片刻，又谈到了云南的具体事务，其中有他最关心的铁路问题：“云南最重要的还是交通问题。在国防上尤其应该注意和广西连为一体，如果遇到战事，才能相互驰援。我这次到北京，必将向中央建议，尽快修筑滇邕铁道，作为咱们云南国防的初步基础。”

说到此处，蔡锷有些动情，他的眼中笼罩上了一层雾气，声音也低沉了下来："云南早已被蔡锷看成是第二故乡，对这里的山川草木，故交亲朋，都自有一份亲情在！"

诸位滇军军官都用信赖和支持的目光望向他，蔡锷也将不舍和留恋的目光在每一个人身上扫过。

散会后，何鹏翔和朱德跟着蔡锷回到督军府。

蔡锷将军装脱下，放在一边，又看看身前站着的两人，他们都是一脸严肃的样子。他不禁露出一丝和蔼的笑意："看来，你们有一肚子的话要对我讲？那么不妨直抒胸臆好了！"

何鹏翔早已忍耐不住，率先开言："我还是坚决反对您去北京！袁世凯心机深重，独裁面目着实难以掩盖粉饰！他此次调您进京述职，无疑就是杯酒释兵权之计！睿智机敏如您，应该早就识破这点，为何还做此'自投罗网''束手就擒'之举？我实在是想不通！"

蔡锷带着理解和感激的神情望着面前这个一直追随在自己身侧的部下，抿嘴不语。

"刚才您在军官会议上讲的话我不是没听到，也不是没理解！可是，想到此番进京的种种凶险之情，那些不能预测的……我就怎么都不能放心，也不……甘心！"

何鹏翔跟着蔡锷很久了，从副官到副官长，他们之间的情谊已经超越了简单的上下级关系，此刻他情绪激动难抑。

蔡锷盯看了他一眼，又将目光转向一直沉默不语的朱德："玉阶，你的看法呢？"

朱德此刻也是神情严肃，黝黑方正的国字脸上如今刻满忧虑："我也认为您答应袁世凯进京风险极大！孙中山和黄兴先生领导的二次革命失败了，国民党人大多流亡海外，袁氏气焰正盛，北洋系重兵陈设。他目前最为忌惮的，就是雄踞云南边陲的您和您手下的滇军了！"

他认真看向自己一直敬仰拥戴的恩师："您督滇三年，将一个偏远愚钝的边境省份，治理成为"全国革命各省之冠"，云南省从一个需要各省协饷的省份，变身为反可以协济中央数十万元的模范省份，此等殊荣，令人感奋！滇军治军严谨，兵强马壮，这都是袁大总统不能放心之处！此刻，调您赴京，名为另有重任，实恐是他'槛虎于柙'之计！所谓'防人之心不可无'，老师，您应该三思而后行才是！”

蔡锷看着自己最为欣赏的学生、部属，耐心为他解释道：“二次革命的失败，原因很多，但我认为最主要的一点就是——时机未到，还远未达到‘得道多助’的阶段，贸然起兵，焉能不败？倒反而给亲袁派以口实，指责孙、黄二君等人破坏共和，对抗政府。这次革命失败后，我在给湖南都督谭延闿的电文中说明了我的看法：我国自改革以后，元气大伤，至今疮痍未复，断不可有第二次之破坏。且某国幸灾乐祸，正利用我有内乱，以遂其侵略野心，凡我邦人，正宜戮力同心，以御外侮，……克强、协和此举，未免铤而走险，急不能择。”

蔡锷低首沉吟片刻，抬头再次看向两个心腹爱将，眼中尽现睿智、决绝之光芒：“如今我选择相信袁世凯，离滇赴京任职，最真切的想法和目的就在于以下两点：其一，在我们这个国家里，军阀揽权，拥兵自重，藩镇割据状态持续不断，作为一个手握重兵，布防边陲的将领，我愿意以自己的行为做个表率，交出兵权，服从中央调遣；其二，更重要的是，”

他的语气中加入了无限的自信和坚定成分：“我自从军以来，就怀着这样的抱负，就是成为一个有权力，有威望的军人，不为争夺地盘，身居高位，只盼可以有机会施展自己的才能，为国家训练出一支真正能打仗，能打胜仗的强劲之旅来！以期能抗衡我们假想中的敌国，抵御今后可能遭受到的外强的侵略！”

他的讲述沉沉有力量：“从二十二岁自日本学成回国后，我先后在江西、湖南、广西等地训练新军，就是为了上述理想的实现，但是那究竟是在数个省份，何况后来任职的云南又地处西南边陲，地方贫瘠，不能很好施展宏图，应付大局。如果有机会在中央任职，为国家去集中训练军队，岂不是实现理想的一条更好的捷径吗？”

这番话让何鹏翔和朱德都沉思不语。

蔡锷看看他们，微微颔首，又望着朱德，轻语道：“玉阶，你还记得我以前给你讲解《曾胡治兵语录》时，对你阐述的那个现代新军人的理念吗？”

朱德点头：“是的，您说过，何谓具有现代理念的新军人？他们必须有这样的观念——军队是属于国家的，而不属于某家某姓，也就是说，不是私家军队，军队的职能是服务于整个国家，维护国家的统一独立而不是为某人某派卖命。”

何鹏翔也忍不住插言道：“您以前在广西陆军小学讲话中，也说过这样一段，我记忆犹新——家天下已非时代所许，新军人当施以精神教育，其思想及信仰必然和过去只知效忠个人的奴才式的军人不同！”

“不错！”蔡锷笑着接话，“这样的军队，是和以往八旗军，曾国藩的湘军，李鸿章的淮军有着本质区别的新型军队，这样的军队中的军人，是有着独立人格的军人！他们的人格魅力，将与我们最尊贵的国格相映生辉！这样的军队，不仅会用自己手中的枪杆子保家卫国，抵御外辱；也会在内政倾轧、国体堪危的关键时刻，捐生纾难，保卫宪政，捍卫民国，为四万万同胞争人格！”

两人都被这热情激昂的话语所感染，都不约而同地点头。

“所以，我认为，建立国防是我们的第一义！无论内除国贼，外御强邻，必以练兵及训练军事人才为起点！不管袁氏所欲建立的，是只为其个人争权位的军队，还是为国家御侮的武力，我们都可以将计就计，假他之手完成现代化的国防建设，用他即将赋予我的权力，完成我们图谋已久的一个理想——为我们的国家训练出一支精兵，一个现代化的军队！”

朱德感慨道：“那么，您实际是想主动吞下这个香饵，进行您化私为公的建军工作？”

蔡锷笑了，上前拍拍他的肩膀：“目前还是要相机行事。我们以厚道论人，先不妨相信大总统这番美意。以后的事情吗，我自会斟酌品味……就像你刚才所说的，防人之心不可无。一切让我们拭目以待！”

“当年林则徐林文忠公曾有名句：‘苟利国家生死以，岂因祸福避趋之！’——这也是我们做军人的本分！”他沉吟着，慢慢踱着步子，仿佛在自语道：“而且，我以为，很多时候，知其白，守其黑，也是一种境界吧？”

“可是如果某一天，他袁大总统真敢逆天而动，在大总统位上还谋更进一步呢？”朱德急切相问。

蔡锷看着两个爱将，淡淡一笑：“谁要拉中国往回头路上走，我就带领你们一起去割下他的首级来！”

1913年10月初　昆明五华山都督府

潘蕙英在收拾着行李，蔡锷抱着不满两周岁的女儿来到她身旁。

“松坡，我把你要带的书都装好了，满满的两大箱子，还只是你收藏的十分之一而已。唉，咱们的行李减了又减，但是我实在不忍心再减你的书了。知道你需要的时候，看不到它们，该是怎样的不安和纠结呢！”

潘蕙英边说边无奈地摇头。蔡锷笑看着她，夸赞了一句：“家有贤妻，就是让人省心。不仅省心，还更暖心。对吧，我的小公主？”蔡锷说着吻了一下女儿的苹果脸蛋，惹得小姑娘咯咯地笑起来，伸出两只手，要母亲抱。

蔡锷拦住女儿，边吻着女儿的耳朵，边笑道：“丫头乖，别总让你妈妈抱了，妈妈肚子里现在有个小弟弟或者小妹妹住着呢，不能打搅啊。”

潘蕙英低头看看自己还未显怀的腹部，笑着从他手里接过女儿道：“还早得很呢，哪里从现在起就娇气起来？”

两口子边说着家常话，边搭手把行李整好，就看到何鹏翔带着都督府秘书长修承浩来了。

客厅沙发上，修承浩取出账本，将都督府的公账一笔笔指点给蔡锷看，他最后指着末尾的数字，有些感慨地对蔡锷道：“您任都督这几年，都督府的公务开支逐年减少，事情却办得干脆漂亮，这真是令人钦佩的事情。”

何鹏翔在一旁插言道：“都督一再发表降薪令，从自己带头开始。这渐渐也就成为一种风气了。咱们的吏政改革后，各个县政府都像经历过改造一般，一切开销都在内，每月不过三五百块就够了。这也算为全国之先了吧？”

修承浩笑道：“你这话不错，让我想起前几天听到的一个说法，说是蔡都督反对行贿受贿，对请客送礼也作了严格规定，对以权谋私惩处极严，从而使云南搞出一个廉洁的政府来，通过精简机构、开源节流等措施，节余了滇币二十万元！外边都这样评价——‘举国未有如云南省也’，也是一段佳话！”

蔡锷一边在账目本上签上自己的名字，一边淡淡说道：“所谓开源节流，我一向认为，‘节流’一点不比‘开源’应当弱视多少？云南终究还是属于边远贫困地区，革故鼎新，在内政、财政、法律、文化、教育、实业、交通等方面，咱们做了一些改革，但是还远远不够。关键是，老百姓的生活水平到底有多大改善？这才是应该充分关注的一件事情！”

何鹏翔看了一眼搂着女儿坐在一边的潘蕙英，轻声嘟囔：“您是操心老百姓了，我倒操心着咱们府上的一些外债，还不知道拿什么填窟窿呢？”

“外债？什么外债？”蔡锷不解地看看他，又回头看看潘蕙英。

潘蕙英忙笑着应道：“没什么，是前面府里的支出有点超额。我有办法的，你别管，操心你的公事就好。”她背过蔡锷的视线，对何鹏翔微微摆头，暗示他不要再提。正在此时，仆人来报云南省议会议长赵伸前来拜访。

赵伸带来了一张壹万元的银票，注明是云南省议会决定的一项提案：“都督，这是云南政府代表全体民众对您略表的一份心意。您督滇这两年，夙夜在公，勤勉辛劳。作为最高行政、军事长官，您带头减薪，把自己每月的薪俸由六百两减为一百二十两，后又降至营长水平，只为六十两！都督躬为之倡，上行下效，才会给整个云南政府带来一股清廉之风。”

他扶扶眼镜，继续道：“云南本地的改革轰轰烈烈，精简政府机构，裁除公务人数，提高办公效率；改革教育体制，提倡科学，阐明自由平等人权；废除‘咨议局’‘自治公所’，设立两级参议会；创办‘云南富滇银行’；剔除陋习 禁止妇女缠足；撤销旧时巡警，建立省会警察厅，在各街口分设派出所，处理纠纷、斗殴及违反民众公益事件；禁止吸食鸦片，提倡现代文明生活。百姓对于新布政令，俱极悦服，交口称赞。都督又注重农林，发展矿业，兴修水电设施，让咱昆明市成为全国用电照明最早的城市……到了节日时节，或庆典活动，入夜各处街灯辉映，光耀夺目，划破天空，大有‘不夜天’的景象！这一切，都是都督带给云南民众的恩泽啊！”

他滔滔不绝的讲述让蔡锷笑了起来：“赵议长，您这是做什么？老话说，盖棺方可定论，好端端的，您倒专门上门给我评功摆好来了？”

赵伸却认真地摇头：“非也！都督，我知道您淡泊名利，远离功名，前一阵听说您要离滇赴京任职，云南士绅们商议着，给您要建一座生祠，让这里的百姓千秋万代感念您的功德，可是您却坚决制止了……”

“这个必须制止啊！”蔡锷认真地打断他的话，“这让蔡锷如何自处？不过是在都督的位置上，做了都督应该做的事情，何至于要安享这样的殊荣？岂不是折煞蔡锷？蔡锷才过三旬，断不敢受此重恩！”

修承浩一旁笑着插言：“这和年龄无关吧？还是云南民众对都督的仰慕之情盛隆所致。”

赵伸忙点头，双手将银票奉上：“既然‘生祠’都督坚辞不受，那么这份经过云南议会公议的微薄心意，都督再不可推托了？不然，属下自难以回去复命，就是云南各界人士知道了，也会感到难过和遗憾的。”

蔡锷摇头，不愿意接受：“这个实在是不敢领受。大家对我的深情厚谊，蔡锷早已感知！但是为人，为官，蔡锷自有自己的规矩和坚持。就是我蔡家的清白廉洁门风，也断不容我玷污毁坏！”

他看看众人，露出顽皮一笑：“诸位不知道啊，家严早已仙逝，家母规矩甚严。即使我如今是个将军了，若是做出有辱门风之事，家母还是会杖责惩罚的。不信你们问问嶷青，还有蕙英。他们跟在我身边已久，虽然没见过，也是听过这番传闻的？”

潘蕙英对他理解一笑，何鹏翔无奈地嘟嘟嘴，都没说什么。

赵伸也很执着：“都督，这个算作您离滇赴京的差旅安家费用，是政府行为，正大光明，无可推脱。为这件事情，我们专门在10月4日邀集军政各界代表举行了会议，是经过大家商讨后，一致形成的决议。若是都督一意孤行，不愿领受，估计那些会议代表们，该一个个排着队来劝您，那么在这五华山都督府，也会形成蔚为壮观的一景吧？”

这番带着诙谐意味的“威胁话”让蔡锷哭笑不得，修承浩和何鹏翔都笑了出来。

修承浩也真诚劝道：“都督，您还是收下这份薄礼吧，也算云南民众给您留下的一点念想。您说过，云南和您的故乡湖南一样，都是您的桑梓之地，那么父老乡亲，给自己远行的游子凑一点旅费，不是应当应分之事吗？而且，大家心里都还存着这样一个心愿——将来有机缘，您还会重新回滇任职，继续福泽百姓，岂不是更加美好之事？”

这话更加让蔡锷感怀，他咬唇沉吟片刻，算是半松了口：“这样吧，我收下一半，作为旅费已经足够。其余五千元退回，充入民生项目。也算两方皆安吧？”

看出来这已经是折中方案，赵伸等人只得同意。

赵伸议长走后，蔡锷吩咐何鹏翔，从五千元中取出一千元，补贴给经费紧张的湖广会馆，这也是他走前曾经关注到的一个问题。

何鹏翔领命而去，蔡锷这才看向妻子：“蕙英，余下的四千元，你安排把咱家里的外账还了吧？就不知道是否够？”

他从妻子怀里接过女儿，摸着孩子柔软的头发，低头叹息：“唉，我知道自从我一再减薪后，家里也是捉襟见肘，你在苦苦支撑，时不时还从自己娘家接济一些。”

潘蕙英笑了：“我以为你从不留心这些呢？原来你都知道？没什么呀，我都搞定了的，你不用操心！”

“我哪里有时间留心这个？不过根据府中的情形，还有嶷青他们半含半露的话语里，猜出一点罢了。加上我自己也知道自己的毛病，银钱上没什么概念，遇到困难的下属，经常想着能接济不妨就接济些，就忘了自己也是有家有口的人了。这样一来二去的，可不就让咱们家越过越穷起来？”

蔡锷无奈苦笑：“你这个都督夫人当得冤枉！没享受什么荣华富贵，倒要整日里费心做出‘无米之炊’！”

“瞧你说的，哪至于……”潘蕙英也上前抚摸着孩子的脸，借机安慰着一脸愧疚神色的丈夫。

蔡锷却仍在感叹：“还有呢，如今，你又要离开自己的娘家，和我远赴北京了，心里总会不大好受吧？”

潘蕙英眼圈已经红了，但是她不愿让丈夫看到，就掩饰着抱过女儿，用脸蹭着她的头发，将泪水也蹭了回去：“嫁鸡随鸡嫁狗随狗，嫁个扁担也要抱着走！我自己的甘苦，我自己省得！如今，你和孩子在的地方，就是我的家啊！”

蔡锷将妻子和女儿一起簇拥到自己怀里，用劲搂着，没有再说话。

蔡锷离滇那天，洗马河畔，海心亭旁，金马碧鸡牌坊下，都聚集着送行的云南民众。

“蔡都督走好，一路平安！”

“盼望都督再次回滇，福泽四方！”

“将军，流连京师，莫忘滇中父老乡亲！”

“唯愿松坡将军能再次回到自己的第二故乡！”

一句句殷切期待，留恋万分的呼唤声，让蔡锷满含热泪，心绪难平。

坐在飞驰的火车上，看着眼前熟悉的山山水水向后面飞奔而去，他在心里默默祈愿：天若有情，当再次给我服务于这块土地的机会，让我能为自己的第二故乡贡献微薄力量。

第十五章　入京

伟人只在事业上惊天动地，他时常不声不响地深思熟虑。

——克雷洛夫

1916 年 11 月初　日本福冈大学医院特护病房中

“咳咳咳……”一阵无法抑制的呛咳声打断了两个人的回忆。蔡锷俯身低咳着，林建昭为他拍着背，好半天才平息下来。

“将军，今天您说的话不少，该回床上歇息一下了吧？”林建昭关切地看着眼前病容深重的人。

蔡锷摇摇手：“我没事，今天下午和你聊得很愉快。”正说着，李华禹走了进来，低声对蔡锷说了句什么，蔡锷点头，又笑看林建昭：“到晚餐时分了，小林你今天在这里吃饭。”

林建昭有点不好意思，挠挠头：“不，将军您病着呢，怎好打扰？我还是……”

蔡锷笑着摇头：“我已经让李副官安排好了，等会儿石将军过来相陪。”

当李华禹和林建昭扶着蔡锷来到病房套间的小餐厅的桌子前坐下时，石陶钧正好推门进来。

他兴致勃勃地走到餐桌前，看看摆着的几样菜品，指着一盘鱼问：“这是什么菜？”

李华禹回道：“这叫茶香鱼，是一道广西菜。将军说林医生是广西人，让我去问问给咱们做饭的那个中国师傅，是否会做广西风味的菜品，他就做了这个。”

石陶钧点头，斜睨着蔡锷："好啊，松坡，你实在偏心得紧！这才和小林医生相识不久吧，倒想着请他吃广西菜？哼，我来你身边这样久了，怎么从来没见你吩咐厨下给我做上一道咱们的湖南菜呢？"

蔡锷看着他笑："小林是客人，第一次在这里吃饭，当然要用家乡菜来招待一下。你算客人吗？再说了，你这个天生的美食家，还会亏了自己的嘴不成？想吃什么，不会自己和厨下说去，倒等我发话？"

他招呼林建昭在自己身边坐下："今天就咱们几个人，都一起吃吧。百里、唐岩有事外出了。"

石陶钧在他另一边坐了，一边挥动着筷子去夹那盘鱼，一边笑着对他抱怨道："嗨，你还别说啊，这有一阵子了，我可真是亏了自己的嘴呢。你一直病着，不和我们在一处吃，我和百里搭伙吃饭，实在是太痛苦了！你知道的呀，咱们湖南人离不了辣椒，他呢，是江浙人见不得辣椒……根本就吃不到一起去！"他尝了一大口鱼肉，不觉感叹："真美味啊！"

蔡锷听了他的话，抿嘴笑笑，扶起筷子，夹了一块鱼肉放到林建昭的碗里，又暗示他多吃菜。林建昭看到李华禹将一碗白粥放到蔡锷面前，又轻声问他："要加点糖吗？"

蔡锷摇头，示意李华禹也坐下来吃饭。年轻的副官看着自己的长官，还是有点不忍心的样子："什么都不加……这粥也太寡淡无味了，您的胃口怎么能好？"他嘟囔得自己都有点伤感起来，背过身去揉揉眼眶。

蔡锷看到林建昭在关切地看自己，忙笑着敷衍道："哎，我们华禹什么都好，就是爱唠叨！这粥我吃着就挺好。再说了，和你们一桌吃，看着你们吃得香甜的样子，我的胃口也有了。"

林建昭看看眼前的几样还算丰盛的菜品，又看看蔡锷面前的那碗白粥，心中的酸痛之情怎么也压抑不住，他抬眼对上蔡锷的眼神，只见他温和地笑着，指指桌上的菜，又指指自己的喉咙，摆摆手，舀起那碗白粥，慢慢吃起来。

石陶钧是习惯于他这副恬淡模样，只好压抑住自己的一点心酸，也从旁劝林建昭吃菜，又向他解释道："这些菜味道重，松坡都吃不了。眼下咱们三人，要加紧努力才是，尤其是小林，多吃点，那人就开心了。原本他也是特意招待你的。"

林建昭强压住情绪，默默吃着，一时饭桌上的气氛有点沉闷。蔡锷感觉到了，就继续刚才的话题，和石陶钧开着玩笑："醉六，你刚才的话，也是实情。

让你和百里搭伙吃饭，口味是相差太远，难以两全。”

石陶钧边吃边点头：“如今我更和那老兄吃不到一起了，他现在是顿顿日本料理，更加让人受不了啦！”

蔡锷也笑：“你要理解他才对。他这下找了个日本媳妇，入乡随俗是自然的了！”

石陶钧摇头：“咱们在日本呆了那么多年，这日本料理是吃够了，也吃怕了，哪里有咱们中国菜好吃呢？……如此看来，爱情的力量实在可怕！”他的话把几人都逗笑了。

那小小的一碗白粥，蔡锷也不过吃了半碗，就推开了。他看着林建昭，面露歉意：“等会儿石将军替我送你，我先回床上躺着了，今天是有点乏。”

他撑起身子，李华禹忙放下饭碗，上前扶他。林建昭也站起身来，不顾他劝阻，执意和李华禹一左一右，搀扶他回到隔壁房间的病床上。

回到餐桌前的林建昭，心里像堵了一块大石头，有点透不过气的感觉，他的食欲全无。他看到默默坐在餐桌旁的石陶钧也是放下了筷子，面色凝重。

许久，石陶钧长叹一口气，重新拿起筷子，看着林建昭：“再努力多吃点，别辜负了他的心！有话，等会儿咱们出去说。”

医院小路上，两个人默默走着，心情都异常沉重。

林建昭忍不住说出自己的担忧之情：“将军的精神还好，不过，我看他吃得太少了，这样下去……”

石陶钧摇头，难过地说：“没有办法了！前些日子，主治他的病的稻田和久保两位博士都悄悄对我们说了，松坡如今的病情很不好，喉部肿瘤在恶化，肺结核旧症也已经到了晚期！唉，如今他……不过是挨日子罢了！你看到他精神尚好，那是他用极强的意志力在硬撑着的！”

林建昭吃惊地睁大了眼睛，一股酸酸的东西蓦然涌入眼眶。

“你没觉得，他如今和你说到的一切，就像是在交代后事吗？”石陶钧幽幽说出的一句话，再次让林建昭露出惊异的表情。

石陶钧拍拍他的肩膀：“你还太年轻，和他刚刚交往，不能理解他的深意，他的苦心！唉，你可知，松坡一向是个沉默寡言的人？他呀，这半辈子了，做的，永远比说的，要多很多！有些事，他做了，才会说；有些事，他做了，也未必说！这就是蔡松坡，一个谨言慎行，行动永远大于言语的君子！”

林建昭喃喃自语般：“‘君子讷于言而敏于行’，就是蔡将军的写照吧？”

石陶钧点头，认真看向这个青年："所以，这次他选择和你，一个在异国他乡偶遇的青年，这样倾情讲述自己人生的一些履历和感悟，敞开心扉，促膝长谈，原本就是一件令人异常的事情。他一定是有所预感，知道自己的日子所剩不多，也是想借着和你的恳谈机会，梳理一下过往的一切，对自己的人生，有所回顾吧？"

"将军！……"林建昭低喊一句，声音哽咽。

"俗话说，'人之将死其言也善'，我知道，松坡一向是孤独的！他的人生道路，有过辉煌、炫目的光环，可是更多的，却是一次次凶险莫测的选择和担当。就像横亘在他人生道路上的一道道暗淡而险恶的激流险滩，几回回，他都咬牙独自迈过了，留下的满身、满心伤痕，谁能抚摸得到？也许，在你这位小友身上，他看到了自己少年时代的影子。在自己人生之路即将走到尽头的时刻，他愿意向你倾诉出这番真情实感来！"

"这些天，我充分感受到了，觉得自己何其幸哉！"林建昭感叹道，"将军是个性情中人，更是一个有着阳光性格的人！他做事一向极有原则，一生遵循的，是'人仰无愧于天，俯无愧于地，行无愧于人，止无愧于心'的行事准则。他有两点坚持最为我仰慕。"

青年说起自己崇敬的人，满脸都是敬仰之情："第一，选择前的选择。将军告诉过我，'人生在世，当我们面临十字路口，不知如何选择的时候，不妨在心里先做一番选择前的选择，那就是选择你是把自己小我的利益放在前面，还是把这个国家和民族的利益放在前面？如果是后者，那么一切都不成为问题了！你终究会发现自己的路会越走越宽，你的同盟者会越走越多！即使一时不被众人理解和认可，可是历史终将评判出你的功与罪！'将军是这样说的，我们看到了，后面，在他的人生道路上，他也这样做了……"

石陶钧也被眼前青年的动情话语所感染，默默点头不语。

林建昭继续着："第二，将军一生做事，对事不对人！我今天下午和他刚刚聊到他从云南准备进京前的心绪历程，从拥袁到反袁，这条路他走来千难万险，所承受的东西更多！误解、怀疑、指责、诽谤……这一切的一切，不过化作将军风轻云淡的一句自嘲语——'不要过于计较别人的态度和测评！既然俯仰无愧于天地，又何必在乎他人一时之评？假如我将来能对我们这个国家有所建树，那么你们今天对我的抨击，不过是恰好凑成我个人历史上的一段佳话，又何足计较？'"

石陶钧深深点头："松坡是这样的。唉，就不知道历史将来会怎样写出这一笔？又有多少人能体会到他的一片赤诚之心呢？"

林建昭微笑着摇头："依我和将军这几日近距离的交往，对将军的胸怀之了解，我觉得将军并不看重这个！我认为，从拥袁到反袁，自是将军这般赤胆忠心，苍天可鉴行为的注解！当年二次革命时，他拒绝响应孙、黄二先生出兵，那是因为当时讨袁，将直接挑战共和法治；后来将军之所以毅然决然地回云南举起讨袁大旗，是因为当时袁世凯复辟称帝行迹已经昭然若揭，已然是共和国之叛逆！将军反对的，从来不是袁世凯或者任何具体个人，作为一名军人，他维护的是国家法度，统一局面！他和他领导的护国军所捍卫的，也不是某党某人的利益，而是共和体制。这就是将军一贯的行事立场和原则。"

"选择前的选择，做事对事不对人。你总结得很好，小林，难怪他喜欢和你交谈，你算他的知音之一！"石陶钧拍拍林建昭的肩膀，赞许道。

林建昭的神色却依旧凝重："可是这条路，将军走来，又经历过怎样的惊涛骇浪，浊流险滩呢？我实在是不敢想象！"

他回头凝视着石陶钧："北京时期……我有点怕和将军谈到这段人生经历。总觉得，那是他最苦闷、最压抑、最憋屈的时期？我不知道他究竟经历过什么？"

石陶钧摇摇头："他很少提起这些往事。但是我从很多人嘴里听到过他的那段经历。百里、何鹏翔、戴戡、殷承瓛这些当年跟随在他身边的人，都有过片段回忆，让我们看到松坡当年到北京任职时的情景。尤其是袁世凯的两场别有用心的召见，更是刀光剑影、凶险莫测啊……"他和身边的青年讲述起自己听到过的当年的那番情形。

同一时刻，蔡锷躺在病床上，虽然身心俱疲，但是他的思维仍是清晰如故。今天下午和林建昭回忆起的往事，让他不由自主地独自延伸下去，他仿佛又回到了那个波谲云涌的时段，三年前的那个秋天。

1913 年 10 月　保定陆军军官学校蒋方震的宿舍

枪伤未愈的蒋方震半卧在床榻上，含笑看着坐在他床边的蔡锷。

蔡锷此次接了大总统袁世凯的调令，从云南赴北京任职。特意绕道保定，看望自戕重伤后养伤在床的老友。因为今天还要赶往火车站，乘车赴北京，蔡锷戎装在身，军容严整。

穿着白色睡衣的蒋方震，脸色苍白，明显带着病容。他看着老友微微点头，唇边挂上一丝苦笑："松坡，你到底还是选择进京了？唉，你我军人，自然是以服从命令为天职。袁大总统既然调你入京，也必然有他的一番深意在。但是我怎么就这样为你担了一份心呢？"

蔡锷深感老友情谊，看着昔日意气风发、潇洒倜傥的蒋方震，如今憔悴惨淡、虚弱无力的样子，心中自是百感交集。他伸手将好友的手握住，尽量用平静的神色相对："百里，你担心什么？"

蒋方震却是用极认真的神情看他："我听说，袁总统原来深感北洋军骄横纵欲，法度早乱，想借你这位骁将之手整肃军队，所以他早先有了委任你为陆军总长的想法。"

蔡锷静静地听着，也不答言。

蒋方震忍不住叹息："可是北洋军内部权势斗争之激烈也非你我可以想象的，他们断然不会接纳你这样一个外来将领担任此等军中要职！所以袁世凯纵然有意，也难以撼动他手下北洋军阀的觊觎心！而且，老袁的手段吗……"他又是长叹一声："总之也是你我这样秉承书生意气的军人难以揣度的。松坡，我了解你，你和我一样，都是一个纯粹搞军事的人，对政治权术并不在行。所以难免……"

他看看周围，并无他人，但是他仍旧抬起身来，靠近蔡锷低声道："我听说老袁后来又有改任你为湖南督军的意向？也算是实现'湘人治湘'的良好意愿吧？可是为什么，在你刚刚离职云南，进京述职的途中，他又改弦更张，匆忙任命汤芗铭任了湖南都督呢？"

蔡锷扶着他重新躺好，自己坐得离他更近一些，才轻声回答道："刚才你说的没错，我们都是醉心研究军事的纯粹军人。对于我来说，更重要的兴趣点在于练兵！从日本回国这些年，我先后在广西、贵州、云南等地训练新军，目的都是在于，用我们在东瀛军校学得的先进治军理念和技术，为咱们这个国家培养出有现代化思想和技能的军事人才，带出一支精兵强将来！这个事情对于咱们这样积弱已久，又被列强们虎视眈眈已久的国家，有多重要，百里你比我更清楚明白。你这些年游历欧洲诸国，当更有一番感慨？我们的国家，我们的军队，还有时间吗？还等得起吗？"

看着蒋方震沉默不语，蔡锷压低声音，继续道："这次我有机会来到中央任职，也是想抓住机遇，有更高、更好的平台，为国练兵，实现我们曾经的理想和抱负！至于其他的，都不在我的考虑范围之内了。”

他紧紧盯着好友的脸，态度诚恳：“百里，袁氏也曾是带兵强者，当年他在小站练兵，成绩赫赫。八年前，南北新军在河南彰德举行秋操演习，袁总统那时是全国练兵处会办大臣，而在广西任职的我，被选为中央评判官，因此和他有过一面之缘。他当时对军队建设也有很好的论调。如今他作为最高统帅，当更明白现代化的国防建设，对一个国家有多重要？我希望能借助他即将赋予我的权力，完成我们的理想——为国家训练出一支训练有素，能打硬仗的现代化军队！”

“你还是雄心不改当年！”蒋方震被好友的情绪感染，微微点头，随即又再次蹙起眉端来，“可是，松坡，我这次自戕之事，虽然失之莽撞，但是却可以给你一点启示。”

他愁肠难解，向好友倾诉了自己的经历，他的话，透露出对当今中国军界和政界的失望，甚至是绝望的心态，让蔡锷闻之心惊，继而深思。

“你知道吗？通过这段任职军校的经历，使我看透了袁世凯、段祺瑞等人所代表的北洋政府的真面目！他们贪腐之气太重，各自为政，利欲熏心，而且个人水平，政治素养都太低，绝没有华盛顿、杰斐逊等人那样的气魄，可以战胜社会腐旧势力，建立一个新的机制！而且可怕的是，他们一旦专制起来，会变本加厉！我是想以我这段不堪的经历提醒你，松坡，千万不可书生意气，像我这样逞一时之强！当然，你更不能随波逐流，被那股坏势力裹挟进去，做了俘虏，成为一个新军阀！”

1913 年 11 月　北京总统府承启处

刚刚从云南来到北京的蔡锷在这里等候大总统袁世凯的首次召见。他身着都督制服，军装严谨，佩剑锵然。

一名服侍谨然的承启官进来，向他正色道：“大总统有令，蔡都督不必拘礼，请换便装来见。”

蔡锷微微一愣，随即点头，正想转身回府去换装，却被承启官含笑拦住：“一切已为都督准备好了，请到里间更衣。”

承启处内室里，几排大衣柜整齐排列着。承启官从其中一个柜子里拿出一身准备好的新衣，态度恭顺有加地递到蔡锷手上：“这是大总统特意赐给都督的一身便服，请都督就在此处宽衣吧！”

蔡锷淡淡一笑，似乎心下了然了他们的深意，神情平和地接过衣服，先放在一边，又态度从容地解下佩剑，脱去全身戎装，只剩内衣内裤，这才拿起刚才那身衣服，有条不紊地穿在身上。

整个过程他的脸上始终平静无波，也是故意让眼前人看清楚自己并无携带任何武器，他甚至有意无意露出一丝坦荡而戏谑的笑意。

但是当他将这身便服完全穿好，正要系上脖颈下最后的盘扣时，却突然意识到什么，心下一惊，一丝强烈的震撼感觉如过电般掠过他全身！他的笑容有些维持不住，略显僵硬的表情定格在脸上。

他穿上这身貌似早为他准备好的长袍马褂，竟然惊异地发现衣服是那样的合体，衣袖、领口、腰身无一不妥帖附身，简直就像有谁仔细量过他的身体，为他专门定做的一般！一叶知秋，袁世凯的心思如此之缜密，令他不禁背脊出了一层冷汗！

“不知道都督的衣裳是否合体？”承启官恰在此刻轻声发问道。

蔡锷究竟机敏过人，瞬间已恢复平静神色：“很好，非常合体，劳您有心了！”

承启官谄媚一笑：“是大总统有心呢！这进京觐见的官员如过江之鲫，人人都要赏赐这么一件衣裳，体会到大总统的恩泽雨露，不合体怎么交代得过去？”

蔡锷笑着点头应道：“是，大总统英明！”

“大总统的英明又何止于此？”承启官忙转身从另外一个衣柜中取出一件皮质大氅，轻轻为他披在肩上，“都督刚才换上的那件，是每个进京述职的文武官员都有的，可是这件大氅，却是大总统特意给都督另外准备的，可见大总统对都督是格外优渥，青眼相看啊！”

不知为何，又一阵寒栗闪过蔡锷的心头，他不动声色，微微逊让一笑，没有再说什么。

中南海居仁堂，袁世凯迎上了前来觐见的蔡锷。

“松坡啊，你终于来了！”蔡锷未着军装，不能致军礼，才躬身作揖未完，袁世凯已经上前一把拉住他，哈哈大笑，“那年南北新军在河南彰德举行秋操演习，你我首次谋面，这一晃又过去七八年了，我可是时时刻刻把你这位骁勇虎将挂在心头哩！”

蔡锷露出谦恭不安状："蔡锷不才，怎劳大总统惦念？"

"哈哈，松坡啊，你这个湖南籍的骁将，总会让我记起你们老家岳麓山上那座百年学府门前的楹联上，昭然于世的几个字——惟楚有才！"袁世凯一边挽着蔡锷的臂膀，走向堂前正中摆放的那一排红木座椅，一边笑着大声道。

"想当年你蔡松坡不过二十四岁的华龄，就被指派为中央评判官，监督我新军秋操演习，号令威严，英姿飒爽，给当时任全国练兵处会办大臣的老夫留下了深刻的印象！我那时就在心里许下了这样的承诺——若老夫不统天下倒也罢了，若有一天虚领要职，必然要起用你这位少年英雄！"

他将蔡锷送到紧挨着正中座椅略微靠左的一张椅子上坐下，自己也在主位坐定，又是一阵爽朗大笑："没想到，还真是等到了今天！"

此言让蔡锷心下不安，还想起身谦逊几句，却被袁世凯按住，他又侧脸仔细打量了一番眼前这位年轻的将领，拊掌笑道："难怪世人都传云南都督蔡松坡英武过人，风流潇洒，今日细观，果真是一表人才，风采夺目！"

他俯身向前亲热地拍拍蔡锷的手背："上次秋操会面，你一身戎装，只见英挺帅气，气势如虹，倒未现出儒雅风姿，文人气质；今日换了便装相见，果然是玉树临风，翩翩佳少年啊！看见你，我真是要不停重复刚才那句真言，真乃惟楚有才，惟楚有才啊！如今你这个梁卓如的高足，士官学校的高材生，进京任职，辅佐在我身边，一定要为国家再展宏图了！"

蔡锷谦恭地答道："卑职一介军人，不懂政事，督滇多年，并无建树，蒙大总统厚爱，招至京师，定当勉力报国，不负大总统和国民深望！"

他认真看着袁世凯，态度恭谨："大总统，容属下把云南军政要务向您做一简要汇报吧？"

袁世凯摇摇手："唉，松坡，你急什么？今日初次重聚，你我正该叙叙旧情才是，何必提那些令人劳心费力的政务军务？你放松些，我们随意聊聊就好！"

他转而望向蔡锷身上披着的皮氅，微微一笑："这件衣裳倒也合身！此物虽然微薄，不足计较，但也须人品贵重的人方可受用！我把它给你，也是自有一番深意的。松坡，你当领会一二？"

蔡锷敛容答道："总是大总统眷顾属下，格外施恩，在下一外藩末将，体味到此乃大总统爱惜边防将领，鼓舞边将士气之意！"

袁世凯摇手："你是只知其一不知其二罢了？这是我对你格外的嘉许和优待！只为你乃栋梁之器，干城之将，老夫爱才心切，定要将你揽至麾下，方偿我夙愿，畅我胸襟！”

他将头凑近蔡锷，压低声音：“总有一些小人，摇唇鼓舌，飞短流长，竟然猜测我此番调你入京之意，是要夺你兵权，槛虎于柙？唉，仕途险恶，世事炎凉，我对你的优渥、赏识和信任，怎么能不遭人嫉妒、暗恨？因此总有些无聊之徒妄图挑拨离间你我感情，所谓欲加之罪，何患无辞，青蝇点素，赤舌烧城，让人不忍辩，亦不屑辩！”

他神情有些愤愤然，又转而笑谓身旁这个年轻下属：“我今天这般待你，送此薄物，就是想借此昭示天下，告诉文武百官，我袁项城爱你蔡松坡之才，才会青眼相看，格外荣宠！所以啊，”他拍拍蔡锷的肩膀，“松坡，你要领会我的深意，更要体恤到我的一片为国惜才之心才是！”

“是，大总统，属下铭刻感恩于心。”

这般恭谨谦和的姿态让袁世凯满意，他又低声嘱咐道：“你我虽然虚领上下级之分，实则惺惺相惜，乃忘年之交耳！以后相见，不必拘礼，你也不必刻意着戎装，穿便装才显得随意亲切！北京不比云南，四季如春啊！这天渐渐冷了，这件皮衣正好你用得。”

他郑重地看向蔡锷：“过两天有个正式觐见的仪式，不过是走过场的形式而已，你不妨就穿这件衣服来吧，也让在场的百官们心里有个底，明白我对你蔡松坡是另眼相看，格外恩宠！也堵堵那些喜好调三窝四、枉口拔舌的小人之口！”

蔡锷诺诺，谦恭有礼地感谢了他的美意和厚爱。

1913 年 11 月　北京棉花胡同 66 号蔡锷府邸

这是北京一个标准的四合院，可以明显看出来不久前才被修整一新，虽然不是雕梁画栋，却也小巧精美。

朝阳的书房宽敞明亮，一个宽大的书桌上，书籍、地图和笔墨纸砚收拾得规整有序。蔡锷坐在书桌前，用一张白色软布仔细擦拭着一把宝剑，他擦拭得很认真，凝视着这把剑的神态也充满感情，只为这把剑鞘雕花的佩剑多年来戎马征战，一直不曾稍离他身侧。

书桌旁的案几上，搭着那件华贵的皮氅，蔡锷擦完宝剑，望着这件皮氅默默出神。

身着淡紫色衣裙的潘蕙英手捧一盏茶进来，递到他面前。蔡锷接过茶杯，打开盖碗，拨了拨茶面，还是一副若有所思的模样。

“这件大总统赏赐的皮氅究竟有何玄机呢？让你如此心神不定的？”她笑看丈夫。

“蕙英，你听说过蒋百里自杀案吗？”蔡锷似乎没理会她的询问，倒提出一个让她诧异的问题来。

潘蕙英微蹙起秀润的细眉，轻声道：“还在来北京的路上，听何副官长说过这么一嘴。也是因为你此行要专门绕道保定去探视他的缘故，我向他问起这位蒋百里将军来。”

她看看丈夫：“蒋将军是你的同学、至交，他这次在保定军校校长任上的自杀一事也是闹得沸沸扬扬吧？你去探望时，他的伤情如何了？”

“他也算是侥幸逃过一命吧，目前在恢复期了。”提到此事，蔡锷不禁长叹一声，幽幽道，“唉，那个书呆子啊！”

“你还说别个呢？你自己不也是同道中人？”潘蕙英笑嗔着看他，“你自己都讲过的，你和他意气相投，性情、志趣、抱负都好相似的？”

“是啊，我们都是……书生意气之人，唉！”他竟然坦然承认，又是一声长叹，“所谓百无一用是书生，说的就是我们这些人吧？”

他流露出来的无辜、无奈，甚至带点委屈的神情，让潘蕙英心疼又好笑，便反驳道：“谁说的？自古以来，能成就大事，流芳百世的，难道会是匹夫莽汉，胸无文墨之徒吗？若是如此，我们几千年的道德文化也无法传承下去了。”

蔡锷点头，继而又摇头：“蕙英，你究竟是闺阁弱女，还是不能懂得政治风波之凶险诡异啊！”

他看着妻子：“你知道百里自杀的真正原因吗？”

“据说是因为申请军校经费而不可得？”

“这不过是表面之诱因而已！”蔡锷长叹，“身为著名军校——保定军官学校校长，百里自然是心怀壮志，要大展宏图，为我们这个极弱的国家培养出更多的军事人才。但是该军校却不是世外桃源，它是盘根错节、裙带成风的北洋政府里一个分支部门，这官官相护、腐败黑暗的仕宦之险，又岂是百里这样的书生将军所能料想到的？”

他苦笑一下，不禁看看自身，仿佛在说好友，也像是在警示着自己：“在各种势力较量、矛盾倾轧中，书生意气、孤高傲世的百里将军根本无法正常履职，更不要说谈及开展军校改革、教育改革尝试了。最基础也是最艰难的问题就横亘在他的面前——军校经费严重不足，最严重的时候，不但基本设施无法添置，甚至最后发展到连教官的工资、学员的生活费都没有着落！”

潘蕙英认真听着，带着同情怜惜的神情看着丈夫。

“所以，在万般无奈的情形下，百里才会走上那条绝路！”蔡锷几乎不忍心继续讲下去了，声音中透着悲愤和痛惜、无奈，“保定陆军军官学校的少将校长，为了申请军校日常开支，屡次在陆军部碰壁受辱，只好出此下策，在早操时分，集合全校师生，自己拔出佩枪，当众饮弹！以自己的生命做出这份‘死谏’！不，应该说是做出一番决死抗争！百里他是想以自己的一腔热血，来作为刺向这股腐败恶势力的最后的利剑！”

“唉！壮哉，百里将军！烈哉，百里将军！”潘蕙英赞叹着。

蔡锷轻抚她的薄肩，微微摇头：“其实我明白，这还不是他的最深切心思。”

他紧蹙双眉，轻语分析道：“他的内心，一定是藏着更深的忧患和绝望！这次我去保定看望他，我们有过倾心长谈，他给我讲了许多的感悟。当他知道我此次赴京的情形后，对我说了这样一番话——”

他的耳边，又响起蒋方震的那段沉痛的肺腑之言：“松坡，你知道吗？通过这段任职军校的经历，我看透了北洋政府的真面目！……如今，你接了袁大总统的手令，放弃兵权，进京来俯就他，我看真是走了一步险棋！作为老同学，我真为你捏了把汗呐！别的我自然不想多说，只是想以我这段不堪的经历提醒你，松坡，千万不可书生意气，像我这样逞一时之强！当然，你更不能随波逐流，被那股坏势力裹挟进去，做了俘虏，成为一个新军阀！”

“松坡！”潘蕙英听了此话心下一惊，忙握住他的手，“百里将军这是用生命感悟出来的一番肺腑之言呐，那你……”

“我……”蔡锷正想再说什么，看到妻子紧张的表情，那张秀气的小脸上满是不安和忧虑，就暗暗收住了话头，带笑安慰她，“我自然明白的，你放心！”

他不由得将目光扫向椅子上那件皮氅。

潘蕙英顺着他的目光看去，心里难解忧虑：“也许，你们的境地还不完全一样吧？你说过的，袁总统这次招你进京，也是想用你这个将才也未可知？你看他在你第一次觐见时，就赏了这个异乎常人的特殊贵重衣物，说明他对你的看重啊！也许……”

“好了，蕙英……”蔡锷淡然一笑，温语安慰着妻子，“一切静观其变好了，没必要事先揣测，妄自担心？你知道的，我是个纯粹的军人，并不想涉足政坛过深，所以你不用太忧虑！”

他的云淡风轻般平静的态度让潘蕙英放心不少，她也笑着接言：“是啊，这天看着阴阴的，竟是像要下雪的模样？这皮氅倒正好穿着……”

她望着丈夫：“看到这件皮氅，我还想起那天你觐见大总统时，除了这个外，他还赏了一身长袍马褂，我都给你收到衣柜中了，那衣服，你穿着还真合身呢！”

“是啊，合身得令人吃惊……”蔡锷喃喃自语，脸上又现若有所思状。

“你说什么？”潘蕙英不解地看向他。

蔡锷忙掩饰着笑笑：“哦，不过顺嘴说句笑话罢了……对了，蕙英，你把这件皮氅，那身马褂，还有……我的军礼服，都准备好，明天我要正式到居仁堂去觐见大总统。上次究竟是私人会面，这次才是正式觐见。”

“准备两身衣服吗？那你究竟明天要穿哪件呢？”潘蕙英疑惑地看着他。

蔡锷双眉紧蹙，若有所思。沉吟片刻，他语气淡淡道：“这个……再说吧！”

潘蕙英点头，欲离开，又记起什么，转身对他说道：“这府里上上下下都整理清爽了，我想你可以按计划接老太太过来了！”

蔡锷会心一笑，微微点头。

潘蕙英体贴地望向他：“你总说少小离家，戎马倥偬，不能尽人子之孝道。好歹这次安定下来了，也该让老人跟着你享几天福了吧？”

做丈夫的人却露出微微一丝苦笑：“但愿吧！只是母亲她老人家性子刚强，自持内敛，又勤俭持家惯了，我怕她未必喜欢这些官场的应酬来往、繁文缛节呢！”

他看看妻子，又下了决心般道：“不管怎样，我还是马上差人去老家接她老人家来京，以享天伦之乐。”

1913 年 11 月　中南海居仁堂

天气阴霾霾的，是下雪前的一种压抑和低沉。疾风刮过，给人一种肃杀的寒意。

恢宏华丽的殿里殿外，气氛森严。从新华门到居仁堂，三步一哨，五步一岗，站满了军人警卫。这些军人们个个军装严谨，手中兵器铮亮放光。

居仁堂的一个偏殿，几名年轻的将军们三三两两在一起，等候着一场正式接见仪式，他们也都是穿着威严整肃的军礼服，绶带鲜明，将星闪烁。

这些就任陆军部的将领中，有相当一部分，都是蔡锷的同学或者士官学校的师兄弟，如唐在礼、蒋尊簋、陈仪等人。眼下，三人正在一起窃窃低语。

陈仪笑对一旁的唐在礼、蒋尊簋二人道："此次松坡进京，得到大总统的格外优待，听说先是单独接见过了，此处又令文武百官齐聚，正式觐见，可见大总统的深意所在！"

蒋尊簋也笑："总是大总统爱护松坡之才的深意吧，还有什么呢？"

唐在礼沉吟着："倒也不可漫猜吧？大总统做事，向来心思缜密，含而不露，总是图穷匕见时，方可见其真容。你们这里的'深意'两字，倒可琢磨一二？"

陈仪点头："我听说，大总统上次初见松坡，除了赏赐了和其他进京官员相同的长衫马褂外，还格外赏赐了一件精美豪华的皮氅给他，据说其物价值不菲，乃衣物中之上品！"

"这个我也听说了，总是大总统对松坡格外爱重之意吧？"蒋尊簋接口道，"松坡少年成名，名气在外，大总统如今想招揽人才，也是常情？"

"可是，你们忘却了上次浙江督军朱瑞进京觐见时的情景了吗？"陈仪眼波一闪，露出机警之色来。

"这个吗……"蒋尊簋和唐在礼也是心下微微一惊，但是都不动声色。

陈仪微叹着回忆起那日的情景："想那朱瑞，堂堂的浙江督军，辛亥名臣，当年可是攻克南京城的主将啊！在孙、黄二人发起的二次革命中，他没有倒向革命党一方，但是也没有附着袁大总统，而是保持了中立，就和当年松坡的态度一致。谁料想，大总统那日会给他那样一个大大的难堪呢？"

蒋尊簋也点头沉吟："现在想来，大总统对他的中立态度其实是极端不满意的！"

"那是肯定的呀！"唐在礼也接言，"所以前次他应大总统之召前来京城觐见述职，大总统给他摆了一场鸿门宴！"

陈仪："是的，那阵势真是令人不堪回首！"他笑着摇头，"大总统也算心思缜密，让人不可猜度？他先赏了朱瑞一身便装马褂，又嘱咐他觐见时穿着。但是真正到了他上殿朝见之时，大总统却号令文武百官严装以待，侍立殿前！尤其是咱们这些军人，个个都是戎装在身……"

"岂止是戎装在身了？"唐在礼纠正他的话，"我接到的命令，可是要穿着正式的军礼服，绶带奖章，全身披挂呢！”

蒋尊簋也颔首不语。

陈仪叹息：“所以啊，注定那日朱瑞面临的，就是一场暴风骤雨般的羞辱了！”

他接着忍不住回忆道：“想当日朱瑞走进这居仁堂，不知是怎样的一种心情？我看他神情萎靡，全无武人之威武形状！”

一直沉默的蒋尊簋此刻感慨：“那倒也莫怪他？在那种情势下，谁能做到心平气和，处变不惊？你看满殿的文武百官严阵以待，众目睽睽，情势逼人，侍立在大总统身侧的军官们又都是全副武装披挂，将星闪烁，熠熠生辉；连大总统本人，也是戎装齐整，威严肃穆！那朱瑞一身布衣，自然气势上就输了一大截，怎能不心慌色变，乱了阵脚？”

陈仪点头：“朱将军上殿看到此番情景，自然知道是遭了大总统的道了！他自己先自惴惴不安，惶恐莫名，更哪堪再经受大总统一番严词训示？”

唐在礼笑着摇头：“当日大总统那番训示，声色俱厉，句句诛心，我是过耳难忘啊！”

他模仿了袁世凯的口吻，复述起他对浙江都督朱瑞的训词来：“介人将军！你若反对我，可以勾结孙文、黄兴之流，宣布独立，发兵讨伐于我；若是你反对乱党，也该立场鲜明，出兵助我扫荡叛逆！可你，却选择了不战不独，不左不右，保持中立！身为军人，你是何居心？！”

蒋尊簋再次叹息：“这话问得犀利，那朱瑞将军当场就被震慑于心，匍匐在地。看那神情，当真令人又叹又怜！”

唐在礼：“可是大总统是何等铁腕人物？他那时并不手软，紧接着又逼问一句——看看你如今这副装扮，这种状态，哪里还有个将军的气概和威仪，更遑论身居浙江督军之高位了？我亦为你含耻带羞！此话真乃直戳人心啊！”

陈仪摇头：“在百官威严逼视中，在军装严正、武器林立的氛围里，任他朱瑞是久经沙场的老将，也是精神都垮掉了。据说，他当时背脊上的冷汗已经将几层衣服都浸湿了，差点没有当场晕厥在地！”

三人说到此处，再环顾一下今日之环境、情势，都在心头打了个冷战，一时沉默无语。

片刻，蒋尊簋幽幽道：“别忘了，当年孙、黄二人折腾所谓‘二次革命’时，松坡作为云南都督，也是采取了和朱瑞一样的中立态度的！”

陈仪有点哀叹语气:“我如今有点明白袁大总统今日之意了……”

这话让人听来默然。少顷,唐在礼慨然长叹:“松坡一向机敏过人,内敛自持,总不至于步朱瑞后尘吧?”

“这都难说啊!”蒋尊簋搔搔头发,“这些年来,松坡任督军在外,所谓山高皇帝远,位高权重,少年得意,难免不会生出些许骄奢跋扈之意?唉,眼下一切,就要看他的运气了!”

“我倒也记起些往事来,”陈仪笑谓二人,“松坡在士官学校读书时,平日无事,总爱翻看老子的《道德经》,‘知白守黑’之典故,当能领会?”

唐在礼也笑着点头:“他应该更加深谙臣子之道才对!如今作为老同学,师兄弟,我们也并没有其他可以援手之处?不妨静观其变,看他此次如何破了这个迷局?”

陈仪点头,却仍是担忧之色未改:“但愿松坡能顺利渡过这道坎!”

蒋尊簋深深一叹:“你们看这殿内殿外,刀光剑影,剑拔弩张,这阵势,还真够他蔡松坡应付得了!”

另一个较大的偏殿中,袁世凯和儿子袁克定也在谈及此事。两人都是军装在身,尤其是袁世凯,大元帅服饰鲜明整肃,给人以格外的威严之感。

袁克定笑对父亲,神态献媚亲昵:“爹,您真是雄才大略啊!那区区的蔡松坡,黄口小儿,何曾是您的对手了?”

袁世凯摇头:“蔡松坡不可小觑!此人年少英武,极具将帅之才,又文武兼备,胸怀政治局量。你看我此番调他入京,他并不贪恋手中兵权,慨然只身前来,倒真是出乎我的意料之外?我在想,此人或可重用?但恐他心思缜密,不和我们一条心!所以,我要布下此阵……”

袁克定忙急着插言:“您一定是想仿效上次对待浙江都督朱瑞的做法,让他当众出丑,轻轻松松打掉他的骄横之气,从而恭恭顺顺地臣服于您?”

“蔡松坡何时有骄横之气了?”袁世凯横了儿子一眼,“你和他素无交集,何出此言?”

“爹,我……”

“克定啊!”袁世凯抚着长子的肩膀,循循善诱道,“你该用心学习一些仕途经济,纵横之术了!你看那蔡松坡青年才俊,治军有方,年纪轻轻的二十几岁就能坐镇边国,威重西南,必有他过人之处,你万万不可轻视才是!我上次近处打量他，看他态度谦和，恭谨承让，果然是器宇不凡、卓有胸襟之才！以我之见，你不妨学着和他结交一下，也学点为人处世的才干，同时也为我们北洋军招致了一名贤才，何乐不为之？”

“唉，爹！”袁克定不解地看向父亲，“您既然如此爱重那蔡松坡，又为何布下此局，准备让他当众难堪呢？您交给我，下死力笼络住他多好？”

“你懂什么？”袁世凯眼波一闪，脸上露出高深莫测的神情来，“人人都说蔡松坡知进退，懂礼仪，不骄不躁，谨言慎行。我倒想有此一试，看看他究竟是名副其实呢，还是徒领虚名？”

他冷冷一笑：“对于他，我岂能和朱瑞一般对待？想那朱瑞，身为浙江省督军，在孙中山、黄克强发起的反对我方之叛乱中，竟然态度暧昧，妄想保持中立，蒙混过关？我自然不能放过他！所以，我才会招他进京述职，故意赏赐了他一件便装马褂，令他正式觐见时穿着，不必拘礼。”

袁克定笑着接言：“可笑那朱瑞利令智昏，当真以为您老人家对他是网开一面，不计前嫌？还大剌剌地穿着那身便装来正式觐见您，真是狂妄又可悲！”

他笑看父亲，比画着，近乎手舞足蹈之态：“那日的情景让人思之难忘又好笑！这殿上诸位武将个个全身披挂，严肃威武，器宇不凡；反衬那朱瑞将军，一身簇新的长袍马褂既迂腐又滑稽！再看他神情萎靡，期期艾艾，在气势上早就输了一筹！枉担了堂堂浙江督军之威名，如一条可怜虫般，瑟缩在那里，垂首听您的训斥。”

袁世凯闻言，想起当日情景，也不觉微微笑了起来。

袁克定说得更起劲了：“您的严词责问，挟风雷之势，秉雷霆之怒，直接让他魂飞魄丧，如丧家之犬耳！”

父子俩会心地笑了，袁克定又摇头笑言：“想那蔡松坡比朱瑞年轻，又听说他有过肺病根子，身体不甚健硕，文弱有淑女状，此番您这般布阵相待，估计会有一番更加不堪的情形出现吧？”

袁世凯收住笑容，面带思虑之色：“这个吗……我倒也并非完全想以先前这般计策来对付蔡松坡！”

袁克定辩道：“可是那蔡松坡，当年在所谓的二次革命中，一样采取的是中立之态！”

“蔡松坡不比朱瑞！他和黄兴交好，又时常被人猜测为所谓的‘革命派’，却能在那次孙黄乱党作乱中信守中立，倒是令我刮目相看！此人曾公然明言作为一名职业军人，不党不派，必以国家利益为重，守制遵法，维护共和宪政，我倒喜欢他这番坦诚胸襟！”

“所以您要调他进京，是将要委以重任之意吗？”袁克定猜度着，“目前有种说法，说您准备任用蔡锷为陆军总长，不知道确否？……”

“这些事切莫猜疑，信口说出，要注意你的身份！”袁世凯正色叮嘱儿子，“北洋军众将各自为政，心底都有一个小算盘呢。我若要楚材晋用，重用蔡锷，恐怕也不是一件容易之事？况且，此人底细若何，还令人费解……”

袁克定还陷入在自己的思维中：“那么后来又传您想让他去湖南任督军，湘人治湘，也是佳话。可怎么又中途变卦？”

“你懂什么？”袁世凯不满地剜了儿子一眼，虽然有点恨铁不成钢的意思，终究面对的，是自己的长子，将来一番事业都要继承相托之人，他还是耐下性子为他解说道，“想那蔡锷在云南，都督也算做得很好了，偏远孤城，短短时间变成模范省份，已是不能令人小觑！毕竟山高皇帝远啊，手握重兵，再休养生息地做下去，这尾大不掉之势，我是不能不防！”

他眼波一闪，盯住儿子：“可是如果调蔡锷到湖南，就令人高枕无忧了吗？你别忘了，他可是湖南本土人士！”

袁克定恍然大悟：“父亲深谋远虑，想得很是！云南边城，尚且被蔡锷治理得井井有条，滇军威武；若他督湘多年，难免更会做成更大势力，若再运用他在军中的威望，联动鄂、贵、滇、黔军中旧友旧部，更会造成不可控之势力，想来令人担忧啊！”

“孺子可教，你到底说了句让我欣慰的话！”袁世凯欣慰地一笑，拍拍儿子肩膀，“想那熊希龄一个劲儿推荐蔡锷去任湖南都督，无非是怕他觊觎自己的总理位置，更怕我重用蔡锷，此等小人之心，早被我瞧破，又何能如其所愿？”

“父亲下一步的打算是？如何安置蔡松坡？”

“他还在我的考察期。不妨先给他一些位高而无实权的职位，观察一下他是否名副其实，堪以重用？然后再从容安置，也未为迟也！”

“父亲明察秋毫，胸有成竹，儿子佩服之至！依儿子拙见，咱们重要考察蔡锷的，应该是——忠心！是否和我们一条心？才干、能力倒可放在其次！”

“不错！”袁世凯点头，像是说给儿子听，又像是说给他自己，“像蔡松坡这样的优秀军人，总爱事事言及民族大义，言必提‘国家’二字！就像我刚才提及的那样，某些情形下，他们这类青年将领，坚持军人不党，守制遵法，维护共和宪政，究竟是好事？坏事？……但是……总而言之，若是和我们不是一条心，又用之何来？”

他沉吟着为儿子分析道：“前两天，我专门接见过他，好言安抚过他几句，又赏赐过那件贵重的皮衣与他，也算格外优渥之意。今日之局吗，我倒真想试试看，这个别人嘴里文武双全、才智过人的蔡松坡，究竟是何种形象？”

“哦，爹，我明白了！”袁克定忙接话，“您对他，不比朱瑞，是恩威并施，先礼后兵，也想看看他究竟是否识好歹，知进退？”

“哼，就是这个理儿！”袁世凯脸上尽是刚毅之色现出，“若他和朱瑞一般轻薄妄上，我就正好借此之机严词训诫他一番，打掉他作为曾经的边陲骁将的狂悖之态，让他从此俯首称臣，不得有二心！”

“爹爹究竟高明之至！”袁克定对父亲钦佩不已，“想那蔡松坡离开云南，失去兵权，也失去了安身立命之所，如果不能臣服于咱们，岂不是自投罗网，自寻死路？”

袁世凯没理会儿子的这番话，他在计较着自己心中的想法，喃喃自语着：“蔡松坡，蔡松坡……关键是如何收服住他的心啊？”

“这个您交给儿子就成！”

“你？……”

袁世凯不置可否地盯着儿子看了片刻，又来到窗边，望着屋外晦暗的天空沉吟不语。

看到一丝丝若有若无的雪花从空中飞飞扬扬飘落，他不由得自语道：“这天气，不过孟冬时节，竟然飘起雪花来？”

“这雪下的有趣！”袁克定走到父亲身边，脸上挂了一种意味深长的笑意，“寒风凛冽，雪花飘飘，倒唯愿那件贵重的皮氅吗……能给我们所谓的智、勇、仁、信俱全的蔡松坡将军以别样的温暖乎？”

他说的得意，自己都忍不住笑起来。那当父亲的人心下畅快，却仍在摇头，脸上依旧满满的警示和劝诫神色：“唉，你这小子，也就好玩这点小聪明？……简直不堪一提！”

第十六章　对峙

有德必有勇，正直的人绝不胆怯。——莎士比亚

1913年11月　中南海居仁堂

不过半个时辰，这场雪竟然下大了，鹅毛般的雪片随风飞舞，在万物身上逐渐镀起银色来。

中南海居仁堂上，文武百官肃立。蔡锷在承启官的带领下，进殿觐见。

出现在人们面前的这位年轻军人，曾经的云南都督，仍然是一身标准戎装打扮，军礼服合体修身，马靴，勋章，绶带，严整肃然，甚至风纪扣都严谨地系着，手上戴着白手套的这个细节都没忽略掉。这身装扮在寒风阵阵、飞雪飘飘的场景下竟然比往日更显单薄，但却是一股格外令人心折的刚劲有力的情形。军装上飘落的薄薄雪花仿佛给这身戎装添加了灵动的银色，军帽上那白色的盔缨高高耸立，和落上的雪片融为一体，像白色的旗帜在风中傲然挺立。

风雪中的他没有丝毫犹疑、瑟缩的神情，在殿前止步，态度从容地解下佩剑，交付了殿外人员，然后昂首进了殿门。

殿内所有的文武百官都注视着他，各自神态不同。武将这边：陈仪、蒋尊簋、唐在礼等人是会心地微笑，袁克定等人是面带警惕和猜测；文官那里，熊希龄、杨度、杨士琦等人有的若有所思，有的暗暗称赞；而袁世凯，则是神情复杂，脸上阴晴不定。

他就这样看着这个青年军人走到他面前，站定。

这位年轻将领的神情是那样的自若安详，平静坦然。仔细打量去，看他是星眉朗目，器宇不凡。一身英武合体的军装很好地衬托出他瘦削挺拔的身材，

金色的绶带和肩章映衬在灰蓝色的军服上，使他白皙的面容显得格外年轻和英俊。

此刻的他，沉稳安详的脸上看不到一丝的紧张和不安，自然流露出一种淡淡的端庄静穆的儒将风采。

他的眼睛始终是平视的，是坦然的，里面看不到局促和胆怯，但是也绝没有张狂和倨傲，就像是两潭清水，明澈见底却水波不兴。这种四两拨千斤般的轻松自然神色，让在场的所有人暗暗心服心安。

“此人的确不简单！在这样戒备森严，杀机暗伏的场合，却能如此镇定、自持，用这种不露声色、不卑不亢的姿态展现出自己稳健持重、自律内敛的军人职业素养，全没有一般留学生和青年将领身上极易展示出来的骄矜放纵、狂傲浮躁之态。而且又机敏过人，借用这一身严谨庄重的军装，表现出自己襟怀坦荡、谨慎自律、安分守己，却凌然不可侵犯的军人气质！”

袁世凯不由得在心底暗叹：“好一个蔡松坡！这一回合……你竟然赢了吗？”

此刻这位大总统满肚子装的，都是对于可能便装来觐见的眼前的青年将军的训示之词，如今他竟然戎装上殿，换作别人，自是难以转圜，语词艰涩。但袁世凯自然不是等闲之人，他有满腹经纶的政治智慧可以运用，翻云覆雨，左右逢迎。

“前云南都督蔡锷，奉命进京，来觐见大总统阁下！”蔡锷一句套话未曾说完，袁世凯已经朗声大笑起来：“好了，松坡！今日场合正式，但都是自己人，不必如此拘礼！”

他笑着走下座椅，上前挽住蔡锷的手臂，将他带到文武百官前：“今日我设此盛会，就是要让百官同僚们了以夙愿——他们都久闻你蔡松坡的威名，知道你督滇有功，政绩卓然，又是名满天下的青年才俊，文武双全，大家都盼望能一睹英姿呢！”

走过陈仪、蒋尊簋等将军身边，他指指一笑：“这些都是你的同学、师兄弟，旧交故友，就不必说了，你们今后既为同僚，有的是时间叙旧言情！喏，松坡，让我再为你引荐其余几位……”

他拉着蔡锷来到熊希龄、杨度、杨士琦等人面前。

谋士杨度带着亲切的笑意看着蔡锷，还未及开言，袁世凯已经在点头：“皙子，你和松坡的关系就不必提了吧？昔日在日本，如友如兄，我倒是听闻一二啊！”

蔡锷笑看着昔日兄长般待己的杨度："皙子兄的往昔关爱，艮寅时刻不敢忘怀！"

杨度亦含笑摇手："松坡你言重了！可喜今日同列朝班，也是你我的缘法未尽吧？"

在国务总理熊希龄面前，袁世凯指着蔡锷笑道："这两年松坡在西南政绩斐然，政声远播。一个学军事的，还有治国安邦之才，甚为难得啊！"

"是，大总统慧眼识珠，爱才如子！"熊希龄忙附和道。

袁世凯心底闪过一丝诡异的微笑，面上却丝毫不露，他看看熊希龄，又望向蔡锷："松坡，你可听闻？总理大人本来是想运动你做湘督的，所谓湘人治湘，让你这个湘中子弟贡献乡梓，倒也是一段美谈？我也是首肯的，可转而一想，把如你这般之能人安置到地方上，岂非屈才，亦是珠沉沧海了？"

这话让熊希龄神情尴尬，好不自在。

一旁袁克定忙用话打圆场："松坡自然是人才难得！而且，最为可贵的，是他胸怀政治局量，有远见卓识的见解和旗帜鲜明的立场！"

他转而盯住蔡锷，仔细观察着他的表情，言语清晰，几乎是咬文嚼字地说了下面一番话："前番孙文、黄兴之徒在南方举兵乱国，松坡屡电全国，坚定地站在了大总统一边！"

所有人都望向蔡锷，等着看他对此番话的反应。

袁世凯微微眯起了眼，将一缕猜测意味的寒光藏在眼波深处。

陈仪、杨度等人心里暗自紧张，不知道他会怎样作答。

却见蔡锷轻浅一笑，脸上显出从容镇定的神色，他的语气平和，却透着坦荡无私之意味："我站在国家一边。"

声音轻微，却力拔千钧，敲击在每个人心头。一时沉静无语，众人都没答言。

少顷，杨度哈哈一笑，打了圆场："国家即元首，元首即国家嘛。大公子和松坡说的就是一回事啊！"

袁世凯微笑，朗声道："诸位都是南州冠冕、陆海潘江，从今往后可要精诚合作，助敝人强国富民啊！"

站在杨度身旁的另一谋士杨士琦忙笑着附和："总统说的是。以后在座诸人就是精诚合作，一起为大总统效力的同道了。松坡将军，你说呢？"

"是。"蔡锷客气委婉地点头，语气中却带着毫不犹豫的坚定意味，"大总统强调的精诚合作是要务，今后我愿和诸位蠲小私、赴大义，求同共进，相忍为国。”

在场的文武百官都相互打着哈哈，点头称是，袁世凯再次认真盯了蔡锷一眼，心底暗暗滑过一丝喟叹：“蔡松坡！此人不卑不亢，软硬不吃，又进退适度，柔中带刚，实乃一难得之人才，可恨却终究不得他之真实心思，不得不防！不得不防啊！”

他又不关痛痒地好言安慰蔡锷几句，当众宣布，蔡锷留京任职，不必回云南了。

1916 年 11 月初　日本福冈医院花园小径

石陶钧和林建昭还在谈论着蔡锷初进北京的往事。林建昭不由得长叹一声，提出一个隐藏在心中已久的问题：“如果袁世凯后来没有复辟帝制的愚蠢之举，将军的命运会怎样？他会有怎样的人生道路？袁世凯会重用他，交给他统制北洋军的军权，改造旧军队，实现他为国练兵的夙愿吗？”

石陶钧笑着摇头：“年轻人，还是未脱稚嫩气啊！历史如何能这般假设？袁世凯有袁世凯的道路，蔡松坡有蔡松坡的选择。他们的思想、人生观都不相同，自然会走出不同的人生轨迹！而这些重要人物的人生轨迹，从一定程度上讲，就构成了我们这个国家的历史轨迹。这是不能假设和重新设定的。”

林建昭轻叹：“我觉得这就是历史的吊诡之处！政客可以反复无常，但是作为中国军人的蔡锷将军自有自己的政治操守。我记得将军对我讲起过，袁贼后面称帝后，将军回云南组织护国军讨伐，他亲拟护国军的《四项主张》中第一条，就是——与全国国民戮力拥护共和国体，使帝制永不发生于中国！他希望这场共和保卫战，能让后人记住，也警示后来有非分之想的人，不敢再次倒行逆施，痴心妄想地做皇帝梦！”

“是的，护国之战！”石陶钧呢喃着，眼光悠远迷离，“所谓成也萧何败也萧何！也许，就是那场战争，耗尽了他全部的心血、精力、甚至健康和生命，到了今天这般不可收拾的地步！”

“可是，他将因为这场伟大而不朽的战争，青史留名！在所有的中国人眼里，他都是英雄！因为他拼死争得的，是四万万人的人格；他和他领导的军队再造的，不仅仅是一个共和国，而是一个民族的颜面和良知！”林建昭忍住快要滚出眼眶的泪水，突然间低喊了一句，想反驳石陶钧的说法，来证明什么似的。

石陶钧点点头，又摇摇头："你说的也对，也不对！起码在松坡的心中，那绝对不是一场伟大而不朽的战争！甚至他认为，那只能算作一场悲剧的战争！"

"为什么？"青年被他的话惊到了。

石陶钧看着他年轻的面庞上面写满不解和疑惑，叹了口气，幽幽道："松坡和我讲过，在来北京任职之前，他曾给袁世凯及国务院发过一通电文，提到过他对于军队奖励的一种建议，其核心意思，说的就是——'军重在对外，凡非杀敌致果者，均不得荣膺上赏。'……他认为，自鸦片战争以来，国情发生变化，建立共和体制后，应该集中对外。军人的职责是与外国侵略者作战，那么，只有在对外战争中'杀敌致果'，才可以得到高等级的奖赏，国内战争不应该享受高等级奖赏。"

他长吁口气，接着道："松坡一直痛恨对内战争，他认为内战不过是同胞残杀，是万不得已的事情，如果因此可以得到最高级的奖赏，就会无形中鼓励军人进行内战。如果内战可以得到高等级奖赏，将来对外战争的功劳就难以得到彰显。那么一旦国家发生对外战争，还怎样鼓励将士们杀敌呢？所谓——'将来对外有功，将以何项勋赏加之？'"

林建昭听了，觉得这真是一个新鲜的话题和说法，他陷入沉思，半晌没有答言。

石陶钧看了他一眼，继续说着："因为这场护国战争，松坡得到了政治上最高级别的褒奖，也达到了他人生的巅峰状态。在万千百姓心里，他是再造共和的功臣，在所有军人眼中，他是成功的指挥者，是战争的胜利者，他甚至因此获得了军人的最高荣誉——勋一位陆军上将的称号……可是，只有我们这些他身边的挚友才知道，其实他内心有多痛苦！这实在都不是他想得到的东西！……在他看来，这场给他带来无限荣誉的战争，不过是一场令人伤痛的内耗，是一场中国人杀中国人的悲剧！"

他叹息着、沉吟着："他在为梁任公的文集《盾鼻集》的序文中，更是用'天下之不祥，莫过是也！'来形容这场内耗！"

"你感受到他的痛楚了吗？这场战争，在松坡看来，实在是不得已而为之，不但不值得他炫耀，而且是他的锥心之痛！……作为军人，他多次提出想要死在对外作战的战场上，可是如今看来……他恐怕是没有这个机会了！"

说到此处，石陶钧已是潸然泪下。

林建昭早已是泣不成声，他蓦然想到蔡锷曾经对他说过的那句誓言，那句护国战争前，他和老师梁启超约定的誓言，不觉低声念道：“如果成功，就下野，绝不争地盘；如果失败，就殉国，绝不流亡海外！”

拭了一把泪水，青年再次感慨道：“每次和将军交谈，我都会有这样的感觉——他实在是一个有着阳光性格的人！……我喜欢他的机敏睿智，喜欢他的深沉勇猛，喜欢他的英华内敛，更喜欢他的襟怀坦荡！很少能见到像他这样的人——他从来不是朝三暮四的政客，对权力没有膨胀的欲望，连做拥兵自重的军阀都不屑！更对一些身外的荣誉视若粪土！”

石陶钧点头：“其实就连袁世凯也一直想不明白，蔡松坡做这一切究竟是为了什么？……当年他放着好好的云南王不做，放弃兵权，解职进京，服从中央集权；当在京城有了显赫位置、荣华富贵之后，又冒死出京，舍命反袁……听百里说过，松坡出京回到云南，准备反袁的消息传出后，袁世凯是又气又恨，他哀叹，自己一生哄骗玩弄别人，这次却被蔡松坡这个黄口小儿骗过了！……但是他更多的是困惑，为此他曾求教于他身边的外国顾问、澳大利亚记者莫理循，问蔡锷这样干究竟图什么？……放弃享受不尽的荣华富贵，锦绣前程，拖着带病的身子，万里奔波，准备进行明显实力悬殊、以卵击石的一场恶战……只是为四万万人争人格？这个理由在袁世凯那里如何解释得通呢？……于是，这个一心想君临天下、唯我独尊的洪宪皇帝只能请莫理循帮他分析一下——蔡锷是否是自己想当皇帝？……据说他提出的这个问题遭到了莫理循的嘲笑，轻蔑地斥之为‘愚蠢的问题’而未加理睬，并认为他这是以小人之心度君子之腹……其实我在想，也许，不仅仅是袁世凯，这世界上，真的没有几个人能明白他，理解他！”

他带泪眺望着远方，淡然一笑：“如果成功，就下野，绝不争地盘；如果失败，就殉国，绝不流亡海外！……这世界上的军队千千万万，将军政客们如过江之鲫，可是能说出这番阳光誓言，且能身体力行的，又有几人呢？！”

这声来自将军挚友沉痛而骄傲的诘问，久久回响在青年林建昭的耳畔。

夜色渐渐浓厚起来，潘蕙英进了病房，看到蔡锷躺在病床上沉沉地睡着，李华禹守在床边打着盹，听到动静，醒来招呼道：“夫人！”

潘蕙英对他低声道：“你去隔壁房间睡会儿吧，这里我守着。”

李华禹轻声回道："今天下午将军谈话高兴，有些累着了，刚才医生来看过，给他服用了半片镇定药，估计会睡得安稳些。"

潘蕙英点头，看到李华禹离开，她坐到床边，呆呆看着熟睡的丈夫。

他的面色依旧失之苍白，往昔清秀的面庞如今瘦得有点脱形；最明显的，还是他那两道有特色的眉毛，不像往日那样舒展着，倒是微蹙在一起，仿佛他在睡梦中，也纠结着什么事一般。

"唉，松坡，如今养病着的你，不能放下的心事太多啊，你这病，怎么能好？"潘蕙英在心底念叨着，纤手不由得轻轻抚上他的眉端，她轻柔地捋着他的眉，但是却无法把这微颦的眉毛舒展开来。

"唉，松坡……"潘蕙英轻叹一声，心中的酸楚难以言表，她握起他搭在床边的一只手，细细看着，这只手枯瘦如柴，失去了水分肉质，就仿佛失去生命力一般，让她看了更添一份心酸，她俯下身去，将自己细嫩的脸庞贴在这只手上："我心苦的夫君啊……"

颗颗晶莹的泪珠滴落在手边，透过眼帘中薄薄的水气，她看到病房中沉寂的一切，瘦弱无力、沉沉而睡的人，和惨白萧瑟的白色病床、被褥。病房的色调，给她带来丝丝寂寥和不安的感觉，她觉得这无情的白色，会在不远的某一时刻，带走自己毕生最爱的这个人。

这不祥的预感让她心慌，她忙擦去泪水，看看床上的人睡得依旧安稳，就起身来到旁边的小地柜旁，收拾着杂物，借以压抑住心绪。

上次她收捡好的那个绢布包，她再次不由自主地打开，里面一叠丝带缠绕的信札，一把精致的小剪刀，还有就是那对沉香木龙凤挂件。潘蕙英默默看了它们很久，才重新包好，放到柜子隐秘的角落处。她的手边触碰到一团毛茸茸的东西，她拿出来看，正是一条藏青色的围巾，前次蔡锷去海边，她亲手给他围上的那条。

她将围巾拿到手里细细看着，往事如烟，又闪现在她的面前。

1914 年春　北京棉花胡同 66 号蔡锷官邸

身怀六甲、体形略显笨重的潘蕙英拿着一本账簿来到一间朝阳的卧室，这里是蔡锷正室夫人刘侠贞的卧室。

刘侠贞正坐在窗前的炕头上拆着一件毛活儿，看到潘蕙英进来，忙让她坐下。

“大姐，这是府里的账本，您既然来了，我就交过来，您有空理理。”潘蕙英笑着轻声道。

刘侠贞挑起秀眉，略带诧异神色看着她：“你这是做什么？都是家里的事，谁管账不是一样？你何必和我这样生分了？”

潘蕙英抿嘴笑笑，低头看看自己凸起的肚子：“您误会了，我怎么敢和您生分了？您看我如今这番情形，顾上顾不了下的，就连淑莲那丫头都爱往您这儿跑，说是爱和大妈妈和铸莲姐姐玩。何况松坡也交代了，您在邵阳老家就是执掌家政的，自然比我更会料理这些，松坡让我把账本交过来，请姐姐偏劳了！”

刘侠贞看看她凸起的肚子，心里也明白是蔡锷和潘蕙英对自己的尊重之处，就点点头：“好吧，我先代管着，等你分娩后，再交还给你吧。”

她接过账本，又关切地对潘蕙英道：“你下个月就要生了，一切多小心。唉，但愿老天有眼，此番得男，也算咱们这房有了根芽，老太太开心，松坡对祖宗都算有了交代，毕竟他是蔡家的长子啊！”

潘蕙英点点头，有点难为情地看看自己的肚子，为了岔开话题，她搭讪着看刘侠贞手里的毛活儿：“姐姐这是在做什么？”

刘侠贞笑着拿给她看：“是一件毛线绳织成的坎肩。你知道的，这是洋玩意，咱们乡下没有的，恰巧我表姐夫从日本回来，带了几斤，我表姐就教给我织这个东西。我想着这虽说是个稀罕物，但是毕竟是个洋玩意，可是老太太未必接受，给孩子穿又糟蹋了，况且颜色也不适合女孩子。我就学着织了个毛坎肩给松坡。”

她叹口气，又笑：“织好后，一直放在家里的柜子的，没有机会给云南你们那边捎过去。没想到我不会收拾，竟然让虫啃了几个洞。这下好了，这个坎肩是废了！我想拆了它，再重新织件什么吧？”

潘蕙英拿过拆了半截的坎肩，细细看了，思虑片刻，建议道：“大姐，你不妨给他重新织条围巾好了。这边不比咱们南面，天冷，松坡喉咙一直有病，也许用得上。”

“这主意好！”刘侠贞点头，又带点担心的神色看着潘蕙英，“松坡以前有过肺病，将养过半年，也没好利落，有时还会发作。后来他又添了这喉咙上的病症，当真让人忧虑！”

潘蕙英：“在云南时，我父亲曾为他延请过一位名医调养，吃过几服药，还算稳定。到北京后，诸事烦琐，如今更是身兼数职，事务繁忙，不能好好休养，倒真是令人担忧之事。”

刘侠贞叹息：“他总是忙起来就难顾自身，那种不要命的劲儿什么时候能改？唉，好在这些年有你跟在他身边，悉心照料，他的身体才算踏实。其实我们都看出来，包括老太太，都知道有你在他身边，事无巨细，都妥帖周到，才让人放心啊！”

潘蕙英脸微红，微微低下头：“难得老太太和大姐相信蕙英，把照料他的重任交到我手里，蕙英怎敢不尽心尽力？”她说得不好意思起来，刘侠贞忙体贴地拍拍她的手背，以示安慰。

潘蕙英为了摆脱这份尴尬，四顾一下，问道：“老太太又带着小姐俩出去了？”

刘侠贞笑着点头：“老人家一样的倔强劲儿啊，和他一样一样的！”这话听得潘蕙英也笑了。

晚饭桌上，一家人围桌而坐，气氛温馨。蔡老夫人王氏坐在上位，蔡锷和两个夫人陪在侧位，下面是两个女儿，八岁的铸莲和两岁的淑莲。

潘蕙英盛了一碗饭，递到蔡锷手里，由蔡锷恭恭敬敬奉到母亲面前。王氏举起筷子，一家老小才开始吃饭。

王氏不停地给两个孙女夹菜，又给潘蕙英夹了一块鱼肉，放到她碗里：“多吃点，你现在是双身子，肚子里的伢子要嘴吃呢。”

蔡锷看看母亲，顽皮一笑：“姆妈，您怎么知道一定是伢子啊？也许还是个丫头呢，您老人家不会嫌孙女儿多吧？”

王氏剜了儿子一眼：“孙女儿个个也是我的心头肉，虎伢子你不必激我，我什么听不出来？”老太太叫着儿子的小名撇嘴道，“可是我也看出来了，蕙英这遭怀的一定是伢子，一点没错的。”

“您老人家怎么看出来的？”蔡锷很好奇，忙低头看看坐在他右侧的潘蕙英的肚子，惹得潘蕙英脸红起来。

王氏笑着摇头：“你不必问了，一个爷们家，如何懂得这些？这都是我们女人家才能明白的事情！”老太太幽默的话语把两个儿媳都逗笑了。

蔡锷边笑边转移了话题：“也罢，您老人家家规严，儿子是知道的，不能说的，我就不问。但是有个问题一直存在心头，倒想问问您的。”

“虎伢子，你说。”

蔡锷看看对面坐着的长女铸莲，笑着看向母亲："听铸莲说，这些天，您总是带着她和淑莲两姐妹到附近逛，胡同、公园、老乡家，一逛就是一天，不到天黑都不着家。儿子记得母亲以前在家乡时，除了干农活外，可是爱静不爱动的，怎么如今到了北京？……"

他的这个问题引得两个儿媳妇也都看向婆母。

王氏看看眼前围绕身前的儿孙们，微微叹气，伸出食指，点点蔡锷："还不是因为你的缘故？"

蔡锷不解："因为我？儿子哪里又做得不对了？"

王氏叹息："不就是因为你如今做了什么高官嘛，这府邸整日是人来人往的，就没个清静时候。也不知道哪来的这些不认识的人，都跑来给我请安问好什么的。我实在是招架不住。"

听到这里，刘侠贞插言道："婆母，这些人都是松坡认识的人呢，人家是特意来看望您的呀。"

潘蕙英笑着解释道："大姐说的对。他们都是松坡相识的人，有同僚、部下等，也是听说太夫人来北京了，才专程上门探望的。"

王氏直摇头："我一个乡下老婆子，怎么能应付这样的场面？不如避开，倒还省心！"

蔡锷笑看她："这也是北京官场的习俗，您老该入乡随俗才是。在这里住久了，慢慢也就习惯了。您这样躲，能躲到什么时候啊？"

"我避开一阵，那些人见不上面，时间长了，不就淡了？散了？"她笑着对两个儿媳道，回头看着儿子，却换上严肃面容，"至于你说到的'习惯'两字，为娘可是不能同意！什么事情都能习惯吗？譬如说做官，虎儿你一向为官清廉，没让娘失望。但是如今进了这北京城，你该依旧清清白白地做下去。不能说人家这边习惯贪腐奢华，你也跟着'习惯'？"

蔡锷听了，忙放下筷子，恭恭敬敬地听着母亲的教训。刘、潘二位夫人也同时放下筷子听着老太太的话。

"虎儿你记住了，什么时候你要是变了你为官的道义，我可是不能答应！我蔡家虽然是农户，却是清白之家，您爹当年也是读书人，你的启蒙师傅不就是他？他教给你学问，也教给你怎么做人。为官也是一样！你若违背了良心，做了那不仁不义的贪官，我是有家法对你的！"

"是，母亲教训的是，儿子谨遵您老人家的教导。"蔡锷敛容称是。

“好了，大家继续吃饭吧。”王氏这才露出笑意。她夹了一筷子菜递到儿子碗里，“自己的身体也要注意，别太劳累了。你看你最近又瘦了些。”

“好的，姆妈，我以后注意。”蔡锷也对母亲温情一笑。

一旁铸莲突然发言，问着祖母：“奶奶，您刚才说您对我爸爸要用的家法，我猜就是您平日里拄的那个拐杖，对吗？”女孩指指老太太身边放着的木杖道。

“铸莲别说话了，好好吃饭。”刘侠贞忙嗔着女儿。王氏却对大孙女和蔼笑笑，“大丫头说得不错，奶奶的拐杖就是家法。”

“可是我和妹妹调皮，您怎么从来不用这个家法？”铸莲很好奇。

王氏摇头：“你们是女孩子家，奶奶说两句就好，不用那个。”

“女孩子不能用……”女孩咬着指头计较着，“妈妈和蕙英妈妈也是女的，奶奶也不会对她们用这个对吧？那奶奶您的家法敢情专门对付我爸爸了？”

旁边坐着的刘侠贞和潘蕙英想笑又都不敢笑，唯恐臊着蔡锷了。王氏也无奈地看着伶牙俐齿的大孙女，女孩于是更加得意地说道：“可是我爸爸是将军啊，您也会对他用家法吗？”

“将军也是奶奶的儿子，有什么不敢用的？”蔡锷笑着用筷子指指女儿，“铸莲你小，没看见过，你奶奶当真用那根木棍教训过我呢。哦，对了，还有你二叔、三叔他们。我们三兄弟都尝过这个家法。唉，那滋味啊，真是难忘！”

“唉，你姑娘说的没错，你也是个将军了，还这样顽皮！”王氏揶揄了儿子一句，两个儿媳这才敢笑了出来。

几天后的一个上午，王氏在院子里晒太阳，看着铸莲姐妹俩玩耍；潘蕙英和刘侠贞在一旁的石桌前看着账本。刘侠贞摇头道：“这一大家子人啊，开销真不少呢，每月都要精打细算才能敷衍了事，不然……”

潘蕙英笑道：“幸亏姐姐善于理家，不然还真是难以为继。上个月松坡让把他的军事顾问和参政院参政那两份薪水取消了，说是身兼数职倒也罢了，若是同时领几分薪水就不该。这下家里的用度可能更要省些，不然真说不上能否继续敷衍周全下去？”

刘侠贞也叹：“松坡那个执拗脾气也难改，外边的事情由他好了，咱们自己多盘算一下就是。”

潘蕙英点头，正要附和，王氏在一边听了两个儿媳的话，接口道：“咱们家里的用度该省我看还可以省些，仆人随从也可以减去些人，没必要维持什么将军府脸面什么的，这日子该怎么过，还不是各家的标准，各户的事情？”

两个儿媳都点头称是。潘蕙英笑着道：“松坡减薪的事情，得到了总统府的嘉奖，我看到他报告上的大总统批文了，说的是：‘该将军慨念时艰，力辞兼薪，殊堪嘉尚。应即照准，以彰廉让。’”

王氏点点头，看着潘蕙英的肚子道：“等你肚子里的伢子落地，我就该回老家了。我走了，也能省些用度，紧着点过日子，倒也罢了。这里有你们姐妹操持着，我也放心。”

两个媳妇同时睁大眼睛，相互看看，又都看向婆母。刘侠贞先开口劝道：“您怎么突然起了回老家的念头？这家里再怎么用度艰难，也难不到您老人家身上啊？”

潘蕙英也从旁附和：“就是啊，婆母，松坡一向就牵挂您在老家生活艰苦，想接您来这里享享儿孙满堂的福，您若提出回老家，他该伤心了。”

王氏摆摆手：“我也不是因为此刻说到家里用度不够才萌生回乡之心的。唉，我老了，思乡情重，总不习惯在城里生活。每日里不能在田地里干点活路，我浑身都不自在！我知道松坡和你们的孝心，但是也要顾及我的感受不是？我在这里实在是憋屈得慌，再这样下去，恐怕会憋出病来，也未可知？”

她温和地看着两个儿媳，又劝道：“所谓孝顺，最难的就是后面的那个‘顺’字。顺从老人的意思，就是真孝，我想这个道理松坡会明白的。”

“您老人家要是真打算好了，我陪您回去。”刘侠贞幽幽道。

王氏摇头：“侠贞你别担心我，路上松坡自会安排妥当人送。回到家，我那边还有两儿两女在呢，还怕没人孝敬照料我？你先在京城再住些日子，蕙英膝下马上就是两个孩子了，她也忙不过来，还要照料松坡的身体，你该帮着她些。”

刘侠贞和潘蕙英对视一下，两人都不知道该怎样再劝老人。王氏再次挥挥手：“你们先别告诉松坡，到时候我对他说，他是个明白孩子，不会阻拦我的。”

婆媳三人正说着，就听到门房来报：“老太太，二位夫人，将军的老同学，一位叫谭庆铎的先生来访。”

他将名片递给刘侠贞，刘侠贞看了一眼，又递给潘蕙英。潘蕙英看过名片，对门房道：“将军不在家，请他去衙门上找吧。”

门房道：“这位谭先生说不是来看将军的，是专程来拜访老夫人的。”

谭庆铎和随从被引到院子里，刚踏入院门，他就大声呼喊着：“恭喜蔡老夫人，贺喜老伯母！”他边喊着边上前对王氏行过礼，又对着两位夫人略微致意。才含笑说明自己的身份，他如今是袁总统总统府的顾问，又特意强调自己和蔡锷是日本士官学校的同窗好友。

他打起哈哈来：“听说老夫人和夫人从湖南老家过来，一直没有机会上门拜访，实在是失礼得很！不过这个也怪松坡！一向嘴紧，又是低调，老同学间也不通个消息，搞场聚会什么的。我今天不能再等了，就自己跑来了！”他接着又说出一个好消息：“老夫人和两位夫人可能还不知道吧，松坡又有大喜了！”

三个妇人都不解地望着他，王氏问道：“谭先生说的喜事是？”

谭庆铎有些兴奋：“松坡是个难得的人才，极得大总统爱重，不但委以重任，而且屡加推恩。这不，除了目前他任职的总统府高级军事顾问、陆军部编译处副总裁、参政院参政外，如今又格外开恩，封他为昭威将军，而且位列‘威’字号将军中的第一位！”

他环顾四周，大笑着：“这个府邸马上就要改称‘昭威将军’府了，可喜可贺啊！”他对着王氏和两位夫人拱拱手。

王氏淡淡道：“任那样多的职位，他忙得过来吗？松坡身子不好，我倒为他担心发愁。”

潘蕙英和刘侠贞对望一下，也微微点头。

谭庆铎不以为然，看着王氏道：“哎呀老夫人，所谓能者多劳，松坡能得到大总统的信任，是格外荣耀之事呢！您老人家怎么还发愁起来？”

他挥挥手，跟在他身后的随从上前，将手中捧着的一个红布盖着的托盘呈上。

“这是我作为老同学的一点贺礼，请笑纳！”他揭开红布，一尊金佛赫然露出，在阳光下熠熠发光。

潘蕙英和刘侠贞不安地相互看看，又望向婆母，却见王氏已经沉下脸来：“谭先生，蔡家是寒门小户，如何承受如此金光闪闪的宝物？快请收回。”

“哎呀，我的老夫人，老伯母！”谭庆铎不以为然地摇摇手，“过去也就罢了，如今您的儿子是昭威将军，中将军衔，怎么还称得上寒门小户？您太谦虚过头了！”

王氏依旧摇头：“那也不能收。我们蔡家不论是高门大户，还是寒门小户，没有收受别人礼品的习惯，这是家规，请谭先生见谅。”

谭庆铎有点面子下不来台，就信口开河道：“唉，老伯母，实话告诉您吧，这件礼物，松坡都知道了，也看到了，等于是默许了。他在办公地界儿不好收下来，就让我送到这边来，想是体贴您老人家礼佛心情，特意送到您的面前呢！”

“这话不对。”王氏认真道，“我虽出身农户，并不相信什么神啊佛的，松坡不该有这样的话。谭先生一定是误会了，请把东西带回去吧。”

潘蕙英也在一旁插言道：“婆母说得有理。眼下松坡不在家，我们几个妇道人家，也不好主张，您还是将这金佛收回吧。”

谭庆铎上前将金佛取下，放在院子里的石桌上，匆忙说了句：“反正是松坡答应的，等他回来再说吧。我先告辞。”他拱拱手，带着随从匆忙离去。

这边三个妇人看着眼前的金佛无奈对望，潘蕙英对王氏道：“婆母您别生气，这位谭先生虽然说是松坡的昔日同窗，并没见他们有过多的来往。我想这件东西松坡断不会收的。”

刘侠贞也点头：“等他回来再做主张就是。”

王氏叹息：“松坡整日家要是和这样的人共事，我倒真为他担着一份心呢。”她又看看四周，又是一声长叹，“还有这昭威将军的事，我看也未必是好事？咱们这个院子才消停几天啊？又该门庭若市了。从明儿起，我还是带着两个小孙女出门避避才是。”

三人议论了一会儿，就看到蔡锷回府，后面还跟着他的好友，现任总统府顾问的杨度。

听潘蕙英讲述了刚才的事情经过，又看看石桌上的金佛，蔡锷淡淡一笑：“人家送来了，就先放下，等有机会我还回去就是了。”

杨度也笑笑：“松坡如今身居高位，家里经常有些送礼的，也是官场常态。老伯母不必诧异，您在北京这边，您儿子的官邸住久了，也就习惯了。”

他笑着指指门外：“过几天，这大门门楣上，还要挂上‘昭威将军府’五个大字呢，这送礼的人嘛，可能更如过江之鲫，不可胜数。老夫人和二位夫人都要习惯啦。”

潘、刘两人面面相觑，还未接言，王氏已经脸色沉郁，扶着拐杖站起身来。她紧紧盯住儿子，声音不高却颇具威严：“这‘习惯’二字我是断然承受不起！松坡，跟为娘进来！”

蔡锷为难地看了杨度一眼，又望向母亲，低声道：“姆妈，皙子先生还在眼前呢，您要生气，先忍一下，等客人走了……”

王氏沉声道："杨皙子先生是你的好友，又如兄长一般。来咱们家也是常客了。我如今要教训儿子，在他面前也是无碍。跟为娘进屋。"

蔡锷无奈地扶着老太太进了正屋。

刘侠贞和潘蕙英都担忧地对望着，也无计可施。倒是杨度有点好奇："据闻老夫人家法甚严，松坡虽然身为将军，惹怒了她老人家，也会受到杖罚。如今我倒是碰巧赶上看这一幕了吗？"

他的话音未落，就听到正屋里传出老太太的怒喝声："松坡，你答应过为娘的，做官要清廉，不能贪腐。如今人家把礼都送到我跟前了，你刚才轻描淡写地说了那么一句——'改天还回去就是'，简直不把为娘的话放在心里，我不责打你，如何正我蔡家家规？"

里面又传出蔡锷的声音："是，姆妈说得对，儿子并不敢辩。"接着传来一声棍棒打在身上的闷响声。潘、刘两夫人都神情不安起来，杨度也蹙起了眉毛。

接着老太太的声音又起，还是愤愤然的味道："为娘如今不能打人家上门送礼的。你是我儿子，又是当官的，我打你就是告诉你，你若敢同流合污，做些灭良心的贪腐之举，就别认我这个当娘的了！"

"是，姆妈，儿子不敢，您消消气。"接着又是一声闷响。

潘蕙英忍不住了，径直进了正屋。片刻，听到王氏的声音："好了，看在你媳妇身怀六甲为你求情的份上，更是看在我未出世的孙儿份上，这次先饶过你，起来吧。"刘侠贞松了口气，杨度也忍不住念了句佛："阿弥陀佛，可算过了这场风波！"

晚上的寝室里，潘蕙英帮蔡锷脱下衣服，查看他肩上的伤痕，蔡锷笑道："没事的，母亲就是拿拐杖打两下出气罢了，她老人家打自己的儿子，手下岂能没有轻重？"

潘蕙英看到他肩上的印记，心痛地摇摇头。又叹息道："这下好了，估计没几天，你这将军挨自己母亲棍棒的逸闻，就该在北京官场流传开来。今天皙子先生在场呢。"

蔡锷笑笑："母亲的意思，就是打给这些官场上的人看的。我想，我真不会白挨这几下。起码以后来咱家送礼的人，就会望而却步了，也是好事。母亲落得清净，咱们都落得清净。"

潘蕙英点头笑着揶揄道："昭威将军倒是想得开，也厚颜得很？身为将军挨打，你不憋屈？也好意思吗？"

蔡锷皱皱眉毛，正色道："挨自己母亲几下棍棒，很正常吧？昭威将军也是寻常儿子啊，有啥不好意思的？至于说到憋屈，更是没影儿的话了！咱娘的意思我明白，不然白做她老人家的儿子了！"

潘蕙英深情地望向他，忍不住上前用纤手为他轻抚着肩上的棒痕，又伏身吹吹。

"你这是做什么？"

"吹吹就不疼了。"

"孩子气。"

"昭威将军也是寻常丈夫，对自己妻子的孩子气，也是可以容忍的吧？"

潘蕙英巧笑盼兮，蔡锷回身搂她入怀。

1916年11月初　日本福冈大学医院特护病房中

潘蕙英手里拿着藏青色围巾，泪水不自觉地低落到上面。她喃喃自语道："温馨的日子总是太短，谁会想到后面还有那样多的波折呢？就连这条普普通通的围巾，都曾经历过太多波谲云诡的事件？"她还陷入在往昔如烟岁月的尘雾中不能自拔，就听到门声响动，却是美江端着医疗器械托盘进来。

"夫人，该给将军量体温了。"

潘蕙英协助美江给病人夹上温度计，看着美江又为他数过脉搏，点点头："还好，夫人放心。"

女孩看着潘蕙英，用不太流利的中文柔声道："今晚我值夜班，可以守在将军身边，夫人去隔壁房间休息吧。"

潘蕙英摇摇头，看看床上昏睡的人，笑着对小护士表示了谢意："我不困，在这里守夜也习惯了。"

美江看过温度计，确定一切正常，就轻轻离开病房。潘蕙英回到床前坐下，习惯性拉住蔡锷的一只手，将自己的脸颊贴了上去，眼睛还怔怔盯着他熟睡的面容，久久凝视着。

第十七章　求战

以身许国，何事不可为？

——岳飞

第二天美江交班前，又到特护病房巡视一番，看到蔡锷已经起身，在潘蕙英的照料下梳洗过了，半倚在床头上。她再次为他量了温度，又数过脉搏，量过血压，看到一切平稳，才带着笑意离开。

李华禹进来，手里捧着一碗粥，言明是遵照稻田博士的医嘱，蒋方震去东京前也交代过的，为他专门熬制的燕窝粥。

潘蕙英知道蔡锷一向不喜欢服用高档补品，就接过粥碗，柔声劝道："你现在身子虚弱，医生让食补一下。等好些了，再说其他吧？"

李华禹也嘟囔着解释："您的朋友们，还有很多日本同学来看您，都爱送这些，快堆成小山了，您不吃，还不是浪费？何况国内还有人源源不断地寄来。"

蔡锷听了他的话，想起一事来，看向自己的副官："对了，最近怎么没有看到电报了？百里是去东京迎接云南来的赵伸会长，醉六那里，收到什么电报没有？"

"石将军今天去那边军部办事去了，等他回来我问一下。您快趁热喝粥吧。"李华禹答应一声就离开了。

潘蕙英舀起粥，欲喂给他，蔡锷伸手接碗："我自己来。"潘蕙英顺从地将勺子递到他手上，自己坐在床边，为他捧着粥碗。

蔡锷舀了粥，慢慢吃着。吃过两口，就停下来，喘口气，微微蹙眉。

"怎么了，不舒服吗？"

"闷得很。"

"是胸部感到憋闷吗？"潘蕙英不安地看着他，蔡锷微叹口气："说不好。

总觉得，好像要发生什么事一样，让我莫名有点心慌……真奇怪，这种感觉……”

潘蕙英心下惶恐。依她对自己丈夫的深切了解，他很少表达自己的病况感受，即使是在最亲近的她的面前。她知道他身体在逐步衰败下的极度痛苦状态，但是为了怕她担心忧虑，他总是极力克制自己的情绪，很少说出自己的不适感觉。

可眼下……再联想到自己和蒋、石等人瞒着他的有关黄兴死讯的一事，潘蕙英也有点心慌起来。她柔声劝道：“你若是不舒服，就别勉强吃了，不然吃下去也不受用。”

蔡锷点点头，放下勺子。潘蕙英起身将粥碗放到一旁桌子上，听到背后那人幽幽道：“我是不是很麻烦？”

“什么？”潘蕙英不明白他的意思，回头见他自嘲一笑：“我如今病到如此地步，一切要靠人服侍，还经常要让你们这些守在身边的人操心、忧虑，唉……我自己都觉得自己变成了一个‘大麻烦’！”

潘蕙英回到床边坐下，握起他的手，深情地凝视了他：“没觉得麻烦，就觉得奇怪。”

“奇怪什么？”这次轮到蔡锷不明白了。

潘蕙英抿嘴一笑：“我家夫君一向内敛持重，深沉有力量。一生了病，就变得像孩子般纠结，不自信起来？我想，你那些同僚、部下们，一定没见过这样的蔡将军吧？”

蔡锷被自己妻子的话逗笑了：“好吧，我也只是在你跟前才……”

“我懂！”潘蕙英将一只纤指竖在他唇边，止住他的解释，“就像当时在护国之战中，你面临病体孱弱和苦战艰难双重折磨，身为一军主帅，只能意气风发，不可稍露疲态。你的痛苦无人能说，就是跟在你身边最亲近的如石将军、何鹏翔他们都没法诉说，所以你只好选择和我倾诉，在一封封的家书中……”

她轻叹口气：“别人自然无法理解你这份情怀。所以，据你说，他们经常会拿咱们夫妻间频繁的书信往来而善意取笑。但是我自然懂你，你的痛苦，你的纠结，你的义无反顾，还有面临绝境，却无法退缩，拖着病体，苦撑危局的非人经历……一切的一切，我都能感同身受！真的，松坡，那时我在云南五华山督军府，但是心却和你一起征战在外。你相信吗？”

“我当然相信。不然，我当时也不会在那些给你的家书中唠唠叨叨，说那些烦难事……”蔡锷想起前情，不觉触动心怀，感慨无语。

“好了，傻子。一切都过去了，别纠结了。”潘蕙英上前揽住他瘦削的肩膀，柔声安慰道，“你好好将养，万事放开，没有过不去的坎儿。如果你太累了，就在我这里放松一下。在自己妻子面前，没什么不好意思的？”

“我不是一个好丈夫，也不能算是一个好父亲。给予自己家庭的付出实在是太少。但是却有幸得这世上最好的女人为妻，也算上天待我甚厚！”

他喃喃自语，她巧笑慰藉：“当时你准备辗转回云南反袁，咱们在天津分手时，你对我说的那句话，我至今记忆犹新——大丈夫，既已许国，再难许家。也是乱世军人的宿命，更是操守，不可懈怠半分！”

“难为你记得，难为你一如既往地坚持着……”男人说得感慨万分。

“你在坚持，我怎能放弃？就是稍微懈怠都不可以！我们夫妻原为一体！”女人这次的语气是决绝有力。

护士站里，换了便装的美江正要离开，看到林建昭走了过来。

他将手中的杂志递给女孩，美江笑了：“我表舅公的文章都好枯燥啊，你倒看得很快。刚好我这里又给你找了几份，正要到脑科去找你，你就来了。”

“我也是顺道。我近来每天都会来陪将军。”林建昭笑着对她解释道。

“你每天来陪将军？”女孩露出奇怪的表情。

“是的，这是蒋将军和石将军的安排。”林建昭平静地解释着，又看向女孩，“所以也许会经常叨扰到你，希望你见谅。”

“什么呀……你是这里的医学生，现在又是将军身边的陪护，哪里会叨扰到我了？”美江不知道自己怎么突然脸有点发烧。女孩的红脸似乎传染到了对面男孩身上，他也莫名红了脸庞。

林建昭走进病房时，看到石陶钧正站在床边，将一封电报递给蔡锷。潘蕙英笑着和两人招呼过，离开病房。

蔡锷招呼林建昭坐下，自己默默看着手里的几封电文，石陶钧在一旁笑道：“都是些问候你病情的电报，你不会太感兴趣吧？我刚才看华禹相问我电报的事情，就猜到你的心思。”

他在床边坐下，看着好友，唇边挂了一丝笑意：“上次你让我和百里发电报给四川，问问戴戡那边的情况，你一直在等消息吧？我也在留神，总没个回音。

我在想，戴循若等人执掌四川未久，军政事务繁忙，一定是还没顾得上回答你这位老长官的话呢，你莫心急。”

蔡锷咧咧嘴，未置可否。却见石陶钧从口袋里又取出一封电报，笑着问道：“你走前托罗湘办什么事了吗？他打来的这封电报可有点莫名其妙。”

蔡锷疑惑地看着他，石陶钧将电报打开，递给他看，又解释意思：“看这通电文上的意思，你仿佛托罗湘给什么人带了钱？什么五百两的银票？罗湘好像前面来过一封电报给你汇报过这件事情，但是没得到你的答复，他又发来这个询问。”

蔡锷拿着电文看了，片刻无语，半晌才抬头问道：“前面是有过一通电报，我并没有收到。你们藏哪儿了？为什么不给我看？”

“我哪知道啊？我连这件事情都没弄清楚。不过是根据这通电文猜出来一点罢了。”石陶钧辩解道，又嘀咕着分析：“估计是百里收到了，还没来得及给你吧？”

他好奇地看着蔡锷：“究竟是什么事啊？神神秘秘的？”

蔡锷略有点尴尬地捂嘴轻咳一声，将手中的电报放到枕下，又岔开话题：“好了，小林来了，陪我说说话，醉六你要有事情就去办吧。”

石陶钧撇撇嘴：“眼见你如今和小林是越说越投机了？倒赶起我来？”他回头看看身后的青年：“林建昭医生，我建议你回国后干脆弃医从文好了，就从先写一篇《蔡松坡传》开始如何？”

“我们本来就成立有‘松坡研究会’的！为将军作传还真不是一句空谈呢。”林建昭笑着应答。两人又玩笑几句，石陶钧离开了病房。

看着外边阳光还好，蔡锷还是让林建昭搀扶自己来到阳台上坐下，又聊起了往昔话题。

“那天咱们说到哪里了？北京时期？”

“是的，将军。您两次觐见袁世凯的情景石将军也讲给我听了，他是从很多旁观者的回忆里知道的，描述得很生动。我甚至可以触摸到当年袁大总统纠结的心理。对您这样的人，纯粹坦荡，一心为国的军人，他是又敬又忌，又爱又疑；用是不能放心用，放也无法放心放。所以，联想到您进京后他对您的职位安排，位高而无实权，就成分暴露了他这番心态。”林建昭分析道。

蔡锷听了沉吟不语。

林建昭轻叹道：“唉，想当年，那老袁也算一代枭雄。前清时代，他的思想可谓西化先进。从1903年起，他搞军事现代化，在华北组建了六个师的新军，雇用了德国、日本的教官，并且办了步、炮、骑、工兵，设施齐备。自小站练兵到接掌北洋，袁世凯创建的，恐怕是咱们中国第一支新式军队吧？可惜的是，他在政治上的堕落，从‘立宪派’到做起‘皇帝复辟美梦’，他怀揣自己无法遏制的私欲逐渐走向灭亡！而且，我还听到一种说法，惜乎袁世凯，文不能用宋教仁，武不能用蔡松坡，终成遗憾之事！但是我以为，他和您，根本就是两类人，就是您曾经和我提到的那个‘选择前的选择’问题！”

他认真看着眼前的将军：“在这个‘选择前的选择’上，您选择了国家利益至高无上，而他却选择了袁家利益至尊至贵，那么你们两人，又怎能走到一起去呢？分道扬镳是迟早的事情！而且，您提到过，分水岭就在《二十一条》的签订！”

蔡锷默默听着，眼睛越过青年的面庞，漂流到很远的地方，仿佛要穿透历史的迷雾，将往昔风云峥嵘的岁月再次看透，看穿。他的声音也低沉有力，让人听闻就难以忘却。

“当年，我认为一切都是可以容忍的。不让我带兵，不肯给我军权，我就把精力放在军事研究上。我们组织成立了‘军事研究所’，专门学习研讨现代化军事思想理论；我曾经受命督办经界局，编成《中国历代经界纪要》等书。我还曾经写了《军事计划》一文，只为国家面临瓜分之虞，每个中国军人都难以咽下这口浊气。养兵千日用兵一时，此时不战，更待何时？！但是那丧权辱国的《二十一条》还是不期降临，它狠狠痛击了我们这些中国军人的心脏，更让我看清了袁世凯的真面目。唉，那些风起云涌的年代啊……”

1914年秋　北京陆军部

这里的一间办公室，门上挂着“军事研究所”的牌子，里面坐着二十多个青年军官，其中有蔡锷、蒋方震、张绍曾、尹昌衡、蒋尊簋、阎锡山等人。他们都在认真听着一名外籍人士讲课。

课余时分，大家热烈地讨论着。阎锡山走到蔡锷面前，看着他正在书写的文稿上，赫然有“军事计划”四个大字。

“松坡，原来你现在潜心在做这个？”阎锡山笑问道。

蔡锷微微点头，回看他：“百川，你专门从山西到这边听课，感受如何？”

“那还用说嘛？这里可是精英荟萃，四方辐辏，钟灵毓秀！”阎锡山赞叹道，“我看目前中国军中精英人才都汇集此处了。”

蔡锷笑着纠正他：“应该说是中国立志学习现代化军事的人都聚集在这里了。”

阎锡山不住地点头：“是是是。我真的很珍惜这个学习的机会啊！从日本士官学校毕业后，很久没有这样系统地学习军事理论技术了。在这里，可以听到法国军事大师白利苏的课程，可以欣赏到德国著名军事家丁克满将军的演讲，还可以和你们这些京城军中高级将领学习交流军事思想和心得体会，怎不叫人兴奋莫名？”

蔡锷笑笑，又看到阎锡山指指远处的一名军官，压低声音问道：“你看前排坐着的那位覃师范中将，他可是有来历的。瞧他做笔记有多认真，简直是战战兢兢、一丝不苟！松坡，你知道原因何在吗？”

蔡锷笑看着这个同毕业于日本陆军士官学校，比他晚两届的学弟，也不答话。

阎锡山继续着他的神秘情形：“据说黎元洪副总统听说咱们这个‘军事研究所’的课程，也是羡慕得紧，所谓见猎心喜。可是他身份特殊，不便亲身来听，所以就派手下这位覃中将代替他来听课，做好笔记，回头再转述给他。你说，这覃中将能不认真吗？”

蔡锷被他的话逗笑了：“虽说是实情，你却说得诙谐有趣。”

阎锡山没理会他的回答，拍拍桌上的《军事计划》文案，认真说道：“当你完成这个，别忘了借给我拜读一下。我这次回到山西，也要写一篇军事文章的。”

“没问题。你记着向百里要就好。他可是个才子，我这文章完成后，要请他润色的。”蔡锷笑着答应了他。

1914 年 10 月 2 日　北京政府参政院会议会场

1914 年 7 月，第一次世界大战爆发，袁世凯政府宣布对欧战中立态度，并通告各国不得在中国领土及各国租借地交战。但是日本为了取得在华利益，在联合英国向德国宣战后，强派军队两万人从山东北部龙口登陆，长驱直入，一路南下，妄图取代德国在华利益，抢占胶州湾。

目前举行的参政院第十五次会议，梁启超首先挺身而出，建议变更原先会议议程，改为对日本、英国在山东的种种侵略行为，形成文案，向袁世凯总统提出质问，要求其答复，并强烈要求政府对上述侵略态势采取国家措施。

梁启超演讲完毕，身为总统府高级顾问、参政院参政、陆军中将、昭威将军的蔡锷登台演讲。他一反往日儒雅温和的神态，慷慨激昂地阐述了自己的军事观点。

诸位，要知国家外交，纯以军事为后盾。若无军事上强有力的支持，外交手段断难实施成功，这应该是大家心知肚明的一件事情。所谓弱国无外交，诚如斯言！这次日本在山东的行为态度，只说明了一点，那就是欲实施其近二十年之其大陆政策。

我年少时即留学东瀛，对其“大陆政策”关注已久。有关这个问题，日本政界、军界、民间都有很多学者提出过论述。我曾经关注并追踪过一位叫藤原纪男的教授的研究成果，他对日本对华政策形成和演变，都有过详尽的论述。对于其大陆扩张政策，也有过研究论述。我深切地感受到一种危机，一种深入骨髓、难以忘却的危机！

盖日本原为岛国，非在大陆上活动，实难以施展其野心。所谓其大陆政策，非在大陆上活动不可。用一句话概括之，就是吞并我中国之政策也！我们难道忘却了吗？第一次甲午战争，他们侵占了我台湾；第二次，就是侵占南满。现南满虽然还归我国所有，但是实与日本领土无异。眼下，正是他们欲实施大陆政策的第三次机会！借青岛问题与德国开衅，占领胶济铁路，强占胶州湾，将山东变为第二个南满！这是第一层可虑之事！

台下诸官员交头接耳，议论纷纷。梁启超面露激赏之情。

台上的蔡锷，伸出两根指头，继续他的慷慨激昂：“第二层可虑之事，在于目前战事之观察。欧洲战事非一二年可以完结，德国若打败法国，必然会转戈相向。所以日本必然会在一年内，竭尽全力从事东方侵略事端，以实施其二三十年来所谋划之大陆政策。”

他望望台下诸人，面带忧虑地说道：“看清楚上述两层可忧虑之事，我们将怎样应对这样的局面呢？我们的政府，还可以安然以中立国自居吗？或者我们还梦想依靠别国的调停，祈求别国相互制衡的措施来挽救我们的危局，这种想法几乎是痴心妄想，谋求苟延残喘而不得！”

底下议论声又起。看着台上铿锵演讲的年轻将领，有些人点头称是，有些人撇嘴冷笑。

台上的蔡锷自然是浑然不觉，他还陷入在自己忧虑已久的心绪中：“诸位，大家看到的情形再明白不过了！现今欧洲战事发生，各国相互制衡制约的局势已破，全不能致力于东方。就以美国强大态势，因种种原因亦无力全力对抗日本，救中国危局，给我们以外交上的援助。所以，诸位，诸位！我国目前所处的时代，较之庚子、甲午之际，有十倍以上的危险！欲谋国家之保存，外交不可依仗，唯有全靠我们自己的力量！必须上下一心，共谋救国良策！现今我们齐聚于此，重点讨论如何应对日本国咄咄相逼的军事侵略，阻止它在我国实施其大陆政策，希望政府各界能充分重视，广泛献策，谋求救国良方！本席意见呈上，请诸君讨论！”

这番演讲得到大多数参政们的强烈反应。其中对他提出的“上下一心，共谋救国良策”之意尤为激赏。大家热议之后，起草了参政院咨袁世凯文，呈上总统府。

散会后，蔡锷在会场外遇到正在等他的谭庆铎。

谭庆铎兴致勃勃地对他道：“松坡，等你好久！听说你今天的演讲孔武有力，反响很大呀。大公子有心，今晚特意在云吉班设晚宴，咱们好好聚聚。”

蔡锷为难一笑：“我就不去了，你知道的，我一向不好这种聚会，且手头还有文章要写呢。”他挥挥手中的公文包。

谭庆铎看着他直撇嘴：“我说老同学，你怎么总那么别扭呢？你算算看，这都第几遭了？你拒绝大公子的邀约？你也是在场面上混的人，怎么这样不通达人情世故呢？大公子可是把面子给足了咱们这些人，你可别总别着劲儿来，不知道大公子背后代表谁吗？”

蔡锷挑挑眉毛，无奈一笑：“含风，你就替我挡了吧，就说我最近身子不好，喉疾又犯了，不宜宴饮。况且我这人没那番情致，去了也是老古董一枚，凭空扫你们的兴罢了。”

谭庆铎叹息：“我的昭威将军，你又拿身子有病搪塞，这理由我都说得不好意思了！哼，我看你还莫若说你家老夫人家教甚严，不允你外出宴饮，倒还有点影子！”

“对对对，你就这样说也成。你们总不会乐见老太太再次杖责我吧？就像你上次自作主张送金佛一样？”蔡锷笑着接言。

“你呀，你呀，真别扭！……不知道说你什么才好？”谭庆铎恨恨地剜他一眼，转身走了。

10月7日，在参政院的质问和国人反对的压力下，袁世凯政府就日军侵占胶济铁路沿线一事向日本大使馆提出抗议。但是日本侵华战略已定，他们于10月16日占领济南车站，强夺胶济铁路全线，并于11月初攻占青岛，至此完全取代了德国在山东的利益。

1915年1月　棉花胡同66号蔡锷官邸

这天傍晚，蔡锷回到家中。他的心情看上去很好，眉眼间都露出激动难耐的神色。他进了卧室，刚把手中的公文包放下，就看到潘蕙英抱着八个月大的儿子端生迎了过来。

“松坡，看你今天回来很高兴啊，有什么喜事？”潘蕙英笑着问。

蔡锷没回答夫人的问话，他从她手中抱过儿子，狠狠亲了一口。女儿淑莲也进来，蔡锷对她招手，淑莲来到他身边，蔡锷又搂住女儿亲了一口，看看左右一双儿女，满足地笑了。

“究竟什么事情让你兴奋成这样？”潘蕙英看着他左搂右抱，对着一双小儿女做出一副亲不够的样子，摇摇头，含笑轻叹，“这都有一阵子了，你每日里回来总是蹙着眉毛，仿佛含了好大心事一般，弄得人都不敢亲近你。我们猜测你是为国事烦恼，母亲一再嘱咐要体谅你，就连孩子都拘住了，不让打搅你。今天怎么一反常态，这样高兴了？”

蔡锷笑看着妻子：“我让你们担心很久了吗？唉，我自己都没察觉。蕙英，你这一阵子在家带孩子，没注意到时局吗？去年底日本人占领青岛，取代了德国在山东的利益。最近据闻他们又抛出了所谓的《二十一条》，简直是旨在灭亡我中国的无耻计划！”

他又蹙紧眉端：“我们一再抗议抵制这个屈辱亡国协议，但是……上面总有秘密和谈的风声传出，让人扼腕长叹，愤懑满怀！”

潘蕙英惊讶地瞪大了眼睛：“难道袁大总统会接受《二十一条》吗？唉，我这段时间虽然没出门，但是也留心了报纸。对于这个《二十一条》，各界是议论纷纷，群情激奋！总之说的都是这条约出卖我们国家主权的事情。我私下里在想，咱们的政府，不会软弱到愿意屈就这样的协议吧？”

蔡锷摸摸怀里儿子的黑发，再次亲亲他胖嘟嘟的小脸，脸上绽放出一丝笑意来：“前些日子，我也是忧心忡忡。在参政院会议上，我也提出建议，坚决要求拒绝这个卖国协议的签订！可是一直没有准信啊。如今好了，袁大总统开始军事筹划了！”

他将孩子递回到潘蕙英的怀里，又拿起公文包晃晃：“最近，袁总统召集京中和外地将军，商讨谋划今后对日军事策略！我们很可能——要打了！”

“和日本人打仗吗？”潘蕙英再次睁大秀目。

蔡锷咬着嘴唇点头：“是，我们需要这一战！也许，它能打出我们这个积弱已久的国家一份自信心，一份凝聚力！”

“那你？会去亲自带兵打仗吗？”潘蕙英难掩担忧之情，就索性说出来。

“我恨不得马上能带兵出征！”蔡锷脱口而出这句话，突然看到妻子不安的眼神，忙笑着改口安慰道：“其实还不能马上言打。现在不过是在做军事计划。但是此事意义不同啊，毕竟是政府拿出强硬态度了，准备对日本采取积极抵御措施，而不是坐以待毙，甚至是坐等瓜分、投降之举！”

他又对潘蕙英嘱咐道：“你带孩子们先睡吧，今天我可能要熬个通宵了，等会儿百里要来，我们一起润色这个《军事计划》。”

潘蕙英点头，又提醒道：“那你别忘了先去老太太房间问个晚安，省得老人家惦记。”

蔡锷点点头，才记起一事来：“最近老太太没再提回乡之事了吧？”

潘蕙英笑笑：“老太太原本说端生出生后就要走的，我和大姐苦劝了，求她老人家到孩子满月再做决定。后来过了满月，老人家爱这个孙儿像命一般，我和大姐又趁势劝她过了孩子百天再说。等到端生百天后，老太太带孩子有了感情，更不舍得走了。我们也就含糊着，都不提那个话头了，怎么能哄着老太太多住些日子就好呀！”

蔡锷感激地看着她：“难为你和侠贞了。”

“家里的事情，你就甭操心了，专心干你的大事就是。”潘蕙英温柔看他。

蔡锷摸摸儿子的小脸，正想再次接过孩子，就听到仆人来报：“蒋将军到了。”

书房里，蔡锷和蒋方震伏案研究着，蔡锷早先写成的《军事计划》，经他们再次润色、修改，形成一份新的《对日作战计划》。

天色接近黎明时分，这份计划书终于完成。蔡、蒋两人来到盥洗间，用冷水洗了脸，相对松弛一笑。

回到书桌前，蒋方震拿起计划，再次浏览一遍，笑道：“但愿咱们这份苦心，有个好的结果，不至于被某些人拿去当厕纸用才好。”

蔡锷微嗔着他：“你这是什么话？大敌当前，不该同仇敌忾，齐心抗敌吗？总说些牢骚话有用吗？”

蒋方震淡淡一笑：“你总说我是个悲观主义者。其实我实在看不出什么可以让我乐观的地方？外敌凶悍，内政疲弱，总让人心中愤懑，一股浊气难以宣泄！”

蔡锷上前扶住他的肩膀，凝视住他，鼓励道：“百里，我记得你以前在士官学校时，曾获得总分第一的好成绩，那时你对我说过，虽然咱们身后的故国还很微弱、落后，但是作为军人，有时候为了自己的国家，明知不可为而为之，也是一种责任，更是一种宿命！”

他接着分析道：“此次日人凶悍蛮横，抢占我山东权益，我们已经是仁至义尽，一让再让，一退再退，如今到了无可退缩的地步！袁总统也算下了决心，中日之间，恐怕终难逃一战，不然主权沦丧，山河破碎，就在此刻！”

蒋方震说出自己的忧虑：“可是松坡，你难道没听到一些说法吗？大总统暗地里和日方接触，商议《二十一条》的问题。我还听说，”他迟疑了一下，才继续道，“日方以《二十一条》为条件，换取支持大总统的协议。据闻日本驻华公使日置益曾对袁总统有过承诺：‘今次如能承允所提条件，则可证明日华亲善，日本政府对袁总统亦可遇事相助。’甚至暗示可以支持他更上一层楼！”

蔡锷目光炯炯地看着蒋方震：“已经是大总统了，还要怎样更上一层楼？莫非……”

蒋方震冷笑：“当皇帝！没有这个可能吗？松坡你别忘了，最近言论界可是波涛汹涌啊。你曾相熟的两个人，杨度皙子先生，还有咱们那个好同学谭庆铎谭含风，都在摇旗呐喊，鼓吹什么‘君宪救国论’，提出现在国体不适合中国国情，应该恢复帝制……”

“浑说！”蔡锷忍不住骂出声来，“真是奴才理论！将我四万万同胞颜面置于何地？刚刚站起身来，莫非要再次跪倒在专制君主面前？”

蒋方震看着他，叹息着：“所以我总担心，我们这份对日计划，大总统会怎样处置？对他有用吗？他目前的真正心思，是在这上头吗？”

“唉，百里！”蔡锷也接上一叹，“现在外敌虎视周边，我们先拿出我们作为军人的职责和担当来，做好我们的事情。前几天，袁总统倒也做出军事筹划的样子来，他陆续召见京中和外地的将军们，提出想征集对日作战军事计划，以便详细研究，勿至遗缺。你们看到众位将军们纷纷献策，就军事建设提出各自建议主张。前几天，山西的阎百川还奉召专门进京觐见大总统，提出自己的军事计划主张，得到大总统的嘉许。”

蒋方震自然也知道阎锡山觐见情形，就点头道：“阎百川主张‘效仿德、日，在中国实施军国主义强军政策，以备战而止战，以强兵而睦邻，万一因国家权力不得已而破裂，须切实有战胜他国之把握！’听说他回山西后，还要拟定《军事问答》，将这些思想再次呈上大总统审阅。”

蔡锷也点头：“所以，咱们这些军事官员，很多都是抱着这样的强硬立场，绝不能和日本人轻易言和，任意妥协，将国事弄到不可收拾的地步！”

蒋方震认真看着老友：“松坡，咱俩私下说句老实话，如果此刻和日本一战，我们的胜算几何？”

蔡锷面色凝重，久久未曾答言。他走到窗前，凝望着远方的朝霞，深深呼吸了一大口清晨清新的空气，才缓缓道：“日本处心积虑实施他们的大陆政策，妄图吞并中国，称霸亚洲，已经自上而下做了多年的准备。从明治维新开始，人家就已经磨刀霍霍……反观我国之情势，中日两国国力、军力对比，我们之间的差距，恐怕要更大于甲午战争时期！”

“是的，这是一个不争的事实。”蒋方震的心情也格外沉重，长叹一声，“真要打起来，我们的确难有胜算！但是唯有一点可以肯定，小日本若想吞并中国，也非容易之事！中国国土广袤，人员众多，只要我们能觉醒于民族危亡之时，万众一心，齐心抗敌，咬牙坚持下去，未尝没有一线生机？”

蔡锷重重点头：“百里你说得极正确！这就是问题的关键所在！我们不能坐以待毙，不思抵抗，任人宰割，这样别人会得寸进尺，更加肆无忌惮！作为军人，咱们更应该拿出具体的军事计划，让领导者可以清醒地看到当前态势，做出长期抗争之准备！也看出中国自有血性军人在，唯有团结一心，共谋制敌良策，才是国家之幸！万不可一味退让，为图一时之利，浑浑噩噩，苟且偷安！”

蒋方震再次望着桌上的军事计划书，看着蔡锷：“我知道你是早有谋划，所以在做此计划书之前，你曾派雷飚等手下人去日德战场考察观摩，以获得一手资料。”

蔡锷：“知己知彼，也是军人谋划前之必要准备吧？唯愿这份计划书，能给当权者以有效建议，提醒他，不可一味避战，只思言和……”

蒋方震揶揄笑笑：“那要看袁大总统的心思在哪里了。无论如何，我也认为，那《二十一条》也不是好吞咽下的一颗果实吧？”

他随即背诵出《二十一条》的一些主要条款来：“你听听，这第一条款——承认日本继承德国在山东的一切权益，山东省不得让与或租借他国，简直就无耻之极！将我中国主权置于何种地位？还有以下这些条款：承认日本人有在南满和内蒙古东部居住、往来、经营工商业及开矿等项特权；旅顺、大连的租借期限和南满、安奉两铁路管理期限均延展至九十九年；所有中国沿海港湾、岛屿概不让与或租与他国；中国政府须聘用日本人充任政治、财政、军事顾问，中日两国合并办警察和兵工厂；武昌至南昌、南昌至杭州、南昌至潮州之间铁路建筑权让与日本，日本在福建省有开矿、建筑海湾、船厂及筑路权……你说，这样的条约若是签订了，他小日本不就成了骑在咱们中国脖颈上为所欲为的太上皇了吗？！”

他气愤地在书房里走了几个来回，看着蔡锷微微垂首不语。就继续道：“这样的条约，若是袁大总统也能咽下了，就是他想升级一步做皇帝，也是日本人羽翼下的儿皇帝！”

“百里！”蔡锷缓缓开口，神情是未曾有过的极度凝重和严肃，“这样的条约若签订了，更是我们中国军人的耻辱！会痛彻心扉，终身难安的！但是，”他的眼神变得更加锐利起来：“如果有人借此为交换，复辟帝制，带领这个国家走回头路，那就更是不能容忍、宽恕的罪恶！我们不能让这样的罪恶发生，也不会让它有发生的机会！”

看着好友决绝犀利的眼神，蒋方震也被深深感染，他郑重地点点头。

三日后的中南海居仁堂

袁世凯召见蔡锷、蒋方震，杨度和谭庆铎早已陪在那里。

蔡锷和蒋方震都是戎装齐整，向袁世凯行过军礼。袁世凯笑了：“好两位戎装严整、威风凛凛的将军！你们当真是准备马上出征的样子吗？”

蒋方震认真答道：“当今日本人磨刀霍霍，已经对我有瓜分之势，如果大总统对日准备宣战，我和松坡都愿意请缨出战，为国效命！”

“好好好，你们忠诚有加，我自然心里明白！”袁世凯挥挥手，一副慈眉善目的神情，“你们是我最欣赏的两位虎将，真正打起来，我还真舍不得让你们冲锋陷阵去迎敌呢。”

蔡锷眉毛一扬：“大总统已经决定要对日宣战了吗？”

袁世凯又挥挥手，直摇头：“唉，松坡啊，你是个儒将不假，但是切莫秉书生意气哦！”

“书生意气？此话怎讲？请大总统明示。”蔡锷不解地看他。

袁世凯搔搔头，从办公桌的抽屉里取出两份文稿，示意给他看：“半年前你写的那份《军事计划》，我可是都认真拜读了；还有前几天你们呈上的这份《对日作战计划》，我也彻夜捧读过，胸中自然是热血填涌，不能安眠，我何尝没看出你们的一份忠勇爱国之心？可是，”

他走到蔡锷面前，认真看着他道：“松坡，我想问问你，你这部《军事计划》，堪称论述新型国防建设的翘楚之作！涵盖了练兵之目的、国力与武力、兵力、义务兵役制、兵器要纲、军事教育等国防建设的方方面面问题，讲得透彻、精准，我看了很受启发。不过结合当今形势，我想问一句，对比今日之中国和日本，无论国力、军力，是个什么情形？”

“自然是他强我弱。”蔡锷老实答道。

“岂止是他强我弱？简直是差之千里！”袁世凯高声道，“若我们仓促言战，战则必败，这不是硬拿着鸡蛋磕石头的愚蠢之举吗？与国家何益？”

蔡锷挺身答言：“但是总统难道没有看到，日本现今借着世界大战的混乱局面，欲从德国抢占我山东省权益开始，逐步实施他的大陆扩张计划，最终的目的，就是吞并中国，把我国变成他们羽翼下的殖民地。如果我们一味避战，毫无抵抗态势，岂不是给它以恶性刺激，让其野心膨胀，更加任意妄为了吗？”

“是的，”蒋方震也急忙接言，“我们此时若是采取抵抗之态，起码给它以警示，中国不会甘于沦落为殖民地的命运。中国自有血性军人在，四万万人的觉醒和抵抗，也可以逐步汇集成一股强大的洪流。”

蔡锷急忙接上：“总统，此刻宣战，也许没有胜算把握，但是起码是一种强硬的外交姿态。日本人的特性是服膺强者，欺辱弱小。咱们中国自古有种精神——宁为玉碎不为瓦全，拼死抵抗，起码警示侵略者，四万万中国人并不是任人宰割或奴役的羔羊！”

“万一局部抵抗引发战争局面扩大化，将战火引入内陆，将如何收拾？”袁世凯逼问一句。

蔡锷也是对答如流：“万一有此局面产生，也不必完全悲观！我这份《对日作战计划》中也有所论述——我国有广大的国土面积，拥有极长的防御阵线，如果战事一开，我们的军队不妨采取一些非常的战术，打不过就拖，只要不言和，我们就拖它个几年几载，也会……”

“也会什么？”袁世凯终于忍不住，厉声打断他的话，“哪里有你们想象的那样如愿？军事上讲究速战速决，以日本国力军力，若是贸然开战，几个月吞并中国也不是不可能的事情！”

他紧紧盯着两员战将：“甲午战争我们不是和人家打了吗？结果如何呢？不如不打，打了也白打！打出了更加多的不平等条约！山河更加不可收拾！”

他的话让两位将军无语，神情悲愤，却让身旁一直沉默不语的两位文官——杨度和谭庆铎点头称是。

蒋方震抗声道：“难道总统的意思是，只能无条件接受《二十一条》，拱手将山东等省份权益相送？以换得苟且偷安？”

“百里将军，你言辞放肆了！”袁世凯恨恨剜了他一眼，“你先莫妄议什么《二十一条》！这是国家机密，内容并未向外传递，就是外界汹汹议论，也不过是妄加揣测，不足为信！话说回来，就是有个《二十一条》又如何？现在不过是个《二十一条》，若是依你们提议，妄自言战，打败了，弄不好整出个‘四十二条’‘八十四条’也未可知！”

他说得愤愤然，一旁谭庆铎忙附和道：“大总统是深谋远虑。唉，松坡，百里，我们是老同学，虽然我现在弃武从文了，也要感叹一句——我们这些人，终究是武人出身啊，眼光狭窄，只看到打仗啊，出兵啊，怎会理解大总统作为一国领袖的眼界胸襟呢？弱国原本无外交可言，大总统可是为我们这个积弱的国家操碎了心哦！”

袁世凯挥挥手，做出痛心疾首状。一旁杨度也看着蔡锷劝道：“松坡，你忠勇为国，精诚可嘉，但是我们要体谅国家的难处，大总统只会统筹全局，做出合适的决策来！”

蒋方震垂首不语，脸上尽是愤懑之色。蔡锷面色更平和些，他好像没听到两人的话语，只是深深叹口气：“如果不言战，只有妥协一条路可走。那《二十一条》是个什么成色的东西，大家应该都心知肚明吧？”

袁世凯再次走到蔡锷面前，扶住他的肩膀，深深看着他：“松坡，你是个稳妥内持的儒将，为何如今也是这般不冷静，只是一味言战？那么，我倒想问你，作为一名高级将领，你说说看，如果对日开战？我可以调动什么军队出战？”

蔡锷抬眼迎上他的目光：“大总统是国家统帅，可以向全国发布动员令，我想全国各省手握兵权的将军们，值此国难当头之危急时刻，定会积极响应、做出行动的！”

“哼！书生意气！”袁世凯冷笑道，“你在地方统兵也不是一日半天了，你也曾在很多省份带过兵、练过兵。难道你就没看到吗？如今各路军阀林立，各自为政，都打着自己的小算盘。他们拥兵自重，个个眼睛都盯着我这个大总统的位置！你让他们用手中的枪杆子争夺地盘容易，你若让他们出钱出力，为国出战，有几个能倾尽全力，慨然而行呢？”

“大总统分析到位，说得极是！”杨度和谭庆铎忙一旁附和着。

袁世凯这番话倒也说出了一些实情，蔡锷和蒋方震心下明白，一时无语。

袁世凯乘胜追击一步，直逼视着蔡锷：“就如眼前，我答应你松坡将军带兵出征，你准备怎样办？”

蔡锷看着他，态度决然：“只要大总统即刻言战，和日本人较量，属下愿意首先统帅我滇军，会合周边各路军队，如我的桑植之地——湘军等部队，出战迎敌！”

“你的滇军？哈哈哈……”袁世凯朗声大笑，“松坡啊，你当真孩子气得很！你如今已经不是滇军都督，何出此言？如今的云南都督是唐继尧唐蓂赓！那个外号‘唐娃娃’的年轻督军可是云南本土人，出身世家，如今独霸一方，几乎是天高皇帝远的云南小皇帝一样！你以为他愿意拿出自己的家当——自己的军队开打吗？还有你的桑植之地？湖南？湖南督军汤芗铭能同意你的主张吗？哼，手无一兵一卒，你这个出战宣言，等于白说！”

这话噎得蔡锷无语，低头看看自己的双手，仿佛明白了没有军权的悲哀。

袁世凯瞪了他一眼，又看向蒋方震：“还有你，百里将军！从日本军校毕业后，你游历欧洲各国，考察军事，在东北军中任职过极短的时间，带兵经历几乎为零；后来督办保定军校，又给我玩了一出震惊中外的‘将军自戕案’？如今信誓旦旦地说要统兵出征，你的兵呢？我纵然调动北洋军归你指挥，你也未必指挥得动吧？”

这话让蒋方震暗自咬牙。但是他强压住怒气，进一步提出自己的建议来：

“属下曾考察研究过日本的政治、军事制度，发现也有机可乘。盖日本欲出兵海外，内阁是无权做出决定的，需要上呈御前会议批准，方才可以实施！目前，日本大隈内阁和他们国家的元老派矛盾重重，我们可以利用他们之间的矛盾……”

“对啊，这才是正理！”袁世凯迫不及待地打断他的话，极为赞许地说道，“百里，你这才说到点子上了！你就该多研究一些这样的问题，我们要利用他们国家的矛盾，制造一些有利于我国的因素，比如古代反间计之类的东西……”

“大总统，我的意思是，日本若出兵……”蒋方震还要极力言明自己的军事观点，却话语再次被袁世凯拦截：“哎呀，百里，你这分明说的是政治、外交上的问题和建议嘛！我看，你先莫要眼睛光盯在军事上，不妨潜心研究上述问题，可以把一些建议提供给咱们外交部，这样对咱们国家才是大有裨益的一件事情啊！你呀，莫要走偏了路！”

他这番话堵得蒋方震无语应答，袁世凯却又回头盯上蔡锷了：“还有你，松坡！我现在也有更重要的事情来倚重于你！”

“更重要的事情？”蔡锷不解地看着他，“至此危难之时，还有什么比维护主权更重要的事情？”

袁世凯走到桌前，再次拿起那份《军事计划》，认真地看着蔡锷道：“你在这份计划中，言明国力强势之重要性！没有强大国力，何谈军事力量？要讲提高国力，最有效的办法就是发展经济，尤其是发展工商业！而工商业发展的基础，目前看就是矿业的开发和利用！”

他上前重重拍拍蔡锷的肩膀：“松坡啊，你看咱们这个国家，连个像样的地图都没有？何谈矿产开发和利用呢？所以，我准备成立一个专门负责丈量土地、矿产勘测等事宜的部门，名字就叫‘经界局’！这个部门眼下对我们的国家至关重要！部门首领必须是极具才干，又忠诚可靠之人！我选来选去，就相中了你，蔡松坡！文可经国、武可定邦的绝世人才！由你去督办这个经界局，我是万分的放心啊！”

“啊？松坡又获大总统青眼相看，委以重任，可喜可贺啊！”袁世凯的话音刚落，谭庆铎已经称颂起来，一旁坐着的杨度也微笑颔首。

蔡锷和蒋方震对望了一下，难掩惊讶之色：“总统，蔡锷是个武人，带兵之人，怎么能……”

蔡锷话未说完，袁世凯又高声打断他：“哎，松坡，这经界局的重要性我刚才已经和你言明。你就把它看作是军事单位也未为不可！丈量国土面积，勘测国家资源，也是我们军事战略的重要部分嘛！”

他眼波一闪：“就是目前你身兼数职——昭威将军、参政院参政、陆海军大元帅统帅处办事员、总统府高级军事顾问、陆军部编译处副总裁……要操劳许多啊！”

“为国办事，谈不上操劳许多的话，只是怕有负总统重托。”蔡锷突然感觉到一种深深的失望之情涌上心头，他勉力想再次争取一下，就看着袁世凯，“总统，您今天招我二人过来，难道不是为了商议我们拟定的这份《对日作战计划》吗？”

袁世凯哈哈大笑，又扔下《军事计划》，拿起那份《对日作战计划》，对两人挥挥：“这个对我们近期的外交策略也是有帮助的，我自会重视。不过，我还有另一层意思，要和两位将军商议，这个也是和眼下的中日关系问题息息相关呢。”

“哦？”蔡锷和蒋方震都认真看向他。

袁世凯对身后坐着的杨度和谭庆铎招招手：“这个就请两位总统府高级顾问来谈谈吧。”

谭庆铎首先发言：“刚才松坡提到了带领军队出兵的问题，大总统言明没有过硬的军队可以依仗，这倒是我们国家目前亟待解决的一个重大问题！窃以为，之所以造成这样的局面，军队派系林立，军阀各自为政，就是我们现有的国体出了问题！”

“国体问题？”蔡锷和蒋方震都是一惊，相互看看。袁世凯注意着他们的表情，谭庆铎摇摇头，继续陈述着自己的观点：“为什么我们如今呈现一盘散沙之势？就是共和体制目前看来是弊端多多！兵权分散，积重难返！中央政府没有绝对的权威，政令不行，到处是阳奉阴违之徒！这样下去，咱们别说和日本人打仗了，维持自己国家的稳定都成问题！”

“是啊是啊！”杨度站起身来，也连声附和着，“试看小日本弹丸之地，为何一说出兵，全国就能立马总动员起来，不就是他们头上，有个至高无上的天皇吗？”

“对呀对呀！”谭庆铎又接上，两人几乎呈一唱一和之势，“天皇号令一下，全国响应，军队听从指挥，让打哪里，就打哪里！刚才百里说到他们内阁和元老派之间有矛盾，但是不可否认，只要御前会议一开，天皇陛下一下令，全国的军队都乖乖地听从号令！指哪打哪，绝无二话！”

他踱到蔡锷跟前，认真盯住他：“松坡，你还记得当年咱们在日本士官学校时，那位总和你较劲儿的狂妄同学上野矢浩了吧？不过是毕业前参观了天皇行宫，他就叫喊出‘参观了振天府，世上已再没有什么可留恋的了，做天皇陛下的御盾，在满洲的土地上粉身碎骨也心甘！’的狂言！日本天皇的威信可见一斑！”

杨度也上前看着垂首不语的蔡、蒋二人，循循善诱道：“我最近潜心研究国体问题。发现中国目前诸项事情难办，问题完全是出在这上面啊！”

袁世凯闻言露出极感兴趣的神情来，面带微笑鼓励道：“皙子啊，你是大儒，才学八斗，满腹锦绣！快给我们说说，你的最新研究成果？”

杨度依旧不疾不徐地说道：“日本的君主立宪制，是他们强国强兵的源泉！从明治维新以来，因为国体变更得当，日本国力迅速强大起来，很快成为亚洲的翘楚！而反观我国，目前实施所谓共和制，反而造成中央权利不集中，各自为政，一盘散沙的局面。这样一对比，我们和日本的差距明显可见，我们可拿什么去对抗人家？”

“皙子兄所言极是！”谭庆铎插言，“刚才松坡和百里都极力鼓动大总统出兵，但是你们想过没有，人家日本那样强，我们这样弱，根本就不是一个级别的事情，谈何较量？可是沉下心来细想想，为什么日本强？我们弱？不就是人家国体先进，搞的是君主立宪那一套吗？”

“对的，”杨度再次接言，“这些问题，一时半刻也说不清楚。我最近已经在构思一篇文章，专门畅述我上述思想，文章的题目已经拟好，就叫——君宪救国论！”

“君宪救国论！”袁世凯拊掌大赞，“好好好！这名字响亮，且旗帜鲜明，很有味道！必要拜读一下！”他又看向蔡、蒋两人：“二位将军，你们也留意一下皙子的这篇文章吧？”

蔡锷脸色铁青，敷衍着点点头，蒋方震却心有不甘地嘟囔了一句：“我等军人，不懂政治。”

袁世凯不以为然地反驳他：“而今你们并不是普通军人，都是我麾下的高级军事人才，也是国家股肱之臣！要知道政治军事原不可分！”

他又巡视一下众人：“关于那个《二十一条》，我作为中华民国的大总统，断不会随意应允的！但是凭借我国军力去贸然言战也是不智行为！我们必要运用相应的外交手段，和小日本周旋一下。就是一个字——‘拖’！一条一条拖下去，能拖一时是一时，必要于千险万难中保全我中华国家利益！”

“大总统英明！”

“大总统高屋建瓴，让人敬服啊！”

杨度、谭庆铎拊掌赞叹，蔡锷和蒋方震默默无言。

走出屋外，一阵寒风袭来，蔡、蒋二人都忍不住收紧身子。蒋方震看看周围无人，低声对蔡锷道：“今天我也算见识了，什么是政治！”

蔡锷没有答言。片刻，才竖了竖军大衣的领子，仿佛喃喃自语般：“春寒料峭。都这个季节了，为什么还是这样冷？”

晚上，蔡锷咳嗽不止，睡在他身旁的潘蕙英翻身起来，为他捶着背，又下床倒了热水递到他嘴边。蔡锷就着她的手，喝了几口水，才平息下来。

第二天早晨，蔡锷发起烧来，躺在床上不能起身。潘蕙英守在他身边，蔡母王氏和刘侠贞也不停来看视。副官长何鹏翔带着军医来为他诊看，确定为重度伤风。

探病者络绎不绝。谭庆铎带来一根上好的人参，说是袁世凯大公子袁克定的馈赠。蔡锷神情淡淡地让潘蕙英收下了，也无什么话。

谭庆铎劝了他一句：“你这个书呆子，你没看出来袁大总统父子都极看重你吗？这是多大的缘分啊？人家千求万求都求不来呢？”

蔡锷又是淡淡一笑，也不接言。

谭庆铎又劝道：“你好好将养吧。等你好了，我们给你庆祝一下，你该去经界局任督办了！”

谭庆铎离开后，潘蕙英端来汤药，扶蔡锷坐起，一口口喂他喝。

蔡锷边喝着药，边沉思着，突然问了句：“蕙英，姆妈最近没有闹着回老家吧？”

“没有啊，你怎么突然问起这个来？”潘蕙英为他擦擦唇边的药汁，不解地问。

“我想，如果她老人家再说起想回老家的话，你和侠贞别拦着了，问准老人家想回老家的日子，告诉我一声就是。”

“松坡，你什么意思啊？怎么会舍得让母亲回老家？”

“唉，没什么。我在想，尊重老人家的意愿就是了。再说了，这京城，也不是什么好待的地方，哪有咱家乡清净。”

潘蕙英疑惑地看着他，却见蔡锷也不再解释，吃完最后一口药，就再次躺下了。他没有闭上眼睛，直直地望着天花板，沉默不语。

“松坡，你闭眼休息一会儿吧，别总想东想西的。”

“唉，蕙英，趁着养病歇息，我正要把一些问题想明白，想透彻才是！”他幽幽的话语让潘蕙英听了不解又心酸。

著名画家陈建玲油画作品《将军拔剑南天起》

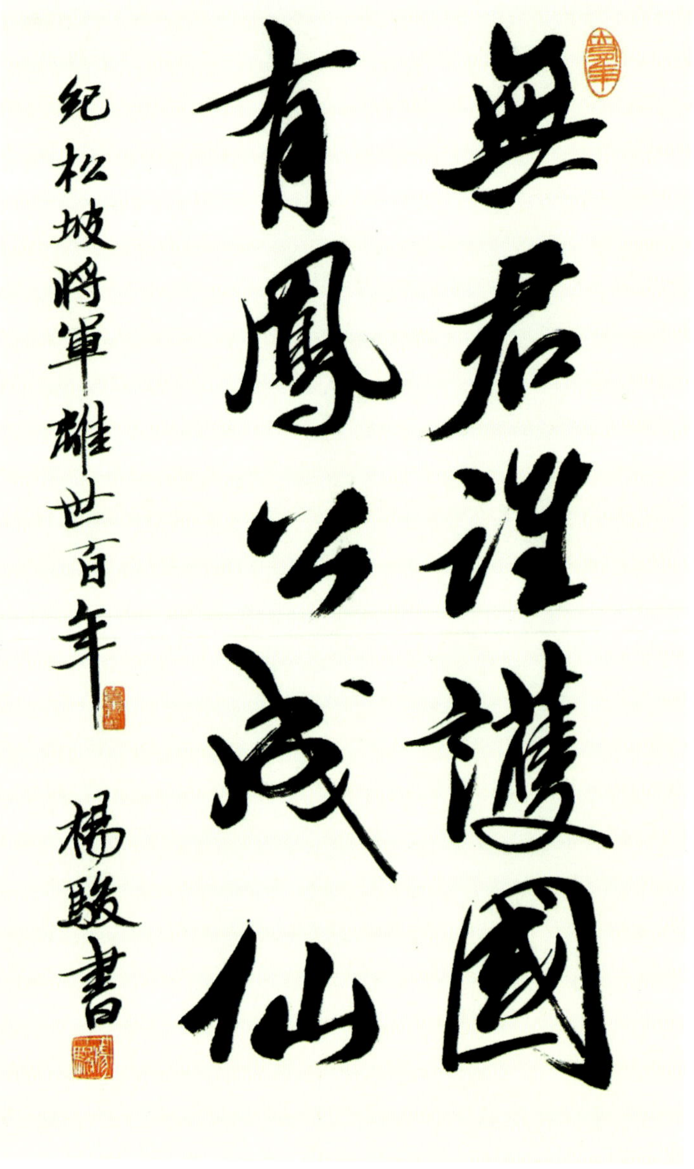

中国文化书院戏剧研究中心执行主任杨骏题字

儒将传奇（下）

蔡顺慈题

护国军神之蔡锷将军

纳兰香未央 著

纪念蔡锷将军逝世 100 周年

九州出版社 JIUZHOUPRESS | 全国百佳图书出版单位

第十八章　声色

伟大的人物总是通过某些弱点同他们的时代联系在一起。

——歌德

《二十一条》正式谈判于1915年2月2日开始。日本以支持袁世凯恢复帝制引诱于前，以武力相逼威胁于后，企图使袁世凯政府全盘接受这个条约。此举引起中国人极大的反抗情绪，反日爱国斗争日趋高涨。

袁世凯政府迫于国内主战派以及民众反抗情绪的压力，对于这个会丧失中国主权的条约也采取了从抵制到拖延的外交策略。袁世凯公然宣称“中国绝不做高丽第二”，积极对日谈判。通过更换外交总长并饬令谈判人员采取拖延战术；利用日本元老院与外交部的矛盾游说日本放弃第五号条款；不顾日本的保密警告将《二十一条》公之于众，营造反日舆论；寻求美、英、俄等国的支持与干涉以牵制日本等外交策略，经过艰难谈判，终于达成了外交妥协——在日本的胁迫下被迫签订《民四条约》。

从《二十一条》到中日《民四条约》，最后签订的文本有“十二条”：中国对外宣布只接受《二十一条》中一至四条的部分内容。袁世凯政府虽然取得了微弱的外交胜利，被一些人称为“弱国外交的成功范例”，但是仍然无法改变的史实是，《民四条约》仍然使日本在中国山东和满蒙的在华利益得到巩固和扩展，仍旧是一个丧权辱国的条约。

但是蔡锷的关注点已经不在这里，逐渐凸显的帝制魔影才是令他格外注意的一件事情。

1915年5月　经界局蔡锷办公室

蔡锷和何鹏翔从外边进来，蔡锷的脸色尽是倦容。他们看到雷飚正等在那里。

“您回来了？”雷飚上前招呼，“近来局势微妙，很多人在风传袁总统和日本人有交易，通过接受不平等条约换取日本人对其推行帝制的支持！”

蔡锷看了他一眼，没有说话。雷飚继续道：“您的看法呢？松公，我很奇怪，您怎么好像无动于衷的样子？您忘了您曾经拟定的《对日作战计划》？您还专门让我去日德战场考察过？如今时局更加凶险了，您怎么倒像？……”

蔡锷叹口气，还是没法回答他，只是坐在办公桌前，翻看着桌上的文件。

雷飚这次换了称呼，上前进一步道：“将军！您是国家的一员虎将啊！怎么会甘于每日里坐在这经界局的办公桌前，做这些烦琐之事？你去外边看看吧，群情激奋，大家都上街游行了！可咱们这些人，这些中国军人……”

何鹏翔为蔡锷倒了水进来，打断他的话：“将军刚从天津回来，很是劳乏。况他最近喉疾又犯了，身子不好，你别总大喊大叫的。”

雷飚看着蔡锷略带病容的脸，忍了忍，还是忍不住继续道：“您最近跑天津几回了，难道纯粹为治病吗？何况，您如今去的某些地方，也不是应该去的……”

蔡锷深深地看着他，声音有点嘶哑：“我去什么不应该去的地方了？”

雷飚嗫嚅道：“您和袁公子，还有那个总统府谭顾问，经常聚会宴饮，怎么不注意自己的身体了？还有……一些乱七八糟的地方，您现在好像也开始涉足了……”

这话让蔡锷脸微红，他正要说什么，看到蒋方震脸色铁青地走了进来。

“松坡，你知道吗？《民四条约》签字了！”蒋方震的声音不高，但是这条消息却像是一枚炸弹，把屋里的几人都震呆了。

“这样不平等的条约，袁总统全盘答应了？《民四条约》？据说是《二十一条》的修改版，一样把山东和满蒙的权益，拱手给了日本！”雷飚愤愤地说道。

“一样的丧权辱国！日本人从此可以在中国的土地上，在他们所谓的自己的地盘上为所欲为，横行霸道，任意掠夺我们的资源和财富！咱们的国土，从此不那样完整了！”何鹏翔也很沮丧地垂下了头。

蒋方震表情木然：“是的。今早的报纸上登出来了。我刚才这一路过来，已经看到很多悲剧：学生们在游行，有人在高楼上撒完最后一张传单，纵身跳下；还有学生坐在十字路口，身子下面，是准备点燃烈火的柴堆！”

他回头看着蔡锷，唇边挂上一丝比哭还难看的笑意来：“松坡，我的话应验了吧？咱们那份《对日作战计划》，现在被某人扔到什么地方去了？当成厕纸用，还嫌碍眼对吧？”

蔡锷站起身来，嘴唇动动，正想说话，却不料一阵猛烈的咳嗽袭来，他弯下腰去，大声咳起来。

“将军！”

“松公！”

何鹏翔和雷飚忙上前扶住他，不住地为他捶背。何鹏翔端过水杯喂他喝了一口水，那咳喘才渐渐平息下来。

雷飚搀扶他坐下。蔡锷平息了一下呼吸，淡淡道：“好了，我们都把自己眼前的事情做好吧。”

“眼前的事情？”蒋方震和雷飚都不解地看着他。蔡锷指指桌子上的一部书稿，“《中国历代经界纪要》就快完稿了，百里，你有空帮我看看。”

“松坡，你是气糊涂了吧？这都什么时候了？你还在平心静气地做这些事？”蒋方震带着怨气瞪他。

“什么时候都要踏踏实实做事。”蔡锷平静地说道，“这部书对咱们国家是有意义的，如今既然我在督办经界局，就要做好这件事。”

他看着蒋方震：“最近我去了几回天津，见到卓如师，他很惦记你，有空你也去看看他。”

听他提起梁启超，蒋方震心里略有感悟，就思索着点点头。

蔡锷又看着雷飚：“还有你，下次我去天津，你跟着吧，嶷青有别的事情要做。”

“是。”雷飚答应着，虽然心里还有疑惑，但是看到蔡锷和蒋方震都是平静的样子，也就不再说下去。

蔡锷默默看着他们，声音依旧很平静轻微：“什么是弱国无外交？这件事情无疑更给我们这些人狠狠地上了一课！”

他喘了口气，用劲按了一下自己的胸口，依旧沉稳地说道：“但是我以为，应该警惕和关注的事情，还不在这里！”

蒋方震看着他，思索着：“近来，有关君宪救国的论调喧嚣尘上。这是一件令人忧心的事情！”

“是的，百里。”蔡锷点头，又看看何鹏翔、雷飚等人，“未雨绸缪，我们该做的事情，还很多，很艰险，甚至是吉凶未卜的……”

电话铃声响起，打断了他的话。何鹏翔接了电话，报告蔡锷：“是谭庆铎顾问，他说今晚袁大公子设宴，请您光临。”

蔡锷点头。何鹏翔对着电话做了肯定的答复。雷飚看到这情形，又噘起嘴，正想说什么，蔡锷挥手制止了他：“好了，还是那句话，大家都先做好自己手头的事吧。”

1916年11月初　日本福冈大学医院特护病房中

蔡锷半倚在阳台的藤椅上，正和林建昭回忆着往事，却见石陶钧走了进来。

“松坡，我刚才问过华禹了，你和小林也聊了半天了，该回床休息了。”他边说边上前搀扶着他，不由分说的神情让蔡锷又笑又叹：“唉，我的确像是在坐牢啊，这不，监视的人来了。”

小林也从旁扶了他起身，笑劝道：“我和石将军他们也有过约定，每日和您聊天不能超过两小时，这对您的健康很重要！”

两人搀扶了他回到床上躺下，小林伏在他耳边低声道：“将军，您先休息一下，明天我再来看您。还有个好消息要告诉您：美江护士昨天又给了我几本杂志，其中有一篇藤原教授的文章，您一定会感兴趣！”

蔡锷笑道：“你这小家伙，怎么不早说？还和我打埋伏呢？”

林建昭咧咧嘴：“刚才和您一说话，就没腾出空说这件事。下次我一定给您带来。”

蔡锷点头，石陶钧拉了林建昭出去了。

护士进来为蔡锷量过血压后离开了。蔡锷躺在床上沉默片刻，似乎没有睡意，想起什么来，就伸手摸索着枕下，将那份令石陶钧搞不明白的电报拿了出来，展开看着。上面的电文再次映入他的眼帘：“前次松坡交办有关五百两银票交付的问题，季梅前往北京，不见斯人。故去电请示松坡，并无回复。今再遣季梅二赴北京，唯祈愿早日完成松坡嘱托。罗湘。”

蔡锷呆呆地看着电文，脑海里闪现出往昔的一幕情景。

1915年5月　北京八大胡同陕西巷云吉班

袁世凯长子袁克定和一班朋友在此欢宴，除了坐在他右手的蔡锷外，还有杨度、谭庆铎、军法处处长雷震春等人。

谭庆铎俯身在袁克定的耳边说了句什么，袁克定哈哈笑了起来，看看身旁的蔡锷，对谭庆铎道："松坡是你的老同学，你同他讲。"

蔡锷不明就里，奇怪地看着他们，谭庆铎走到他身边，抚着他的肩膀笑道："松坡，大公子一向敬重你的才学，也爱重你的人品。但是你这刻板自持的性格可是不大合时宜！"

他为蔡锷分析道："咱们都是老同学了，我知道你是个饱读诗书的谦谦君子，崇尚的是儒家那套'修身养性齐家治国平天下'的东西。但是松坡啊，你我毕竟留学过东瀛，也算呼吸过洋空气的现代人儿，怎么还能墨守成规，冥顽不化呢？"

蔡锷推开他搂着自己肩膀的手，淡淡一笑："含风，你究竟想说什么？直抒胸臆好了，不必如此拐弯抹角、夹枪带棒的废话一大篇儿！"

"痛快，松坡真爽快人也！"袁克定拊掌赞道。一旁雷震春也笑着凑趣："蔡将军是个军人，当然有我们军人的豪爽之气啊。"

杨度也微笑着点头，其余在座相陪的官员也纷纷附和。

谭庆铎一拍掌："好，松坡，你痛快，我也就直话直说了。你看这几个月里，你的性情和以往相比，也是改了不少，不像刚来北京时那样，拘谨僵化，让人不可接近。如今你在这京城官场厮混惯了，也变得随和亲切起来！不过嘛，像这种聚会，有你在，没你在，还是有点不同啊。"

蔡锷一扬眉："此话怎讲？"

谭庆铎换了认真的表情："有你在的时候，我们多少有点顾忌，连花酒都吃不上。真让人不爽，不爽啊！"

蔡锷也带了认真探寻的模样，看看袁克定，又看看周边的人，最后盯住谭庆铎："这话说得严重了。大公子在座，怎么说得蔡某倒像是主导宴会局面的人了？不妥吧？"

杨度此刻笑着接言道："哎，松坡啊。含风的话，固然有些夸张，但是却是有影儿的！大公子对你青眼有加，在座诸同僚也听闻蔡将军矜持内敛、洁身自好的作风，所以每次宴会，你若在座，大公子就吩咐吃吃素酒就得了，免得蔡将军脸上不好看。你若不在吗，大家就要放松很多，哈哈哈，这也是实情哈！”

这话让蔡锷不安，他作势站起，做出欲离开状：“我竟然不知让大家如此难堪别扭了？是蔡锷的罪过，不如我离开……”

“哎，你这书呆子！”袁克定哈哈大笑，谭庆铎早上前一步，将他强拉回座位上坐下，口中埋怨道：“大公子口下留情了，你哪里是书呆子，简直是天字第一号大傻子！你有离开的勇气，就没有改正自身毛病、从善如流的勇气？”

“改正毛病，从善如流？”蔡锷还在嘟囔着，“什么意思？”

一旁同为军人的军法处长雷震春大声嚷道：“刚才哲子先生都说了，你在座，我们这些人就只能吃素酒，你不妨从今日开始，和我们一起开忌，同吃上一顿花酒不就得了？”

众人哈哈笑着附和起来，袁克定没有笑，装作用手绢捂住嘴唇轻咳一声，眼睛却认真盯住蔡锷，注意观察他的表情。

却见那人眉毛轻挑，露出一丝孩子般无辜的表情来，咧咧嘴，近乎是自言自语地辩解着：“你们要做什么，莫管我的想法啊，我……我其实……”

他的话被谭庆铎笑着打断：“哈哈哈，今天松坡这般表现已是不错，咱们就给他开开戒，上花酒吧？”

众人齐声叫好，袁克定看到雷震春已经在大声呼唤鸨儿，其余人也是手舞足蹈、兴奋莫名的样子。

杨度仍旧是儒雅淡定的风范，看着袁克定笑道：“大公子，咱们还是循序渐进比较好吧？先来点斯文高雅的东西，洗洗耳！刚好松坡也是极通音律的！”

云吉班的带班胡妈妈进来，赔笑对谭庆铎解释了一句，谭庆铎瞪起眼睛来：“胡说！今天的聚会非比寻常！大公子和贵客都云集于此，你少给我玩花样！陈碧月就是还有一口气，也要她给我爬出来献琴一曲，否则别怪大爷我不客气！你这小小的云吉班还想不想继续做生意了？”

“含风，你有话好好讲，莫要坏了大家的兴致！”杨度在一旁劝道。

谭庆铎这才讲明了缘由。云吉班的一个叫陈碧月的女孩，是古琴演艺头牌人物，此刻恰巧病了，不能出场。袁克定听了，不在意地挥挥手：“既然她病了，再换个人上来弹琴也罢了，也值得大惊小怪的？”

谭庆铎点头，又扭头吩咐胡妈妈，胡妈妈为难地解释：“小班会弹古琴的人不多，除了碧月姑娘，也没人能匹敌。不如大爷们换个口味听听？琵琶、筝、箫？随大爷挑？姑娘们都候着呢。”

谭庆铎回头看了蔡锷一眼，扭脸对胡妈妈低声道："那挨着大公子坐的人，是今天的贵客，他本身就是玩古琴、品古琴的高手！换别的乐器也未必合他的意！也罢，除了碧月外，你再挑一个擅长弹古琴的姑娘上来演奏一曲得了！"

"哦，老奴明白。那就只能叫……"胡妈妈领命而去。

片刻，一个身着月白色衣衫的女孩被领了进来。仆人安置好古琴，女孩怯生生走到古琴边，先对着众人一揖，走到琴前坐下，玉指轻叩，弹出第一声。

众人伴着琴声继续宴饮，没人认真听那琴曲，但是不过片刻，突然间琴声戛然而止，倒让席间人停住酒杯，注意地看那弹琴女孩。

女孩年纪很轻，看上去不会超过十五岁。娇小瘦弱的身材，在惶恐的情绪中更加瑟瑟缩缩。她垂着头，看不清面庞，只有肩膀在微微颤抖。

"唔？怎么回事？"袁克定惊异地看她。

谭庆铎放下手中酒杯，上前喝问道："唉，你这个丫头，为什么停了？好大胆子！也不看看在座的，都是些什么人？扰了爷们喝酒的雅兴，你担待得起吗？"

女孩惶恐中抬起头来，露出一张虽有几分清秀却极为平常的容颜来，她细长的丹凤眼中满含惊恐，小小的朱唇嚅动着，却说不出完整的话来。

不知为什么，这张瘦小无辜的脸庞，突然让坐在席间的蔡锷记起自己远在湖南邵阳老家的最小的胞妹来。那个乳名晚姑的小妹，是他们兄弟姐妹五人中最小的一个，比身为家中长子的蔡锷要小十来岁。农家女孩，自幼无法娇养，这个最小的妹妹，给自幼离家求学的长兄蔡锷留下的，只有短短的记忆和淡淡的亲情。

此刻的蔡锷，心里瞬间像是被什么东西撞击了一下，涌上一股怜惜加心酸的潮水来。他就想帮这个无辜而惶惑的女孩一把。事实上，他也是在座的这些人里面，唯一懂得赏鉴古琴曲的人，刚才也只有他，听出了女孩是弹错了几个音调，才在惶恐间停下了弹奏。

他语气清淡地开口了："唉，刚才那首《秋江夜泊》，在古琴曲里也算是较难的了，你不如换个曲子弹吧？就换一首你自己熟悉些的？"

女孩垂首称是，几乎不敢抬眼看一下为自己解围的人，就忙暗暗吸了一口气，重新弹奏起来。

琴声袅袅，清婉动人。杨度走到蔡锷面前，举杯和他共饮一杯，悄声笑道："还是你有怜香惜玉的善心啊，瞧瞧这姑娘，这首曲子弹得多妙？"

蔡锷瞟了一眼下面专心弹奏的女孩，眼中倒现出一丝迷茫的神情来："《高山流水》，难为她弹来！不错……"

一曲弹完，早有胡妈妈带着一众花枝招展的姑娘们涌了进来，彼此都是相熟的模样，官员和姑娘们相互打着招呼。袁克定摆摆手，笑着道："大家都有相好的，此刻也都先谦虚承让些。松坡是第一次和咱们吃花酒，姑娘们该让他先挑。"

"是啊，松公先请吧！"

"蔡将军请！"

"松坡，你就别客气了，也用不着扭捏如大姑娘般！你先挑了，我们大家才好乐呀！"

众人都在附和吆喝着。蔡锷有些赧然，他为难地看着袁克定："我喉咙有病，不能饮酒，就不占这个虚名了，诸位请随便吧。"

袁克定还未答话，谭庆铎上前一把挽住蔡锷的膀子："都说好了，入乡随俗，你今天别想别扭，要你老夫子那套！快浏览一下群芳，看有没有入眼的？"

蔡锷正在为难，杨度笑着为他解围了。他指指躲在角落的刚才弹琴的那个女子，胡妈妈赶紧把她推上前来。

"你叫什么名字啊？"杨度笑着问道。

"凤仙。"女孩声音低低，还带有一丝颤音。

胡妈妈笑着将她的话补充了："这是我们这儿的一个雏儿，未满十五岁，来自江南水乡，本名朱筱凤，现在的花名是——小凤仙！"

"哦？雏儿啊？"雷震春笑道，"抬起头来看看。"

胡妈妈暗中捅了女孩一下，小凤仙抬起头来，露出一张稚嫩的脸庞。

"不过中等姿色，清秀倒是蛮清秀的。"雷震春打着哈哈道。

杨度摆摆手："各人有各人的缘法吧？这凤仙姑娘恰巧会弹古琴，才有机会顶了碧月姑娘的角儿，上来演奏一曲；又因为紧张，弹错了曲子，得以松坡指教，让她另弹了一曲更加精妙的曲儿。这不都是缘分吗？我看，松坡，今儿个就让凤仙姑娘伺候在你身边，咱们好好喝上几杯如何？"

众人都看向蔡锷，他貌似无奈地咧咧嘴，微微点头。众人齐声喝彩起来。胡妈妈笑盈盈地拉小凤仙在蔡锷身边坐下。其余各人挑选了自己中意或相熟的姑娘，宴会更加热烈地进行起来。

大家相互闹着酒，轮到敬酒给蔡锷时，杨度出口相拦："松坡喉咙的确有病，这酒就莫劝他了吧？”

雷震春不依：“往昔蔡参政拿病说事儿，总不肯好好喝几杯。可是如今身边有了凤仙姑娘相陪，这酒却不能再推！”

袁克定也哈哈笑着：“对，凤仙啊，你快替蔡大人喝几杯，如今你的面子最大了！”

小凤仙也不敢回头看身旁坐着的那人，只是听话地举起杯子来。众人都在叫好，更是排着队来敬蔡将军，不多时，女孩的面色就绯红起来，犹如桃花般娇艳。她机械地喝着，突然间一阵呛咳让她停住了。

女孩用绣花手绢捂住嘴咳了几声，恢复平静时，谭庆铎的一杯酒又递到她面前。她正要接杯，却被身旁的一只手截住了。

“哦，松坡竟然替凤仙姑娘饮了这杯酒，稀罕啊稀罕！”随着一旁的感叹声，小凤仙偷眼看了看身旁的那人，面容清俊，脸色白皙，看眉眼像是个读书人的模样。

“难怪刚才皙子兄说各人有各人的缘法！松坡平日里从不饮酒，却为凤仙姑娘开了戒．不容易啊！”袁克定的笑声也格外响亮。

“诸位，我先告饶，这酒到此为止吧。蔡某的确不能饮酒，这位凤仙姑娘年岁还小，也是不能相陪的模样。我今天破例饮了此杯，也是以诚相待，恳请大家高抬贵手的意思了！”

众人都打着哈哈：“蔡将军既然替凤仙姑娘都告饶了，我们就放过他们吧。”

“酒场如战场，酒令如军令！蔡将军是骁将啊，既然下令了，我们当然恭敬不如遵命！”

小凤仙在众人的起哄声中，又偷眼打量了一眼蔡锷，脸上露出一丝疑惑的表情来。

散席时，谭庆铎私下里拉住胡妈妈低声交代了句什么，她喜笑颜开地答应了。走到蔡锷面前福了福身：“给蔡大人道喜！”

蔡锷不解地一扬眉，正要相问，一旁杨度拉住他，轻声在他耳边嘀咕了一句。蔡锷默然。

胡妈妈一挥手，对着姑娘们笑着宣布道：“你们还不给凤仙道喜吗？从今儿个起，凤仙姑娘就是蔡参政的人啦！”

姑娘们纷纷围向小凤仙，个个露出羡慕的表情。小凤仙很惶恐，她环顾四周，想去找另外一个当事人，却只看到那个在众人簇拥下离去的瘦削挺拔的背影。

三天后，还是在云吉班，这次是在小凤仙的卧房，一间素淡雅致的房间，蔡锷半躺在房间窗前的藤椅上，听着桌上留声机里传出的昆曲唱段：

原来姹紫嫣红开遍，
似这般都付与断井颓垣，
良辰美景奈何天，赏心乐事谁家院？
朝飞暮卷，云霞翠轩，
雨丝风片，烟波画船，
锦屏人忒看的这韶光贱。
则为你如花美眷，似水流年，
是答儿闲寻遍，
在幽闺自怜！

小凤仙捧着一碗糖水进来，看着蔡锷："这是胡妈妈叫人炖了送来的，是冰糖梨水，她说您的喉咙有病，这个正好润润喉。"

蔡锷微微点头，还是听着戏曲，手里打着拍子。

小凤仙的表情还是有点怯怯的，看着他的脸色："袁大人和谭大人吩咐过的，让我……我们好好伺候您。这糖水温度正好，您马上喝了好吗？"

她说着半跪在他的藤椅前，舀了糖水："您别动，听着曲儿就好，我来喂您。"

蔡锷才反应过来似的，忙坐起身，接过她手里的碗和勺子："我自己来。"

他舀了糖水喝着，回头看她，微微摇头："你起来，跪在那儿不累吗？"

"我伺候大人们习惯了的。"女孩谦卑地答言。

"你起来，我不习惯。"蔡锷道，语气很轻，却有一股不可违拗的意思。正好戏曲停了，小凤仙借机起身去换碟片，却听到背后那人在说："先停了吧，听得有点烦了。"

她听话地止住了唱机，回身看到他喝完了那碗糖梨水，就将碗接过来，放在桌上，回头看他是否有吩咐，却见他沉吟不语，自己先有点惶恐不安起来，用手绞着衣角站在那里，却听到那带有磁性的男声又轻柔响起："你有点怕我吗？”

“没有……”

“那你总这样紧张做什么？”蔡锷看着她温和一笑，指指她的脚下，她才发现自己的手绢都掉了，就忙捡了起来。又听那人在问：“你赎身的事情，胡妈妈都和你讲了？”

“是的，爷！胡妈妈说，谭大人给了她一千两的银票，从此我就是……您的人了！好好伺候您，是我的本分，也是我……天大的福分。”

“那天我听胡妈妈讲了，你还有个唯一的亲人？你的养母？”

“是的，我的养母姓李，从南边来找我，在外边给别人洗衣裳为生。”

“我和胡妈妈交代了，从此这边的三间屋子就给你赁下了，让你的养母也搬进来，陪你一道住。”

“爷！哦，不，大人！将军！谢谢您……”女孩激动得有点语无伦次起来。

蔡锷忍不住笑了：“这都什么呀，一连蹦出几个称呼来？”

小凤仙带点羞涩地笑看他：“我，我都不知道该怎样称呼您才对？前次见面，我就好奇……”

“好奇什么？”

“您是个读书人的模样啊，怎么那些人……那些大人们，称呼您是将军？”

“不幸在下就是位将军，如假包换。”

他的幽默逗笑了她，她第一次敢平静地和他对话了：“我在想，该怎样称呼您才对呢？”

“你慢慢想，不急。”他说得平淡极了。

1916 年 11 月初　日本福冈大学医院特护病房中

蔡锷看着手上的电报，正在回忆往事，却见潘蕙英轻轻进来。

“松坡，你又不好好休息，在看什么？”她走到床前，蔡锷将电报递给她，她看过微微一笑，“是你托付罗湘给那个姑娘带点钱去的吗？”

蔡锷叹息：“离开上海时，也是诸事匆忙。那时我的喉疾正殷，说话都不能大声，就仓促间嘱咐罗湘帮我办了此事。其实我也知道的，人也难找，只不过是碰碰运气罢了。”

潘蕙英看着电报：“这里说的意思，好像上次罗湘打过一通电报的？”

蔡锷摇头："我并没有收到那封电文。"

"怎么会？"

"哎，这有什么想不明白的？一定是百里那边私自扣下了。"蔡锷笑得无奈。

"百里兄为何扣下电报？"潘蕙英还是不很明白。

蔡锷笑着解释："他是好心，怕我病中操心这些事情，当然，也有他书生气一面。"

"书生气一面？"潘蕙英还是好奇。

"是啊，百里有时候很正经的，总是觉得那些事情……会影响到我的声誉吧？他总是这样，考虑得很多，总之也是好心。"

"哦。"潘蕙英笑了，明白过来，"他是爱护你的名声之意。其实也难怪啊，有些事情，原本就是难以说清的，舆论界，总是爱炒些花边新闻的。你忘了？当年你和小凤仙的事情，可是经常会占据北京各大报纸头条的？"

"怎么能忘呢？那些事情，连累的人不少，母亲、侠贞，还有你，都为我操心过。"蔡锷轻声叹着，"多少人为我一直悬着心？"

潘蕙英想起前情，也不由得笑着叹气："可笑的是，当年的你，当真和别人不同！人家有了这种事情，是千方百计瞒着夫人；而你呢，倒是最怕母亲大人知道！瞒来瞒去，倒是一场虚惊……"

却不料蔡锷又陷入自己无法摆脱的情感纠结中，他的眉毛紧紧蹙起："我就说过，我此生负的人不少！是罪孽？还是宿命？"

"唉，你又来！身子不好，还尽想些纠结的事情？很多时候，你也是迫不得已！你自己都说过的，大行不辞小让？何必自责如此？"

妻子的话给蔡锷以温情安慰，他压抑住心底的伤感和不安，拉过妻子的手，在自己手里摩挲着。

1916年11月初　北京八大胡同陕西巷云吉班

同一时刻，在北京，小凤仙坐在自己的闺房里，也在发着愣。她的手里拿着一把木梳，她不时痴痴看着它。

这有一阵子了，小凤仙觉得自己都在病着。扳着指头算算，从去年11月开始，快一年时间了，她觉得自己都处于这种恍恍惚惚的状态，干什么事情都提不起兴趣来，而且，她越来越觉得自己变得沉默起来，可以一整天不和任何人说话，只呆呆地坐在那里，而大脑几乎是一片空白。

难道真的是像小姐妹说的那样，她竟然得了相思病吗?

前两天养母过来看她，见她这个样子，劝说道:“你这个样子下去是不行的！别说他如今是名满天下的大英雄，是人们说的那个再造共和的功臣，听说还授了一等勋位。就是他只是一个普通的达官贵人，人家甩袖子离开了，你也应该丢开手了，我们不是良家女子，难道还傻等着当孟姜女不成?何况，他给你承诺什么了吗?”

小凤仙茫然摇了摇头。

“还是啊！别说没承诺，就是承诺了，又怎么样呢?天下有几个有良心的男人呢?”

养母丢下这句话，摇摇晃晃地走了。

“承诺吗?……”小凤仙念着这句话，又摇摇头，她心里明白，只是又不争气地忆起了一年前的往事，忆起了那个风一般的男人。

1915年6月　北京八大胡同陕西巷云吉班

小凤仙和蔡锷已经是相处得和谐融洽的样子。在这个温馨小巧的闺房中，蔡锷教她画画、围棋，还有诗词曲赋。小凤仙生性机敏，什么事上手都很快。

这日，应小凤仙的要求，蔡锷在书案前挥毫，为她题字。

“写点什么好呢?”他颇有点挠头。

身着一身淡紫色衣袍的小凤仙挽着双髻，显得很是年轻娇憨。她托着腮，用崇拜的眼神看着蔡锷:“您随便写什么都成。只要是您赐的，都是好的！”

蔡锷嘟嘟嘴，沉吟片刻，挥腕扬笔，一行清秀婉转的行书落在纸上:

> 此地之凤毛麟角，
> 其人如仙露明珠。

小凤仙默念着，脸上露出兴奋的笑意:“真是写给我的吗?”

“不是给你，却是给谁?此处还有外人吗?”

“可是，我总是不大相信……”

“为什么不信?”

“您把我写得太好，我实在不配。”

她略带惶恐和委屈地垂下了头，他上前托起她小小的瓜子脸：“又说这样的话？我看你也不是个好学生，教这样的学生，老师该生气了！”

她带点苦笑：“有什么办法？我就是不配嘛。就连报纸上胡写咱们俩的事，用的词句都是——‘那是个少不更事、姿色平庸的雏妓。’”

“越说你还越自卑起来！我这个老师真的白当了！”他微微叹气，又轻声问她，“前次我给你的那些书报，你可看了？”

“嗯嗯。”她赶紧点头，“不仅我看了，这里和我相好的几个小姐妹都看了。大家都觉得好新鲜！您说，外国的女人，真的是那样生活的吗？自由自在，无拘无束的？”

“当然。你还不信我？”

“我当然信。您说什么我都信！您还是留过洋的呢，自然见识过的。日本的女子也是那样吗？”

“日本女子没有西方女子那样自由，但是她们的文化素养和意识，还是比中国女子开化多了。”

她听了抿嘴笑，看着他，想起另一个问题来：“我说您不让我跪您，我养母就不以为然，说我没规矩，说您瞎惯我！”

蔡锷笑看她：“你自己是怎么想的呢？你愿意总跪别人吗？”

“我……说不好。但是跪您我是心甘情愿的！如果您不愿意让我跪，我也觉得您就是对的！”女孩看着他的眼睛亮晶晶的，“就像您反对我总看些古代小说，带来这些充满洋玩意的书报给我看，我觉得，您是为我好，那么我就看。您让我干什么，我就干什么。”

蔡锷怜惜地看看女孩，忍不住用手摸摸她的头：“你真是太小了！很多道理你不明白的。但是没关系，慢慢来，你看这些书，等于在学习，慢慢学习，慢慢长大，就好了！要知道，这些书，可比你以前看的那些章回小说有营养，对你的将来是有好处的！”

小凤仙点点头，又摇摇头：“您说得都对！但是您总说我小，我可不能同意！”

蔡锷扑哧笑了：“你还不小吗？算算看吧？你比我的小妹还小五岁，比我的大女儿，不过大上六七岁。说起来，咱们简直算两代人啦。”

这个话题让小凤仙记起一事来。

“前次您说过的，让我慢慢想，该怎样称呼您？这都有一阵子了，我称呼您都是含含糊糊的，没有个确定的称呼。当着人面儿，我叫您爷，背了人，我只称呼‘您’，不加前面称呼的。我养母总嗔我没规矩呢。”

蔡锷笑笑：“一个称谓嘛，何必那样计较？你想叫什么都成。”

“不行，还是要有个确定的称呼，这样才合乎规矩，我也才心安。”

“好吧，你随意。”他回答得云淡风轻。

女孩咬着指头：“让我好好想想，该怎样称呼您？嗯，该叫您什么呢？叫将军不好，您现在不带兵了！”

蔡锷笑：“对对，大总统看我这样的身体，都不放心让我带兵了呢！甭叫将军了！”

小凤仙：“叫大人好不好？”

“那对应的是小人了，你是小人吗？”蔡锷摇头，狡黠地笑了。

“不要占人家便宜啊！”小凤仙娇憨地捶了他一下，“总不至于叫您……我们背后叫您的那个吧！”

蔡锷咬住唇，忍笑问道：“你背后叫我什么？”

“老蔡！”

蔡锷大乐：“这个称呼不错！我大你十来岁呢，就叫老蔡好！”

小凤仙摇摇头：“开玩笑的，这个才不好！您原本不老，何况别人听到也不好啊！”

她想了想，拍手：“有了，就叫先生吧！原本您教我诗词曲赋，也当得起这个称号的！”

“好吧，既然叫先生了，我可是要严加管教了。学习要认真，不然可要吃我的板子。”

“您怎么对我都成，您都是为我好，我懂的！”

女孩无条件的信任和依赖让蔡锷心中怦然一动，又有点心酸的感觉。小凤仙却浑然不觉，笑着拉他帮助自己，将他刚写就的那副条幅准备挂在床里的墙上。

又是一个温暖惬意的午后，还是在这间闺房中，床里面的条幅已经挂起。

一身白衣白裤的蔡锷半倚在藤椅上，手里拿着一本书在看。小凤仙守在他身旁，切了一盘水果，不停地喂到他嘴里。

旁边的火炉旁，正咕嘟咕嘟熬着一罐中药，味道随着烟雾升腾出来，满屋药香。

"筱凤，"蔡锷叫着她的本名，语气温和地嘱咐道，"去把门打开，散散药气。"

小凤仙有点迟疑："这……不大好吧？外边人可都看见了。"

"看见什么？"

"看见我和你……在一起。"女孩嘟起嘴。她和他目前更像亲人，在他要求下，她不再对他用敬辞称呼，"您"换成了"你"。

蔡锷挑挑眉："本来我们就在一起啊？"

女孩垂下了头："我倒没什么，怕影响你的名声。你看那些京城小报上，都写了些什么？"

"谁让你去看那些无聊的报纸了？"蔡锷揶揄笑着，"我给你布置了那样多的功课，你不去看，倒看那些！"他撇撇嘴。

她有点不服气："那些报纸上，点名说的，可都是我，和你！我怎么能忍住不看嘛？"

女孩起身，拿过来一张报纸，在手上挥挥："你听听，'风流将军蔡松坡，英雄难过美人关。京城雏妓小凤仙，攀龙附凤献媚功！'多恶心啊！"

蔡锷又是撇撇嘴，没有说话。

小凤仙更加气愤起来："还有更过分的呢。"她翻开另外一张报纸，正想再念，蔡锷一把夺过来，扔到火塘里烧了，回头笑看着她："这些东西，乌七八糟的，亏你还读出声来？我这个先生是白当了？你就学了这些？"

"先生！"小凤仙娇嗔道，"筱凤不过是个低贱女子，别人怎样说我无所谓。从卖身这里开始，我就眼一闭，心一横，豁出去了！可是你不一样啊，你是赫赫有名的大人物，这么诋毁你的名誉可不成！"

蔡锷一蹙眉："什么低贱女子，好好的又这样说自己？看来我当真是白教你了！不是和你说过的，人格？你背给我听听！"

女孩嘟着嘴，背诵着："每个人，无论男女，无论贫富，都贵在有人格，就好像我们的国家有国格一样……"

"没忘呀？那以后别总用'低贱'二字来形容自己了！"蔡锷笑着拍拍她的头，"好了，去把门打开吧。"

小凤仙听话地点头，将门打开。

她回身去拿了一张毯子来，准备给蔡锷盖上。看到他身着的白色衣裤，又笑了：“总觉得你身上穿的这条裤子怪怪的。”

“哪里怪了？”蔡锷看看自己的下身，也笑了，“哦，难怪。你估计看不惯，这不是咱们国家的玩意儿。它叫马裤，是西洋的式样，骑马穿的。”

“哦，我想起来了，先生，他们都说，你以前在日本就是学骑马的。我看着都不像。”

“怎么，不相信我会骑马？”

“是的。如果你想证明给我看，很容易啊。有空你带我去京郊骑一次马好吗？”

“鬼丫头，不就是想和我学骑马吗？不直说，倒绕那样大一个弯？”

“到底是先生啊，真是聪明。”女孩抿着嘴笑了。

药罐噗噗作响。小凤仙将汤药汁篦出来，盛到一个细瓷碗中，捧到蔡锷面前。她轻轻为他吹好了汤药，才递给他。他一口气饮了药汁，微微蹙眉。

“药很苦吧？”她看着也蹙眉。

“还好。”

“我偷偷给你加了不少糖的！我问过这里的芍药姐姐，她懂些医理，说是你的药，可以加糖的，我这才敢加的。”

“谢谢，小丫头费心了。”他笑着对她咧咧嘴。身着白色衣衫的他，看上去很年轻，他的笑容很亲切，像一位邻家哥哥的模样。她突然鼻头一酸，就有点想哭的模样。

“丫头，怎么不说话了？眼圈还红起来？”他认真看向她，她不好意思了，就掩饰着用手绢揉揉眼睛：“进沙子了。”

“你这丫头，屋里没有风，哪来的沙子？”他有点纳闷，拉她近前，“好了，我帮你吹吹。”

她顺从地蹲在他身前，让他翻开自己的眼睑，为她吹着。因为离得很近，她闻到了他身上的味道。很奇妙的味道，她知道那是一个成熟男人的味道。

屋里的两人自然无法注意到，因为房门大开，有几个人影不时经过，扫见这屋里的情景。于是在云吉班院子背阴处的一个角落，正进行着这样一番对话：

“蔡将军是在小凤仙屋里待着的吗？”

“是的，我一直盯着的，待了大半天了。”

“他们都在做什么？”

“弹琴，作画，写字什么的。哦，还有熬药。小凤仙熬药，端给蔡将军喝。”

“喝药？药方要注意拿到。对了，他们还做什么了？”

“无非是卿卿我我，腻腻乎乎的……一男一女，干柴烈火的，在一起可不腻歪着？”

“注意盯着，一言一行，一举一动！”

“属下明白。”

这一切情形，不过半天工夫，已经汇报到袁克定那里。雷震春和他低语了几句，袁克定哂笑：“蔡松坡也有这般风流的一面？”

“大公子，蔡松坡也是男人，当然要做男人们都喜欢做的事情啦！”

“继续观察吧，总觉得他最近变了很多，以前正儿八经、道貌岸然的样子都不见了，突然变得意志消沉、沉湎女色起来？大总统是不相信，也不能放心！”

“这个……卑职一定继续观察，仔细辨别。不过，依卑职看，那蔡锷原先整日建议大总统对日作战什么的，无非是想表明他是个热血军人，博取一些忠勇爱国的虚名罢了！如今大总统和日方签订友善协定，一切大局已定，一个手无兵权的过气都督还能怎么着？”

他看看袁克定的脸色，又兀自嘿嘿一笑：“再加之，年轻人嘛，在京城这个太平花花世界里待久了，虽然也算位高权重，却没什么实际公务可干，那么坐销壮志，沉湎酒色，不是正常事？未必他真的是不自量力，还想着他自已那个可笑的军事计划？”

袁克定也揶揄一笑：“蔡松坡和蒋百里，两个书呆子将军，写就的那厚厚一本《军事计划》，还有什么《对日作战计划》，我看了几页，就扔在一边。没意思得很，全是痴人说梦，不自量力的瞎说！全不知大总统的心意在何处？哼，说句糙话，那种东西，给我当厕纸我还嫌纸粗了！”

“哈哈哈……”两人会心地大笑起来。

1916年11月初　北京八大胡同陕西巷云吉班

小凤仙从回忆中醒来，呆呆地看着手里的木梳。那是一把沉香木木梳，上面刻着一行诗句。她千百回读过，此刻又再次读起：

君生我未生，我生君已老。

恨不生同时，日日与君好。

正在一遍遍读着，却听到外边有人唤道：“凤仙，快出来，有人找。说是蔡将军的朋友！”

小凤仙霍然站起，身子激动得有些发抖。

第十九章　搜检

古之成大事者，规模远大与综理密微，二者缺一不可。

——曾国藩

1916年11月初　日本福冈大学医院特护病房中

潘蕙英仍旧坐在蔡锷床边，轻声和他聊着往事。蔡锷突然记起什么来，就看着她问道："那条围巾呢？前两天我去海边你给我戴上的？"

潘蕙英站起身来，从旁边的柜中拿出那条藏青色的围巾，递到他手里。

蔡锷抚摸着围巾，凝视片刻，尽量用平静的语气说道："将来你回国了，找机会把这个交还给侠贞，让她留个念想吧。或者……让她给铸莲也成，丫头今年快十岁了，我这个当爹的，都没给孩子留下什么纪念品。"

他说得很镇定平和，潘蕙英心里已经滴泪，表面却克制住了，她故意装出听不懂这句带有"遗言"意味的话语，强笑着看他："等你回国了，带上丫头，好好给她补偿一下就是。好了，你先休息一下吧，别总胡思乱想的。"

她拿着围巾想离开，却被他拉住了。他望向她的神色很认真庄重："现在没人，清静，你陪我说说话。有些事情，我这几天冷静想过了，不是国事，是家事，我也只能嘱咐给你。"

潘蕙英的心已经被他说乱了，紧紧咬住嘴唇，眼泪溢满眼眶，她拼命忍住了。

他看出来她的伤感情绪，心下一软，又不忍心按照心中计划好的步骤进行了。就笑着拉她依在自己身边，悄然转换了话题："好了，你不是总爱回忆以前的事情吗？你说云南那两年，是你最美好的新婚家居时期，又说北京时期，大家聚集在一处，大家庭的温馨让你感到温暖。唉，我的小女人，就是这样容易满足啊。”

潘蕙英依偎在他胸前，手里抚摸着那条围巾，噙着泪点头。

寂静的病房中，阳光斑驳从窗间泄漏下来，照在两个喁喁私语的夫妇身上。他们的思绪，却已经随着流转的光线飞舞，回到那段既相濡以沫、温存相知，又波谲云涌、危机重重的岁月。

1915 年 7 月　北京棉花胡同 66 号蔡锷官邸

潘蕙英独自站在门外的大槐树下，不时望着胡同尽头。终于等到那辆熟悉的轿车开进来，在门前停下，身着便装的蔡锷和何鹏翔走了下来。

“蕙英？你怎么在这里？”

“还不是等你。”

“胡闹，自家门口，等什么？”

“嘘，松坡，轻点声！你跟我悄悄进屋说。”

蔡锷将手中的公文包递给身后的何鹏翔，和潘蕙英进了卧室，潘蕙英要动手给他脱去外衣，蔡锷摇头：“我还没去见过母亲呢，等我去给老人家请过晚安再……”

潘蕙英笑着对他摇头：“我等在外边，就是拦住你，让你先别去母亲那里。”

“为什么啊？”蔡锷扬眉不解地看她。

潘蕙英回身拿过一沓报纸，递到他手上。蔡锷翻开看看，京城不同的几家报纸，每一份上都刊登着他和小凤仙的事情。有的报纸还配了大幅照片，明显是遭人偷拍的内容：有他和小凤仙逛大栅栏的，在瑞蚨祥做衣服，在御膳房吃饭，逛北海、颐和园……各个标题也是琳琅满目、五花八门，大有“语不惊人死不休”的味道：“蔡松坡痴恋风尘女，温柔乡是英雄冢”；“沉湎风月，红尘痴缠，将军美人，风情旖旎”；“江山美人孰轻孰重，柔情蜜意小楼东风”，还有些暧昧不堪的语句，让人更是不忍卒读。

蔡锷看了，微微摇头，带点谐谑的表情看着妻子：“蕙英，你也看这个？”

潘蕙英故意呕他：“废话，这上面满满写的都是我家夫君之事，我怎么能不看？”

“嘿嘿，好笑。”

“好笑什么？”潘蕙英逼问一句。

蔡锷也不答言，表情依旧平静，甚至带了一点孩童般的顽皮笑意，他翻翻报纸，嘟嘟嘴，又摇摇头，仿佛这是和自己无关的事情。

“这一大堆活色生香的说法，蔡将军都不想和自己的妻子解释点什么吗？”潘蕙英拍拍他手里的报纸，故意板着脸看他。

蔡锷将手中报纸扔到一边，也不说话，只是睁大眼睛，认真对上妻子的目光。四目相对，凝望片刻，对面亮晶晶的眸子里满是纯净的水波，照映得潘蕙英心下大慰。

“蕙英，你真的需要解释吗？我看不必！”

潘蕙英故意再次呕他：“你这算欺负人吗？连和我解释都不屑？”

“对，不解释！”他噘着嘴，带点玩笑般的赌气状。

“好个自信的昭威将军！”

“当然。我懂你，正如你懂我！”蔡锷微笑，搂过妻子的香肩，“若是我们是寻常夫妻，倒也罢了，可是我们不是。不然我白认得你了！”

他说着从脖颈深处拉出来佩戴着的那个沉香木雕小龙：“看看这个，还不明白？”

潘蕙英摇头笑了，认真看他：“好吧，我这里不用解释，侠贞姐那里呢？”

“她那里也不必解释。”蔡锷笑笑，“原因和你不同，以后有机会告诉你。”

他想起刚才的话题：“你现在先告诉我，母亲那里有什么状况？”

潘蕙英叹息：“唉，我们这里都不用解释，也就罢了，母亲那里的关隘估计你难过呢！”

她忙向丈夫说明了今天下午发生在府里的事情。自从蔡锷和袁克定等人经常结伴出游、欢宴之后，京城报纸对这位原先是云南督军的年轻将领的关注点就加强了。尤其是在他结识云吉班雏妓小凤仙之后，有关这位风流将军的绯闻逸事更是炒作得轰轰烈烈，花边新闻满天飞。

潘蕙英对这种情形很是忧虑。凭她对丈夫的了解和信任，加之这几年生活在他身边的情分，他们夫妻之间，超乎寻常夫妻间的默契和相知，她自然明白这里面肯定有隐情。蔡锷没有向她说明原因，但是聪慧如她，已经看出他此番做派——在生活上的放纵和沉沦，一定是用来掩饰什么的权宜之计，起码是谋求政治上的安全，也保证一家人在京城生活的平静和安宁。机敏过人的她，更是早就观察到，自从他们一家人在京城这个胡同的宅子里定居后，周围总是晃动着一些奇怪的人影，自家门前的小摊小贩，都比别的宅邸要多。

对于丈夫逐渐“沉沦”的情形，她不动声色，做出漠不关心的样子。生活中却是心有灵犀地配合着他的行为，勉力为他周旋着，遮掩着。他们夫妻从云南相识算起，在一起的时间不过才三年多，但是这份几乎是发自天然缘分的默契已经非同寻常。

她却为他担着另一份心，唯恐家中其他人不理解他的做派。她暗暗观察刘侠贞的反应，看到她也是神情宁静的状态。除了和潘蕙英一起侍奉婆母王氏外，安心在府里管理财政，加之教育两个女儿——自己所生的长女铸莲和潘蕙英所生的次女淑莲，有时还协助潘蕙英照料未满周岁的长子端生。仿佛对报纸上的事情也是视而不见。只是某次暗中对潘蕙英嘀咕了一句：“有空咱们该提醒一下他，注意身体才是，别孩子气瞎胡闹。”

但是两位夫人都心照不宣地选择将此事瞒住婆母蔡老夫人王氏。她们知道王氏持家严谨，教子极严。唯恐老人家听闻儿子的“荒唐举止”，心生愤懑，严责蔡锷。所以潘蕙英暗暗和守门的老仆人陈伯交代了，报纸一律不得入内院，只是悄悄送到自己房里。

守门的陈伯是在京城几家大户中当过差的老人了，听到夫人的吩咐，理解地笑笑：“您说的是。其实京城里像咱们参政老爷这样的，吃吃花酒，在胡同馆子里有个相好的，是寻常事，而且还是值得人羡慕的风流雅事呢。可是咱府上老太太治家甚严，对老爷的管束也很紧。况且老人家年纪也大了，瞒着点也好。”

没想到纸里包不住火。今天下午，许久未出门的老太太带着两个孙女出去逛逛，回来时一脸阴云。潘蕙英拉住九岁的铸莲悄声询问。铸莲噘嘴回答道：“奶奶好奇怪呀！出门时还高高兴兴、有说有笑的，在报纸摊看到卖报纸的，就买了一大堆。我看到上面好像有爸爸的照片呢，可是奶奶盖住了，不让我们看。她突然变得不高兴起来，扯着我和淑莲回家了。回来后也不理人，自己关上门在房间里呢。”

潘蕙英心里一咯噔，忙去看视婆母，却见王氏神色平静，自己也不好主动询问什么。

吃晚饭时，王氏对潘蕙英吩咐，等蔡锷回来就叫他到自己房间来，她有事问他。潘蕙英忙应诺，又看看刘侠贞，后者也是一脸不安的神情。

“怪不得你刚才等在门外？是怕我不知高低地去见母亲，再又挨她老人家杖责之虞吧？”蔡锷笑问道。

“你还笑呢，我可是担了一晚上的心了！”潘蕙英一脸忧虑地看着他，“刚才我到母亲那里请晚安了，说你今天可能局里有事，回来会晚，请老人家先歇息，有事明日再说。母亲直摇头。我估计她老人家现在还等着呢。你先赶快想好说词再去见她，总之别惹怒老太太，惹得家反宅乱的就不好了。”她说着又叹息，看看桌上的那叠报纸：“可是，这些事情，怎么解释得清楚？唉，只怕越描越黑！”

蔡锷笑笑，就准备去母亲那里，潘蕙英拉住他：“我陪你去吧？万一……”

蔡锷拍拍她的肩膀：“哪里有这样严重了？就是老太太生气，想打儿子几棍子，也只好承受罢了，没事，你别担心。”

蔡锷来到母亲卧房，看见母亲坐在床边那里等他的样子，身旁的炕桌上，放着一叠报纸。

“姆妈，还没歇着呢？”蔡锷柔声问候。

王氏看着长子，轻轻叹了一口气。

母亲这样的情形让蔡锷不安，他蹲下身子，俯身在母亲身边，拉住老人的一只手，看着她：“您老人家这样子，是有话要对儿子说？”

王氏看着儿子的脸，又是轻叹一声：“虎儿，这些天不知道怎么了，为娘总是想起过去的事，心中烦闷。想和你唠叨几句吧，可你总在忙……”

蔡锷心中不安，忙强笑着安慰老人：“现在我不是在您跟前了？您尽管和儿子说，您心中的烦难事，都说出来，别憋在心里才是。”

他看着母亲的脸色，小心翼翼地解释着，为了缓和气氛，还是用了点儿子向母亲撒娇的玩笑口吻：“就是儿子有什么做错了的地方，您打一顿出出气也好。千万别闷在心中，伤了您自己的身子。”他说着拿过床边的拐杖，递到母亲面前。

王氏看看拐杖，将它放在一边，拉着儿子坐在她跟前的脚踏上：“好吧，虎儿，难得今晚清静，咱娘儿俩好好说点体己话。你如今是个将军，给国家办事，忙忙碌碌也是正常。姆妈就偶尔占用一点你回家闲暇的时间，也不算过分的要求了。”

“姆妈您说什么呢？”蔡锷心里大为惶恐，就想起身跪倒在母亲身前，“您让儿子无地自容了，总是虎儿不孝，最近陪您的时间少了……”

王氏拉住儿子，让他重新坐好在自己腿边，拦住他的话：“你先坐好，听姆妈说。”

老人理理思绪，才缓缓说道：“可能是人老了，就总想惦念着自己的家乡。前一阵我说想回去，看出来你是依依不舍的样子，加上两个媳妇孝顺，孙儿们依恋，我也只好忍下了这份回家的念想。唉，但是我这心里，总是惦记着咱家乡的景儿、人儿啊什么的。这白天黑夜里，眼前晃的都是家中过去的那些事儿。”

蔡锷依偎在母亲腿边，静静地听着。

“姆妈真的是老了呀，眼前的事情，眨眼就忘。过去的事情，却像戏台上的景儿，都在眼前！昨晚，我做了个梦，又梦见你降生时候的情景。”

母亲的回忆温馨久远，儿子像是小时候依偎在母亲怀里听故事般总也听不厌烦：“你降生的那晚，为娘也是在做梦呢，梦见自己走在咱家屋后那个栽满松树的小山坡上，突然间，一只吊睛大老虎从对面树林里窜了出来。可是奇怪的是，那只虎既不吼叫，也不伤人，它模样温顺地盯着我看，慢慢走到跟前来，屈下腿儿，一下子就扑到我的怀里了。为娘这时梦醒，恰好你就出生了。你一定记得吧？这就是你的名字的来历。这个梦让你爹觉得奇怪，就找村里懂阴阳八卦的老先生算了，竟然说是什么‘此子贵不可言’。老先生一高兴，就亲自为你取了个‘艮寅’的名儿。你爹告诉我说，艮为山，寅为虎，虎自松林来，所以老先生又给了个‘松坡’的字，让你爹一定照此叫咱家这个头生儿子，将来就一定会有大出息的。你爹顺便又给你起了个‘虎儿’的乳名，也算合上我的那个梦了。”

蔡锷认真听着。这个关于自己出生的传说，在家乡流传已久，他自然早有耳闻。但是此刻为了安慰母心，他还是认真听着。不知道为什么，此时他突然有了一种预感，就要和母亲分别了。这种预感让他心痛又心酸，他更加靠近母亲身子，尽量想多感受到来自母亲身上的温度。

王氏的讲述还是那样悠远平静：“你是咱们蔡家的长子，你爹对你的看重让我这个当娘的都感叹啊。他虽然是农户出身，却是个打小读过几天书的人，人也聪明勤快，种过地，当过裁缝，做过小买卖，也办过私塾，教过书。你的启蒙师傅就是你爹。他最看好自己的长子，也最看重孩子的学业。当时咱家贫寒买不起书，他就从别人家借来书，一笔一笔抄录了，留给你看。你小时候读书勤奋，看书经常到深夜，你爹很是忧虑，怕你熬坏身子，所以就想出办法，每次只给你半勺灯油，等油尽灯灭，你就看不成书了。”

听到此处，蔡锷笑着插嘴："这事儿子当然记得。后来儿子也和爹玩了心眼，故意将灯芯拈细一些，这样就能延长油灯燃烧的时间，可以多看一会儿书了。"

王氏点头道："你爹也看出来你这点小心思，为了自己心爱的儿子的眼睛着想，从此再也不限制灯油的量了。唉，你爹对你的心真是重啊！你从小身子弱，个头儿小，六岁的孩子，比别人家同龄的伢子都矮些。你爹就经常背着你上私塾，在咱们那里也算是有名的了。"

蔡锷感慨万分，眼中蒙上了一层雾气，他微微垂下头去："是。儿子在云南时期，曾经于父亲的忌辰之日，写过一篇文章，说到这样一句话——我的求学生涯，就开始于爹爹宽厚的脊背上；我的将军梦想，也是起步在那里！"

王氏抚摸着儿子浓密的头发，继续讲述着："十二岁那年，你去乡试，怕身材瘦小的你挤不进考场，你爹继续把你扛在肩上。后来，同去应考的伢子们回来告诉我考场里的情形，说你骑在你爹的脖子上就答出了考官的试题，答得还很好，不仅被一位有名的先生看中了，当场收在他的门下，而且在考场上得了个美名，和你的一个从小玩大的小伙伴，那个叫石陶钧的伢子，一起被叫作'邵阳二神童'了！"

蔡锷含泪点头："是。当年爹爹把我架在脖子上进了考场，这份感人的情形引起了主考官、湖南学政、名儒江建霞的注意。他出了个上联：'儿把爷当马'，我对上了一联'父望子成龙'；后来出了考场，我看到花园里的桃花开得正盛，也是一时童心起，就折了一枝插在帽子上，不巧又被江大人看到了，他又出了个上联：'小生员暗藏春色'，我接口道：'大主考明察秋毫'，江学政连连称奇，当场对父亲说：'这个孩子，我要了！'从此我才有缘分拜师在名儒门下。"

王氏欣慰地笑了："你知道你爹有多开心吗？他回家后，悄悄和我说，咱们蔡家门楣有幸，竟然出了个才子！松坡是个读书种子，也是个希望种子，将来会有大出息的！"

"爹爹……"蔡锷的泪水终于滚落腮边，他掩饰着俯身在母亲膝上，悄悄擦去泪珠，又抬起头来，看着母亲："姆妈……"

王氏不去看儿子，继续回忆着："小时候你曾被咱乡里的士绅、也是你媳妇侠贞的伯父刘老爷看中，招你到他们刘家读过几年私塾。那年你还不满六岁，为娘自然是舍不得你远行。想儿子想到受不了的时候，我就带上几个煮鸡蛋，走几里路去刘家看你。娘俩不过匆匆见上一面，我就要往回赶。每次看到你含着眼泪舍不得我走的样子，我的心都疼得像刀割一般！"

母亲的泪水也流下面颊，和儿子的泪流在了一处："后来，你又去日本读书，我听你弟弟回来讲，乡里有传言，咱们中国学生在日本就是做苦力，当长工，像牲口一样受人欺负。唉，当娘的人也难辨真假，只是心痛啊，想你，念你，日夜啼哭，后来眼睛得了病，看东西都模糊了……"

"姆妈！"蔡锷站起身来，搂住母亲瘦弱的身子，紧紧拥住。

王氏抚摸着儿子的臂膀，叹息道："就在你留学日本时期，你爹得了重病，没能再见上你一面，就……你爹临终前再三叮嘱我：'咱家虎儿将来会有出息的，是要做大事情的，你要好好相帮他！'"

说到此处，王氏抬头看向儿子："可是为娘就是一乡下农妇，能帮你什么呢？我只愿守在家里，自己养活自己，别给你添麻烦就是。你奔波在外，官是做得越来越大，我不担心你会有什么闪失，自己的伢子是什么样的人，当娘的能不明白吗？我和你在一起时，有时候责罚你一下，也是尽尽长辈的责任，提醒你莫要忘记你父亲的期许，莫忘我蔡家清白一世的家风罢了！唉，孩子，为娘其实一点都不怕你走错了路，母子连心，我看得清楚，大事情上，你是有分寸，有担当的，知道进退，明白是非曲直！什么事情该做，什么事情不该做，你心里自然有一本账？姆妈也相信我家虎儿心中的这本账，一定是清清爽爽、干干净净的！"

"姆妈！"蔡锷低低喊了一声，站起身来，双手握住母亲的手，双腿屈膝，郑重地跪在母亲面前。

王氏认真看着跪在面前的儿子："我今天唠唠叨叨和你说了这些，就是想告诉你，姆妈知道你不容易，这些年做得很好，当兵也好，当官也罢，总算没有辜负你爹的心愿。你做过的事情，姆妈虽然不懂，但是从你的属下、你的朋友们的讲述中，我也明白了很多，我自然是高兴，又很自豪。"

蔡锷垂首跪在母亲面前，久久没有抬头。王氏捧起儿子的脸，看到他脸上的泪痕，也看到他坦然清澈的眼神，心里更加安慰了。但是她还是用母亲的方式提醒着他："儿子，以后的日子，还稠得像咱们府门前那棵老槐树上的叶子一般呢。你怎么过下去，心里自然也有主张了？姆妈老了，不仅帮不了了，也陪不了你了……"

"姆妈！"蔡锷心中纠结难耐，他看看母亲身旁的桌子上那叠报纸，咬咬唇，再次拿过旁边的拐杖，举过头顶："儿子不孝，有些事情……惹人垢评，辱没家风，但是眼下却没法辩解！求姆妈责打一顿吧，这样，也许才能让儿子少些罪孽！”

“有些事，和姆妈也不能讲？”

“是的，求姆妈责罚……”

“好了，虎儿，你起来！”

王氏瞟了一眼桌上的报纸，认真盯着儿子的眼睛，她以母亲的直觉看到儿子的眸子里闪动的光泽，点点头，接过他手里的拐杖，轻轻扔到一边：“有些事，不能讲，就别说了，和谁都别说。你就踏踏实实地做你该做的事情就成。”

“姆妈！”蔡锷再次低喊了一声，忍不住匍匐到母亲怀里。

王氏搂住儿子，拍着他的背，就像小时候那样，用母亲特有的柔情安慰着他：“好了，你如今是将军，凡事都该硬撑着！没什么过不去的坎儿啊，就是有，你也该咬牙迈了过去！如今姆妈要求你办好一件事。”

“姆妈，您说！”

“找个人，送我回老家。”老人认真说着，为了表示郑重的意思，她换了更正式的称呼来叫儿子：“松坡，你如今既然当着这个高官，就是给国家办差的人。你该去做你应该做的事情。姆妈该做的，就是安安静静回老家，让你少些牵挂。你是个孝子，姆妈相信你会遂了我这份念想！”

蔡锷长吸口气，沉默许久，才哽咽着点头：“儿子明白。儿子答应您！”

晚间在卧室中，蔡锷和潘蕙英讲了即刻送母亲回乡的计划。他眉端紧锁，看着身旁的爱妻：“我先安排母亲回家。合适时候，侠贞和孩子们也要走，然后……”

潘蕙英瞪着灵动的大眼睛直直看着他，让蔡锷咽回了半句话。

“松坡，你以前答应过我的，只要有可能，我一定要陪在你身边！”

“可是蕙英……”

“没什么可是。你就把我当成是你身边的一个女兵好吗？当年你别扭拒婚时，我就发誓要到你麾下当兵的。”

“我现在两手空空，哪来的兵？带什么兵？”

“你现在手里没兵，我这个女兵的作用才越发重要呢。”潘蕙英俯下身子，将自己的脸庞贴在丈夫坚实的胸膛上，“你要去做什么我不去问，但是永远跟在你身边，是我自己许下的誓言，不可撼动的誓言！”

妻子的话让蔡锷感慨无语。

这对小夫妻自然没法想到，此时此刻，在这个城市的另一端，一场有关他们的阴谋之网，已经悄悄张开。

这个深夜对于袁氏父子也是一个纠结的夜晚，他们同样对着登满蔡锷绯闻传说的报纸有过争议。

袁世凯扔下自己手里的《京报》副刊，带着埋怨的神情看着身旁的长子：“唉，什么乌七八糟的东西？简直不像话！好好的一个骁将，看看让你们这些人带成什么样儿了？”

他拍拍桌上的报纸，上面正登着蔡锷和小凤仙的大幅照片。

“吃吃花酒，玩玩女人也罢了，不能摆在明面儿上吧？这倒好，公然出双入对起来，还每天占据报纸头版，蔡松坡荒唐，你们这些人更混蛋！”

袁克定被父亲骂得好笑，又很不服气：“爹，您老这番责骂就没道理了！那蔡松坡愿意风流快活，自甘堕落，又关我们什么事了？”

袁世凯回头狠狠盯住儿子：“你别和我玩心眼，我还不知道你那点小伎俩？这一阵子，不是你们几个整日和蔡锷混在一处，声马犬色，流连勾栏？那八大胡同的窑子的门槛都被你们踢破了吧？”

袁克定嘟囔道：“不是您授意我和蔡锷多来往的吗？您也接纳了我的建议，让我搞定他？”

袁世凯叹气：“我让你搞定他，是说你摸清他的心思，最好拉他到咱们这一边，为我所用！没叫你将他带到荒唐不堪的风流场所，耳濡目染，被你熏陶成一个和你一样玩世不恭、花天酒地瞎胡闹的纨绔子弟！”

“爹！您也把我说得太不堪了吧？”袁克定抗议道。

袁世凯却不理会儿子的反应，仍旧痛心疾首道：“要知道，这个蔡松坡，我是想用他的。”

袁克定看着父亲：“他不是您不信任的人吗？您当年才会解除他的兵权，调他来京城？难道您还真想用他改造北洋军不成？”

“唉，我原先还真有这个意思呢。”袁世凯搔搔几乎全秃的脑袋，“蔡锷是个人才，文武兼备，为人沉毅刚勇，又胸怀局量，能服从中央。他留日学习的经历又让他对现代化军队的建设颇有见的。但是惜乎北洋元老们的排外心思忒重，对于我对他的任用极富猜忌心、防范心。所以自他来京后，我给了他不少地位显赫、待遇丰厚的职位，却始终不能用他带兵，这也是重要原因之一。那些手握重兵的北洋军元老们，怎么会容许一个外来的黄口小儿改造他们的军队呢？”

袁克定笑着插言：“还有一个原因，恐怕就是您对他的不放心吧？前些时候，在中国和日本关系问题上，他态度颇为激进，坚决主战，屡屡忤逆您的意思。这样的将领，您能放心交兵权与他吗？”

袁世凯摇头：“这个能说明什么问题？身为军人，蔡锷积极要求迎战日本，是很正常，也是很忠诚为国的意思，我倒嘉许他这份勇毅果敢的军人作风！但是我始终没看出来，他对帝制的态度？这个才是我们目前需要留心的！你和你那些酒囊饭袋的幕僚们，根本没弄清实质东西：要求对日作战和是否赞成帝制，是两个范畴的问题，也是一个很重要的试金石：蔡锷对后者的真实想法，才是我最想知道的问题关键！”

“哦……原来如此！”袁克定沉吟着，心中暗自计划，该如何回答，却见父亲又一次对他瞪眼道：“你可倒好，不在思想上拉拢他，感化他，弄清楚他的真实想法，他是否真正可以为我们所用？反倒糊里糊涂地把他拉入到你们这些人浑浑噩噩、糜烂不堪的享乐窝中！又授意这些报纸，胡乱渲染一番，坏了他的官誉、名声，你让我以后怎么用他？倒可惜了一位骁将，一个人才！”

袁克定还要辩解：“都说过了，是他自己，迷恋那个雏妓……”

袁世凯打断他的话，拍拍案上的报纸：“这种雕虫小技你还在我面前要？分明是你先引诱他下水，然后又找人在报上制造舆论，才弄成今天这个局面！”

袁克定强笑道：“我原先是看您对他不放心，索性拉拢他入局，让他一脚跌倒温柔乡中爬不起来，那么不管他是骁将还是猛虎，不都折了爪子，断了筋骨吗？对咱们也没威胁了。哪知道父亲还有想继续重用他的心思？这样吧，我明天就想办法扳回此局，先把小凤仙送走，断了他这份孽缘，然后把媒体那些宣传都撤掉，让蔡松坡改邪归正！这都多大点事儿啊？”

“你懂个屁！”袁世凯恨不得一口口水啐到儿子脸上，“你以为那蔡松坡是个泥捏的娃娃，一切任由你摆布？我且问你，你这段时间整日里和他混在一起，发现他有什么问题没有？”

袁克定寻思着，答道：“也没什么呀。我觉得您有点过于神化他了。他不过是个普通军人，手中没有兵权，就是个光杆司令，能干什么大事呀？况且，他毕竟年轻，喜好风月，贪恋美色也是常态。在边陲小城任职久了，也算辛劳，这下回到京城，突然过上舒舒服服地享乐日子，难免比一般人更格外留恋这花花世界，也是常情不是？再加上，他那个身体也实在是糟糕，又是喉疾，又是肺病的，就是到云吉班去混，都带着药去熬。这个我的眼线都有过情报的，千真万确，那个雏妓小凤仙整日为蔡将军熬药，两人在屋里就是闲居养病的状态，弹弹琴、画个画什么的。”

“哼，你以为蔡锷和你一样，生来就是养尊处优、不劳而获的花花公子，好色之徒？我告诉你，你白结交他这些时日了！你要是被他骗了，估计还自己傻乐呢！”

“父亲这话怎讲？”袁克定很是不服气，也很诧异。

袁世凯瞪他一眼，也不解释，顺手抄起办公桌上的电话，命令军法处处长雷震春速来。

虽然夜已深，雷震春还是以极快的速度赶到此处。袁世凯冷冷地吩咐：“给你家大公子说说你的情报吧。”

雷震春称是，简单给袁克定说出了一组数字：“蔡锷近三个月共去天津六次，几乎是每月会去两次。其中前五次是由如夫人潘蕙英陪同，副官长何鹏翔跟随；最近这次是带着小凤仙，跟随者还有其部下雷飚；近来蔡锷和美国方面有密码电报来往三次，和云南方面密码电报往来四回。所有时间都记录在案，因为没有密码代码本，内容不得而知。”

袁克定听了很讶异：“父亲，您原来一直派人密切监视着他的一举一动？”

袁世凯哼道：“难道我也像你一样，整日里和他推杯换盏地喝花酒？”

袁克定又看着雷震春：“这些记录说明了什么？蔡锷和天津方面有勾结？有什么阴谋吗？还有美国？云南？”

雷震春摇头：“目前还没有直接证据。从明面儿上看，也没有明显破绽。去天津他是顶着治疗喉疾和肺病的由头，我派人查过天津共立医院的病历，他那边的医疗手续倒没发现有什么问题；在天津住院期间，也会过朋友，他的老师梁启超目前有时也在天津的公馆里小住，他们也曾见过两面，时间都不长。至于美国嘛，据闻蔡锷有个弟弟在美国学习，这些方面的电报也可以解释为兄弟间的亲情往来？还有云南，他毕竟在那里发迹，旧友故朋众多，电报往来频繁，也好像解释得通。但是综合看上去，又仿佛不能排除一些嫌疑！”

袁世凯冷冷插言：“什么都看上去有些可疑，什么确凿证据也没有。这点就让我不能放心，蔡松坡心思缜密，沉稳不漏。不知为什么，对于他，我总有一种不踏实的感觉。”

雷震春点头：“请大总统放心，卑职一定继续严密观察，早日获取相关证据！”

袁世凯摇头：“像你这样循规蹈矩地观察下去，我看短期内终究抓不到本质要害问题，难有突破！”

“那卑职该如何……”雷震春有点为难，却看到袁克定不以为然地插话了：“哎，这有何难啊？你刚才不是说蔡锷和美国、云南方面有密码电报往来吗？想办法搞清楚电报内容不就得了？破译他的电文啊，找到他的密码本啊！”

“不错！”袁世凯微微一笑，“克定说了一晚上的话了，就这句有点价值！密码本，是关键！”

“可是，”雷震春露出很为难的样子，“您也总是说，蔡锷为人谨慎，心细如发。若是有心发一些带有阴谋的密电，那密码本就是性命攸关的东西，外人如何能弄得到？”

“釜底抽薪这个成语不懂吗？”袁世凯紧紧盯着自己的这个心腹，“非常时期，要采取非常手段！你是军法处处长，该有自己的办法！”

雷震春听了，略一思索，忙立正答道：“卑职明白！大总统既然这样发话了，卑职就有主心骨，敢下狠功夫了！非常时期，必用非常手段！”

袁世凯满意地点点头：“记住，时间紧迫，越早弄清楚他的真面目越好！”

“是！”雷震春再次立正领命，敬礼后离开。

袁克定呆呆地看着自己的父亲：“那我呢？您让我怎么办？怎样对蔡松坡？”

袁世凯冷冷一笑：“你？哼！你继续你的特长，和他喝花酒，玩女人去吧！”

他说完拂袖而去，袁克定难堪地站在那里，久久才叹了一口气。

第二天清晨，潘蕙英拿了那叠登着花边新闻的报纸，让陈伯有空烧了。陈伯为难地叹息道：“刚才老太太那里的丫鬟也交给我一堆报纸，说让烧了，老太太就该回老家了，老人家从此眼不见心不烦。”

潘蕙英默默点头，看到刘侠贞招手叫她。

刘侠贞的卧室里，两个女人相对叹气。刘侠贞幽幽地说道：“刚才老太太叫我去吩咐了，明天她老人家就回乡，说是松坡答应了，正在安排人买车票呢。我说陪老人家一起走，她又不同意，只叮嘱我听松坡的安排。”

潘蕙英想想，看看窗外无人，才低声对刘侠贞道：“老太太的话咱们自然要听。松坡看出北京并非久居之处，也会逐渐安排家眷回乡定居。”

刘侠贞呆了一呆，又道：“我也看出来了，松坡在北京，就不如云南滋润啊。

前些日子整日价愁眉不展的，如今又……我知道他也不是个胡闹的人，但是如今这里的官场，就讲究这个，袁公子、谭先生那些人，又好缠着他，松坡一定是身不由己。”

“姐姐也看出来了？”潘蕙英忙点头，“松坡也很苦闷，当真也是身不由己。”

刘侠贞叹息道：“那也该爱惜自己才是！他的身子原本就不牢靠，怎么经得住再…… 何况京城这些报纸也是混账极了，什么歹话写不出来？这次我真揪心，就怕老太太再动怒，好在总算平安过去，老太太不过是达成了自己回乡心愿罢了。”

潘蕙英沉吟着，想给刘侠贞透点风声，这也是蔡锷的意思：“松坡后面会安排姐姐带着孩子也回老家去，只有咱们这些家眷都安置好了，松坡才能找机会辞了这官不做，回乡和咱们团圆，一家人过几天平静日子。”

刘侠贞点头：“这也是我的最大心愿了。只是我不明白的是，松坡这次为何不安排我和老太太一起回去？”

潘蕙英想了想，尽量选择合适的语言和她解释道：“咱们不比老太太。老人家，思乡心切，回去很正常。咱们若是跟着一起走了，别人会犯猜疑。松坡以后要走，恐怕就不易了！”

刘侠贞也是个聪慧女子，联想到自己家门外那些形形色色的监视人等，心里也明白了一二：“我知道了，一切都听松坡安排就是。反正我也习惯了，他说怎样，就怎样吧。”

这话让潘蕙英既感动又有点心酸，突然想起昨晚和蔡锷提到，有关他近来的“荒唐事”是否和刘侠贞解释的问题，蔡锷也说了不用解释的意思，潘蕙英不禁想出了神，却见刘侠贞突然拉住她的手，态度真诚地道：“蕙英，我在想，我们如果都走了，松坡的身子谁来照料？连熬个药都没个贴心人？”

她看着潘蕙英，微微摇头：“别说云吉班那档子事，那个长久不了的。没个体已人伺候在他身边，你能放心吗？我是不能放心！”

“姐姐的意思是？”潘蕙英不解地看着她。

刘侠贞却说得格外认真：“妹妹，你是最合适的人选啊，有你在松坡身边，我们都放心。我带着孩子们先回乡，你陪着他吧，好好照料他，他那个身子啊……”

潘蕙英也被她的话感动，反握住她的手，感慨万千。

刘侠贞却有点担心地看着她：“只是，你目前又有了身孕，自己也要格外当心才是。”

潘蕙英点头，又记起关键情节来：“姐姐，咱们这段时间，府里恐怕不能清净了，要想顺利脱身离京，恐怕还要闹出几场大动静才成。”

“闹出大动静？”刘侠贞不解地问，转而明白了她的意思，“我知道了。必要我们几个夫妻反目，才能不犯别人猜忌，顺利离开这是非之地。”

“姐姐聪明过人，松坡的意思就是如此，他教给咱们的办法是……”她附在刘侠贞耳边说了几句，刘侠贞微微脸红起来：“唉，其实这种事情啊，真是难为咱们姐妹俩了。你一向性子温柔，说话都从来没个大声的。况且你和松坡感情好也是出名的，如何突然翻脸和他闹起别扭来？我呢，虽然比你大几岁，也比你性格强硬一些，但是让我对着自己的丈夫大吵大闹，也是很没脸的一件事呢。”

“是，我和姐姐出身相仿，幼承庭训，妇德、闺誉心里也明白。”潘蕙英脸微红，“但是如今都说不得这些了。眼下咱们不帮他，谁来帮他？如今他为了做大事，一些小节都顾不上了，咱们又何必太在意自己的帷中名誉了？”

“松坡是在准备做什么大事吗？”刘侠贞注意到她的话，潘蕙英摇头：“这是我的直觉，具体是什么我也不知道。他不让咱们知道的事情，咱们也不必问，总之，咱姐俩都知道他是怎样一种人就是了。该相帮他的，一定要全力相帮！”

“是，这才是大事！是咱们作为蔡家媳妇的大事。”刘侠贞也郑重说道。

看着这样的刘侠贞，潘蕙英又敬又叹：“难怪松坡昨晚说，有关报纸上登的他那些‘荒唐事’，他也不必和姐姐解释。姐姐深明大义，自是懂他。”

她把昨天和蔡锷议论此事的情形讲给刘侠贞听了，刘侠贞却笑着摇头：“你还是没理解松坡的意思。我和你不一样。你是他的‘知音’，自然理解他的苦心。他之所以说不用对我解释，不过是他太了解我的脾气罢了。我和他，从小在一处长大，像是兄妹般熟悉彼此的性格，后来不过是阴差阳错做了夫妻。我从小就是大大咧咧，无所谓的性子，而且，我觉得像他这样的男人，有女人们爱也是正常。只要他自己把握好，别太胡来，伤着自个儿身子就好，用不着太在意我的想法。不然，当年我也不会一直催促他为了子嗣计，早作打算。他也不会那样巧就和妹妹结缘了。”

刘侠贞豁达无私又率真无羁的话，还是让内秀敏感的潘蕙英有些不适，也很不好意思，就搭讪着扯开了话题，说起孩子们的事情来。

半个月后的一个大清早，一队兵弁出现在棉花胡同昭威将军府门前，他们用枪托猛烈砸着门。陈伯披着衣服开了门。

“这里是昭威将军蔡参政的私宅，你们不可造次！”

“什么菜将军、饭将军的！老子一概不知！奉上司之命来查抄违禁物品，给我搜！这里的一砖一瓦都不能放过！”为首的操着天津口音的刘姓排长喝道，随着他一声号令，这队兵弁撞进大门，来到内院，挨房搜查起来。

蔡锷并未在家，刘侠贞和潘蕙英蓦然受到惊吓，带着孩子们和丫鬟、仆人来到院中。

刘侠贞气愤地质问道：“你们这些兵是从哪里来的，大清早的，私闯将军府邸，是何道理？还有王法吗？”

刘排长手里提着盒子枪，歪着脑袋在院子中间站着，指挥着兵弁们仔细搜查每个房间，丝毫不理会刘侠贞的质问。

刘侠贞和潘蕙英对视了一下，心下都有些紧张，蔡锷不在府中，这伙人来得实在蹊跷，不知道可会搜查到蔡锷的什么机密文件来？可是作为夫人的她们也并不知晓蔡锷的机密东西藏在何处，只能暗暗着急。

毕竟是将门虎女，九岁的长女铸莲虽然年龄小，却很像蔡锷的个性，聪慧过人，胸有城府。此刻她来到母亲刘侠贞身边，低语道：“妈妈，这群人一看就不像好人！爸爸一定是像平常一样，和何叔叔去遛马去了，快叫人给他们送个信，就说家里来坏人啦！”

刘侠贞听了，忙欣然点头，转身吩咐一个男仆，速骑马去给蔡锷报信。

大约过了半个时辰，在仔细搜检了所有房间，并没有发现任何想要找的东西后，刘排长集合了手下，就想撤离。恰在此时，蔡锷回来了。

蔡锷和何鹏翔在郊外遛马，刚刚得了消息，急忙赶回府中。陈伯接手将马牵向马房，蔡锷却并未像往常那样将马鞭顺手递给何鹏翔。他一边手里玩弄着马鞭，一边走进府里。看到园中的情形，眉毛微微皱起。

他在脑海里急切地掂量这件事情的严重性。他当然知道这种突然闯进将军府搜查的事情绝不是偶然事件，背后一定有着不可告人的阴谋。如果这是袁世凯一方对自己组织的一场突击搜查，就表明那些人已经到了不择手段，急于摸清他底细的地步了。

好在未雨绸缪。一向缜密细致的他，为了稳妥起见，就在前几天，才将自己平日里和居住在美国的黄兴，以及云南都督唐继尧等人联系的十几本密电密码本，转移到了天津梁启超处。现今府中并没有任何值得怀疑的物件，蔡锷此刻心里是平静而坦然的。

但是此情此景，还是要做出一定的反击才合情合理。蔡锷微微眯起细长的眼睛，嘴角轻轻抿起，他在思索着，要尽快出手，给对方一个有力回击，而且要合乎情境，最好还能于自己处境有利。

看到蔡锷进来，铸莲叫了声“爸爸！”从刘侠贞身边跑到蔡锷面前，搂住父亲的腰，仰起脸，悄悄道：“这些坏人来家里耍横呢，把弟弟妹妹都吓坏了！你不是将军吗，你教训教训他们！”

蔡锷看了看心爱的长女，露出一丝赞许的笑意。他疼爱地搂过女儿，在她耳边低语道：“丫头说的对，等爸爸收拾他们！你带着弟弟妹妹们回屋里去，别再惊吓到他们才好！”

铸莲信赖地点点头，听话地去招呼了院子里面站着的弟弟妹妹们，和仆人，奶妈们回屋了。

就在一瞬间，蔡锷已经想出了一个一箭双雕的应对之策，既然对手这样肆无忌惮在他的府上搭起了这场闹剧的戏台，那么他也要演上一出好戏来助兴！他微微笑了一下，眉毛轻扬，那熟悉的表情让一直悬着心的潘蕙英心领神会，暗暗放心。她走到刘侠贞身边，对她轻语了一句。

蔡锷边玩弄着手中的马鞭，边走到刘排长面前，似乎漫不经心地问道：“你们是何方神圣啊？一大早跑到这里来撒野？”

刘排长并未见过蔡锷，也不知道他的底细，只是如今放眼看去，这个眼前所谓的昭威将军，也不过如此——

他年约三十出头，面容白净，眉清目秀，身材单挑，似乎很文弱的一个样子，他没穿军服，只是一件白色绒衣，一条深色马裤，脚蹬一双长靴，很随意的装束而已。

自持后台强硬，刘排长心中自然没把对方当回事，以为眼前的人，不过是个北洋军中的纨绔子弟，普通碌碌无为的酒肉将军。这样的人，他见识多了，绣花枕头、外强中干就是他们的标签，手里拿得起马鞭，却未必拿得动枪杆。他看看眼前的“纨绔子弟”，继续摆出一副公事公办的样子，扬扬手中的枪：“奉上司命令，来此地查抄违禁物品！”

蔡锷似笑非笑地望着他：“奉哪个上司的命令啊？查抄违禁物品？查抄令呢？”

原来这个“纨绔子弟”还颇较真！刘排长心中不屑，就不在意地一梗脖：“这是公事，无可奉告！至于查抄令吗，明天去稽查队要吧……”

“砰！”

他话未说完，只觉一声响动，自己的手臂突然剧痛难忍，手枪已经飞了出去。围观的众人刚听到清脆的鞭响，就见刘排长手中的枪已经飞落在地。

“啊？”众人惊呼，都还未反应过来，却见蔡锷再次扬鞭，又是一声清脆的鞭声，那个不可一世的刘排长已然跪倒在地，军裤膝盖上乍开了两处口子。

蔡锷仍然微微笑着，口气却冷峻威严得像从冰水里浸过一般：“混蛋！这里是袁大总统亲封的昭威将军府，岂容你这小小个兵匪来撒野？！”

他转而厉目看向何鹏翔，何鹏翔会意，一招手，被急召赶来的几个陆军部卫队兵士冲进院子，利索地下了几个兵弁的枪。

刘排长被蔡锷的气势和威仪吓傻了，好一会子才明白过来，他似乎才记起眼前站着的不是什么寻常人家的“纨绔子弟”，而是一个将军，一个堂堂的陆军中将。

蔡锷冷冷的眼神，带着军人凌厉的威慑力，似乎能穿透一切，射杀一切，他的口气却是依旧的漫不经心，甚至带着一丝调侃和戏弄：“何副官长，去替我查查军中条例啊，私闯将军府邸，擅自违法搜查，该如何处置呢？”

“不用查，按例可就地正法！”何鹏翔正色道。

刘排长和他的手下听了，魂飞魄散，纷纷跪地哀号：“蔡将军饶命！属下是奉命行事，求将军高抬贵手！”

蔡锷没理会他们的哀求，只是用冷静的语调吩咐何鹏翔：“马上给军法处处长雷震春打电话，让他给出合理解释！”

何鹏翔转身去挂电话。刘排长和众马弁继续哀求不已。蔡锷这才吁了一口气，一扬手，将马鞭扔给身旁的仆役。他回身轻松戏谑一笑，指着刘排长等人道：“按规矩，我可以即刻将你们正法！只是冤有头，债有主，你们哪儿来哪儿去，看各人造化吧。等会雷处长自会派人来接你们。”

刘排长等人只剩下浑身哆嗦的份儿了：“卑职谢蔡将军不杀之恩！”

何鹏翔回来禀报：“雷处长听说有人敢来昭威将军府闹事，表示很震惊，说是一定要彻查严惩此事。他马上派人来押走这些人，还说晚上会到府上来亲自向您汇报调查结果，也来致歉，说是没有保护好您府上，是他的失职。”

蔡锷微微点头，他转身，避开刘排长等人的目光，颇有深意地看了潘蕙英和刘侠贞一眼。

两人明白他的暗示，马上做出响应之举。

刘侠贞率先发难，她望着蔡锷，高声嚷道："好嘛，你堂堂一个陆军中将，不知道究竟在外边干了什么不体面的事情，引得一帮兵匪来府中搜家？大清早的，家反宅乱的！这日子还怎么叫人过呢？"

潘蕙英也抽抽搭搭哭了起来："是啊，松坡，你没看到刚才的情形有多吓人？幸亏婆母前天回乡了，不然老人家要被惊吓到了！"

蔡锷虎着脸训斥她："行啦，你就别添油加醋，再跟着闹了！把母亲大人都提出来，有用吗？吓唬人不成？"

"你还怕吓唬吗？"刘侠贞质问道，"若是婆母在，看了这番不堪的情形，能不动怒吗？她老人家一气起来，是要杖责……"

"放肆！妇道人家，口无遮拦的，没听说敢借着婆婆的脸来教训自己丈夫的！你们越发没规矩了！"蔡锷厉声喝道。

刘侠贞却是无法控制情绪般边哭边继续数落着："你天天待在八大胡同不回来，现在动不动又开始抄家了！老婆孩子跟着你丢人不说，如今更要跟着你担惊受怕的！这种日子如何过得？我真后悔这次没能带着孩子跟着老太太一起回乡，落得个眼不见心不烦！随你风流快活去好了！"

蔡锷好像气急的样子，铁青着脸站在那里不答言。

这边潘蕙英哭得更加伤心："是啊，松坡！你就收收心吧！如今你整日留恋烟花之地，挥金如土，家中的开支是捉襟见肘啊！你让我们姐妹如何自处呢？"

蔡锷不胜其烦地"唉"了一声，吩咐何鹏翔："这里交给你处理，我先出去了！"

何鹏翔担心地问："您要到哪里去？您还没吃早饭呢？……还有，药也还没有吃呢！"

蔡锷苦笑道："你看看，这个家我还能待得住吗？又是悍妇，又是怨妇的！"他用手点点刘、潘二人，叹了口气，回身吩咐陈伯："备车，去云吉班！"扔下两位啼哭哀怨的夫人，和一院子目瞪口呆的仆人，走出门去。

陈伯看着汽车驶出了胡同，才唉声叹气地关上了府门。

第二十章　巧计

因爱而受苦，那就爱得多一点吧。为爱而死，便是为爱而生。

——雨果

1915 年 8 月　北京八大胡同陕西巷云吉班

小凤仙将一碗汤药递到蔡锷面前，却看到他依旧是蹙眉不语，暗暗发愣的模样。

“先生，你是身体不舒服吗？要不要按摩一下”

“哦，不用。筱凤，你先去做你的事，让我自己待会儿。”

“好的。”小凤仙温顺地点头，看着他喝了药，收了碗出去，却在门外走廊上遇到谭庆铎。

“凤仙姑娘，松坡在吗？我有事要和他谈。”

“在的，谭大人。”小凤仙应答着，正要离开，又有点迟疑，怯怯地看着谭庆铎，“先生今天估计是身体不大舒服，从上午来这儿就愁眉不展的，您千万别再……”

谭庆铎哈哈大笑：“你这丫头倒很忠心待他！放心，我带着治你家先生病的良药呢，他一见我，就该开心了。”

他这句话里的“你家先生”蓦然听来颇有歧义，小凤仙脸腾地红了，忙低头离开。

“松坡啊！今天早上府上的事情，我才听说，也十分生气！这一定是个误会！等我去见大公子，问清情况，要个说法，必定为你出了这口恶气！”谭庆铎一进门，就哈哈大笑。

蔡锷冷笑一声，也不答话。

“咦？你这是什么表情？松坡，你是将军啊，襟怀宽广，这点区区小事，莫放在心头才是！你放心，这件事情必要给你个合理解释的。”谭庆铎打着哈哈，坐到他身旁。

蔡锷正色道：“含风，你和大公子的交情比我深，和雷震春处长的友情更是非同一般。我面子薄，有些话不好说。就麻烦你这个老同学去给他们过个话吧：如果对蔡锷不满意，或者有疑心什么的，不妨直接冲着我来，剥去官职，打入牢狱都没问题，只要能证明我有罪就成！但是，”

他眼波一闪，紧紧盯着谭庆铎：“别玩一些乱七八糟的伎俩吧！蔡锷是个军人，不懂政治，却不愿意自己的家眷无故受到惊吓。幸亏前两天我送母亲回乡养老了，不然今早的事情，落在我家老太太眼里，再把老人家气出个好歹来，蔡锷罪孽深重，恐怕豁出这身剐，也要找大总统去讨个说法了！”

谭庆铎笑着安慰他：“哎呀，消消气，我的蔡参政，蔡大人！都说了是一场误会嘛，雷处长还在调查，不出三天，一定会给你个公正的说法！不过你说的也对啊，幸亏老伯母回乡了，不然气坏老人家，或吓坏老人家，不但是你，我们这些人都有罪过了！”

蔡锷点头，面色好像才转圜一些。谭庆铎赶紧又安慰了他几句，才貌似漫不经心地问道：“最近你常去天津看病，见到你的恩师梁卓如先生没有？”

蔡锷神色淡淡地看着他，也不答话，那对深邃沉静的眸子里，闪烁着锐利逼人的光彩。细细品去，还有一种按捺不住的谐谑嘲讽的意味氤氲在其中。

面对这样的目光，谭庆铎有点心虚，不由得咧嘴一笑，慌忙间想找些话来自圆其说：“哎，你这眼神不对！我是说梁启超先生是当代大儒，众人瞩目的焦点人物，且桃李满天下，像你和百里这样的优秀弟子，如今都是国家的中流砥柱般人物！哎，说实话，我都后悔当年在日本时，没有和他老先生求教一下呢？”

他说得言不由衷，蔡锷心中好笑，就想借机刺他一顿：“含风，你吓着我了！你竟然想拜梁卓如先生为师？简直是不可思议的事！”他挑挑眉毛，露出孩子般戏谑的神情来，“其实应该说我要更加佩服你才对！审时度势，见风使舵，在任何时候都能选择出有利于自己的最佳人生道路，换句俗话讲，就是什么都不耽误啊？”

他对着这位老同学细细道来：“我不妨给你数数：当年在日本，你哭着喊着要革命，几次三番地讥讽打击我是投降派；后来到了云南，你摇身一变，心安理得地成为清廷总督的新贵人才；后来重九起义，我拉着你加入，你是腻腻歪歪、勉为其难的样子；革命成功，共和建立，你又找机会来到北京，投身大总统名下，成为总统府的高参；近半年你和晳子兄在研究君主立宪问题，又拜他为师，看上去也是搞得轰轰烈烈，极有声色，怎么如今来了个大转弯，又问到卓如师身上？”

他摇摇头：“你可知如今卓如师的论调大总统未必喜欢？哦，简直是和晳子兄唱反调呢。你若再投到他的名下，又怎么自处？如何对得起大总统父子的栽培？”

谭庆铎绷着脸听完他这番话，冷笑数声，晃晃手：“我今天才算领教了蔡松坡的厉害，当真是口剑舌戟！我不过是白问候了贵恩师一句，就招来你这么一大篇儿话！其实我想说的，就是你后面的意思！梁先生最近发表了一篇文章，叫作什么《异哉，所谓国体问题者》，作为他最爱的学生的你，怎么看？”

蔡锷嘴一撇，淡淡笑道：“我没留意。”

“怎么会？”谭庆铎当然不相信，“他是你的恩师，你是他的第一爱徒，老师写的最新文章，你会不看？”

“子非鱼，安知鱼之乐？子非我，安知我之痛？”蔡锷摇摇头，“我现在对政治类的文章一律不感兴趣。何必呢？已然弄得一身病痛，身心俱疲，何苦再操心那些比天都大的国事、政事？”

他看看一脸狐疑的谭庆铎，漫不经心地摇摇头，又道：“梁先生就是有了这篇文章，又如何呢？和晳子兄搞场对抗战也毫无意义！晳子兄现今是大总统父子跟前的红人，鄙师是个书呆子，书呆子不足为虑，所谓秀才造反，十年不成，一篇文章乱不了国政，大总统何必在意？”

谭庆铎却认真地盯住他：“大总统可以不在意梁启超这个书呆子，却不能不在意你这个蔡参政！”

蔡锷淡然一笑，也不接话，仿佛对他这句话很不以为然。

“我说的都是实情。大总统对你十分赏识，一再说松坡是人才，必要再次委以重任！”谭庆铎对他问出自己今天来这里最想问的一个问题，“但是我个人还没十分弄明白，对于实施君主立宪，恢复帝制，松坡你究竟怎样看？”

蔡锷撇嘴笑笑：“是含风你自己想问？还是替别人在问？”

谭庆铎注视着他的神色：“如果是我自己问呢？”

“你知道的，我一向的信条是——军人不党，所以并不想关心政治，更遑论妄议国体问题。”蔡锷回答得冷静极了。

谭庆铎自然不能甘心，干脆来个破釜沉舟：“那如果是我代大总统有此一问呢？”

“哈哈哈……”蔡锷朗声大笑起来，片刻停了下来，才对着一直盯住他看的谭庆铎伸出手来，“给我圣旨看看。”

“什么……圣旨？”谭庆铎不明白，蔡锷却又笑了，“不是在说帝制吗，不是你说大总统问我话吗？那怎么不该给我看看圣旨上是如何问讯的呢？”

“唉，你这家伙，有时像孩子般顽皮，有时又像老人般滑头，我都分不清真假了！”谭庆铎直言试探失败，就只好语带双关地打着哈哈来。他随即转换话题，“这场荒唐的搜检将军府风波平息后，雷处长会给你说法，大公子也会有安抚之举。咱们就在这云吉班好好聚上一番。到时候你可不能金屋藏娇，必要让凤仙给我们再弹上一曲！我看那个小丫头如今维护你得很啊，松坡你艳福不浅！”

蔡锷笑笑：“我这艳福还不是托大公子和你们这些同僚的福分？”

“你当真明白这道理就好。”谭庆铎话里又伏深意。

“别人是难得糊涂，我倒是难得明白。”蔡锷的答语也是深藏不露。

谭庆铎左突右冲也不能探明他本意，只好告辞了。却不料不久后，又一场风波会在此地接踵而至。

1915 年 8 月底　北京八大胡同陕西巷云吉班

清晨的云吉班里一片寂静，昼伏夜出的生活方式让这里不比别处，姑娘们的房间不到中午是不会有动静的。

二楼僻静处小凤仙的居处此刻却响起断断续续的咳嗽声。刚起床的蔡锷坐在床边捂嘴咳着，小凤仙边为他拍着背，边担忧地看着他。

“一定是昨天早晨跑去骑马惹的祸了！”女孩吊着脸埋怨道，“这天气渐渐冷了，你的身子又不比别人，有些事情根本就不能做，总不听人劝，就不能让人省心啊！”

蔡锷渐渐止住咳，回头笑看她：“听听你这丫头的话，越发老成了，倒把我当孩子来训？没大没小的！”

小凤仙到水盆前绞了一条热毛巾递给他擦脸："是你教给我的，人人平等，大家都有话语权。先生有错，就不能说吗？"

蔡锷无奈撇嘴摇头："你倒会以子之矛攻子之盾！好吧，算你学以致用，奖励一下。"

"空口奖励没意思得很！"女孩噘噘嘴，"一点不值钱。"

蔡锷用毛巾擦过了脸，笑看她："你这丫头，和我讲起条件来？你说说看，什么是值钱的奖励呢？"

"让我帮你做事。"女孩说得很认真。

"帮我做事？"蔡锷淡淡一笑，"我现在除了去局里逛逛，就是在这里。熬药、准备饭食、铺床叠被，不都是你在做？哦，对了，昨儿我咳疾又犯了，几乎折腾了一夜，你是片刻没合眼，拍背、送水、递痰盂，忙碌了一晚上，还不算做事？"

小凤仙眨眨眼，顽皮一笑："这些都是我应该做的事情啊。我是说，要帮你做额外的事情。"

蔡锷将手中的毛巾递给她，不在意地摇摇头："额外的事情？不明白。"

小凤仙把毛巾放到水盆边，回身走到他面前，蹲下身子看他："先生，你不是总和一些朋友往来吗？北京、天津都有。你上次和我说，是一些生意上的朋友。你是在做什么生意对吗？那我能不能帮你做点事情？比如，比如……"

女孩思索着，想出了一个建议来："给你的这些朋友送个信什么的？我知道你自己不方便。"

蔡锷沉吟，他伸手拉女孩起身，坐在自己身边，半晌才轻声道："我这些生意上的朋友，都是泛泛之交，大家聚聚散散好玩罢了，哪里需要送什么信件了？再说，我有副官、随从，哪里又不方便了？"

小凤仙又噘起了嘴："可是你没注意到，总有人监视着咱们吗？房间外，老有人盯着。前次我说给你听了，菊香姐姐就奇怪得很，经常在我跟前打听你的情况，我讨厌她，什么都没说！她又自说自话的，但是我感觉到她好像就躲在外边，知道我们在一处的情形的！"

蔡锷认真地听着，唇边始终挂着微笑，也不打断她。

"后来，她又再三叮嘱，不能告诉你她问过我的话。这些事儿真透着奇怪呀，让人搞不懂！你不是参政、将军吗？为什么还会有人盯梢呢？"

蔡锷笑笑，摸摸她的头："你还小，不懂。就是当官的，参政啊，将军的，才会有人盯着呢，谁会盯老百姓了？”

“我还是想不明白啊……”女孩的话被蔡锷干脆地打断了：“想不明白就对了，女孩儿家，就应该干你们应该干的事情，操心那么多干什么？”

“不就因为是你的事情，我才会操心的吗？”小凤仙颇为不服气，又有点被小瞧了的感觉，就顶了一句，吊下脸不吭气了。

蔡锷笑看看她，唉了一声：“丫头大了，就难惹，会对先生耍脾气了？”

“谁让你瞧不起人。”

“我哪里瞧不起你了？”

“那你不告诉我，你在做什么生意？那些监视的人是哪里来的？”小凤仙认真相问，蔡锷也绷起了脸，注意盯着女孩的面容。

“记住我的话，不该问的，就别问，一个小丫头家，单单纯纯、快快乐乐的多好？不要操心和自己无关的事情。我是为你好，筱凤，你将来就明白了。”

每次他叫起她的本名“筱凤”她都会幸福满满，此刻也不例外。她拉起他的手，虔诚地发誓道：“我不是胡打听你的事情，我是想告诉你，我就是想为自己最亲、最崇拜的先生做点事情罢了。我觉得，我这样做了，就是好开心的事情！比如说，我告诉你，这里有谁在监视打听咱们，谁又悄悄在暗中跟踪咱们了？哼！反正啊，一切有利你的事情，我都会高兴地去做，一切有可能不利于你的事情，我也会第一时间来告诉你提防，如何呢？”

她格外真诚和认真的表情让蔡锷感动，就对她绽放了一丝嘉勉的笑容，又拍拍女孩的脸颊：“好学生，先生是欣慰极了！”

小凤仙也得意地笑了，顺势拉住他的手，用顽皮的口吻要求道：“刚才我要奖励，求你让我帮你做事，其实眼下在这里，就有事可干。”

“哦？什么？”

女孩指指墙边的那架古琴：“你不是喜欢我那天弹的那首曲子吗？我可以再弹上一遍给你听。比上次更加认真地弹！这就是我目前想为你做的一件事。”

蔡锷抿嘴笑了。半晌，才忍笑道：“好吧，就请朱筱凤姑娘再赏一曲吧。”

琴声袅袅而起，蔡锷半躺在藤椅上，闭目听着，微微点头。

小凤仙认真弹着，也完全沉浸在这怀古幽情之中。《高山流水》，千古佳音，令人惆怅回味。

琴声完结了很久，两人都没说话。又过了片刻，蔡锷才轻轻拍掌赞道：“难得。这样的琴曲，这样的意境，你这样小的年纪，却领悟得不错，这就是得自天然的力量！筱凤，你在音乐方面当真是有着极高天分的！”

“我弹得真的那样好？”女孩不自信地问道。

“当然。”他回答得毫不含糊。

“你独爱这首曲子吗？”女孩很好奇。

“当然。”他依旧平静。

“你自己……也爱弹这个曲子吗？”她继续追问道，“那天胡妈妈说了，你是精通古琴的。”

蔡锷笑了：“以前弹过，很久没碰琴了。”他走上前，用手拨弄着古琴，沉吟不语。

小凤仙颔首微笑：“什么时候能听到先生亲自弹一曲《高山流水》就好了。”

“等我身体好一些。”蔡锷按按自己的胸部，“这几天有点气力不够的样子。”

“我明白，我明白！以后再说吧，你现在将养身子比什么都重要！”女孩善解人意地接话，又拉他坐回到藤椅上，正想再说什么，却听到门外响起一阵喧哗声。

仿佛突然间，门被推开了，一位神情孤傲冷峻的夫人走了进来，身后带着一众仆妇。屋里的气氛瞬间变得微妙，仿佛空气里流动着不安、压抑的味道。

小凤仙从瞬间的震惊中明白过来，不自觉地退到床边的一角，将大半个身子隐藏到帷帐后面。她的心里充满恐惧和不安。如果可能，她想马上变成一个隐形人，让这些人完全看不到；或者变成一只小虫子，可以在厚厚的帷帐中藏匿了自己。

蔡锷倒是平静沉稳依旧，他半倚在藤椅上，略带苍白的脸上换了一副冷漠淡然的神情，那双细长的眸子也悄悄蒙上了一层寒霜。

屋里一片寂静。仆妇们都垂首不语，不敢去看两个主人，小小的房间，虽然于喧哗中涌进这群人，此刻却又突然鸦雀无声。反常的死寂让人感受到暴风雨来临前的压抑和沉闷。

刘侠贞从进门后就没有看小凤仙一眼，只是用哀怨的眼神紧紧盯着蔡锷，一声长叹后，是带着绝望口吻的怨尤声：“难怪连家都不回了，这‘金屋藏娇’的传言还真让那些小报们说着了？”

蔡锷吊着脸也不吭声。刘侠贞的眼泪流了下来，她开始是在默默流泪，很快就变成了抽泣，逐渐放大的哀怨之声让人闻之恻然。

蔡锷却像是极为心烦地皱皱眉，好像在努力压制住自己的情绪，尽量用平静的口吻道："怎么还哭到这里了？不嫌丢人吗？好歹是位将军夫人啦，还要不要自己的身份了？"

"我哪里还有身份了？你不提醒，我倒忘了，我竟然还是个将军夫人？这世上有到勾栏之地来找丈夫的将军夫人吗？这个'将军夫人'的称呼，不知道是臊了你，还是臊了我？！"刘侠贞边哭边说，音调带着无法克制的愤怒颤音。

"放肆，侠贞，你太过分了！"蔡锷勃然大怒，猛然站起身来，躲在帷帐后的小凤仙一哆嗦，更加将瘦小的身子缩到帘子后面。

窗户外边影影绰绰的，已经有很多人在偷偷围观着。

蔡锷用手指着夫人，身子在微微颤抖："这是哪家的规矩？一个妇人家，竟敢公然教训起自己的丈夫来？都是我平日里把你们惯的！你看看如今京城的达官贵人，谁不是妻妾成群，左拥右抱？值得大惊小怪吗？我这样的身份，逛逛八大胡同，有个把自己喜欢的姑娘，还要看你的脸色、听你的唠叨不成？！"

他不耐烦地挥挥手："侠贞，我再次提醒你注意自己的身份，贵为将军夫人，要有容人的雅量，不要到这里给我丢人现眼！"

刘侠贞擦去泪水，正色反诘道："此地固然非我等良家妇女应该来得的，难道你就应该来得吗？你也别忘了你自己的身份，身为陆军中将，昭威将军，你不觉得羞愧，我倒没脸见人了！"

"那好吧。"没想到蔡锷反而怒极而笑，不过是沁人骨髓的冷笑，"你没脸在这里见人，就不如回家待着。哦，干脆直接回老家才好！这京城估计也是容不下你这等贞静贤淑的将军夫人，你回老家找回你的面子吧！"他说完，赌气坐回藤椅上，扭脸不再看她。

"好呀，好呀，蔡松坡！你今天才说出了你的本意来？到底嫌弃我们母女了？不容我在京城了？实话告诉你吧，你不赶我，我也会走！我才看不下这等龌龊情形，我回老家过我的清净日子去！"

刘侠贞正气得浑身打战，却见门开了，潘蕙英带着一个丫鬟走了进来，上来相劝道："这是怎么了？姐姐，有话好好说，别气着自己了。"她上前扶着刘侠贞坐到一旁的椅子上，又看着蔡锷劝道："松坡，你和我们回去吧。你看外边多少人看热闹呢。咱们自己家的事情，回府再说好吗？"

蔡锷冷笑摇头："蕙英，我一向以为你是个懂事的，怎么今天你也跟到这个地方来？你看看你们这样一闹，我还可能回去吗？"

潘蕙英也流起泪来，回身从丫鬟手里拿过来那条藏青色围巾，递到蔡锷面前，含泪相劝：“松坡，俗话说，千里送鹅毛，礼轻情意重。你看看这条围巾吧，这是侠贞姐亲手为你织的，从湖南老家带来，是你们之间难得的纪念物！她心细，怕你有喉疾，受不得风，这刚一入秋，就早早拿出来给你备上了！你如今这般伤她，不愧得慌吗？”

这番话让蔡锷伤感，他虽然脸上依旧挂了愤懑的表情，却也忍不住叹息。

刘侠贞默默听着，突然间，她情绪失控般站起身来，冲上前去，从潘蕙英手里抢过围巾，又从头上拔下发簪，挑开线头，猛然揪了几把，那围巾就被她拆了一截去。潘蕙英忙上前抢夺，两人争执间，那藏青色的毛线纷纷落下。

帷帐后的小凤仙吃惊地捂住了嘴，泪水滑落腮边。门外、窗外围观的姑娘们也啧啧叹息，跟随刘侠贞来的蔡府仆妇们上前和潘蕙英一起劝住刘夫人，搀扶她重新坐下。

蔡锷呆呆地看着散落在地上的毛线，长叹一声，盯着刘侠贞的眼光凄然冷漠：“侠贞，你是读过书的人，一定听说过破镜重圆的典故吧？这围巾就好比那个镜子！可是天下真有可以重圆的破镜吗？看来也是天意如此，你我的缘分已尽！”

他走到床边，将躲在帐后的小凤仙拉出来，搂着她肩膀柔声安慰：“筱凤，吓着了？唉，别怕，有我呢！你不是爱逛东安市场吗？这就去！”

小凤仙吓得愣愣怔怔的，像个小木偶人一样被蔡锷搂着来到门边衣架旁。蔡锷取下小凤仙的大衣替她穿了，自己又穿上外衣，带着女孩扬长而去。留下一脸幽怨的刘、潘二位夫人，和惊愕无比的仆妇们。

潘蕙英擦去眼泪，看着刘侠贞：“姐姐，他走了，真是绝情啊！咱们也回去吧。”

“妹妹，看来我只剩一条路了，我要回老家请婆母大人为我做主！”刘侠贞呆呆地叹口气，四下打量了这个屋子，绝望哀婉地长叹一声，“既然他如此绝情，我也不必留什么情面了。”

她看着身后的仆妇，咬紧牙关道：“把这屋里的东西都给我砸了，什么都不留！砸了这藏娇的金屋，我看这个负心的男人还存身何处？”

一群仆妇早就在暗中同情贤惠的夫人，听了这声指令，立马乒乒乓乓砸起来，转瞬间，镜子，妆台，衣柜一片狼藉。

潘蕙英暗暗打量着屋里陈设，看到床里的帐子上挂着一幅字，她认出是蔡锷的笔迹，唯恐仆妇们损坏了，就自己坐在床边看着。又暗中示意不可砸琴。

除了那架古琴，那幅字画，所有东西都不完整了，刘侠贞终于出了口恶气，带着人打道回府。

门外一直看着这场闹剧的云吉班姑娘们看到蔡夫人走了，才敢议论纷纷起来：

“哎哟，到底是将军夫人，霸气得很呐，凤仙怎么是对手呢？”

“咱们凤仙这下可麻烦了。”

“你们简直是替古人担忧啊，凤仙有蔡大人宠着，不会有事的！”

“我看蔡大人这下和夫人是过不到一处了，没听说要把她休回老家的？”

众人七嘴八舌地议论着，从始至终看了这场戏份的菊香也不吭气，默默转身走了。

晚上，在杨度和谭庆铎的百般相劝下，蔡锷才回到自己的将军府中。两人好言安慰他一阵才离开了。蔡锷来到潘蕙英的卧室。

“松坡，你去看看侠贞姐吧，今天她那场戏可不好演啊，回到家中还缓不过劲来，身子发抖，半天都止不住。”潘蕙英苦笑着对他道。

蔡锷摇头：“既然戏都开场了，就要小心往下演。什么时候都不能掉以轻心。”他指指窗外，悄声道，“在侠贞离开之前，我不能亲自安慰她什么，你替我悄悄给她解释了，就说我的话，你们姐俩如今这份苦心，苍天可鉴，算我蔡锷欠你们的情分了，等大事做成，我再报答你们。”

“看看你这说的是什么话？我们姐俩又是谁的人啦？”潘蕙英微嗔着他，又记起他刚才的手势，就轻声问：“难道这府里也有那些人的眼线不成？”

蔡锷微微点头：“小心无大错的。”

他看出来潘蕙英有点紧张，就笑着扯开了话题：“今天这出戏侠贞演得也忒出色了，她那一通骂，把我的冷汗都骂出来了。那围巾的情节也设计得好，这个传给别人听，岂不更精彩？”

潘蕙英点头：“看着你们那般唇枪舌剑的，我的心都在发颤。幸亏侠贞姐好口才啊，这下不由得那边的人不信了吧？”

“谁知道？”蔡锷沉吟着，“唉，但愿这份苦心没有白费才好。”

潘蕙英用玩笑口气轻声笑道：“我们姐俩其实也并不知道自家夫君要做什么惊天动地的大事，只是出于对你的绝对信任和支持，就毫不犹豫地搭上了自己的名声！恐怕明天京城的各大报纸，又有可以写的新鲜事了，‘蔡松坡的两个夫人醋意大发，大闹八大胡同云吉班。’唉，明天全北京的人都会笑话蔡将军府里有两个天下最酸的醋坛子！好事不出门，坏事传千里，这下我们姐妹也算出名了！”

蔡锷揽着她的肩膀，笑着安慰道：“总是我欠你们的太多！不过这一切也都值得，可以换来侠贞和孩子们安然离开险境。而且，从长远看，总是为着将要做的一个大事情！这件事情关乎很多人的性命，更关乎国家之名誉！事实总有真相大白的一天，到时候，谁又不夸赞你们深明大义，是襄助丈夫，成就大业的大贤大德之人呢？”

潘蕙英听了含笑点头，紧紧拉了他的手，握在自己两手间。

蔡锷又接着叮嘱道：“我和何鹏翔交代了，他暗中以侠贞的名义找了个律师，明天就登报，让侠贞告我，言辞越激烈越好。然后我就可以着手安排雷飚护送她和孩子们离京了。”

他看看妻子，有点迟疑：“就是端生，也要走。交给侠贞，你应该放心。”

听他提到心爱的长子，潘蕙英眼圈红了，她掩饰着低下头去：“我有什么不放心的……交给侠贞姐，将孩子带回婆母身边，一切都是妥当的！”

蔡锷理解地拍拍她的肩膀，不再说话。

潘蕙英为了转移自己的情绪，又提起了另一个话题：“今天总算见到那个女孩儿了，那个叫小凤仙的丫头。今天那番情形，把她吓坏了吧？”

蔡锷苦笑：“那孩子也是小啊，单纯得令人心疼！她回到屋里，看到狼藉的一切，原本很伤心。后来发现我给她写的那幅字还好端端地挂在帐子里，那架古琴虽被扔到一边，却丝毫无损，就开心起来，说她的宝贝都有老天保佑，没有遭难。”

潘蕙英听得心酸，忍不住看着丈夫：“我不过是瞄了那丫头两眼，就看出来她对你的那份依恋！你没发现她看你的眼神吗？那么专注、那么信赖，那么……心甘情愿！松坡，我在想，当年在我娘家里的厅堂上，我听你评论我的琴艺，估计我看你的眼神，就是如此吧？”

“你又混比起来？”蔡锷微嗔着妻子，却忍不住从心里叹出一声，搂着她单薄的肩膀，耳语般轻声道：“虽然如此，我心中却是万般纠结！我都不知道该怎么做，才能尽量不伤到她？唉，这都是命！看来今生今世，我蔡锷要负的人，真的如此之多，多得让人痛心！”

潘蕙英理解地用手反搂住他的身子，将自己的脸贴在了他的胸膛上。

三日后的大总统办公室，袁世凯父子和几个亲信：杨度、谭庆铎、雷震春等人正在议论蔡锷家事。一张《京报》放在袁世凯面前，他读了头版的内容，摇头叹息。

“这个蔡松坡，让我说什么好？一个家务事，也能闹得人仰马翻的？身为将军，行事像孩子般任性莽撞，为了个烟花女子，全不顾身份体统，闹得满城风雨。这今后还怎样在官场混？你们看看，”他拍拍报纸，“蔡夫人都找律师了，要和松坡打离婚官司！好嘛，弄到这种地步，也是咱这儿的一个笑话了！”

袁克定笑着摇头：“我也没想到蔡松坡倒真是情种一个，为了个姿色平常，年少无知的青楼女子，竟然会和发妻反目？”

杨度沉吟不语，谭庆铎摇头叹息，雷震春也不吭气。

袁世凯哼了一声，脸上还是有一丝狐疑：“就不知道这事真假几何？”

袁克定用肯定的语气道：“我看不会有假。我在云吉班有几条眼线，看到了蔡锷夫妇那日吵架的整个过程。当时他的两个夫人打上门去，把小凤仙屋里的东西都砸了。据说他那个原配刘氏更是泼辣，当众给丈夫没脸，把一条好像是他们夫妻定情物的围巾都拆了，松坡当场气得发抖，要休她回老家呢！”

袁世凯不理会他的绘声绘色，却把目光盯到雷震春身上：“朝彦，你的情报我更看重些，不妨说说看。”

雷震春恭恭敬敬地禀报道：“这次他们夫妇反目看来不假。据我的眼线来报，蔡母是被儿子的花边新闻气回老家的。他的大夫人到云吉班吵闹过后，松坡回家就和她彻底分居了，两口子这几日在家中像陌生人一样，吃饭都不在一个桌上。据说刘夫人的房间里总有哭声传出来，蔡府这几日当真是鸡犬不宁了。”

袁世凯沉吟道：“原先听说蔡锷齐家有方，虽然有两房夫人，却相处和睦。怎么突然间，为了一个小小的青楼女子，就弄到这个地步？”

他扭脸看看杨度和谭庆铎：“你们二人，和他关系不浅。皙子，我记得你原先给我极力推荐蔡锷时，曾说过，你和他的关系，如长兄之乎幼弟；含风你也和他是日本士官学校的同窗，你们俩说说对这件事的看法？”

刚才说到蔡锷家事时，杨度就在一旁沉吟不语。他和蔡锷交情匪浅。不仅在时务学堂时惺惺相惜，在日本时来往频繁，亲如兄弟，回国后两人也经常有书信往来。虽然因为政治观点不同，杨度后来和黄兴、梁启超等旧日好友几乎闹到分崩离析的决裂之态，但是他对自己一向呵护有加如小弟般的蔡锷，还是抱着很深的情谊。前次蔡锷进京，就是他亲到车站相迎，并将蔡锷介绍给京中各位大臣的。连杨度自己都没有意识到，因着和蔡锷的深切友谊，和他对蔡锷兄弟般的友爱，虽然他至今也不能确定蔡锷真实的政治立场以及他对帝制的态度，但却是总是会在一些场合说些有利于他的话。

此时，当着袁世凯父子等人的面，他不免斟酌着合适的措辞："松坡究竟年轻些，原先任职边陲，吃了不少苦，身子也弄得不结实了，如今进了京城，因着身体方面的原因，不求仕宦进步，沉湎于声色安逸，也是有的…… 作为挚交，他的家事我还是很清楚的。"

他为众人分析着："他那位正室刘夫人是家中包办的，出自偏僻小城，也就是结发情分；那个侧室潘夫人，虽然出身于云南世家，可是毕竟是边塞之地，能有何种绝色？如今来到京城，身份地位不一样了，有个拈花折柳的兴致也是在所难免吧？"

谭庆铎也点头附和："松坡和我同学，他的个性我了解。你别看他表面如处女般柔弱文静，其实骨子里犟得很呢。在日本时，那些狂妄跋扈的日本同学都怵他几分！你说他这样的性格，能俯就妇人吗？原配刘氏，出身乡野仕宦，没什么大的胸怀局量，只知道浑闹撒泼，如此岂能拴住松坡这样人的心？妇人无知，可见一斑！"

杨度又转而无奈笑笑："松坡也是个儒将，肚子里也装了不少诗词曲赋什么的。前次因为他去云吉班次数过频，我都看不入眼，去悄悄劝他，注意名节，你们猜他怎么说？"

"他说什么啦？"袁克定先就好奇，其他几人也注意看着杨度，就连袁世凯都露出凝神倾听的样子。

杨度叹气，又笑道："那个书呆子将军竟然给我背诵了一段柳永柳三变的词，什么'才子词人，自是白衣卿相。烟花巷陌，依约丹青屏障。幸有意中人，堪寻访。且恁偎红翠，风流事，平生畅。青春都一饷，忍把浮名，换了浅斟低唱。'"

"'青春都一饷，忍把浮名，换了浅斟低唱？'"袁世凯搔搔光溜溜的脑袋，"这个蔡松坡，如今当真是不爱江山，爱起美人来？"

杨度认真看着他，继续进言道："属下以为，刚才诸位说到的，都是些家庭琐事，毕竟算小节吧？大总统如今关心的，还是松坡对帝制问题的看法！依我看，以松坡的个性，结合他在西南政界军中的威望，只要他不反对帝制，不和咱们背道而驰，就随他去好了，其他的，都可以无视！”

他的话又让袁克定不服气了：“他反对又能如何？一个过气的都督，手中如今无一兵一卒，能成个什么气候？”

“你懂什么？”袁世凯横了袁克定一眼，“蔡松坡不可小觑！”

他当着众人点评着：“我曾经对所谓的‘当代共和四杰’有过考量：孙文，志气高尚，见解亦超卓，但非实行家，徒居发起人之列而已；黄兴，性质直，果于行事，然不免胆小识短，易受小人之欺；那个宋教仁嘛，精明干练，惜乎书呆子气忒重，失于通融。唯有蔡锷，才华出众，文武兼备，此人之精悍即宋教仁或亦非所能匹敌，远在诸民党之上！”

袁克定听了直撇嘴：“您总是这样高看他！”

“我倒想高看你呢，你有这样的资本吗？”袁世凯狠狠瞪了儿子一眼。

雷震春忙劝住父子二人，又说出自己的观点来：“大总统看人精准。依属下薄见，我以为蔡锷应该被咱们重视，倒是其在军界的影响力。”

袁世凯赞同地点头：“朝彦，你继续说。”

得到总统的鼓励，雷震春更加得意地说出自己的分析来：“如今无论在北洋军里，还是各地军中，出身于士官学校的军官都是挑大梁者。要知道，当年更是有‘士官三杰’的说法。这三个人，一个是张孝准，有着留学日本、德国的双重经历，才华横溢，不料却放着好好的军中高官不做，非要追随黄克强亡命海外搞所谓的革命；另一个就是蒋方震，也是同样留学过日本、德国著名军校，却为了军校经费之事自戕，如今更是辞了军校校长一职，令总统失望；再就是这个蔡松坡，他的资历和才干又在这二人之上！其实这些倒都在其次，关键令人担心的是他在西南军界的影响力！诸位别忘了，他以前曾在江西、广西、云南、湖南等地练兵，那么就是说，现在的桂、滇、湘等各地军中，凡军官一级，不是他士官学校的同学、师兄弟，就是他曾经的学生，如果他要在西南振臂一呼，再和海外的孙文等乱党遥相呼应，联合起来反对咱们这一方，局面就可怕了！”

“朝彦分析得极是，甚合我心！”袁世凯赞道，又看着袁克定：“你有空好好和朝彦学学，也长点心智！”

雷震春忙逊让地摇摇手：“大总统谬赞了。其实大公子在蔡松坡身上下的功夫也没白费。起码改变了他以往高冷孤傲的性格。而且，他目前已经算着了咱们的道儿，进入到这圈子里来了。”

谭庆铎忙附和："大公子自有一套手腕笼络人，区区蔡松坡怎能抗拒？"

袁克定却好奇地看着雷震春："朝彦，我倒是很想知道你是如何在昭威将军府里埋下眼线的？要知道蔡松坡作为资深军人，为人以机警著称呢。"

雷震春有些得意，就难免忘形，说出了自己的耳目来："其实也是秉承大总统的训令，在蔡松坡刚来北京时，我就准备监视他的行踪了。据说蔡老夫人是个勤俭持家的人，所以昭威将军府里仆人很少。但是再少，也不能没有看门护院的人吧？"

袁克定和谭庆铎还没想明白，杨度已经猜出了他的说法："原来蔡府看门的那位陈伯，竟然会是雷处长的人？真是没想到啊！我每次去那里，都能碰到他，很忠诚勤勉的一个老仆，我看蔡老夫人和两位少夫人也都是很信任他的样子呢。"

"知己知彼，才能百战不殆嘛。这个情报眼线是关键，当然人选更要选合适的哦！"雷震春笑着解释，却被袁世凯打断了他的得意之词："好了，此话到此为止，这条眼线的事情，绝对不可泄露出去。以后监视蔡松坡还有大作用呢。"

又说起蔡锷的政治立场问题，袁世凯还是有点头疼："唉，这个前云南都督，我们在他身上下的功夫也太大了，怎么总让人不那么踏实呢？"

他对众人说出很长一段时间里自己对蔡锷的疑虑："此人虽年轻，可是韬晦极深！上次正式觐见，你们看他那副从容态度，就不是等闲之辈！这一年多我一直在观察他，循规蹈矩，沉稳干练；醉心军事研究，很少介乎政治帮派之争；不管派他到何处任职，都能踏踏实实地把事情办好。除了前次积极主张对日宣战，有些过激行为，其他的，倒也看不出什么不对劲儿的地方。自从我否决了他的那份《对日作战计划》，强烈的挫败感让他变得灰心丧气，从而坐销壮志，不思进取起来。又在你们的拉拢影响下，转而流连勾栏，及时行乐，沉湎于风月之中，倒也是年轻人的常态。在北洋军里这样的将军还少吗？"

他搔搔脑袋，再次露出狐疑之色："可是总感觉他和咱们这些人，从政治角度若即若离的，对帝制这件事也从未公开表明过自己的态度……而且，他毕竟是梁卓如的爱徒，又曾和孙文、黄兴等人有过密切交往……"

杨度赔笑道："从政治角度和咱们若即若离也不奇怪啊，总统您也说到蔡松坡醉心军事，就不热衷也不擅长搞政治的？"

雷震春是从另一个角度说出自己的看法："大总统不必太过忧虑，如今蔡松坡就在您的掌控之下，云南他是回不去了，他前脚一离开，您就任命唐继尧接任了云南都督一职，等于断了他的后路。而后总统未雨绸缪，又任命了他人担任湖南都督，他也没理由回乡任职了。如今他不铁了心在京城混，还有什么地方可以容身呢？”

谭庆铎也插言：“是啊，何况如今他就是半条命的人，哪里还有什么壮志？前天我因为查抄将军府的事，奉大总统之命去试探他的态度，在云吉班找到他，见他面色憔悴，满脸病容，再联想到其昔日夺目之风采，当真心下为之恻然！看他如今的模样，就是给他兵权，他也带不了兵了！”

袁世凯没有理会他们的话，目光深沉地盯着杨度：“皙子，我还是想让你亲自出马，一针见血地去给我要一个蔡锷的真实态度来！”

他沉吟着为他支着：“你就以前几天抄检昭威将军府一事，安抚一下他。告诉他，我已经替他出气了！然后再劝他注意名声，告诉他我的话——自古英雄爱美人，也是人之常情，玩玩女人也就罢了，只是还须有手腕安抚好家室妻小！如果他真喜欢那个青楼女子，就好好娶回家，别闹得人仰马翻的，不成个体统，于官场面上不好看！最后，你直接拿出……”

他指着堆在案头的一厚叠劝进书，目光深沉地看着杨度。后者心领神会，忙点头应诺。

袁世凯又看着雷震春：“你那里要枪毙个把人了，为了大局，一点都不能马虎！”

雷震春忙立正道：“上次闯入将军府的那个刘姓排长，我已经早就下了大狱，就等着拿他的人头来安抚蔡锷呢。大总统放心，卑职回去就办此事。就是密码本，终究没有搜出，是个隐患啊！”

杨度摇摇头，看着雷震春：“有关松坡和美国、云南密电来往的事情，我也听闻了。我的分析如下：松坡的三弟蔡钟，字松墀，目前在美国华盛顿学习军事，兄弟间有电报来往也属正常。至于云南，就如刚才雷处长所讲，唐继尧接了云南都督，他和松坡必然有嫌隙，云南军官很多又是松坡旧部，松坡心细，时常向云南方面探听消息，倒属常情。至于不发明码发密码，也是他缜密军人性格使然吧？”

他又望向袁世凯：“大总统明鉴：对于蔡松坡，咱们还是应该笼络安抚为主。他表面文弱，性子却刚烈过人，万一弄到不可收拾的地步，再回头就晚了，毕竟他文武兼修，人才难得啊！”

袁世凯淡然一笑："如果皙子你这次能把主要的问题给办了，那蔡松坡的一切嫌疑还有意义吗？"

杨度忙点头不止："卑职明白，卑职一定尽力！"

袁克定晃晃头："是怎么个意思？我倒没听明白。"

袁世凯狠狠盯了一眼自己不争气的长子，鼻腔里冷冷哼出一声来："你不用明白！你是个吃现成的主儿，就坐等那顶皇太子的顶子顺顺利利、刚刚好好地砸到你头上吧！"

袁克定一脸沮丧，其他人想笑也不敢笑。

杨度果然在第二天晚上就来到棉花胡同蔡锷官邸和他详谈。

两人曾因《二十一条》问题有过政见之争，但是毕竟往昔交情深厚，所以依旧来往频繁。蔡锷进入到以袁克定为首的行乐小圈子后，和杨度更是经常见面、聚会。两人仍旧以兄弟情谊相待。

此刻杨度认真对蔡锷讲述了雷震春处理"将军府查抄案"的情形："你这个宅子原先是天津大盐商何仲璟的府邸，他犯事后，听说他的姨太太在这里私藏了大量的金银细软，那个姓刘的排长是财迷心窍，利令智昏，才会带人来府上骚乱。他也并不知道你的来历和威望！大总统闻听此事，极为震怒，已经严命雷处长彻查清楚，将那个刘姓排长下了死牢，据说今日就会枪决！你看，你的面子，完全无损吧？"

蔡锷淡淡一笑，也不答话。

杨度上前扶住他的肩膀："你也不必再为这点小事怄气了，不值得呀！大总统特意嘱托我上门安慰你，大公子择日还要在云吉班设宴为你压惊呢！"

蔡锷淡然一笑："事情过去了，也就罢了！若不是那日雷处长亲自上门解释赔罪，我定要绑了那些人，拉上他这个军法处长，一起去大总统面前说道说道！"

他望望杨度，又是自嘲地一笑："不过话又说回来，我一个无权无势的将军，连这个宅子都是大总统赏赐的，发生这种闹剧也不足为怪吧？"

杨度深深看着他，继续好言劝慰道："你还是心中有气啊！松坡，你究竟年轻，修为不够深！你难道看不出大总统待你的一片深意吗？他迟早是要重用你的！你现在身子有病，不妨好好休养，来日方长啊！只是……有些地方你还需注意，要让大总统彻底放心才好！"

蔡锷扑哧笑了起来："哲子兄！你瞧我如今是一身病痛，两手空空。还有什么资本让人不放心的呢？我实在不明白，袁大总统要我成为怎样的人，他才能放心呢？"

"你是明知故问，装疯卖傻吧？"看着他像孩子一样望向自己的无辜而戏谑的表情，杨度简直有点恨铁不成钢了，"如今筹安会早已设立，帝制已成定数，大总统登基在即，各方诸侯、官员是纷纷劝进、上拥戴表，你这个大总统身边倚重的人却一直语焉不详……我问你，你究竟是怎样一个打算？"

蔡锷收起笑意，正色道："哲子兄，你是知道我的，我一向主张军人不党主义，不去多留意政界风云，只想做一个纯粹的军人而已！何况我如今几近养病休息状态，何曾顾得上许多？想来大总统也断然不会在意我这样一个过气都督的意见吧！"

"你呀！你呀！"杨度忍不住用手指点点他的额头，"好歹也是三十出头的人了，有时候行事还颇有章法，有时候的想法却简直就像一个孩子！"

他紧紧盯着蔡锷的眼睛，苦口婆心地开导着："普天之下莫非王土，率土之滨莫非王臣，你身为军界要员，你躲得过去吗？功名利禄你可以不要，身家性命你还保不保？"

蔡锷低头，孩子般垂丧："如此这般，还请哲子兄教我！"

杨度抚着蔡锷的肩膀，劝道："我知道你是有一番抱负的，只是困于病体，难免一时沮丧灰心也是有的。不过我说给你听，你千万要把握住大局才好！现今袁大总统改制称帝已是大势所趋，众心所向，你应该顺应潮流，顺势而为，等你养好了身体，凭你的才智和资历，我保证，在洪宪帝国，在袁皇帝父子手下，你会有更大的作为！"

他继续循循善诱："松坡啊，你我手足情深，我才拿这样的话劝你！你我不过是臣子之分，何必太过关注国体大事？共和也好，帝国也罢，只要有个强势人物带着咱们为国家尽一份力，带着这个国家走向强盛，我们就该鼎力支持他，这又有何不可呢？"

蔡锷抬起头，心情复杂地望向这个如兄长般的曾经的挚友，对方眼中流露出满是真切的关怀和爱护之意，这一点像利刃一般戳向蔡锷的心头，他甚至觉得自己的心底已经开始渗血！他心中似有万语千言想要倾诉，要抗争，要激辩，可是一切却无法开口。曾经的手足兄弟就这样即将彻底决裂，眼睁睁要走向对立面，却又是无法解释，无法沟通，甚至无法致歉的。

似乎自己总爱面临这样无情的抉择！蔡锷觉得胸中有种东西在撕裂，一股强烈的闷痛感向他袭来，他不由得长吸了口气，用手捂住胸口。

杨度看出他的痛苦，不由担心地扶住他："你怎么了？是又不舒服了吗？"

"老毛病了，不碍事，一会儿就过去了！"蔡锷挥挥手，暗暗叹了一口气，压下了自己眼中那似乎总也挥洒不尽的百年孤独之情，换上了一丝冷漠而淡然的神色。

他再次望向杨度，眼中已然平静如水："皙子兄，你就直接说吧，我应该做什么？"

杨度深深望着他，点了点头，从随身带的皮夹中取出一卷纸，亲昵地递给他："傻子，我早都为你准备好了！"

蔡锷接过来展开看，原来是一张劝进表，上面赫然写着："主张中国国体宜用君主制者署名……"不由得哂笑道："原来早就准备好了，看这架势，上面不止需要我一人签名了？"

杨度笑道："当然，你不过领个头而已，陆军部的那些将军们都要签的。你在这些军官中威望很高，何况这些人中，很多都是你士官学校的同学、师兄弟，大家也是在看你的态度呢！现在你知道大总统为什么格外在乎你的意见和姿态了吧？"

蔡锷自嘲地笑笑："连我都不知道我还有这等价值，看来大总统和皙子兄比我还明白我的身价！"

他边说边笑着，很随意地来到书桌前，提起笔，毫不犹豫地在劝进表上潇洒地签上自己的名字，然后递给杨度："这下好了，大家都放心了！"

杨度接过来看看，笑着点头："总算把你这头犟马套上了笼头！松坡，你早想明白就对了！"

蔡锷又是哂笑一下："这有什么想不明白的？是你们一直不明白我的心志罢了！难道我蔡松坡那样傻，放着大总统，哦，不，现在马上是洪宪大皇帝的浩荡隆恩不享用，倒学着孙逸仙、黄克强亡命海外不成？"

杨度点头："是这个道理！松坡，你只管安心休养，养好了身子，一切有我呢！"

听了他这番话，蔡锷仿佛才想起一事："你看看我如今的家事，如何能静心？"

杨度笑道："这也是我今天来的另一个重要目的了。松坡，大总统对你的家事也很关心，总怕闹出乱子来，败坏你的声誉，继而影响你的前程！我刚才和你说过了，未来国体中，你也是重要人物、股肱之臣呢，万不可自毁清誉，声名狼藉！”

“唉，清官难断家务事，我也是烦心透了。”蔡锷很是沮丧地垂下头去。

杨度嘿嘿一笑：“我倒替你庆幸，昔日老太太持家严谨，教子严厉，我都怵她老人家几分！幸好你把老人送回家了。如今两个弟媳的事情就好办多了。潘夫人性情柔顺，你好安抚些；刘夫人性情刚烈，你不妨采取怀柔政策，先低个头，表示你和小凤仙一刀两断，然后从速安排人送她回乡，以后嘛，不就是天高皇帝远，彼此都相安无事，眼不见心不烦了吧？”

蔡锷点头：“我们想到一处了。这不是，她闹腾了几天，我也没去云吉班了。想着怎么把这尊‘菩萨’送走后，再谋其他。好在现成的借口，老太太回乡后，身边也少人侍奉，老人家又惦念孙儿孙女，刘氏此刻闹着回乡，倒是正合我意！”

“对对对！我说你蔡松坡就没那样傻嘛，还能让妇人给辖制了？”杨度哈哈笑了，“既然尊夫人这样不理解，整日吵闹也不成事，不如多给些盘缠银两，安家费用，打发她还乡，不就安心了？”

他看看蔡锷，又沉吟道：“只是你如今身体有病，身边也不能没人侍奉。那个小凤仙年纪小，又是个青楼女子，不能随时都带着吧？”

蔡锷不好意思地笑笑：“侠贞和孩子们先回老家侍奉老人，蕙英还留在我身边的。”

杨度释然一笑：“这样安排最好，若是都走了，别人也犯猜疑！”他想起雷震春提到过此府门房陈伯是暗探的事情，又想暗暗提醒这位义弟一句，就语气含糊地说道：“要知道，为人在世，需处处留心！只有心怀坦荡，才不会被人揪住把柄！这世上哪里会有安全地方了？就是你这府上，也不是铁桶般严密吧？”

蔡锷何等机敏，听了心下一动，却不露声色。

杨度拍拍他的肩膀：“总之，小心无大错！目前主要矛盾亟待解决。我已经为你协调好了，大总统特意拨了专款，让你好好安置家眷回乡，你自己安排时间就是。”

蔡锷感激地点头：“有劳皙子兄替我解忧！”

杨度揶揄地看着他：“不过，你也要爱惜自己身体，什么事都不能过逾了！记住，过犹不及，凡事皆是此理。就是小凤仙那里也需悠着点。”

蔡锷低头不语，片刻，他抬起眼真诚地望着杨度："皙子兄待我的一片浓情厚谊，实在令小弟感怀！我在想……以后，无论何种境地，我们的手足情谊，当不会磨灭！"

说到这里，他突然有种想落泪的冲动，于是掩饰地扭头看向别处。杨度体贴地拍拍他的背："小孩子家一般，又伤怀了？我看你就是被这多病之身弄的！你好好将养就好，别的无须多想了！"两人又谈了很多旧话，杨度才告辞了。

第二天早晨，那张劝进表就出现在袁世凯手中。

当时梁士诒、杨度等人正围绕在袁世凯身边，汇报关于筹安会的一些活动情况。杨度讲述了筹安会正在进行的一项民意调查结果："通过各级人士的投票，看出拥护帝制者在百分之九十五以上，这就是民意！大总统不能不充分加以关注啊！"

身为总统府秘书长、交通银行总理、财政部次长的梁士诒也点头微笑道："微臣等拟组建的'全国请愿联合会'，准备向参政院呈上第二次请愿书，要求召开国民会议，彻底解决国体问题！"

"对对对！"杨度马上附和，"我这边拟定了主张'君主立宪'的第二次宣言，分为求治和拨乱两部分。求治就是要'去伪共和而行真君宪'；拨乱则强调这样一种观点——'无强大之兵力者，不能一日晏于元首之位。宪法之条文，议员之笔舌，枪炮一鸣，概归无效。所谓民选，实为兵选。'所以，拨乱之法，莫如废民主而立君主；求治之法，莫如废民主专则而行君主立宪！"

袁世凯听得频频点头。他又拿过刚才杨度递上的那张特殊劝进书，看到在"主张中国国体宜用君主制者署名"之下，赫然签着"昭威将军蔡锷"的名字，蒋尊簋、孙武、唐在礼、蒋作宾列名其后，还有蒋方震、张一爵、陈仪等共计十二个将军的签名。

"皙子先生此番可谓劳苦功高！"袁世凯满意地点头，看着身边的杨度，"我知道蔡松坡这类人极重信誉和诺言，虽然金口难开，却也一言九鼎！如今他公然签了字，白纸黑字，就不怕他反复无常，萌生异心了。若不然，他如何在军中，和那些同学、弟子相见呢？"

他又吩咐也随立身旁的袁克定："除了原来准备好的礼金之外，你再从我个人账上支一万大洋，让谭庆铎给蔡锷送去，叫他安顿好家眷，处理好内政，不可再生乱了！我终究还是要用他的，提醒他注意自己的官声。如果他愿意，完全可以把那个云吉班的相好娶回家嘛，多大点事儿！”

几个人都心领神会地笑了。

一周后，昭威将军府大门外，一场骨肉分离的悲情剧正在上演。

刘侠贞准备回乡，潘蕙英抱着端生送她和两个女儿到大门口，女人们的眼睛都是红红的。雷飚在汽车旁等着她们。

“姐姐，不如你再等一下吧，松坡几天都没出府了，今天一定是去演马了，你等等他！”

刘侠贞看看天色，凄然一笑：“这都什么时候了，他什么时候演马演到大中午了？哼，负心的汉子，心比刀剑都硬！我从今往后就守在蔡家老宅，侍奉好婆母，尽我本分罢了。其他的，早已心灰意冷，不作他想！”

她揉揉眼眶，伸出手，欲从潘蕙英手里接过端生，男孩感觉到分离，搂着母亲的脖颈放声大哭起来。

潘蕙英流着泪，狠下心来掰开儿子抱着她脖子的手，将他强递到刘侠贞怀里。刘侠贞赶紧抱着男孩钻进车里，雷飚又招呼两个女孩上车。潘蕙英搂住次女淑莲，狠命亲了一口，将孩子推给雷飚，自己扭身跑回府中。

车子启动，端生的哭喊声隐约可闻。守门的陈伯看到了这一幕，摇头关上了府门。

晚上回到家中的蔡锷看到潘蕙英在卧室啜泣。他搂过她身子，将她紧紧抱在怀里。

潘蕙英在丈夫怀里抽泣着，低声道：“松坡，我一点都不后悔！送走孩子们，我才能一心一意跟在你身边，照料你……如今，我身上的担子更重了，有母亲的，还有侠贞姐的！”

她从床边拿过来那条围巾，递到蔡锷手里：“侠贞姐赶着又给你重新织好了，嘱咐你出京时带在身边。你喉咙不好，她总不放心！”

蔡锷呆呆地看着手里的围巾，一颗豆大的泪珠滴落到上面。

1916 年 11 月初　日本福冈大学医院特护病房中

蔡锷和潘蕙英看着手边的围巾，回忆着往事，感慨万千。

“这次从四川走得急，在上海又没有机会接她们过来。姆妈、侠贞、铸莲、淑莲，此生，不知道是否有机会再见她们一面呢？”

蔡锷喃喃自语着，一阵揪心的酸痛引发咳喘，他又低头猛咳起来。

潘蕙英急忙起身，将他身子扶住，一手为他捶着背，一手为他抹着胸口。恰在此时，门开了，石陶钧进来，后面跟着抱着永宁的梅子和美江护士。美江忙上前帮助潘蕙英照料蔡锷，又端来水，服侍他喝了，才渐渐平复下来。

潘蕙英扶着蔡锷躺好在床上，美江端来仪器，为他常规检查了，看到一切正常，暗示了众人，大家才放下心来。

潘蕙英接过梅子手里的孩子，让他亲亲半倚在床头的父亲，儿子的亲吻让蔡锷满足地笑了。

“百里君走前嘱咐我，记得带孩子来看父亲，看来他是对的。”梅子用中文笑着说，“将军看到儿子，心里高兴，比吃什么药都灵的。”

石陶钧笑着打趣：“松坡有福，什么时候都有自己的灵丹妙药。”

“灵丹妙药？”他这句话不仅让蔡锷不得要领，旁边的几个女士也不能明白，都用疑问神情望他。

石陶钧本是脱口而出的一句话，却突然意识到当着几位女士，有点不便解释这句话之深意，豁达顽皮如他，也瞬间红了脸。

第二十一章　暗恋

爱情不是时间、离别和失望所能熄灭的。

——大仲马

1916 年 11 月初　北京八大胡同陕西巷云吉班

十六岁的小凤仙坐在屋里的桌子旁，她的对面，是一位二十多岁，文静优雅的女子。小凤仙拿起桌上的瓷茶壶，倒了一杯水，放到女子面前，平静的声音里，带着一丝难以抑制的颤抖之音："您先喝点水。"

女子带着微笑点头，暗暗打量着小凤仙，她目前的装扮，和这个有名的烟花之地有些不相称：青色的素衣，滚着银色的边，素净淡雅，一条油亮的大辫子垂在脑后，头上并无任何装饰物。她的脸色有些苍白，没有妆容素面略微有些浮肿，只有从她两只细长眸子，和挺直的鼻梁，薄薄的秀唇上，还可看出来她往日的清秀。但是无论如何看，她真的只能算是一个姿色平常的女孩。

"您刚才说，您是季女士？"小凤仙看着眼前女子，声音还是有点怯怯的味道。

"是的，我叫季梅。你称呼我'罗太太'也行，我的丈夫叫罗湘，也是湖南邵阳人，我们夫妇都是蔡松坡的朋友。"

再次听到这个名字，小凤仙明显不能自抑，她紧紧咬住嘴唇，强忍住涌到眼眶里的一汪泪水，低下了头。

"你和我想象的真不一样。好年轻，也素净淡雅得像个女学生。"季梅看出来她的不安，就故意用轻松的语气开始了谈话。却看见眼前的女孩忍住了最初的那阵心酸，抬起头来，直接问到主题上。

“是蔡将军有消息给我吗？”她的眼里闪现出一丝无比期盼的神情，让季梅不忍心再拖延片刻，忙从随身带的小坤包里取出一个信封，递到她手上。

小凤仙接过信封，顾不上道谢，她只是急急地说了句：“很抱歉。”就略微转过身子，颤抖着手将信封打开。

里面是一张五百两的银票。小凤仙看了一眼，就急忙再搜检信封，里面别无他物。她将银票放到桌上，从抽屉里取出一把小剪刀，仔细地将信封拆开，拆成一个平面的形状。

季梅不知道她这样做的目的，当看到她将这个平面信封举到窗前阳光下照着，反复寻找时，才明白她的意思，就忙轻声解释道：“没有字的……对不起，信封和银票都是我丈夫罗湘让我转交给你的，并不是直接来自松坡那里，所以……”

这话让小凤仙失望至极，季梅看出她秀气的瓜子脸上，原本的苍白仿佛更浓厚一层，她讷讷自语般道：“哦，原来不是他……”

季梅忙对她解释道：“当然是松坡的意思。他离开上海前，特意嘱咐罗湘为他办这件事，又叮嘱说办好了，就发个电报给他。”

小凤仙默默听着，也没接言。季梅继续解释着：“上个月我专程来北京找你，这里的人说你和你的养母回南边老家了。这次我们又找机会过来，今天我也是碰碰运气，却真的见到了你。唉，也是上天有眼，松坡心诚的缘故吧。”从不信神佛的季梅说到这里，竟然忍不住双手合十，祈祷了一声。

小凤仙咬咬嘴唇，轻声问道：“他如今怎么样？报上说他病了，很重，说他从四川离开了，去了上海，后来又去了日本……”

季梅点头：“他现在在日本治病，前一阵情况说是略微好转。但是又有那边的消息传来，说是他的病情总有反复，日本的医生们都说了，他的病，拖得太久了。”

“拖得太久了……唉，其实在北京的时候，就知道他的病不轻！后来的一段时间，他经常咳嗽，人已经很瘦了……”小凤仙含泪回忆着，泪珠在眼眶里打着转，她扭身用手巾擦去了，回过头看季梅的时候，脸上就尽量带了平静的神色：“就不知道，他最后从上海动身，准备去日本的时候，成什么样子了呢？”

季梅微微叹息：“其实那时候我也没见到他。我从湖南赶到上海时，他已经走了。作为老友，我也有好几年没见过他了！所以，在我心目中，他还是那个青春健康的样子。那年我们在长沙相聚，几名昔日的同乡好友一起爬岳麓山。

他骑着马，意气风发，指点江山，我觉得蔡松坡就是为军旅生涯而生的，是一个天然的将军，好威武有力！不敢想象，他后来身染重病的样子……”

季梅含笑回忆着，没想到突然被身边的一阵凄楚无助的哭泣声拉回到现实中。她惊诧地看到小凤仙伏在桌上哭得很伤心。

明显感情失控的小凤仙边哭边说，像是喃喃自语，又像是在无奈间求问身边的季梅：“怎么办？我得不到他的一点准确消息，我等了他整整一年……我知道的，先生不欠我什么，也没给我什么许诺，他为我赎了身，教给我学问，见识，他是我被卖到这个地方后，遇到的第一个好人！不，是恩人……一个真正爱护我，瞧得起我的人……呜呜……我知道自己不配永远跟随着他，也没道理永远和他在一起，可是……他想过没有，就那么不吭声地走了，留下我，该怎么办？……”

季梅默默听着，不知道该如何回答她。

小凤仙擦擦眼泪，抽泣了片刻，好像是痛快哭诉过，心情略微好受些，语气也变得平静一点了，她轻声为季梅讲述着过往那段经历：“那阵子在北京，我跟在先生身边，我感觉到他不会永远待在这里的。问他，自然不会和我说。先生总对我说，不要打听和自己无关的事情！后来，他含糊说在做一单大生意。我没想到，后来他竟然会去做那样一件大事！竟然偷跑回云南，带着军队，和准备做皇帝的大总统对着干！”

“当时，我是从京城的报纸上看到这些消息。我是一直跟在先生身边的人，自然也被人注意到了！先是大总统的公子把我和这里的胡妈妈叫去问话，当然，我根本就不知道先生谋划的那些事情，自然是一问三不知。大公子那些人也是看出来我的懵懂糊涂吧？没有为难我们，放我们回到这里……

“后来，京城的局势就紧张起来，那位想做皇帝的大总统，竟然会活活气死了！京城的报纸上，都在说先生和他带领的军队的事情，说他是什么——再造共和的大英雄。又有很多记者跑到这里来找我，让我回忆一下和将军在一起时的事情。乱七八糟，什么问题都问呐，弄得我烦恼极了。我养母看到这种情形，就建议我和她避回南方老家一段日子。

“我们在那边待了几个月，我总心神不定的，总觉得会有先生的消息传来。万一……万一，先生做成了大事后，有时间了，派人来找我怎么办？在我的一再坚持下，养母又陪我回到这里。”

说到这里，她紧紧盯住季梅，带着一丝幽怨的神情问道：“可是，他怎么能这样狠心？一封信都不肯给我？或者，一个纸条，一句话？他就这样完完全全忘掉了我吗？就像一些小姐妹说的那样，他是大英雄了，看不起我这个青楼女子了……”

她有些激动起来，又拿起桌子上的银票，抽泣道：“可是这又算什么？施舍吗？还是他想就此了断一段感情？他知道我对他的依恋，像对一个最亲的亲人的依恋！这个是能用银子金钱替代或弥补的吗？”

她说得泪如泉涌，再次伏案哭泣。

季梅的眼眶也早已潮湿起来，此刻有雾气蒙上她的眼帘。她不知道该如何安慰眼前的女孩，只觉得此刻听着她的倾诉，让她有机会把心中积攒已久的哀怨和痛苦宣泄出来，应该胜过万语千言的安慰。身为旁观者，是永远无法理解当事人的真正情感的。

又过了一会儿，她看到小凤仙停止了哭泣，用手巾擦去了泪水，再次拿起那张银票，正色看她道：“季女士，请您把这个拿回去吧，我不能要。筱凤虽然低贱，但是不能接受这样糊里糊涂、说不清由头的馈赠。请您，还给他吧！”

季梅真正感到为难了。她想了片刻，拿定了主意，上前拉了小凤仙的手，真诚地说道：“这样好吗？我请你去见一个人，听完他的说法，你再决定是否收下这张银票好了。”

“见一个人？是谁？”

“我的丈夫罗湘。此刻他在天津，我约他到北京来见你。”季梅平静地收起了银票，放回到坤包里，看着小凤仙，又说出了让对方燃起一丝希望的话语：“你不是想知道松坡的消息吗？他们俩保持着联系呢。”

“好的，谢谢！谢谢你，季女士，还有……你的丈夫罗先生！”小凤仙又有想流泪的感觉了。季梅却体贴地拍拍她的手背，鼓励道：“那就这样定了。后天这个时间，咱们中山公园来今雨轩见吧。”

送走了季梅，小凤仙回到屋里，看着那架古琴默默发呆。就这样默想了很久，她坐到琴前，拨动琴弦，弹唱起自己在前两天于苦闷和忧伤中填的小曲：

君那边，南天拔剑功成就，
我这里，夜夜相思黄昏后；
君那边，病扰英雄伤心透，
我这里，泪洒青衣鲛绡透！

位卑微，未敢相随侍君侧，
痴情意，几回相逢在梦中。
遥祝愿，沉疴尽去风华现，
欢喜处，展颜再拜将军寿！

弹唱中，往日的一幕幕又再次浮现在她的脑际。

1915 年 9 月　北京大栅栏

蔡锷陪着小凤仙逛街，身后跟着副官等随从。他们逛过了绸缎店，给小凤仙挑了几块衣料，相伴着吃过了午饭，去戏院听了几段折子戏，又在街上的一家书店买了几本书和杂志。在逛一个百货商店时，小凤仙看中一个沉香木梳子，确切地说，是上面刻着的一行诗句吸引了她，她在心里默读着：

君生我未生，我生君已老。
君恨我生迟，我恨君生早。

君生我未生，我生君已老。
恨不生同时，日日与君好。

看她露出爱不释手的样子，蔡锷笑着替她买下这把梳子。

到了晚饭时分，他们来到石驸马大街的蒋方震家。在这里，小凤仙见到几位蔡锷的朋友，大家热热闹闹地吃过晚饭，蔡锷和蒋方震等人到书房去聊天，蔡锷拿出几本刚买的文学杂志，交给坐在客厅里的小凤仙，又轻声叮嘱她："筱凤，你在这里看书，我和几个朋友在书房聊聊天。"

小凤仙温顺地点头，拿着书，坐在沙发上看。

夜逐渐深了，小凤仙迷迷糊糊在沙发上睡着了，朦胧中感到有人在自己身边晃动，睁眼看时，才发现是蔡锷正把一件衣服欲盖在她身上。

"哦，醒了？那好吧，咱们也该回去了。"蔡锷笑着拉起小凤仙，又将自己的衣服披在她身上。小凤仙忙拒绝："天晚了，外边肯定有风的，先生你身子不好……”

蔡锷拦住她的话，执意为她披上衣服，又回身和蒋方震等人告别。小凤仙看到屋里除了主人蒋方震外，惟剩下一个刚才介绍叫戴戡的文静白皙的青年，只见他笑着对蔡锷道：“松公，明天我就到你那里去了啊。”

蔡锷笑着点头：“正好雷飚这些日子也忙着他的事情，你过来当我的助手极好。”

和他们告辞后，蔡锷搂着小凤仙出门，副官为他们打开车门，蔡锷先挽着小凤仙上了车自己才钻进车里。透过车窗，小凤仙敏感地看到附近有些影影绰绰的身影消失在暗处，一定又是跟踪他们的人，她对于此等情形也早已见怪不怪。

几日后，小凤仙又和蔡锷等人来到京郊的一个跑马场。

蔡锷选了一匹略微低矮的温顺的枣红马，扶小凤仙骑了上去，认真嘱咐她：“按照我前几次教给你的要领，身体坐直，双腿自然下垂，夹紧马腹，拉紧缰绳……对，不错，就这样！”

蔡锷翻身骑上一匹白色的马，和小凤仙一起缓缓奔跑起来。何鹏翔和戴戡也各骑马跟上。几个人在马场上跑了几圈，小凤仙的马术逐渐进步，能很自如地奔跑起来。她这才有空四下打量着，看到蔡锷和几个随从们边跑马边笑着大声聊天，马场的四周，还是有些形迹可疑的人在转悠着。

小凤仙掣马到蔡锷的马的右边，对他招手，她知道她的先生马术了得，果然蔡锷坐在自己马上，却能侧身偏转，将身子递过来，紧挨到她的身边。两人这样说着话，正像一对小情侣在喁喁私语着。

“先生，这里也有那些讨厌的‘眼睛’呢！”她说着挥挥马鞭，想指给他看，却见蔡锷低声制止：“别指，装没看见得了！”

女孩嘟囔着：“那些眼睛贼溜溜的，转得人心烦！”

蔡锷顽皮一笑：“那咱们跑远点，甩开他们吧？”他看着她，“怎么样？敢不敢骑个长距离的？”

小凤仙自信点头：“应该不怕，先生你和我别离远就好。”

“这个自然。来，狠抽一鞭子，驾！”蔡锷示范着，小凤仙也挥鞭猛抽一下马身，两匹马并驾飞驰而去。后面何鹏翔和雷飚掣马紧紧跟随，还有几匹马也尾随而来。

在一个僻静的山坡，蔡锷停了下来，小凤仙也跟随他停住，却见后面除了何鹏翔和雷飚跟过来以外，还有一位骑着黑色马的人也掣马来到他们面前。

“松坡！”

“叔桓！”

“循若！”

他们几个兴奋地打着招呼。蔡锷简单地给小凤仙做了介绍，这个骑黑马尾随而来的青年是蔡锷的盟兄弟，晚他一届毕业于陆军士官学校的殷承瓛。

几个人下了马，就在山坡上牵着马聊天。看到蔡锷和他们小声地说着什么，小凤仙自觉地放慢了脚步，没有紧跟上去。她不知道她崇拜的先生和这些朋友聊什么话题，但是虽然年幼，却在以往卑微困顿的生活经历中，她学会了察言观色和懂事自尊的状态。她猜测先生他们在说什么重要的事情，也许是有关“生意”的事情？她自觉地回避着，让他放心。

走在前面的蔡锷仿佛想起什么来。他回头大声嘱咐跟在身后的何鹏翔：“嶷青，你陪筱凤再练一下马，主要是上马、下马动作，要利索果断！”

何鹏翔心领神会地答应着，小凤仙也同样心照不宣。她顺从地和何鹏翔一起来到旁边的空地练习马术。留蔡锷等几人在远处说着他们的话题。

练习过几回上马、下马的动作，何鹏翔夸奖她学得快，进步大，小凤仙忍不住得意地道：“先生亲自教我骑马的，当然基础打得好呀。”

何鹏翔也笑：“是啊，你够有福气，得将军亲自教你骑马。你知道吗，他是我见到过的，马术最好的人！”

这话引起小凤仙的兴趣来，就忙好奇地问起根底来：“我听好几个人都夸过先生的马术呢。那个谭庆铎大人说得更神奇。他说到当年和先生一起在日本军校学骑马，那时先生的马术就是他们骑兵科最好的，连日本同学都比不过！”

女孩说起自己崇拜的“先生”格外起劲儿，恨不能把自己知道的信息全盘说出来：“谭大人和杨皙子先生都提到先生的上马动作，据说是一绝，他们在日本见到时都惊艳得很！”

她边说边比画着，从谭庆铎和杨度那里听到过的，有关蔡锷独特的上马姿势，那种打马前奔，从后面一跃而上的传奇动作。回头看到何鹏翔捂嘴笑了，才明白过来。

“嘿，瞧我！你是一直跟随他身边的人啊，肯定更清楚的？我是班门弄斧了。”

何鹏翔却收起笑容，看着她正色道：“这个话题，有关他当年那神奇绝妙的上马动作，你以后莫在他面前提起了。”

“为什么？”小凤仙不解地问道，随即看到何鹏翔脸上露出的伤感之色，就明白过来，心里也是酸楚，叹息道：“先生现在身体有病，自然不能……不过，我相信，等他养好了身体，自然会有一天重振雄风的！”

她说得信心满满的样子，又把关切的目光投到远处，看着那个逐渐让她牵挂在心的男人。

1916 年 11 月初　北京八大胡同陕西巷云吉班

小凤仙一曲唱罢，默默站起身来，来到书案前，从一只锦盒里取出一卷字，打开来，默默看着。

> 自古佳人多颖悟，
> 从来侠女出风尘。

那熟悉的字体，让她百看不厌。看着这幅字，往昔那一幕幕难忘的情景再次浮现在眼前。

1915 年 9 月　北京八大胡同陕西巷云吉班

小凤仙看着蔡锷在书案前写字，默默不语。她习惯于这样在沉静中守候着他，她觉得，只要在他身边，她就是幸福而温暖的。

蔡锷放下笔，看了她一眼，又看看床那边，笑道：“你帐子里挂的那幅字旧了，改日我重新写一幅，你换了它。”

小凤仙点头，又摇头：“你写的，都是好的，不，都是极好的！旧了我也稀罕，不舍得撇到一边呢。”

“哪里有那样好？”他揶揄一笑，“等我想一个合适的语句，好好写了给你，随你爱挂不挂吧。”

“那敢情好。”她得意一笑，又柔声道：“行了，今儿的字写得不少，该歇会儿吧？我这里预备有莲子羹，来一碗？”

他点头，收了笔，来到窗边的藤椅上坐下，她端了粥递到他手中。

他边吃边和她随意聊着天。不知为什么，她今天突然提到了一个不好的预感，她是从自己昨晚的一个“噩梦”讲起。

“先生，昨晚我做了一个噩梦，醒来还是一身冷汗呢。”

“哦，什么梦？说来听听。要是不好的梦，据老话讲，说出来就破解了，不作数了。”

“真的吗？”女孩有点激动，看着他的目光充满希望，“我梦见你突然变成一阵风，刮走了，不见踪影，我怎么找，都找不到你了！”

他听得无语，默默舀着粥喝。

她却认真起来，半跪在他的面前，直直地看着他：“你会这样吗？变成一阵风，悄悄走了，都不跟筱凤说一句的？”

“傻丫头，你起来。”他放下手中的碗，扶她起身，拉她坐在自己身边，沉吟片刻，才轻声道：“以后的事情，谁都说不准！你看我这前半辈子，不是东奔西走的？这种情形，也惯了。谁让我是个军人呢？”

她突然鼻头有点发酸起来：“可是在我心里，你就是个文人，儒雅沉静的文人，哪里像是个军人？”

他很有点无奈的样子，指指门后的衣架，像哄孩子般地说起了一个话题：“你去那边看看，我的军礼服是不是还挂在那里呢？不像军人？孩子气的话！你忘记前次我从这里去总统府觐见袁总统，是你服侍我更的衣。你当时还夸我穿军装好看，说是你终于明白了，平日里你称呼为先生的人，果然是一名将军？”

小凤仙噘嘴听着也不言语。蔡锷笑着点点女孩的鼻头：“小小年纪，忘性这样大？自己说过的话都没印象了？”

小凤仙不高兴地嘟起嘴来：“可是如果说，你是军人，就要东奔西走，就要像风儿一样消失掉，我就反对你是个军人！”

蔡锷无奈地摇头：“又说孩子话！”他接着叹息：“唉，也难怪啊，筱凤，你今年还不满十五岁吧？可不就是个孩子嘛。”

这话让小凤仙不能服气，拉着他的胳膊反驳道：“我说过很多次了，我不是孩子！先生，你如果不把我当孩子，是不是有些事情，就可以带上我一起做？”

“你想做什么事情啊？”

“我想和你在一起，陪你做什么都行，都让我快乐！”

小凤仙激动起来，紧紧挽住蔡锷的臂膀："就像你所说的生意，我能陪着你，一起做吗？我不会给你添乱的，如果你觉得我是一个累赘，我会随时选择离开的！绝不牵累你！"

蔡锷摇头："这世上，不是所有事情，都适合女子来做。女孩子应该做女孩子应该做的事情。比如说，弹弹琴、绣绣花什么的，就是一幅最美的风景。很多时候，男人们就是为着这样的风景在奋斗的！"

被婉言拒绝了的小凤仙有点沮丧，她只好提出退而求其次的要求："那么，如果你将来要做的生意完成了，你还记着我，回来看我，好吗？"

蔡锷微微一愣，脸上露出有些迷茫和无奈的表情，他幽幽地叹了口气："就只怕是有运无命。生意越做越大，可是我的身体越来越差，还不知道能盘桓几时？"

"先生，我不准你这样说自己！"小凤仙没想到自己倒招他说出这样一番不吉利的话，心里一急，几乎掉下泪来。

蔡锷看出她的伤感和不安，就忙笑着安慰道："如果我的生意一切很顺利，而且我这个糟糕的身体还没有垮掉，我当然会想着回来见你。"

他沉吟片刻，又正色叮嘱她："但是筱凤，无论如何，你要记住那句话，我往日里经常和你念叨的那句话！你不会忘了吧？说给我听听？"

小凤仙当然知道他之所谓，就轻声念道："什么时候都不要看不起自己，就像一个国家要有国格一样，每个人，无论男女，无论贫富，都贵在要有着自己的人格！"

蔡锷欣慰地点头："这句话你若真记住了，会对你有用的。你年龄还小，路还长着呢，自己好好去走！要知道，这个世界上，没有人能陪你一辈子，自己的路，再苦再难也要咬牙走下去！"

也许感觉到这个话题过于沉重些，蔡锷很快转移了话题，招呼小凤仙拿来棋盘，和她下起了围棋。

小凤仙心里总也放不下心头的那个不祥的预感，下得心不在焉，连输了两盘。正在重新布子第三局时，戴戡来了。他拉蔡锷在一旁低语几句，蔡锷点头，暗示他先出去。

"筱凤，我还有事情要办，先走了，你早点睡吧。"

小凤仙也不吭气，默默从衣架上取过衣服，服侍他换好。看他走到门口，正要拉开门的一瞬间，她突然心中一阵难受，没忍住情绪，就冲上前去，从背后拦腰将他抱住。

“先生……”她呢喃着，泪水滚出眼眶。

蔡锷猛然站住了，但是他似乎没有吃惊的样子，只是回身扶住了她，看着她，柔声劝道：“唉，没事的，你的先生，不会这样快就变成一阵风溜走的，放心啊！”

小凤仙将头抵在他的臂弯中，努力不让他看到自己的眼泪，良久，抬起头，扯出一丝悲酸的微笑：“可是为什么，我今天就有这样强烈的预感，你要走了，而且不再回来了！我从此再也见不到你了！”

蔡锷用手揉了揉她的头发：“傻丫头，我哪次从这儿走，没有回来？今天也不许胡想！”

“好吧，算我胡思乱想！可是，”女孩抬起头来，终于将满目泪痕的样子暴露在他的面前，“你能抱我一下吗？用劲的！用很大的劲！”

蔡锷笑了，伸开有力的臂膀，把她紧紧拥在怀中。小凤仙痴迷地将头埋在蔡锷的脖颈上，拼命嗅着他身上的气息，喃喃地：“我实在愿意现在一下子死掉！”

她泪眼蒙眬地看着眼前这个人，这个让他流连于心的一位亲人，说出了自己的一个卑微要求：“从今天起，你每次离开的时候，都能这样抱抱我吗？”

蔡锷伤感地皱起眉毛，点头应允：“当然。”

女孩却呜呜哭起来，不知道是高兴还是伤感。

蔡锷看着这样的她，心中自是不忍，就叹息一声，在她耳边轻语道：“好好去睡觉。明天下午我去天津看病，你随我一起吧。”女孩又哭，这次却是喜极而泣。

第二天晚上，他们下榻在天津著名的利顺德大饭店二层，那里有他们预订好的房间。

蔡锷嘱咐小凤仙先睡觉，说自己还要去见几个老朋友，晚上打打麻将。小凤仙看到他进了隔壁 218 的房间，自己就回了屋。

她毫无睡意，看了一会儿书，看看夜深人静，想起蔡锷今晚吃饭很少，怕他的胃病又犯，就出了房间，想到一楼餐厅去给他准备一份夜宵。她知道这个酒店是专门接待夜生活客人的，餐厅会 24 小时营业。

当她刚走到走廊拐弯处，就听到一阵对话声，其中“蔡锷”两字让她格外注意。

“你确定蔡锷和那个女的进了217房间吗？”

“是的，进去好一会儿了，我看到有服务生过来，怕被看出来我在盯梢，就故意绕到那边去了，然后回来继续监视，没问题，已经一个多小时了，217房间没人出来。”

“混蛋，你离开了一会儿？目标不会丢失？”

“不到十分钟，绝对不会丢失目标。再说了，咱们的人一直守在这边，这是必经的一条路，房间的那边没有出口。”

“为了稳妥起见，你最好找借口进一下217房间，确认一下蔡锷是否在里面？可以让服务生给你开门，只要亮明咱们的身份。”

“哎哟，队长！人家毕竟是位将军，还是参政大人！带着自己的女人在房间，我找什么理由闯进去？我可不敢！”

“混蛋！你要不去，军法从事！”

“好吧，我这就去前台找服务生。这深更半夜的……”

小凤仙听到这里，心中怦怦直跳。她来不及想更多，略一思索，就回身跑回217房间前。她定定神，急急地走到隔壁218房间，敲响了房门。

开门的是戴戡，看到小凤仙微微一愣。小凤仙低声道：“我找先生，快让我进去！”她不由分说地从他半开的门边挤了进去，貌似无意间，将自己的一块粉红色手绢落在门外地上。

她看到屋里除了蔡锷、戴戡外，还有上次在马场见到的殷承瓛，和一位她不认识的年轻人，他们正坐在一张麻将桌边。

“筱凤？你怎么？……”蔡锷一扬眉，带点意外的神情看她。小凤仙却顾不得这些，她含糊地嘟囔一句：“我……我一个人害怕，所以……”

她来到牌桌前，坐到蔡锷身边。想了想，又起身来，挤到蔡锷的怀里，在他腿上坐下。

这罕见的情形让蔡锷愕然，毕竟是当着众人面，又难堪又无措，嘴里怨念着：“唉，你这丫头，今天是怎么了？”正想拉她起身，就听到隔壁响起了开门声。

“那些盯着咱们的人，在搞鬼呢。”小凤仙急忙说道，“他们肯定马上会过来……”

她话未说完，就听到一阵钥匙开门的声音，两个西装革履的人在服务生后面出现在大开的门前。

“怎么回事？”戴戡看看蔡锷的神情，心领神会，忙厉声质问来者。

服务生怯怯地回答：“有两位先生在找人，走错房间了，对不起！对不起！”他边说边鞠躬致歉，边向外退去，两个西装人注意地看了一眼屋里的情形，忙跟着退出。

屋里一片沉寂。小凤仙红着脸站起身来，看看几人，又看着蔡锷，轻声道：“先生，我……先回房间。”

蔡锷明白了她的心意，心里既感动也有点好笑，就淡淡地说道：“你不是一个人住害怕吗？那先去那边沙发上睡吧，等会儿回屋时我叫你。”他说着指指隔壁，小凤仙才发现这间房是个套间，她听话地点头，正想走过去，突然想起什么来：“我还是得出去一下，我的手绢还落在门口了。”

蔡锷拦住她，示意戴戡开门给她捡了，亲手递到她手上，又低声吩咐：“快去吧，记得那边床上有毛毯，盖上点儿，别着凉了。”他的唇边绽放了一个温和的笑意，看得小凤仙心头一暖，就心里极为放松地走到隔壁套间，在沙发上躺下了。

她睡不着，翻来覆去的，听到隔壁房间有麻将声，伴随着低低的说话声。她直觉她的先生和这些人谈得很投机。小凤仙长长舒了口气，终于睡着了。

醒来时自己是躺在原先订的那间两人房间的大床上，她睁开眼，看到蔡锷在一旁的镜子前刮胡须。

她翻身起来，揉揉眼睛，不解地问道：“我怎么糊里糊涂就睡回到这间屋里来了？”

蔡锷对着镜子，手边摸着逐渐光滑的下颌，边回头笑着逗她：“你长了翅膀，半夜飞回来的吧？”

“哦，明白了，是你抱我回来的？可是我怎么一点感觉都没有呢？”女孩又困惑又感动，心里还有一丝小欣喜。

“我们聪明的小姑娘，昨晚做了一件勇敢的事情，当然累极了，就睡沉了呗。”蔡锷笑着，收拾好刮胡刀，擦了脸，才来到她面前。

他蹲下身去，认真看着女孩的脸：“昨晚的事情，我知道你是为我好，但是下不为例！别忘我对你说过的话，小姑娘家，不要管自己不明白的事情。我是为你好，将来你就明白了。”

他的话，温和轻柔，但是却差点逼出了她委屈的泪花。她仰着脸，不服气地瞪着他："难道我做错了吗？" 她忍不住将昨天在楼梯处听到的那番对话告诉了他。

他好像早就明白似的，沉吟片刻，含笑摸摸她的头："我当然明白你是在帮我，我很感激，但是，听我说，筱凤，"

他要说明白实情，唯恐她后面再有此相助之举，反而会害了她，将她拖到一个无法控制的漩涡中："昨天晚上，我和几个朋友打牌，也是早就计划好了的，不会有什么差池。如果有人跟踪，就让他们跟着好了。你一个小姑娘家，若是有什么神秘、不自然的举动，反而招别人猜疑。你还小，不会和那些人周旋的，千万别自作主张地和他们较量，不值得，也让我不放心。"

她嘟起嘴："对不起。我是好心办坏事了。先生，你担心我会影响到你吗？"

"不，我是不想把一些无谓的事情，牵连到你的身上。筱凤，你要牢牢记住我多次教给你的一句话——千万别打听，也别参与自己不知道、不明白的事情。你就是我喜欢的一个小姑娘，我们在一起很快乐，就这么回事！记住了？"

"嗯哪。" 女孩噘着嘴点点头，蔡锷又怜惜地拍拍她的头。他这个动作总让她觉得他还是把自己当孩子般看待，她心里不服气，也不舒服，但是她也无可奈何。

从天津回到北京后的那个傍晚，蔡锷在云吉班小凤仙的房间里再次挥毫，他在宣纸上留下洒脱有力的一行字：

自古佳人多颖悟，
从来侠女出风尘。

写好后，他递给小凤仙，小凤仙欣喜万分地看着，心里乐开了花。

"我还是觉得，你在表扬我呢？天津的事情，我没做错！" 她低声嘟囔着。

"记住小姑娘，别总关心自己不明白的事情！" 他还是认真强调着，不顾她对他翻起白眼来。

1916年11月初　北京八大胡同陕西巷云吉班

小凤仙捧着字帖默默看着，又看着手边的那把沉香木梳。

君生我未生，我生君已老。
君恨我生迟，我恨君生早。

她背诵着诗句，心里恻然。那时候，她真的是小姑娘的心态，只知道他像是自己仰慕而亲近的一位亲人，她对他的依恋是一种难以揣度的发自天然的亲情需求所然。但是为什么看到这把木梳上的题诗，她会有一种千古幽情，万般遗憾的情绪涌上心头呢？

一年过去了，在他不告而别，毅然离去的日子里，小凤仙一遍遍回忆着、猜想着、回味着、感受着。她突然发现自己的爱情触觉惊醒了！

现在的她，终于想明白了——她曾经感受到的他的温存，他的呵护，他的怜爱，甚至是他的缠绵，都是对一个亲人的，对一个自己结识的，少小无依，命运坎坷的小姑娘，在一年多的耳鬓厮磨、相依相偎的过程中，自然而然迸发出的一种亲情元素！但绝对不是对一个女人应有的——爱情！

当时的小凤仙是激动而满足的！这样的一个优秀的男人，她命中的贵人，竟然如此爱重她！她喜欢和他在一起的感觉。直觉他对她的尊重和平视。他不像和他一般地位的那些达官显贵，对她们这类女子是内心看不起的。

他看她爱抱着古典小说看，就推荐她看了一些新式话题的文章和杂志，告诉她应该读一些什么样的书才对她的将来会有用。某次他和她讲起女子也要独立自立的道理，告诉她其实女人和男人一样，也是有人格的。这在她来说真的是一个新鲜的话题。他从不让她跪他，他告诉她，既然人都是有人格的，就不能总想着去跪别人。他教她诗词文章也是很认真尽心的，耐心而细致，像是在悉心教一个女弟子。总之，她以敏锐的女性直觉感到，在他的眼里，她不是一个轻贱的青楼女子，而是他的一个亲人。

那时的她，虽然懵懂但是却很感性，她对他的依恋逐渐变成了一种坚贞——她觉得自己像是一粒微弱的沙尘，而他就像一阵风，只要他吹过，她就可以随时无私无欲地和他远走天涯！

但是现在的小凤仙，在从来没有过的对他的疯狂思念中，迸发的，却是一个已经逐渐成熟的女人情愫。但是一切都无法补救，也无法挽回了。他走了，永远地离开了。她的爱情对象已经消失，她的爱情花蕾才刚刚怒放。这是怎样的一出悲剧呢？

很多事情，经历过了，成熟过了，才知道原来的一切都是错！也许一切已经晚矣，而她却意识到自己已经在一年多的无望等待中，患上了不可救药的相思病！

但是如今逐渐成熟的她，也在无奈中意识到一个残酷的真相——即使当年她感悟了自己的爱情渴望，有机会对他说出自己的情愫，他会接受吗？她不敢深想下去。她太明白，他不是一泛爱并滥情的人。他有两位夫人，据说后面娶的那位如夫人，和他感情极为深厚。他会接受一个年幼的青楼女子的爱情吗？她一点也不自信。

她知道自己陷入一段单项恋情中。她不想挣扎，也无力挣扎。她在感情的沉沦中自我麻痹，靠回忆撑起自己继续生活下去的勇气。

但是就在这天，她无意中又获得了他的消息，她期待着和他的故友——那个叫罗湘的人的会面，她有很多话想问，想宣泄。她突然很想理清一件事情，那就是：当年他对她究竟是怎样一种情感？她就是他利用的一件没有情感、毫无价值的工具吗？

这样哀怨地想过，小凤仙依旧难以自我救赎。只为那个像风一样的男人，就是她今生的宿命！

恍惚中她再次来到古琴前，玉指轻叩琴弦，一股清澈缠绵的琴声再次响起，这次她弹起了那首《高山流水》。她不能忘记的是，那个深秋的夜晚，她第一次听他弹琴，也是这首令人心绪难平的曲子。

1915 年 10 月底　北京八大胡同陕西巷云吉班

蔡锷在古琴前站立，他抚弄着琴弦，轻声叹息，但是轻微得几乎让人难以辨认。

“先生，要筱凤弹一曲给你听吗？”

“不，今天我来弹吧。我答应过你，要弹那首《高山流水》的。”

琴声悠扬，不知为什么，小凤仙的眼里突然间蓄满了泪水。她呆呆地听着琴声，任由那泪珠就像断了线的珍珠一般，一颗颗滚下面颊。

当最后一个尾音响起，她已经是梨花带雨的神情。她还是不愿意让他察觉，就背过身子擦去了。

蔡锷似乎还沉浸在古曲意境中没有出来，过了片刻，他才拿过锦布，将琴盖好，淡然一笑："许久未弹琴了，手竟然生疏许多。这首曲子，筱凤，你弹得比我好！"

小凤仙摇摇头："我听得出来，先生的琴艺比我高很多。就不知道，筱凤还是否有机会，再拜一次师呢？"

蔡锷想想，轻轻摇头："随缘吧。一切都可期待，一切都不要太奢望。我们有时候，面对命运，只能选择无可奈何。只要勉力为之，做好自己应该做的事情，就善莫大焉。"

"先生，最近你还会去天津吗？"

"是的。但是筱凤你这次不要跟去了。"

"是……夫人会陪你去吗？"

"是的，我还会在那里住院，时间会长些。"

"哦，时间长一些，那我，就真的不方便去了。"

这次不知道她为什么没有那种不安的预感了。她觉得他的离开和归来都成为一种常态。但是她没想到，这次，他却没有回来，真的像风一样消失了。

也许，他制造的这种常态，不是用来对付她的。他的常态，专门是用来对付那个当年的独裁者——那个坐着大总统的位置，还想高升一步当皇帝的人。

第二十二章　决策

当勇敢者挺身而出的时候，其他人的脊梁通常也会挺直起来。

——格雷厄姆

1916 年 11 月初　日本福冈医院特护病房

蒋方震带着远方来的客人从东京赶来看望蔡锷。云南省议会议长赵伸这次是代表云南各界民众专程来日本看望蔡锷。他路过东京时，参加了那里的留学生为悼念黄兴召开的追悼会后，就在专程赶到东京迎接他的蒋方震的陪同下，来到福冈医院。

进病房前，蒋方震专门叮嘱了赵伸，不可把黄兴病逝的消息透露给蔡锷。赵伸理解地点头："唉，知道咱们都督和黄克强先生的友谊，这样的打击，对一个病人来讲，实在是有点太残酷了啊！"

蒋方震也伤感地接言道："您看了松坡眼下的情形就明白了，他真的不能再承受这样的事情了。"

尽管赵伸心里有所准备，但是进了病房，看到半倚在床头的蔡锷时，心里还是像被重物敲击般感到伤痛震惊不已：当年那位神采奕奕、意气风发的年轻都督，如今已然化作一位骨瘦如柴、憔悴不堪的卧病之人！

他压抑住心底的伤感和痛惜，露出微笑，走上前去，握住他向自己伸出来的手，还是沿用往昔对他的称呼，用地道的云南口音问候道："都督，我代表云南各界人士，专程来探望您了！"

蔡锷微笑点头，还未及说话，赵伸又感慨道："都督，云南民众真想念您啊！我记得都督在云南执政时，曾讲过这样一句话——'云南是我的第二故乡！’其实云南人民也早就把都督您，看成是我们自己家乡的人，是亲人！”

能在异国他乡听到熟悉的云南话，这温暖的话语，让久病卧床的蔡锷心里感慨万千。他极力压抑住自己的情感起伏，吸了一口气，轻声道：“谢谢，谢谢云南民众还这样惦念着我……”

副官端来椅子，赵伸紧挨着病床边坐下，望着蔡锷笑道：“这是真的，我们上上下下的人，都思念都督良久，期盼都督早日康复，能回到云南故地，再次恩泽众民呐！”

他深情地回忆着：“当年都督执政滇中，鼎力推行新政，改革弊政，使云南局面焕然一新，政治清明，百姓乐业，那种欣欣向荣的境况让人怎能忘怀啊！云南作为边陲之地，一时间兵强马壮，经济繁荣，成了模范省份，这一切，都仰仗都督的督滇有方！自从都督亲率滇军赴川征战，云南军民没有一天不盼望都督凯旋，能重新执政滇中！后来，听说护国战役结束后，都督接任了四川省省长兼督军，后因病辞职，东渡养疴，新近又有传闻，都督病愈后将赴任湖南督军，大家都是万般不舍，万分遗憾啊！”

蔡锷苦笑着摇头，沉吟片刻，才接言道：“我这病，也是难好，我心里自然明白。老话有‘有运无命’之说，也就是这样了！只是，如今西南局面已经平定，有唐蓂赓都督督滇，滇中自会有一个新的局面！”

赵伸听了这话，心里伤感，片刻无语。一旁的石陶钧倒是忍不住，嗤的一声，低声嘟囔道：“我看不然！你一向是以仁者之心看待别人，可知这天下掌兵权者未必都如你蔡松坡这般淡泊明志吧？就说这个唐继尧吧，素日你是如何待他的？可是护国一战，他几乎让咱们陷入孤军深入、粮草断绝的绝境之中！如今天下初定，他是要坐定这个云南王了！现今的他，已然是新的军阀了，骄纵奢靡，竟容忍其胞弟贩卖烟土，牟取暴利！”

站在床边的蒋方震听了他这番激愤之言，心下不安，看看蔡锷，又看看赵伸，暗中对石陶钧做了个制止的眼色，但是石陶钧说得正是激烈，根本没顾得上、留意他的暗示，他在不可压抑的情绪中，只顾一吐为快了：“还有昔日同盟会同仁，革命党人，这护国战争刚刚硝烟散尽，他们一些人就纷纷出来争权夺利了！那个刘存厚、罗佩金都是你昔日的部下，同为护国军将领，竟然在四川督军署门前内讧，拔枪火并，伤及民众！……”

“唉，醉六！眼下赵议长远道而来，还未顾得上歇息，就来看望松坡。这还没说上几句话，你倒喧宾夺主、喋喋不休起来？”蒋方震皱着眉头，轻声抱怨道。

经他这番提醒，石陶钧猛然醒悟，自己一时激愤，竟然说漏了嘴，正想敷衍几句，却看到那半倚在床头的人，已经沉下脸来。

蔡锷伸出手，对着石陶钧："拿来我看。"

石陶钧看看蒋方震，犹豫片刻，还是掏出一封电报，递到蔡锷手中。

"罗榕轩此举误国误川，当真令人扼腕！"他看完电报，气愤地扔到一边，话未说完，已咳喘成一团。众人忙为他拍背抚慰，好半天才平息下来。

赵伸只是不明就里，蒋、石二人却明白蔡锷刚才叫着罗佩金的字怨念至此，是由于接替他督军位置的罗佩金不仅违背蔡锷离开成都时对他的殷切嘱托——调整在川军队比例，减轻四川民众的负担，反倒一意孤行，变本加厉，大肆扩张川军，所以蔡锷才会有此一怒。

蒋方震拍拍他的肩膀，以示安慰。蔡锷也想起此事绝非自己目前能掌控弥补得了，也是喟然一叹，不再说话。

石陶钧又嗫嚅着解释："其实戴戡电报里说的这些国内局势，有关西南方面的不平静之态，也是你早就料到的，不应该意外……"

蒋方震也轻语劝说："是的，松坡，有些事情，不是人力，是天意！咱们现在都在异国他乡，鞭长莫及。何况你如今的任务是养病，先别顾念这些烦心事了吧？"

赵伸也忙用自己知道的信息安慰着眼前的病人："我自国内来，一些情况还是听说了一二。刚才石将军提到的四川督军府前火并一事，现在已经平定了，戴戡省长不愧是都督曾经的属下，据说他目前已经执掌四川军政大权了。"

"戴循若的电报说让你放心，他还说，你名为他的上级和师兄，实则他一直看你为老师为尊长的，想来定然不会负你深望……"蒋方震接着赵伸的话劝慰道。

"是的，松坡，你放宽心吧，一切自会平静下去。我在想，这局势，千难万难，总好过护国战争那段艰险岁月吧？天下初定，再往后看吧？"石陶钧也在一旁接言道。

蔡锷仿佛没听到他们的安慰之言，自言自语地道："有些事情，真的是没法避免的。刘存厚、罗佩金、戴戡、殷承瓛都曾经是我的部下，我怎能不明白他们的个性，以及四川的局势呢？"

他悲哀地摇摇头，沉重而无奈地叹息道："戴循若以后的日子也未必好过了，我只怕我推荐他做四川省省长一事，终究会害了他……”他说着再次重重叹口气，又摆了摆头，好像要把这些烦恼的事情甩开一般。重新望向赵伸，他问道：“赵议长何时回国呢？”

赵伸：“探望过了都督，如果没有别的事情，我想就在这几日启程回国！”

蔡锷点头。赵伸为了宽他的心，就说些云南的新景象给他听，闲话几句，才把这段令人不快的话题揭篇过去。

蒋方震送赵伸回会馆休息，石陶钧也出去办事，潘蕙英回到病房，照料蔡锷吃过午饭，又劝他午休了一小会儿。下午时分，林建昭来到病房中。

他拿出来一本杂志，就一篇文章和蔡锷探讨了一阵，潘蕙英看他们谈得投机，就避开了。晚饭时分，蒋方震和梅子带来了永宁，病房里更加热闹起来，看到蔡锷情绪平静放松，恢复常态，守候他的人才都个个安心。

晚饭后，潘蕙英和梅子带着永宁到花园里散步，林建昭也告辞回去，看着石陶钧到隔壁去了，蔡锷才悄声问蒋方震：“你们还有多少事瞒着我呢？”

蒋方震一时没有明白过来，奇怪地盯着他看。蔡锷微叹口气，从枕边将罗湘打来的那封电报递给他看，蒋方震看后无语。

“我知道你是在为我着想，但是，百里，这事你真不该瞒我。”蔡锷幽幽地说道。

蒋方震也轻叹口气，从口袋里取出那封藏了几天的电报，递到他手中，一边劝慰道：“我是怕你烦心……说吧，需要我帮你做什么？”

蔡锷看着电报，微微摇头：“这件事情，算我的私事，谁都帮不了，我心里有数！你有空拍封电报给罗湘，就说一切按我交代的办就好。那个……她，总会有消息的吧？想办法帮我找到她，尽量给她一些帮助，也算完成我的一点念想了！”

他说到这里，深深地叹口气，眉头紧皱，又感到有胸闷的味道，就悄悄按住了自己的胸脯。

蒋方震心细，已经察觉到他的伤感之情，就轻声劝慰道：“今天这里没人，我才坦率地劝你一句：放下吧！松坡你知道吗？你的身体为什么搞到今天这种地步？就是你太爱操心，肩负的责任太重！该自己负担的，不该自己负担的，你都会挑在肩头，又怎能承受得了？你是人，不是神。更何况，你现在还是一个病人！”

他干脆直言挑明这件事情：“那个凤仙姑娘，我也接触过几回，当真是一个单纯幼稚，没有心机的女孩。但是她身为青楼女子，也不是你我这样的人能完全救赎的！她就是不结识你蔡松坡，你觉得她就不会受到伤害，会平安快乐地生活下去吗？我看难！不过是你在特殊时期结识了她，又带给她一种全新的生活罢了。但是这种日子毕竟譬如朝露，去日苦多！你是做大事的人，岂能局限在这样根本不能算情深义重的情感戏里，走不出来？聪明如你，不会不明白这样的道理吧？”

这样坦诚直白的分析让蔡锷感慨无语。他有些伤感地低下头，喃喃自语道：“你说的都对。但是我明白我的纠结所在。此生相欠的人和事都多，总是无可奈何之事！你看我如今还有多少时日可以盘桓的？只怕负了的，还不止一个朱筱凤！”

这番肺腑之言让蒋方震闻之也是心酸。转而想到自己须用话开解眼前病重之人才是，就笑着开起了玩笑：“好嘛，这件事情，得亏你是托付给罗湘在做，罗湘虽然年轻，却是极稳健之人，定会完成你的嘱托，又不会声张出去。要不然，这事要是被一些小报记者知道了，不知道又会生出什么花边新闻来呢？你忘了往昔那些有关你和小凤仙的传言了，五花八门，什么都有啊！那日，醉六就好奇，还打听来着……”

他的话未说完，就见石陶钧笑着进来，插言道：“岂止是‘那日’？今日的醉六，还是好奇！我刚才在外边听到了你们的对话，才知道罗湘打来的两封电报，是有关小凤仙的消息？你们瞒得我真好！”

蒋方震摇头：“你又来掺和这个？这是松坡的隐私，他不愿说，我也没办法。”

石陶钧却不能放过这个话题，他走到蔡锷的床边，认真看向他：“松坡，你当日出京，究竟真相几何？这也是我早想问的一个问题。”

蔡锷做出闭目养神状，也不理他。被他纠缠不过，只好睁眼微嗔着他：“真讨厌！醉六，你什么时候学得如此八卦起来？”

石陶钧却不以为意，笑看着他：“我想告诉你一件事情，你听了，就不会认为我是在八卦了。”

看到眼前两人都奇怪地望向自己，石陶钧说出了自己的秘密：“松坡，你这两天在和那个小林医生回忆往事对吧？有关你蛰居北京时期的故事，自然也是他很关心的。但是小伙子也有顾忌，有关你和那位叫‘小凤仙’女子的桥段，他不好意思向你打听。可是知道这段历史的人，谁都明白，蔡松坡将军离开北京的事情，总绕不过‘小凤仙’这个话题！”

他顿了一下，继续道：“前不久，小林给我看了一份报纸，是一张旧报，上面就刊登了一首诗，描述松坡和小凤仙的往事，写得很是香艳！这份报纸据说是美江护士在她那个号称是中国通的表舅公那里发现的，她很好奇，就问小林医生，后者也很纠结，不知道该如何询问当事人，澄清一些真相？于是小林悄悄问到我这里，我其实也是难以回答啊，毕竟当年我并不在北京，连那个小凤仙长成什么样子，都没见到过！其实我心里也是好奇很久了，多次想向松坡问问事情真相，但是总没合适机会。今天正巧是个空档，松坡精神还好，不妨说说吧？”

蔡锷认真听完他这番长篇大论，笑着叹口气，看着蒋方震道：“说了半天，越描越黑！你说说，他这还不是八卦吗？”

蒋方震忍不住笑，看着石陶钧：“好吧，我倒想知道，你们看到的，是怎样一首诗呢？”

石陶钧摇晃着脑袋，背诵起那首诗来：

当关油壁掩罗裙，
女侠谁知小凤云。
缇骑九门搜索遍，
美人挟走蔡将军！

这首诗让听者默默无语。片刻，蒋方震才撇嘴说出两个字：“无聊。”

石陶钧又回头看蔡锷，后者更是面无表情，好像完全与己无关的样子。

石陶钧摇头：“我觉得从诗面儿上看，挺有意思的，但是是否和事实相吻合，就要问你们这一位当事人，一位知情者了。”他笑看蔡锷：“‘美人挟走蔡将军’！这句写得浪漫！自然让人会产生无限遐想了！”

蔡锷笑了一下：“你要喜欢这样的诗，我可以给你找出来一百首都不止！不信你问百里。”

蒋方震笑着点头：“这倒是真的！当时不光北京，全国各大报纸上这样的诗太多了，千奇百怪，都是写松坡和小凤仙所谓的传奇的，什么样的说法都有呢，总之对松坡如何出京这件事是猜测多多！”

石陶钧笑着坐到蔡锷床边：“我那时不是没在北京？完全不知道真相啊！你

快给我讲讲，你到底是怎样出京的？真的是小凤仙掩护的？我一直就极想问这个问题！趁这会儿你精神正好，讲讲呗！”

蔡锷笑指着他，看向蒋方震：“百里，你看看这人有多无聊？”

“怎么是无聊呢？”石陶钧哼道，“你如何出京，是护国行动的重要关节所在！还有你和小凤仙的种种传说，是真假莫辨呐！你告诉我，我写篇文章澄清一下事实，也为你辩诬一二！”

蔡锷笑道：“你省点力气吧！你究竟是军人呢，还是鸳鸯派小说家？”

石陶钧点头：“你别说，我还真的有归隐林泉，种种花草，写写小说的意思呢！你说给我真相，我也做一部像《警世通言》那样的名作出来吧！”

蔡锷笑着看看蒋方震，向石陶钧一努嘴：“那你别写那个陈芝麻烂谷子了，我教你个法子，你写百里吧，他可是正当时！”

石陶钧大笑：“这个早就在我的计划中了！我题目都想好了——‘中国将军愤而自杀命垂危，东瀛护士悉心看护结良缘！’如何？”他说着和蔡锷同时笑了起来。

蒋方震强忍住笑，绷起脸来说道：“好啊，都拿我打起趣来？也罢，松坡现今病着，有事没事又爱操心那些国事、政事什么的，没见上午还为此郁闷了很久？这下难得开心一笑，也算值了！”

他又看向石陶钧：“你也莫为难松坡了。其实他出京的事情，倒也毫无悬念。只为早有准备，临事自是从容。就是这么回事！”

“‘只为早有准备，临事自是从容’？此话暗藏什么玄机？我更是好奇了！”石陶钧连连追问，蒋方震看看蔡锷，没见到他露出异样神情，自己又磨不过石陶钧的连连追问，就缓缓讲述起往事来。

同一时刻，在医院的花园里，潘蕙英和梅子也在闲谈。上次梅子曾问到北京时期，蔡锷和小凤仙交往的事情，潘蕙英也曾答应给她讲些往事旧闻，此刻两人也正陷入回忆中去。潘蕙英用自己独有的安静柔和的语调，为这个异国的女孩，自己目前难得的知己朋友，讲述了一年前发生在北京的一幕幕情景。

“却原来，蔡将军和那位叫‘小凤仙’的女子的交往，夫人你都是完全知情的呀？”梅子听完惊讶地问道，心中的疑惑同时解开，她也感到很是轻松。觉得自己有空一定要和美江护士转述一下这些往事，让她明白，她们这些人心里敬仰钦佩的将军，还是那个感情忠贞、有情有义的将军。

潘蕙英道：“是的。第一次见到那个本名叫朱筱凤的女孩，是我同松坡一次看戏时。当时我们的包厢，紧挨着小凤仙所在的云吉班的包厢。松坡指给我看，说是那位身穿月白色衣裳的女孩，就是他结识不久的小凤仙。我当时记得，那是一个文静的姑娘，年纪很轻，完全是一副少不更事的样子。”

她笑着看梅子：“后来的事情，我刚才都和你讲过了，我，还有刘夫人，为了松坡的事情，和小凤仙姑娘的那些纠葛，现在想想，我们这几个女人，当年自觉不自觉中，演过多少戏啊？都是为了一件事情，让松坡送回家眷，自己也能安全出京？”

“夫人，你刚才讲到的，将军答应让你跟随在他身边的，一起出京，辗转回云南，可是为什么你又说了，你们在天津又有一次痛苦的分手呢？”梅子看着潘蕙英，闪动着灵动的大眼睛，认真问道。

潘蕙英抚摸着怀里的永宁的头发，微微眯起眼，向她继续说到后面发生的事情。这段回忆，和病房里蒋方震正在说起的话题，无意中交汇到一处。

1915 年 10 月　天津汤觉顿公馆

宽敞富丽的客厅里，潘蕙英打扮入时，在和公馆里几位衣着鲜丽的女眷们边品着咖啡，边随意谈笑着。

“蔡夫人，最近蔡将军经常会到天津这边来看病啊？”

“是的，这边共立医院有位大夫，看喉疾不错，松坡很信赖他。”

“那么只要蔡将军来天津这边治病，夫人就可以一起来玩玩吧？”

“好的。但是还要看松坡的意思呢。能有机会陪他，我自然会来。”

潘蕙英笑着，语气温柔地回答着几个女眷的问话。她不时暗暗瞟一眼隔壁的书房，那里，蔡锷正和特意赶到这里和他会面的梁启超谈话。

书房里，身着一身黑色西服的蔡锷面容清瘦疲惫，略带病容，但是一双眼睛却闪着锐利激昂的光芒，他正和老师梁启超商讨如何潜出北京，回云南策动讨袁大计。

梁启超忧虑地道：“前面筹安会成立，杨度、孙毓筠、严复、刘师培、李燮和、胡瑛六人号称‘六君子’，联名通电全国，发表宣言，已经是帝制将成的证据了。如今，又推翻了原来召开国民会议的成案，要求参政院‘另设机关，征求民意’。参政院于 6 日召开会议决定，不再召开国民会议，由‘国民代表大会’来‘决定国体’。如今袁世凯又公布了《国民代表大会选举法》。意在各省军政长官监督下，加紧选举国民代表，进行所谓国体投票，以达到推戴他称帝的目的。如今真到了箭在弦上之势！”

蔡锷没有说话，他紧皱眉头，脸色沉郁。

梁启超拍拍他的肩膀：“唉，松坡，幸亏你早有警觉，未雨绸缪，在京城做出一些迷惑老袁他们的策略来。不然……唉！”

蔡锷抬头看着老师，露出一丝苦笑：“当日奉诏进京，我和您都抱着要襄助他袁世凯振兴民国、强国强兵的梦想。可是，在京城这一年多的时间里，我看到政府上下暮霭沉沉，专己守残，到处充斥着纲常败坏、陈腐守旧之气！《二十一条》的谈判，《民四条约》的签订，让我对袁世凯代表的北洋政府更加失望和愤懑。但是，最让我忧心和关注的，还是帝制这块魔影！我时时刻刻盯着这方面的举动，也和您多次商议分析过。可是如今的一切，已经摧毁了我心里残存的最后一丝念想！这个时候，当真到了您说的‘箭在弦上之势’！”

梁启超点头：“你进京之初，咱们私下曾经有约，如果袁世凯有破坏共和体制，妄图复辟称帝的想法，我们必须予以抗击！我负责在言论界发文征讨，而你，松坡，就该是拿出军人本能的时候了，用枪杆子捍卫共和，捍卫民国！”

他看着自己最欣赏的学生，长叹口气：“只是目前的形势……究竟力量太过悬殊，令人踌躇！况且你如今手里没有一兵一卒，这真是一件太过艰难的事情！”

蔡锷平静地望着老师，轻声道：“但也是没有办法的事了！我们若是不把讨贼的责任自己背在身上，恐怕中华民国从此就完了。现今一切力量都已无法依靠，革命党人都已逃亡海外，在国内的许多军人文人都被袁世凯收买得干干净净。如果我们再不早动手，坐以待毙，一切就不可挽救了！”

他说起自己的部署，谈到了自己曾写了一封长达十七页的密信，托人带到美国，交到黄兴手里，通过黄兴等人，取得了现在流亡在美国和日本等国的革命党人的支持，他尤其重点提到了和黄兴联系的情形：“我在给克强兄的密函中，言明我计划经日本赴西南发难，起兵反袁，克强兄极为支持和赞赏。他言明自己将在美国积极筹款，支持护国行动，也将派合适的人，近期和我联系，协助我从日本取道回云南起兵！”

梁启超欣慰地点头，又提醒道：“云南呢？云南方面是个关键！唐继尧出身陆军士官学校，算是你的师弟，又是老同盟会员，他接替你担任云南都督，也是你极力保荐的。但是考量目前的局势，毕竟还是他老袁一手遮天的局面。袁世凯擅长政治权术，极会拉拢收买人心。据说他还要派专使到昆明去给唐继尧授勋，作为云南本地人的唐蓂赓会怎样选择？松坡啊，你要充分警惕和当心！要考虑好这些方面的因素！”

“唐继尧无碍！”蔡锷露出微笑，“老师，唐蓂赓的为人我还是相信的。如果一定要让我用一句评语来评价他的话，那就是——‘沉毅豁达，勇于任事，不愧血性男儿’。近来我和云南方面有过多次电文联络，那边对帝制也是群情激奋，上下愤慨！如果我离京返滇，蓂赓那边自会接应。戴戡已经来到我身边，加上已经联络上的殷承瓛等人，我们已经有了一个初步的组织。克强兄近来也和蓂赓有联系布局，争取云南方面，在我到达之前，早做筹划，同时通知各地反袁组织，汇集骨干，赴滇协商。”

“如此最好！只是还有值得注意的一个大关节，”梁启超还是一脸忧患的神情，正要继续说，却见蒋方震急匆匆进来。

蒋方震带笑说道：“我刚才出去打听清楚了，这次派来监视松坡的是陈仪。算来这老袁也算糊涂透顶了，难道忘记了陈仪和我，还有松坡都是士官学校的同学？陈仪暗中和我说了，让我转告松坡，一切小心行事！”

蔡锷笑道：“这不是巧合，也不是老袁不会用人，实在是他如今不得人心，妄图复辟帝制，完全是倒行逆施之行为，怎会有忠贞之士为他效命呢？这倒是机会！眼下的形势，就差有人挑头干了。若有军队揭竿而起，为首者振臂一呼，必然会全国响应，渐成燎原之势！到那时，我看他这个皇帝还怎样做？！”

蒋方震闻此言认真看向他：“松坡，你决定马上要行动了吗？”

蔡锷一向是个举重若轻的人，心中谋划已定，自是成竹在胸，不觉胸臆大快，他突然冒出个恶作剧的念头。他笑着看了蒋方震一眼，不经意间，突然试探地问道：“百里！你今夜就跟我走，咱们星夜赶往云南，谋图起兵大事如何？”

“啊？！”蒋方震也是没心理准备，吃了一惊，不觉愣怔在那里，“这么快？你为什么从北京走时不告诉我，很多事还没有准备……”

蔡锷玩笑得逞，哈哈大笑，戏谑地指着他道：“百里，我要说你是一个勇于自杀，不敢杀人的人呢！军人乎？妇人乎？”

听他影射自己那场自杀典故，蒋方震不由有些赧然，他鼓起眼睛瞪着蔡锷，露出不服气的神情。

“唉，百里，我说来玩笑，你莫在意！”蔡锷忙笑着道歉。

蒋方震瞪着他，有点哭笑不得的神情："现在是什么样的形势了？简直是山雨欲来风满楼！松坡你可倒好，还有心玩笑？"

蔡锷看看一旁微笑不语的老师，露出一丝羞涩的笑意来："唉，就是看到大家的心情好紧张，我觉得可以略微放松一下，弦绷得太紧，也不是好事！"

"可是做这样的大事，心情怎能不格外紧张？"蒋方震微嗔道，"毕竟是提着脑袋造反的事情！胜算几何？大家心里都没底啊！"

"提着脑袋？"蔡锷闻言淡然一笑，"不错，我想换个说法，就是牺牲自己的性命而已！这条命都准备交付出去了，还有什么可以担心，需要害怕的呢？"

这番对话让梁启超感慨不已，他有些释然地笑了。眼前自己两个最爱重的弟子，已然是胸有成竹、势在必行的样子。他们身为共和军人，已经做了准备，要奋起一搏，和当今最强大的一股恶势力进行殊死抗争，不是为了个人的升官发财、安危荣辱，却是为了这个民族谋利，为了四万万中国人争人格！

梁启超尤其感到欣慰的是，看到蔡锷举重若轻的神情，知道这个湖南汉子——自己最心爱的学生，已经又一次铆足了他那股不屈不挠，百折不殆的劲头，必将锐不可当，所向披靡！

想到此处，梁启超暗暗松了口气，但还是殷勤嘱咐道："无论如何，此事究竟非同小可，松坡，百里，你们要细细筹划，力争万无一失！"

蔡、蒋二人默默点头。蔡锷长吸一口气，来到窗前，望着沉沉天空，用深沉有力的语气，像是在向自己的老师和战友做着一番誓言：

"眼看着不久便是盈千累万的人颂王莽功德，上劝进表，袁世凯便准备安然登其大宝了，叫世界看着中国人是什么东西呢？国内怀着义愤的人，虽然很多，但没有凭借，或者地位不宜，也难发手。我们明知力量有限，未必抗得过他，但为四万万人争人格起见，非拼着命去干这一回不可！"

梁启超被爱徒的气魄和胆识所折服，他默默望着他瘦削但格外挺拔的身姿，心中感慨万千。

三个人坐回到沙发前，就一些具体事项进行商议。梁启超望向蔡锷："松坡，整件事情，大关节就在于你如何出京？能平安顺利回到云南？"

蒋方震思索着："松坡这半年已经有所筹划，他的喉疾和肺病，就是极好的掩护。尤其是近期，他常来天津治病，已经让袁氏党人觉得这是一种常态。"

蔡锷点头："我就是要制造这样一种常态。我早已观察过了，以我目前的情形，要想偷偷潜出北京，不但有风险，而且会牵连太多的人！倒不如就以这样的常态为麻痹手段，瞒过老袁那双老奸巨猾的眼睛。这样可以为我们争取一些时间，在这里和克强兄派来的人会合，以求早日成行！”

梁启超问：“有把握吗？”

蔡锷自信地点头：“我已经做了相关准备。到时候，我会递上一张假条，公然向他袁总统请假，接着还要百里为我打掩护才是！”

“这个自然没有问题！”蒋方震忙接言道。

“好吧，你们小心谋划，大胆从事！此事顺乎天意、民心，无论如何，我们都势在必行！”梁启超看着两个爱徒，对他们伸出手来。这样的动作，在文人范儿极强的梁启超身上并不多见。蔡、蒋两人先是惊愕地对望一眼，然后莞尔一笑，也将自己的手覆到老师的手背上。

1915 年 11 月初　北京总统府

袁世凯看着手里蔡锷的假条，低声读着：“……眼下病势日益加剧，精力实有难支，特祈假五日，赴津就医。以期早日就痊，不致旷误职务。望总统准假为盼。”

他回头看向雷震春：“蔡松坡近来频繁去天津，这次又要祈假去那里医病，你怎么看？”

雷震春赔笑道：“我们盯了他有几个月了，去天津医病的事，也是常态了。共立医院有大夫专门为他治疗。根据这段时间的观察分析，并无值得怀疑之处。”

袁世凯点头：“那就该应准了，身为昭威将军，他已经联合众位将领在劝进书上签了名，在一些无伤大雅的事情上，我们也该给他面子，行些方便才是。”

一直在旁边没说话的袁克定插言道：“蔡松坡已然是我们的人了，他最近在多种场合批驳梁启超的反帝制言论，和他那位卓如师也是分道扬镳了。既然父亲您一直认定此人在军界举足轻重，咱们要该充分利用他的威望，对一些身穿军装的帝制反对者做一示范效应。蔡松坡都支持咱们了，他们还闹腾个什么劲儿啊？”

袁世凯点点头，拿起笔，在假条上批复“准假五日”四个字。

他又看看周围的幕僚梁士诒、杨度等人，继续听取他们有关筹安会情况的汇报。

1915 年 11 月 10 日夜　棉花胡同昭威将军府

潘蕙英在收拾着衣物。蔡锷走进卧房，叮嘱她："千万别多带东西，我只请了五天假，去天津看病，带多了岂不招人怀疑？"

潘蕙英点点头："我捡要紧的物件带上就是。"

蔡锷拉她近前，看着她明显隆起的腹部，眼中露出忧虑的神色。他还未说话，潘蕙英就堵住了他："我知道你想说什么。但是你答应过我的，我要和你一起走！如今我也可以给你一个保证，那就是——这一路，我一定不会成为你的拖累！"

她拉着他的手，一起抚摸着自己凸起的腹部："我预感这也是个男孩子，他没有那样娇弱，一定会陪着他的父亲，完成自己的壮举的！"

"唉，你这个倔强的小女子啊……"蔡锷无奈地感叹道。

1915 年 11 月 15 日　天津共立医院

这是一间设施比较豪华的病房。蔡锷穿着病号服，半靠在床上，潘蕙英守在床边，拿着张报纸，在给他读着。

跟随他来天津的何鹏翔和雷飚走了进来。蔡锷暗示潘蕙英停下阅读，看着他们问："他们到了吗？"

何鹏翔点头，雷飚回身招呼外边的两个人进来，是前几天就潜到天津来等他们的戴戡和殷承瓛。戴戡一进门，就对蔡锷道："一切都安排好了，人已经到了汤觉顿公馆，卓如师也在那里。"

殷承瓛提醒道："这两天我俩留神观察了周边的情况，北京那边看来还是没有放松跟踪，医院的院子里、走廊处，还是有眼线。"

蔡锷淡淡一笑："老袁多疑，否则也不是他了。"

雷飚笑道："各有路数罢了。如今松公你只要把自己交给我们几个就没问题了。"

蔡锷也轻松笑笑，看了一眼潘蕙英，俯身在她耳边说了几句，潘蕙英点头。

随即蔡锷起身，动作利落地脱下病号服，交给雷飚，殷承瓛取过一身深色西服来，蔡锷换上，何鹏翔又拿来一顶同色礼帽，给他戴上。蔡锷压低帽檐，看看众人，微微点头。戴戡向门外看了两眼，对着房内一招手，随即戴戡、蔡锷、殷承瓛鱼贯而出，快步穿过走廊，向医院后门走去。

病房里，雷飚换上蔡锷留下的那身病号服，何鹏翔看看潘蕙英："夫人，我在这儿守着，你出去走走？"

潘蕙英微微摇头："我在隔壁套间看报纸，以防万一，也好应对一下。"她说着去了隔壁。

雷飚躺在蔡锷睡过的那张病床上，何鹏翔拿了一张报纸，坐在床边看。他看到雷飚在床上翻来翻去，就笑着提醒他："哪儿有病人这般辗转反侧的？你该蒙头睡觉才对。好在医生查房都会在下午三点以后了，到时候他们也回来了。"

雷飚招手暗示何鹏翔近前，然后指指外屋，压低了声音："我觉得，关于潘夫人的问题，目前估计是松公比较为难的一桩心事了。"

何鹏翔也点头："可是，夫人貌似一心要跟随将军走这一路的。其实我也担心，毕竟她现在有身孕在身，这一路上千山万水的……"

"不如我们找机会相劝她一下……"雷飚低声和何鹏翔私下商量着。

蔡锷和戴戡、殷承瓛从医院后门出来，迅速上了一辆停在那里的灰色轿车。车子启动，飞快地离开医院。

开出去有十来分钟，戴戡突然通过后视窗发现有一辆黑色的轿车始终行驶在他们身后，忙低声叫道："糟糕！"

蔡锷和殷承瓛也暗中观察了后面跟踪的车辆，都皱紧了眉头。

片刻，蔡锷冷静地发话："算了，先不去管他！这次我是公然向老袁递了假条的，抽空在此地会会故交，也不为过。咱们不妨大大方方，明公正道行事！"

殷承瓛看了看后面，望着戴戡："目前时间紧迫，实在也顾不得许多了！等会到了汤公馆，循若，你陪着松坡进去，我在外边守着，看看是什么人。"

戴戡点点头。

车子在汤觉顿公馆前停下来，蔡锷三人下了车，准备进去。那个尾随他们的黑色轿车也停在后面。

车门打开，一个身材颀长，身穿黑色西服的人从车里钻出来，笑着向他们走来。原来竟然是蒋方震！

三人微微一愣，也暗暗松了一口气。

殷承瓛摇了摇头，假装气愤地迎上前去，给了他肩上一拳："哎，百里，怎么是你？你搞什么名堂啊？”

蒋方震笑躲着：“不是我想跟踪你们啊，实在是袁大总统让我来关照松坡的。”

他故意把“关照”两个字说得很重，又走到蔡锷面前，压低声音：“老袁终究还是不太放心啊！”

蔡锷点头，脚下并没停步，且一手挽住他：“先不多说了，你和我一起进去见一个人。”

四人进了公馆。来到最里边的房间，仆人打开门，只见一个穿着米色西装，清瘦挺拔的青年和梁启超坐在沙发上说着话。

看到他们进来，青年站起身来。他笑吟吟地望向蔡锷，伸开双臂。

蔡锷也兴奋地迎了上去，和他紧紧拥抱在了一处！

“松坡！”

“运隆！”

这人正是当年和蔡锷、蒋方震同期毕业，被并称为“士官三杰”的张孝准。这次，他是受黄兴指派，从日本东京专程回来协助蔡锷出北京回云南的。

蔡锷笑着打量着他：“多少年没见了，你还是这样英姿潇洒，意气风发啊！”

张孝准也深情地凝视着他：“松坡，你可是瘦多了，还有些憔悴……不过精神还是很好的！眼睛还是这样明亮有神！只是，你在北京这两年不容易啊！”

蔡锷笑道：“一言难尽。我收到克强兄最后一封电报，才知道他竟然派了你来！对了，他说还有一个也是我最想见到的故交？是谁？在哪儿呢？”他说着环顾四周，只看到梁启超笑吟吟地看着他们，并没有他人。

张孝准诡秘一笑：“这个谜底先留在心底吧？等你随后途经日本时，就该揭开了！现在容我神秘一下！”

蔡锷微嗔着，用手点了一下他：“其实我都猜到了。当年我有个发小，也是邵阳籍人士，从小一起玩大，随后又和我一起考秀才，被当时人们传说成什么‘邵阳二神童’；后来他也到了日本，辗转几回，也入了士官学校，倒比咱们晚了两届；他近些年来一直追随克强先生搞革命的。这次若要说派人来协助我，又说是我最想见的故交，除了他，还会有谁？”

他绷着脸看张孝准，突然绽开笑颜：“石陶钧，石醉六？对不对？”

“唉，聪明难过蔡松坡啊！卓如师，您是在哪里挖掘到这样一个玲珑剔透的弟子的呢？”张孝准回头大声笑问梁启超，也引得众人都乐了。

一旁的蒋方震看着他们两个老同学就这样兴奋地相互搂着不放手，彼此打量着，不由得上前笑着打岔："哎！你两人有完没完啊？这么多人看着呢！"

张孝准笑着放开了蔡锷，又去拥抱蒋方震："百里！让我看看……你的伤完全好了吗？你知道吗，你向自己开的那一枪，让我们这些老同学有多担心，又有多痛心！"

蒋方震有些感动，也有些不好意思："那个话题就不要提了！今天真是难得啊，咱们三人能这样聚到一处，所谓的士官三杰，到底聚首了！"

张孝准也很感慨，他一手挽住蒋方震，一手搂过蔡锷，三人紧紧相拥到一起。

就这样拥抱了很久，三人才分开，每人眼中都有了些湿润，三双手却还不忍心放开，彼此握着。

梁启超感动地看到这几个年轻人的聚首，很是欣慰地笑了，他悄悄离开了房间，想让他们好好聚聚谈谈。

一旁的殷承瓛、戴戡站在门口，微笑地看着他们。蒋方震转过身，招呼殷承瓛："过来啊，你好像局外人似的，难道你不是同出自'陆士'的吗？"

殷承瓛笑着摆手："我晚你们一届，而且绝不敢和你们这三杰并肩呢！"这样说着，他还是走过来，和张孝准握住了手："运隆！"

"叔桓！"张孝准也握住了他的手，使劲晃晃。

蔡锷回头看着戴戡："还有循若，你也过来，这里又没有外人呢！"

戴戡摇头："我可不是士官的，就不掺和了吧？看着你们老同学这样相聚，当真羡慕得紧！"

蒋方震笑着看他："傻子，你难道不是留日生啊？何况也是卓如师的弟子！"他拉戴戡过来，大家的手握在了一处，"如今，咱几个可真的是在一条藤上拴着啦！"

几个人围坐在沙发上，都是老同学，故交旧友，似乎有说不完的话。

张孝准拿出黄兴的亲笔信，交给蔡锷，信中对蔡锷的行程做了周密细致的安排。蔡锷认真地看过，又想起一个话题来："克强兄真有意思，不，是有情有义！他说自己此番不能前来，为了表达他'感同身受'的含义，他特意派了长子一欧前来交通联络，那个伢子呢，怎么也没见？"

张孝准抿嘴笑了，看看诸人，故意对着蔡锷叹口气，用玩笑的口吻道："蔡松坡素来以沉着稳健著称啊，怎么如今变成急性子了，一再向我追问此次参加行动的诸位人选？”

“自然说明这次行动的重要性值得关注啊！”殷承瓛、戴戡等人接话道。

张孝准接着笑道：“克强兄的爱子当然也参加这次行动，但是你们也是要到日本才能见到他。”

蔡锷却露出难以置信的神情：“我在奇怪一个细伢子，有多大了？也可以参加这种行动吗？”

张孝准哈哈大笑：“细伢子？你若当面这样叫他，人家该噘嘴了！一欧今年二十三岁了，已经是克强兄的得力助手！而且这个伢子很崇拜你呢，口口声声要见传说中的松坡叔叔。从见面起，就不停地打听你的故事，把我聒噪得不行！”

众人听了又笑了，蔡锷不好意思地咧咧嘴。

张孝准又郑重强调道：“克强兄安排得很周到，除了刚才说的人以外，在那里接应你的还有你熟悉的咱们士官六期的师弟，程潜程颂云。一切的一切，都是要务必保证你一路的安全！”

大家闻听此言，都神情严肃起来，根据黄兴的来信，将此番蔡锷出京方案重新商议过了，又仔细地把将要成行的有关线路理了一遍。

“从天津到上海，从上海到日本，从日本到香港，转道越南，返回云南。大致就是这样了！”蔡锷拍拍眼前的地图，沉稳地说道。

“万里间关，一路风波，有太多的未知因素啊。我们怎么小心策划，都不为过！唯恐遗留漏洞……所谓一着不慎满盘皆输，我们如今可输不起！”张孝准也思索着，回头看着蔡锷，“松坡，从你即将踏上征程起，你的生命，已经不属于你自己了！”

所有人都被这句话打动了，都认真地看着蔡锷。

蔡锷意识到此话的分量，他沉吟不语。稍许，为了缓和这阵紧张的气氛，他看看身旁的蒋方震，仿佛不经意间转换了话题：“你刚才说老袁派你来的？关照我？他是又疑心到什么？”

蒋方震笑着：“你还不了解他，对谁都不会完全相信！你这次离京前给他递了五天的病假条，后来又打电报提出续假一周，估计他心里早犯嘀咕了。于是借口说我们是老同学，让我到天津来陪陪你，帮你协调一下治疗事项。再治疗上一段时间，让我和你一道回京。”

戴戡笑着插言：“这个老袁也忒阴了些。”

蔡锷也不答言，暗示殷承瓛将随身包里的一张公文纸拿了出来，递给蒋方震："原本我想离开天津时，再寄回北京的，既然你来了，也必要回去有个交代吧？那么正好，你就带了它去。对了，百里，你可以在天津待上两天，再回去复命。"

蒋方震打开手中纸张看了，戏谑笑笑："好嘛，到日本治疗？你这理由越发充分，也越发过分了！估计这个给老袁看了，他该抓狂了？看来我真得在此处多待几天才行。总要估摸到你走了比较安全的距离，才可以回去复命呢。"

蔡锷也点头笑："不然，就只有一条路，我和你一起回去。其他就没什么悬念了！只要这张假条到了老袁手里，他一定是什么事情都明白了！"

他思索片刻，换了认真的神情看着蒋方震："百里，如何周旋？如何周全？你要仔细打算好了，千万别遗祸到你那里……这也是我目前最担心的一件事！"

蒋方震却是举重若轻地摇头，还有心思对他开起了玩笑："那咋办？除非你和我一起听从袁大总统的'圣旨'回京复命？蔡将军意下如何？"

蔡锷却终究有点伤感和忧虑，再次思索一下，断然道："虚虚实实地闹了几回，他在考察我，我也在试探他，这次可是要动真格的了！百里，我看你不必回去复命了，和我们一起走吧，免得再入险境。"

蒋方震笑了，拍拍他的背，安慰道："我明白你的担心，可是我也有过计算的。我目前应该是安全的，多在北京潜住几天，会有更大的作用！过两天我拿着你这个假条回去在老袁面前圆个谎，尽量帮你糊弄住那个未来的大皇帝，这样就能为你绕道回云南多争取一些时间。这一路上风波万里，前面还凶险着呢！总好过大家都走，昭然若揭，让他现在就明白过来，对你下手吧？"

在座的几人都纷纷点头。殷承瓛忍不住哼了一声："这事真是越想越好笑！我真怀疑那个袁大总统的智商有问题吧？上次松坡来天津，他派陈仪来监视，这次又派百里来！他明知道这些人都是士官学校的老同学，是松坡的好友，这样做，有何意义呢？"

蒋方震摇头："老袁终究只是怀疑，并没有真凭实据，也不好太难为松坡，以至于翻脸！而且可以看出，松坡这一年多的伪装还是成功的。要不然，依着老袁的阴郁不放心性格，断然不会让松坡这样轻松出走！之所以派我和陈仪这样的松坡故交好友来或监视，或陪伴，或劝说，也是一个姿态，毕竟想最好可以万无一失地将松坡攥到手心里吧？"

他接着笑看众人："等我安排好了，自会找机会脱身，赶去云南和你们会合的！”

却又想起一桩不放心之事，他瞅瞅蔡锷，犹疑片刻，还是向张孝准说道：“从这里到日本，有你和醉六等人接应，自然是万无一失，我担心的倒是从日本到香港再绕道越南回云南这一路，会有很不确定的风险？”

戴戡插言：“这个也有计划，沿途我们自会格外小心。有我和叔桓在，拼了性命也会保松公平安！到了越南至云南地界就好了，云南都督唐继尧自会派人接应，松公和他密电联系过。”

张孝准也接着他的话：“克强兄也有电报给他，那边的接应事宜也都在克强兄计划之中！”

蒋方震点了点头，再次看了看蔡锷：“那么，还有一件值得注意的事就是，”他望向殷承瓛、戴戡二人，“你们是一路随着松坡走的，注意照顾好他的身体吧，毕竟他是带病在身，总是叫人不甚放心！”

张孝准关切地看向蔡锷：“这个倒是应该注意的！这一路也可算万里间关了，松坡，你的身体能撑得住吗？”

“好了，百里，你弄得大家都紧张起来！”蔡锷笑着解释，“病是真有病，可是也没那样严重，我之所以高调宣称去治病，也是用来麻痹哄骗老袁的。没有这场病，我还真是无法想象如何脱身呢。”

“再说……”他的眼光扫过众位挚友，看到他们都是一副关切担忧的神情，就沉静地笑笑，“如今已是箭在弦上，不能不发了！与其困死愁城，不如做拼死一搏！”

他的目光逐渐变得凝重起来：“诸位都是军人，应该能充分理解我的感受！如果让我自己选择，我宁愿死于疆场，也好于死在病榻之上！”

蒋方震摇头：“出征前，说这番话不太吉利啊！”

蔡锷大笑：“百里，所以我说你爱多愁善感！为军人者，还忌讳说死字吗？何况……”

他再次巡望众人，眼中厉芒一闪：“此次挽救共和一战，必然是一场前所未有的恶战，苦战，生死决战！目前敌我的势力之悬殊，想必大家心中也是有数！我们要以一省之兵力，抗衡一国之兵力，一切都是未知的，也是不敢深想的！但是我们已经没了退路！说句不该说的话吧，我这次就没打算活下来！我是决心带着大家一起赴死的！”

他深情地看着眼前的每一个至交故友，清瘦而年轻的面庞上满是自信和自豪的神色，细长的眼睛里闪现出坚毅果敢的光芒：“也许我们都会在这场征战中死去，但是——共和必将不死！”

在场的所有人都望着他，每个人心中的豪情就这样瞬间被点燃。

张孝准压抑住蓦然涌到眼眶的潮湿，长吸一口气，按捺住内心的澎湃心潮，率先向众人伸出右手，深情而有力地说出了四个字：“共和万岁！”

所有人依次将右手叠放在他的手上，几双年轻而明亮的眼睛互相对望着，这流动交互的眼神，或坦然，或平静，或坚毅，或决绝，最后，汇集成大家共同低声喊出的心声——

“共——和——万——岁！”

第二十三章　出京

真的算得勇敢的人是那个最了解人生的幸福和灾患，然后勇往直前，担当起将来会发生的事故的人。

——伯利克里

几个年轻人都觉得心中热血沸腾，彼此相看，虽然无语，但是都有一股生死相依的战友豪情升腾在胸间。

梁启超悄然走来，对蔡锷做了个手势，蔡锷跟在他后面，来到隔壁的小书房里。

“松坡啊，我还有几句话要嘱咐你。”

“老师，您请讲！”

蔡锷随着梁启超坐在书房里的沙发上。老师仔细审视了一下自己钟爱的弟子的面庞，叹了口气：“一是你的身体。我知道，你的喉疾不算轻，共立医院大夫的诊断我看到了，须静养才可望病情得到控制。可眼下……唉！”

蔡锷看着老师，腼腆一笑：“您不必太为我担心，我的身体我清楚，应该能撑得过去。”

梁启超摇头：“还有你原先的肺病根子，你也莫大意！所以，我有个建议，你须要记在心头。”

“是，学生听着。”蔡锷恭敬地回答。

“这次回到云南，你一定要放弃你上次和我说到的那个想法——你将亲自统帅军队出征！”

蔡锷正想分辨，梁启超制止了他：“你听我给你分析。你如今有病在身，不能再带兵打仗了，不然，必然会恶化到不可收拾的地步，这是大家都明白的事实！何况，我还有深层次的考虑：云南将作为反对袁世凯帝制的根据地，其意义重大，云南的局面，当由你来全局掌控，才能让人放心！现任云南都督唐继尧不仅是你士官学校的师弟，而且是你一手提拔起来的。虽然他目前身居高位，但是只要你一回云南，如果竖旗讨袁，大家必然公推你为首领，根据你的资历和声望，你可以重新任了这个都督，坐镇云南，指挥全局，让唐继尧任总司令率军作战。”

他认真盯着心爱的弟子，语重心长的口气，竟然带了一丝哽咽的味道：“松坡啊，你的性格我自然最懂，永远是严于律己，克己待人。但是，这次护国之役非比寻常！从目前看，我们要做的，在旁人眼里，像是一种实力悬殊的‘以卵击石’之举，胜了，共和重生，我们可以全身而退；若是败了呢？一切……简直难以想象啊！所以松坡，你必须胸怀大局，认真考量，必要将一些不利因素争取化为无形！”

蔡锷低头沉思片刻，抬起头来，看着自己的恩师，唇边挂了一丝平静的笑意。他轻声说出了自己深思熟虑的一番话：“老师固然是为我着想，才有这番肺腑之言，不过，我也给您分析一下局势：此番我回云南，这个都督是万万再做不得的！当年我奉召进京，推荐唐蓂赓继任我的位置，我就早已将个人得失置之度外了。这次我回云南是完成讨袁护国大业，并非为了争权夺利、抢夺地盘而去，我不能做任何让别人怀疑或猜度的事情来！虽然我相信唐蓂赓的为人和其革命态度，但是毕竟要面对的，不只是他个人，还有他手下的众多幕僚和军队。作为坐镇一方的诸侯，他是否能坚持初衷，毅然决然地带领部下干这提着脑袋造反的事情……其中不确定的因素不可小觑！世事难料，人心叵测也是常态！所以，”他习惯性地抿了抿嘴角，露出坚毅的神色来，“我必须抱着九死一生的决心而为之！如果一切顺利，我必将亲率军队入川作战，一是解除蓂赓及其部下的疑心，再者，这样重要的一战，我也不放心交给别人指挥去打！这是共和国生死之战啊！我们无论如何输不起！”他的眼中露出无限的勇气和自豪来。

“可是看看你的身体，这万里间关，千里转战，怎能叫人放心？”梁启超着急了，眼睛直瞪着他。

蔡锷理解地笑笑：“您别多担心，我自己心下有数！何况，如果没有这场病，我还骗不过老袁那双贼眼呢，这是坏事变好事也未可知？”

“唉，你这个倔强的……湘伢子啊！”梁启超无奈地摇头，眼前仿佛又浮现出幼小艮寅当年那股不屈不挠、不达目的绝不罢休的劲头来。

“先生，我们一直在期待着中国社会有个巨大的变革，来实现我们的理想。那么，坐着言，何如起来行？”那年在日本，他欲回国参加唐才常领导的自立军起义时，这样和梁启超告别：

“只需先生为我想办法，得学陆军，将来不做一个有名之军人，不算先生之门生！”后来，也是在日本，改名蔡锷，准备投笔从戎时，他这样对老师发出誓言。

梁启超默默回想着，眼中有雾气笼罩上来。他的耳边，这位自己平生得意的弟子，又在此刻，神情肃穆地重申了一个他们师徒之间的阳光誓言：

“老师，前次我到天津和您会晤，谈到即将进行的这桩‘大事情’，咱们私下里曾有这样的约定：‘此次讨袁护国之役，若是成功，咱们就宣布下野，绝不继续用自己手里的兵权争地盘；如果失败，就自戕以殉民国，绝不流亡海外，使国事更不堪问！’学生谨记师训，必将拼尽全力，打好这场共和保卫战！”

“明知不可为而为之，这是壮士行为，猛士行为，更是死士行为！共和有你，有你们，不死！”梁启超擦擦潮湿的眼眶，拍了拍爱徒的手背，看着他，眼里尽是坚毅决绝的光芒：“去吧，松坡，担负起这副重担，虽然这担子太过沉重，但是目前放眼海内，还有谁能为之？这是你的光荣，更是你的宿命！”他说得哽咽，转而吸了一口气，换了深沉有力的语调继续鼓励道：“我也会尽自己的全力做好我该做的事情，必将在适当的时候策应你们！”

蔡锷感慨着点头，对老师悄悄说出往日的一段史实：“您知道吗？‘二次革命’时，我没有选择讨伐袁世凯，只为当时的我，不能用手中的兵权，来挑战民国法度。但是我没忘记，也是在那时，对于一些朋友——不管是革命党还是改良派——我曾做过这样的承诺：‘我们不妨提高警惕，静观其变，只要他袁世凯敢冒天下之大不韪，危害共和，枉自称帝，我蔡锷就会用手中的枪杆子，捍卫民国，为四万万同胞争人格！”

他长长吁了一口气，回望窗外暮霭沉沉的天空：“也许，眼下到了我兑现这个诺言的时候了！”

回到病房的蔡锷发现潘蕙英神色异样，脸上带有泪痕，就不解地询问。潘蕙英只是摇头不语。

到了夜深人静时分，病房里只剩下夫妇二人，蔡锷再次相问，潘蕙英呆呆看着他的脸，还未说话，眼泪已流了下来。

“松坡，我到底成为你的拖累了！”

“蕙英，此话怎讲？”

蔡锷惊异地看着妻子，看到她垂下秀气的脖颈，用手摸着自己隆起的腹部，怨念道：“我现在有点恨上肚子里的这块肉了！他来得真不是时候啊，我恨不得……”

她正想用拳头去捶打自己的腹部，却被蔡锷一把抓住了手腕，回头对上他愤怒的眼神：“蕙英，你疯了？你在干什么？”

潘蕙英扑倒在丈夫怀里，失声痛哭：“我想陪你这一路，一路走下去！可是，我现在也知道，这是不太现实的！我会成为你的拖累，成为很多人的拖累！这肯定是不明智的，我知道，你在为难！我不愿意让你作难啊！”

蔡锷搂着妻子，轻轻地拍着她的背，安慰道：“好了，先别哭，蕙英，听我说。”

他等她的情绪略微平静下来，才柔声劝道：“我承认，我动摇了带你一起继续走这路的决心，只为我们越来越预见到，此番征程，不仅遥远，而且凶险莫测！带上你这样怀有身孕的女子，风险实在是太大了！”

潘蕙英流泪听着。

蔡锷看了她一眼，小心翼翼地选择着劝导的话语：“我身边的朋友，战友们，都绷紧了弦。他们此番护送我回滇，是为着大家共同要完成的一件大事！事关这个国家的国格，这个民族的尊严！所以，蕙英，我想，正如我如今的生命，已经不再属于我自己一样，我们这样缠绵的夫妻情愫，是否也应该服膺这番大业呢？我不能让我的同志和战友们，为了我们的私情，再多冒一些险，多耗费一些心血，甚至是……”

潘蕙英擦着眼泪，默默听着。

蔡锷看着她，语气逐渐坚定起来：“蕙英，你一直懂我。我们在很多事情上，可以做到心有灵犀、心灵相通般默契！所以，我想说出我的一项决定，我认为我可以做主，单方面为你做出这样的决定。”

潘蕙英依旧抽泣着，但是却平静地看着丈夫，眼中流露出温顺的光芒来。

“你先行一步，从这里直接回云南待产。昆明有你的娘家，以这样的原因走，不会引起别人的怀疑和阻拦。我派何鹏翔一路护送你回滇，他办事仔细老道，当万无一失！我继续我的行程，我们在昆明会合。”

他注意看着妻子的神情。潘蕙英沉吟片刻，终于点点头，却咬紧嘴唇，再次扑倒在他的怀里。

在丈夫有力的拥抱中，一脸委屈的小妻子不停地嘟囔着："哼，你肯定是早就和他们商量好了，左右夹攻，逼我就范！"

"商量？和谁商量？"蔡锷不解地问。

"就是你那两个好助手、好跟班啊！何鹏翔，雷飚，一个个都人精似的！"潘蕙英吊着脸抱怨道。

蔡锷心里好笑，也不明就里，就含笑问她："今天下午我不在的时候，那两个家伙和你说什么了？"

潘蕙英忍气答道："他们不说别的，就一个劲儿在我面前表忠心，说眼下跟随在你身边的这几个人，就像是你的贴身保镖一样，一定会在路上把你保护好、照顾好，让我千万放心！哼！弄得我都不好意思说，我也要和你一路走了！你看，人家都在全力护佑你呢，再带上我，算什么嘛？我怀疑这是你和他们暗中定下的，专门对付我的计策！"

蔡锷听了忍俊不禁："不管怎么样，你想明白就好。总之眼下我们以大局为重吧！你是个懂事明理的知识女性，知书达理，深明大义，这个我一点都不担心！"

"算了吧！我才不要这些高帽子！"潘蕙英瞪了他一眼，又叹息道："只要你能平平安安地就好！我最担心的是你的身体，你身上的病……"

"好了，蕙英，我的身体没有问题，身边有这样多的人陪护呢。只要你能顺利平安地早日回到昆明娘家，对于我来讲，就是最大的慰藉，解除我的一个大大的思想包袱了！"

"哼，还说不是？我还是你的包袱！还有他……"做妻子的，又低头看着自己的腹部。

蔡锷摸摸妻子的腹部，语气格外温柔地劝道："千万再别怨恨我们的孩子了。这个娃娃，孕育在这样一个特殊的时期，也许他注定是来见证一段非凡历史的呢？"

两人紧紧地相偎在一处，心里有担心，有惆怅，更多的，是憧憬和祝福。

两日后，潘蕙英在何鹏翔的陪同护送下，准备乘火车转道上海回云南。

病房里，夫妻二人依依惜别。潘蕙英取下自己颈上的沉香木小凤挂件，为蔡锷挂到脖颈上；又将他原本挂着的小龙取下，戴到自己脖颈上。

“松坡，你一路小心，吉祥平安！等到这对龙凤相逢的时刻，一切都好了！”

“是的，蕙英，它们会很快相逢的，相信我！”

两人紧紧相拥，彼此颈上的挂件也相碰到一起，可以闻到对方的香气，幽远芬芳。

1916 年 11 月初　日本福冈医院花园中

潘蕙英回忆着往事，眼中深情一片。

梅子愣愣地望着她，又注意地看看她的脖颈处。潘蕙英明白她的意思，笑着解释：“我如今没有戴着它。”

“为什么呢？”梅子很奇怪。却见潘蕙英温柔笑笑：“他如今病着，不方便戴，我也就不戴。正好，让那两个物件放在一处，它们原本是一对儿，不能分离。”

梅子感叹着：“定情之物，永不分离，中国式的浪漫，真好！”她又看着潘蕙英：“夫人，你和我讲过，沉香木是有着特殊含义的？”

潘蕙英：“每块沉香木都是有来历的，特定品种的树木，在受到外界的伤害后，将自己的伤口包裹起来，却以结香的形式，还给这个世界一抹温柔的形态。触摸着它，你可以明白，原来只要有真爱，就能将这世界上的万物，都化作自己温柔的神态，给懂自己的人，最终珍藏自己的那个人！”

“你这个说法好美！”梅子双手合十，嘴唇因为激动，而微微有些颤抖，“就像爱情。一旦遭遇上，就无法逃避。即使未来的路深不可测，也许还有无数的伤害、困苦，等在前面，但是我已经用我的真爱火焰，包裹了一切，愿意以最温柔的姿态，展示给值得我爱、也深爱我的那个人看！”

这句话很有些绕口，梅子的中文显然是不够用了，她的话里夹杂有日文，潘蕙英不能完全听懂，但是此刻她们的心灵是相通的，她们的交流不会只限于语言。

潘蕙英此刻又想起了一个问题，她盯着梅子看了半晌，欲言又止的神情引起了对方的注意。

“夫人，你想说什么？我猜，你的样子，是有话要问我吗？”

潘蕙英感慨于梅子的灵动和敏感，抿起薄唇，绽放出一丝温润却明显带有点悲凉的微笑："很多时候，我觉得，作为女人，嫁给一个军人，一位将军，不知道是幸还是不幸呢？"

"夫人的意思是？"

"就以你和蒋将军这段情缘来说，异国男女，因为一段特殊的感情经历，走到了一起。这里面有着太美的东西，照料、陪护、相知、痴恋……你们甚至战胜了来自家族的阻力。但是，梅子，你想过一个问题没有？中国和日本，毕竟是两个国家，它们有过太多的不愉快的历史，也许，还有很多未知的不确定的前景？如果有一天，我是说如果有那样的可能，两个国家之间发生了战争，你该怎样选择呢？"

梅子微微愣怔，她垂下头去，沉吟片刻，再次抬头看向潘蕙英时，她的秀目中，已经闪烁起沉静决绝的光芒。

"我爱我的祖国，正如你们，还有百里君爱你们的国家一样。但是我真的对政治不感兴趣，我只知道我嫁了百里君，就是蒋家的妻子、儿媳，我会尽到自己该尽之责任，把他照顾好，把我们的生活经营好。其他的，就不是我这样的弱女子所能掌控的了！一切都是命！我遇到百里君是命，我将成为中国媳妇也是命！人，是不可能和命运抗衡的，我的温柔，只会给他……"

潘蕙英被这个东瀛女孩的痴情打动了，握着她的手，久久没有说话。

梅子反握住她的纤腕，看着她的脸追问道："夫人呢？不是也一样？遇到了此生应该追随相伴的那个人，就会跟随他走下去？"

"是的，你也说出了我的心声！"潘蕙英幽幽道，"我们都是一样的女人，一样有福分！能在这茫茫人海、滚滚红尘中找到自己命定的那一半，就是人间最大的幸运事，也是最深刻的幸福！"

她的语气格外坚定："此生，我必定要追随他，相伴他，照料他，无论何时何地，不管到了什么情形、境地……我们都会在一起，永远不分离！"

她的话音轻柔平静，却让身边的梅子蓦然间打了个冷战。她突然记起那位重病卧床的人了，想到蒋方震昨日和自己谈到的，有关蔡锷病情的不乐观预期，一种深深的担忧和恐惧之情涌上她的心头。

她紧紧抓住潘蕙英的手，急急问道："夫人？你……在打算什么吗？将军的病，你……"

她情急之下中文语法全乱了，又怕说出的话，词不达意，会不得体，反而提醒且误导了潘夫人，不觉中急得红了脸。

潘蕙英却很平静，她摸摸女孩的脸颊，微微一笑：“看你，急什么？我不过是在回答你刚才的话罢了！一切都未知呢……别担心……”

梅子心里却总是难以平静下来。

1916年11月初　北京中山公园来今雨轩

这座于1915年刚建成的茶楼和饭馆，是当时一些社会名流聚会之所。具有浓郁的古典色彩的庭院内花草环绕，假山、小桥、喷泉、瀑布相映成趣。

叠翠廊下的一个僻静处，是那天季梅和小凤仙约好的会面处。因为早到了半个时辰，这里还空无一人。小凤仙在廊下的长椅上坐了，默默看着眼前的花园景致。她的脑海里，却不断浮现出去年夏天的一幕。

那时的小凤仙几乎每天都被众多报刊记者围追堵截，他们抛向她的问题，在她看来，都是奇奇怪怪的。

“凤仙姑娘，请你回忆一下，你和蔡锷将军在一起时的往事？你是如何帮助蔡将军逃出北京城，南下举义的？”

“凤仙姑娘，据说你也参与了蔡松坡将军领导的反袁密谋？蔡将军当时都和你说了什么话？当时的你，只有十五岁，参加反袁斗争，没感到害怕吗？”

“听说蔡锷将军是在云吉班你的闺房出走的，经过天津、上海，转道日本、越南回到昆明，高举义旗。请凤仙姑娘回忆一下，蔡将军从你这里出走的具体细节？有什么惊险之处？”

当时的小凤仙面色沉静，她沉着脸坐在那里，不回答任何问题。

不过数日，一沓沓的报纸，被小姐妹们搜罗到她的面前，上面的报道更是让她哭笑不得。原来那些曾经被问到的奇奇怪怪的问题，可以衍生出这么多奇奇怪怪的文章呢。

在这些文章里，她——雏妓——小凤仙，被描写成了一个侠女，和蔡锷一道干出了惊天伟业；她被描写成身披黑色披风，瞒过袁党爪牙，掩护蔡将军出京的英雄；还有的文章详尽地描述了蔡锷如何和她共同谋划反袁大计，如何在她的极力劝说下，决心出京竖起反袁大旗。当然，还有各种各样描写她和蔡将军香艳故事的文章，五花八门。一夜之间，她被刻画成了名妓，也被塑造成了英雄。

小凤仙记得她看后嗤然一笑：“先生才不是你们写的那样呢……”

随后她就被自己的小姐妹们围着相问：“凤仙，那你的先生，究竟是哪样儿啊？你和他，到底……”

“凤仙，蔡将军如今是名满天下的大英雄了，他还会记得你吗？”

小凤仙再次有崩溃的感觉，于是在那个夏天结束的时候，她跟随养母，悄然回南方避居。

此刻，小凤仙正坐在长廊下痴痴地回忆着，忽听耳边有人在唤：“筱凤姑娘？”

罗湘、季梅夫妇按时来到此处和她见面。

罗湘是和蔡锷一起长大的同乡、发小、挚交，后面在日本时又结义为盟兄弟，两人的关系，在某些方面甚至超过了蔡锷和他的两个弟弟。罗湘回国后在黄兴的介绍下，加入了同盟会，和蔡锷又成为一定时期的战友。蔡锷此次将找寻小凤仙的事情交给他，也是对他格外信任的意思。

此刻，罗湘的表情是凝重的，他有些同情地看着小凤仙。他从季梅口中听说了她的情形，于是见面就直接和她谈起了蔡锷的状况。

“他的病很重，人都瘦得脱形了。而且国内探视的人太多，不利于休养，所以大家劝他到日本去治病了。”

他叹了口气：“他走前在上海，我和他见了面，他托我有机会一定要带些钱给你，办成后发个电报给他，这样他就放心了。其他的，没有什么话。我猜想，他之所以让我们来办这件事，也是想让我们和你有所联系，如果你以后有什么难事，就可以来找我们！”

小凤仙沉默片刻，才怯怯地看了罗湘一眼：“蔡将军……他就没有一句话给我吗？”

罗湘尴尬地看了看她，似乎有些艰涩地解释道：“在上海的时候，他的时间很紧张，一方面要检查病，还要应付各地不断来看望他的故人旧交，还有筹划东渡日本治病的相关事宜……所以，他也没时间和精力去给你写信……而且，你如果那时候见了他就明白了，他虚弱成了什么样子……”

小凤仙摇头，带着凄楚的笑容说：“一切都不是理由，他是忘了我了！这一年多了，我总是在回味，在猜测，我和他，究竟是怎么回事？也许从当初我们相识，就是一种刻意的安排？我始终不明白，我相貌平平，年龄又小，当初蔡将军位高权重，在云吉班里怎么就会挑上我呢？”

罗湘和季梅都默默看着她，听她讲述着。

“两年前我小，不懂事，当然就糊里糊涂的！现在我是想明白了，他当年其实就是想有个掩护，他看中的，就是我的听话、单纯、不懂事！他挑选我，就是做道具用的！是他想瞒过袁世凯，逃出北京城的一个道具！”

罗湘沉吟：“当时那个情形……”

小凤仙惨笑一声，脸上挂了绝望和悲凉的神情，她急切地打断罗湘的话：“不要和我说什么情形！我只知道我是真心崇拜他，爱护他，依恋他！我把他当作了一个亲人！可是，如今看来，有多可悲？我完全错看了他！”

她冷笑阵阵，让人听了心生寒意：“他和天下的男人又有什么不同？！他们的眼里，只有你争我也抢的天地、江山，只有手里的刀枪、剑戟，哪里又会把我这样的女子放在心上了？我算什么呢？不过是他和袁世凯对弈盘上的一个伪饰的棋子，一个随时可以牺牲掉的棋子！换句话，就是他的一面墙，一面挡风的墙！……也许，天下的负心人也多，原不独他一人！”

“不许你这样说他！”罗湘忍不住喊道，“没人可以有资格来指责他，诋毁他！他不负任何人！只有我知道，他负的，只是他自己！”

他的声音因为突如其来的激动而颤抖，他的语调是那样的沉重。

“想当年，他接了袁世凯的手令进北京时，多少人在责骂他依附权贵，是投降派，是软骨头！可是当袁世凯真正逆天而动，欲行大逆不道之事时，国内那么多的这个党、那个派，都躲到哪里去了？那些骂他的激进分子们跑到哪里去了？那些口口声声大义、革命、造反的人跑到哪里去了？！只是让他这样一个手无兵权的只有半条命的人去努力，去抗争！去战斗！……为了这样一个国家！为了这样一群随时可以指责他、苛求他的人们！”

看到他情绪激动，季梅走到他面前，拍了拍他的肩膀，示意他冷静些。

罗湘已经无法平静，他似乎要把淤积于心多日的愤懑和痛苦找一个发泄口倾诉出来：“医生说了，他原先的肺病并不严重，只要好好调养，以他的地位和条件，终究可以安享天年，最起码不会搞到今天这个地步！他这是生生把自己累成这样的！想当年，袁世凯给了他金钱、地位、名誉，只要他俯就，或者是略微弯弯腰，他就有享不尽的荣华富贵！可是他为了他念念不忘的所谓的中华国格，还有四万万人的人格，硬是把自己往死路上逼啊！蔡松坡，这个傻子……”

他不觉流泪了：“你说他拿你当棋子，当挡风墙，可是你想过吗？他应该怎样做？当时的他，自己都是准备去送死的！不这样做他如何逃得出北京？如何逃得过袁世凯的手掌？如何能万里间关，千里转战，去挽救共和于倒悬？”

“他离开北京前，曾将自己从不离身的佩剑和将军服寄回了老家，就是表明了必死的决心的！战争结束后，他连回家的时间都没有。我这次受他嘱托回湖南看了老太太，老人家也未能见上他一面……是的，他不负任何人！他负的只有自己的至亲，自己的健康，甚至是自己的生命！”

罗湘讲到这里，记起在上海和蔡锷会面时他憔悴病深的面容，记起蔡老夫人思子的眼泪，记起刘侠贞在隔壁房间里压抑的哭泣声，记起蔡锷的孩子们幼稚而渴望的眼神，这一切，让他忍不住哭出声来。季梅也泪流满面。

小凤仙趴在廊柱上失声号啕，她哭得浑身乱颤。刚才她对着罗湘发泄出自己这一年多的郁闷、猜度、伤感、绝望之情，目前心中留下的，却只剩悔恨和眷恋。

“先生！先生！筱凤不怪你，筱凤知道你的无可奈何，你的身不由己！我……我只恨自己不能肋下生出翅膀，飞到东瀛，守候在你身边，再有机会伺候你的病！我想你，念你，你永远是……我的亲人，我崇敬的……先生！”

罗湘和季梅流着泪，听凭眼前的女孩发泄出淤积在心已久的离愁别绪，还有这很可能即将到来的生离死别之苦情。季梅走上前，轻轻扶住小凤仙的肩膀，自然而然地让她依偎在自己怀里。

两个女子相拥许久，才各自擦去眼泪，逐渐平静下来。

季梅打开坤包，拿出那张银票来，递到她手里：“收下吧，别辜负了他的一片心。他当年是戎马倥偬，如今是病魔缠身，一直以来，都很难眷顾到自己的亲人们！这对于他，何尝不是一种难以忍受的心理折磨呢？他心里的愧疚之情只会更深，更痛！他能略微补偿的，就是这些了。”

小凤仙默默收下了银票。罗湘同情地看着她，轻声问道：“这件事情完成了，我要即刻给松坡发去电报。你还有话对他说吗？或者是书信？我可以转交。”

小凤仙沉吟片刻，微微摇头：“不用了。他如今病痛在身，自顾不暇，我就不再去打扰他了。你就对先生说上一句——筱凤要回南方去了，先生曾经教给她的那些话，她都记在心里呢。”

三人作别前，小凤仙又看着罗湘夫妇，发出一声轻叹：“先生以前总说要为四万万人争人格，也许，我也算这四万万中的一个吧？”

1916年11月初　福冈医院特护病房

同一天的这个早晨，在福冈医院的特护病房里，林建昭又来到蔡锷病床前。看到久卧病榻的他精神尚好，就是咳喘得厉害，樱井护士长查房，亲自照料他服了药，才逐渐平息下来。

蔡锷支走了围在自己床前的人，独留林建昭陪着自己。他谈起上次林建昭带给他看的藤原教授的文章，看着眼前这位敏学好问的青年："你看藤原教授的文章也不算少了，有什么感想没有？"

"我觉得读了这些文章，真正接触到一个原先我没有想过的问题，就是日本的'大陆扩张政策'！"林建昭的神色有些忧郁，他抿抿嘴，沉吟了片刻，才叹了口气："这个问题，当每个中国人感知后，都会觉得不安的！"

蔡锷正想说话，一阵咳嗽袭来，他捂着嘴轻咳起来。林建昭忙起身为他拍着背，蔡锷挥挥手，招呼他坐下："你继续说你的感想，我想听。"

林建昭："我看了您推荐的藤原教授这十来年的文章，发现他作为日本人心目中的中国通，的确把中日关系的研究做到极致了。他论述的中国留学生在日本的情形，想必您和蒋将军、石将军这些曾经的留日生们，都感同身受吧？"

蔡锷点头："是。当年我就是从留心他的论述中国学生在日本的留学史开始，接触到他的文章的。但是后面越来越引起我注意的，就是你刚才说到的，日本大陆政策的演变过程。它和中国息息相关，作为一名中国军人，我没法不深思和关注。"

"听说蒋百里将军擅长军事研究，您和他提到了这个问题吗？"林建昭问道。

蔡锷再次点头："目前百里在此陪我治病，要联络处理的事情很多。我已经提醒他关注藤原的文章。前几天，我让你把一些重要的文章抄录摘选下来，也是这个意思。希望你有机会能交给他，或者，你们一起探讨这些问题。中国的未来和希望，不在我们这一代，而在你们这些年轻人身上！"

"将军，我们一起来讨论这些问题！"林建昭激动地建议道，"等您病好了，回国，我一定会继续求教于您，还有百里将军！虽然我不是一名军人，但是未来，也许……"

他的话让蔡锷有些伤感，就岔开了这个话题，继续说着刚才谈到的主题："我更想听一下，你对于藤原教授文章里的，所谓的大陆政策，有什么看法？"

林建昭思索着说道："这个大陆政策在藤原教授的笔下，清晰地表明了其形成的原因，源于明治维新前后已奠定的经济、政治、军事，尤其是思想基础。作为岛国的日本，要想谋求发展，必须向中国和朝鲜等大陆国家进行武力扩张，以实现其可怕到带有妄想性质的所谓‘蓝图’！那就是——通过吞并台湾，吞并满蒙，继而吞并中国，再谋求称霸亚洲，以至于称霸世界！这个野心勃勃的妄想国度，会因此做出什么样可怕的事情呢？”

蔡锷点头：“可以说，日本大陆政策，正是日本军国主义的核心和最本质的体现。它就像一条奇怪的曲线，贯穿了整个近代中日关系的始终。”

他拿起枕头下的那本杂志：“这是你上次从美江护士那里得到的，你让我留意看的一篇藤原文章——《大陆政策的中心与跳板》，在论述了以侵略中国为中心，以占领朝鲜为跳板的主题下，我尤其注意到，他提到了日本必须推行大陆政策的三个因素：一，旨在学习西方殖民扩张主义；二，本土资源缺乏，将咱们国家的东北认定为其民族千秋万代生存发展的空间；还有就是第三点，御敌于国门之外！他要防俄抗俄，就要在我国东北取得军事据点，才能有其立足之地。”

他提示着林建昭：“你把这几点都重点标出来，哪天有空我们和百里一起讨论一下……”话未说完，他又被一阵剧烈的咳嗽困扰，俯下身子咳喘起来。

中午吃过饭，蔡锷不愿意接受随从们的建议——小憩片刻，倒拉上林建昭坐到阳台上，继续闲话。潘蕙英拗不过他，只好看着李华禹和林建昭将他搀扶到阳台的藤椅上卧好，又亲自为他盖上一床略微厚实的毛毯，才离开。

林建昭从他的健康状况考虑，就不再和他谈论令人心中感到压抑的中日关系问题。恰好此刻蒋方震和石陶钧也过来，四人坐在一起回忆起往事，当年蔡锷从天津开始，踏上万里间关的回滇之路，也是大家格外关注的事情。石陶钧突然冒出来的一句话，更是吸引了几人的注意力。

“松坡啊，我经常想说，别人眼里的儒将蔡锷，在我——你这个发小的眼里，很多时候就是一个诚心诚意的书呆子！”

蔡锷没有反驳，静静地笑望着他，蒋方震不知道这个古怪精灵的石陶钧后面又有什么妙语，也含笑不语；林建昭却有点惊讶，看着石陶钧，张张嘴，又没说出话来。

“你这个蔡松坡的追随者又想为他辩护什么吧？”石陶钧笑问林建昭，后者不好意思地笑笑，却见石陶钧摇头道，“你先别急着回护你的蔡将军，听我说清楚我的意思就得了！”

他指指蔡锷："先不说当初你诚心诚意地相信那个袁世凯，交出手中都督帅印，进京来支持他，后来的一切，你又收获了什么？"

他摇摇头，又看向众人："就说前次你逃离北京，从天津出发，准备辗转回云南的经历吧？你来到日本，我们这些人跟在你的身边，护佑的护佑，接应的接应，好容易瞒过那些暗探，平安到了日本神户。你又犯了那诚心诚意的轴劲儿，非要给北京袁世凯寄了信函，再次奉劝他放弃帝制。"

林建昭听到此处，有点惊讶地盯着蔡锷，蒋方震看到，笑着为他解释："这事我虽然没在跟前，却听松坡讲到过。他此举也是仁至义尽，本意是想再给老袁一个机会，望他能悬崖勒马，回头是岸，放弃复辟帝制的不智之举，那么后面一切的兵燹之祸，也就可以避免了！"

"可是老袁听了吗？人家可能听他的吗？"石陶钧激动地辩论着，"这个善良的想法，只可能是你这样诚心诚意的人，才会时刻放在心间呢！"

蔡锷依旧平静地笑着，淡淡说了句："争取一下，有什么错？我从来不以为动用武力是好事情！打仗就要死人，能尽量少死些人，不好吗？"

"哼，你这是枉费一片仁者之心，却不料遭遇上虎狼之心的人了！"石陶钧摇头，"倒因此白白暴露出自己的确切行踪，引来老袁布局的一场场凶险追杀。"

蒋方震此刻插言道："松坡临走时让我转交给老袁的那张假条，加上你刚才说到的从日本发出的信函，其实当时在北京总统府都掀起波澜，作为亲眼看见者，那时我也很为你们几人揪心！"

石陶钧叹息："谁说不是？从天津出走，经上海到日本，这一路还算平静，后面从日本经香港、过越南回到云南，可就真的是屡有惊心动魄之举了。我虽然没有随着松坡一道走，但是后来听戴戡和殷承瓛他们多次提到过。"

"其实，从天津动身开始，我就知道，这一路注定不会平静。"蔡锷蹙起眉毛，轻声为他们回忆着。

1915年11月18日夜　天津码头

身着一身陈旧工装的蔡锷，鸭舌帽低低遮住了半张脸，在穿着同样服饰的雷飚、戴戡和殷承瓛的陪伴下，行动敏捷地登上"山东丸号"。

上了船，戴戡等人各自留神了一下周围的动静，没有发现可疑的监视目光，才向蔡锷打了个暗号，四人进了船员的底舱。

此船停泊在上海码头时，雷飚下船，他要转道去广西，带着梁启超的书信，去联络那边的反袁组织。蔡锷等三人继续跟船行驶，驶向日本岛。

日本西海岸门司码头上，接应者已经等在那里。除了前面先行到这里打前站的张孝准外，还有个圆脸青年。

蔡锷一上岸，青年就上前抱住了他，大叫："艮寅，松坡！你想死我了！"

"嗨，你这个石醉六，还是这样开朗张扬的模样！"蔡锷被他搂住身子不能动弹，只好用手狠狠捶了他后背几下。

这个青年，就是蔡锷的发小，一起长大，又同时考中秀才的石陶钧。两人有十来年没见面了，自然有说不完的话。他们用邵阳话叽叽嘎嘎地说笑着，一旁张孝准笑着提醒道："我们已经买好去神户的火车票。时间不早了，有啥话，火车上说去！"

火车上，几个故友围在一起，畅述胸怀。

石陶钧亲热地捶一下蔡锷的肩膀："我还真担心你陷在北京出不来呢！你这个傻子，去痴心相信那个独夫民贼，自己去投人家张开的那张网！"

蔡锷笑笑，没解释很多："以前的事情不去理他了，现在我们几个老友相聚，有这个并肩战斗的机会，我实在是高兴！"

石陶钧端详着蔡锷："你的脸色这样苍白，人也比以前瘦了好些，究竟是怎么回事呢？我听说你是以养病为名骗过老袁，才得以出京的，还以为你是装病呢，现在看来，你的状态实在不是往常健康的模样！松坡，你？"

蔡锷掩饰地一笑："也没什么大病，只不过是以前的老病根偶然犯了。"

他笑看石、张二人："你们生活在海外，呼吸着自由空气，自然气色好些。我困居北京，像在监狱中一般，哪里会健康……"

话未说完，一阵剧咳突然向他袭来，他捂住胸口，低头猛烈呛咳起来，他的脸色瞬间憋得通红，那一阵阵低沉而剧烈的咳嗽声让人听得直揪心。

张孝准、石陶钧被这陡然发生的情形惊到了，一时竟然有些手足无措。坐在蔡锷对面的戴戡却眼疾手快，他似很熟悉蔡锷的状态，忙上前一手扶住他的上身，一手用劲捋着他的后背。

就这样，在众人担忧而心痛的注视下，蔡锷持续咳了好一阵，才逐渐止住了，他疲乏无力地伏在戴戡的手臂上，微微喘息着，似乎整个身体都瞬间松弛下来。

殷承瓛显然和戴戡一样，多次照顾过他这样的情形了，他倒了一杯水，蹲下身子，将杯子凑到蔡锷唇边。蔡锷就着他的手上喝了一口，慢慢喘息才平复下来。等他终于缓过这口气来，两人才小心地扶着他坐好，靠在椅背上。又过了片刻，蔡锷的神色才恢复了平静。石陶钧和张孝准对望了一眼，满是担心和忧虑。

张孝准皱着眉，直视着他："前两天在天津听百里说起你的病况，我就不太放心……现在看来，松坡，你的病实在不能掉以轻心！不如我也陪着你一路回云南吧！多一个人，多一份照顾，日本的行动安排，醉六来做！"

石陶钧摇摇头："不行，运隆！你受克强兄指派，要利用在东京的人脉关系，完成为将来松坡的军队筹款的诸项事宜呢，还是我陪他去！"

蔡锷已经完全平静下来，他推开戴戡一直在为他拍背的手，尽量平和地对两人说："好了，不必争了，在日本还有很多后续的工作要做！还是按原计划行事。别忘了，你们两人有一件重要的事情还要做，就是假扮成我在日本就医的样子，带上我事先写好的明信片，在日本各地旅行，每到一处，就给北京的老袁发上一张，迷惑住他，为我们尽量掩护，多争取时间吧。"

他又指指殷承瓛、戴戡两人，笑道："何况，还有叔桓和循若他们在我身边，你们又有什么可不放心的？他们跟随我也久了，未必弱于你二人？"

石陶钧点头："这样也罢，反正事情完成后，我会尽快到云南去找你！"

蔡锷笑了："是啊，你说过有一天，要做我的参谋长的，这个并肩作战的机会终于让你等来了！"

"什么？你准备亲自带兵出征？！"张孝准和石陶钧几乎同时喊出来。

"不行，你不要命了？！"石陶钧气得叫起来。

张孝准也正色劝道："大家这样千辛万苦护送你回云南，是让你起到统帅作用，去调动西南诸军护国的！大家看重的，是你在西南军界的影响力。你只要回到云南，就可以坐镇昆明，指挥滇军，外加策动周边各省军队。其实，你只要掌控全局就好，以你如今这样的身体，怎么能再戎马征战？"

想到没必要在这个时候让他们过分担心，蔡锷于是不再解释强辩，随和地一笑："此事再议。目前要做的是先顺利返回云南就好！"

石陶钧狠狠瞪了他一眼，又看向殷承瓛、戴戡："你们两人得看住他啊！这个不要命的拼命三郎！"

同一时刻，北京总统办公室里，蒋方震正在觐见总统，雷震春站立一侧。

袁世凯从蒋方震手里接过蔡锷那张病假条，边看边低声读道：“伏念锷病根久伏，殊非旦夕所能就痊。而北地严寒，亦非孱弱之躯所能耐，一交冬令，病势益加。计唯有移住气候温暖地方，从容调养，庶医药可望奏功。查日本天气温和，山水清旷，且医治肺胃，设有专科，于养病甚属相宜。兹航海东渡，赴日就医，以期病体早痊，再图报效。”

他看后不语，沉吟许久，才看向蒋方震：“松坡也是孩子气得很！看个病，也非要去日本国吗？他完全可以在国内医治嘛。北京、天津没有良医，还可以去上海，或者干脆延请外国名医到这里给他治病，多大的事儿呢？偏拖着个带病之身，跑到邻邦？”

蒋方震笑着，沉稳接言：“您是知道的，松坡和属下都在青年时代留学东瀛，对那边的风物、习俗以及医疗卫生设施自然有所了解，也有些同学故交在彼处。所以病情绕心困顿之时，想到故地重游，医疗痼疾，也是常态。而且您还不知道呢，当年留日期间，我们曾经结伴在日本国内游览，对于一个叫‘箱根’的地方，松坡极为喜欢，多次到该地畅游，认为那里气候颇佳，风景亦美。此次他必然要再去一回，借以疗养孱弱之身。”

袁世凯点头：“也罢，随他的意吧。只盼他早日康复归来，再为国出力。”他说着提起笔，在这张假条上批了一行字：“呈悉。一俟调治就愈，仍望早日回国，销假任事，用副倚任。”

蒋方震走后，袁世凯的脸上突然罩上一层阴云。他看着雷震春：“好嘛，你说你盯蔡松坡盯得颇紧，怎么他出走日本，你也是才知道，刚刚报上来？”

雷震春神情有些尴尬：“这……属下的耳目确实在天津一日半刻都没忘记监视蔡锷。他在津除了住院治疗，也就是到汤觉顿公馆打打牌，会会一些旧友，完全是踏心养病的情形，哪知道他会突然……？这几天他在天津一直和蒋方震在一处，蒋是您派去陪伴蔡锷的人，所以我们的耳目就……不好公然跟踪盯梢了。”

袁世凯不耐烦地挥挥手：“没用，一个都没用！你！还有你手下那帮酒囊饭袋！”

雷震春试探着问：“总统看蔡锷此次去日本，究竟有何阴谋？”

袁世凯面无表情：“人家公然请假去看病疗养，他也真有病在身，没有证据，我能说什么？”

他搔搔发亮的头顶，沉吟着：“但是我始终对他不能放心，总有一种不大好的预感。”

“属下也觉得蔡锷此行相当可疑！先请五天假，再续假不归，如今又公然请长假要去日本……”雷震春上前建议道，“总统该驳回他刚才那张假条，严令他速速回国才是！也可试出他的真实目的，起码是……态度！”

“你懂什么？”袁世凯不满地横了他一眼，“他的行为至今并无可指摘之处，身体有恙，外出就医，按制请假，也算守规。我若是此刻断然拒绝，倒等于公开和他翻脸了，不是更把他推向了敌对一方？再说……就是他此行当真有什么不轨的企图，此刻已呈鞭长莫及之势，也只能密切关注，再谋对策！我此刻不妨装聋作哑，顺水推舟，准了他的假条，也是彼此留个余地！万一他在异地幡然醒悟，迷途知返呢？也好大家再次相见！”

“总统高屋建瓴，胸怀雅量，又怜才宽忍，仁厚待人，着实令属下佩服之至啊！”雷震春此番倒是发自内心地赞美道。

袁世凯换了严肃的表情看他：“你有这番马屁功夫，不如赶紧开动脑筋，想想下面的对策！虽说鞭长莫及，但是亡羊补牢，未为晚也！对蔡松坡后面的行踪的监视和掌控，你要拿出切实可行的方案来！”

“是，属下明白！大总统放心，我马上就去布控！”雷震春也极为严肃地答道。

第二十四章　闯关

在下决心以前，犹豫也许是必要的。然而，一旦下了决心，就应该一直往前走。

——石川达三

1915年11月23日　日本神户码头

蔡锷一行人在神户车站下了车，几乎没有停留，就直接赶到神户码头。黄兴长子黄一欧和程潜两人早就迎候在岸上。大家会合后，来不及相互介绍寒暄，就避开码头上形形色色的眼睛，迅速来到一条僻静巷子里早已订好的一间旅馆。

蔡锷等人换下穿了一路的工装，又简单盥洗了，在程潜的带领下，来到楼下餐馆吃饭。程潜和蔡锷同岁，湖南醴陵人，作为士官六期生，他和这一行人都非常熟悉，在昔日学习的国度再次聚首，大家自是激动万分。

张孝准拉了黄一欧，来到蔡锷面前坐下。石陶钧笑着抢先介绍："大家先静一静！首先让咱们的黄公子，郑重拜见他仰慕已久的一个人物！"

他笑看黄一欧："傻小子，发什么呆啊？你不是一直想见你崇拜的松坡叔叔吗？这下见面了，你倒愣怔扭捏起来？"

黄一欧腼腆地笑了。其实从码头上会面起，黄一欧就在暗中打量着蔡锷。看到自己一直想见的偶像出现在面前，二十三岁的黄一欧心中泛起激动的浪花。

他眼中的蔡锷比他实际的年龄要小很多，不像三十多岁的人，倒像和自己相当的年华。中等偏瘦的身材，脸颊是瘦长而清秀的，细长的眼睛，挺直的鼻梁，薄薄的嘴唇，都带着南方人特有的细致和婉约。

但是他的气质是硬线条的，一欧从这张面容上，首先感受到的是扑面而来的英气和豪气，是那种可以瞬间让对方接收到并沉沦其间的强大的气场！

他不知道蔡锷穿上军装会是何种姿态，只是眼前的他，一身合体的灰色西装，上衣未曾扣上，同色调的西装马甲，和雪白的衬衫，裁剪合度——已经勾勒出了他恬淡斯文的儒将风采。他的背脊是习惯性的挺直的，显然是经过日本严格的军校训练出来的，即使他身着便装，也不乏挺拔硬朗的军人身姿。他站在那里，自然有一种卓尔不群的将帅风范。

仔细品读，他的面色和身形有些苍白憔悴，但是这种带些病态的面容，和他眉间似乎总是笼着的那一丝孤独和忧伤相契合，自然带着一种苍劲落寞的美。这种特殊的气质显然经由日积月累而成。

此刻，听了石陶钧的话，黄一欧红着脸笑笑，低声唤了句："松坡叔叔好！"

刚才在码头上，为了躲避耳目眼线，这一行人行色匆匆，蔡锷没顾得上和黄一欧说话，此刻，他含笑看着眼前的青年，心里也是充满爱意。

"是一欧吗？快让我好好看看！"他扬起秀气的眉毛，细长的眼睛里溢满惊喜和爱护的笑意，一手拉住青年，仔细打量着："不错，挺英俊的伢子！面庞和神情像极了克强兄！眼睛嘛……更像你妈妈，对吗？"

黄一欧脸更红了："好像大家都这样说呢！"

张孝准拍拍他的肩膀，笑问道："你一路上总念叨要见你的松坡叔叔，现在见到了，说说感想吧？"

黄一欧不好意思地挠挠头："这个众人口口相传的云南白马将军，和我想象的一点都不一样啊！"

"白马将军……"大家都被他这个称呼逗笑了。

蔡锷诙谐地问他："还有这样的称呼啊？我倒是第一次听到呢……唔，白马将军，怎么个意思呢？是指白马王子的那个白马呢，还是根本就是指我以前在云南时爱骑的那匹白马呢？"

大家越发哄笑起来。

黄一欧更加不好意思了，他突然记起一个重要事情来，正好借以掩饰住自己尴尬的情绪。就从口袋里掏出一封信，双手递到蔡锷面前："这是我父亲让我带来的一封信，他嘱咐我一定要亲手交到松坡叔叔手里。"

蔡锷接过信，打开浏览了一遍，对众人道："克强兄的安排和上次咱们说到的一样，云南那边，他也做了很多准备工作。"

他又回头看了黄一欧一眼，微笑着对大家道："其实克强兄这次派一欧来，也是表明了他想和大家并肩战斗的意思！一欧将代替他的父亲，亲自参加到这次捍卫民国的战斗中！”

这话听得黄一欧噘起嘴巴：“松坡叔叔您说的不完全对！”

大家都不解地看着他，蔡锷露出一丝鼓励的微笑：“小伙子大胆说出自己意见吧？”

黄一欧正色道：“我不过是为您和我父亲传递了一封书信，再就是协助叔叔们买个船票什么的，有什么劲儿啊？这不能算作真正参加战斗！”

他看着蔡锷，神情恳切而决绝：“松坡叔叔，我想和您一道回云南！我要当兵，在您的手下当兵！这样才算一个真正的战士！”

蔡锷有些意外，他再次挑了挑细长的眉毛，嘴角扯出一丝欣赏的微笑：“不错，果然是黄克强的儿子，有胆量！”

“不过，”他笑着拍了拍一欧的肩膀，“我们这一路，凶险莫测，人越少越好！你还是和运隆、醉六叔叔他们在一起，在日本还有很多事情可以做呢！何况，我还有重要的事情交代你。”

他也从口袋里掏出一封信，递给青年：“这是我给你父亲的信，你如果最近可以回美国，就亲手交给他！”

石陶钧也知道蔡锷是绝不愿一欧这样的年轻人跟着自己涉险的，便跟着劝说：“一欧，你松坡叔叔目前事情多，心不静，你先别缠他。不就是想当兵吗？这个容易啊！等机会，我带你去云南找他！”

黄一欧看看蔡锷，蔡锷笑着对他点点头，于是他也就不再坚持了。

晚上在旅馆里，几个人又商议起行程计划。蔡锷指示戴戡拿出他们带来的预拟起义文稿的抄录稿，交给程潜和黄一欧，以备后用；又命石陶钧、张孝准分别穿上他平日里的服装，做出他目前在日本各地旅行的迹象，并沿途买些明信片，寄回北京，给袁世凯造成假象。

众人点头，各自记住身肩的任务。蔡锷沉吟片刻，又说出了自己的一个建议来。

“我今晚欲起草一信，寄到北京唐在礼处，请他转交给袁世凯。奉劝他此刻应悬崖勒马，停止有关复辟帝制的种种行径，对京城鼓吹帝制之人，略微惩戒，维护共和制度。不然，必将遭到全天下人之唾弃，亦恐招兵燹之祸！”

张孝准看着他：“这算对老袁的最后通牒吗？你还是希望他能回头是岸？如今形势下我看有点难！”

石陶钧也愤愤地接言道："老袁如今已经利欲熏心，无可救药！你这番书信，我看是画蛇添足！如果因此暴露你的行动计划，怎么办？何况此举也让我和运隆伪装你在日本巡游的事情变得没意义了吧？"

程潜插言道："所谓虚虚实实，即使松坡有此书信给北京，我们还是要按原定计划行事。让老袁摸不清情况。"

戴戡也发表自己的意见："我理解松公的意思，毕竟这次回滇竖起反袁大旗，是为了维护共和制度，捍卫民国的无奈之举。所谓先礼后兵，给北京袁世凯政府写一封这样的信，其实也隐含有战斗檄文的意思，我看并非没有必要。"

殷承瓛也点头表示赞同："不战而屈人之兵，当是最高境界，就怕老袁未必肯听。总而言之，我们做到我们该做的，万般无奈的情形下，和他兵戎相向，也就怪不得咱们这些人了。"

蔡锷最后拿定了主意："就按这个方案办吧，明天我们也按原计划，先赴香港。"

第二天上午，神户码头上，大家拥抱告别，想到此次行动的前途莫测和险峻形势，都彼此有了难舍难分的悲壮情绪。

张孝准和殷承瓛、戴戡二人告别，低声嘱咐他们："松坡的安危，关系到这次倒袁战争的成败，你们一定要万分注意，保护好他，还要……照顾好他！"

两人郑重地点了点头。

蔡锷来到程潜面前，两双手紧紧握在一处："颂云，万里赴戎机，关山度若飞。相信咱们再见面，必将是战旗猎猎，战马奋蹄时！"

程潜豪爽地笑笑："护国举义，捍卫民国！我程潜愿意任你蔡松坡驱使！"

蔡锷回身，带笑深深拥抱了一欧，嘱托他："记着替我问候你的父母……特别是要告诉你父亲，就说蔡松坡在等着和他的重聚，已经等了好几年了！"

黄一欧感动地点点头。

放开一欧，他又紧紧搂住张孝准："运隆！我一直有这样一个心愿，就是你，我，还有百里，被人称作'士官三杰'的咱们三个，有一天，能并肩战斗在对外抵御侵略的战场上！"

张孝准点头："是的，我们不期待战争，但是一旦有外敌入侵，咱们这些老同学都会挺身而出的！"他用手暗暗指了指地上，暗示他对日本的虎视眈眈表示警惕，蔡锷会心一笑。

望着已经鸣笛的航船，张孝准朗声道："风萧萧兮易水寒，壮士一去兮必凯旋！松坡，我们等着你的好消息！"

最后，蔡锷来到石陶钧跟前，久久地深情地注视着他。对着这个从小就结识的挚友手足，他的离愁别绪分外浓厚！他几乎说不出话来，只是用劲抱了抱他，用手重重地拍了拍他的背。

"艮寅！"石陶钧有意用幼时的称呼叫着他，一边暗暗擦去滚落腮边的泪珠，一边强笑道，"你自己当心你的身体，别太拼命了！记住，所谓留着青山在……还有很多事，等着你去做！"

蔡锷咬着嘴唇，默默注视着他的眼睛里面流露出来的真情厚意，微笑着点了点头。他再次深情地望了一遍众人，毅然回身上了船。

船开出去很远，船上、岸上的人还在依依不舍地彼此挥手。

望着渐行渐远的航船，黄一欧发出一声感慨："这个久闻大名的松坡叔叔，真的和我想象中的形象相差好远啊！"

张孝准笑看他："你想象中他应该是什么样子？"

一欧沉吟着，脸上带着崇拜神往的表情："从小，父亲就爱和我们兄弟几个讲松坡叔叔的故事，在我想象中，神勇机智、威名赫赫的松坡叔叔，应该是高大威猛的壮汉，起码是像我父亲那样的体格！可是此番相见，才发现，他竟然长得像个文弱秀气的淑女样呐？而且，还是这般年轻！"

张孝准和石陶钧等人都被他的这番评价逗乐了。

石陶钧望着远行的航船，一股为好友自豪和骄傲的情绪涌上心头："正所谓人不可貌相啊！你真的不了解，你也想象不到，他的内心有多强大！他是我见到过的，最有勇气、最有担当、最有自持力，也最敢为天下先的人！是真正的伟男子！"

张孝准也点头："是的，就在这次，你松坡叔叔的才干和威猛，你很快就会见识到了……也许，他马上要做的这件事情，会使整个中国，甚至整个世界，为之震惊！"

1915 年 11 月下旬　北京总统府

袁克定、梁士诒、杨度、雷震春、谭庆铎围绕在袁世凯身边，杨度手里拿着一份推戴书，正恭恭敬敬地解说着："我等作为国民代表大会总代表，现特呈上参政院的总推戴书给大总统阁下，大家一致拥戴大总统高升一步，做皇帝！”

梁士诒点头，推推鼻梁上的眼睛，郑重道：“各界请愿团也都纷纷上了推戴书，请求大总统万万莫要违了民意，犹疑不定，以误大局！”

“是的，此乃万众一心的民意啊！”谭庆铎也从口袋里拿出文件随即奉上，“我们筹安会全体成员，收集了全国各省呈上的推戴书，以及各省区国民代表大会文电，也一直拥戴大总统做皇帝！”

袁世凯沉吟不语，片刻，微微摇手。

“哎呀，父亲！”袁克定忍不住说话了，“前次大家殷切地给您上了劝进书，表明了社会各界对您做洪宪君主的强烈呼声，您没有接受。如今，大家再次劝进，您可不能又伤了大家的心意，挫伤民意啊！”

袁世凯淡淡一笑：“所谓的劝进书和如今的推戴书，不都是一回事？你们这是要把我架到火上烤吗？民国初建时，本大总统曾经向参政院宣誓，竭尽全力，发扬共和。如今若擅改国体，自立为帝，那不是违背了自己的誓言，做了言而无信的小人了吗？此事还需商榷！这些推戴书，我断乎不能接受！”

几人有点傻眼，袁克定更是急了，冲着父亲嚷道：“爹！您曾经吩咐我们这些人，为您收集民意，看看各界人士、民众对帝制的看法。好嘛，我们忙上忙下地折腾了一大圈，好容易汇成有利于我们的民意、舆论，您可倒好，又反悔了？这好比大姑娘出嫁，彩礼收了，耳朵眼儿扎好了，妆也扮上了，临上轿又改主意，不嫁了？这都是什么事啊？”

他这番庸俗的比喻惹得雷震春等人想笑却又不敢公然笑出来。袁世凯绷着脸摇摇头，指着儿子不以为然：“这比喻很是拟于不伦，俗不可耐！”

袁克定是心急火燎，眼下就干脆破釜沉舟了：“爹！其他也就罢了，关于恢复帝制的事情，我秉承您老人家的意思，斡旋于各国外交，如今英、美、德、意、法等国都表示赞成帝制，会给咱们舆论支持，日本国尤其热心，《朝日新闻》每日都有这方面的报道，日本朝野上下都一致热议并拥戴您做洪宪大皇帝！如今您这边再变卦，我在外交方面，不好交代呀……”

他又扯过案上放着的一份《顺天时报》，对着父亲道：“这报纸也是您一向看重的吧？这上面的政论文章您可不要小觑啊！您时常教育我们说，民意不可违，怎么到了您自己身上就……”

袁世凯正想说什么，忽然手下来报总统府机要处长，兼代参谋次长唐在礼将军有急事要面见大总统。袁世凯挥挥手，让他进来。

唐在礼是蔡锷士官学校校友，在北洋军中深得袁世凯倚重。此刻，他面色凝重，在对袁世凯行了一个标准军礼后，从公文包里取出一封信，双手递给袁世凯。

袁世凯看着书信，脸上逐渐阴云密布起来。唐在礼在一旁磕磕绊绊地解释着。

“这封信是蔡松坡从日本寄来，让我转交给大总统阁下，说明了他的一些政治观点，和对时局的一些……看法。松坡说他原先没有想到会有帝制的事情发生。当筹安会刚刚成立时，他认为这是个会酿成政局大变的祸害东西……他猜想，这是有些小人，为了个人利益，蛊惑元首，行此大逆不道之事……他认为您是个胸怀政治局量，又具有远见卓识的领袖，断不肯……落入这些小人钩织的陷阱中，成为……颠覆民国、复辟倒退的千古罪人！不料……后来情形表明，您也昏聩不明起来，竟然……坐视此股恶势力发展下去……只恐终将酿成万劫不复之祸患！所以……蔡松坡建议，大总统您应该立即停止帝制活动，确定共和，将那些蛊惑谣诼之人，绳之以法，酌予薄惩。否则，土崩之祸，即在目前，噬脐之悔，云何能及……”

“别说了！”袁世凯愤怒地将书信掷于桌上，看着唐在礼，因为极度愤怒，眼睛有些发红，“这个无情无义、言而无信的蔡松坡！他这是公然给我的战斗檄文啊？表明了他的态度？老夫竟然被他骗了！”

袁克定、杨度、雷震春、谭庆铎等人看到袁世凯怒气冲冲的神情，都战战兢兢，不敢说话。

一片诡异的寂静。须臾，袁世凯哀叹一声：“我一生以擅于识人自得，且久混江湖，也算手握乾坤，阅人无数！什么样的人，不被我玩于股掌之上？万万没想到，如今却被这个黄口小儿蔡松坡戏耍哄骗了一把！”

杨度还是露出有点难以置信的表情：“那日，松坡可是在劝进表上签过名字的，表示支持帝制，怎么如今竟然会……？”

“唉，我们都被他骗了！”袁世凯恨恨说道，转而吩咐唐在礼：“你给我起草一份电文，我要质问一下他蔡松坡，为何出尔反尔，言而无信？又怎配称‘君子’二字？”

他接着吩咐雷震春：“给我查，查出蔡松坡在日本的行踪！”

谭庆铎嗫嚅道：“近来属下接到松坡从东京、奈良等地发来的明信片……”

袁世凯突然打断他的话，鹰般的目光死死盯住雷震春：“不对！除了日本，还要在上海、香港、越南、云南等地设卡，总之给我围追堵截，不能让蔡松坡跑回云南，切记！”

“是，大总统！”众人称喏，各个噤若寒蝉。

退出殿外，袁克定拉住杨度，问道：“那蔡松坡的事情倒也罢了。我只是奇怪，大总统为什么不接咱们的推戴书呢？加上上次的劝进书，这都第二回了！”

他摇摇头，认真看着杨度：“我是他儿子，当然明白他老人家的心思。这高升一步做洪宪皇帝，就是他朝思暮想的一个大心愿啊！怎么如今他倒推三阻四，如此不合作起来？”

“大公子少安毋躁！”杨度态度沉稳地安慰着他，“其实你只要翻翻古书就明白其中的玄机了。古往今来，被推举当皇上的人，都要做一番推脱之态的，这也表明了谦逊、礼让的美德。而且这种逊让，通常会有个‘事不过三’！所谓‘三揖三让’是也！”

他看着袁克定点头，就继续启发他：“只要我们再接再厉，重新做一份新的推戴书，相信下一次，大总统一定会接受的！况且，大公子，你留意到了没有？刚才有关蔡松坡的事情，大总统是怎样的暴怒？你细想吧，若是大总统真心反对帝制，不满咱们的这番主张，他不正可以顺应蔡锷的劝告，就坡下驴，果断取消有关帝制的一切活动吗？又何必要咬牙切齿地围追堵截蔡松坡呢？”

袁克定恍然大悟，对着杨度拱手：“皙子兄果然厉害啊！”

杨度摇摇手，却被袁克定一把拉住了手腕，后者紧紧盯着他的脸说道：“蔡松坡的事情就交给雷处长办理，皙子兄不妨全力以赴，做好下一份推戴书吧？要继续文采风流、精彩绝伦哦！”杨度喏喏。

1915 年 11 月底　香港码头

码头上军警林立，气氛森严。袁世凯通过雷震春布置的“追杀令”已经张开大网。英国皇家警察和北洋政府派来的特务们在码头上对每一艘来港的船只都进行搜查，每一个上岸的旅客也要接受盘查。

码头上，一个商人模样的男子站在那里。他约莫三十多岁，斯文儒雅，鼻梁上架着一副金丝边眼镜。他的身后，跟着一帮仆从，还有一个藤椅滑竿。他焦急地看着海面上，直到看到一艘客轮的轮廓显现在远处海面，旁边的仆人叫道：“看，船来了！”他才微微露出笑意。

船逐渐靠近了，青年商人带着两个仆人准备率先登船。进口处有便衣特务拦下了他，他不耐烦地一挥手，身后仆人将自家主人的证件递上，便衣特务打开一看，上面赫然写着“张荣庭，三十四岁，富滇银行香港分行行长，山东行、利源行、长利行商行行长等身份。”特务们再抬眼看到眼前这人的不凡做派，挥手放行。张荣庭前面上船，仆人抬着滑竿跟在后面。

不多时，张荣庭手扶着滑竿的一边走了过来。特务们例行检查，看到一位瘦削虚弱的老者仰卧在藤椅上，头发花白，身子被一床毯子裹着，脸部也被围巾包裹着，半露着眼睛，露出的额头颜色灰暗。他似乎得了重病，不停地咳着，旁边的张荣庭在为他抚胸顺气。

一旁跟随的像是管家模样的仆人对特务们解释道：“我家老太爷，在日本旅居，不慎因风寒转为肺病，目前回来养病。诸位大人请手续从速吧，肺痨之人不能受风……”

听到“肺痨”两字，两个盘查的特务不由自主地捂鼻后退了一步，看到那位“老太爷”咳咳咳地又大咳起来，张荣庭不停为他按摩着胸部，嘴里安慰着：“马上就到家了，您老人家再忍忍！”

特务们对视一眼，挥手让他们过去了。几个人快速走到码头车场，将“老太爷”扶上汽车，绝尘而去。

利源行商行中，“老太爷”脱去头套，洗去妆容，变成神采奕奕的蔡锷，他握住张荣庭伸过来的手，笑着打招呼：“是木欣先生吧？久仰！”

张荣庭含笑握着他的手：“松公客气了，黄克强先生经常在我面前说到您。”

原来张荣庭就是黄兴安排好的，在香港接应蔡锷的人。他名荣庭，字木欣，祖籍云南腾冲。从小拜名师启蒙，成年后却弃学从商，富甲一方。作为著名商人，他不仅长期支持革命，还于1909年在广州加入了同盟会，1914年，又加入中华革命党。此时，他在香港的住处和这个商行，其实就是云南与各路反袁人士的联络处。

他这时正和蔡锷说着话，化妆成船员，后面陆续下船的戴戡、殷承瓛也来到此处和他们会合。

张荣庭说着自己了解到的情况：“袁世凯通过英国驻华公使朱尔典，下令香港总督，在香港对日本来的船只进行搜查，务必围捕即将到此地的松公。此外，严密监控从此地出发，赴越南方向的轮船，不能让松公经由越南回云南。”

蔡锷等人听着，沉默不语。

张荣庭又接着道："我打听过了，开往越南海防的轮船，只有法国公司一艘，后天从这里起航。但是眼下的情形，松公你们几个要躲过搜查，顺利登船，恐怕也非易事！"

蔡锷沉吟片刻，说道："时间紧迫，此地也不能久留，还是要想办法搭上那艘法轮才好。"他又回望殷承瓛："叔桓，你明天到码头上仔细侦查一下，看有没有可乘之机。"

他又看着张荣庭："木欣兄，也请你再想想办法，循若也可以协助你。"他指指戴戡。众人都在心里思量着，再无言语。

第二天早晨，殷承瓛戴着一顶鸭舌帽，身穿一身工装，打扮成码头工人的模样，独自来到码头上。他到四处转转，记清楚了一些船舶位置和码头上的陈设，正要回去，却无意间看到一个熟人。

一位穿着少将军装的军人，带着几个兵士挑着担子，走在码头上，他们前面，是一位官员模样的人。

"刘云峰？"殷承瓛差点喊出声来，他又仔细辨认了，正是他们以前在重九起义时并肩战斗的战友，滇军旅长刘云峰。他本人和刘云峰私谊很深，两人都是资深同盟会员。

殷承瓛将帽子拉低，故意遮住自己的面容，他快速走到刘云峰身后，拉了他的军装后襟下摆一下，又赶紧退到一旁的墙角处。刘云峰回头看时，殷承瓛摘下帽子，露出真容，又对他招招手。

墙角处，刘云峰惊讶地看着殷承瓛，还未及相问，后者已经低声问道："你这是从哪儿来？到哪儿去？"

刘云峰指指前面走着的官员："我从昆明来，准备去北京。前面的人是袁大总统的特使路先生，他这次是专程奉大总统之命来给唐继尧都督授勋的。唐都督让我带这些礼物，和他进京答谢……"

他话未说完，就被殷承瓛打断："松公现在此处，你想不想见？"

"什么？"刘云峰大叫一声，随即在殷承瓛的提醒下忙掩住口，换了低低的声音道："松公到了香港？怎么回事？"

"你先别问，快随我去见他。"殷承瓛决然地说道。

"那……路先生那边？"刘云峰还想解释，早被殷承瓛用话拦住："你快赶上前去，就对那个姓路编个理由，让他先走，你留下。"

"好吧。"刘云峰相信殷承瓛，更急于想见到自己一向敬重的老长官蔡锷，就几步跑上前去，和那边交代过了，脱身过来，和殷承瓛到利源行来见蔡锷。

利源行里，看到蔡锷，刘云峰先是敬了个军礼，接着忍不住扑上前去拥抱住昔日的老长官，还是沿用以前的老称谓："都督，真的是您啊？万想不到会在这里见到您？哎，您不知道，我们有多想您呢！"

"晓岚，来，这边慢慢说。"蔡锷叫着他字，微笑着拉他坐下，两人亲热地攀谈起来。

"都督，您离开云南进京后，滇军将领们都很想念您，也时刻关注您在北京的消息。后来听闻您陷在京城，几乎像是被袁总统闲置软禁起来，大家都很不平。后来，京城又传出袁总统要取消共和，改为帝制的消息，咱们那边明里不敢说，暗地里是群情激奋！想当初咱们搞了个轰轰烈烈的重九起义，推翻了满清王朝，多少战友洒尽鲜血，才换来这共和国家？可是，这说变就要变了？唉，真让人看不懂了！"

"唐蓂赓都督是怎样的态度？"蔡锷沉稳地问道。

刘云峰："唐都督的脾气您还不了解吗？面上是看不出来他的态度的。但是我感觉到他也不会赞成帝制的，他毕竟是老同盟会员了！据说他和您也有过联系？有一次举行高级军官会议，说到国体变更的问题，唐都督说了句：'唉，要是知道松公对此事的确切态度，估计大家心里就有底了。'我感觉到他一定是和您有所联络的。"

蔡锷抿嘴一笑，也不答话。

刘云峰继续道："这次袁总统突然派了路特使带来开武将军印，任命唐都督为'开武将军督理云南军务一等候'，授'勋二位'。唐都督让陪路特使返京，顺路带些咱们云南的特产，进京看看风头，主要侦查一下段祺瑞和冯国璋对帝制的看法和态度，以便决断。"

蔡锷看着他，轻叹一声："幸而你在码头上遇到叔桓，截住了你。如今你不必进京了，你要为唐都督探听的情报我这里都能告诉你。段祺瑞和冯国璋都是反对帝制的，但是他们如今的情形如同软禁，起不了什么作用。此刻帝制即将发表，你贸然进京，不但无益，反而有险！"

"原来这样！"刘云峰明白了，直点头。

一旁的殷承瓛追问道："刚才在码头上，你是如何对那个路特使说的？"

刘云峰："我对他说，我突然感到肚子疼痛难忍，应该是旧疾犯了。我要在此地检查治疗一下，请他带上礼物先走，我不出三日，一定赶往北京。”

他又看着蔡锷：“听叔桓说您在此处，我就想，无论如何，我得和您在一路！”

蔡锷淡然一笑，拍了拍他的肩膀：“咱们一起回云南，准备打仗吧！”

“啊？有这样严重了吗？”刘云峰惊讶地瞪大了眼睛。

殷承瓛点头：“今晨的报纸，又登出来消息，筹安会已经把袁世凯接受百官朝贺的日子都定好了，就差登基大典了。”

“啊，这个独夫民贼！”刘云峰恨恨地骂道，回头看到蔡锷却是平静如初的模样，心里又像是吃了一枚定心丸一般。

“唉，说不得，这场仗，是非打不可了。”蔡锷轻声说出的这句话，竟然充满伤感之意，但是在眼前这两位亲如手足的兄弟听来，他们的老长官，话里话外的坚定决绝，也同样可以闻之。

午饭时分，张荣庭和戴戡从外边回来，带回来一个消息：今天傍晚这一行人就出发，乘那艘法轮去越南海防。

“啊？这样快就搞定了吗？”殷承瓛惊异地叫道，还没等他问出话，戴戡就忍不住把他们今天早晨运作的过程讲了出来。

原来，张荣庭深知蔡锷等人在香港停留时间过长，不仅不安全，而且还会延误回云南起兵大事。所以今天早晨，他决定孤注一掷，和戴戡来到码头的法国轮船上，直接要求见船长。

船长是个法国人，幸而会讲英语。张荣庭对他讲了自己的一个困境：有一单重要生意，要遣副手到越南海防去谈，必须按时赶到，所以想请这艘法国轮船能提前起航一天，帮助他的副手能准时赶到海防。

法国船长开始不同意，他的理由是船上的货物还没有装完，提前起航，必然造成损失。张荣庭混迹商场已久，何等精明强干，早听出此话的含义来，就立即请船长估算一下货物的损失情况。船长思索片刻，报出五千元的数字。张荣庭做出不以为然的神情来，他强调这比起自己的那单生意，简直是九牛一毛。他愿意赔付双倍的价格给船长，换得这艘轮船早一天起航。于是生意谈成。

戴戡话音刚落，张荣庭就笑着补充道：“因为这艘船的起航日子原先是定在明天晚上，所以军警特务们已经安排好明天的搜查。我叮嘱船长先不要暴露提前起航的时间，这样，那些人搜查的力度就会大大减弱。”

蔡锷听着，露出赞许的微笑，看着张荣庭道：“木欣兄的安排很周到，还是你在这方面有经验啊。”

“可是，”殷承瓛却又想起一个问题来，“虽然今晚提前走，算是突然袭击，那些暗探军警们可能不会来得及安排更多的人手到船上搜查，但是毕竟他们在码头上也有很多人手，眼下在任何轮船起锚前，他们都要登船查看。且在众目睽睽下如何让松坡顺利上船，也是个大问题？”

戴戡笑道：“这个木欣兄也有了计划，都安排好了的。”

他看看张荣庭，说了大致的行动方案，众人听了都点头称妙。

蔡锷感动地看向张荣庭，叹气道：“这件事情前前后后，已经花费不少，此番再经木欣兄调停，还要额外大大破费，唉，真让人不知道该说什么了！”

“是啊，如今都不是‘感谢’两字可以表达我们的心情了！”戴戡和殷承瓛也一起感叹道。

“嗨，你们也不是为了私家事来到此地的吧？要去做的那件大事，也不是为了个人利益，一己之私而为之吧？提着脑袋，义无反顾，舍生忘死，毁身殉义。这其中的重大意义，才是最令人感慨敬佩的呐！”张荣庭不在意地挥挥手：“我挣的钱，用在这些正事上最是划算！根本不值一提！”

蔡锷深情地看着他，也是万般感慨：“我听克强兄讲过，您当年为支持孙中山先生等人领导的反清起义，曾经散尽家产。想来当真令人佩服！”他对着张荣庭抱抱拳。

张荣庭却正色回答道：“松公，此次回云南起兵，才是一桩以弱抗强的义举！是拯救民国的大事，注定要彪炳千秋，载入史册的！我能成为你们行动团体的一员，做些这样联络交通、迎来送往的小事，也感到无比荣幸！”

所有人都被他的话感动了。

傍晚时分，香港码头上，那艘法国轮船正在准备起锚，几名特务急忙登船进行检查，几个舱搜查过，没有发现可疑迹象。特务们正在甲板上商议是否准许轮船起锚时，就看到有一艘小船正驶到法轮边上，突然掉头向回驶去。远远望去，小船上几个男子也是行迹鬼祟，十分可疑。

“快，拦住那艘船，好好给我查！”为首的特务头子在甲板上跺脚大叫。

特务们纷纷跑下轮船，配合岸边的军警，持枪命令那艘小船靠岸，所有人员、货物都接受检查。

小船停在岸边，四五个年轻伙计样的人被军警围住。为首的特务亲自一一验看，又对照自己手里拿着的蔡锷照片。几个伙计样子的人瑟瑟缩缩，但是仔细验过，并没有蔡锷在其中。

为首的特务有点不耐烦，厉声喝问：“说，你们为什么鬼鬼祟祟地想接近法轮？又为什么看到我们搜查人员，就掉头向回开？”

伙计中年龄稍大的一个人哭丧着脸解释道：“我们是长利商行的活计，经常搭这艘船运些物品到海防去，赚取一点差价，也是弟兄们养家糊口的补贴。刚才突然看到有官爷们搜查轮船，就怕这些不合法规的事情被人瞧破了，所以……”

特务头子示意底下人搜检从小船上搬下来的货物，都是香烟、酒类、女人的化妆品等时尚物件，其中一个箱子里竟然还混有几包烟土以及吸食大烟的用具。琳琅满目，都是一些较为值钱的东西。

特务头子手一挥：“统统没收！”

“唉，官爷，您高抬贵手，放小的们一回吧，这些可都是我们十几号人的所有积蓄了，求求您……”

伙计们激动了，哀求不成，和特务们理论起来。码头上吵吵嚷嚷，乱成一团。

趁着这番混乱，蔡锷等人穿着轮船水手的工装，悄悄从侧面登上了法轮。殷承瓛和刘云峰到了机舱内，蔡锷在戴戡的陪同下，进了底层厨舱。那里的一个中国厨师，已经事先被张荣庭打点好了，将蔡锷安排在仓库边坐着。

戴戡看看腕上的手表，离开船还有七八分钟了，就笑着对蔡锷道：“木欣兄找来的他们商行的这几个伙计倒都会演戏呢，这就快结束了。”

话音未落，却见那位中国厨师一脸惊慌地跑进来，说了句：“那些官爷们怎么突然又上来搜查了？”蔡锷、戴戡闻言都是一愣。

原来，甲板上，特务头子为了霸占那些搜缴来的货物，动用英国军警，将几个伙计押到岸上，强行驱散。他无意回头看了一眼已经准备起锚的轮船，突然心底闪过一丝不放心的情绪来，就命令手下：“再上船，给我再次搜查一遍，省得出什么纰漏。若是让蔡锷从咱们手里溜走了，几个脑袋能保得住？”

几个特务应诺一声，再次登船检查。

厨舱里，蔡锷冷静地打量了一下四周，问那个厨师：“这里有什么可藏身之处吗？”

戴戡也急急地看着周围。厨师突然想起来似的，急忙拉过蔡锷，一把将他推到厨舱粮柜中。他把门仔细掩好，又招手让戴戡和他一起，将一大筐白菜堵到粮柜前。

这边戴戡已经从炉灶中掏了一把黑灰，随便在自己脸上抹了几道，又对着炉子猛捅起来。厨舱内烟雾升起，呛得刚走到门口的两个特务连连咳嗽。

“混蛋，乌烟瘴气的，这是干什么？”特务骂骂咧咧地到处翻腾了一下，没有查到什么可疑的行迹，正要离开，其中一个特务突然扫眼到厨舱角落的粮柜，他停下了脚步。

他走上前去，推了一下挡在粮柜前的白菜筐，一个人弄不动，就招手让厨师来和他搭把手。厨师举起自己手里的菜刀，表示自己正在切菜，腾不出手来。特务又叫戴戡，后者更是没工夫理他，正在气冲冲地捅着炉子，嘴里还连连抱怨着：“唉，刚才咱们私下倒腾的那些物件儿，被官爷们搜走了，这下损失大了，还哪里有劲儿干活？那些东西老值钱啦！”

他的话起了作用，几乎是在蓦然间点醒了在场的这两个搜查者。那个正准备搜查粮柜的特务大声叫嚷已经走到门边的另一个特务来帮忙移开白菜筐，后者一脸不耐烦，更加大声地反驳他：“你累不累啊？那个破粮柜有啥可看的？刚才咱们那帮弟兄们都把这条船的上上下下、里里外外搜遍了，还能有什么呀？何必费那个劲儿，快下船回去是正经！再晚了，那些好东西都被分光了，咱们连毛都摸不上！”

屋里烟雾更大了，两个特务忍受不住，都急忙离开了。

不过几分钟后，船身一抖，开船了，戴戡出去上到甲板上，看到一切恢复了平静。对面码头上特务们三三两两逡巡着，包括刚才来厨舱搜查的两个家伙。

他回到厨舱，和厨师一起移开白菜筐，打开橱柜门，将蔡锷扶了出来。

舱内依旧烟雾缭绕。蔡锷原本喉咙有病，此刻受到刺激，大声咳喘起来。戴戡忙为他捶背，又端来水让他喝了，好一阵才平息下来。

看厨师出去了，戴戡看着蔡锷，低声道：“此次幸亏有木欣兄妙计，才瞒天过海，安全度过。”他皱皱眉毛：“但是到了海防那边，如何顺利下船登岸，也是吉凶未卜。”

蔡锷轻语安慰着他：“按照咱们的计划，香港这里，木欣兄会安排媒体，报道我仍在香港停留的消息，这样起码能算扔个烟幕弹吧？海防那边，木欣兄也和法国船长协议安排好了，由他带领咱们从船员通道下船。到时候，你再次施展一下易容化妆术就好！”

他对着这个自己一向欣赏有加的部下笑笑：“前次从日本到香港，你将我化妆成病弱老太爷，就很成功嘛！”

“那是当然！”戴戡骄傲地一撇嘴，“各人都有自己的拿手戏，革命路上才能各显神通吧？对咱们的大业，也是极有好处的！”

蔡锷点点头，又继而感慨道：“就如此次转道香港，全靠木欣兄在商界特殊的才干和过人的交际能力，才能化险为夷，绝处逢生！”

“更重要的，还是他有强大的财力物力！”戴戡笑了，“就连被收缴的那批货物，都值钱得很！欣兄这次当真如您昨日所言，破费不少！”

他接着笑笑：“除了打点船长的一万元以外，他刚才上船前还暗中交给我一万元，说明是赞助咱们滇军起义护国用的，让我开船后再告诉您。唉，这真是一个仗义疏财，又极具革命精神的人啊！”

蔡锷深受感动，又很受鼓舞，沉吟片刻，才轻声叹道：“这就是我们的同盟军！这些人、这些事都给我极大的鼓励。让我看到了民心、民意，还有各路战友们的豪情壮志！我们当更加坚信我们脚下走的路，是完全正确的；我们将要去做的那件大事，是顺乎天意，更顺乎民心的！”

“当然，我一点也不怀疑啊，从离开北京那天起！哦，不，从去年咱们在北京重逢，相约逃出京城，回云南起兵抗击帝制那一天起！”戴戡回应得铿锵有力。

1915 年 12 月初　北京总统府

袁克定、杨度、梁士诒、谭庆铎等人围绕在袁世凯身边，再次商议着杨度起草的第三份推戴劝进书。

杨度正在滔滔不绝地劝进着：“总统屡次不接劝进书，无非是顾忌当日荣膺大总统时，对着文武百官、全国民众发下的誓言。但是您千万别忘记了，您当日的誓言，是来源于元首之地位，也就是说，是源于中华民国大总统的位置。这个位置，也来源于中华民国之政体！而不应忽视的是，国体的选定，来源于全国民众之共同意愿！如今，民意要变更国体，以为中华民国不适合中国国情，应恢复帝制，重建中华大一统的强权政治。那么，作为一国之元首，如能顺乎民意，更改国体，荣登帝位，岂不是善莫大焉？”

“皙子先生所言极是！”

“皙子先生剖析得清清楚楚，明明白白！大总统不可再犹豫了！哦，不，是大皇帝！大皇帝当顺应民意，即刻继位，造福百姓，振兴中华！”

袁克定和谭庆铎等人纷纷应和。

袁克定拿出一沓报纸，放在最上面的《顺天时报》十分醒目：“爹，这是各个报纸赞同帝制的报道，言辞恳切，让人不能视而不见呐！”

袁世凯虎起脸，用手习惯性搔搔头顶，露出一副勉为其难的神情来：“唉，这个元首的位置，不好做啊！我的爱国之心，岂在你们之后？我欲造福百姓的心思，恐怕也不会弱于你们吧？”

他看看杨度手里的推戴书，又望了一眼桌子上堆成小山的各式劝进书、拥戴信，长叹一声：“如今亿兆推戴，责任重大。我竟然是被挤兑到不能退缩的地步了，总是无可奈何之事！唉，也罢，我不下地狱，谁下地狱？说不得，眼下我只好勉力为之，担了这副重担罢了！”

他起身接过杨度手里的推戴书。众人都是一愣，半晌，谭庆铎才率先跪倒在袁世凯的面前，颤声高呼：“洪宪大皇帝万岁！”

“万岁！万岁！万万岁！”其余人也是醒悟过来，惊喜莫名，纷纷跪倒在地，山呼起来。

走出殿外，袁克定拉住杨度，悄声笑道：“总算尘埃落定，皙子兄功不可没，必将青史留名！”

杨度笑着摇摇手，看着袁克定：“大公子提供的海外报纸的功效，也不可小觑！可是，对于那些报纸，像《顺天时报》，论调激烈，众口一词，我怎么就有点心里不踏实呢？”

“皙子兄果然厉害，心细如发，洞察纤毫！”袁克定哈哈一笑，回身望了眼周围，看了没人，才低声解释道：“你的感觉没错！那些小日本，又不是我爹生养的，岂能完全顺应咱们的意思，倾心炮制出劝进拥戴帝制的文章？好在我爹不懂日文，《朝日新闻》我改不了，就含糊过去。但是《顺天时报》修修改改我却有办法啊！”

“那是？”杨度有些困惑。

袁克定诡秘地笑了：“是我的杰作。我爹最注意日本方面对他称帝的意见，我就专门选了有支持帝制的《朝日新闻》给他看。国内报刊里他最迷信《顺天时报》，我就投其所好，找人专门印制了一份特殊的，每日递到他老人家面前，这不就齐活儿了？”

杨度恍然大悟："原来总统每日看到的《顺天时报》和我们平常人看到的，就不是一个版本？不是真的？"

"哈哈哈，当然！特殊定制嘛，这份报纸的读者其实只有一个——袁大总统，哦，现在应该称为——我们的洪宪大皇帝了！"

杨度有些意外，也有些尴尬地笑笑。他又想起一个事情来，就趁着袁克定心情好，对他建议道："听说大公子找那个云吉班的小凤仙问话了，打听松坡出京的事情？得出什么有用的信息没有？"

袁克定挥挥手："哪里会有？那个小丫头，简直就是一个小棒槌！一问三不知，问急了，就知道哭！"

杨度叹息："她多大的年纪，怎么会懂这些？再说了，松坡为人谨慎，行事严谨，就算真有什么不可告人的秘密或者计划，又怎会告诉这样一个小小的青楼女子？"

他又斟酌着词语再次劝道："况且松坡目前人在何处，我们并不知晓。也许他真的去日本看病休养也未可知，就是寄来那封反对帝制的信件，也只是说明他的个人观点罢了。只要他不回云南起兵和咱们作对，一切都不足为虑！"

袁克定哈哈一笑，谐谑地看着杨度："你这是替小凤仙讲话呢？还是为蔡松坡说情？"

杨度不好意思地笑笑："都说了，蔡松坡的情况咱们如今都没弄清楚，我用得着为他说情吗？我是觉得那个小凤仙挺无辜的，大公子莫要为难她好了。"

袁克定不在意地撇嘴："一个小妓女，我问问就放了，怎会难为她？我看皙子兄倒是怜香惜玉的，比那个蔡松坡有情有义得多了！"

杨度有点尴尬地摆摆手。袁克定又哼道："其实我很明白皙子兄的心理。你说来说去，还是心里放不下和蔡松坡的友情？这点我能感受得到！"

杨度心中感慨，却无可言说，只好长叹一口气。袁克定倒是露出不以为然状："政治问题，没有什么好讲的！所谓道不同，不相为谋，就是这个道理！友情？很值钱吗？在政治面前，一文不值！"

杨度不能同意他的意见，也无法反驳，只好再次叹口气。

第二十五章　暗杀

造化既然在人间造成不同程度的强弱，也常用破釜沉舟的斗争，使弱者不亚于强者。

——孟德斯鸠

1915年12月初　越南海防

根据张荣庭事先的妥善安排，蔡锷等人乘船从香港顺利到达此处，准备乘火车回昆明。

海防市位于越南北部，拥有越南北方最大的港口。蔡锷一行人在张孝准秉承黄兴的指示，事先安排好的联络员阿阮的带领下，来到预先订好的一个旅馆。

放下行李，阿阮对蔡锷等人介绍道："这是此地最著名的一家酒店，居住者大多是达官显贵，不容易被警局盯上。我预定了608、609两间房子，你们先休息一下，晚饭我会叫人送到房间。我现在去拿明天你们去云南的火车票。"

戴戡建议道："我和阿阮同去，还有就是在船上商议好的，刘旅长和我们一起去找通信设施，争取赶紧和云南的唐都督联络上，告知他我们的行踪。叔桓你陪着松公，也要格外当心！"

蔡锷点头，嘱咐道："你们也须谨慎行事，速去速归。此地言语不通，你们开口格外小心，尽量避免引起外界的怀疑。"

几人点头，分头行事。

殷承瓛陪着蔡锷上楼，先送他进了608房间，在房间里仔细搜寻了一遍，没有发现什么破绽，才笑着对他道："你不妨先睡一会儿吧，等会儿他们回来咱们还要商议明天的行程。这一路奔波，你这身子可有点吃不消！"

蔡锷微微摇头：“还好。你也回房抓紧时间歇息一下。阿阮刚才说了，过半个小时，就该有人送晚餐上来了。”

“好。”殷承瓛点头，看着蔡锷脱下外套，坐到床边，才出门，来到隔壁的609房间。他拿了钥匙开门进去，没注意到前方楼梯拐角处，有一双阴恻恻的眼睛一闪而去。

殷承瓛走进609房间，照例检查一遍，才脱了外套，坐在沙发上。他皱眉沉思，总有一股不安的心绪萦绕在心头。他想想，又站起身来，悄悄来到蔡锷住的608房间。

他轻轻叩门进去，看着蔡锷不解的目光，轻声道：“咱俩还是换个房间。我总觉得心里有点不踏实，说不好是什么感觉，就是一种直觉吧。”

蔡锷一脸疲惫，他的身体在这一路奔波状态下已经有点透支，但还是从容地笑道：“你这是什么感觉啊？可能是太紧张的缘故吧？好吧，没事，就按你说的办。”

他随和地笑笑，转身去了609房间。

608房间里，殷承瓛看看中间的大床，沉吟片刻，从衣架上取过来蔡锷的外套，叠了几下，放到床上，伪装成人形，又拉开被子盖上，猛然看去，就像有人正在卧床睡觉的迹象。他又观察一下四周，将窗帘收拢，自己藏身在窗帘收起的布拢中。

大约过了十来分钟，突然窗台上有轻微响动，紧接着闪过一道黑影，一个全身穿着黑色隐身衣的人像是一只蝙蝠破窗而入。他动作灵敏，显示出轻功极好的样子。只见他从窗台上跳进房间，动作极快地从腰间拔出手枪，对着床上的“人”连连射击，但是没有听到清脆的枪声，原来他拿的竟然是无声手枪。

床上的“人”被打得闷响阵阵，黑衣人上前撩起被子，正要检查自己的战果，就听身后一声闷响，他的背后连中两枪，还未来得及回头看，已经倒地身亡。

殷承瓛从窗帘后闪出身来，瞟一眼地上的尸体，又看看自己手里的无声手枪。这把枪是那天在香港上船时，张荣庭送的，一共两把，戴戡和他各一把。当时他还没意识到此物的宝贵，张荣庭只是笑着解释：“你们二人如今一路护送松坡回滇，就像是他的贴身保镖一般，带上这个也许有用。”

殷承瓛翻过地下的尸体，揭开遮脸的黑布，露出一张年轻人的面庞。看肤色和眉眼，不像是越南人，倒像中国内地人。他正暗自叹息，突然间又意识到什么，握着手枪，急速来到隔壁609房间，先俯身门边，没有听到什么动静，他紧咬住唇，突然抬脚踹开房门，正好看到一个穿着和刚才被自己击毙的黑衣人装束一样的人影，正背对着自己搜查窗户边的窗帘布那里。殷承瓛果断点射两枪，黑衣人没有发出任何响动，向前扑倒。

殷承瓛冲到床前，看到床上被子叠得好好的，没有看到蔡锷的身影，他急忙跑到盥洗间，也没看到人，他一边纳闷，一边上前揭开地上被自己击毙者的面罩，同样也是一张中国人的面孔。

殷承瓛平息了一下心绪，准备先简单伪装一下现场，再出去找寻蔡锷，恐怕有侍者突然闯进来看到就麻烦了。他打量一下周围，拖起那具尸体，想把它推到床底下隐藏起来。不料一时竟然推不进去，却听到一个声音从床底响起："哎呀，叔桓，你慢点呀，等我爬出来，你再塞他进来也不迟吧？"

他惊异地看到蔡锷从床底钻出来，带着戏谑的笑意望着他。

"嗨，松坡？你怎么钻到那里了？唉，幸亏！幸亏！"殷承瓛拍着自己心口感叹道。

蔡锷笑着看他："你能有不凡的直觉预感，我就不能未雨绸缪做点小防备了？"蔡锷边拍着自己身上的灰尘，边回答他的感慨。

殷承瓛没忘记那边房间的尸体，又回屋去同样将尸体藏到床底下，将房间简单收拾，恢复原状，两人又坐在609房间里简单分析了一下情况，就听到门外响起轻轻的叩门声，是侍者来送晚餐了。

很快阿阮和戴戡、刘云峰也回来了，听说这边发生的事情，都感到有点后怕。阿阮百思不得其解，回忆了一下自己订房的情况，觉得没有破绽。蔡锷笑着安慰他："你还不清楚袁总统的能量，还有他身边那位雷震春处长的阴险残酷手段呢。他们必在一路做了周密部署，所以咱们要格外小心谨慎，什么时候都不能掉以轻心！"他又顺嘴夸奖了殷承瓛的细心和敏感。殷承瓛咧咧嘴："刚才的事情，当真是一点奇怪的直觉，没有道理的！可见老天爷开眼，天佑我中华，必要让松坡安然回到云南！"

蔡锷思索片刻说："此地今晚不能住了，我们也是在等你们回来，马上一起撤离。"

殷承瓛看着阿阮："还有什么安全的地方吗？"

阿阮想了一下，摇头："本来我还预备了一个方案，在火车站附近的一个旅馆也订了房间。但是联想到刚才那番暗杀行为，我觉得那里也未必安全了……"

他想了一会儿，看着蔡锷建议："不然就住到我的一个亲戚家吧，那里离火车站也很近，明日上车方便，就是条件很差，他们几乎是这里的贫困户。"

戴戡急忙插言："只要安全就好！反正只是一晚的盘桓，我们都睁大眼睛，熬过这一夜，明天上午上了火车就好了。"

大家都纷纷表示赞同。蔡锷正要说话，突然门外响起响亮的敲门声。

这时大家都正聚在 609 房间。蔡锷用手势示意大家沉住气，又对阿阮点点头，暗示他去开门。

门开了，侍者带着两位法国人走了进来，为首的说了一大串法语，阿阮忙用法语回应。法国人巡视了一下房间，又问了阿阮几个问题，就点头退出了。

关上门，阿阮才向众人解释道："刚才来的人是法国驻海防使馆的人，他们说听说中国的著名军事将领蔡锷先生来到此地，他们奉法国政府之命，来这个酒店拜访蔡将军，邀请蔡将军到使馆一聚，公使先生也在那边恭候呢。"

"你是如何打发走他们的？"几个人都急急问道。

阿阮："我否认认识或见过什么蔡将军。我在此处接待的，是几个从中国来的商人，也没有姓蔡的，我说他们是找错房间了。这里的达官贵人很多，不会是我们这里的几个衣着普通的商人吧？"

殷承瓛建议道："就是冲着这两间房中的尸体，咱们也不可久留于此，赶快撤离吧。"

蔡锷提出自己刚才想到的一个方案，他问阿阮："今晚是否有去云南方向的火车？我是指，只要是开往那个方向的火车？"

"这个，有的。"阿阮想想，回答："有一列运煤的货车，深夜从这里发车，是走那个方向，终点站却不是云南。"

"方向对就行了。"蔡锷点头道，又向众人说出自己谋定的计划，"咱们今晚不要在海防停留了，先从速转移到阿阮的亲戚家，然后搭上那列运煤货车，在前面一站下车，等在那里，等明天这边去云南的火车经过，咱们再从那个站上车，这样是否更加稳妥点？"

"好主意！"阿阮首先赞成，众人也点头。

戴戡起身，让刘云峰拿过来一个袋子，将桌子上大家还没来得及吃的晚餐中可以携带的干粮装进去，又看着众人道："说走就走，马上行动吧？"众人纷纷起身准备。

经过巧妙安排，第二天中午时分，蔡锷一行四人从那个小站登上了开往云南昆明的火车。阿阮和他们告辞，蔡锷认真嘱咐他："你千万不可大意，目前先不要急着回海防了，先到别处避上几天再说。"

阿阮点头，又红着眼圈祝福诸位："一路平安，旗开得胜！我等着你们的好消息！"

火车上，刘云峰讲述了自己在海防联系上唐继尧的事情，说明唐继尧已经收到袁世凯的几封密电，除了封官许愿外，一再严令唐继尧严办蔡锷，电文措辞有"严密查访，准以全权便宜处置"之句。唐继尧目前明白了蔡锷等人的行踪，一边发电文给北京，敷衍袁世凯，表明自己和叛贼蔡锷势不两立的立场，一边已经悄悄安排了自己的弟弟唐继虞带领卫士和军队沿途而上，来接应蔡锷等人。同时各路反袁人士也逐渐聚集昆明，有江西方面的军事首领李烈钧，四川的熊克武，还有中华革命党派来的代表方声涛等人。大家都在等待着蔡锷的归来。

戴戡也谈到自己了解到的情况，袁世凯已经在前几日接受百官朝贺，又进行了登基大典的演练。登基大典，就定在了明日，12 月 12 号，洪宪皇帝，就成定局。

大家听了，都露出愤慨之色。蔡锷望着窗外，沉思不语。他的面容，依旧沉静如水，波澜不惊。山山水水从眼前呼啸而过，他看着越来越熟悉的景色，心中暗暗低声喊着："转瞬两年，云南，我又回来了！这次，该会是怎样的一番惊心动魄呢？"

火车终于进入云南境内，蔡锷坐在窗前，深情地凝望着远处的风景，若有所思。不时走到他们这个车厢周围四下查看的戴戡和殷承瓛回到蔡锷身边，看着他，两人欲言又止。

"怎么？你二人有话说？"蔡锷问道。

殷承瓛倒了一杯水递到他面前："你先喝点水，这一路上就怕你的喉疾再加重了，幸亏……还好！"

蔡锷看看两人，默默喝了一口水，又注意看他们。

戴戡忍不住，干咳了一声，直言道："松公，我和叔桓商量了一件事情，请你务必批准！"

"什么事？你们没说，怎么还要强调要我'务必批准'？"蔡锷对着一旁的刘云峰笑着摇头。刘云峰抿嘴笑，也用不解的目光看向戴、殷二人。

殷承瓛正色道："你回滇之事虽然隐秘，但是这一路走来，消息也是泄露不少。这一进入云南境界，就会有麻烦事。沿途士绅、官员、百姓，闻知蔡锷都督回滇，也许会在沿途各站举行欢迎仪式。眼下你的情形，还是不能暴露真身，所以，我和循若商量了，反正这里的边陲小镇，认识你面貌的人极少。可以由我们代替你去出席这样的场合，比较稳妥些。”

蔡锷微微摇头：“这事未必妥当？若没有事也还罢了，若真有阴谋，设有埋伏，你们代替我下车去见民众，也是一件极危险的事情！咱们如今势单力薄，如果遭遇险情，当齐心协力，共同渡过。你们以为我会同意由你们中的某个人，去代替我承受暗杀的命运吗？你们是不懂蔡锷了！”

“这不是替你去承受暗杀，我们是替讨袁护国义士们，保全一个重要的领军人物！”

戴戡板着面孔，完全是没有商量余地的口气对他道：“此事没商量！松公，这一路走来，咱们经历的险情还少吗？如今到了家门口，更要小心防范，不能让你有任何涉险履危的行为。”

“是的，你现在的生命已经不属于你自己，属于民国，属于咱们反老袁、反帝制的将士们！我们不能放过任何可能发生意外的细节！”殷承瓛也严肃地接言道，“松坡，你现在没有牺牲的权利！我们一定要平安将你护送回昆明！”

一旁的刘云峰也跟着相劝：“叔桓和循若说得都很有道理。都督，您如今是我们这些人的希望，哦，不，应该是我们反袁护国的希望！万不可有任何差池！”

望着三个忠贞勇敢的属下和战友，蔡锷眼眶微湿，他没办法再做什么辩论，只好轻轻点头，接受他们的建议。

16 日下午，云南蒙自县碧色寨车站。旌旗招展，人头攒动。近千人的欢迎队伍聚集在站台上。打出的横幅，上面写着：“欢迎蔡锷将军回到云南！”官员、士绅、名流以及各界代表、百姓聚集在这里迎候蔡锷的到来。

蒙自道尹周沆站在欢迎队伍的最前面，他警惕地打量了四周，低声问站在自己身边的亲信张羽：“一切准备好了吗？”

张羽点头，向身后一挥手，几个彪形大汉围到周沆身后。

张羽低声对周沆汇报说：“根据您的指示，我们准备了三套方案：毒酒、匕首和枪弹。”

他指指自己身边的一个女子手里端着的托盘，进一步解释道：“这盘子里的酒杯，里面装的是白兰地，掺了剧毒，如果蔡锷饮了，当场就会七窍流血而毙命；若是他推脱，不愿饮此酒，这位女子绰号‘一道红’，身怀绝技，一刀挥去，状如闪电，必刺人要害，绝无生理！”

他悄悄让女子微亮出托盘底下暗藏的匕首。接着又指指身后的壮汉：“这三人是百里挑一的神枪手，每人配有双枪，如果前两招不能置蔡锷于死地，他们就会乱枪齐发……”

周沆挥手制止他说下去，脸上露出自得的微笑

列车渐渐停靠在碧色寨车站。刚才从远处已经看到车站的欢迎阵势，戴戡和殷承瓛相对会心一笑。

“松公，按计划，你和刘旅长先到隔壁车厢回避一下。”戴戡笑看蔡锷，又对刘云峰道：“请刘旅长千万记住，如果站台上我们发生意外，你们也不能下车！这车在此地停留时间不长，你可护着松公向前走，去餐车处咱们昨天看好的位置先避一下。枪声一响，必然现场混乱，只要火车启动，就应该算安全了。根据计划推测，唐继虞带的人就快到了，应该能尽快和你们接应上！”

两人上前拉蔡锷起身，正欲把他推向隔壁车厢，却见刘云峰一把拉住殷承瓛，突然道：“咱俩的角色换一下。”

他语气急急地解释道：“你跟着都督走这一路时间比我长，更能随机应变。何况此乃云南地界，我在滇军已久，比你熟悉情况。由我下去应付，可能更好些！”

他不由分说地将殷承瓛拉到蔡锷身边，自己和戴戡一起将他们推出车厢。蔡锷还欲回身看两位战友，却被殷承瓛一把扯住：“松坡，大局为重吧！”

火车喘着粗气停了下来。张羽带着两位士绅上车，来到车厢里，看到戴戡和刘云峰坐在那里，笑问道：“请问哪位是蔡将军？”

戴戡轻咳一声：“在下蔡锷。”

张羽带笑鞠躬：“蒙自是个小地方，但是民众们仰慕将军已久，知道将军回滇途经此处，特别备了欢迎仪式，请将军暂移贵步，踏我贱地，以酬民众仰慕故都督的敬仰之情！”

刘云峰出言劝阻道：“将军身体劳烦，又有病在身，一路上不胜体力。就请你们代将军致意蒙自民众，盛情难却，心领神会。将军就不下车了吧！”

跟在张羽身后的两位须发皆白的士绅忙进言：“松坡将军是我们云南的大英雄啊，重九起义，光复云南，又督滇多年，造福一方！我们今天能瞻仰将军风

采，不胜荣幸！偏僻小镇，广大民众们也都翘首盼望能有此眼福呐！”

“此言甚是！”张羽也急忙接话，“大家在站台迎候已久，将军不下车，无论如何是说不过去的！”

他边说边上前搀扶，戴戡无奈，只好轻轻推开他的搀扶，自己走下车来。

戴戡和刘云峰在张羽的带领下，来到欢迎队伍前，周沆上前一揖：“在下蒙自道尹周沆，迎候松坡将军！”

他挥挥手，那位绰号“一道红”的女子走上前来，将手中托盘呈上。

周沆露出谄媚的笑意：“请将军先饮一杯酒。此乃我蒙自待客的习俗，表明您是我们这里最尊贵的客人！”

刘云峰在一旁提醒道：“将军有喉疾，恐不宜饮酒！”

周沆又是鞠躬微笑：“一杯素酒而已！若是蔡将军把云南作为自己的第二故乡，将我蒙自百姓也看作是亲人的话，请饮了这杯酒为盼！”

“将军！将军！松坡将军！”身后民众高声欢呼起来。

戴戡略一沉吟，正想动手去拿酒杯，却突然听到一阵战马嘶鸣声，一队骑着骏马的军人奔驰过来，将站台围住。

为首的年轻军官跳下马，走上前来，他看着戴戡，微微一愣。刘云峰机警，忙对着他大声喊道：“唐团长，你可是来接蔡将军的？将军在此，还不快来见过？”

此人正是唐继尧的弟弟唐继虞，奉兄长之命专程带领侍卫队和宪兵支队来迎接蔡锷，保护他在滇越铁路一线的安全。

唐继虞也是机灵人，听到刘云峰此话，已经明白过来，对着戴戡敬了个军礼：“属下奉唐都督之命，来迎接将军。唐都督有极重要的话要对将军说，咱们借个地方说吧。”

他对着身后一挥手，跟随他的卫士们围了过来，将戴戡等人簇拥着，重新上了火车，同时另一队宪兵们手持枪械，虎视眈眈地对着车站。

周沆看到此种情景，不敢下手，唯有心里暗自懊丧不已。

不一会儿，一个卫士下车对周沆道：“我们唐团长有公务要和蔡将军谈，就随车保护将军继续前行，唐团长让我转告周道尹，让大家散了吧！”

他话音未落，火车已经启动。周沆无奈地看着列车，暗暗跺脚，却又无计可施。

直到火车完全驶出碧色寨站台，唐继虞带来的宪兵们才收起手中武器，上马追随列车前行。

张羽凑到周沆身边，叹息道："咱们失手了，怎么办？袁总统和雷处长会责罚咱们吧？"

周沆长叹一声："就看下一站了，后面雷处长还有布局！唉，万料不到半路上杀出这个唐继虞？这唐氏兄弟，也和蔡锷是一路的吗？我替大总统，哦，应该说当今洪宪皇帝揪心！"

火车上，唐继虞正和蔡锷相谈甚欢，他讲述了自己兄长的部署。原来有关雷震春秉承袁世凯密令，在蒙自一路对蔡锷进行绝命追杀的方案，已经被唐继尧侦知，所以才会布局唐继虞多带些兵力，从速北上接应。

蔡锷点头，对他笑道："夔赓，这次你算来得及时，不然后果难测！"

"后面必然还会有几个关口，请松公小心，也听我安排。"唐继虞认真说道。

火车到了阿迷车站，站台上照例摆上了欢迎盛宴。阿迷州知事张一鲲根据雷震春的密令，在此处也摆下鸿门宴，召集了比碧色寨更多的民众来车站欢迎蔡锷。

列车刚刚停靠在阿迷站，张一鲲就率领一众官员乡绅直接上前，围到车厢前，高声呼喊："蔡将军，请下车接受我方民众一拜吧！"

"蔡将军，云南百姓思念您啊！"

呼喊声此起彼伏。唐继虞出现在车厢门边，对张一鲲等人道："我奉唐继尧都督之命，一路护送蔡将军回昆明。目前将军旅途劳累，喉疾发作，不能起身，无法出来接受民众敬仰，请大家见谅！"

张一鲲和身边几个官员商量了一下，拱手道："如此，我和当地几位德高望重的乡绅，想上车看望将军一下，也代表阿迷州百姓慰问一下将军！请您通融一下！"

唐继虞不好再做推脱，只好允许张一鲲带着两名乡绅上了车。

张一鲲事先也做了几套方案，针对蔡锷有可能不下车的情况，他暗中布置车站埋伏有强火力枪手，一旦他上车认定蔡锷所在位置，等他一下车，做个暗号，这些枪手就会火力齐发，对着车厢扫射。

抱着这样的目的，张一鲲上了火车，来到一个车厢里，看到有几个人坐在那里，却不知道哪个是蔡锷。张一鲲也没见过蔡锷，但是见过蔡锷几幅小照，也吃不准眼前的人，谁是正主。

"敢问……"他正想发问，却见其中一人淡淡说道："将军刚才又不舒服了，随身人员在照料他服药，此刻不能相见。”说这话的，正是戴戡。

张一鲲还想再次争取，却回眼看到车厢两边，靠每个车窗前，都站着荷枪实弹的兵士。他们的枪口都一直对外，呈虎视眈眈之势。他意识到对方已经严加戒备，这回恐不能得手，只好讪讪地敷衍几句就下车了。

火车启动，离开阿迷车站，戴戡和殷承瓛才暗暗松口气。殷承瓛看着唐继虞道："幸亏你带的兵不少，武器也不弱，我总觉得，刚才那个车站，暗伏着一股杀气腾腾的味道。"

戴戡也点头："我就怕那个姓张的知事再布下强火力，对着车厢扫射，就麻烦了！"

唐继虞撇嘴一笑："他敢？看到我这些兵，枪口全都冲外，也知道若是强攻，未必有好果子吃！何况，他就是强攻也没用，松公早已不在车上！"

"什么？！"戴戡、殷承瓛闻言大惊。殷承瓛还在质问着唐继虞，戴戡已经飞快地冲到隔壁车厢，果然没有了蔡锷的身影。

"唐夔赓，你究竟搞什么名堂？！"戴、殷两人气急败坏地冲唐继虞吼道。

唐继虞被他们过激的行为吓着了，收起顽皮的笑意，正色道："刚才快到阿迷站时，我突然记起一件事来，前面再走三站，有一座滇广桥。我怕万一那帮人再在桥上做文章，放个炸弹什么的……后来看到阿迷车站那诡异的局面，以及知事张一鲲那种志在必得的狠劲儿，我就临时起意，暗暗让刘旅长陪着松公，从车尾处下车。这一路我都布有宪兵接应，此刻，松公他们应该骑上马了。对了，我想火车不算安全，干脆骑马抄近路回昆明，倒是出乎那些人意料外吧？"

他噘噘嘴："虽然，肯定是辛苦些，可是……"

"可是什么啊？可是我们一定要和松公在一处才是正理儿！"戴戡大声叫道。

殷承瓛也叹息看他："你不该擅自做主，改变行路计划。起码也应该和我们通个气吧？也罢，赶紧补救，我们一定马上要跟上松坡！"

"是的，我们几个人和他失散，如何保护他的安全？唐团长，你太自以为是了！"戴戡气得几乎想对他动武了。

"你们放心，松公身边，我安排了整整一个宪兵支队护送！"唐继虞赶紧解释道，又忙对两人安慰："我原本计划咱们也要在前一站下车的，那边也有宪兵带着马匹接应，咱们抄近路，应该能和他们会合！你们放心，我保证！"看唐继虞说得十分肯定，戴、殷两人才不吭气了。

他们在前方站下车，骑马飞奔追赶蔡锷一行，终于在一个叫坎坝的地方和蔡锷会合。殷承瓛上前仔细打量蔡锷的脸色，关切地问道："松坡，怎么样，还吃得消吗？你的身体？"

蔡锷虽然面色疲惫，但是精神很好，他笑对众人道："这会儿就快到家了，一鼓作气，不必懈怠！我此刻虽然病弱，但还是自信不会拖大家后腿的！"

"那是当然！"唐继虞见到蔡锷，总算松了口气，就好心情地开着玩笑："我哥总说您骑术了得！当年他读日本士官学校时，最佩服骑兵科的学生，而您，据说还是其中的佼佼者？论到骑马，您一定会让我们望尘莫及的！"

"哼，你没看到他如今有病在身吗？还提什么骑术了？"戴戡翻着白眼对唐继虞。由于那场临时发生的问题，他对唐继虞的埋怨还没消除。

唐继虞无奈咧咧嘴，也不好再说什么。

一行人经过几天的跋涉，终于在12月19日进入昆明城。

1916年11月初　福冈医院特护病房

那段万里间关、凶险十分的经历第一次听当事者说出，自然是格外生动鲜活。蔡锷讲述的语调是一贯制的平静舒缓，但是三个听众却都面色凝重，说不出话来。

沉默了片刻，蒋方震才轻叹一声："这一路走来，听着都让人感到惊心动魄！松坡，我想殷叔桓那时的感叹是不错的，天佑我中华！让你能从如此险恶的境地逃离挣脱出来，后面做成那样伟大的一件事！"

蔡锷苦笑一下："有时，我自己也会在心底感叹：我今年痴长34岁，前半生颠沛流离，吃了那样多的苦，可能就是留着这一条命，要完成这样一件事的？不管这件事意义如何，只待留与后人评说罢了！我是终究完成了自己该做的事，就算即将要……离开了，也……"

"松坡！"石陶钧突然喊了一声，打断了他的话。蔡锷看到对方眼中闪现的泪光，心下一软，就不再说下去。

林建昭毕竟年轻，他还完全沉浸在蔡锷刚才对往事的讲述中，脑海里依旧回荡着波诡云谲的历史风云，此刻懵懂间听到蔡锷刚才那番话，就茫然地看看石陶钧，接话道："我想说，将军不会有遗憾的，将军就是为了捍卫共和，再造民国而生的！"

这番有着盖棺定论意味的话语竟然暗合了刚才蔡锷的那句不祥话语，石陶钧不满意，就横了林建昭一眼，带点埋怨的口气道："小林，我们是想请你多陪陪病人的，要说些轻松的话题让他舒心，总提这些沉重的政治话题，回忆那些令人压抑的往事，对他的病体，恐无益处？"

林建昭有点诧异，也有点小不服气，但是看着蔡锷病容深重的面容，他也没加以辩驳，只是红着脸点头。

蔡锷看出林建昭的窘态，摇摇头，就替他跟石陶钧辩解道："醉六你说小林是不公平的。刚才咱们四人都在一处聊天，大家才说到去年我回滇的旧事。明明是你挑起了那个'给袁世凯的一封信'的话头，又怎么如今倒埋怨起小林来？"

石陶钧笑了："好嘛，如今你和小林显然是一伙儿的啦，我们都不敢说话了？"蒋方震听了也笑。林建昭建议道："石将军说的也不是全无道理。将军您如今养病为重吗，心情很重要。如果回忆往事，会带给你心理方面的负担，我宁可不要！您的健康是眼下唯一值得重视的事情！"

"哪里有那样严重了？"蔡锷笑着摆摆手，"这段时间，小林陪着我聊往事，几乎是把自己的前半生都梳理了一遍，我反而觉得心里轻松不少。"

"是啊，这就是'放下'的功效！"蒋方震接话道，"说出来了，很多事，也就放下了，这也是心理学的范畴吧？"他看看林建昭："你是学医的，据说也学了不少心理学知识，当更明白这个道理？"

林建昭却依旧是沉思状："我们从将军青年留日时期的经历谈起，也回忆了将军的童年记忆，从日本到广西练兵生涯，从'驱蔡运动'出走云南到重九光复起义；再到交出兵权，进京履职；北京蛰伏岁月，其中的苦辣酸甜，还有真假莫辨的沉沦与伪装，再到这巧计出京，万里间关，回滇举义……我从将军人生经历中感悟的，实在是太多太多……"

石陶钧点头，上前拍拍他的肩膀："你还年轻，慢慢感悟吧！你陪着他，慢慢听他说，慢慢自己领会，慢慢总结出你想要的，然后再慢慢将他的故事，有机会写出来，成为一部传奇……"

他忍不住笑了："现在咱们先收住话题，慢慢地扶着他回床休息，他也该吃药了！"

他这番诙谐有趣的话语，让面前的几人都笑了。他却板起脸来，招呼林建昭和自己左右夹攻，一起扶起蔡锷，将他强拉回病床上休息。

林建昭告辞回去，蒋方震和石陶钧还在蔡锷床边站着，看到护士为他量过血压和温度，做完了日常检查。

蒋方震看着床上的人道："蕙英是去熬药了吧？等她来照料你吃药，我们就离开。这个别人推荐的中医药方，你吃了有半月了？效果还不错！看到你如今精神是好多了。"

蔡锷点头："稻田博士也说这药辅助治疗很好，就是熬起来费事些，好在蕙英耐烦，一日三次，她倒做得很起劲儿。"

蒋方震赞同："药效好是最重要的，其他的，你就不必操心了，有几个人都在这里呢，副官、秘书，还有我们。何况，蕙英的贤惠和温柔，也是出了名的！这不你进这医院没两个月吧？她的贤德名声都传开了。"

石陶钧只是在旁边捂着嘴笑，蒋方震看了，很是奇怪，就问他："你总笑什么？"

石陶钧咧嘴："我想说松坡身边自带良药，还总提什么药？"

"自带药？什么意思？"蒋方震不能明白，蔡锷也是满脸疑惑地看着他，却突然想起前几天的一个话题来："对了，醉六，你前次当着众人的面，说了句'松坡有福，什么时候都有自己的灵丹妙药'这句话，究竟是什么意思啊？"

"哈，你还记得那句话呢？"石陶钧谐谑笑笑，"说出来，百里肯定笑，松坡别对我急眼了哈？"

"快说，快说！"蒋方震更加好奇起来。

石陶钧点头，清清嗓子，准备说出自己埋藏在心底很久的一个感怀。

"其实还是要从前几天收到罗湘的电报说起。有关松坡在北京所谓的'风流韵事'，小林他们也很疑惑，不知真相几何。我表面上向你们询问了事情，其实啊，我自己心里早就明白，松坡一定是无辜的！"

蒋方震和蔡锷都安静地听他说着，想听到他后面说出的真实意思。

"为什么我对松坡这样有信心呢？就对上刚才说到的那句话——'松坡有自己的灵丹妙药'！他这副良药不是别个，就是身边最爱的如夫人——潘蕙英！"

说到这里，他停下来仔细看着蔡锷，后者依旧面色平静。倒是蒋方震有点着急，催促着他："别停啊，继续说！快直接说主题！"

"哈，百里你比人家当事人还急呢？"石陶钧笑笑，继续道："我给你讲个典故吧。百里，你还记得，我和你提到过的，当年我们率领护国军打过泸纳之战以后，松坡的喉疾加重，在永宁河边养病那段时光吗？"

蒋方震点头："是的，你多次说过，那其实是护国战争最难熬的一段日子。你们几乎是一边等着谈判，一边准备着有可能的继续作战，而心里最期待的，却是各地军队的响应消息。就像是黎明前的黑暗，却是最令人煎熬的时分！那时，你不是一直陪在松坡身边吗？"

石陶钧频频点头："你说的不错，黎明前的黑暗，分外难熬的时分！更令人焦心的是，这个人的病也到了很严重的地步。"他点点蔡锷："他那时真是累病交加啊，人瘦得只剩一把骨头了，喉症严重到话都说不出来，我们得贴着他的嘴边才能听清他说的话。"

蔡锷似笑非笑地看着他："醉六，你啰里啰嗦的，究竟想说什么啊？"

石陶钧得意地摆手："你先别急，听我慢慢道来！"

他望向蒋方震："护国之战，川中数月，这一路情形，你后来到四川，不仅也是听闻过，也经历过一些的吧？用艰苦卓绝四个字都不足以形容！我们每天行军，鏖战，好几次走着走着，我都累困交加，从马上直接摔下来！……每到一个营地，士兵们可以休整歇息，我们司令部几个主要的官员还要商量作战方案，简直是疲惫交加！而且他，"他指指蔡锷，"他的辛苦自然更胜我们一筹。等我们安睡了，他还要独自思考，纵横布局……好人都撑不住，何况他是个带病之身！"

想起那场难以忘怀、不忍回首的苦战，蒋方震也很感慨，不过他有些奇怪："你说的固然不错，只是这跟咱们刚才说的话题有关吗？"

蔡锷忍不住笑："他原本就没什么正经话好说，只好在这里拿过去的事情语无伦次罢了！"

"嘁！"石陶钧斜了他一眼，"我这是介绍背景呢，现在进入正题！"

他点着蔡锷，对蒋方震："你知道吗？在那样的情形下，在那种境地，我们的这位蔡总司令，他……他有多多情吗？"

他笑向蒋方震："你问问他，一路上，他给潘夫人写了多少封信？"

这个情形蒋方震是听说过的，所以抿嘴笑道："这也不足为怪啊，松坡原是多情之人嘛！在繁忙军务之余，心情苦闷之时，写写家书，畅述胸臆，甚至发发私意，也是很正常的！"他边说边看着蔡锷笑。

蔡锷见他们在一唱一和的戏谑取笑，索性装作不听，不看，头靠在被子上，闭目养神起来。

石陶钧摇头："何止这些呢，你根本不了解状况！我接着说刚才的永宁河边……某晚，松坡交给我一封信，让我天明寄出，我实在忍不住……就打开看了……”

说到这里，他带笑跑到床尾，生怕蔡锷会突然睁眼起来打他一般：“不过，松坡，我得声明，首先要怪你自己没有粘牢信的封口啊。我实在是忍不住，真的是很好奇：你哪里有那样多的话，要和自己的小媳妇说呢？”

蔡锷听到这句，也忍不住了，睁开眼睛，用手指着他：“好你个醉六！我把你……”

蒋方震哈哈大笑：“怎么个说法呢？”

石陶钧边笑边说：“写得那个深情啊，不，简直是肉麻啊，我还记得其中几句呢，我背给你听！”

他清清嗓子，正色道：“蕙英贤妹如见……与君别久，相忆殊深。月来养疴来永…… 时潮涌于胸臆。假使能仗飞机，驶赴五华，图片时之良晤，予病当不药而瘳矣…… ”他边背边笑，最后几句念得呜噜呜噜的，笑得几乎说不下去了。

蒋方震也笑得不行，又很好奇：“你好好说不行吗，我都听不清你背了些什么？”

蔡锷气得牙痒痒，恨恨地瞪着石陶钧：“醉六，你？！”听着自己写给潘蕙英的情书被好友大声念出，他实在是又好笑又难为情，只好用手背捂住嘴，装着轻咳，掩饰住自己已经感到潮热绯红的脸颊。

石陶钧忍住笑：“我就说松坡酸腐得可以，总爱转个文！我用白话和你说一遍吧，你一下就明白了。他信中的意思是这样的——‘亲爱的蕙英妹妹，我想死你了！在这里养病，我都忘不了你！如果能坐上军用飞机，飞到云南你住的五华山督军府，咱们两人见上一面，我的病就不用吃药了，马上就痊愈了……”他笑得趴到床尾栏杆上浑身乱颤：“你说，这不是一剂自带的天然良药，又是什么？”

坐在床边的蒋方震也被逗得哈哈大笑。蔡锷被他的这几句白话文演绎弄得更加不好意思起来，他的脸愈发绯红，瞪着两位好友，正要再说什么，突然眼睛看着前方门边，忙停了口。

石、蒋二人顺着他的目光回头一看，潘蕙英端着一碗药，站在门边。

她显然听到了刚才的笑语，脸也是红扑扑的，她把药放在门边的桌子上，低头又出去了。

“妈呀！”石陶钧吓得捂住了嘴，“竟然让另一个当事人听到了？完蛋！我得赶紧溜！”他说完急急地跑了出去。

蒋方震边笑边看着蔡锷，叹息道：“醉六虽然话里没轻重，爱开玩笑，但他说得倒也是实情，你和蕙英，当真让人羡慕！”

蔡锷红着脸讪笑道：“谁羡慕，也轮不到百里你羡慕吧？你们哪里又弱于我们了？”

蒋方震知道他的这句“你们”，是指自己和梅子，也就笑道：“不错，‘我们’也很好，但是是刚刚开始呢，‘我们’还要向‘你们’学习！”

听他这话说得俏皮，蔡锷笑笑，也不答言。蒋方震正言道：“好了，闲话到此为止。我叫蕙英进来服侍你吃药吧。”

他出去了，不一会儿，潘蕙英进来。她端过药碗，走到床前，照例自己先轻轻喝了一口，才递到他面前。

蔡锷喝了药，静静地看着妻子，若有所思。他其实心里憋着很多话要和她讲，但是每当面对她温柔的眼神，他都不忍心出口。千古知音，终有一别，他不知道自己该如何向她说起这个话题？一个残酷无比的话题！

潘蕙英好像根本不留神他的情绪似的，她安静地在他身边做着该做的事情。煎药、喂饭、擦身、按摩……一切贴身护理，她都去做，好像很多时候倒抢了护士们的活儿。她想起有次美江护士开玩笑般对她说：“夫人，如果您也像梅子小姐一样，是个护士，恐怕连打针、量血压、测体温这样我们护理人员该做的业务，也被您抢去完成了吧？”

潘蕙英当时温柔一笑：“没有什么啊，我只是想，反正陪在他身边，就是专心照料他的意思，很多事情，谁做不一样吗？”

“当然不一样哦！”小护士用不很流畅的中文笑着说，“您贴身护理将军，一定会让他感到更惬意！因为爱情！爱情加入到护理工作中，不是会更加温柔吗？”

小丫头竟然直言说到了“爱情”，让自持内敛的中国女子潘蕙英红了脸，她打趣了这个东瀛小姑娘一句，作为小小的“反击”：“美江护士，以后你也会有自己‘更加温柔’的时刻的，相信我！就像梅子小姐，一定是自从遇了蒋将军后，她就变得更加温柔了！”

让潘蕙英感到很意外的是，自己的这句毫无深意的话，竟然会让眼前这位日本小护士脸上蓦然飞起红云。她吭哧了半天，才迸出一句话，中文在情急状态下显得更加不流利起来：“看您，夫人……比喻不对……我不是梅子小姐……

蒋将军也不会遇见……”

潘蕙英听不懂她这句话的意思，正要细问，却见小姑娘已经红着脸跑开了。

此刻，潘蕙英回忆起前情，抿嘴笑了。蔡锷瞧见，用疑问的眼神看她。潘蕙英掩饰道：“也奇怪得很，好像总会有人爱拿咱们的事情取笑，让人经常会感到难堪呢。”

蔡锷知道她是指刚才石陶钧的调侃之语，就笑着解释：“醉六口没遮拦的，打小就这样！其实，当年我给你写了那样多的信，在军中早已不是秘密了。很多人肯定在心里好笑，也不理解。唉，其实，谁能理解这一切呢？”他说得有些怅惘。她笑着握住他瘦骨嶙峋的手，放到自己手里摩挲着，又将自己的脸颊贴了上去。

这种情形，是近来他们夫妻独处时的一个常态。潘蕙英爱守在床边，抓了爱人的手，这样搓揉着，又将自己的脸颊在上面摩挲。蔡锷心里很温暖，但是更有一丝心酸的意味，他不敢说，经常纠结得很。

潘蕙英却不理会，只是陶醉在自己的心绪中。

病房外的长廊里，三三两两的病人在散步、聊天，看着报纸。石陶钧和林建昭走在旁边的草坪上，随意聊着天。

林建昭有些叹息：“今天真的怪我，没听出将军那句话里包含的不祥意思……其实这有一阵了，我觉得他经常会突然蹦出一句这样意味的话来，让人闻之心酸心痛！”

石陶钧摇摇头：“难怪他，久病之人，难免胡思乱想。唉，如今这情形，也不是仅仅胡思乱想了！他的情况，真的不好……”

他认真看着青年：“他的病，拖得太久了，从来日本之前，据说他就是有预感的。在上海他和卓如师告别，说出了诀别之意，被心痛难耐的卓如师大大痛斥了一番！后来，卓如师打电报，让我来这里陪伴他的时候，曾经对我说过他的痛惜之情，他后悔，曾经那样狠狠教训了一顿自己的爱徒，虽然，他是因为对爱徒的担心和伤痛，所作出的无奈之举！他告诉我说，松坡有预感，很多人有预感，包括卓如师他自己——这个铁血铮铮的护国将军，所剩时日不多……”

石陶钧说得伤感，背过身去，悄悄擦去眼中泪花。林建昭的泪水早已流下面颊，他浑然不觉，也没有动手擦去，只是呆呆地看着石陶钧，突然喊出一句：“石将军，请您给我讲讲护国之役吧！”

石陶钧惊愕地看着他，却见林建昭点着头，一字一句地说明了自己的意思："我知道，才过去的那场战争，是无比的惨烈和艰难！我实在不忍心再问蔡将军，请他回顾这场恶战、苦战！我知道，这场战争，不仅让他身心俱疲，毁坏了他的健康，而且，还像您前次告诉我的那样——让他无奈而悲凉！他赢得了这场战争，却留下了很多不为人所知的遗憾，凭一个中国军人的良知，所感受到的遗憾！"

"可是遗憾终究是遗憾，松坡永远不会后悔！"石陶钧认真地看着林建昭，"这场战争，是亘古以来从未有过的，不是为了争权夺利，不是靠枪杆子为自己争夺地盘，而是——为四万万人争人格！这个含义，终将让这场战争为千秋万代的中国人所牢记，它的意义将永恒不朽，载入史册！"

石陶钧长吸一口气，又慢慢呼出，他的语气格外深沉："我想，还是应该从松坡回到云南时的情形对你讲起。虽然，那时我并不在他的身边，但是我在后来的行军打仗空隙，却从跟随他的很多人嘴里，听到过那段不平凡的历程。"

1915 年 12 月 20 日　云南五华山都督府俱乐部

这里是蔡锷回滇后的下榻地。此刻他站在窗前，望着外面的景观。暮色渐重，已经有灯火在远处闪烁。

殷承瓛站在他身后，正轻声说着自己下午在昆明城里的见闻。

"……大街上，到处都有'欢迎蔡将军回滇'的标语，市井百姓、贩夫走卒，都在议论着前任都督归来的消息。今天在一个茶馆里，我看到一位老者在和旁边人大声谈说，'12 日洪宪皇帝在北京登基，这次蔡都督回滇，就是要起兵讨伐的，这下咱们昆明城里要不安静了！'周边的人议论纷纷，大多数人都在咒骂袁世凯倒行逆施，决意拥护蔡将军讨袁起兵，反对帝制。"

"今早我从都督府秘书处那里也听到了一些消息。你回到昆明的消息，让全城上下振奋莫名。前一阵因国体更迭造成的金融恐慌，也趋于平静，物价重新平稳下来。政府官员们也在传前任都督大功于滇，所以民心所向，自是有此稳定局势之举！何况，昨日你进昆明城时，也应该感觉到了，百姓们欢迎你的热情？昆明主要的几条中心街道，还有洗马河、海心亭附近，交通近乎拥塞，都汇聚各色人等，期盼一睹你的神采！"

他正说着，却见戴戡急匆匆进来，手里拿着一封电报。

“松公，卓如师电报，情况紧急！”他这句话让蔡锷、殷承瓛都是一愣。蔡锷忙从他手里拿过电报，边看着，边蹙起眉头。

戴戡向殷承瓛低声解释着梁启超电报的内容：袁世凯将以补贺日本天皇加冕为名，派特使赴日洽谈，以换取日本对帝制的承认和支持。江苏将军冯国璋看到情势紧急，特意密电梁启超，表明自己反对帝制的态度，请求云南起义从速举行。梁启超认为此番情形已经是外交紧迫，内助强硬，所以建议蔡锷说服唐继尧马上起兵，尽快亮明态度，宣告云南独立。

戴戡看了一眼蔡锷，对殷承瓛道：“卓如师的电报中有这样关键的十二个字：‘外交紧急，袁将卖国，请即发动！’”

蔡锷看完电报，沉吟不语。戴、殷两人都看向他：“松公，我们如今应该怎么办？”

他收起电报，神情依旧平和沉静：“昨日到滇后，只是和唐蓂赓匆匆谋面，没来得及细谈，今晚我准备去找他一叙。你们等我的消息好了。”

正巧副官长何鹏翔进来，蔡锷带上他一起去见唐继尧。

唐继尧官邸的书房里，蔡锷和唐继尧再次相见。

“松公，一路劳顿，您的脸色可不大好。而且，昨日一见，吓了我一跳！不过两年没见，您可是瘦多了，简直脱了形一般！让咱们这些云南老部下们看着都心里难过！我昨天还暗中责骂了夔赓几句，就该采取更妥善的保护措施，将您接回昆明，怎么能再让您骑马，长途劳顿？”

蔡锷笑着挥挥手：“一切都过去了，这一路有惊无险，多赖诸位同志倾力相助，百般护佑。后半段夔赓功劳不小！”

他很快转换了话题，单刀直入地进入了主题：“蓂赓，你知道目前情形危急，咱们该好好筹划才是。本月 12 日，袁世凯已经举行了登基大典，洪宪皇帝已经成为事实。现在他正想尽办法，运用外交手段，不惜出卖主权，换取外国势力对自己的支持。此刻我们不能再等了！反袁起义，必须比原定计划还要提前，越早越好。只要咱们率先亮出这面大旗，就不怕没有其他反袁力量的支持！”

唐继尧露出一丝为难的神色来：“松公，您才回来，先休息一下，有些事情可以随后商量。您放心，反对帝制我没二话，但是是否马上起兵，是否我滇军要成为这个反袁第一军？我看，还须大家商议一下。”

蔡锷正色看他：“蓂赓，我回滇就为此事，不然何必有前面万里间关之举？你了解我，我不是个轻易言战之人，更非好武之徒！只为如今情势所逼，我们已然没有退路！今天我来见你，已经打定主意。此刻唯有两个办法：不是你从我，就是我从你。如要我从你，你可以将我的人头割下，献给袁世凯，必然少不了一等公爵的官帽落到你头上；如果你从我，我二人一个坐镇滇中，一个率师入川作战。咱们须从速召开军事会议，商定起兵之事，不可再做犹豫拖延！”

唐继尧语塞。他和蔡锷情谊匪浅，从师兄弟到上下级，加之当年蔡锷离滇前力排众议，勉力推荐他为自己的继任者，也算对唐继尧是有恩之人。何况以唐继尧对蔡锷的了解，他性情沉稳儒雅，很少当面做出这般决绝的姿态。

此刻唐继尧想婉言解释自己的心迹：“松公，您别心急，您的意见，继尧当然要重视……”

他的话未说完，门外响起一阵重重的咳嗽声，接着一个带着浓重云南腔的老者声音传来：“唐蓂赓，你如今已经封了一等候，还不知足吗？还想折腾什么？是想做皇帝呢？还是不准备要脑袋咯？”

这话让屋内人都惊愕万分。片刻，蔡锷才明白这是唐继尧的老父亲唐省三在隔壁听了他们的谈话，以训斥儿子为由在指桑骂槐。

唐继尧苦笑着摇头，低声道：“家父年迈，难免思想保守，患得患失。松公莫怪！”

蔡锷无奈笑笑，挥挥手，表示自己并不在意。

唐继尧放低声音，却是语气肯定：“您的建议我一定认真考虑。明天我备了午宴，滇军全体高级军官要为您接风洗尘，咱们见面再议如何？”

蔡锷听了，只好点头。

第二天中午，唐继尧派自己的侍从副官来请蔡锷赴宴。副官到了蔡锷住处，向他行了标准的军礼：“报告将军，我们将军为您洗尘，已在光复楼等候！”

蔡锷注意看了他一眼：“你是唐将军的副官？听口音像是云南本地人？”

“回蔡将军的话，属下邹若衡，云南昭通人，陆军讲武堂第四期毕业，现任唐将军副官兼侍卫长。”

“讲武堂四期的？不错！”蔡锷笑看着眼前浓眉大眼的小伙子，点点头。他从衣架上取过军装，边穿边随口和他聊天：“看来你在滇军中任职时间也不短，有几个问题我想问你。”

“将军请问。”

“我离开云南后，各界感想如何？军界呢？”

邹若衡略一思索，利索回答：“将军离滇，滇人思念将军，军界思想将军犹达极点！”

蔡锷淡淡一笑，停下扣军装衣扣的手，认真看着他，又问：“对袁世凯称帝，云南一般民众感想如何？军界感想如何？”

邹若衡微蹙起眉：“重九起义后，云南民众生活在新生活中，辫子剪掉了，满清那套规矩也革除了。就不知道这北京城又有新皇帝了，这天地会怎么变？军界嘛……”他挠挠头，有点迟疑地看着蔡锷。

“邹副官，不妨直言道来。”蔡锷的神态是平和的，但是将军的威仪却能让同为军人的邹若衡深切感受到。

“是，将军！在军队里，议论蛮多。大家最想不通的是，四年前，咱们流血牺牲才扯下黄龙旗，换上五色旗。可是如今为何又要拥戴一名新皇帝？说好的，建立共和，建立民国，一切都不作数了吗？”

“很好，邹副官！不愧出身讲武堂的，有思想！”蔡锷带着嘉许的笑意拍拍他的肩膀。又紧接着问了一句：“那么，值此袁世凯称帝的微妙时期，我回到云南，各界可有什么猜想？尤其军人观感如何？说说你听到、见到的？”

这次邹若衡很轻松，他感受到蔡锷的鼓励和认可态度，而且在这短短的接触中，他对这位曾经闻名遐迩的将军，莫名产生了一丝强烈的亲近感。所以他大胆选择了畅所欲言。

“回答将军，将军此次回滇，对于云南人来说，是盼望已久的大事情！昨天您一入城，不见街头巷尾拥堵不堪？那是云南老百姓都想看看，是不是蔡锷将军真的回来了？”

青年副官说得情真意切，自己都激动得脸色绯红。他看着蔡锷，眼中露出真诚仰慕的目光：“其实云南民众中稍有知识的人，都心知肚明一件事情——北京那边有人称帝，蔡将军此刻赶回云南，一定会有大动作！至于军队这边，大家更是群情激奋，摩拳擦掌！唐将军就是血性男儿，对洪宪皇帝不会隐忍下去，如今您又回来了，我们更是有领头羊了！最近，营以上军官们，个个脸上都有了笑容，大家走路的步子都有劲多了！”

“好吧，你这个邹副官，真让人不能小觑呢！”蔡锷指着他笑笑，转身大步向门口走去。邹若衡忙跟上他。

第二十六章　起兵

将帅的坚强意志，就像城市主要街道汇集点上的方尖碑一样，在军事艺术中占有十分突出的地位。

——克劳塞维茨

光复楼宴会厅，众军官已经肃穆聚齐，所有人都身着陆军礼服，威严肃穆。

蔡锷身着将军服，在邹若衡的陪同下，步入大厅。唐继尧带领滇军高级军官们已经迎候在那里。

“立正！”看到蔡锷进场，负责执事的警卫团长唐继虞高声发出号令。云南都督唐继尧带头靠脚立正，几十双带马刺的军靴齐刷刷发出统一的碰撞声“锵”，响彻会场，整齐威严，让人闻之肃穆。

蔡锷抬手掌下压示意，唐继虞再次发令：“稍息！”蔡锷向大家点头，命大家入座。邹若衡将蔡锷引到主座坐下，蔡锷看着身旁的座位，招呼唐继尧：“蓂赓来坐。”

唐继尧坐在蔡锷身旁，众位军官才入座。蔡锷环顾四周，微微一笑：“一别两年，想念殊甚。今天看到大家精神面貌更强于以往，我很欣慰！”

“滇军新军自重九光复以来，得松公亲自整肃调教，军容军风都大为改观，可以说为全国之先。继尧不过继承遗泽，继续发扬光大而已。”唐继尧在一旁接言道。

“很好！”蔡锷笑笑，巡视一周身旁的将领，朗声说道，“我滇军人才济济，群英荟萃。蓂赓督滇，威名远播，诸位骁勇，堪称虎将。此番我们就该有惊世骇俗的壮举了！”

众位军官默默看着蔡锷，各自在心底深刻感受着往昔老长官威仪尚存、恩威并重的气概。大家对他的爱戴和拥护，由来已久，也不是一朝一夕的事情了。

“我这次回云南不是个人问题，而是国家安危所系！”蔡锷略微停顿，继续细致解说道，“自重九起义以来，我受云南民众以及在座诸位的重托，担负起督滇大任。幸有众人相助，才能逐渐完成整肃云南政务、发展经济、开办实业、教育，以及援川、援黔、肃清云南内部匪乱的任务。我个人能力十分有限，全赖云南各界人士的大力襄助，才曾让本土风貌大为改观，成为边陲模范省份，为国家之先！后来我离滇，蓂赓继任，更加使云南本土治理有方，滇军风貌再上一层楼。”

他嗓子有点干涩，就扭脸轻咳数声，身旁军官忙倒了杯水递给他。蔡锷抿了一口水，略微润了嗓子，继续道：“当年我选择进京，襄助袁世凯，是看到统一未久，国人思安，支持并维护中央集权制，是我们军人的职责！故我可以放弃兵权，蠲除前嫌，愿意协助中华民国总统共同建设我们的国家，强化我们的民主制度。却不料在京两年，我看清楚袁世凯‘假共和，真独裁’之嘴脸，为了一己之私，为了能家天下，不惜将国家利益拱手送与外邦，将四万万同胞的尊严踩入脚下！”

他威严肃穆地再次环视四周军官：“诸位都是新式军人，试想一下，咱们无数同志、战友经过流血牺牲的代价才换来的一个民国，朗朗乾坤，如果今朝复辟倒退，重树龙旗，让举国同胞再次跪倒在独裁者的膝下，那么叫世界各国之人，如何看待我中华呢？四万万同胞的尊严何在？咱们中国军人的颜面何在？！”

他略微停顿，一字一顿地说出自己的誓言来：“此番我回来，就是预备带领大家拼上一回的！为四万万同胞争人格！”

“打倒帝制，反对洪宪！”

“打倒袁世凯！”

“捍卫民国，捍卫共和！”

众军官在席间热血沸腾，已经按捺不住，纷纷吼出口号。

唐继尧忙挥手下压，看着众人，又回望蔡锷，笑道：“咱们先吃饭，饭后开会再细细研究、定夺，当不为迟？”

蔡锷点头，众人才平复下来。正在此时，有军士来报，北京方面又有特使到滇，要见唐继尧都督。大家闻听此讯又注意地看着坐在首席的蔡、唐二人。

蔡锷未露声色，唐继尧眼皮都没抬，只是挥手唤来弟弟唐继虞：“你去代我应付一下，就说我有重要军务，目前先不见吧。”

午宴过后，众军官在蔡锷和唐继尧的带领下，移步五华山光复楼召开军事会议。代表各地反袁力量齐聚昆明的李烈钧、熊克武、方声涛等人也参加了会议。

大家对“是否由滇军首义反袁”的焦点问题进行了讨论。一名陈姓团长提出自己的疑虑：“袁世凯倒行逆施，复辟帝制，人人得以诛之！但是纵观眼下形势，全国上下，虽然群情激奋，暗流涌动，但是都是隐忍不发状态，只为北洋军之强大，路人皆知。反抗之举没有必胜的把握，就难讲立即起兵！”

云南第一师师长张子臣也面露犹疑之色，附和道：“是啊，以我云南一省的军力，去对付袁世凯掌控的全国军队，这样的抗衡，实难讲有什么胜算？这分明有些‘以卵击石’的味道啊！”

唐继尧默默听着，面上毫无表情。一些军官却露出纷纷不平的神色来。刘云峰率先说出自己的不同观点：“大家都说帝制是倒行逆施的劣行，又都心向民国，反对独裁。但是如果只是在心里想，都畏惧强权，不敢出头，那洪宪皇帝的地位我看是会江山永固了！”

“没错！”戴戡接话，“松公是咱们的老上级，眼下手中并无兵权。他在北京时，袁世凯百般拉拢利诱，他不为所动，却拖着有病的身子，千里迢迢，躲过数次凶险的暗杀，回到昆明，不就是为了带领大家去抗击强权，维护共和吗？如果怕事畏死，我们这一路艰辛磨难所为何来？不然，他在北京原可安享富贵太平！至少可以做到远离政事，拒绝荣华富贵，不与袁党同流合污，静观其变、不动声色的漠然吧？”

一直没发声的方声涛也忍不住亮明观点：“我和松坡相识于日本留学时期，当年我们对他的马术和射击技术都是膜拜有加！今天我有机会来到云南，和包括松坡在内的故交们齐心协力，共襄大事，更是心中欣欣然向往之！不为别的，只为我们如今要做的，是‘敢为天下先’之壮举！”

他用锐利的目光看看众人：“刚才有人说我们的力量有限，此举是‘以卵击石’？我想问一下，当年的辛亥革命，算不算‘以卵击石’？武昌起义，首倡义举，不就是由一支并不强大的新军起头，继而掀起了推翻满清两百多年统治的洪流吗？再说你们云南，重九起义，你们不过是一旅的军队，就推翻了清政府在云南的强大势力！这还不能说明问题吗？”

蔡锷起身，沉稳地说出了自己深思熟虑的一番分析：“诸位在军事实力上有疑惑完全正常。但是我们看任何问题，都要审时度势，全面分析，才不会陷入一叶障目、不见泰山的地步。所谓得道多助，失道寡助。袁氏北洋势力看似强大，但是人心不稳，分崩离析之势已显。我先谈一下我在北京看到的情势。袁世凯称帝，民心向背，这是昭然若揭的一件事情。就是他的集团内部，也是分崩离析，各怀异志。对于帝制，段祺瑞是反对的，所以深谙政治纵横术的他才会避居养病，不问时政；冯国璋在南京，也不赞成帝制，公然拒绝为袁世凯写拥戴书。要知道这两位，都是袁世凯的左右臂，股肱之臣，他们的态度，当引起我们的充分注意！”

蔡锷继续道：“当年孙黄二位革命党人发动二次革命讨袁之所以失败，是因为袁氏当时恶迹未彰，所谓师出无名。而今袁世凯公然逆天行事，背叛民国，毁约废法，已经沦为独夫民贼！我们如今只要把反袁首义的重任挑在肩头，竖起大旗，振臂一呼，必然会引起天下人相应！随着战争的发展，拥袁的势力会逐渐缩减，而我们的力量，必将逐渐壮大起来！”

“可是，为什么必须是咱们？咱们滇军，要首先承担这样的重任呢？”那位张姓团长嗫嚅着问道。

蔡锷微微一笑，走到他面前，扶住他的肩膀，耐心解答他的疑惑：“你这个问题一定具有典型性，我想在此一并回答诸位。目前革命党经过几次失败，力量已经趋于薄弱，难以承担此项大任，其他反袁组织也是势单力薄，不敢轻易举起反袁大旗，但是这些势力都在伺机而动，只要咱们云南先动，闻风响应者必多！纵观国内各党各派，各省情况，我们云南最有条件担当此护国救民的重任。西南滇黔桂三省地处偏远，袁氏军队鞭长莫及，云南人杰地灵，人才辈出，革命基础很好，重九起义我们带来了一个自由、民主的新政权，已经为黎民百姓所拥护。我们此刻为了共和，反对复辟，登高一呼，必然相邻各邦积极响应。就好比大家心里都有一把干柴，只等有人播下火种，即刻就会星火燎原！如果大家都抱着不敢为天下先的念头，期待跟在别人后面，畏缩惧怕，就像失去了火种，这些堆积在几万万人心头的柴火，何时才能燃起熊熊火焰？再坐视不救，混沌含糊下去，洪宪皇帝就将成为第二个清王朝，逐渐难以撼动，要想推翻它，我们还要多死多少人呐！北洋军强大，是事实，但是它空有武力，而无民心，就是弱不可击的羸弱之虎，没什么可惧的！但是反观我们这方，虽然军事实力明显薄弱，但如今我们是正义之师！反对帝制，维护共和，师出有名，我们身后，站着四万万同胞，又有什么可怕的呢？！”

众人听了，都露出极受鼓舞的神色。李烈钧、熊克武等人也纷纷表示拥护蔡锷的意见。

蔡锷走到一直沉吟不语的唐继尧身边，看着他：“蓂赓，你如今是这方最高军事长官，你的意见是？”

唐继尧缓缓起身，看着诸位，轻声道：“我承认，我是有些犹豫。对于反对帝制的决心，我不必剖心亮肺，大家也能明白，松公，您也当明白？相信？”

蔡锷点头：“我明白，当然更相信你！”

唐继尧点头：“但是就如您刚才所言，目前我毕竟忝居首席，要考虑的问题颇多。云南一省，势力单薄；贫瘠之区，财力、物力有限。滇军于北洋军相比，实力更是悬殊。我们现在仅有两师兵力，尚不及北洋军十分之一。如今若起兵，以小敌大，以弱敌强，以一省敌一国，胜算当真难以估测。万一失败，云南省多年积蓄的一些革命力量就会丧失殆尽！……”

“可是刚才蔡将军都说过了……”有人想出言反驳，被蔡锷制止了：“先请蓂赓把话说完不迟。”

唐继尧说：“诸位都是军事专家，自然明白一些道理。没做到从容布局，周到筹划，贸然起兵，实乃兵家大忌！战端一开，必然情况瞬息万变，有很多不可控的情形都难以料见。如今咱们周边的情形，大家可以看到——滇逼强邻，黔则汤芗铭扼驻于湘；四川有陈宧虎视眈眈把持，如果我们露出反袁的意思，就直接面对这些劲敌。我的意思是，一动不如一静，为了稳妥起见，我们不如先静观其变，袁氏目前刚刚正式登基，国内反对者众多，必然会有势力较大、准备充分的组织挑头反对。一旦有人揭竿而起，我们再积极响应，岂不是更稳妥？所谓羽毛未丰者，不可高飞。若数省联络，有可以互相依靠的力量，不是更有把握取胜？”

“说来说去，你这还是要等嘛？刚才松坡的话，我看白讲了！”熊克武不满地嘟囔着，又回头看看身旁坐着的李烈钧：“咱们这些人，都兴冲冲跑来襄助反袁义举，这些日子也谋划布局不少，说不得没有筹划的话！当时只说等着松公来了，就能定夺，谁想？唉！”

众将领议论纷纷，李烈钧、方声涛等人也明显面露不虞之色。一些校级军官更带着亢奋不满的神色望着唐继尧。

蔡锷看形势已经不容他迟疑了，他果断离座走上前去，扶住唐继尧的肩膀道：“蓂赓，袁氏登基在即，共和体制已经岌岌可危，再等下去，就是一个不可收拾的局面了！别的话我不再重复了，只想重申一点——我们今日起兵，不是为了小我的利益，更不是为了云南一省之兴衰，我们兴师讨袁，为的是民族大义，国家尊严！西方有谚语云：‘不自由，毋宁死！’袁势方盛，我们以一隅而抗全局，明知无望，然与其屈膝而生，毋宁断头而死！此次义举，所争者并非仅仅是一个胜利，而是中华民国四万万同胞之人格！”

他温言为他解释道：“至于你刚才提到的数省联络，相互依靠之事，黄克强先生、我的老师梁卓如先生，还有很多的同盟者，都在积极做这项工作。我们目前要做的，是首义！率先亮明旗帜，宣布独立！以我云南健儿，为天下先，逐渐唤醒民众，鼓舞人心，汇聚起强大的护国反袁势力！洪宪皇帝既然已经成为事实，身为共和国军人，必要捍卫民国，舍命讨伐之！”

一位黄姓旅长跳起来高声道：“蔡将军说得好！为四万万同胞争人格！诸位都是滇军旧部，是参加过重九起义的革命军人，蔡将军的命令，我们难道敢违背吗？”

诸位军官纷纷点头。步兵第一团团长董鸿勋站起来，表明自己的态度：“往昔咱们的战友抛头颅、洒热血，才换来共和政体，现在竟然不幸被袁世凯这个独夫民贼所断送，怎不叫人扼腕长叹！我们要维护军人的荣誉，就不能继续等待下去了，应该旗帜鲜明地亮明咱们的态度来——打倒洪宪皇帝，维护共和体制！”

步兵第八团团长何海清也起身表态：“民国平日养兵，军人以卫国为天职。只要唐都督和蔡将军决定带领我们反袁，我何海清愿意带着我们步兵第八团全体将士，做急先锋，打头阵！赴汤蹈火，万死不辞。不灭袁党，誓不还乡！”

两位团长这番刚烈直白的誓言更将会议上的激动情绪拉向高潮，与会诸位中级军官群情激奋，都露出摩拳擦掌之势。大家纷纷表态：

“几千年来的封建皇帝我们都曾经打倒了，为什么还要容忍他袁世凯做皇帝？蔡都督说的对，与其屈膝而生，毋宁断头而死！我们不能等下去了，打倒袁世凯，打倒洪宪帝国！”

“袁世凯倒行逆施，北洋政府腐败无能，外惧强敌，内乱政体，何能服众，福泽天下？”

“唐都督，蔡将军，快下决心吧，我们云南健儿愿为共和而战！”

接着嘹亮的口号声在会议厅里响起：

“打倒袁世凯！挽救中华民国！”

“打倒洪宪皇帝！中华共和国万岁！”

那位黄旅长突然解下腰间配枪，砰然摔到桌上，对唐继尧一抱拳：“都督，我们枉称云南健儿，如果此次不能首义，还有何脸面穿这身军服？今日之事，要么您果断下决心，和蔡将军一起，带领我们竖起反袁义旗，要么你干脆用这把枪打死我好了！没有其他办法了！”

唐继尧万般感慨，他有些尴尬地看着眼前的军官，苦笑道：“这是干什么啊？让我想起当年重九前夜，那个叫黄毓英的，也放过一番狠话，不起义，他就单干，也要连累大家一起受难！都是一样的要挟之语！”

他挥挥手，制止了军官们的群情激奋，继续道：“我刚才的话还没说完呢，就被你们打断了！”

蔡锷带着信任的微笑看着他，鼓励道：“蓂赓，说出你最终的决定吧，我们已经没有退路了！”

唐继尧对着蔡锷一抱拳：“前辈离滇，滇人想念殊甚。松公回滇，滇人是大旱之望云霓。对于袁氏称帝，明白的人都知道，松公回来，就会有动作的！继尧既然盼望松公已久，怎会首鼠两端，背信弃义呢？”

他又认真地看向诸位军人：“松公由北京脱险，万里间关，能摆脱数次凶险追杀，平安回到云南，是国家之幸，更是我们滇军之幸！我作为都督，眼下有个倡议：滇军上下当同心同德，齐心戮力，拥护松公所指示的打倒袁世凯，挽救民国，维护共和的一切方针！”

“哗！”会场掌声响起，声震屋瓦。

光复楼旁的招待所里，唐继虞正在陪同北京来的特使，此人正是袁世凯的心腹之人谭庆铎。

突然响起的掌声惊动了谭庆铎，他看着唐继虞问道：“令兄在召开什么会议？掌声雷动的？”

唐继虞淡淡一笑：“自然是滇军军官高级会议。”

“哦。那唐都督何时有空相见呢？我个人倒没什么，就是这个洪宪皇帝特使的身份不好糊弄啊，拖得时间久了……”他故意咽下了后面的话。

他这番言语带刺的话，让年轻气盛的唐继虞满脸不屑，就干脆对他挑明实情："很快就会见面了。不过来见特使的，不仅有家兄，还有一个人，特使更加熟识。"

"哦？是谁？"

"云南前任都督蔡松坡！"

"啊？！"谭庆铎面如死灰，呆若木鸡。

光复楼会议厅里，气氛和缓下来，大家在商议具体出兵方案，首先要决定的是两个主官谁出征谁留守的问题。

唐继尧率先发言："松公虽然只长继尧一岁，但是我一向看视为前辈。此次远道来滇，山高水远，甚为辛苦。还是由继尧领兵出征，松公留守为佳。"

蔡锷摇头："此次安然回滇，也是唐都督倾力相助之故。蓂赓此刻为云南都督，意义重大，理应留守昆明，稳定人心。我们马上要发表的反袁独立通电，也要以现任云南都督的名义来做，才更加名正言顺。所以蓂赓你不必推辞，顾全大局，安心坐镇昆明就是。"

"可是松公，您身体有病，不能再做劳烦征战之举，若身体情况继续恶化下去，终会酿到不可收拾的地步，让我们这些部下，何能忍心？"唐继尧正色道，"我提议，您就任了这个都督之职，坐镇五华山，指挥全局，我们都是您的旧部，一定会唯您马首是瞻！"

身旁众位军官也纷纷附和：

"蔡将军，您不能继续带兵打仗了，身体要紧啊！"

"是的，松公！您放心，有我们呢，您安心在滇养病，同时运筹帷幄，执掌全局！"

蔡锷感怀，一汪热泪含在他的眼眸里，这让他看向众人的眼神变得格外深情脉脉："我感谢大家的好意，但是请再听我一言！我此次回到云南，并不是为了占据什么位置，或者掌握什么权力而来，只是想为国家尽一份力而已！我和老师梁启超先生也早有约定：'不成功便成仁，失败就战死，绝不投降或亡命海外；若成功就下野，绝不争地盘！'所以，即使这场仗咱们打赢了，共和重生，我也不会留恋什么功名利禄，到那时，我反而可以脱下军装，安心去治病养病了。"

他吸口气，郑重地说道："这个云南都督的位置，我是无论如何不能接受的！我希望在座的诸位，能拿出对我以往的信任来，再给我一次率领你们打仗的机会！这次是共和保卫战，我必将亲历亲为之！希望大家理解蔡某的一番苦心！”

他看看众人，又回头凝视着唐继尧：“若是你们不能赞同我的建议，一味苦劝，那么蔡锷为了表明诚心，不敢再待于此处，只好离滇去别处寻找出路了！”他的泪水终于落下，扭头擦去了，身边也响起抽泣声。

经过这番争执，彼此谦让，最后蔡锷的意见被采用。会议决定，蔡出征，唐留守，出征者为总司令，留守者为都督，公事彼此用咨文。关于停战、议和，须得内外同意。两人同为护国之战的最高指挥者。

在确定军队名称时，众人又有一番商议。原本拟定的“讨逆军”之名称似乎师出有名，名正言顺。后来有人却提出袁世凯此次称帝，背后是仰仗日本势力，“恐怕帝制告成，国将不国矣”。比之西方，拿破仑称帝，共和亡而国未亡；反观而今我国形势，随着袁氏称帝，日本势力侵入，很可能会陷入国将不国之境地。所以应该考虑到讨袁之后，起义军还有和日本作战的可能性。军队定名“护国军”意义更加强大而深远。

“护国军”的名称确立，让在座的滇军军官们感受到他们此番出滇讨伐袁世凯，不仅是为了捍卫民国，恢复共和，更可能有捍卫国家主权和民族尊严的伟大意义蕴含其中，心中骤然升起一股极强的民族责任感。

据此决议，成立护国军三个军，第一军，由蔡锷任总司令，入川作战，第二军由李烈钧任总司令，出兵广西；第三军由都督唐继尧兼任，留守昆明，以为策援。

三日后，护国军主要校级以上军官，蔡锷、唐继尧、李烈钧、熊克武、方声涛、戴戡、殷承瓛等 52 人在五华山礼堂举行宣誓仪式，歃血为盟。

会场上，正面墙上挂着五色旗和十八星旗，两面旗帜下的长案上，摆放了一排长长的酒杯。

唐继尧第一个上前，他拿过案上的匕首，在自己左手食指上划了一刀，鲜血喷涌而出，他将手指放到最前面的一个酒杯前，滴滴血很快溶入杯中。

蔡锷接着上前，他的脸色还是像往昔一样平静，但是他细长的眸子里，却跳跃着激动的火焰。他知道自己等待这一神圣时刻许久。也许，从离开北京那天起，他就无数次设想过今天这番情景，他终于要带领着身后这帮铁血战友们，去为自己心中所要捍卫的那份尊严而战。他要挣得的，不是一己之私，而是四万万同胞的人格。

他静静地看着自己的指血一滴一滴地落入杯中，形成一朵朵灿烂的花朵，心中记起很多故人的脸庞，还有一句猛然浮上心头的句子——共和之花，必将由先烈之鲜血灌溉而重生。

众位军官依次继之。大家在墙上的两面旗帜前列队，庄严宣誓：

拥护共和，我辈之责。兴师起义，誓灭国贼。

成败利钝，与同休戚。万苦千难，舍命不渝。

凡我同人，坚持定力。有渝此盟，神明必殛。

接着大家纷纷饮了血酒，仪式才算完成。正在大家激情澎湃之时，有军官拿了一封电报进来，递到唐继尧手里。唐看过，又递给蔡锷。蔡锷看了，抿嘴一笑，对站在唐继尧身边的邹若衡道："邹副官，记个电文吧。"

邹若衡忙拿来纸笔，看着蔡锷。蔡锷对周围军官解释道："这封电文来自北京，洪宪皇帝袁世凯质问我，当初在京时，我曾在拥戴书上签名，表明自己支持帝制。可是如今却巧计出京，回到云南。他责骂我是出尔反尔、言而无信的小人，我现在就回个电文给他。"

蔡锷凝神片刻，声音朗朗地说出回电电文，邹若衡忙记录着。

"国体问题，在京能否拒绝署名，不言而喻。若问良心，则誓死不承。若云反复，以总统之信誓旦旦，尚可寒盟，何论要言！"

"好！"唐继尧首先大声称赞，"这番反唇相讥，铿锵有力，说得好！"

"当年大总统带着我们宣誓效忠共和，尚可以食言无信，以欺天下之人，又有何脸面指责他人背信弃义？如果当时的情势下，松公不是顺势而为，假做沉沦之态，行此非常手段，又怎么能有机会再次拿起枪，来和大总统的倒行逆施行为抗衡呢？"戴戡笑着补充解释了电文的含义，众军官听了，都会心地笑了。

蔡锷对唐继尧道："这封电报到达京师之时，差不多咱们对袁世凯发出的要求取消帝制的通电也就到他那里了！"

唐继尧点头，指示副官去拍发电报，又看着众人道："咱们先礼后兵。先以云南督军的名义致电袁世凯，要求他取消帝制，惩办帝制祸首，限期答复。若老袁一意孤行，不思悔改，下一步咱们就可以通电全国，宣布云南独立，用武力来讨伐这类倒行逆施之人了！"

会议结束后，蔡锷和唐继尧来到招待所，见袁世凯的特使谭庆铎。

昔日老同学此番情景下相见，各自都唏嘘不已。

“唉，松坡！万想不到你竟然真的来了云南？”

“含风，袁世凯要背叛民国做皇帝，我们当然不能答应！”

“你……你让我如今怎么办？”

“含风，和我们一起干吧！你忘了重九起义那回……”

“嗨，我总是栽在你蔡松坡手里！可是，我这次不能从你！我家有八旬老母，一群儿女，都在北京呐！我自己可以学你，不要命，可不能不要他们的命啊！”

“那这样吧，含风，你先在此地住段时间，等大局已定，你再做打算！”蔡锷说完，转身离去。

“什么大局已定啊？你们这简直是不要命的愚蠢行为！”谭庆铎对着他的背影跳脚道。又看向正欲离开的唐继尧：“唐都督，您可是当今皇帝亲封的一等侯，您也不计后果，跟着蔡松坡造反吗？要知道洪宪皇帝已经登基，万民拥戴，北洋军兵强马壮，你们一个小小的云南……”

唐继尧不耐烦地挥挥手，扔下一句：“我们反对帝制的通电已经发出，多说无益！”就扭身离去。

谭庆铎愣怔在那里，浑身颤抖。一旁名为陪伴、实为看守他的唐继虞上前拉住他：“谭特使，咱们换个地方去待待吧？”

他微微一拉扯，没想到谭庆铎已经瘫软在地：“别……叫我特使了……叫名字吧……”

几天后，在唐继尧的办公室里，蔡锷和他审核着刚刚起草的云南独立宣言。

唐继尧叹息：“这老袁当真执迷不悟，对咱们的通电完全置之不理，他这是逼着咱们要打这场仗了！”

蔡锷神色却很平静，他看着通电文稿，头都没抬：“我从来就没对他再抱什么幻想！前面那封通电，正如你所言，不过是先礼后兵的意思罢了！”

“哼，打！打这个死不改悔者！”唐继尧狠狠地一捶桌子。

蔡锷抬眼看着他：“蓂赓，我知道你肩头的压力。听说你的老父亲昨天专门到这里来见你，你都避而不见？”

唐继尧一咧嘴："老人家的意思您上次又不是没听到？我不好违拗他，又不能失了大义，只好……唉，古语有云，忠孝不能双全，我唐继尧如今算是尝到味道了！"他有点自嘲地笑笑。

蔡锷放下电文，上前拍拍他的肩膀，没说什么。

唐继尧看着蔡锷削瘦的身体，一丝忧虑又浮上心头："其实我更担心的一件事，是您的身体！这一路跋涉，翻山越岭的，还有可以想见的苦战、恶战……您如何能撑得过去？可是您可真犟，就是非要和我……"

"好了，蓂赓，此事已定，莫再商榷了吧？"蔡锷笑着打断他的话，却又记起一事来，"你若真心待我，我可要向你讨一个人，你要忍心割舍才是！"

"谁啊？滇军中的所有军官士兵任松公您挑选，没什么不可割舍的！"唐继尧说得信誓旦旦，却见蔡锷露出戏谑笑意来："你那个邹副官，让他跟着我上前线吧？"

"邹若衡？您竟然看上了他？"唐继尧心里自是万分舍不得。这也是他自己最心爱的副官，小伙子不仅精明强干，忠诚机警，而且有一身武功，枪法也极好。跟在他身边已有几年，也算是重要助手。

但是此刻看着蔡锷憔悴消瘦的面容，想到他即将出征的事实，他又不能说出自己舍不得这句话。加之他一向视蔡锷为长官、兄长，更不能违拗他的意思。正在为难踌躇之间，恰好邹若衡送了两杯咖啡进来。

唐继尧看着自己的副官，轻声问："若衡，蔡总司令要你随他一起去出征讨袁，你是否愿意？"

邹若衡看看蔡锷，又回看唐继尧，声音虽然很轻，但是语气坚定有力地答道："属下愿意！都督放心，属下一定保护好总司令的安全！"

唐继尧点头，看着蔡锷无奈地一笑，又回看邹若衡："邹副官，把你手头的事情交接一下，从明日起，你就是蔡总司令的贴身副官！"

"属下遵命！"

唐继尧挥挥手，正要吩咐他下去，却看到桌子上的两杯咖啡，又皱起眉："总司令喉咙有病，不能喝这些刺激性的东西，你以后跟在他身边，当注意这些小节。"

"是。"邹若衡将咖啡端下去。蔡锷又重新拿过电文，继续和唐继尧商讨着。

蔡锷离开后，邹若衡回到唐继尧办公室收拾文件，看到他定定地看着自己，一副若有所思的神情。

好半天，唐继尧才长叹一声：“唉，若衡！我舍不得你，意在留你，你刚才却回答得那样干脆，我想留都留不住了！你走了，我这里怎么办？”

邹若衡对这个老长官也有依依不舍的感觉，但是从内心深处讲，他更想跟着蔡锷上前线。此刻就诚心诚意地为老长官推荐了一个人。

“都督，我有个结拜弟兄，各方面武艺、才干都在我之上！他目前也在咱滇军中服役，我走了，您若缺人手，可以将他调到身边。”

“是谁？叫什么名字？”唐继尧淡淡地问道。

“龙云，字志舟，也是昭通人，彝族。现任昭通独立营中尉排长。他有个绰号‘乌蒙马’，乌蒙马是我们那里当年进贡给皇宫的一种宝马，这是形容龙云本领强，能做别人不能做之事！”

他看到唐继尧微微点头，就如释重负地笑了：“属下马上以都督的名义致电昭通独立营，调龙云火速来昆！”

三日后在护国军司令部，蔡锷召开军事会议，部署出征前的工作。一些被调回昆明的年轻军官们来到这里，其中包括当时驻扎在蒙自的朱德。

戎装整齐，一身征尘的朱德和几位同僚走进会场，看到蔡锷正坐在大大的地形图前思索着，不停地用笔勾画着什么。

听到副官的禀报，他抬眼看到走进来的青年军官们，就起身迎接，第一个看到的，就是他两年未见的朱德。

“报告总司令，云南陆军第一师第二团团长朱德前来报到！”

“玉阶，你终于来了！”

朱德定定地看着昔日的恩师——这位两年多未见的长官，心中暗暗吃惊不已！

眼前的他已经快让自己认不出来了——他瘦得几乎脱形，两颊深陷，面容黧黑憔悴，整个脸上只有那双眼睛还熠熠发光，现出一丝年轻人的光彩来。原本合体的军装，如今穿在他身上直打晃，但是他的身板依旧挺直如昔，显示出军人的挺拔和坚持。

看着他瘦弱不堪的病容，朱德的泪水不由夺眶而出，声音有些发颤：“总司令，您怎么？……”

蔡锷深深看了他一眼，似乎知道他未说完的意思，就微微对着他摇头，转换话题，招呼一众军官坐到桌前，继续参加他们的军事会议。

蔡锷指着地图，在给军官们布置军事方案，他首先说明了全国的起义计划，指明云南必须挑起这次护国反袁的重担来。

朱德发现，因为喉疾和肺结核的双重折磨，蔡锷不仅形容憔悴，而且声音也喑哑了许多，他在努力用自己最大声音来讲述着，可是周边的人却要费力才能听得清楚。他正在为他的军官们分析形势："三天以后，我们就要出兵四川，那里有袁世凯最精锐的部队，光在川南，就有四个旅驻守。军阀曹锟是坐镇成都的司令。据估计，这次作战不会像当年我们打清兵那样顺利，一举可以拿下，这个我们要有充分的思想准备。"

他巡望了一下周围的部下，继续道："我们的第二军要立刻出兵贵州，扫荡袁世凯在那里的部队，然后转道广西，直奔海滨的广东。第一军和其他附属部队要出兵四川，增援部队只要训练完成也要跟着调上前线。"

他露出一丝坚毅自信的神情来："我将担任第一军总司令，带领第一军率先入川作战！云南军也由此正式改名为——护国军！"

众军官望着蔡锷，都表情凝重。朱德举手欲发言，蔡锷望着他，微微点头。

朱德站起身来："总司令，您刚才的方案我没有意见，只有一点，我必须说出来，这一定也是我们大家的意见！"

他看看众人，又望向蔡锷："我们都是早已将生死置之度外的军人，从来不会怕打苦仗和硬仗！可是……我不同意您亲自带队出征！您有病，而且已经这样严重了，您……您看您都瘦成什么样子了……"他说不下去了，泪水流满两腮。

许多军官也跟着抹起了眼泪。

朱德擦了一把泪，继续道："您不能再亲自出征了，这样下去会送命的！"

军官们纷纷附和："是啊，总司令！您不能再打仗了！"

"都督，您就交给我们去打这场仗吧！您不能再亲自上了！"

许多人都泣不成声了。

蔡锷默默看着他的这些部下们，心底涌起一股感动的热潮。他挥挥手示意朱德坐下来。

他深情地看视了一遍在场的每一个军官，最后把目光定格在朱德的脸上，他凝视了他片刻，将目光移向别处，脸上绽放一丝无奈、忧伤却又坚韧决然的微笑。他的声音是那样轻柔而幽远，却带着穿透人心的力量："好了，你们都不必说了，现在已经别无他法了。反正我的日子也不多了，我要把全部生命献给民国。”

在场所有的人都被打动了，他们默念着这句朴实无华的誓言，谁都说不出话来。

1916 年 11 月初　福冈医院病房外的长廊里

“‘反正我的日子也不多了，我要把全部生命献给民国。’这句话让人闻之就想落泪！”林建昭默默品味着，眼眶始终是湿润的。

石陶钧点头：“这是他的心声！我记得在护国战役中，我和上面提到的人，当时还是一个营职军官的朱德相谈过，他告诉了我上面那幕，他清楚地记得自己再次见到恩师时的痛惜之情。那时他看着瘦削脱了人形的松坡，在心中感慨：‘他虽然命在旦夕，思想却一如既往，锋利得像把宝剑！’”

林建昭深深地看着石陶钧，带着颤音说道：“您知道吗？每次我听你们讲述将军的往事，我都会在心底，听到自己的呐喊声：‘为什么？为什么？为什么要让将军再去打那场恶战、苦战？难道所有的人，都眼睁睁地去看着他送死吗？’可是，一次次的，我又会在心里这样回答自己：‘其实是他自己，把自己逼到了绝境上！’是的，他用羸弱之躯，要去挽救一个民族的尊严，这担子何其重，他却奇迹般地闯过来了！”

石陶钧也叹息：“当时，我看到松坡那种情形，真的很绝望，我以为他一定熬不过那场战争的。但是岂料老天眷顾，让他以如此病弱的身躯，跨过了许多身体强壮的人都难以跨越的艰难历程！作为他的故交、好友，我为他深深骄傲！”

林建昭渴望地睁大了眼睛：“您会详细地给我讲述那场不平凡的战争吗？我是无比期待！”

“当然。不这样的话，你又该去聒噪他了，还是省省吧，我来讲给你听比较好。”石陶钧天然乐观的个性，让他在什么时候都不会丢失他的风趣诙谐。他紧接着蹙蹙眉：“我实在是不想让你找他来回忆这个。那一场场的恶战、苦战，那一回回的绝望和无奈。至今想来都令人心颤心寒！为了他的健康计，你也莫要再让他给你回忆这段历程了。”

“我记住了，石将军！”林建昭认真地承诺。正要再问什么，却看到泽田美江走了过来。

“石将军好。小林医生，你答应将咱们的中文课每周加两节呢？今晚可以吗？”美江用汉语说到，她现在学汉语正上瘾，见到中国人，都不放过机会练习口语。

“哦，我想，可以的……”林建昭说着，看看石陶钧，不自觉中脸就红了。

石陶钧虽然生性顽皮，也是敏感细致之人，他看看眼前两个青年人的情形，心里若有感悟，就笑笑：“好，你们谈，我要回病房看看那个病人了。”

“哦，将军阁下，蔡夫人在守着将军呢。”美江善意地提醒他。

“哦，那我去隔壁房间找百里。”

“蒋将军和梅子小姐出去了。”

美江的再次提醒让石陶钧哭笑不得，就嗨了一声，笑着道：“那我还是不要待在这里了，做电灯泡的感觉不好受呢！”

“电灯泡？什么意思？”美江情急之下说起了日语。

看着懵懂可爱的小姑娘，石陶钧也含笑说起了日语：“电灯泡是一个不受欢迎的东西。可悲的是，如今看来，我石某人总在扮演这样的角色呢。”

美江还是不能明白，却看到小林的脸更红了。

病房里，潘蕙英一直保持着那样的姿势，俯身在蔡锷的床边，抓了他的手在自己脸上摩挲着。

蔡锷刚才说话多了，已经累得沉沉睡去。她却还沉浸在他们夫妻刚刚说过的情景中。

“松坡啊，你最近总爱和那位小林医生闲谈，你们都谈些什么呢？好像老有说不完的话似的？”

“那个青年很有意思，他好像想了解我的一生，对那些往事总是露出浓厚的兴趣。”

“可是，我觉得你以前好像不喜欢谈到自己的过去，总爱说的一句话是——‘那有什么好讲的？过去了，就过去吧！’怎么如今？”

“可能是我老了？还是病中静养，性情大变？我也说不好！但是有时候也好笑，我怎么就像是和这个小青年，有一种奇怪的缘分呢？”

“那如今你们讲述到哪里了？你人生中的哪一段呢？”

“从北京千里迢迢回到云南，我要准备出征了……”

潘蕙英想到这里，深情地凝望了一眼床内熟睡的那人，自己的思绪却不由自主地飞回了那段不安静的岁月。其实对她来讲，那场分别，又怎能忘怀呢？

1916年1月 昆明五华山督军府

在陆军讲武堂参加完誓师大会的蔡锷回到督军府，他一身戎装，后面跟着秘书副官等大群随从，每个人都军装严谨，脸上还带着誓师大会上留下的激昂神色。

进了督军府的客厅，他脱下军装，解下佩剑，交给副官。将自己疲惫不堪的身子靠在沙发上。随从们看到，刚才在会场上慷慨激昂、英姿勃勃的将军，瞬间变成了一个羸弱不堪的病人。

秘书拿来他刚才在誓师大会上的讲话稿件，请他签名，这个要在大军出发前印制发下去，以鼓舞士气。蔡锷拿起笔，刚准备写，一阵咳嗽猛然袭来，他忙扔了笔，伏在沙发上猛烈地咳喘起来。身边的副官长何鹏翔和秘书忙上前为他捶背，副官也忙端水过来。何鹏翔边为他捶着背，边担忧地看着他。好一阵，蔡锷才止住咳嗽，他喝了一口水，平静了一下喘息，提起笔，在秘书手中的文件上签下自己的名字。

秘书和副官出去了，何鹏翔忧虑地看着他："后天就要出发了，您这样的身体，怎么能骑马呢？"

蔡锷听了，沉默片刻，带点伤感的语气道："唉！万料不到会有今天，我蔡锷连马都骑不动了！如果我那些士官学校的日本同学们听说了，不知道该怎样不相信呢？"

他苦笑一下，毅然望向何鹏翔："那就给我准备一顶轿子吧，以备后用。"

何鹏翔欲言又止。想了想，终究支吾着想再次苦劝："难道，真的就没有其他办法了？非要您亲自？……"

蔡锷抬起头，目光炯炯，表情是分外严肃。何鹏翔在他的注视下低下了头，再抬起头时，眼中已是泪光点点。

蔡锷看着自己这个忠实的部下，淡然一笑："嶷青，你跟了我多少年了？都到了这个时候了，不会连你还想着劝我，不要做这个第一军的总司令，带队出征吧？"

何鹏翔不敢再看蔡锷的脸庞，他怕忍不住一汪热泪。他在心底叹过一口气，低头掩饰着说道："我，我去给您端药……"就赶紧出去了。

站在门口的潘蕙英，已经把这一切看到眼中。她走到蔡锷身边，坐下，默默看着他。

蔡锷看着妻子，她已经快要临产了，身子笨重，一张精致的小脸上，写满了忧虑和担心。突然有一种强烈的心酸略过心头，他微微叹口气，看着妻子的脸颊道："上次姆妈离开北京的时候，抚着我的脸，对我说了这样一句话：'松坡，我知道你是做大事的，一切都是为了国家。不过，你也应该想到一点，你终究是做丈夫做父亲的人，你还有你的亲人、你的家！她们会有多牵挂你、依恋你？忠孝不能双全，难为了你，也难为了你的妻儿们！'"

他长长吸了一口气："侠贞走的时候，我们没见面，可是她的不放心，她的辛酸和忧愁，我自然懂得！而且，还有一层愧疚始终萦绕在我的心头。在北京时，你们姐妹为了配合我的出京计划，演了许多让你们难堪的戏份。对于你，蕙英，我们自然相知已久，就不说什么了。但是对侠贞，我却至今连解释的机会都没有！"

"可是，侠贞姐会理解的，姆妈也理解的。她们也都是你最爱的亲人，一定和你有着特殊的心灵相通！"潘蕙英柔声安慰着他。

"蕙英，你说，我是不是一个很无情无义的人呢？起码，我承认，在现在这个严峻关键的时刻，对于你们，我是很少考虑到了……"蔡锷却不能释怀，他抓了妻子的一只手，内疚地低下了头。

潘蕙英平静地看着他，什么话也没有说，只是将他的这只手，放在自己脸上摩挲着："一切你自然是心中有计较的。我只恨自己不能为你分担许多！"

蔡锷抬头看她，露出一丝感激的微笑："我知道的……可是蕙英，你不怨吗？而且，也没见你劝过我……其实，这样我心里更愧疚！我说过的，我蔡锷对不起的女人，远不止一个！"

潘蕙英理解地苦笑："怨是不忍怨，劝也劝不了，只好自己默默在心中为你祈祷罢了！你目前的身体状况，是我日夜悬挂的牵心之痛，可是你要去做的事情，都是大事情，也必是不能不做的事情！你不在的日子里，我会日日为你祝福祷告，我相信，上天会感佩你这番为国尽忠的赤诚之心，当然，也会怜惜我这番为夫祝福祈求之心……"她终于没忍住，一滴泪珠滚出了眼眶。她偷偷擦去了。

何鹏翔端了药进来，看到他们这番情形，放下碗，悄悄出去了。

潘蕙英上前端了药，走到蔡锷身边，她习惯性地想先喝一口，蔡锷忙制止：

“不可，你现在是有身孕的人！”

潘蕙英还是轻轻尝了一下，才递给他：“以前是我和你共苦，现在是我们三人共这一份苦。松坡，你放心，一切都会好起来的！”

出征的前夜，潘蕙英将自己脖子上挂着的挂件取下来，和丈夫挂着的那个又做了交换。她轻声叹息：“唉，时间真的是好快！这一对小龙和小凤才团圆几天啊？如今又要别离了！”

蔡锷摩挲着自己颈上刚刚被妻子挂上的小凤，苦笑道：“我从北京回云南这一路，每当凶险度过，我都会下意识地摸摸它，告诉它——‘是你的女主人，带给我好运！’”

潘蕙英笑了：“你真有意思！应该在遇到危险时，摸摸它，才能祈求得好运气吧？过后？岂不是马后炮了？”

“在危险时，唉，那时候哪顾得上？命都悬于一线了，怎么有机会……”他笑着解释，突然对上她忧虑的眼神，意识到自己失言了，忙吻吻她的鬓角，笑着安慰：“我是说，有小凤在，等于你陪在我身边，一切都可逢凶化吉的！”

“松坡，求你，答应我，好好的，一定要好好的？我们的小儿子，还在等着见爸爸呢？”潘蕙英摸着自己高高隆起的腹部，喃喃说着，泪水怎么都止不住了，她索性一头扎到他的怀里，让那股热流冲刷到他瘦弱的胸膛上。

蔡锷紧紧拥住妻子，边轻拍着她的背脊，边安慰着：“好的，放心，我不会有事的，一大群副官、秘书、卫士、参谋都跟着呢。我倒要嘱咐你几句，蕙英，你快临产了，一切要格外当心！这一路，我有机会，就会给你书信报平安的，你也别忘了给我多写信啊？尤其是，等到咱们孩子出生时。”

“好，一言为定。我和孩子，一起等你凯旋！”潘蕙英噙着泪水给即将出征的丈夫，绽放了一个最美的笑颜。

护国军出征那天，整个昆明城万人空巷，家家户户挂出五色旗和十八星旗，人们打出“拥护共和，反对帝制”、“欢送蔡将军率云南健儿出征护国”等标语，燃放鞭炮，敲锣打鼓，送别滇军将士出滇远征。

在昆明郊外归化寺，蔡锷连饮三杯壮行酒。

第一杯是辛亥烈士黄毓英的父亲黄玉田敬上的，老人眼含热泪，泣不能言。蔡锷上前扶住他，接过酒杯，一饮而尽，轻声安慰：“请老人家放心，我们不会让您儿子黄子和烈士的血白流！一定会推翻帝制，重建共和！”

第二杯酒是云南各界代表敬上的，蔡锷仰脖饮了，向大家敬了一个军礼，又对大家深深鞠了一躬。

最后，唐继尧捧着酒杯上前，四目相对，两人各是满含理解深意的一笑。唐继尧轻声劝阻：“您喉咙有病，不能喝了，意思一下就好。”

蔡锷摇摇头，还是一口气喝干了酒，将杯子摔碎在地上。

“蓂赓，此番出征，我们必胜！如果不能挽救民国，打倒袁世凯，我们誓不回乡！”

他的话语里有金石之声，让所有围观的民众都湿了眼眶，心里却燃起了希望。

唐继尧看着跟在蔡锷身后的邹若衡，对他嘱咐道：“若衡，你可知你此番肩头责任重大？国家之安危系于蔡总司令身上，而蔡总司令之安危，却系于你身上！”

邹若衡立正敬礼，铿锵发誓：“请都督放心，若衡必将以自己的血肉之躯，换取蔡总司令的安全！”

在众人默默的注视中，他转身牵过一匹高头白马，走到蔡锷身前：“总司令，请上马！”

蔡锷接过马缰绳，从侧面翻身上马，身后响起嘹亮军号声，部队开始出发。

这一刻，潘蕙英却没有看到，她是后来从何鹏翔那里听到的。那天，她没有出现在送行的队伍里，她不想让他牵挂许多，她也无法自持忍住泪水。

她从五华山住处的窗户向外凝望，看到昆明城里的民众热烈欢送护国军的情景。她尤其注意到，很多年轻的女校学生，身穿蓝衫黑裙的校服，站在高高的山坡上。她们手里挥舞着一件相同的物件儿——一方白色手绢，上面绣上了灿烂的五色旗。她听说这是昆明女子学校的师生们，以这样一种特殊的方式，表达自己对护国军的支持和拥戴，对出征将士们的敬仰爱慕之情。

潘蕙英噙着泪水笑了，她看不到他的身影，但是她仿佛在心里看到，她的英雄，正骑在那匹高头白马上，又一次踏上了漫漫征程。

第二十七章　远征

一年三百六十日，都是横戈马上行。　　——戚继光

1916 年 11 月 3 日　福冈医院病房外花园

蔡锷拄着手杖，在花园里散步，旁边跟着石陶钧和林建昭。

“哎，松坡，说好的啊，最多半个小时，咱们就该回病房，不然樱井护士长那里我可不好交差！”石陶钧不停地念叨着，看到花园的石子路有点坎坷不平，他几次伸手想扶扶那人，却被他屡屡推开。

“哼，这才好点，又嘚瑟上了？这倔强的脾气什么时候能改？”他冲着眼前不听话的病人直撇嘴，又趁他没留意，暗暗拉了林建昭一把，对他努嘴示意。

林建昭明白他的意思，上前搀扶住蔡锷，笑劝道：“将军，您身体才好转一些，万不可劳累了。而且刚才我们出来时，我和石将军向护士长做了保证了。而且……护士长让美江护士来监督咱们的，所以我刚才对美江护士又做了保证……”

蔡锷忍不住笑，频频点头：“好了，我们再绕到那边长廊上走过去，就回去吧。不能牵连美江护士……和你吧？”

他的话让林建昭红了脸，他回头笑看石陶钧，后者对他扮了个鬼脸，也是语带双敲：“松坡你病着，为啥一点都不糊涂啊？心里像明镜似的？”

“哼，好你个醉六！你就那么盼望我病糊涂啊？”蔡锷笑着打趣他。

虽然被他们的话说得有点难为情，但是看到蔡锷心情很好，也显出精神很好的样子，林建昭还是很开心。

石陶钧也很高兴，但是他不能由着眼前这个病弱的人继续“嚣张”下去，

就忙提醒他："穿过长廊，就回去吧。你该躺躺了。别一得意就忘形，你还是个标准的病人呢，而且是极不让人省心的病人！"

三人的心情都是如此之好，万不会料到一场祸事即将发生。

长廊两边的木椅上，三三两两坐着在这座医院治病休养的病员。他们有的在聊天，晒太阳，还有些拿着报纸在看。谁也没想到一件意外事件会在此刻骤然发生。当他们三人路过这里时，一个病员正看着的日文报纸上，赫然有一行加了黑框的粗字，引起了蔡锷的注意。

蔡锷急切地在那个病员旁坐下，他用日语向那人说了句话，然后接过了报纸细看。一切发生得那样突然，石陶钧等人想阻拦，已然是来不及了——这份报纸的头条上面，清楚地印着一行大字——"中国共和强人——黄兴将军病殁"！

石陶钧在一阵紧张和慌乱的情绪中看到，蔡锷的脸色瞬间变得刷白。他带着难以相信也不愿相信的征询目光望向自己。石陶钧一时竟不知如何答对，只是难过地低下了头。

蔡锷没有说话，他收回目光，默默读完了这个报道，将报纸递还了主人，还似乎淡淡微笑了一下，用日语向他致了谢，然后用手杖慢慢撑起身子，站了起来。

石陶钧忙上前扶住他，嗫嚅道："松坡，你……"

蔡锷推开他的搀扶，转身向病房走去。

石陶钧连忙跟上，再次搀扶住他，带着愧疚的神情不住道歉："对不起，松坡！我和百里瞒着你，是怕你伤心……克强兄他……你要节哀，毕竟你的身子……"

蔡锷这次没有拒绝他的搀扶，他的步伐都有些踉跄，他似乎没有听到石陶钧的支吾之语，两腿机械地向前走着，脸上一片茫然之色。林建昭也明白过来，赶上来在另一面扶住他，两人都担心地看着蔡锷。

却见他的脸色惨白吓人，眼中似乎失去了往日的光彩，一种绝望失神的目光看得石陶钧心头发凉。他摸着蔡锷的手，感觉冰冷如铁，心中暗叫不好，只能和林建昭一左一右搀扶着他，想尽快回到病房中去。

就这样机械地走着，蔡锷没有说一句话，他仿佛瞬间失去了思维能力，心被抽空了一般，只有"黄克强死了"这五个字，像炸雷一样，在他脑海里不断轰响。

他的身子越来越沉重，脚下好像已经迈不动了，终于，在听到林建昭一声尖叫声后，他软软地晕倒在石陶钧的怀中。

稻田、久保两位博士围在蔡锷的床前，仔细看视着处于昏迷中的病人，用日语低声交谈着。随后，他们吩咐了樱井护士长几句话，就暗示蒋方震跟他们出去。

石陶钧也想跟着出去，却被蒋方震用眼神暗示制止了，他看了一眼俯在床边的潘蕙英，对石陶钧递了个眼色，后者就止住了脚步。

“石将军，请告诉我一下，刚才两位博士是怎样说的？”潘蕙英果然抬起头，用极轻的语音向石陶钧问道。

“哦，稻田博士说，松坡是受到强烈刺激后，产生的暂时晕厥，他们及时救治、用药了，下面就请樱井护士长多注意护理，应该没大碍。久保博士也赞同稻田博士的诊断。”

他注意看着潘蕙英的神色，却发现她是一副极为平静的神色，没有他想象中应该流露出的哀伤和无助。这副格外镇定平和的模样，竟然使他心里蓦然涌起一丝不祥的预感。

他太了解他们夫妻之间的深厚无间的感情，他不能理解如今这番情形下，她极为反常的神态之由来。他压抑住心里的哀伤和不安，正要再用言语劝说，甚至是刺探一下，却看到潘蕙英从容起身，对身边略懂中文的护士美江说道：“美江护士，请你问一下樱井护士长，能否派你这两天当班守在这里？松坡病势沉重，我想承担他的护理工作，我需要你的协助，而你又刚好懂中文，我们可以交流。”

她看向女孩露出一丝歉疚的笑意：“就是要辛苦你了，我别无他法，只好先欠上这份人情了。”

“夫人您说什么呢？将军不仅是我们护理的病人，更是我美江崇拜的人呐，我当然愿意为将军，为您做任何事！”

她还没来得及和一旁的护士长说明情况，石陶钧已经对樱井说了潘夫人的请求。樱井护士长点头，石陶钧对潘蕙英道：“蕙英，美江护士这两天就陪着你在这里，你放心，我们也都在这里。松坡一定没事的！”

“好的，谢谢。”潘蕙英依旧镇定自若，还露出一丝感激的笑意来。她的神色中，还是没有应该有的凄婉和伤感，这点又让石陶钧不安起来。

蒋方震回到病房时，看到潘蕙英正俯身在丈夫身边，不断用一只棉签蘸水，湿润着他干涸的嘴唇，一旁捧着水杯的美江也神情肃穆。

蒋方震上前看了看昏迷不醒的那人，语气温和地安慰着潘蕙英："刚才两位博士说了，松坡的情况已经稳定下来，只是他体质太虚，一时半刻还没醒过来。蕙英你放松心情。"

"知道的，百里兄。"潘蕙英放下手中的棉签，平静地看着蒋方震，"前次他不是也昏迷过两天两夜的？我熬得住。"

蒋方震却微微摇头："你不能这样一时半刻不离开他床前，这样你自己不但受不了，松坡若知道了，又何能忍心？蕙英，他如今的情形，你既然要做好长期照料他的准备，就该更留神自己的身体。"

美江忍不住插话："夫人今天两顿饭都没吃了吧？这样下去真的会熬不住的呀！"

石陶钧此刻上前建议道："这样吧，美江护士，麻烦你陪夫人去吃点饭，这里我和百里守着。松坡一时半刻也不会醒，咱们要安排好伺候他的人，不可都耗在这里，也不是个事儿。"

潘蕙英无法推脱几人的善意，只好和美江一起出了病房，在外间看到唐岩和李华禹正悄悄抹泪，看到潘蕙英，他们又掩饰着转过身去。潘蕙英一概装作没看到的样子，和美江出去了。

这边病房里，石陶钧默默走到蔡锷的身边，俯身看着他，心里一阵阵酸楚：那人在昏迷中，更显得瘦削憔悴，双颊都深深凹陷下去，面色晦暗，放在被子外的手，也完全是瘦骨嶙峋的样子。

"刚才两位博士说了，他早已是灯枯油尽的状态，如今又受到这种大刺激，病势更加骤然加重，随时会可能不救……"蒋方震轻声话语在他身后响起，石陶钧握了蔡锷的一只手，用劲握着，那股冰凉的感觉更在瞬间袭击了他的心，泪水落下来，滴到那只被他握住的苍白的手上。

"现在不是难过的时候，还有很多事情要咱们去做……首先，要给国内发一封电报，说明松坡病危的情况，看看国务院方面有什么指示，作为勋一位的陆军上将，这个毕竟不是小事……"想起自己肩负的责任，蒋方震忍住自己的哀伤心绪，尽量用沉稳镇定的语气说着："还有……就是，一些事情也要准备了，比如他的……后事如何办理？这毕竟是在异国，很多礼仪上面的东西，还要筹划……这一切，还要知会日方，相商后续问题……"

“别说了！”石陶钧哭着打断他，“我现在做不了任何事，我只想最后陪着他……在这最后的时间！”他几乎是扑倒在蔡锷床前，将头埋在他的枕畔，孩子似的哭出声来。

此情此景，让蒋方震也是瞬间泪流满面，可是理智战胜了感性，他只能硬起心肠，对好友狠心劝道：“你坚强一点吧！想想我们肩上的责任！在跟随松坡的这些人中，只有咱俩懂日语，现在是什么时候了，难道咱们也要像他的秘书和副官那样，只能围着他哭吗？”

他默默看着俯身不起，几乎是搂着蔡锷痛哭的石陶钧，叹了口气，黯然道：“那你守着他，我先去发电报。”拭去泪水，他转身出去了。

石陶钧伏在蔡锷身旁，痛痛快快哭了一场。

良久，他抬起头，凝望着眼前这张苍白无力，失去了光泽的脸颊，那紧闭的双眸，那微微蹙紧的眉头，还有那削瘦的，埋在被单下几乎平若无物的身子，石陶钧的心中像刀割一般难受，他觉得这次，他真的要远行了……

他握住蔡锷的一只手，像小时候两人完成了功课，爬到后面山上，坐在树林里面聊天那样，低低倾诉着：“艮寅，你听我说，你还有很多事情没做完呢，你曾答应过我，等这场战争打完了，咱们二人就退居林泉，带着咱们的家人，咱们的孩子，一起隐居在一个山清水秀的地方，过咱们一直想过的田园生活……我知道，你和我一样，对这个龌龊浑浊的仕宦之地早已厌倦了，实在是想走得远远的，好好呼吸一下新鲜的空气啊……”

他擦了一把泪水，继续道：“我知道，是太累了！在北京的两年，你生活在那个压抑的活监狱里，忍受了太多的猜忌、诬陷、攻击、迫害……明枪暗箭，血雨腥风，可你都挺过来了！在护国一战中，你过的是什么日子啊，身为总司令，重病在身，却要和普通士兵一样，吃着一半是沙子，一半是米的饭……持续几个月没有脱过军装，平均每天睡觉不超过三个小时……你虚弱得连马都骑不了，只能坐轿子，最后，连轿子都坐不住了，是躺在担架上指挥着一场场战斗！你喉病严重到完全失声，我们要凑到你嘴边才能听到你的声音，你知道吗，每一个伏在你嘴边领受了军令的军官们，出去后都会伤心得大哭一场吗？你知道我们这些人看着那时的你，有多痛心吗？所有的人都认为蔡松坡挺不过去了，可是，你究竟是熬过来了！如今，战争已经结束了，一切都好转了，你怎么能忍心离开呢？艮寅啊，你让我们情何以堪！”他就这样流着泪，絮叨着。

蔡锷昏睡着，耳边似乎听到了发小好友的低语倾诉。他在昏昏沉沉的状态下，身子突然间变得轻巧起来，像一片羽毛一般飘浮起来，再次飞回到那场永生难忘、艰苦卓绝的战争中。

1915 年底　云南昆明——昭通——叙府

12 月 25 日，云南宣布独立。12 月 27 日，护国军在昆明举行声势浩大的誓师大会，发表讨袁檄文。31 日，唐继尧、蔡锷、任可澄、刘显世、戴戡等人联名发表梁启超手撰通电，宣布护国军的纲领：1. 与全国民众戮力拥护共和国体，使帝制永不发生在中国；2. 划定中央、地方权限，图各省民力之自由发展；3. 建立名实相符之立宪政治，以适应世界大势；4. 以诚意巩固邦交，增进国际团体上之资格。

随着檄文和通电昭示全国，反袁护国战争正式开始。护国军商定了战略思想：云南之西、南两面接壤邻国，东、北两方与川、黔、桂毗连。此番讨袁护国，应以云南为基地，向川、黔、桂三路出师，从而达到震撼全国，引发各省相应之势。故此以蔡锷、李烈钧、唐继尧分别任总司令的护国军三路军队，分别进入四川、广西、贵州等地作战。

蔡锷任总司令的第一军为云南护国军主力部队，承担着入川作战的重任。要战胜袁世凯的北洋军，从政治、军事上看，必须首先夺取四川，才能沿长江流域推进。因此，决定由最精锐的第一军出兵四川。

第一军参谋长为罗佩金，从日本赶到云南参加此次征战的石陶钧为总参议，李曰垓为秘书长，加上被任命为副官处长的何鹏翔等人，组成了军部主要力量。

第一军下辖三个梯团，分别由刘云峰、赵又新、顾品珍为梯团长。每个梯团下辖两个支队，邓泰中、杨蓁、董鸿勋、何海清、禄国藩、朱德分别担任一到六支队的支队长。另派戴戡组成第四梯团，率 1000 人赴贵州策动黔军起义，此梯队也为总司令蔡锷节制。

蔡锷和参谋长罗佩金、总参议石陶钧制定了出兵四川计划，首先遣第一梯团长刘云峰率邓泰中、杨蓁的第一、二支队为先锋，经滇东北昭通，向四川挺进，这支部队就是护国军第一军的先遣队。

刘云峰梯团于 1916 年 1 月经昭通入川，刚刚来到四川地界，就接到袁世凯发来的劝降电：“尔等以一隅之众，抗天下之师，虽至愚之人不肯出此；应思国家多难，正尔等立功时机，能生擒蔡锷来京者，封男爵，赏三十万元。如不能生擒而刺死蔡锷者，封男爵外赏十万元。”

刘云峰看着电报啼笑皆非，对部下吩咐：“将此电报翻译成密码，发给蔡总司令，博其一笑耳。”他继续挥师推进，于1月15日到达川、滇交界的要隘滩头时，当即向四川都督陈宧手下的汉军发起进攻，经过两个昼夜的激战，将大关河各要隘的守敌击溃，攻下了有“一夫当关万夫莫开”之称的燕子岩。护国军的威猛攻势让敌军魂飞魄散，溃不成军，纷纷弃阵溃逃。刘云峰梯团追敌至金沙江畔，敌军已经仓皇过河，同时对岸的敌人增援部队也已赶到，企图凭江固守。

刘云峰当即决定遣邓泰中的第一支队从正面强渡进攻，又派杨蓁的第二梯队绕道由金沙江下游渡江进攻，两面夹击，激战数日，将固守江边的敌军全线击溃。刘云峰下令第一梯团乘胜追击，直逼此战之目的地——叙府。在护国军追击到离叙府二十里的地方，叙府城中守军闻听护国军一路高歌猛进，连战皆捷的消息，干脆放弃抵抗，弃城而逃。叙府百姓为北洋军苛待欺压已久，闻听护国军到来，打开城门，欢迎军队进城。刘云峰率领的护国军第一军第一梯团，就这样兵不血刃地占领了叙府，这是护国军进入四川后夺取的第一个城市，也是首战告捷，大大地鼓舞了军士们的士气。

护国军攻占叙府的消息不仅让四川全省震动，也让北京的袁世凯大为震惊。他严令四川督军陈宧全力征讨护国军。陈宧悬赏五十万，调集冯玉祥和伍祥祯部，加之陈宧的亲军二营、北军一团等军队，分四路大军从四面围攻叙府。

刘云峰部沉着应战，采取扰乱敌后，各个击破等战术，在叙府民众的大力支持援助下，屡次击败敌军。在叙府保卫战中，刘云峰亲自坚守在炮兵阵地指挥，虽然右肋中弹负伤，仍不下火线，其顽强精神感召了属下兵士，第一梯团以战胜之余威，经过几番血战，终以两千人的弱势兵力，击败敌人两个混成旅、一个警卫团以及川军数营约一万五千人的敌军，缴获了大量的军械、弹药，保全叙府，取得了以少胜多的辉煌战绩，再次昭示了护国军较强的战斗力，极大地鼓舞了士气。

1916年1月中旬　昆明正东方向大板桥

蔡锷亲率第二、三梯团为中路主军，从昆明出发，行军至大板桥，此地为由昆明进入贵州的必经之地，行军第一日，部队宿营于此。

傍晚饭后，行军一天的士兵们都安营扎寨，各自歇息了，蔡锷和参谋长罗佩金、总参议石陶钧、秘书长李曰垓、副官长何鹏翔等人聚集在临时征用的一间驿站房间里讨论行军计划。研究过几个问题后，蔡锷提到自己在这日行军中思考的一个问题。

"'……与子同仇，不渝不舍。严守纪律，服我方略。罚罪吊民，义闻赫濯……'"他读出这段誓言，看向面前的几位部属，"咱们第一军出发前，带领士兵们宣誓的誓言固然是铿锵有力，但是这种用文言文表达的方式，却会使很多文化水平不高的兵士们不能弄清楚誓言的含义。我在想，咱们入川后发出的《谕四川同胞文》，还有陆续发出的各项严明部队纪律的文告以及安民告示，是否可以采取直白易懂的白话文方式书写？这样对一般兵士和老百姓来讲，普及面就强多了。"

罗佩金等人点头赞同，石陶钧加上一句："你这话让我想起卓如师那个名篇《异哉，所谓国体问题者》，去年在北京能风靡一时，引起民众对帝制的反对声浪，就是因为该文使用通俗易懂的白话文写成的。"

"不错，咱俩想到一处了。我也是想到了这篇文章，正好是个例子。"蔡锷笑着点头，"醉六，你文采斐然，不如就把咱们原先商议好的几篇通电和文告都用白话文再重新理顺一下吧。"

"好吧，事不宜迟，我此刻就办。你们稍等片刻，咱们今晚就将最重要的、马上要发出的几篇议定下来吧。"石陶钧语气热切地说道。

此刻，夜色降临，屋外飘起了细碎的雪花，一阵寒风进来，屋里顿时有些寒气逼人，几个人都紧缩了一下身子，原本身体有疾，削瘦单薄的蔡锷被冷风所袭，俯下身子剧烈地咳嗽起来。

"邹副官，快把总司令的大衣拿来！"何鹏翔一边上前为他捶背，一边对着外屋喊道。守在外间的邹若衡答应一声，忙走到隔壁准备下榻的地方去取大衣。他从行李旁拿过蔡锷的大衣，刚刚抖开，却发现后背处已经烂了一个洞。

"唉，总司令这件大衣……"邹若衡正望着这件旧大衣上面的破洞发愣，就听到有兵士来报告昆明唐继尧都督有电话打来，邹若衡忙抱着大衣去接电话。

"是若衡吗？蔡总司令是否平安？"那边唐继尧问道。

"总司令一切平安。就是有件小事要报告都督，天气太冷了，这边已经下起了小雪，可是总司令的大衣却太旧了，背后都烂了一个洞，何能御寒？我们马上要进入山区了……"邹若衡这边如实向以前跟随的老长官报告。

“哦，此事是我疏忽了。我马上派人快马传递一件新大衣来。你要照顾好总司令的生活！”唐继尧回应道，又让他请蔡锷接电话，有军务相商。

邹若衡回到这边将大衣为蔡锷披上，又陪他过来接了唐继尧的电话。再次回到那边房间，石陶钧已经将几个通告、文书润色好了，读给大家听。众人听了，都是点头赞同。

蔡锷也首肯，并再次强调：“首先《谕四川同胞文》就要用通俗易懂的白话文对四川百姓讲明我们此次入川作战，目的在于推翻帝制，永护中华民国。护国军之所以起兵云南先到四川，就是要鼓舞激励四川同胞从速起义，加入到我们这股正义之师来！”

他看着几人，语气格外认真：“还有就是要强调部队纪律，这个也要让四川民众能听得懂，看得明白，这样他们才能放心。”

罗佩金点头：“刚才石参议拟定的文中有‘申明纪律，不许丝毫扰害民间，若有不守规则之人骚扰民间，一经查出，或被告发，必定从严惩治，绝不宽贷’，就说明了咱们治军的态度。”

蔡锷：“我们不能忘记，辛亥年滇、川有过交恶的历史，不能再让四川的民众误会我们滇军此番入川，意在武装割据，抢占地盘！”

石陶钧接言：“此处还可以加一句：‘望四川民众切勿轻听谣言，妄相揣测，致有误会，转多妨碍。’安定民心，严明军纪，才可得到民众的理解和支持。’”

蔡锷此时忍不住轻叹一声：“我在北京时，曾亲眼看见北洋军一些军官和士兵骄横跋扈、军机涣散之行径，就连他们的统帅袁世凯，都曾私下和我交流过，迫于北洋军的纪律松弛、作风败坏的情形，他极为想改造军队，但是被一些军中大佬所辖制，他袁世凯根本没法施展自己的计划。如今听闻四川、贵州等地的北洋驻军残暴凶恶、荒淫无度，凌辱百姓之行为更加令人发指。这是他们自取灭亡的征兆，我们此刻严明军纪，爱惜百姓，就可以作为一个鲜明的对比，彰显咱们仁义之师、正义之师的风范！”

“总司令言之有理，咱们虽然师出有名，也要继续贯彻正确的方针，才可以取信于民。”罗佩金感慨道。

秘书长李曰垓拿着文告逐条整理着：“这还有具体的几条：‘本军所至，所有应用夫役，应专雇觅闲人，并照给资费，勿使人民感其苦累；购买物品须公平，不可仗势欺压百姓，如有不合处，须报告长官，听候处理，不得妄与百姓争斗；由宿营地出发时，须注意将火灭尽，以防不虞；士兵到达驻地后，应检查有无疾病，一经发现须及时医治……’”

大家认真审议着，何鹏翔又提出一条建议：“刘云峰梯团的第二支队长杨蓁出发前曾经建议，将全支队军官的服装，全部改成和普通士兵一样的衣服，也就是把军官们以前穿着的黄色卡基布军服，一律换做士兵平日里穿着的灰色布军服。他又建议排、连长各持步枪，战斗时加入火线；营长以上各持十响手枪，战斗时到火线督战。这样可以养成官兵同生死、共甘苦的精神，咱们的火力也会大大增强。而且此举还有重要一点好处——让敌人不易识别我军军官，也是一个重要的隐蔽保护措施。毕竟在实战中，这些基层军官都是中坚力量啊！”

“好建议！”蔡锷、罗佩金等人齐声夸赞，蔡锷又加上一句赞语：“咱们第一军这几位支队长，个个都是精明强干，又威猛勇毅的出色军官，打起仗来就知道了！”

石陶钧掰着指头算着，笑看蔡锷：“邓泰中、杨蓁、董鸿勋、何海清、朱德……这几个支队长都是松坡你亲自挑选任命的，自是都能独当一面！”

“打仗当然还要靠他们，还有三个梯团长也很重要，刘云峰、赵又新、顾品珍也都是人中之龙，不会含糊的！”蔡锷充满自信的口气让屋里的气氛一下子热切起来。蔡锷却又给他们烧了一把热火：“还有戴戡，忠勇睿智，此番让他去策动黔军，我估计最近就会有成绩报来；加之早先派往四川的雷飚，也会在川军刘存厚部起到作用。总之得道多助失道寡助，咱们这方的力量，很快就会得到极大的补充和响应，一切都会向好的方向发展！”

他随即命秘书长李曰垓即刻将完全定稿的军纪、军规以及安民告示电告刘云峰的第一梯团。众人商议到半夜，才各自回屋安歇。

行军到第三天上午宿营午餐时分，果然有一骑飞马赶上来，遵照唐继尧都督的指令，送来一件崭新的皮大衣。邹若衡接了，来到正和军官们围在一个石桌前低头看地图的蔡锷身旁。他轻轻将蔡锷身上披着的旧大衣取下，将新的皮大衣给他披上。

“嗯？怎么回事？”蔡锷不解地看着身上的新大衣，疑惑地问邹若衡，“这是从哪里来的？”

“总司令，这是唐都督特地差人从昆明快马送来的，并带来口信，请您赶紧换上！”邹若衡轻声解释道。

蔡锷闻言蹙起眉：“唐都督如今也是忙于战事，如何注意到一件大衣上面？”

看着蔡锷严肃的面容，邹若衡的脸倏地红了，他低下头，嗫嚅着：“是我……前天唐都督不是来电话了？我顺便说了一句，您的大衣不仅旧，背后还烂了一个洞，如何能继续抵御风寒？所以……”

“所以你就擅自做主，搞这样一出？”蔡锷突然冒起火来，将皮大衣脱下，塞到邹若衡手里，又拿过来自己的旧大衣，狠狠瞪他一眼：“现在是什么时候了？你还惦记着给我换大衣？”

邹若衡从唐继尧身边到蔡锷这里也有一阵子时间了，蔡锷喜欢并信任他，对他一直和颜悦色，从来没有疾言厉色过。这次首度发火，邹若衡被吓着了，有紧张，也有委屈，就垂头不语，不敢强辩。

一旁石陶钧看到了，心里不忍，也不以为然，就上前从年轻副官手里接过那件皮大衣，再次给蔡锷换上，又直言劝道：“我觉得这次邹副官做的没错！你看看你那件大衣，还是留学日本时的纪念品吧？这都穿了十多年了，又旧又破！往日穿穿也倒罢了，可是咱们这次是远征作战，天气寒冷，路途遥远，你不仅身体有病，受不得风寒，而且现在作为一军之首，肩上的担子更是重而又重！你的健康安危，目前直接关联到咱们第一军的问题，怎么能叫人不重视呢？邹副官明白这个道理，唐蓂赓都督明白这个道理，我们大家也都完全赞同。”

罗佩金、何鹏翔等人也附和劝说，蔡锷辩不过众人，只好换上了这件皮大衣。

晚上宿营时，看着为自己端来热水的邹若衡，蔡锷轻声解释着上午的情形：“若衡，我知道你是好心体贴我，可是你应该明白，我们目前处于同甘共苦、艰苦作战时期，怎么能讲究这些私我的小事？”

“我明白，总司令！可是您目前毕竟带兵出征，您的身体真的很重要，对我们第一军，不，是对我们全体护国军！”邹若衡说着，不自觉地湿了眼眶。他吸吸鼻子，压抑住心底的一层伤感，再次说道：“那件旧大衣，石参议说了，是您留日时的纪念品，您放心，我会给您收着的。可是，以后有关您的饮食起居，还是我必须关注维护的，这也是我的职责，请您理解，也请您配合！”

蔡锷看着他，长长叹了一口气，拍拍他的肩膀，不再说什么。

1916年1月下旬　赤水河畔雪山关

雪山关为四川盆地南沿最高峰，海拔一千九百余米，因山顶积雪时间长久而得名，是古时由川入黔滇的必经之路。明新都状元杨升庵被贬云南永昌卫，途经此关，曾题下“雪山关，雪风起，十二月，断行旅”的名句。在四川人眼里，一出此关，便可放眼黔岭丛山，从此进入到云贵高原崇山峻岭之中，豺虎行藏，匪盗出没，难有归期。

此刻，蔡锷率领的云南护国军主力——第一军的两个梯团，却是从南边黔岭翻山过来，要由此进入到四川境内。

时值隆冬季节，北风呼啸，大雪纷飞，崇山峻岭，树木枯折，泥泞难行。山里的气温极低，加上狂风怒号，让行军的人进入到几乎如同“蜀道难，难于上青天”的境地。很多马匹因路滑而跌倒，辎重车辆都要靠人抬才能上山。幸而滇军士兵们善于山地行军作战，他们有特殊装备：脚上穿了麻鞋，后跟拴铁掌，此掌名为“铁脚马”，爬山不打滑，此刻恰好派上了用场。尽管行军路途极为艰苦，但是滇军上下军心振奋，尤其是前方传来的几个好消息，也激发了大家的信心。刘云峰的第一梯团顺利占领叙府；戴戡的第四梯团成功策反黔军，贵州督军刘显世宣布独立，也加入到反袁义军行列。戴戡作为第一军右翼总司令，率军进军四川綦江。而蔡锷在出征前就联系的老部下——川军第二师师长刘存厚，在纳溪也宣布起义，策应护国军入川作战。护国军官兵上下军心大振，行军的步伐更有力了。

但是担任最高主官的蔡锷此刻却因身体问题陷入困境。他出发前就患有严重的肺病和喉疾，十几天日夜行军，运筹帷幄，也颇为耗费精力，体力明显不支。一路上他或骑马，或乘轿，努力跟上行军的节奏。此时翻越黔岭，因山路崎岖狭窄，无法骑马，他也和普通兵士一样步行。

寒风猎猎中，他单薄瘦削的身躯看上去格外令人担心。他手里扶着一根木杖当作拐棍，勉力支持着前行，突然一阵猛烈的山风袭来，他停下步子，俯身大咳起来。一直跟在他身侧的副官邹若衡忙上前搀扶了他，边为他拍背，边劝道：“总司令，您还是坐上轿子吧？我们刚才挑了几名身强力壮的兵士，他们身子灵活，步伐稳健，一定没问题的。”

“胡说，你不看看眼下这路，单人走都费劲，怎么还能用轿子……”他话未说完，又被呛咳打断了话语。

何鹏翔赶上前来，后面跟着两个强壮的士兵，抬着轿子。

“总司令，您还是……”他话未说完，就被蔡锷严肃的目光制止住了，蔡锷止住咳，挥挥手：“你们都别说了，赶紧安排部队加快行军速度，前面据说有一个关口，那里避风，咱们要尽快赶到那里宿营。风雪越来越大了，不能继续耽搁此处！”

他回头看着邹若衡：“你扶着我，我不会掉队的。”

经过几个小时的艰难攀登，终于部队登上了山中的关隘。这是一座坐落在两峰之间的古庙，首先映入眼帘的，是南面庙门上的“雪山关”三个大字，两端却无关联。

蔡锷坐在观前的一个石墩上歇息，他捂着嘴轻咳了几声，看着南门山“雪山关”三个大字，低声吟诵：“‘雪山关，雪风起，十二月，断行旅。’古人这番描述，也是恰如其分的。”

邹若衡将水壶递到他面前，看着他喝了两口，才笑道：“没错啊，除了咱们这些翻过山来打仗的人，就是寻常百姓，这种天气也不会钻进这个深山老林中来吧？”

“是啊，眼下咱们就在做着自讨苦吃的事情，也算我给你招来的。”蔡锷看看年轻的副官，轻声问道：“我从唐都督那里把你要来，后悔吗？”

“怎么会？总司令，您小看人了！”邹若衡咧嘴笑笑，“是我想跟着您出征打仗，唐都督也嘱咐我要保护好您的安全。而且，如果能有机会直接上阵杀敌，那更是遂了我的心愿啦！”

“好吧，看来你跟在我身边都不过瘾了，一心想上第一线？”蔡锷笑着拍拍他的肩膀，“战场上形势瞬息万变，打硬仗的机会有的是呢！”

邹若衡一挺身：“坚决听从总司令的调遣！在关键时刻，您派我去打硬仗，若衡绝无二话！不过，眼下我最重要的任务，还是保护在您的身边！”

“走，前面看看去！”蔡锷起身向前走去，邹若衡忙跟上。

两人穿过庙门，来到古庙的北面。看到北面庙门上同样题有雪山关大字，左右门梁上却还镌刻着一副对联：

孤城万仞山，羌笛春风吹不度，
八月即飞雪，玉门秋色拟平分。

蔡锷默默念着对联，回头笑谓邹若衡：“‘羌笛何须怨杨柳，春风不度玉门关’这是将此关隘和西部著名的玉门关相提并论了。知道是什么意思吗？”

邹若衡笑道：“总是发思古之幽情吧？”

蔡锷点点头：“在古代，四川那边发配的犯人，一旦过了此关隘，就踏入到南边黔岭的万山丛中，生死难料，再难还乡！所以才有此等悲凉之语，和西边不毛之地的玉门关一样，吟诵千古，都是离人愁绪！”

“可是咱们今天却反其道而行，穿越滇桂崇山峻岭，要到四川平原来抗击强暴，维护公理和正义，自然不必有此哀叹，倒是徒增壮士豪情！”邹若衡声音虽轻，却回答得铿锵有力。

蔡锷赞许地笑了，正想再鼓励年轻的副官几句，却看到石陶钧引着一位道骨仙风的老人走来。

老者自称姓胡，祖籍四川宜宾，是一位出家的道长，常年云游四方，隔上几年会回到雪山关住持一段时间，此刻巧遇蔡锷率领的护国军主力部队经过此地，他热情接待。

胡道长将蔡锷等人引入关内自己居住的房间，烧水烹茶，款待远客。蔡锷和石陶钧、罗佩金、李曰垓、何鹏翔等人围着炉子，身体很快暖和起来。

众人都惊讶于胡道长竟然对护国军很是熟悉，听了他的简述，才得知真相。原来前几天，胡道长下山采买物资，曾到过叙府一带，亲眼见过护国军刘云峰梯队攻下叙府后得到百姓拥戴的情形。

“‘告我蜀中百姓，以及各界人民：军士皆守纪律，务必鸡犬不惊；四民各安生业，买卖务须公平。地方大小长官，勿要畏避逡巡；照旧供职唯谨，保护地方安宁。兴亡匹夫有责，勿愧共和民国……’”胡道长首先诵读出自己记录到的护国军在叙府城里贴出的安民告示，大加赞赏：“贵军不愧是仁义之师也！”

罗佩金笑着对他指指蔡锷：“这份告示，是我们蔡总司令亲自拟定的，务必要能让四川民众、贩夫走卒都能读懂，领会到我们护国军此番入川征战的目的，不能让他们惊慌失措，扰乱民生啊。”

胡道长点头：“而且贫道以为，不在乎怎样说，关键是怎样做！贵军军纪严明，秋毫不犯，实乃不容易啊！四川百姓已经领受到贵军的恩泽，所以才会在叙府城里有士绅带领、百姓踊跃开门迎迓护国军的壮观情形呢。”

蔡锷认真地看着老道士，语气温和地询问道：“老仙人才从叙府那边过来，看到的情形不妨讲讲，也好让我们知道敝军有何做得不妥当的地方，以期改进。”

胡道长笑着摆摆手：“护国军一路过来，军纪和作风自然皆入民众眼中，何能虚构？我亲眼看到两个事例，就可以说明问题。其一，叙府城郊，许多老太婆天刚亮就起来沐浴净口，整肃衣冠，拎着香烛、纸绽、灯油，上翠屏山各寺庙敬香，祈祷滇军多打胜仗，赶走北军；其二，叙府周边的百姓，家家门前支起桌子，放上茶水、稀粥，供过往的滇军士兵取用。这就是民心所向啊！”

几名军官被道长这番话所感，都点头叹息。胡道长又是一声长叹：“民众会有这样热切欢迎贵军、支持贵军之举，自然是源自贵军良好的军纪和安民行为，但是也不能忽视这样一个重要的理由啊，凡事都怕比较，护国军和北洋军，两军的差别是太大了！民众被北洋军凌辱已久，当然盼贵军仁义之师，如久旱盼甘霖一般！”

石陶钧一旁插话：“我们也久闻北洋军涂炭地方，凌虐苍生，想必在四川这块地方，尤其凶烈？”

胡道长点头叹息：“贫道云游川中，看到的这样不堪的事情就太多了！北军横行，奸淫掳掠，无恶不作！烧人房屋，奸人妻女。至于抢劫财物，更是寻常事情！他们还有一个不成文的规矩，打了胜仗，长官作为奖励，竟然会发布军令，准许兵士在民间任意奸淫抢掠数日；若是他们打了败仗，官兵们为了泄愤，更是任意烧杀抢掠，无恶不作！这样的军队，和土匪何异？只怕用‘土匪’二字形容他们，还要坏了土匪的名声呢！所谓盗亦有道，他们完全是禽兽不如的东西！四川民众受此兽军涂炭已久，怎能不格外期盼有正义仁义之师为他们出气呢？所以此番贵军和北军作战，老百姓积极为贵军运送弹药、护送伤员，修桥架路，供给饭食，就不足为怪了！”

几人听了，再次慨然点头。蔡锷接言道：“道理很明显：北洋军相较于咱们护国军，一个是非正义之战，名分不正，违反人心，与全国民众为敌；军心涣散，军纪废弛，残害百姓，终将陷入四面楚歌的境地。反观我们护国军，是正义之战，有着广大民众支持的基础，全国反对帝制、维护共和之士的拥戴；士气昂扬，军纪严明，秋毫不犯，必将道路越走越宽，取得最后的胜利就是指日可待的事情了！”

胡道长捻须点头：“蔡总司令督军有方，如今贵军师出有名，极得人心，战胜北军是早晚的事情了。如果四川战事平定，若是蔡总司令能成为川中首脑，像您当年督滇时那样，改革弊政，发展民生，我们四川的民众就有福了！”

这话让何鹏翔等人好奇起来：“原来道长还熟悉我们总司令的过往政绩呢？”

胡道长微微一笑：“刚才说过的，贫道经常云游四方，川、黔、滇三省毗连，更是经常所到之处。辛亥年间，云南独立，贫道到过那里，亲眼见到过蔡都督督滇时，云南各处的繁荣景象，领会过滇中民众对将军的敬仰爱慕之情。”

蔡锷羞赧一笑，微微摆手，却见道长拱手向他提出一项请求来："今日瑞雪纷飞，吉兆降临，竟然得遇贵人至此，烦请将军能否为此关隘北面题上一副关联？也是照应今天义军从北门入关，展开正义之战的佳瑞啊？"

蔡锷抿嘴笑笑："末将才疏学浅，怎能随意涂炭贵关？使不得！"

石陶钧不以为然："胡道长言之有理！不论才学高低，此乃昭示我们护国军铁血护国，捍卫共和的正义之举，正是千秋万代留名的佳话啊！松坡，你不必谦虚，你的文采斐然，是众所周知的，何况如今为此，是为咱们整个护国军扬名立威之举呢！"

罗佩金、李曰垓等人也纷纷表示赞同。蔡锷点头："好吧，容我等会酝酿一联，请道长指教。现在，我们先召集几名主要军官，在吃晚饭前开个短会吧，有些情况也需碰个头了。"

李曰垓点头，出去召集两个梯队长和几个支队长。蔡锷等人欲告辞到外间开会，被胡道长硬留下了，请他们就在此处围着火炉开会，他自己先避出去了。

第二梯团长赵又新、第三梯团长顾品珍以及董鸿勋、何海清、禄国藩、朱德四个支队长分别陆续进来。罗佩金对他们讲述了眼前的形势，以及刘云峰、戴戡等部的战绩，石陶钧又将刚才胡道长提到的护国军军纪严明，得到川中百姓拥护的事情说了，大家都很感动。

蔡锷对他们重申了入川后的军纪问题，再次说明以弱克强，必须得到民众支持的重要性。他又笑着将刘云峰发来的电文情况说给几个部署听。除了前次袁世凯的劝降电文外，刘云峰在进攻叙府时，还收到冯玉祥打来的电文。冯玉祥受四川督军陈宧指派，带着最先进的武器装备来围剿刘云峰部。他提前给刘云峰发电文称："你刘云峰是北方人，从北方去的云南，勿要忘却根本，不要再跟着蔡锷造反，这样干下去，绝对没有好结果。应该弃暗投明，回到北军的行列来，与我们合作，极为欢迎。"

刘云峰看后，当即回电："你来信混淆是非，不值一笑，更不值一驳！如果愿战，我军奉陪！如不愿战，应该即刻通电讨袁，或解除武装下野！"

此刻几个军官听了蔡锷这番讲述，都哈哈大笑起来，连连称赞："刘梯团长这番回答极妙，铿锵有力！我护国军勇士岂是随便能轻易劝降的？不服气就打！"

蔡锷目光炯炯地看着众军官："刘晓岚在叙府打了胜仗，我们护国军首战告捷！我们此番翻过雪山关，入川作战，当更要奋发图强，力克强敌，不堕我正义之师威名！”

众人都摩拳擦掌，兴奋莫名。蔡锷带着几个军官来到雪山关的南面关门前，笑着道：“适才老道长嘱我为此关题一副关联，我想不如这样吧，我做上联，你们四个年轻的支队长，谁能对出下联，一并交于道长存留，或者能有机会镌刻在这千年古关之上，也是一段佳话！”

他回头看看董鸿勋、何海清、禄国藩、朱德四人，他们分别担任着第三、四、五、六支队的支队长。

四人互相看看，都笑而无语。董鸿勋性情直率，忍不住指指身后站着的几名高级军官，对着蔡锷嬉笑道：“总司令，这里有这样多的高级将领，我们几个军衔不高，和总司令您对对联，似有不妥啊？”

他也是一员虎将，极能征战，一向为蔡锷欣赏，此刻蔡锷微嗔着他，叫着他的字道：“干丞，你倒有此怪话？谁说对个对联也要讲究官阶匹配了？”

董鸿勋不好意思地挠挠头，嘿嘿一笑，不再说话。

何海清祖籍湖南湘乡，也是一位能征善战的猛将，此刻他笑着接言道：“就是不论官阶军衔，我们才疏学浅，未必能对得上总司令的对子？”他看看蔡锷，又轻声嘟囔了一句：“谁不知道您当年在家乡就有‘邵阳神童’的美誉呢？又中过秀才，师从过几位名师的？我们哪点可以相比了？这不是班门弄斧、不自量力吗？”

蔡锷啼笑皆非，指着他笑道：“好你个何镜寰，也是个嘴巴不省油的人！不好好想想对联，对嘴倒挺快？”

一旁的另外两个支队长禄国藩和朱德都各自低头吃吃笑起来。朱德边笑边抬起头来，正好对上长官的眼睛，蔡锷此刻正盯着他：“玉阶，你来吧！”

“总司令，我，我恐怕不成……”朱德红着脸，正想推辞，却见蔡锷上前拉住他，走到关前，指着上方“雪山关”三个遒劲有力的三个大字，又笑着指指自己身后的石陶钧、李曰垓等人，温语启发道：“你不必畏惧身后这些文人墨客、才子将军们，他们自然有他们的文采风流，锦书妙笔。而今我们这些人起兵护国，捍卫民主国政，你们几个威猛有加的支队长，才是我们这支军队的排头兵，是要去身先士卒打头阵的！先前刘云峰梯团的两位支队长，邓泰中、杨蓁，就打得很好，打出了我们护国军的威风！”

他回头看看另外几个支队长：“你们几个也不会弱于他们两人！你们的无畏气概，你们的英勇无敌，当是这千年古关的魂魄精髓所在！”

“好啊！”众位军官都被鼓舞了士气，大声喝彩起来。何海清笑着对朱德道：“玉阶，你就别推让了，总司令既然点了你的将了，你就代表我们三人应了他这个卯！”

董鸿勋和禄国藩也都点头称是，董鸿勋还大声鼓动：“你快拿了浑身解数，不能输给咱们的总司令！”

蔡锷用欣赏的目光看着自己最喜爱的几员虎将，戏谑地笑笑，用手点点他们，回头对朱德点头：“咱们来吧。”他望着雪山关的匾额，凝神思句。片刻，说出一个上联来：

是南来第一雄关，只有天在上头，许壮士生还，将军夜渡；

朱德心里激情澎湃，他瞬间明白了这个一直对他关爱有加的师长加兄长的长官之良苦用心。当时的部队官阶等级森严，时任第一军总司令的蔡锷和时任梯团支队长的朱德级别相差很大，在这些护国军高级军官面前，让官阶略低的他来和第一长官驻马题联，蔡锷无疑是想借这一举动，表明他对以他朱德为代表的几个能征善战部下的爱重和信任，他要在护国军中树立起正面能量的典型！

领会到此意的朱德心下感佩，他不能辜负蔡锷对他的这番情谊，便也暗自蓄力，回望蔡锷殷切关爱的目光，心头一热。凝神静思片刻，略作沉吟，说出自己所对的下句：

作西蜀千年屏障，会当秋登绝顶，看滇池月小，黔岭云低。

“对得不错，玉阶！”蔡锷大声称赞，众人也是喝彩，一旁石陶钧更是击掌称赞：“这算千古佳对！此刻就该誊写出来，教给胡道长，找人镌刻在这南门两侧，更是千古佳话！”

蔡锷笑着摇头：“醉六，你也太心急些，不闻古人有云：‘浊酒一杯家万里，燕然未勒归无计。’要是勒石的话，还是等咱们凯旋以后吧！”

胡道长闻讯赶来，默念着这副对联，也是击节赞叹：“贫道一定将此佳联请人镌刻在南关门上，然后就在此处守候壮士和将军们的凯旋！到时咱们再在这雪山关前，共赏滇池月小，黔岭云低吧！”

第二十八章　苦战

凡战者，以正合，以奇胜。故善出奇者，无穷如天地，不竭如山河。

——孙武

1916 年 11 月 4 日　福冈医院特护病房

蔡锷仍旧昏睡着，潘蕙英俯身在他的床边守候。她拿出那叠用丝带缠着的书信，一一抚摸过，又抽出其中一封展开，捧在手中读着。这封信和其他几封信一样，已经不知道被她读过多少遍，但是她还是看得津津有味，满含深情。

蕙英贤妹青睐：别后苦相忆，想同之也。十六号启行，按站北进，沿途俱安适。所部各队均恪守纪律，士气尤为奋厉。廿五抵黔境之箐头铺，预计一星期内可抵毕节，两星期内可入川境与敌人接触矣。出发后，身体较以前健适，喉病已大愈，夜间无盗汗，每日步行约二十里，馀则乘马或坐轿，饮食尤增。从前间作头痛，今则毫无此症象发生，颇自慰也。堂上以下，闻余此次举动，初当骇怪，继必坦然。盖母亲素明大义而有胆识，必不以予为不肖，从而忧虑之也。过宣威时大雪，尚不觉寒。……殆天相中国，不欲以雨雪困吾师行也。……一月廿七于威宁发。

潘蕙英抬头看看昏睡着的那人，轻轻抚摸着他瘦骨嶙峋的手，复述着他信中的话语，“堂上以下，闻余此次举动，初当骇怪，继必坦然。盖母亲素明大义而有胆识，必不以予为不肖，从而忧虑之也。”

她不由得长叹一声：“唉，松坡，每次我读到这里，心中都酸楚莫名。那时候，艰苦行军途中，你心里也暗暗记挂着家人，记挂着远在湖南老家的高堂老母。但是你不知道，我们都不知道，那时婆母和侠贞姐面临着怎样一种困境？在你通电反袁之后，消息传到家乡，婆母和侠贞姐为了躲避袁党的迫害，带着两个孩子躲到深山上，每晚不到天黑不敢回家。袁世凯果然派人抄了咱们在湖南的家，得到的，不过是一个令他不可思议，甚至是让很多人不可思议的一个结论——'查蔡锷本籍，无一椽之屋，无立锥之地，其母现尚寄食乡人家，实无财产可查封'……后来袁贼倒台，洪宪完结，婆母他们才敢回乡安居。那时，你又成了名噪一时的'护国英雄'，当众人对着婆母恭贺时，老人家却只是淡然一笑，说了句：'我知道我儿子会有这样的出息。'"

回忆至此，她忍住心酸之情，咬住嘴唇，想忍住涌到眶间的一汪眼泪，继续喃喃自语着："是的，就是你当时知道了她们的艰难境地，又能如何？那时的你，正以羸弱之身决战在千里之外，处于万事猬集，疾病缠身的万难状态，又怎么能顾忌到自己亲眷的安危了？也许，这正是你一次次在心里愧悔，在嘴边念叨着的，你欠下的一笔笔良心债吧？"

她的泪水终于滑落，将自己的嘴唇贴在丈夫的手上："松坡，你太累了，也太苦了！你这一辈子，太不容易了！"

她伏在他的手臂上悄悄流过泪水，又抬起眼，痴痴地看着他的脸庞。

这张原本瘦削的长形脸盘由于重病的困扰而变得更加憔悴枯瘦，颧骨高高突起，双颊因着肺病呈现出不健康的潮红，但是因为久病居于室内的缘故，他的面容已退去了常年征战晕染出的黧黑，而退化出他原本苍白细腻的肤色。

她想起丈夫曾经讲给她听的往事。因为长相文弱俊秀，年轻的松坡总被好友戏谑有"女子面相"，就连和他极为相投的恩师梁启超，也多次在人前评论他"体弱，恐不胜军旅之苦"。可是当他身着戎装，站立在万千将士之前，他细白秀气的面容总是立马呈现出一种为将为帅的威严，让人不可小觑。

潘蕙英无数次感叹于一个战将和儒将的转变，就是这样神奇：往日里的他，爱着便装，斯文儒雅，完全是中国传统读书人的模样；但当他穿上威武笔挺的军装时，自然就拥有了属于他自己的独特的强大气场。立马决胜于千里之外的军旅豪情，溢满了他的眉眼间。

这一切无疑得益于他的一双眼睛。那双有着湖南人特点的细长的眼睛，当他向你望去的时候，你会觉得那双亮晶晶的眸子像一部 x 光机，可以将你的心底洞穿；但是这双眼睛又是那样的清澈明亮，当你和他平视的时候，你可以看出他心底的坦荡，无暇，甚至是一丝童真般的黠趣。和朋友、亲人们在一起的时候，这双凌厉的眸子有着温柔的目光，平和静美，如处子般纯洁温馨，而当它们在军装的映衬下，就会射出沉稳、果敢、锐不可当的光芒，让禀赋英雄崇拜情节的潘蕙英深深沉迷。

现在，这双眼睛紧闭着，长长的睫毛像灰黑色鸽子的羽毛，安静地垂下，在眼部形成一道温柔的阴影，这又使他的面容呈现出幼童般的纯洁静美，那平日里爱微微轻抿，显出刚毅神情的嘴角，此刻也舒展开来，还微微上翘，如孩子般满足和无辜。

“是啊，松坡，你安静地睡吧，你真的太累了！那场不堪回首的苦战、恶战、血战，耗费了你的体力、精神，心血！不是因为重病若此，你又怎能有机会这样安静地酣睡呢？”

潘蕙英轻轻将丈夫的手臂放回到被子中，自己又重新取过一封信看起来。

蕙英贤妹妆次：由威宁发一函，计达。廿九号于贵州之毕节，因等待队伍，在此驻扎两日，现定二月一号向永宁出发。我军左纵队已占领四川之叙州、自流井、南溪、江安一带；右纵队之董团，今晚可进取永宁；旬日之内，即可会师泸州，三星期内定可抵成都矣。预想成、沪之间，必有几场恶战。我军士气百倍，无不一以当十，逆军虽顽强，必能操胜算也。余素抱以身许国之心，此次尤为决心，万一为敌贼暗算，或战死疆场，决无所悔。但自度生平无刚愎暴厉之行，而袁氏有恶贯满盈之象，天果相中国，其必以福国者而佑余也。川中军民，对余感情甚洽，昨来电有奉余为全川之主，云云。但川省兵燹连年，拊循安辑，颇非易易耳。手此即询近好。锷言。

这封写于1916年1月31日的信让潘蕙英每次读到都感慨万千。她尤爱其中这样一段——“余素抱以身许国之心，此次尤为决心，万一为敌贼暗算，或战死疆场，决无所悔。但自度生平无刚愎暴厉之行，而袁氏有恶贯满盈之象，天果相中国，其必以福国者而佑余也。”她看出来丈夫当时是在向她暗示自己有可能牺牲之意。此次护国之战，是决死之战，以弱抗强，胜算几何？谁都难以预料。但是他既然这样选择了，自然是无怨无悔。

更令她感慨和难忘的，是在这一天，其实他给自己写了两封信。当上面这封信刚刚发出，他却意外接到了云南家中的电报。岳父潘廷权万分欣喜地向远在千里之外的女婿报喜——潘蕙英顺利分娩，又产一子，母子平安。

潘蕙英可以想见当时丈夫接到岳父电报时的喜悦心情。他立即又提笔再给自己的妻子写了一封信，表达了一个丈夫和父亲的激动心情：

> 蕙英贤妹如见：顷发一函，计与此信同到。顷接尊严电示，吾妹复生一男，母子俱吉，等因。曷胜庆慰。吾妹连年诞生麟儿，殆天公所以报吾妹为子之孝，为母之慈，何幸如之。惜堂上远隔在湘，电音阻塞，不能闻斯喜兆耳。今日为我军占领永宁之日，而得此佳报，与前年端午日在津养病时，而得端生诞生之电，遥遥相对，可贺也。吾妹于归后，连年生育，因之血气大亏，宜善加调摄。如有良好之乳母，总以早为雇请为要。儿名可命名为永宁，以志纪念。余尚存若干款，在解义山处，已嘱拨交于尊严处，不久想可交到也。手此即间妆安。锷言。一月卅一号夜十钟，于毕节行营。

接连接到两封书信的潘蕙英也是欣慰莫名。她知道丈夫率领的军队打了胜仗，占领了永宁，恰逢最小的儿子出生，所以为儿命名“永宁”以兹纪念，也含有期盼中华大地从此战火消弭，永远安宁之意。

随着后面这封家书掉下来的还有一张诗笺，上面提着一首八言绝句，曾经无数次揉搓过潘蕙英的那颗芳心：

> 万叠愁怀万缕丝，乡关回首暮云迟。
> 昏茫大陆悲秦祸，慷慨长吟诵楚辞。
> 报国痴心终不死，还家春梦总无期。
> 故园今夕月明夜，庭园梅花寄远诗。

“‘报国痴心终不死，还家春梦总无期。’唉！”潘蕙英长叹一声，“都说病者更思乡。当时沉疴在身的你，当是更有一番思亲怀乡的愁绪在心吧？松坡，松坡，难为你如何熬过？”

她此刻捧读着这深情倾诉般的低吟浅诵，心里仍旧涌起万般痛楚伤感的情思，但又是无可奈何的。她望望床上昏睡着的那人，将这些信件一一抚摸过，又凑到唇边亲吻过，却无意间似乎闻得到上面残存的硝烟味道。这种感觉只能让她冥思苦想，一次次让她陷入回忆加想象的空间中。这一阵子，她总爱这样独自沉思、想象。在外人看来，她就像入定般镇定自若。但是只有她自己心里清楚，她的心里是激情澎湃、热浪翻滚的，她仿佛是和自己最爱的人一起，经过那场血雨腥风的战争历程，体味着他曾经的艰难困苦和喜悦与哀愁。

隔壁房间里，石陶钧和林建昭也在一起回忆往事。石陶钧准备闲暇时间，开始撰写自己亲身经历过的护国战争经历，他在军中的日记，就是最好的素材，此刻，他应林建昭的恳请，向他讲述起护国战争最艰苦卓绝的一段历史——纳溪保卫战。

1916年2月初　叙府——永宁——泸州——纳溪

蔡锷率领的护国军第一军到达叙永城，司令部驻扎在东城忠烈宫。

此前东路第二梯团董鸿勋支队占领四川纳溪，和川军刘存厚部配合作战，占领了一些重要制高点阵地，与泸州隔江对望。

袁世凯调集了大量精锐部队源源不断入川，其中北洋军第三师吴佩孚旅、张敬尧的第七师率先赶到泸州。

泸州古称“江阳”，位于四川省东南部，是长江和沱江交汇处，又是川南通往滇、黔的水路要道，上连叙府，下扼重庆，为川南第一重镇，凭两江舟楫之利，历史上就自然为川、滇、黔、渝结合部的物资集散地和川南经济文化中心，是控制川南的兵家必争之地。但是泸州地势险要，其山地趋于防守优势，易守难攻，河流只有长江进出，山地偏远，因此有“铁打泸州”之说。

董鸿勋支队和刘存厚师会师泸州，在攻克了泸州外围的兰田坝，扫清了泸州南岸之敌后，又占领了月亮岩，此地地势险峻，可鸟瞰泸州。在上面配置炮兵，即可居高临下，俯击泸州。董鸿勋部和刘存厚率领的川军起义部队都笑逐颜开，决定早日攻下泸州城，痛饮泸州大曲。

得知对岸敌军在源源不断地增兵，董鸿勋当即决定速战速决。2月7日，他和刘存厚师下辖的陈礼门团协商后，决定由陈礼门团守在月亮岩、兰田坝等高地，用炮火做强攻，董鸿勋则率三支队的两个营从长江下游泰安场渡江，绕道攻击泸州背面。董鸿勋特意拨给陈礼门八门山炮，作为强火力。

董鸿勋支队进展顺利，在2月9日，攻占罗汉场，逼近小市和五峰岭，隔着沱江口，和泸州城只剩数百米的距离，与北洋军对峙。此时，护国军已经从东、南、西三面包围了泸州城，城内守军不断电报告急求援。

城内守军为熊祥生旅，困兽犹斗，熊祥生想出一计，以重金奖赏组建了两个敢死队连200余人，换上便衣，身携武器，又胁迫了一些妇女夹在其中，趁傍晚天色昏暗，在兰田坝渡口乔装成难民欲过江避难。陈礼门的部下军纪松弛，麻痹大意，没经过仔细盘查，就放任这些人过关。

熊祥生旅敢死队过江登岸后，突然向月亮岩炮兵阵地发起袭击。陈礼门团守军猝不及防，仓促应战，很快不能抵挡，相率退却，月亮岩阵地连同董鸿勋部留下的八门山炮皆落入敌手。熊祥生旅及北洋军援军随即进攻，重新占据了兰田坝等要地。

月亮岩和兰田坝等地的相继失守，让董鸿勋支队陷入孤军深入的境地，无奈只好原路退回纳溪。至此，护国军第三支队攻击泸州计划化为泡影。很快泸州守军倾巢而出，渡江进攻，将董鸿勋和刘存厚部包围在纳溪安富街一隅，情势危急。蔡锷得知后，急令何海清的第四支队赶去解救纳溪之围，随即又命占领叙府的刘云峰第一梯团派兵增援泸州、纳溪战场，同时调禄国藩和朱德的第五、六支队也驰援纳溪。护国军的泸州攻城战变为纳溪保卫战，形势陡然逆转，变得对护国军十分不利。为钳制敌人向泸州集结，分散敌人兵力，蔡锷急令戴戡的右翼军加紧攻綦江，然后西攻江津，截击援泸州之敌。

纳溪位于长江南岸，与泸州隔江相望，是泸州的天然屏障。北洋军曹锟部在这里重兵把守。北洋军主力第七师由张敬尧率领，会同吴佩孚、李秉之等部也逐渐集结在这里。纳溪城东门外的棉花坡成为焦点地区。

1916年2月15日　永宁第一军司令部

蔡锷在和罗佩金、石陶钧等人研究战况，目前纳溪战事紧急，护国军的情势不利，每个人的脸上都表情凝重。

秘书长李曰垓在讲述着陈礼门部的情况。丢掉重要战略位置月亮岩和兰田坝之后，陈礼门在率部退到纳溪地区一个斑竹林时，羞愧难当，遂拔枪自尽。

李曰垓叹息："陈礼门团长其实是一个优秀的指挥者，在川军中也算文武兼得的将领。当时在攻占月亮岩等战役中，他勇猛善战，配合咱们董鸿勋支队打得不错。只是没想到，下属军纪松懈，疏忽大意了，才有这场惨败。”

罗佩金恨恨地一拍桌子：“要知道这场惨败对咱们意味着什么？整个战场形势都几乎逆转！进攻泸州变成了保卫纳溪！”

“可是古话云‘知耻而后勇’，陈团长为何要自杀？也太令人痛惜了！”何鹏翔叹息不已。

一直没有吭声的蔡锷此刻站起身来，走到地图前看着一个方位，久久凝视着。回过头来，他看着部属，语气冷峻异常：“作为一名军官，自然要担负起应尽的责任！陈礼门不自杀，也要承担失职之责，军法从事！如今，他这种死法，也是维护了一名军人的尊严吧？”

说到此处，他紧紧抿起嘴角，目光犀利，口气更加冷峻起来：“陈礼门算是友军的军官，如今咱们这边，也该处罚相应的人员。”

罗佩金明白他之所谓，忙解释道：“此次失守月亮岩，董鸿勋固然有指挥不当的责任，但直接原因还是在友军方面，是否可以网开一面？董支队是咱们第一军著名的能打硬仗的支队，临阵换将是军中大忌，恐怕会造成军心不稳？总司令不妨让他戴罪立功，口头上训诫一下也就是了？”

看着蔡锷蹙眉不语，石陶钧也从旁劝道：“董鸿勋一直是你最欣赏的基层将领之一，入川以来，他们支队当真打得很顽强。他之所以被你派去担任进攻泸州的先头部队，除了你对他的赏识和信任外，也是他自己积极求战，勇挑重担的结果。如今提到处罚，可否先暂且记下？待以后打完仗再行处置？”

“临阵换将是军中大忌，那么赏罚不明又如何统军？”蔡锷看着几人，语气转而沉重，“董鸿勋的骁勇善战大家都是有目共睹，但他年轻气盛，在攻取兰田坝、月亮岩后，一不注意侦查分析敌情，二不注意巩固阵地，监视敌军，不待主力部队到达就擅自向彼岸敌军发动进攻，致使策应之友军丢失重要据点和军械，腹背受敌，几乎使该支队和川军刘存厚部陷入被北军围困致死的地步，从而酿成我军由攻势转为守态的不利局面！不处罚他，何以服众？”

众人沉默不语，蔡锷面色凝重，看向秘书长李曰垓，语气是毫无犹疑：“起草电文，训令各部：第二梯团第三支队长董鸿勋在进攻泸州的战术问题上，先有冒进轻敌之患，后有临阵处置不当，调配军队失策之过，致使重要军事位置没有可靠力量把守，失去关键阵地，几陷支队和友军于灭顶之祸。过失严重，着即撤销董鸿勋第三支队长的职务，并警示全军，尤其是指挥官们，在今后的军事行动上，切记‘进取之心不可无，贪功之心不可有，涉险之心不可缺，侥幸之心不可存’！”

罗佩金看着他：“第三支队是主力支队，董鸿勋的位置由谁来接替？”

蔡锷正要回答，就看到副官邹若衡进来禀报：“第六支队朱德支队长到了。”

一路急行军，风尘仆仆的朱德刚进屋，和诸位长官行过军礼，还没开口报告军情，就被蔡锷一把抓住，急急地将他带到地图前。

“玉阶，你好好看一下这个位置，你明白它意味着什么吗？”蔡锷用手中的铅笔狠敲了一下地图中的一个位置，对朱德问道。

“棉花坡？”朱德读出这个地名，疑惑地看着眼前的最高司令长官。

“不错，棉花坡。”蔡锷向他解释道，“这是纳溪城东一高地，周围丘陵起伏，有小路通往兰田坝。它是纳溪和兰田坝之间的重要据点，也等于是纳溪的咽喉要道！目前战局发生了不利于我方的重要变化，前些时候有利于我方的泸州攻城战，现在已经变成了纳溪保卫战。而能否固守住纳溪，棉花坡就是重中之重！”

罗佩金上前接言道：“将袁世凯精锐部队——吴佩孚部和熊祥生部拒在棉花坡外，就是我们如今纳溪保卫战的关键点！”

蔡锷此刻看了看罗佩金，又回望了一眼石陶钧，后面两人对他都心领神会，不约而同地点点头。蔡锷认真看向朱德：“第三支队是咱们第一军战斗力最强的一个支队，现在，我决定把它交给你来指挥！”

他再次指着地图上的棉花坡位置，对朱德郑重说道：“我要求你在这里给我坚守一个月！只要能做到这点，我军就可以在川南重新构建防线，和北洋军展开相持战。我们的兵力只有他们的十分之一，不可能速战速决，只要能相持下去，坚持几个月，全国的形势必然发生变化！那时我们就可以展开反攻，一举击败北军！”

朱德认真地听着，看到几位长官都看着自己，他黝黑的国字脸上露出坚毅的神情，不住地点头。

蔡锷神情复杂地看着自己这个昔日的学生，一向爱重的基层猛将，又说出了一层忧虑：“可是，玉阶，你也应该明白，如果你守不住棉花坡，北军得手后，必将气焰大涨，他们会一鼓作气占领纳溪，继而步步紧逼，将我们赶出四川，赶回云南……这意味着什么？”

“那样，我们这场护国之役就彻底失败了！袁世凯称帝的邪恶之梦就会完全变为现实，共和国就彻底消亡了！”朱德牙齿咬得咯咯直响，两只拳头也紧紧握起。

在场所有人的心情都很沉重。突然一阵咳嗽声猛烈响起，蔡锷俯身在桌子前咳喘着。这阵咳嗽声在寂静的屋子里显得格外刺耳。

邹若衡闻声忙倒了水进来，蔡锷喝了一口，渐渐平息下来，再次望着朱德，神色却是异常的平静："玉阶，你敢接这个重担吗？"

"是的，总司令。朱德愿意临阵受命！"

"可是，我要你立下军令状，我这里可是有军规的。"

"明白，总司令！我也算滇军老人了，我愿意在此立下军令状！"

朱德铿锵有力地回答了这句，又环视了一下四周的长官，更加郑重地说道："请长官们放心，请蔡总司令放心，只要有朱德在，棉花坡阵地绝不会丢！"

"壮哉，玉阶！"罗佩金、石陶钧等人都击掌大赞。

蔡锷也满意地点点头，冷静地回身吩咐何鹏翔记述命令：调第六支队支队长朱德为第三支队支队长，接替董鸿勋的职务，第六支队长的职务由金汉鼎替补。

紧接着他又向朱德下令："时间紧迫，你从速率部赶往纳溪，接防棉花坡阵地。记住，战术上要灵活多变，不能一味死守，有时候以攻为守，反守为攻，都是良策！"

"是的，老师！"朱德突然对眼前的总司令换了称呼，看着对方唇边露出赞赏、信任的笑意，年轻将领的心更热了，他继续道："侧攻、佯攻、迂回战、白刃战、游击战、夜战……我以前在您这里学到的，这次当都能实地检验一下。"

蔡锷重重拍了一下他的肩膀："赶紧出发吧，我们等着看你的绝佳战绩！"

朱德再次郑重地给在场的长官行了军礼，领命而去。

朱德率部连夜赶往纳溪，全支队人员不顾饥饿和疲劳，行程200里，抵达纳溪，进入棉花坡阵地。他们打退了敌人的数次进攻，又从正面反击敌军，迫使他们放弃阵地，后退数里。

朱德以攻为守，亲自带领80名敢死队员，身背大刀，夜袭敌营，不仅杀伤不少敌军，还杀出了自己支队的军威，杀伤了敌军的胆魄。牢牢守住了棉花坡阵地。棉花坡之役，让朱德名声大震，赢得"勇猛善战，忠贞不渝"的美誉。

1916年2月20日　永宁第一军司令部

蔡锷听何鹏翔念着战报："朱德支队守卫棉花坡正面陶家瓦房背后高地，与据守红庙高地之敌军隔水田对峙，敌人弹药充足，昼夜不停地向我方阵地袭击，我军阵地上炮痕累累，松树被击断无数，大半倾倒在地上，松针落地竟然达数寸之厚！……我军顽强固守，但敌我兵力相差悬殊，弹药更是数倍弱于敌军，阵地未丢，我方损失却也极为惨重！朱德支队的曹之骅营长，受重伤牺牲；雷淦光营长奋勇当先，夺得敌营机枪一挺，自身却中弹十发，身伏机枪而亡……"

何鹏翔读得哽咽起来，蔡锷也仰天长叹，湿了眼眶。两人久久无言。

何鹏翔继续道："罗佩金参谋长亲自到纳溪督战，第二梯团长赵又新深入一线指挥，广大官兵极受鼓舞，何海清支队在双合场迎头痛击北军李长泰部，我方不过百人，却歼敌1700余人，何海清支队长身先士卒，冲锋在前；虽弹中军帽，仍屹立不动，以一当十，终破敌军，张敬尧最精锐的这个团，就被我方何海清支队挫败，敌军旅长负伤逃遁。此役让何支队长威名大噪，北洋军中都纷纷传说，我方有个猛将叫何海清，其威猛程度好似三国时的赵云一般！"

蔡锷展颜一笑："好一个何镜寰，正是我滇军中的赵子龙！通电嘉奖！"

何鹏翔："目前北军依靠兵力强大和武器弹药充足，仍占据有利形势。张敬尧的第七师等部队还在源源不断地开往泸州、纳溪，而我方损失的兵源却得不到有效补充，更令人担忧的是，我们的弹药即将告罄，这仗再打下去，恐怕……"

随后进来的石陶钧听到此处也感叹道："咱们的供给目前真的是难以为继！粮食被服倒可以在此地民间筹集，但是枪炮弹药怎么办？没有足够的弹药补充，这仗如何打下去？你给云南也发了几通电报的，唐都督怎么说？"

蔡锷没有回答他的话，凝思片刻，毅然决然地说道："我马上去纳溪。"

何鹏翔一惊："总司令，不可！那里毕竟是一线，危险重重，何况您身体还有病……"

石陶钧也想劝阻，却被蔡锷冷峻的目光制止了。蔡锷郑重对两人说道："前线形势瞬息万变，从眼下的情形看，咱们应该暂取防御，整顿队伍，待转攻势。但是要解纳溪之困，还须要组织一场有效的反攻。作为最高指挥者，我此刻去前线，一是摸清具体军情，这是指挥官必要的职责，二可以鼓舞士气。既然已经到了生死存亡的时刻，我选择和我的士兵们战在一处！"

他停顿片刻，继续道：“至于说久盼不来的后援，我在想，滇省一向贫瘠，经费筹措也是难事。蓂赓督滇不易，我体谅他若此……其他的，再看吧！如果没有子弹了，我们真的就不继续坚持打这场仗了吗？总之，我此刻去前面看了，才能放心！”

1916年2月23日　纳溪前线指挥所

蔡锷和罗佩金、石陶钧，以及赵又新、顾品珍两个梯团长等人在一起研究反攻计划，蔡锷谈到自己拟定的反攻方针是“扼守要点，集结主力，多张疑兵，以分敌势，俟有隙可乘，分头击破之”，众人在逐条品味，商榷着。

到了开饭时间，护兵送上饭来，一盆米饭，一桶菜汤。蔡锷招呼邹若衡拿过来自己随身带的餐具，一个旧饭盒，筷子却是树枝做的。

石陶钧先吃了一口米饭，不觉中硌了牙，仔细拨拉一下碗中的饭粒，里面粗黑的沙粒清晰可见，他皱皱眉，看看对面坐着的蔡锷，想起什么，就对一旁坐着的赵又新低声嘀咕了句话，赵又新点头，正欲出去，却被蔡锷叫住了。赵又新回头笑着解释道：“是我们疏忽了，这饭里沙粒很多，总司令原本喉咙有病，怎么能吃……”

他话未说完，蔡锷笑着接口：“现在哪里可以讲究这些了？恐怕我们很多士兵，连这样的饭都不能吃饱呢。你们不必顾忌我，你们能吃的，我一样能吃。”

他刨了一口饭在嘴里，又喝了一口汤，勉强将饭送下喉咙。别人是吃完饭才会喝汤，他却是半口饭，半口汤，才将小半碗饭吃完。

“总司令这一阵子，都是这样吃饭……”邹若衡轻声解释道，闻者都伤感地湿了眼圈。蔡锷故意笑着岔开话题，对身旁的顾品珍道：“你给我找身兵士的衣服，等会我们去前沿阵地看看。”

“不行啊，总司令，那样太危险了！”顾品珍和赵又新异口同声地劝阻，蔡锷摇摇手，坚持命令着：“刚才说到咱们的反攻计划，所谓知己知彼，才能百战不殆。眼下先到你们两个梯团前沿去看看，然后我们可以顺路侦查一下敌情，这样我才能心里有数。”

吃完饭，蔡锷换上士兵的衣服，带着罗佩金、邹若衡和赵又新、顾品珍等人一起去了前沿。先到了赵又新的第二梯团，看到士兵们在掩体中，严阵以待，军纪严谨，蔡锷不觉点头。

随后他又来到顾品珍的第三梯团，检查了军务，正要离开，却被一个小士兵认出身份，向他敬礼："总司令好！"

蔡锷不觉愕然，低头看看自己身上穿的士兵服装，又笑着问小士兵："你怎么看出我是总司令的？"

小士兵不好意思地挠头，笑应道："您虽然穿着兵士服，但是我们梯团长都跟在您后面，还有罗参谋长，他几天前来我们这里亲自督战，所以大家认得……罗参谋长和梯团长都跟着的人，不是总司令又会是哪个？"

小士兵的话把蔡锷逗笑了。他拍拍小士兵的肩膀："好个机灵的兵！不错，打仗也要这样灵活机变就好了。我问你，坚守前线，生活很苦，怕不怕？"

小士兵一挺胸："革命军人，死都不怕，更不怕苦！"

"好！"蔡锷大加赞赏，"不愧是我滇军的精神，维护共和，血战到底！"

"是，维护共和，血战到底！总司令我记住了！"小士兵又是一个标准的军礼，"也会把总司令这句话带给所有的弟兄同志们！"

看过阵地，蔡锷又提出到前面的朝阳关阵地前侦查一下，罗佩金还想阻拦，蔡锷笑着对他道："参谋长刚才都被人认出来了，先回去吧，我带着赵、顾两位梯团长就行！"

他执意让罗佩金先回指挥所，自己带着赵又新、顾品珍，以及邹若衡还有几个卫士，一起去朝阳关阵地。

朝阳关为附近制高点，上可过九川山抵达兰田坝，直接进入泸州，下可退到棉花坡据守纳溪。张敬尧将司令部设在上面，想把围困在纳溪城区、安富街一带的护国军全部消灭。此刻朝阳关附近北洋军重兵把守，阵地前，护国军另据一高地，和朝阳关高地相对，中间是一块水田。

蔡锷等人用望远镜观察过敌情后，准备穿越水田到另一个阵地时，险情突然发生！对方北军部队发现这一行人，用强火力压制过来，机关枪突突突响个不停，弹雨横飞，蔡锷等人急忙疏散躲避，杨又新和顾品珍走在前头，几步奔跑，侥幸躲进安全区，蔡锷等人走在后面，无法继续前行，只好俯身田边，对方的机枪子弹像密集的雨点一样洒落在水田边，蔡锷身边的几个卫士相继中弹倒地，顾品珍的一个卫士躲避不及，脸颊被子弹打穿，舌头被打断，倒卧在地。万分危急时刻，邹若衡拉住蔡锷，一起滚到旁边的水田里匍匐隐蔽。

两人埋在水田里，水齐胸口，刺骨寒冷，邹若衡冻得直打哆嗦，他担心病弱的蔡锷是否能坚持住，回头看去，只见蔡锷脸已经是青白色，嘴唇却变成青紫色。邹若衡只能紧紧搂住蔡锷，两个人挨得很近，互相听得到彼此的牙齿打冷战声音，但是目前毫无办法可想，两人只能咬牙挨住。因对岸敌军火力太猛，护国军阵地一方也无法上前援救。

好在过了一个多时辰，天色逐渐昏暗下来，邹若衡看到四周寂静，才将蔡锷搀扶出水田，罗佩金派来的救援队也赶到，将几乎冻僵的蔡锷背回司令部。

石陶钧招来了随队的军医处长李丕章，一起看视蔡锷，只见他脸色铁青，浑身僵硬。李丕章让人熬了带草药的姜汤，给蔡锷灌了下去，又和邹若衡、石陶钧一起为他按摩四肢，到黎明时分，蔡锷才完全缓了过来。

“唉，你这个不要命的拼命三郎呀！”石陶钧埋怨道。一旁秘书长李曰垓也扶额长叹：“几个卫士都殉职了，总司令也算大难不死，这是老天在护佑咱们护国军！但是终究是危险之至，危险之至啊！”

他接连说出的危险之至让罗佩金等人也是感慨不已，却见仍半卧在床上的蔡锷哆嗦着嘴唇，说出一句话：“朝阳关阵地……这下我心里有数了。”

石陶钧瞪着他，笑又不是，怨也不是。守在旁边的顾品珍和杨又新两个梯队长却相继说到自己阵地士兵的观感：“守在前沿阵地的弟兄们都感动极了，他们没想到咱们总司令敢于亲身到这样靠近敌军阵地的地方勘察敌情，看望士兵，大家的士气得到很大激发！”

“士兵们说，总司令都不怕死，我们当兵的更敢往前冲了！这次反攻，一定勇往直前，决不后退！”

2016 年 2 月 28 日　纳溪前线指挥所

蔡锷发布反攻命令，以护国军第一军第二梯团第四支队——何海清支队为主攻部队，从棉花坡侧翼攻击北军防御阵地石保沟、七块田等据点，第三支队——朱德支队和川军刘存厚部属为助攻部队，从正面掩护何海清支队的前进。

蔡锷郑重地看着众位军官，神色严峻地宣布命令：“本总司令和川军刘存厚总司令组成督战队，在此督战，凡无命令后退者，立即当地枪决！”

他回头看看前方站着的朱德：“朱支队长前几天在棉花坡阵地据说有一个斩字令？很是威猛有力！我们如今借用一下，号令全军！”他看着旁边的参谋长罗佩金微微点头。

罗佩金威严宣布命令：“我们要消灭北洋军，打倒袁世凯，就得不怕死，要勇敢冲锋。此次反攻任务艰巨，但是意义重大，不能让敌军把我们赶出纳溪，赶出四川，我们没有退路，只有向前冲！在战斗中，士兵退，班长斩；班长退，排长斩；排长退，连长斩；连长退，营长斩；营长退，团长斩；团长退，旅长斩；旅长退，总司令斩；总司令退，全军斩！这是铁的纪律，人人须得遵守！”

“是！”所有在场军官立正宣誓，声震寰宇。

异常残酷激烈的战斗拉开序幕，护国军在左起长江边右至双合场延绵十余里的战线上和数倍于己的北洋军作战，因为子弹缺乏，护国军士兵的枪上都上了刺刀，直接和敌军展开肉搏战。何海清属下的一个连队在镇守一个无名高地时，奋勇拼杀，全连142人尽数阵亡，无一人幸免。这样的战报每天都会传回司令部，蔡锷心中沉重万分。

激战数日后，昭通独立营那里传来消息，该营在进攻朝阳关高地时遇阻，前方的水田不好通过，全营停顿在阵地上，无法推进。

蔡锷闻讯沉默不语，他蹙眉看着地图，身边的邹若衡上前轻声请战：“总司令，打硬仗的机会来了！上次我和您去过那边阵地，地势也熟悉，不如让我上吧？”

蔡锷抬起头看着自己的副官，心里百感交集。他轻声问道：“若衡，那边的地势你我心里都明白，如今没有别的办法，只能强攻，冲过那片水田，也就是要凭着一股不畏死的劲头。”

邹若衡点头：“我明白，总司令！前次在雪山关前，您答应过，让我在关键时刻上第一线！我是您身边的人，此刻我上去，带给兵士们的士气自然不言而喻！您放心，不拿下朝阳关高地，我不活着回来见您！”

蔡锷的眼睛里突然蒙上了一层雾气，他吸了一口气，用劲拍了一下邹若衡的肩膀：“去吧！阵地要拿下，也要活着回来见我！”

他回身发布命令，以上尉副官邹若衡代职昭通营营长，率部攻击朝阳关高地。邹若衡换上相应的军官制服，立即赶往前线。

朝阳关阵地上，敌军火力密集，不停歇地向护国军阵地扫射。邹若衡和两个连长商量了，调集全连所有重型武器、弹药，组成敢死队，由他亲自带领，向对方高地发起攻击。

护国军集中枪炮先向对方高地一阵猛烈射击，又丢了几枚炸弹在敌军前沿，形成烟雾，邹若衡趁机手持机枪，带领敢死队冲向前方水田，后面两个连队紧紧跟随。看到蔡总司令的贴身副官亲自带领敢死队冲锋在前，昭通营全体官兵士气大振，个个如猛虎一般，冲出阵地，向前方进攻。

冲过水田大半时，邹若衡腹股沟中弹，跌落在地，但是仍强撑起身子，用手中的机枪边射击，边大声喊着向前冲，在他的感召下，敢死队无一人后退，冒着敌人的枪林弹雨冲向朝阳关，对面的北军守军已经被护国军这种排山倒海不要命的气势震慑，纷纷丢弃阵地逃窜，昭通营敢死队终于攻上了朝阳关高地。

前线司令部里，蔡锷手里拿着战报，面色凝重地等待着。何鹏翔进来，语气格外低沉："报告总司令，朝阳关阵地已经被我昭通营攻克。但是……邹副官，却失踪了，据说，他受了重伤……"

蔡锷呆立无语，片刻，他红着眼圈低声吩咐："派卫生队再去打扫战场，把所有伤员都运回来！一定要找到邹若衡！我活要见人，死……也要见尸！"

深夜时分，卫生队抬着一个浑身泥泞、血污的军官进了司令部。蔡锷上前，抚摸着他的脸，轻轻擦掉他脸上的血污，低声唤着："若衡，若衡！"

邹若衡微微睁开眼睛，看着蔡锷露出一丝笑意："总司令，我们攻下高地了，我也……活着回来见您了！"

蔡锷的眼眶潮湿了，他背过脸去，让一旁等候的医务处长李丕章赶紧为他检查伤口。

李丕章为他检查后发现，一发子弹从他的腹股沟射入，经过股缝，击穿臀部板骨，伤势很重。恰好当地教会有一名外国医生擅长外伤治疗，蔡锷专门请他到司令部，和李丕章一起为邹若衡治疗。

一般重伤员都会送到野战医院，但是蔡锷却将邹若衡留在司令部。每当李丕章协助外国医生给邹若衡换药时，蔡锷就坐在他的床边，握住他的手，轻声安慰着他。在总司令的亲切慰藉中，邹若衡忍住了一次次撕心裂肺般的疼痛。

换药间歇，李丕章对蔡锷感叹道："从收治伤员的情形看，自从入川作战以来，护国军各部营连长牺牲最大，这说明咱们军队冲锋杀敌，多是长官当先。我们收治的伤员、掩埋的遗体中，营连排长比例很大，据伤病员讲，前线有一日数换这些基层军官的。"

他低下头，取下眼镜擦擦，才继续道："在伤种方面，兵士受伤部位多是冲锋当中遭敌军迎面射击而来，没有一个伤员是从背后贯通的；并且受伤部位多在下肢下腹，足见当战士们在接近敌人时，暴露了全身而以站立的姿势中弹。由于枪弹愈接近贯穿力愈强的缘故，咱们的伤员多是身负贯通伤数处，直到不能再作战始回到后方取弹治伤。而据野战医院的医务人员讲，伤员们被送到医院，都一致要求医院快给他们治好伤，让他们从速返回前线。伤员们重复的最多一句话是——让我赶紧回去，我们那里没多少人了……”他说得哽咽，背过身去拭去泪水。

蔡锷的眼圈也红了，沉默片刻，才低声道：“是的，这就是我们的士兵，舍生忘死，在这样的境况下，拼上的是自己的一条命，保护的，却是这个国家更多人的尊严！”

他接着长叹一声：“这就是咱们的现状！论兵力，根本无法和对面的北军相比较；论装备供给，咱们更是难以为继！每个士兵，从昆明出发时，领到300发子弹，到现在为止，基本没得到有效的补给。这场仗打到这里，已经是一种奇迹。我们要做的，就是坚持，再坚持！只要咱们在纳溪多坚持一天，在四川多坚持一天，国内各省的形势就会有所变化，随时随地都会有发生逆转的可能，北京袁世凯的皇帝位置就坐不稳当！”

他站起身来，望着外边雨雪交加的景物，语气坚定有力地说道：“也许，每一次战役的胜负都不是那样重要了，我们这仗打得是一种精神！这种精神，在以后的每一天，可能要靠我们拿出更残酷的‘坚持’，来完成了！”

李丕章感慨着点头，他从蔡锷的神情中，看出来更艰苦卓绝的战斗还在后面。

在邹若衡的伤情略微平稳后，蔡锷用自己往日里行军时坐的轿子，将他送回永宁驻地养伤，又嘱咐李丕章用心照料他。

这场反攻战坚持到了3月上旬，战斗在江安到兰田坝的广阔地区展开，绵延20余里，几乎遍及整个川南地区。护国军英勇顽强，取得了不少战绩，对抗了数倍于己的敌军。战况异常惨烈，叙府、纳溪都几次易手。

但是战场形势却于护国军不利。北洋军援军源源不断地开进纳溪地区，枪炮弹药精良，袁世凯屡派重兵压境，誓将护国军困死在纳溪地区。

护国军自入川作战以来，经过数次决战，人员伤亡严重，地处异乡，兵源无法得到有效增补，后勤供给极为缺乏，军械、兵饷都得不到补充，尤其是弹药告罄，这是直接威胁到护国军安危的大事情。蔡锷屡次拍电报要求云南方面支援，却得不到援助，所组织的几次反攻，在形势有利的情形下，都因弹药无法补充，中途撤回。

反攻后期，张敬尧等北洋军部队，摄于护国军的强烈攻势，不敢再战，采取龟缩策略，退而避战，利用雄厚的兵力和充足的武器弹药，深沟高堑，躲避其中，不再出战。护国军缺弹乏饷，难以为继，也不能再次组织有效的攻击战，为了保存实力，避免在纳溪被源源不断涌来的北军包围歼灭的结局，刘厚存、罗佩金等人力主撤出纳溪，到永宁地区休整。

蔡锷不能强违众意，只好在3月初下令全军分左、中、下三路撤出纳溪。

贵州独立后，成立的滇黔护国军第三军，由殷承瓛担任总指挥。2月27日，殷承瓛亲率华封歌一支队抵松坎，全力进攻綦江。北军为了打通增援泸州的通道，亦大量增兵綦江，两军在綦江、江津之间的龙台寺遭遇。殷承瓛指挥右翼军重调集兵力集中于龙台寺一带，决心打破敌人綦江防线，切断敌人经江津向泸州的增援线。龙台寺、狮子山阵地几经易手，战斗十分激烈。3月6日，护国军右翼诱敌深入，占据有利地形，在石南坪、二涂岩、坝口外等处大败敌军。3月13日，又大败敌人于石牛口、草坪亚。经长时间拉锯战，敌人亦大量增兵，坚守綦江、江津一带，綦江战场进入相持阶段。

1916年3月6日　纳溪前线指挥部

蔡锷默默看着手里的撤退令，这种他自己签过字的军令电报目前手里已经有三封了，但是都压着没有发出。

“也许这就是黎明前的黑暗，熬一熬，挺一挺就过去了！曾文正公昔日曾有《挺经》云：二人争道，互不相让，谁挺得久谁就胜出。这就是意志力的比拼，没有任何取巧的余地！总觉得，不能挺过最后五分钟，以至于一场战役功亏一篑，实在是可惜！”

一个声音在他心底久久回荡着，但是同时又有几个不同的声音在耳边响起：“我们现在几乎处于弹尽粮绝的地步，再打下去，就是绝境！蔡总司令，这些云南健儿，个个都是能征善战、忠勇为国的好男儿啊。我们把他们带出云南，难道能忍心让他们在这样既无军饷，又无余粮的情形下，还要拿着没有子弹的枪，去硬拼荷枪实弹的敌军吗？”

“弹药！弹药！总司令，我们不畏死，士兵们都不畏死！但是没有弹药补充，我们怎么打？！”

“总司令，俗话说，留着青山在，不怕没柴烧。如今我们以退为进，先保存实力，在永宁一带整修等待，寻找机会，以图再战！”

蔡锷深深叹了一口气，再次看看手里的撤退令，回头招呼何鹏翔随他一起去各个阵地上巡视一遍。

蔡锷带领石陶钧和何鹏翔以及几个护兵巡查了几个阵地，看到士兵们疲惫不堪地坚守在各自阵地上，整个部队士气低落，但是建制不乱，心里稍稍安慰了一些。

在经过双合场河边，路边草丛里一个蠕动的人形引起了蔡锷的注意。他上前查看，发现是一名受伤的护国军士兵。这是一个非常年轻的战士，身上布满血污和泥土，脸色苍白，奄奄一息。蔡锷握住他的手，向他问话，伤兵嚅动了一下嘴唇，却说不出话来。

蔡锷一阵心酸，感觉到伤兵的手很冰凉，浑身在微微颤抖，蔡锷急忙脱下自己的那件新的皮大衣，将他的身子裹住，又命令跟随的护兵将他背到河边，雇船沿河送往野战医院。

送走了伤兵，蔡锷急忙赶回司令部，他一边轻咳着，一边动手起草撤退命令。何鹏翔将自己的大衣脱下，为他披上。又站立一旁，看着蔡锷一条条写出详细的撤退计划，他轻声念着：

“一、我军中路各部队准于三月七日午后十二时由前线撤退，向白节滩、三层铺、大渡口、江安一带转移，整顿后，即行大举反攻；

二、第二梯团转移白节滩；

三、第三梯团转移三层铺三百坎，但转移时须留一小部占领安福街光山警戒；

四、何海清支队转移大渡口；

五、刘存厚部转移江安；

六、警卫大队占领纳溪城东北门外一带高地，收容警戒，俟前线部队撤完，翌日早晨转移大洲驿；

七、各部队转移由第三梯团顾品珍指挥；

八、总司令部转移大洲驿。”

何鹏翔看着蔡锷写完最后一行，点头赞道：“这样有条不紊地撤离，考虑周全，当不至于发生慌乱的情形。”

蔡锷异常严肃地看着他：“咱们这是暂时退下，以图再战，绝不是溃退！必须有组织、有计划、有纪律地进行，各个部队万不可自乱阵脚，落到仓皇逃奔的地步！”

他沉吟片刻，又吩咐何鹏翔：“再拟定几条严肃的军纪，务必让全军官兵晓谕，不得违抗！”

他缓缓地说出三条：“一、出示文告晓谕民众，勿得令其惊慌；二、文武官兵未经命令许可潜回后方者，一律按临阵脱逃，当场枪毙；三、凡因误会向永宁奔赴者，速即回本营地，若有逗留不前者，以逃遁论罪。”

石陶钧拿过笔来，已经匆匆记下这三条训令。却见蔡锷又体力不支地伏在桌子上大咳起来，瘦弱的肩膀在微微颤动。

“总司令，要不然您先动身去大洲驿吧，您的身子弱，最近晚上又总是咳嗽剧烈，几乎整夜不眠。如今您连马都难骑了，不如先动身……”何鹏翔边为他捶着背，边劝说着。话未说完，就对上蔡锷异常严峻的眼神。

“怎么，嶷青？我刚才的命令都白制定了不成？什么叫有序撤离？总司令部……咳咳咳……”他又猛咳了几声才接上话，“总司令部要到最后才能撤！”

他拿起桌上的水杯，喝了一口水润了嗓子，才吩咐何鹏翔：“明早将这道撤退令发出去，然后你陪我再去几个关键阵地看看，我要亲眼看着部队撤离才放心。”

“是，总司令！”何鹏翔不敢再看他的面容，红着眼圈拿了命令退出了。

3 月 7 日发布撤退令后，蔡锷带着何鹏翔、赵又新等人来到第二梯团某阵地视察撤退情况。工兵营营长上前对蔡锷行礼，又劝道：“此地流弹多，请总司令先到后面掩体里，我们再汇报吧？”

蔡锷笑着摆摆手，轻声说了句：“没关系，我都习惯了。军人生活就是这样的。”拉着他就在阵地上坐下，详细询问该部撤离的情况，看到一切都有条不紊在进行，才放下心来。

他们这行人又来到第三梯团阵地检查，蔡锷巡视了一遍周围地形，指着前面的一座小山对禄国藩支队长嘱咐道：“那个山很重要，你快派一个连去把它占领，明天撤退这方的警戒就安全多了。”

就这样巡查了几个阵地，回到指挥所前，看到一部分军队已经撤离到面前，蔡锷上前亲自询问部队番号，得知是川军刘存厚的部署，就严肃告诫道：“不到退的时间坚决不能退！”他随即命令该部去应该到达的地方去警戒。

蔡锷坚持到最后时刻，才率领司令部撤退，向大洲驿方向行进。因体弱不支，他坐了轿子和部队一起前行。沿途看到部队和百姓行进在一起，因道路狭窄，他命令部队不得与民争道，要为百姓让路。部队走在路的两边，中间道路让给百姓行走。

蔡锷坐在轿子里，撩开轿帘看到成群结队的百姓们，扶老携幼，拖家带口，紧紧跟随着护国军部队前行，心里自是感慨万千。他知道川中民众受北军涂炭已久，成了惊弓之鸟，当然要依傍有仁义之师贤名的护国军一路转移。想到这里，他禁不住黯然泪下。

经过一个狭窄路段时，轿子停了下来。蔡锷撩开轿帘，看到前方有一些民众围堵在那里，他让随行的卫士去打听情况，卫士回来说明是一名老妇人被拥挤的人群挤下了路边的水田。

蔡锷听了，忙下轿子准备前去亲自扶助，两个卫士忙上前拦住他："总司令请当心啊！此处人多，身份不明，情况复杂，总司令请自重！"

何鹏翔闻讯也赶过来，对蔡锷低语道："卫兵们的考虑是对的，若有敌军暗探混杂在这些百姓中，对总司令再有危险行为就麻烦了！"

蔡锷摇摇头，坚持向田边走去，何鹏翔等人无奈，只好紧随其后，前后警戒着。

蔡锷弯下腰，亲自搭手将老妇人拉上田边，在卫士们的帮助下，将她扶到路边坐下，又吩咐后面跟随而来的军医替她检查身体，看她无恙，才放下心来。

毕竟是体虚无力，这样折腾过后，重新回到轿子上的蔡锷咳喘不已。何鹏翔递过水壶，他喝了两口润过嗓子，才逐渐平息下来。

他指指路上的百姓，对何鹏翔道："三国时刘备在新野行军带着老百姓，《三国志》中有这样的记载：'比到当阳，众十余万，辎重数千辆，日行十余里，别遣关羽乘船数百艘，使会江陵。或谓先主曰：宜速行保江陵，今虽拥大众，被甲者少，若曹公兵至，何以拒之？先主曰：夫济大事必以人为本，今人归吾，吾何忍弃去！'这最后一句'夫济大事必以人为本，今人归吾，吾何忍弃去'不正是我们今天这番情形的写照吗？四川民众被北军涂炭已久，现在愿意追随咱们护国军左右。咱们打仗时，百姓箪食壶浆，支援我军；此番撤离，他们也愿依傍咱们同行，这就是民心所向，说明咱们如今进行的，就是一场正义之战，有什么理由不坚持下去呢？"

何鹏翔点头道："知道了，马上以您的名义下令，晓谕全军上下明白这个道理，万不可将百姓视为拖累，争道抢行等行为更应该制止。"

蔡锷感慨地叹息道："所谓'得道多助，失道寡助'，就是这个道理！袁世凯长久不了了！"

此时在北洋军张敬尧的司令部里，却是一片犹疑猜测之气氛。

张敬尧得到护国军撤退的消息，有幕僚建议是否乘胜追击，袭击一下护国军，张敬尧连连摇头：“蔡锷诡计多端，此次退兵，恐有奸计，此人最善于布疑兵，若咱们贸然出击，恐落入他们的圈套！”

很快，棉花坡和朝阳关等重要阵地也有人来报，不见护国军人影，纳溪地区几乎成了空城。旅长熊祥生再次向张敬尧建议是否组织军队伏击正在撤退途中的护国军。张敬尧还是直摇头，又对熊祥生详细讲述了自己军队尝过的教训：“蔡松坡用兵诡异，前时两军对垒时，他先遣少数军队出战，或十数人为一耦，或数人为一组，暗伏四面以待我北军。当咱们北军举枪遥击，他们是按兵不动；当咱们北军士兵逼近他们时，蔡锷的军队却退却。咱们北军看到这番情形，断定是蔡军怯阵而逃，就急忙追赶，但是一旦步入他们的埋伏圈，则正中了蔡锷的奸计，蔡军此刻就将我军追击部队团团围住，枪炮俱下，我军岂能生还？这种打法，蔡军一方称作‘以少胜多’，折损了老子多少军队！”

他看着熊祥生：“我们还有多少老本可以这样拼？此次我料蔡松坡又给咱们设了埋伏，就等着咱们去钻这个口袋呢，老子才不上当！”

熊祥生也点头赞同：“其实我也心里有些疑虑。若蔡军果真是溃败而逃，总有些狼狈逃窜的影子吧？可是如今看他们竟然有序撤离，这里面一定有名堂！”

他又恨恨道：“可恨还有些民众跟着起哄，歌功颂德，瞎说一气，说什么‘蔡军可比当年的岳家军’，不过就是蔡松坡等人蛊惑民众，爱使些小恩小惠的手段罢了！”

张敬尧却不在意地摇摇头：“这些不关痛痒的小事就不去理会了，如今，啥都不比手中的枪杆子重要！保存实力，才是咱们应该关注的事情！”

他放低声音对熊祥生道：“北京那边一再来电，恩威并施地催促我全力围剿蔡锷的军队，老子才不上这个迷魂套！他洪宪皇帝登基，天下就姓袁了，又不姓我这个‘张’，也不姓你这个‘熊’，凭啥让咱们下死力，出血本地为他们袁家卖命啊？”

熊祥生颇有同感：“司令说得对极了！我看其他部队也是这样出工不出力的，都在保存各自的实力，谁都不愿意当这个冤大头啊！”

他们这番议论也是当时北洋军部队的普遍想法。四川督军陈宧悄悄发电文给南京冯国璋，请他出面调停和护国军的关系。电文上说：“滇军虽暂退，官兵勇敢过人，蔡松坡用兵如神，地方多乐与相助，终不可侮。且如今黔省刘显世与蔡共攻守，桂省陆荣廷不日响应，久更生变，滋蔓必多，将来收拾尤难，请公速电袁总统先行议和。”

镇守叙府的刘云峰的第一梯团的遭遇就更奇妙了。为了增援纳溪，蔡锷从刘云峰梯团抽调了大量兵力，叙府变得空虚。陈宧派冯玉祥和伍祥祯部联合围剿攻城。刘云峰率领不到200人的兵力，抗击敌人逾5000人的攻城之战。护国军将士上下用命，顽强抵抗，刘云峰指挥部被炮火击中，他大难不死，无奈下率残兵撤离叙府。冯玉祥部占领了叙府城。

刘云峰部退守横江，唐继尧派来一个支队增援，蔡锷随即命令刘云峰组织反攻，力图夺回叙府城。但是刘云峰检点本部枪支弹药，皆陈旧破损，兵力也较占领叙府城的冯玉祥部相差很远。

正当刘云峰领受蔡锷之计，准备对城中敌军展开佯攻态势时，却啼笑皆非地遇到了意想不到的事情：冯玉祥派自己手下一位曾经在保定军校和刘云峰同学过的人来乞和，带来冯玉祥的话：“咱们两军别打了，老袁称帝我也不赞成，我如今不想给他卖命了。你要叙府，我给你就是，千万别攻城！”

刘云峰看出来对方已经毫无战斗之意，就送他一个面子，让冯玉祥部仍旧占领叙府，但是相约冯部不能再出兵援助张敬尧，双方遂达成停战协议。其实这个方案也是刘云峰秉承蔡锷的建议：护国军目前兵力薄弱，若是此刻赶走冯玉祥部，收复叙府，难免会招致袁世凯调集其他的北洋军来袭击。莫若仍由冯玉祥部暂时占领，同时和他签订两军和平相持协议即刻达到目的。

此时，蔡锷司令部退守在大洲驿，将司令部设在永宁河畔的一条船上。因为连日操劳，饮食、休息皆不能得到保障，原本身带重病的蔡锷病情越发严重，已经到了嗓子完全失声的地步。

第二十九章　励士

勇将就像树根，从那里作为枝生出勇敢的士兵。　　——锡德尼

1916年11月4日　福冈医院特护病房

别经三月，相念弥笃。余于疆场中万事猬集，无暇致书通问。日来稍安闲，兹特以书告：我军入川以来，以攻则捷，以守则固，虽逆军兵力较我为倍，亦能出奇制胜。弥月以来，纳溪之役，逆军死伤三、四千，其胆已落。三月八号，我军转移阵地，竟不敢追出一步。日昨我军复分头出击，毙敌及俘虏不下千人，获敌枪炮子弹及其他战利品甚多。经此两役，逆众虽悍，不足虑也。全军将士下一心，无不奋勇图功。予近月来颇为病所苦，两星期内喉病加剧，至不能发音，每至夜中，喉间痒痛。随而大咳。近服西医配药，已稍愈。此病起自去冬，因国事奔驰，迁延未治，遂至缠绵，其来也渐，则医治亦难急切奏效也。吾妹产后体态如何？乳儿壮健否？甚念。极盼常寄信来，以慰悬系。锷白。三月廿五于大洲驿。

潘蕙英伏在病床边默默读着家书，她呆呆地看着其中那句“余于疆场中万事猬集”，还有下面关于他病痛的叙述，心中百感交集。她记起护国之役结束后，她带着幼子永宁，去成都和丈夫相会，第一眼看到他时，自己万般震惊的心情。

他当时瘦得脱形，离开云南时穿的那件军装，晃荡在人体骨架上，原本就削瘦的脸庞两颊颧骨高高耸起，面色晦暗，只有那双眼睛还清亮如昔。

他笑着，伸手从妻子手里接过从未谋面的幼子，惊喜地打量着孩子胖胖的

小脸，将嘴唇凑到儿子的脖颈下，贪婪地嗅着，嘴里喃喃说着："永宁，宁儿，小家伙，你原来长得这样白胖喜人啊。"

而当时的潘蕙英一句话也说不出，只是呆呆地看着和儿子亲热着的丈夫，泪水一颗一颗滚落到衣襟上。

良久，蔡锷抬起头，才发现妻子的异样，他腾出一只手来，将妻子也拉入怀里紧紧搂住，在她耳边柔声低语着："好了，没事的！蕙英，你哭什么啊？这不又团聚了吗？"

潘蕙英伏在丈夫的身前哭泣着，泪水怎么也忍不住。蔡锷笑着哄她："其实已经很好了。你看我如今不是精神挺好？前段时间，我在大洲驿给你写信的时候，我的情况的确糟糕。喉部肿痛难言，连话都说不出来了，和人交流只能靠笔谈。唉，你不知道，当时我那个郁闷啊！那段时光，的确难熬极了！身体，战况，都令人窒息、绝望！好在一切都过去了！"

他带着玩笑的语气继续道："当时我还真担心呢，你说我要是就此不会说话了该怎么办？别的都还罢了，战争就快结束，我也该归隐林泉了。可是，我还没见过咱们的小永宁呢？"

他又亲亲儿子的脸蛋，笑笑："要是我见了这个小家伙，连亲口叫他一声都不能，你说该有多悲惨呢？"他带着顽皮的笑意看着妻子，潘蕙英心里却是酸痛难忍，在他怀里抽泣道："你还说！想叫人心痛至死吗？"

"好了，好了！"看看身边的副官和警卫都出去了，蔡锷搂着孩子，拉了妻子坐下，从脖颈里掏出那个沉香木小凤挂件来，笑着给她看："这个可派大用场了，等我讲给你听！"

他语气幽幽地讲起一段不堪回首的经历："那时，我在永宁河上的大船上养病，身体状况到了无法支撑的地步。再加上当时的战场情形很不好，我们退到大洲驿，已经是退无可退的地步，只剩下三千余人，士兵们伤痕累累，疲惫不堪。没有军饷，没有弹药，没有任何后勤补给，面对的，却是对岸北军的兵强马壮态势。士气低迷到极点，军中第一次弥漫起极度失望、渺茫的情绪。我内心焦灼不安，却又不能将这种情绪流露出来，给身边的部将们瞧破。若是作为一军主帅的我，都感到支撑不下去了，这场仗就真的没法打了，我们在四川根本就站不住脚了！"

他长叹一声："可是，我们期盼的各省响应的形势还没到来，北京那边洪宪皇帝还没退位，袁世凯还在源源不断发来援兵，誓要将护国军全部剿杀在永宁河畔！和我们对峙着的张敬尧部等北军仍在虎视眈眈，两军停战休整期即将结束。继续打，我们却是有心无力！我们士兵的枪里没有子弹了！这场仗还怎样打？”

他的眼眶湿润了：“想想我从云南带出来的几千滇军健儿，他们背井离乡，满怀一腔热血来为国打仗，捍卫中华民国，保护共和，他们个个都是顶天立地的英雄好汉！可是，难道我蔡锷，真的要狠下心来，让他们最后再打这样一仗：用没有子弹的枪杆，去对付荷枪实弹的北军？我实在是下不了这个决心！这不是打仗，这是送命！”

他说得悲愤难抑，一颗泪水滚落下来。潘蕙英呆呆地听着，此刻，她用纤手，为丈夫抹去了泪水。

“蕙英，当时的我，就处于那样几乎绝望的境地。我说不出话来，喉咙如火烧火燎一般疼痛难忍，但是更加灼痛难忍的，却是我的心！我蔡锷行武一生，从来没有那样绝望过，我甚至有一种强烈的幻灭感！为共和献身是我的职责，我从没后悔，但是作为一名将领，我却无法忍受自己麾下的优秀军人们，一个个离我而去。纳溪保卫战凶险惨烈，几千名滇军将士献出了宝贵生命。如今，我身边只剩下这三千羸弱兵士，我绝不忍心让他们在毫无把握的对垒厮杀中，再丢掉性命！

“我日夜辗转反侧，身体和精神方面都到了崩溃的边缘！幸好，我内心深处，还有一丝温暖的慰藉，那就是你的来信。还有，这个沉香木挂件，看到它，我会觉得你还伴在我身边。我感觉到你的温存和体贴，还有殷切的希望。你一定是在期盼着我们的重逢，在我军取得胜利之后！我就想，坚持住，再忍耐一下，希望不会破灭！也许我们咬牙忍住这段难熬的黎明前的最黑暗的时光，第二天早晨，就会迎来新的光明，新的希望！

“蕙英，你可能真的想象不到，我就是靠着这点慰藉才勉力坚持下来的！我在想，我们夫妻一体，我即是你，你就是我，就像这对沉香木的龙凤一般。有你在我身边，我什么都不怕，没有过不去的火焰山！我选择继续坚持，苦撑下去，等待转机……”

潘蕙英百感交集，回身搂住丈夫的身子，柔声呢喃着：“苦了你了！苦了你了！好在，你赢了！松坡，你又赢了！我为你骄傲！”两人深情相拥，久久不愿分开。

此刻，在病房里，潘蕙英再次取出了那对沉香木龙凤挂件，放在手上痴痴地看着，又回眼看着床上沉沉睡着的那人，暗暗点头，心里再次发下誓言："松坡，别怕，我们会永远在一起！"

隔壁房间中，石陶钧向林建昭回忆了纳溪保卫战的情形，不觉长叹出自己的一番感受："我军苦战纳溪，阵地昼夜不得更替，给养不能得到补充，子弹不能有所补给，其疲惫态势已经没法用语言来形容！之所以能坚持下来，完全是精神力量！当时的情形是，我军退出纳溪，退到永宁河畔，士兵们的颓靡之态已经昭然若揭。很多指挥官都看出这一点，心里格外忧虑！有人建议可以抽调大部分兵力来构造守成之势，不能再图进攻。但是唯有松坡提出异议，他认为若是任由这种部队现状发展下去，就是守我们也守不住了！要想绝地求生，只有振奋我军士气这一条路可走！"

"振奋士气？"林建昭重复着这句话，重重点头，又看向石陶钧："但是当时的情形是，护国军血战近三月，人员折损不少，弹药几乎告罄，将军身带重病，已经虚弱到几乎没法讲话的地步，他怎样才能振奋士气呢？"

石陶钧没有看他，他的目光里满是倾慕的神色，在林建昭看来，他目前不像是在讲述自己的一个好友、战友的神色，倒像是在描述一个令他仰慕崇拜的英雄的表情："唯有蔡松坡！是的，在此绝境之下，唯有他，才能力挽狂澜，用自己独特的人格魅力，实现一个不可能实现的梦想，一个英雄梦想！"

他笑看林建昭："事实上我们最后是赢了，袁世凯完蛋了！共和重生了！这难道不是一个奇迹？"

"快讲讲啊，石将军，快继续给我讲纳溪，讲撤退，讲永宁河畔，讲后来在大洲驿发生的事情。"林建昭似乎有些迫不及待了。

石陶钧还是不紧不慢的节奏，按着习惯，他还是继续讲完了自己的一番感慨："松坡提出了鼓舞士气的思路，他很快就付诸实施。他托着带病的身子，穿着士兵的军服，一个一个阵地走过，看过，和每一个想和他对话的士兵交谈，对他们打气，用他激昂有力的话语去说服他们打起精神来，用他睿智明晰的思路给大家分析着全国的反袁形势。耳提面命，以血泪申大义，以军法励怯懦，竭尽移山填海之力，立下有进无退的誓言，给我们护国军仅存的3130人，每人都打了一针绝而后苏的兴奋剂！也许，换个说法，就是蔡松坡将自己绝世少有的精神力量分成了3130份，注射到每一个将士的体内！这样的军队，怎能不再次鲜活勇猛起来？不，简直是一种重生的感觉和力量！"

他的讲述深深感染了林建昭，这张年轻的面庞因为这番话而激情洋溢起来。石陶钧再次感叹："所以我要说，那时我们能取得最后的胜利，已经不在于是否有足够的枪炮弹药，物质补给，而完全在于蔡松坡一身的举动，他的精气神儿，他的模范精神！唉，我后来多次感叹，我石陶钧一生经历的战役也算多了，但是唯有此次，终生难忘，那份感动和惊愕，甚至是绝地逢生的幸运，仅此而已，再未遇见！"

林建昭听得呆住，石陶钧已经用生动鲜活的语言，再次将他引入到那场艰苦卓绝的战地环境中。

1916 年 3 月初　大洲驿

春寒料峭时分，景色萧瑟冷寂。若隐若现的薄雾总是笼罩在河面，给原本凄清的河水带来一丝寒意。远处树木凋零，晦涩难辨的植物上还没有任何春天萌芽的景象。

一条寻常的渡船停泊在永宁河的一个寂静的角落，船上断断续续地传来阵阵咳嗽声。

护国军司令部就设在这条大船上。李华禹正蹲身在船头舷板上熬中药。在邹若衡负伤休养后，这个年轻的中尉军官被挑选为蔡锷的副官。此刻他抬头看到军医处长李丕章上了船。

"李副官，总司令昨晚歇息得如何？"

"还是老样子。这几天晚上，他都是前半夜辗转反侧，睡不踏实，说喉间痛痒难耐。后半夜又咳嗽剧烈，几乎不能平躺下，我只好将他扶起，靠在我身上，总是到黎明时分才能小睡片刻。"

李华禹说得有些伤感，李丕章正要再问，突然听到船舱里传来一阵敲击瓷缸的声音，李华禹忙对他道："是总司令在叫我，麻烦您帮我照看一下药！"

因连月鏖战，精力体力严重透支，加之生活条件艰难，蔡锷的喉病加重，这段时间几乎不能发声，与人交谈都靠笔谈，这让他郁闷难言。他和副官李华禹有个默契，每当他要唤他时，就会用手边的一把镇纸敲击桌上的搪瓷杯。

此刻，李华禹进了船舱，看到蔡锷伏在桌前低低地咳喘着，他忙上前为他拍着背，等咳嗽稍微平息下来，蔡锷拿起桌上的笔，在纸上写了"石参谋长"四个字。

“您是让我去请石参谋长过来？”李华禹看到蔡锷微微点头，忙答应了出去找石陶钧。护国军撤退到大洲驿后，根据军事部署，罗佩金就任左路军总司令，配合右路军总司令戴戡向川西挺进，原来担任总参议的石陶钧接替罗佩金的职务，成为护国军第一军总参谋长。

李丕章将熬好的汤药盛在碗里，亲自端到蔡锷面前。蔡锷看到他，用笔在纸上写字与他交谈。

“想办法让我能说出话来。”蔡锷写出这句话，抬起眼来，带着无奈的苦笑盯着李丕章。

“是，总司令。”李丕章安慰他，“这两天我给您又换了一种药，是从当地一位老中医那里求得的方子，估计会有一定效果的。您别急，千万要静心休养，您的喉咙和肺部都有疾患，此地条件有限，没法进行更好的检查和治疗，一旦有机会，我还是建议您能到成都等地去治病，您的病再不能拖下去了！”

“你知道目前我不能离开，这根本是不可能的事。”蔡锷认真写道。

“我知道，可是，目前不是在停战休整吗？您可以把军务先安排一下，您的病也很要紧！”李丕章说得忧心忡忡。

“我此刻无论如何不能离开。停战休整都是短暂的，我们马上要计划组织一场反攻，不然我从云南带出来的这支军队就完了……”蔡锷还未写完，一阵咳嗽袭来，他又捂着胸口大声咳了起来。这阵咳嗽发作得厉害，整整持续了几分钟。当他勉强止住时，已经虚弱无力，额头上布满豆大的冷汗。

李丕章看出他的不适，忙起身将他搀扶到床边，让他半卧下，又端来药碗，一口口喂他。

喝了药，歇息了片刻，蔡锷又执意让他扶自己回到书桌前，再次提笔写道：“给我再用点提起精神的药，我最近有很多事情要办。”

“是，总司令，我尽力……”李丕章有点哽咽着说不下去了，恰好看到石陶钧进来，就抽身出去了。

蔡锷对石陶钧点点头，拿出一张计划书递给他，又在纸上写出：“我想最近组织一场反攻，鼓舞士气，不然这样颓废萎靡下去，护国军在川中将彻底失去立锥之地。”。

石陶钧边看着计划，边安慰他：“你要怎样做，都交给我来办，你先好好养病，不能操心许多。”

蔡锷又急急地写下一大行字，塞到他手中。石陶钧看了：“醉六，你是理解我的，也是了解眼下部队的情形的，我们不能坐以待毙下去。传我的命令，让赵、顾两个梯团长，以及何、朱几个支队长今晚到这里开会，咱们共同研究一下这个计划。”

看着眼前这张病容深重的面容，上面的眸子里闪烁的坚忍顽强的光芒，石陶钧只好一声叹息：“好吧，都依你，你这个拼命三郎，我们谁惹得起？”

蔡锷欣慰地笑了，但是紧接着的一阵咳嗽又让他几乎喘不上气来。石陶钧强迫着他再次回床上躺下，又说出自己的交换条件：“你现在赶紧好好闭目歇息一会儿，我仔细研究一下你的这个反攻计划。我找那些将领们来这里商议没问题，但是你休息，我替你给他们讲解这份计划，我说的不对，你再从旁加以补充，如何？”

他不待蔡锷反应，就又加上一句：“你要是不答应，我也不能满足你的要求了。你就给我安心养病，什么人都不能见，什么事都不得操心了！”

说完认真看着蔡锷，看到他点头，又抬手向自己比画了一个军礼，用口型说了一句话，石陶钧凭着对他的熟悉，辨认出那句口语：“是，我的参谋长！”

晚上几名军官来到船舱内开会，石陶钧具体讲解了蔡锷的反攻计划：“我军以三路发起总反攻。右翼为主攻部队，以第二梯团长赵又新为前敌指挥，由朱德、金汉鼎等四个支队组成，从白节滩向牛背石、纳溪以及兰田坝挺进；中路由第三梯团长顾品珍亲率禄国藩等两个支队，任务是占领茶塘子高地，相机进攻鹞子岩，牵制敌军，掩护我军右翼行动；左翼为何海清支队和刘存厚部，进驻合面铺、中兴场，警戒宜宾、江安之敌军。”

众人默默听完，就具体细节又研究了一番，蔡锷坐在一边，用笔代口，回答了一些问题，初步拟定了此次作战计划，将反攻时间定在本月 17 号。

大家散会后，蔡锷示意赵又新和顾品珍两个梯团长留下，在纸上写了“夜袭”两个字，又指着地图和他们仔细研究了行动方案。

赵、顾二人离开后，李华禹进来准备照料他歇息，他摆摆手，又用笔写字指示李华禹将何海清和朱德两个支队长叫来。

何海清和朱德进来后，看到蔡锷用笔在纸上飞快地写下一行字：“北军极无攻击精神，我军对其正面只宜配布少数之兵力，而当以主力进攻其侧背，就能将他们一举击溃。你们在实战中务必记住嘱咐手下的军官们，多留预备队在指挥员手里，可以灵活使用。”

两位将领看了，都点头记在心里。却见蔡锷又写道：“攻坚大不易，会挫伤部队锐气。若遇到敌军筑有防御工事，务必从侧面攻击之。此招虽属冒险，但对于咱们对面这支顽固固守、不愿进攻的北军来讲，这种战术是有效的！”

正写到此处，突然间一阵咳嗽袭来，他放下笔，捂住胸口大咳起来。朱德和何海清都心痛万分地上前为他拍背揉胸，想扶他躺到床上去。蔡锷挥手制止了他们，待咳喘平息下来，他又提起笔，在纸上写下了“铁军”两个字，再次凝视着眼前的两位爱将，用手对他们比画了一个“2”，又将手握成了拳头。

石陶钧正好进来，在一旁解说道：“你们两个支队在纳溪保卫战中打得很好，赢得了‘铁军’的美名。总司令是希望你们在后面的反攻战中再接再厉，更建新功！”

“请总司令放心，我们一定不辜负您的期望！”何海清率先做出保证，看着蔡锷满脸病容的样子，又哽咽着加上一句：“您要多保重身子，任务都交给我们好了，您千万别再操劳了！”

蔡锷笑着点头，回头看朱德，后者正悄悄抹去了眼泪。

蔡锷认真地看着朱德，朱德揉揉眼睛，挺身答道：“刚才何支队长说的没错，总司令您高屋建瓴地做好这次计划就完成您的任务了，其他的，请交给我们！”

蔡锷点点头，又摇摇头，他在纸上又写了“士气”两个字，指指自己，又握握拳头。何、朱两人对视一下，又先后表态道：“是，鼓舞士气，决一死战！”“士气可鼓不可泄，我们明白了！”

蔡锷也不说话，微笑着看着他们离开。

走出船舱的何海清拉住朱德低声问道：“总司令最后提到的‘士气’二字，我们该如何去有效激发呢？”

朱德沉吟着回答：“咱们相机行事吧，有些时候，贵在智取，一两场以弱克强的仗打过，士兵们的士气一下子就会被激发出来！”

三天后，在李丕章中药的调理下，蔡锷的病况有所改善，虽然声音依旧嘶哑，好歹能说出话来。他让李华禹为他找来一身士兵的军装，又对石陶钧说了自己准备去巡视兵士，争取每个阵地都走上一遍。石陶钧知道拦不住，只好陪同前往。

阵地上的士兵们困守等待，士气低迷，很多人都露出疲惫之态。当他们看到一个身材瘦弱的年轻“士兵”走到跟前时，很多人根本没认出是总司令蔡锷来到了眼前。

蔡锷身材消瘦，面容清秀，原本看起来就比他的真实年纪要年轻一些，加之穿着士兵的军装，更是和普通士兵并无二致。他态度温和地和每一个看向他的士兵打着招呼，嘘寒问暖，摸摸他们衣服的单薄，看看他们手里的武器是否完好。

“呀！是蔡总司令！是总司令来了！”在蔡锷身后的石陶钧的提醒下，阵地上的士兵才意识到是蔡锷总司令来到身边，都激动地站起身，围拢过来。

“总司令，我们还继续打仗吗？什么时候能回云南老家啊？”有大胆的士兵提出问题。

蔡锷丝毫不以为忤，耐心解答着他们的问题：“当然要打，咱们这次千里迢迢远征四川，流了那么多的血，死了那样多的弟兄，洪宪皇帝还没倒台，我们当然要血战到底！至于回老家吗，当然会是在推翻袁世凯之后！共和重生，每个中国人都有了颜面，你们这些为国人、家人、父老乡亲们挣回人格尊严的勇士们，就可以高高兴兴地光荣还乡了！英雄还乡，当是一份无上的荣光！”

“可是如果我们死在这里了，不是永远回不了家了？”一个年轻的小兵含泪问道。

蔡锷怜惜地摸摸小兵的头，语气更加和蔼轻柔：“打仗就会死人，但是看是什么样的死法？对比对手方的北军士兵，他们是糊里糊涂地为一个独裁的皇帝卖命、送命，他们的死，就毫无价值！而咱们护国军，个个都是捍卫民国的英雄，就是战死沙场也是无比光荣的！”他再次看着眼前的小兵，亲切地问道：“你家里有弟兄姐妹吗？”

小兵点头：“有两个弟弟，一个妹妹。”

“这就是了！”蔡锷拍拍他的肩膀，“如果你牺牲了，但只要咱们最终打倒了洪宪皇帝，你家中的弟弟妹妹们从此就不用再给封建皇帝和他的官员们下跪磕头了，这就是值得的！你为此应该感到骄傲！”

蔡锷拉着小兵坐在自己身边，微笑着为他继续讲述着：“我给你讲个故事吧，一个发生在咱们护国军中的真实故事。叙府失守后，北军入城，一个北军的旅长为了涣散咱们护国军将士的士气，到医院看望因伤病未曾来得及撤离的护国军伤员。他对伤员说：‘你们都是穷人，为了生计才来当兵。但是如今跟着蔡锷造反，来到四川打仗，据说连军饷都拿不到手，这又何必呢？我看你们都是守法的好老百姓，不如我现在每人赏你们几块银圆，你们各自回云南老家，耕田种地，与家人欢聚，该是多好的一件事呢？’你猜咱们的伤兵如何回答他？”

小兵摇摇头，蔡锷笑着继续：“咱们的伤兵答道：‘我们不要你的作孽钱！我们就是因为不愿意做一家一姓的奴才，才自愿当兵来打倒袁皇帝，将来能做一个民主自由之民！就是战死了，也是心甘情愿，如今挨冻受饿、流血牺牲更算不得什么！’那位旅长听了，只好灰溜溜地离开了。”

小兵听得直点头，看着蔡锷发誓道：“总司令，我听明白了，也记住了！”蔡锷笑着再次拍拍他的肩膀，眼中流露出鼓励的光芒。周围的士兵也各自点头不语。

“可是蔡总司令！我们手里武器不行了，弹药也没有了，这仗怎么打？”旁边的一个老兵此刻又叫嚷道。

蔡锷带着温和的笑意看向他：“我们将身上所有的子弹都汇集起来，向前冲，去杀死敌人，抢夺他们的弹药。如果子弹打完了，还没有消灭敌人，我们不是还有刺刀吗？用刺刀去捅，用枪托去砸。大家没有忘记前面的纳溪保卫战吧？咱们很多弟兄，就是这样从敌人手里夺过武器充实自己的！”

他又看看众人：“关键是我们不能气馁，先堕了自己的威风！要知道我们此番是正义之战，看看川中百姓对咱们的支持就明白了！北军士兵消极厌战的情绪弥漫。根据可靠情报，他们最近的弹药、后勤补给也发生了问题；军饷也不能按时发放。咱们护国军一心为捍卫共和而战，没有军饷咱们也有士气，可是北军不同，他们打仗目的不明确，长官贪婪无度，鱼肉百姓，也苛待士兵。反观咱们护国军，你们的长官们谁人在战场上不是冲锋在前，身先士卒？这就是很好的表率！所以北军的士气低落，无心再战，只要咱们一鼓作气，就能彻底打垮他们！”

“总司令，咱们眼下只剩下三千人了，对面的北军有好几万，还有他们的援兵还在开进纳溪。这力量实在是太过悬殊，您准备怎么继续打？我们能赢吗？”

蔡锷的嗓子疼得几乎说不出话来，他用劲儿咽了口唾沫，嘶哑的声音在勉力为之：“看问题不能只看一时一事，要眼光放长远一点！老袁名义上有十万雄兵，实际上不过一个独夫；以十万对三千，固然彼众我寡，但是，如果我们换个角度看，以咱们的三千护国勇士对他一介窃国独夫，就变成彼寡我众了。就在前不久，咱们护国军右翼总司令戴戡将军成功地说服了贵州督军刘显世，贵州宣布独立，加入到反袁行列中。戴戡、殷承瓛将军率领的滇军和黔军合编为滇黔护国军第三军，出松坎，破吴佩孚部，攻下綦江。很快的，广西、四川各省都会行动起来，滇、川、黔、桂等地区早晚会连成一片，形成反袁的大本营，全国各省积极相应的一天就快到来了！你们都应该感到骄傲啊，咱们滇军点燃的这把反对帝制、拯救共和的火种，很快就会在中华大地上燃起熊熊大火，将它洪宪龙旗烧个干干净净！”

他轻咳几声，用手抚摸了一下自己的喉咙，继续说道：“往小处说，咱们滇军和北军相比也有自己的优势。大家可能都看到了，这次入川作战，咱们的战斗力远远强于北军，虽然咱们从人数上讲，不能相较于北军，但是以少胜多的战绩早就不能令人小觑！北军不善于爬山，也不会走水田，咱们滇军的优势却恰恰在山地战、运动战！从装备上讲，他们各穿皮靴、皮鞋、毛呢外套，不能爬山，走路都打滑。而咱们呢，”

他拉过身边一个战士，指着他的脚笑道：“这种麻鞋，后跟拴铁掌，这种俗称‘铁马脚’的物件儿，就是咱们滇军的秘密武器，爬山上坡，所向披靡！大家别小瞧这种细节问题啊，前次叙府之战，杨蓁支队俘获的大量敌军中，有不少就是滑落在坡脚箐沟里的！”围着他的士兵越来越多，这番话让更多的人都会心地笑了。

蔡锷说得口干舌燥，喉咙如火烧般疼痛，他用手撕扯了一下军装衣领，干咳了一阵，有士兵为他端来了水，他喝了几口，才平息下来。却听到刚才提问的那个老兵激动地喊道：“总司令说的没错，护国军长官们带头用命，咱们士兵服气！今天亲耳听到总司令的训示，我表个态：蔡总司令不怕死，我们也不怕！跟着总司令死也是光荣的！”周围士兵纷纷附和，蔡锷感动地落泪。

在另外几个阵地上，蔡锷还对士兵们讲起了一些例子，说明北军必败，护国军必胜的信念。

“北军的残暴无道，相信大家都亲眼所见。某次我看到一个被俘虏的北军军官，满手带满金银戒指，手里还拿着从百姓家中抢来的物品，这样的军官，能带出什么样的兵？这样的军队，还怎么能打胜仗？怎么能得到民众的拥护？

“大家从入川作战以来，亲身体会到川中百姓对咱们的支持吧？为咱们运送弹药、指路带路、救护伤员；叙府城外，永宁河畔，还有咱们驻扎过的毕节、赤水、纳溪，凡是护国军经过的地方，民众家家户户门前放了茶水、粥食，供咱们取用。他们这样做，无非是支持咱们打跑北洋军，打败袁世凯！有这样的民众做后盾，咱们又怕什么？北洋军兵多枪多，弹药充足是事实，但是他们不得人心，为广大民众厌弃甚至是仇恨更是事实！这样的军队，拥有再好的装备，都不会有强大的战斗力，只会越战越无奈，越打越害怕！

“我还想给大家讲个不久前刚发生的一个事例。棉花坡之战时，咱护国军主力都在前方打仗，永宁司令部人员空虚。张敬尧想趁机袭击咱们的司令部，就派他手下一个叫吴心田的旅长率军前来偷袭。这群人不认识路，临时强拉了一个百姓给他们带路。这个带路的百姓憎恶北军残暴凶恶，亲眼见过他们的暴行，就有意将他们这支部队引入到一条长约三华里的峡谷中，又叫当地民众给咱护国军送信。恰巧当时有一支咱们的部队正在峡谷附近驻扎，就立即行动起来，兵分两路，在峡谷的两端扎紧了口袋，打了他们一个包饺子歼灭战，几乎将这支北军队伍全部消灭！所以我要说，打仗武器弹药固然重要，但是更重要的，还是民心！所以古话才会说，得民心者得天下，今天我更要说，得民心者打胜仗！”

蔡锷的讲述生动有趣，把士兵们的兴趣和热情都充分调动了起来，现场气氛热烈激昂。

一位军官也说到自己看到的事例：“前次蔡总司令率领司令部渡过赤水河，听说给了渡口船家一百银圆，作为渡河资费，又告诉船家不必拒绝，后来渡河部队给付船钱。可是后面当我们的梯队渡赤水河时，船家却怎么也不肯再收船钱，他一再声明蔡总司令已经一次性付过，他不能重收。但是我们坚持付钱，也是言明护国军军纪严明，蔡总司令一再强调不能剥削苛待百姓，所以我们万万不敢违反‘不给船资’的军纪。大家你推我拒，都在竭力说明自己的诚意，以至于涕泪交零！据说这样的感人场景，每天都在上演着。”

有兵士也接口道：“在阵地上，经常会有老百姓给我们送吃喝，还有帮着抬伤员，也是令人感动啊！”

蔡锷听着不住地点头，欣慰地笑了。

在一个阵地上，有士兵大声问道：“蔡总司令，我们是当兵的，死在战场上无所谓，您身体有病，还坚持在这里，您难道也不怕死吗？”

蔡锷嘶哑着嗓子回答：“我觉得能和大家战斗在一处是幸福的，能死在一起也是幸福的！”

有士兵马上高声接话：“我们跟着蔡总司令为国家而战，为人格而战，蔡总司令死在哪里，我们也都欢欣鼓舞死在哪里！”

这句话仿佛长了翅膀，很快在各个阵地上传开了，还有“我见到蔡总司令了”“总司令亲口鼓励我了”等话语，也在阵地上传扬。蔡锷花了整整两天时间，几乎和三千余名将士们都见过了面，士气陡然大震起来。

3 月 15 日，广西督军陆荣廷宣布独立的消息传来，蔡锷明白这是老师梁启超舍命潜入广西竭力争取的结果，也是他们师徒二人起事前的一个相约。至此，滇、黔、桂三省联合反袁的形势已经形成。

恰在此刻，贵州督军刘显世派人送来五万元经费、一万套军服和一批弹药来慰问护国军，全军上下一片振奋。

蔡锷抓住有利形势，先把五万元犒赏全军，又将在撤离纳溪时渎职溃逃的两名排长当众枪决。赏罚分明，军心大振，他前面做的思想动员工作此刻更是迸发出巨大的激励效应。护国军上下都摩拳擦掌，坚决要求发起反攻，收复失地。在此种情形下，原计划的 3 月 17 号的反攻拉开帷幕。

由于连日到各个部队动员演讲，蔡锷的喉病又严重发作，再次失声。17 日拂晓时分，众位军官齐集在大洲驿司令部，蔡锷说不出话来，石陶钧凑到他的唇边，仔细听他发出反攻命令。

石陶钧神情严肃地看着眼前的军官们，郑重地复述出蔡锷的军令："今日之战，胜可望生，败则死，不胜不败亦死！为了共和，决一死战，共和万岁！"

"为了共和，决一死战，共和万岁！"众军官齐声呐喊，响彻永宁河畔。

激战开始。右翼金汉鼎支队首先进达白节滩大南山对面的沙山，向北军发起攻击，依靠此地漫山遍野开放的油菜花作为屏障，深入到敌军有效射程，枪炮齐下，经过两个小时激战，击溃占据沙山的北军。

17 日午夜，担任中路任务的顾品珍梯团的两个支队潜入北军茶塘子防线，他们组织了四百人的敢死队，枪上刺刀，趁着当夜瓢泼大雨作为掩护，直扑敌营，没有放一枪，全用刺刀刺向还在酣睡中的北军张敬尧部。对方措手不及，狼狈受敌，一时间鬼哭狼嚎，血肉横飞，仅被护国军刺刀刺死的北军官兵就有六七百人，余者狼狈逃出军营滚崖跳江者难计其数。夜袭成功后，顾品珍梯团一路追杀，占领金盘山、龙头铺、大湾坡、茶塘子、鹞子岩等处。

17 日，朱德支队在攻打牛背石时，一个牧童发现北军炮兵阵地，赶来给他们送信，并主动提出给护国军带路。朱德抓住战机，组织了突击队，跟随牧童迂回到敌军炮兵阵地后方埋伏，约定放火为号，相约发起进攻。突击队突袭敌军阵地，和正面支队首尾夹击，成功地攻陷敌军阵地，占领了牛背石。朱德支队长驱百里，像尖刀一样直插张敬尧的大本营泸州。进驻到离泸州只有 10 余里的南寿山。

左翼何海清支队和刘存厚部打得也十分出色，顺利拿下江安和南溪，重新夺回纳溪。

张敬尧被护国军的高歌猛进势头搞得是魂飞魄散，惊恐万状，急忙收缩战线，如丧家之犬龟缩在泸州城里。他飞电北京袁世凯，要求支援。他历数了自己的惨重损失：“主力第七师将校军官伤亡殆尽，士兵折损过半，已无再战能力。”

蔡锷也有护国军的战报统计：“我军自十七日反攻开始，连日激战，大获胜利。二十日本道方面夜袭成功后，逐次穷追，杀伤逆敌数百人，夺获山门炮三门，机关枪四挺，子弹百余箱，饷银粮秣等数船，又虏获总兵站长陈庆周一员，现敌已弃纳溪，正面之敌已无反攻能力。”

护国军渡过了最困难的时期，但是由于弹药严重缺乏，无力继续进攻泸州。3 月 23 日，蔡锷发现北洋军增援部队第八师的一个旅到达合江，有沿赤水河包抄护国军后路的态势。护国军此时却是外无援兵，加之手中弹药告罄，形势严峻，蔡锷毅然下令全线停止进攻，暂取攻势防御。护国军退守茶塘子至红花地一线，休整待战。

北洋军损失惨重，军心涣散，几乎全线崩溃。张敬尧的精锐部队第七师与第三师下辖的第六旅，是张部的常胜军，与护国军交战一个多月，死伤近半，提起护国军就胆战心惊，不敢再出城迎战。新近增援的北洋军第八师，听闻护国军威名，也是闻风丧胆，不敢轻易言战。

在两军对峙的微妙时刻，国内形势发生变化。被苦战四川的护国军精神感召，全国反袁运动愈演愈烈，袁世凯迫于各方势力的威压，于 3 月 22 日宣布取消帝制，但是仍想以大总统的名义和护国军谈判停战，又抛出六项议和条件，想以战胜者的姿态解除护国军武装。

蔡锷看穿袁世凯计谋，这种缓兵之计分明有日后卷土重来的忧患。他带头提出要求袁世凯必须彻底下台的提议，并以誓将护国运动进行到底的精神加以保障。他和唐继尧发出通电，拒绝承认袁世凯的总统地位，要求他彻底退出政坛，按照约法，由副总统黎元洪继任总统，并惩办帝制附逆者。

四川方面，督军陈宧派人到大洲驿护国军第一军司令部谈判停战协议。蔡锷鉴于护国军征战月余疲乏不堪，兵源、军需都需要补充，同意停战。双方商议从 3 月 31 日到 4 月 6 日停战一周。

为了迫使袁世凯完全下台，彻底被赶出政治舞台，蔡锷一边备战，一边等待继续谈判。但是护国军屡次向云南方面要求的后勤增援却一直得不到实现，一直令人担心的事情摆在面前：停战期即将结束，但是护国军士兵手里几乎没有子弹了。

1916 年 4 月 4 日　大洲驿护国军第一军司令部

蔡锷接过副官李华禹递过来的药碗，一口气喝完，轻咳几声，又伏在案上看地图。

第一梯团长刘云峰来见蔡锷，看着他病容深重的脸庞，心底暗暗叹气，先问候一句：“总司令，您的喉病好些了？”

蔡锷招呼他坐下，苦笑道：“哪里能望好？不过是吃了几服药，能说出话来罢了。这已经是不错的事了！”

刘云峰看看他，欲言又止，却被蔡锷看出，就用疑问的神色对他，刘云峰只好问出自己这次来想问的一个问题：“现在距咱们和张敬尧军队约定的停战期只剩两天了，您有什么打算？”

蔡锷继续看着地图，漫不经心地回答：“什么打算？停战期到了，继续打就是了。”

“怎么？有子弹了吗？云南方面给咱们补充弹药了？”刘云峰惊喜地站起身来，扑到案前，盯着蔡锷问道。

蔡锷抬头看了他一眼，脸上是毫无表情的沉寂。半晌他才语气幽幽地反问了一句：“没有子弹，就不打仗了？”

说完这句，他又俯身大咳起来，舱外的李华禹闻声进来，扶住他身子，为他拍着背。刘云峰心里失望，看到自己一向仰慕的长官如今这副病弱不堪的样子，心中更是忧虑酸楚，就默默低头出来。

他找到参谋长石陶钧，问明情况，知道云南方面并无半点后援送到，心里愤懑不已。两人相对无语，叹了几口气，回头看到第二梯团长赵又新和第三梯团长顾品珍也走了来。三个梯团长凑到一处商量片刻，还是决定要向蔡锷问出下一步计划来。

“唉，你们这样去问他，等于是去逼他，他又有什么办法？”石陶钧看着他们喟然长叹。

刘云峰看看另外两人，低声对石陶钧辩解道：“我们知道总司令病着，但是下一步究竟该怎么办，总得向他，咱们的最高指挥官要个对策吧？”

三人又踌躇一阵，还是进了船舱里的指挥部来见蔡锷。

蔡锷从地图前抬起头来，看着站立面前的三个高级将领，平静地问道：“你们三人一起来见我，有什么事？”

刘云峰嗫嚅道：“还是想问那个问题。距开战日只剩两天，我们该如何筹备？”

蔡锷皱皱眉，脸上露出不耐烦的神色，仔细品去，更有一种无可奈何的挣扎氤氲其中：“这话问得奇怪！我刚才不是对你说了？停战期满，就准备打仗，还有什么好说的？”

赵又新接言：“可是士兵们枪里没几发子弹了。从云南出发，每人带了三百发子弹，目前已经支持半年，现在真到了弹尽粮绝的地步。后方子弹又没运到，这仗如何打呢？”

蔡锷看着他，语气清浅却很坚定：“没子弹就上刺刀！”

顾品珍急忙反驳：“用刺刀展开白刃战，乃是不得已而为之之举，不能专靠这个来打仗吧？”

“是的，没子弹，这仗咋打？……”刘云峰和赵又新也随声附和着。

蔡锷板起面孔来，认真看着这三个自己一向倚重的部下，语气冷峻地反问：“你们个个都说没子弹就不能打仗，难道是想向北军投降吗？”

刘云峰高声抗辩道：“瞧您说的？要是抱着投降的念头，咱们也不会强撑到今天吧？”

蔡锷的眼睛在三人脸上巡视过，眼神中有一丝令人不易察觉的伤感之情。他低下头，继续看着地图，轻声叹道：“既不能战，又不肯降，奈何？我又不会点石成金的仙术，变不出子弹来。唉，看来最后只有一条路好走。”

他拿过自己的配枪，重重放在案上：“不是都有这个吗？大不了……各自了断也罢！”

“总司令！”三名将领齐声叫出，赵又新急切说道：“总觉得还没到最后关头，咱们该积极想办法，渡过这个难关呀！”刘云峰和顾品珍也点头赞同。

蔡锷苦笑一下：“没有弹药补充，云南方面指望不上，我思来想去，除了自裁一法外，简直没计可想。”

刘云峰思索片刻，对蔡锷建议道：“总司令，您和四川督军陈宧曾经是同僚，在北京时又有些交情，可否给他发一通电报，请他设法电令张敬尧部，再将停战日延长几日，等咱们的子弹运到后再开火？”

“你这是让我向陈宧示弱吗？还是让我护国军向北军乞求呢？”蔡锷严肃地盯着刘云峰，语气冷峻决绝，“陈宧是势利小人，反复无常，张敬尧软欺硬怕，外强中干，此刻让我打这通电报，会有怎样的副作用？晓岚你自己用脑子想一想！”

他盯了刘云峰一会儿，又望向其余二人，叹息道：“何况你们应该清楚，曹锟和张敬尧也未必听从陈宧指挥，这通电报又有何用？”

三人听了很是沮丧，都垂首不语。片刻，刘云峰想起一事来，又对蔡锷建议道：“刚才说到您和陈宧的交情，我倒想起一个情节来。我和张敬尧在北京南苑时相识，也算有过一番交往。如今由我出面和张敬尧联络一下，提出咱们的要求，您看可否？”

蔡锷思索片刻，点头应允：“可以试试，但是晓岚我要提醒你注意，你只可以你刘云峰个人的身份去和他交涉，不能用护国军的名义！”

刘云峰眨眨眼睛想了一下，释然一笑：“我明白了。”

“你真的明白我的意思？”蔡锷紧逼着又问一句。

“是的，总司令，我彻底明白了，您放心！”刘云峰回答得铿锵有力。蔡锷欣慰地点点头，赵又新和顾品珍也暗暗松了口气。

刘云峰出去找秘书长李曰垓为他设法接通了张敬尧的电话，通过话后，又回来见蔡锷。

“总司令，一切都谈妥了。我问张敬尧还想不想继续打？他张口就来‘哪个王八蛋愿意打！’我们商定两军谈判一下，他约我明早去泸州和他见面。”

蔡锷紧紧盯着他问：“他让你单枪匹马去泸州和他谈吗？”

“是的。他和我约定了，不能带枪，只能带一个随从前去泸州和他会面。”刘云峰点头道，转而又笑着安慰长官，“也只好这样了！不是有句话吗，不入虎穴，焉得虎子？”

蔡锷忧心忡忡地看着他：“张敬尧性情和土匪无异，你到泸州，他把你害了，有什么办法？这样做风险太大，容我考虑一下。”

刘云峰无奈地看着他苦笑：“我若不去，后天就要打仗，咱们咋办？”

他摆摆手，故作轻松地对一脸忧虑的长官说道：“况且我又不是滇军总司令，即使我被害了，咱们滇军在您的指挥下，还不是照样打仗？若侥幸得手，谈判顺利，不是恰好解了眼下的困局？”

蔡锷还是沉默不语。刘云峰再次劝道："总司令您不必为我担心，那张敬尧虽然是土匪性质，但是我料他也未必敢轻易杀我。两军交战，不斩来使，又所谓盗亦有道！您放心！"

"晓岚……"蔡锷看着他百感交集。

刘云峰为了进一步宽他的心，就龇牙咧嘴，露出顽皮的笑意来："您刚才的训示我都明白了啊，都记在心里了！您可不能变卦！"

看着蔡锷询问的目光，他继续解释道："我和您身份不同，能做的事情就大不一样！松公，您放心，我记住您的吩咐了，以我刘云峰个人的名义去和敌军谈判，绝不能堕了咱们护国军志气和威风！就是没子弹了，咱护国军也绝不向北军摇尾乞怜！"

蔡锷上前扶住爱将的肩膀，盯住他的脸庞看了好一会儿，才长叹一声，一字一顿地说道："去吧，晓岚！如果这次张敬尧失信将你害了，我蔡锷一定荡平他的军队和老巢为你报仇！不做到这点，我就不姓蔡了！"

刘云峰也很感怀，带笑看着自己的长官："好的，如果张敬尧把我害了，就请总司令为我报仇吧！"

刘云峰领命而去，石陶钧进来，看着蔡锷呆呆地坐在那里，满脸忧伤的神色。石陶钧知道事情经过，就婉言相劝道："刘晓岚忠勇机智，应当没有问题，你别太担心。"

蔡锷看了好友一眼，沉默片刻，才幽幽说道："醉六，你知道我为什么坚持让刘晓岚只可以他自己的名义去和张敬尧谈判停战时间吗？你知道我为什么宁愿自戕都不能给陈宧打电报要求拖延开战时间吗？"

不等对方回答，蔡锷就轻声解释着，借机说出自己沉湎于心许久的一番心绪："'蔡锷'两字，如今代表的不是我个人，而是咱们护国军第一军！作为总司令，我的意志，就是整个第一军的意志体现！所以，无论如何，我都不能向北军示弱，咱们护国军不能向北军乞怜！要知道，咱们辛辛苦苦要打的这场战争，不是为了争地盘，不是为了一家一姓的利益，是为了维护共和国体，是为四万万同胞争人格的事情！"

他的眼光变得愈加深远："从云南出发时，咱们这支军队相较于北军，就是极不对等的一个力量比拼态势。我没想过是否能打得赢这场战争。咱们的力量太小、太弱！但是我们又不能不打这场战争，因为咱们打的是一种意志，是一个象征！那就是，只要护国军不投降，哪怕战至只剩一兵一卒的地步，也能昭示给北京袁世凯看，给北洋军看，也给全天下的人看，什么是士可杀不可辱，什么是四万万人不可欺凌、不可任意践踏的高贵人格！”

石陶钧信服地点点头，为了缓解眼下沉闷而伤感的空气，就笑着和好友开起了玩笑：“松坡，我怎么突然觉得你好智慧呢？”

蔡锷不解地看向他。石陶钧笑着解释道：“才先那三个威猛有力的梯团长们进来逼你要对策，我是暗暗替你捏了一把汗，怕你被他们逼急了，再……虽然几人都是你的心头爱将，但是值此纠结困顿的时刻，每个人心头都憋着一股火，言语上再吵起来也是不好！却不料竟然被你使了个激将法，倒把刘晓岚的智谋给激发出来了，此番由他去谈判，甚好！”

说到此处，他戏谑地盯着好友的脸看，笑问道：“这不会是你蔡松坡的一项计谋吧？所谓急中生智，你到了万般无奈的情形下，真是用了激将法，逼着下属们献出聪明才干来？”

蔡锷苦笑着摇头：“眼下情形你难道看不出来？不是已经到了万般无奈的境地？这几天我思来想去，实在没法好想！我其实真的是抱定玉碎的念头了！没有子弹不能继续打，但是和大家拼死到最后一刻还是能做到的！”

他沉吟着：“张敬尧处有谈判的可能，惟时机难以把握，谈判者的身份很微妙，细节也难以预料，故此我一直在犹豫。却没想到晓岚会主动献策，勇挑这副重担！虽说是一着险棋，但目前却是无可奈何状态下唯有希望的一搏！但愿能剑走偏锋，绝处逢生！”

泸州城下，刘云峰带了一个随从副官骑马到来。进入城门，他意外地看到竟然有仪仗队列队欢迎，张敬尧也亲自出来迎候。

双方一见面，张敬尧一把拉住刘云峰就开始诉苦：“哎呀晓岚老弟，我早就盼着能有个合适的机会和你们那边接洽，你能来是太好了！”

刘云峰不动声色，看着他身边的士兵：“怎么，你这里兵士站立两旁，提枪携弹的，准备好开战了吗？”

“开战个屁！哪个王八蛋才想继续打呢！”张敬尧再次喊出这句“豪言壮语”，接着又大吐苦水：“你们也太绝了，是不给我老张留活路的意思啊？”他指指身边的士兵：“如今我这里的兵们每人枪里的子弹不到五百发了，我拿什么打呀？再打下去我就成光杆司令了！”

刘云峰心里好笑，也有些感叹，暗暗在心中嘀咕道：“我护国军将士从昆明出发前每人枪里不过 300 发子弹，尚能坚持到今天，可是北军这些兵……”

他继续蹙眉听着张敬尧发牢骚：“你说你们护国军有多狠？蔡锷有多狠啊？前次夜袭茶塘子阵地，你们光用刺刀就捅死我六七百官兵，那一仗我一下子就损失了两三千人！我的精锐部队都快被你们打光了！你说我伤心不伤心？我老张打了一辈子的仗，就没这样惨烈过！”

看着他如同怨妇一般唠唠叨叨，不加掩饰地暴露出自己无心再战的意思，刘云峰心中暗喜，表面上却很平静，他看着张敬尧淡然道：“谁让你为袁世凯卖命呢？他老袁在北京安安稳稳地当皇帝，你们这些军人却在这里用命效力，值得吗？又何苦来？”

张敬尧直点头：“其实老袁称帝我心里也不赞成，我们北洋军很多将领也不拥护。但是军人以服从为天职，他是大总统也好，是洪宪皇帝也罢，下了死命令，我怎能违背？”

“哦，那么看来你是想继续为他老袁卖命下去，舍得拼光自己的家底喽？”刘云峰谐谑一笑，激了他一句。

张敬尧急了，再次老生常谈吐粗话：“我说过了，王八蛋才愿意继续打！这不是老弟你来了吗？咱们好好谈谈！仗是不能再打下去了！”

两人进屋再谈。刘云峰心中有底，谈话就有了底气，直接说出自己的意思，先停战一周，再图双方和谈。

没谈多长时间，张敬尧就打起了呵欠，刘云峰知道他的大烟瘾又犯了，约好再次会谈时间，就告辞出来。却在廊下看到几个浓妆艳抹的女人抱着大烟枪正准备进去伺候张敬尧，不觉心里鄙夷万分：“难怪他北洋军兵强马壮的却总打败仗，不敌贫瘠不堪、弹尽粮绝的护国军，看看他们统帅的这副模样就清楚了。”

几次会谈后，双方达成协议，张敬尧部不再和护国军作战，愿意和护国军组成同盟军，推蔡锷为总司令，反对袁世凯继续当政。

四川督军陈宧听闻张部有变，忙派人联络蔡锷，至此四川形势终于有了转机。

第三十章　别蜀

以家为家，以乡为乡，以国为国，以天下为天下。

——管仲

1916年11月4日　福冈医院特护病房

蕙英贤妹青睐：予以喉病加剧，暂回永宁调养……予近月来颇为病所苦，两星期内喉病加剧，至不能发音，每至夜中，喉间痒痛。随而大咳。近服西医配药，已稍愈。此病起自去冬，因国事奔驰，迁延未治，遂至缠绵，其来也渐，则医治亦难急切奏效也。好在军中客少，可竟日缄口不言，当无碍也……大局消息甚好。袁世凯已打算退位，不久即罢兵息战矣。此次事业，较之辛亥一役，觉得更有光彩，而所历之危险亦大，事后思之，殊壮快也。

昨接来书，慰我良多，永宁儿已能嬉笑，甚盛，甚盛……成都独立后，则我军声势更浩大，袁倒必矣。举战以来，一切顺利，皆出意料之外，可以卜天心矣。戎马倥偬中，苦忆汝母子，望摄一相片寄来为幸。锷言。五月廿号于大洲驿。

"'此次事业，较之辛亥一役，觉得更有光彩，而所历之危险亦大，事后思之，殊壮快也'你呀，松坡！艰难困苦，绝境险境，咬牙横眉渡过，倒像个孩子般满足和开心！"潘蕙英眼里含泪，唇边却挂了微笑，在一封封地读着书信。

手边厚厚的一叠信件，都是蔡锷在护国战争期间寄给她的家书，是他在那个不堪回首的艰苦征战时期，对远方爱人倾诉出的一番衷肠。在这些信中，他毫无遮掩地向她记录诉说了他对妻儿的思念，对亲人的依恋，以及他的病痛，他的憔悴和病弱，他的无奈坚持，他的心灵挣扎。他就以这种方式，告诉自己的爱妻，除了一腔报国志向以外，能支撑他完成这次艰苦卓绝、九死一生的苦战的，就是他对她的爱，就是她和孩子们带给他的这一份挚爱亲情。

这些在外人读来，仿佛喃喃自语似的浅吟低诉，几近家长里短、啰啰唆唆的信件，却是潘蕙英最宝贵的精神财富之一。当时在昆明的她，心里牵挂着带病远征的丈夫。这些家书她不知道读过了多少回，几乎封封她都能背诵下来。但是当她思念起他时，她还会再次打开，默默看上一遍。那熟悉的字迹，工整清丽，虽然写信人当时处于战事繁杂、身体状况极为不堪的境地，但是写给妻子的家书，依然看上去心平气和，纹丝不乱。

此刻，守在昏迷不醒的丈夫床前，潘蕙英再次品读这些信件，心中只是另一番感慨心情。

“松坡，也许这些最为我珍爱的信件——你在艰难困苦中的心曲倾诉，会伴随着咱们一起得到永恒。”她呢喃着，深情地望向昏睡着的那人。无论何时何地，只要通过这些信件，领悟到丈夫对自己的一番别样深情，一种深入骨髓的爱和信任，潘蕙英就会感到格外的满足和骄傲。

他愿意向她敞开心扉，直抒胸臆；他不造作矫情，他很自然地和她分享他的快乐与悲哀，纠结与困惑。他说过，她，对于他有着特殊的意义，是他前生遗失的另一半，是他来生的影子和灵魂。

他已经把她融入了骨髓里一般爱着，他甚至不愿意在她面前有任何矫饰和伪装。他的痛苦，他的心酸，他的病痛，他都会和她去倾诉，而不会像对待其他人那样，为了对方担心而克制而隐忍。

这份超越了夫妻间情分，已经上升到灵魂伴侣层面上的信赖、倚重和相互扶持之情感，就体现在这些他在战争时期，在“余于疆场中万事猬集”境地下写给她的家书中。

她再次从这些家书中挑出一封，默默打开。

此封是所有家书中她读的次数最多的一个，因为其中包含了他和她的一个约定。她曾经满怀希望地期待着，战争结束后，他可以携手她一起完成这个美好的夙愿，但是随着他病势的逐渐加重，她的希望变得渺茫起来。每念及此处，她都心痛难耐。此刻她再次读起这封书信，心底又重温一次那个美好的期许。

……成都已迫之独立。此后川事，当易解决。但袁军尚有三师在川，不得不有以处分之，其结果或将再开战。新援将到，我军兵力较敌雄厚，当不难一战蹴敌于蜀境之外，乘势东下武汉也。予喉病忽松忽剧，自觉体质殊不如前数年之健，亟须趁时休养。而大局稍定，争权夺利者，必蜂拥以出，予素厌见此等伤心惨目之情状，不如及早避去之为得。一俟局势略定，即当抽身引退，或避居林泉，或游海外；为疗病计，以适国外为佳。贤妹亦有偕行之意否？……

“松坡，你这句‘大局稍定，争权夺利者，必蜂拥以出，予素厌见此等伤心惨目之情状，不如及早避去之为得’诉说了多少愤懑、无奈和伤感之情？你宁愿拖着这副被战争几乎熬垮了的身子，避居林泉，远离功名利禄之地。也许，你还记着和自己的老师梁卓如先生的美好约定吧？功成身退后，安心做你们的学问，于这滚滚红尘的乱世中，寻找一块能安放书桌的位置。于是，你就这样计划了咱们温馨美好的未来，想和我携手遨游海外……可是为什么老天薄幸若此？连这样一份极小极小的幸福都不给我们留下？”

潘蕙英呢喃着，伸手握住那只放在病床边瘦骨嶙峋的手，放在自己唇边亲吻着，任泪水如断线的珠子般洒在上头。片刻，她擦去眼泪，认真看着昏睡的丈夫，语气坚定地发下誓言：“不怕，松坡！也许，咱们会以另外一种方式实现我们的理想，完成我们永不分开的心愿！……”

隔壁房间中，石陶钧也在倾情对林建昭讲述着护国战争最后一个阶段的情形。他先提起蔡锷在护国战争时期写于军营的两首诗，还没等他念出，林建昭已经朗朗背诵道：

蜀道崎岖也可行，人心奸险最难平；
挥刀杀贼男儿事，指日观兵白帝城。

绝壁荒山二月寒，风尖如刀月如丸；
军中夜半披衣起，热血填胸睡不安。

他看着石陶钧道：“将军的这两首《军中杂诗》正是他在战争期间的心灵倾

诉啊。每次读到，我都会感到不安和伤感。那句‘军中夜半披衣起’的句子，不知为什么，我会想到他难挨的病体，还有那苦苦的坚持，和一种身心都陷入绝境的奋力挣扎……”

石陶钧点头叹道：“川中决战两个多月，蔡松坡披肝沥胆、运筹帷幄，至生死于不顾，多次亲临前线指挥督战，虽炮弹横飞身边，也挺身直立，神色自若，毫无惧容。又和士兵同甘苦，共患难，以带病之身，和普通士兵食宿一样，以亲身勇气和决绝感召兵士，所以才能形成将士用命、奋不顾身的护国军精神，以弱克强，有进无退，坚持到最后一刻。滇军上下皆誓与民国共死生，换来了令人无法想象的战绩。”

“伴随着护国军在川中的苦苦坚持，全国各省相继宣布独立，广西、广东、浙江、陕西……都宣布相应护国军纲领，脱离袁世凯政府。老袁真正成为孤家寡人。就连他一向最亲近的段祺瑞、冯国璋、陈树藩等人都纷纷和他分道扬镳，袁世凯也是走到穷途末路上了。”

林建昭听得格外认真着迷，此刻仿佛也松了口气一般。

石陶钧不觉，他完全沉浸在自己的回忆中：“其中四川独立尤为重要！张敬尧部和我们签订和平协议之后，四川督军陈宧也派来雷飚等人到大洲驿和护国军接触。其实雷飚就是当时松坡未雨绸缪布置到陈宧处的一颗棋子。但是陈宧乃势利小人，首鼠两端，借口要防身，要求护国军派出部队支援他。哼，人无耻起来是没有底线的！他自己手下部队不下五十营，却要向仅十三营的护国军借兵。松坡虽然心里讥笑他这是‘向乞丐乞米’的行径，但是为了促进四川早日独立，还是答应了他这番无理要求，先从护国滇军中抽出十营编为梯团，由雷飚为梯团长首赴叙府，后又派刘云峰率领何海清支队再次到叙府，壮大声势。在这种情形下，陈宧终于肯宣布四川独立。”

林建昭感慨道：“四川是继贵州、广西、广东、浙江、陕西之后响应云南护国起义的第六个省份，关键在于它是这场护国战争的主战场！它的独立，意义深远。表明了护国军最终战胜强权，宣判了袁世凯围剿护国军的阴谋彻底失败！”

“不错，”石陶钧点头，“陈宧一宣布独立，紧接着湖南督军汤芗铭也宣布湖南独立。陈宧和汤芗铭，以及先后也宣布独立的陕西镇守使陈树藩，都是老袁最为倚重的心腹爱将，他们刚好凑成了一副汤药，直接把老袁送上了不归路。”

林建昭笑着道："外界都传说，袁世凯送命后，曾有人写下这样一副对子：'起病六君子，送命二陈汤'，其中六君子就是指鼓吹帝制的杨度、严复等人，而'二陈汤'，则正是指陈宧、陈树藩和汤芗铭！"

石陶钧点头："据说老袁此生的一项卓异禀赋就是善于交人，其常用手段有两个——金钱和地位，以致许多人都愿意供其驱使，为他卖命。他也曾吹嘘自己善择英才，所以才能有北洋军对他的众星捧月。但是他这招起码对于蔡松坡是完全失效了。弄得老袁自己也很郁闷加纳闷：蔡松坡究竟要什么？在北京时，百般拉拢不成，倒酿成今日起兵将他拉下皇帝宝座的局面。这还罢了，就连上述那些被老袁成功收买过的心腹爱将们，那时也纷纷倒戈，让他落得个众叛亲离的下场！"

"这就是独裁者的悲剧！"林建昭郑重回答，"我个人以为，其实也算袁世凯的悲剧命运。所谓'文不用宋教仁，武不用蔡松坡'说是他的宿命，不如说是他与这两人政治品质和人格道德的严重分歧所致！一个是为一家一姓谋高位，一个是为四万万同胞争人格，相差何止十万八千里？简直就不是可以相类比的一类人！"

石陶钧留意盯了一眼眼前的青年，点头赞许："难怪松坡这样爱重你，愿意和你交流，所谓长江后浪推前浪，后生可畏！"

林建昭被他夸得有些难为情，就忙岔开话题，请他继续讲述后面的故事。

石陶钧："回头再说四川独立后的情形。当时为了两广独立后统一机关，统辖两广军务，在梁启超先生的促进下，成立了两广护国军都司令部，曾经任福建宣慰使的岑春煊就任都司令，梁先生任都参谋。四川宣布独立后，松坡欣喜非常，特意致电两广护国军都司令部。"

"两广护国军都司令岑春煊闻讯后，专门给松坡发来电报表示祝贺。在这封热情洋溢的电报中，竟然祝福松坡——'万岁'！可是他们哪里想得到，这个打仗打到极限，身体状况也糟糕到极限的人，当时是怎样一副羸弱不堪的情形？这个不要命的拼命三郎，差不多快把自己熬到灯枯油尽的地步！"

1916年6月9日　大洲驿护国军司令部

喉疾的剧烈发作再次让蔡锷完全失声，肺部的病患又让他身体更加孱弱，他半卧在床上，面色晦暗憔悴，身体越发枯瘦，恹恹委顿。石陶钧、刘云峰、何海清、朱德等人守在他身边，何鹏翔在念着岑春煊发来的贺喜四川独立的电报。

“成都独立，距跃三百。全局转移，系兹一举。非公智勇沉深，心力精果，曷克臻此。煊与国民永拜公赐，蜀边佳耗传至，想公更愉快也。除肃电驰贺陈督外，谨并率部西向，叩祝我公万岁！”

“……叩祝我公万岁”蔡锷默默念着这最后一句美好的祝愿之词，露出一丝苦笑，接着突然嗓间瘙痒难耐，又仰脖咳喘起来。

何鹏翔忙放下电报，和朱德、何海清一起扶他坐起，为他拍着背，刘云峰端过水杯，照料他喝了口水，才渐渐平息下来。

石陶钧安慰他道：“岑司令这封电报，也表达了很多人对你身体的关心。现在总算大局稳定了，袁世凯孤家寡人，挣扎在北京，也不会长久了。松坡，你应该考虑尽快去成都治病，不能再耽误下去了。”

刘云峰等人也跟着纷纷劝说，蔡锷摇摇手，想说什么，却气喘吁吁，精力不济，朱德和何海清左右扶持着他重新躺下。就在此时，突然间李华禹跑了进来。

李华禹的神色有点奇怪，他的手里拿着一封电报，眼里含着泪水，却望着大家痴痴笑着。

众人都不解地看着他，李华禹也不去理会，他径直走到蔡锷床前，蹲下身子，将手里的电报捧到已经病得失去人形的长官的面前，嘴唇哆嗦着，声音都在颤抖：“总司令，袁世凯死了，我们胜利了！”

“什么？！”石陶钧大喊一声，上前一把从李华禹的手里夺过电报，反复看了几遍，仰天大笑，一行热泪随即滚落腮边。他连忙将电报送到蔡锷面前：“松坡！你赢了！……不！是我们赢了！”

众人都兴奋地站了起来。蔡锷挣扎着也要起身，李华禹忙上前扶起他，让他靠在自己身上。他从石陶钧手里接过电报，认真看着，耳边是石陶钧对众人一字一句的话语：“袁世凯死了！我们终于胜利了！”

看了电报，蔡锷微微点头，随即双手握拳，张开嘴巴，似乎高喊了一句什么，可是所有人只看到他嘴唇的翕动，却听不到他发出的任何声音。

何鹏翔俯身望着他，根据嘴型，辨别出他说的话，他含泪抬起身，向众人道：“总司令说的是——共和万岁！”

所有的人都流泪了，他们齐声跟着喊出那四个字：“共和万岁！”

呐喊声传到舟外，旁边的卫士们也齐声高喊：

“共——和——万——岁！”

而后汇集到全军，所有将士都在呐喊，喊出这浴血而成的一个呼喊声：

“共——和——万——岁！”

1916年6月底　大洲驿岸边

即将离开纳溪准备到成都履职的蔡锷站在河边，默默看着那条自己生活了很长一段时间的渡船，又回望对岸一块巨大的岩石，久久不语。

从护国军第三军綦江战场回来的殷承瓛站在他身后，此刻笑道：“松坡，这个地方你已经有感情了啊。也难怪，在这里，你度过了这场战争中最难熬的一段时光，也是你身体最困顿的一段日子。你知道吗？那时战事颇疏，我从綦江战场来这里和你商议军务，看到你病体难支的样子，心里既难过又忧虑，我真怕你坚持不下去了！”

他叹息数声，又接着道：“好歹都熬出来了，我们终于完成了我们应该完成的事情！也不枉咱们几人万里间关，躲过重重危机回来干这番事业！你前几天说写了一篇铭文，记述发生在这永宁河畔的战事，文稿在哪里呢？”

蔡锷回头看看，身后跟着的李华禹明白，忙从随身的公务包里取出一张文稿，递到殷承瓛的手上，站在一旁的石陶钧也凑上前看。

“《护国岩铭》？不错！原来你心里已经有了计较，将这块岩石命名为‘护国岩’了？”殷承瓛看了一眼，不禁抬头看看前方的巨型岩石，点点头，又低声读起手里的文稿：

护国之要，惟铁与血。
精诚所至，金石为裂。
嗟彼袁逆，炎隆耀赫。
曾几何时，光沉响绝。
天厌凶残，人诛秽德。
叙泸之役，鬼泣神号。
出奇制胜，士勇兵骁。
鏖战匝月，逆锋大挠。

河山永定，凯歌声高。
勒铭危石，以励同胞。

蔡锷上前，默默接言道：

中华民国四年，前总统袁世凯叛国称帝，国人恶之，滇始兴师致讨，是曰护国军，锷实董率之。逾年，师次蜀南，与袁军遇于纳溪，血战弥月，还军大洲驿，益将休兵以图再举。乃未几而桂粤应，而帝制废。又未几而举国大噪，而袁死，而民国复矣！嗟呼！袁固一时之雄也！挟熏天之势，以谋窃国。师武臣力，卒毙于护国军一击之余。余与二三子军书之暇，一叶扁舟，日容与乎兹岩之下。江山如故，顿阅兴亡，乃叹诈力之不足恃，而公理之可信，如此，岂非天哉！世或以踣袁为由吾护国军。护国军何有？吾以归之于天，天不可得而名，吾以名兹岩云尔。

“好文！”殷承瓛拊掌赞道。

石陶钧也点头称妙，指指前方，回头盯着蔡锷，提出一项建议：“应该找人将这篇铭文刻在对岸那座巨石上！这就像一座纪念碑，矗立在永宁河畔，记录下这段艰苦卓绝的战史，也缅怀那些长眠在这块土地上的护国军将士们！”

殷承瓛表示赞同：“而且松坡你应该亲笔将‘护国岩’三字题写在上头！要知道，‘护国’这两个字，‘护国军’这个军队名称，是多少忠勇将士用自己的血肉魂魄精炼而成，你作为护国军的灵魂人物，当得起这个重任！”

蔡锷默默点头，也回看殷承瓛：“那么这篇铭文，就烦请叔桓你书写出来，将来一并找人勒石于上吧。”

殷承瓛也郑重点点头：“责无旁贷。”

石陶钧凝视着那块巨岩，感叹道：“这块岩石何其有幸？竟然得以长享护国之美名了！”

蔡锷蹙起细长的剑眉，望着永宁河薄雾缭绕的水面，轻声道：“你们说得对！这块巨石，就作为咱们护国军的一块纪念碑吧，也算因地制宜，不再另起碑石，给川中父老乡亲添麻烦了。就用这块天然石碑，来纪念护国军烈士们，也昭示后来千秋万代的国人——当知共和重生不易，‘为四万万同胞争人格’这句话，是多少护国军将士们，用自己的鲜血和生命，铸就而成的铁的誓言！”

1916年11月4日　福冈医院特护病房外间

“其实回头看，当时松坡在部队退出纳溪后，力排众议，一再筹备反攻，也有效地组织了一场极为成功的大反攻，这是非常正确的决定。如果没有护国军在反攻时展现出的极强战斗力，北洋军的意志力和战斗力绝不会在短时间内迅速瓦解，和谈无法进行，一切都不可预测。毕竟当时护国军面临着弹尽粮绝的险境！”

石陶钧蹙眉说着，又忍不住发泄了心中的愤懑之情：“在全国各地响应形势一起，护国之役初见曙光之时，很多人的嘴脸就忍不住暴露了，争名夺利者蜂拥而出，沽名钓誉，贪天之功……唉，也难怪，当年楚汉战争后，汉高祖刘邦就有过‘功人’和‘功狗’的说法。如今的形势，礼崩乐坏，众人逐名逐利，也不是什么奇怪的事情了！就给你举个事例在此：当初我们苦战纳溪，决战叙、泸，人员伤亡很大，加之弹药告罄，几乎没法打下去！几次攻到泸州城下，因为弹药不接，所以功败垂成！松坡深以为憾，却又毫无办法！他多次致电云南方面，要求人员、后勤补充，却未见那边发一兵一卒，支援一枪一弹。可是后面怪事却来了——四川宣布独立，滇黔桂川连成一片，形势大好起来，后续滇军却浩浩荡荡开进了川……”

“云南都督唐继尧也是护国起义的倡导者，为何川中作战，如此后勤不利呢？”林建昭不解地问道。

石陶钧冷笑着摇头：“我不愿意恶意揣测别家，但是心中的愤懑之情始终难以伸张。松坡却从无怨言，他是个君子，宁天下人负他，他未愿负天下人！只是他心里忧虑的是，一旦原来的护国军将领们，违背初心，按捺不住自己的野心，利用护国的声威和赢得的荣誉谋自己的私利，进行扩张地盘的活动，就是令人不能容忍的事情了，他认为这样会把滇军出川护国的纯洁勇敢的意义全盘玷污！所以他多次致电同僚们：‘所最宜注意者，我辈主张，应始终抱定为国家不为权利之初心，贯彻一致，不为外界所摇惑，不为左右私利所劫持，实为公私两济。’”

他苦笑摇头：“可是看看后面的形势，再看看眼下的局势，他这个美好单纯的愿望，终究是难以实现的。”

正说到此处，却见蒋方震走了来。

“松坡还没醒过来，这都一天多了。”蒋方震叹息着，“刚才稻田博士为他又做了检查，情况算是稍微稳定下来，但是他的身体实在是太虚弱了，几近灯枯油尽之势。”

他说着从口袋里掏出几封电报：“国内问候电报频至。有关松坡病危之事，我电告北京政府，黎大总统也有电来慰问；卓如师那里，我发给公子思成了，请他酌情相告，只怕老师忧思过甚，戕害身体；还有泸州朱德处，已经来了几封电报，询问松坡病情，我今日一并回复了。总之这些松坡的师友、部下们，都在为他悬着一份心。”

石陶钧和林建昭心下感慨，也是忧虑伤感，皆默默无语。

蒋方震回头看了一下蔡锷病室的方向，压低声音道：“蕙英这两天寸步不离松坡床前，人都瘦了一圈，我也是担心。想让梅子带了永宁来劝一下，却又怕孩子幼小不懂事，反而惊扰病人。”

石陶钧抬头看了他一眼，幽幽道：“我也是为蕙英担着一份心，倒不是她的身体是否能支撑得住，而是……”

他犹豫一下，还是将自己这段时间深藏心中的一份疑虑说了出来。

“啊？石将军？您是怀疑夫人会有殉夫的念头？”林建昭究竟年轻，吃了一大惊，忍不住低声喊道。石陶钧忙捂住他的嘴，横了他一眼：“你说话小心！万一是我揣测错了，你要嚷嚷得她听见了，反而提醒了不是？这可不是小事情！”

林建昭知道自己失言，红着脸点头。

蒋方震也点头道：“其实我也有这样不好的预感。”他看着石陶钧，“你我和松坡相识时间不短了，他们夫妇之间的情分咱们都心知肚明。最近蕙英格外的冷静，或者说沉静，也让我心里感到不安。松坡病到此种情形，咱们的伤感暗藏在心里，就连唐岩和李华禹也背地里抹眼泪。但是蕙英总是很平和安静的样子，我觉得有问题。”

说到此处，他好像越说越怕的神情，忙看向林建昭：“小林，你和美江护士相熟，你去暗中叮嘱她一下，如果……松坡有什么不测之事，请她一定留意夫人的举动，一定要看好她，不能有什么闪失！”他想了想，又道：“我也会和梅子嘱咐一下，找机会还是把孩子带到病房来，用孩子来打动母亲，千万别有什么过激的举动。”

他这句“你和美江护士相熟”的话，让林建昭再次有点脸红，但是目前事关人命大事，林建昭也顾不得难为情了，认真点头。

“唉，这都什么事啊？好好的一对夫妻……”石陶钧又开始伤感了，“老天给了松坡一段完美无缺的爱情，还有绝世震惊的功勋，却为何不给他正常人的寿数？难道真是天妒英才？”

三人相对叹息，心中伤感极了。为了打破这让人透不过气的沉闷忧伤的氛围，蒋方震问道：“你们刚才在说什么话题？”

“护国战争结束了，将军就任四川督军兼省长，领益武将军衔，准备去成都履职。”林建昭答道。

蒋方震点头：“那时我从广西来到四川和他会和，在泸州见到他时，也是大吃一惊！不过半年多没见面，他从人瘦成了鬼！浑身上下，都透着一股‘病入膏肓’的令人绝望的气息。我看到他那副情形，心里难受得说不出话来，就是望着他流泪，他反而劝我说，一切都过去了，他逃出命来，已经是很万幸的事情了！”

随着他的讲述，那段令人难忘的时光再次回到他们面前。

1916 年 7 月　泸州朱德指挥部

一副担架抬了进来，上面躺着虚弱不堪的蔡锷。蒋方震和朱德和跟随蔡锷身边的何鹏翔、李华禹等人一起跟进一间改作临时卧室的房间，将担架上的病人转移到床上。

何鹏翔和李华禹服侍蔡锷半卧在床上就退出了。蒋方震和朱德守在他床边。蔡锷盯着朱德看，后者明白他的意思，就忙汇报道：“总司令放心，按照您事先对我的嘱咐，部队进了泸州驻扎，又派兵戒备附近地区，包括自流井和盐井地区。泸州百姓欢迎咱们的军队，到处是鞭炮和彩旗。那些没有撤走的北洋军当我们这边城门入城时，他们就从另一个城门溜走了，走时还不忘抢劫一把，就改不了土匪行径！”

蔡锷微微点头，喘息了一会儿，才对朱德道：“不过玉阶，我刚才过来一路，可是留心到你的部队了，个个穿得像叫花子一样。唉，这一番苦战，能活着的，都是英雄啊！”

他又闭目喘息了一阵，才接着道：“现在情况好了，部队的供给跟上了，你们该好好整理一下军容风貌，不能让咱们护国军将士们，再穿得破破烂烂了。”

“是，总司令，我记住了。”朱德忙答道，又劝他：“您的身体太虚弱了，快闭眼休息一下吧。”

蔡锷摇摇头：“你先去忙军务吧，我还有话要和蒋将军说。”

朱德退出，蒋方震却又劝他：“这下咱们又聚首了，你放心，这一路我都会陪在你身边的，有什么话有的是时间说，你现在还是休息一下。”

蔡锷看着他，脸上露出一丝苦笑：“我不累。见到你，心里好像有很多话要说的，我……”

他又呛咳起来，蒋方震忙起身倒了一杯水来，喂他喝了几口，又扶他躺好。

蔡锷：“这次我们在川中作战，种种情形也不必说了，醉六这两天也讲给你听了。你和卓如师在广西策动陆荣廷独立，也是经过好大一番周折吧？”

蒋方震点头：“当时你潜出北京十余天后，卓如师也从天津出走上海，经过香港到广西。而我则又等了几日，确定你们都安全了，才悄悄离开北京，也沿着卓如师的途径，来到广西。我还好，据闻卓如师这一路，也经历很多险情，暗探、追杀、疾病，几乎是招招凶险无比。不过总算有惊无险，顺利到达广西。到达南宁时，广西督军陆荣廷率水师全队在江口迎接。卓如师的影响力还是巨大的，经过他的斡旋，终于促成广西独立。”

蔡锷感叹不已：“要知道广西独立，意义也是不同凡响的。毕竟那时是护国军处于最危险的时候，广西的独立，给我们这边好像打了一针强心针，振奋了士气，让处于弹尽粮绝的境地下的滇军看到了一丝曙光。”

他捂着胸口咳嗽了一阵，接着道：“从此，滇黔桂连成一片，护国战争局面才会逐渐好转起来。”

第二天上午，医务处长李丕章来给蔡锷检查身体，伤势渐好的蔡锷的原副官邹若衡也从叙府赶来见他。蔡锷拉着邹若衡的手，嘱咐他在泸州好好休养，这次先不跟着去成都了。邹若衡含泪答应，他看到蔡锷又瘦了不少，体质明显虚弱不堪，但是在病床上，他还是召集石陶钧等人研究入成都视事，重建四川的计划。

瞅着中午众人吃饭的间隙，朱德来到蔡锷的床前，含泪苦劝道：“总司令，您不能再这样操劳下去了！您的身子已经到了快不可收拾的地步了！请您以所有护国军将士的关切之心为重，以翘首仰望您执掌四川大局的蜀中父老期盼之心为念，爱惜一下您自己的身体吧！”他说不下去了，泪水滴落在蔡锷床边。

蔡锷握起朱德的手，带着歉疚的微笑道：“玉阶，我懂！我懂！我懂你们的心，也懂大家对我的这番情分！可是，你要明白的是，如今我的身体已然如此，没剩下多少日子了。可是我现在要做的事情是多么重要！我们今天研究商讨的事情，很可能会决定整个四川，整个西南，甚至是国家的命运！”

朱德紧紧回握着他枯瘦的手，看着他平静沉稳，却毅然决然的微笑面庞，除了流泪，再也说不出一句话来。

7月29日，蔡锷率部进入成都。

城里欢迎场面十分热烈，全城悬挂着中华民国五色旗，张灯结彩，敲锣打鼓，燃放鞭炮，连过节时才有的龙狮舞队都出动了。罗佩金、刘存厚带领机关、社团、学校等各界人士在城东大道迎接，成都民众更是挤满各个交通要道，都等着一睹护国大将军蔡锷的风采。

因为病体不支，蔡锷已无法骑马，坐在一顶轿子中。他的喉部疼痛嘶哑，发声很困难。他通过轿子上的小窗，看到百姓倾城迎迓的情景，心里十分感动。听着不断传来的亲切问候声，他无法亲自作答，就令副官长何鹏翔等人代自己致谢。

“谢谢大家，蔡将军喉咙有病，不能说话，他让我代表他向四川父老乡亲致敬、感谢！”

“谢谢大家，谢谢大家对蔡都督问候！”

这不断的回答声，怎么能抵得住万人高呼的问候声此起彼伏：

“欢迎蔡将军到成都！”

“蔡都督您好，成都人民欢迎您！”

“祝贺蔡锷将军荣任四川督军，蔡都督这下该常驻成都了！”

“蔡都督，四川有您，就有希望了！”

句句亲切热忱的呼喊声让蔡锷泪水滚落，湿了衣襟。

1916年8月初　成都郊外杜甫草堂

成都各界军政名流为欢迎蔡锷在此举行绅界聚会，蔡锷和他们合影留念后，一些报社记者围上前提问：

——“蔡都督，其实，您目前还有个称呼是‘蔡省长’，但是我们四川民众更愿意称呼您曾经的那个职务‘蔡总司令’！护国一役，您运筹帷幄，决胜千里，建立的功勋无人能比。人们把您称作‘护国军神’，对这个称呼您个人怎么看？”

“护国之役，牺牲的将士有数千人，是他们用鲜血和生命拯救了摇摇欲坠的中华民国！他们建立的功勋才是与日月同光辉！当初勇赴国难的将士成千上万，蔡锷不过是其中的一人一枪耳！所谓一将成名万骨枯，这也是最令人痛惜和无奈的事情！好在这种牺牲有价值，毕竟共和重生！”

——“蔡将军，作为著名的高级军事将领，您最看重的临战指挥官的素质是什么？”

“如何评价一位将军？《孙子兵法》列出五点标准：智、信、仁、勇、严。我以为就很准确。战争中最应重视的就是将领的个人军事素养。‘智’放在第一位，这是战争的性质要求的；‘信’，讲的是‘上下同欲者胜’；‘仁’要求指挥官要关心爱护部属；‘勇’自是身先士卒的表率作用；赏罚分明，不徇私情，是为‘严’。”

——“蔡省长，听说您身体欠佳，已经向北京政府请假，准备赴上海就医。那么你会辞去四川的军政职务吗？”

“是的，我的辞职已获批准，将有新的督军和省长继任。蔡锷在川中有七个多月了，驰驱戎马，对四川百姓多有惊扰，如今却因身体缘故无法履行为川中父老服务的承诺，实在是心有遗憾和不安啊。”

——“蔡都督，您看到四川民众对您的拥戴和敬仰之情了，您此刻断然离开，难道不考虑会伤了川中父老的心吗？”

“此举实属无奈，蔡锷亦愧疚难言。身体若此，勉力支撑也是难以做到了！静心考虑，此刻离去，自是辜负了川中父老期待挽留的深恩；但是勉强留下来，体弱难支，并不能更好地服务于斯，更是会耽误四川的建设大业。那么蔡锷宁愿选择‘辜负’，也不愿选择‘耽误’！”

——“蔡将军，有传闻您病愈后，将会回到您的原籍湖南去任督军一职，实现‘湘人治湘’的夙愿，是这样吗？”

“湖南虽然是我的桑梓之地，云南也曾被我称作第二故乡；而四川，征战数月，川中风土人情，尤其是四川民众拥护共和，反对强权的热忱之心也给我留下了极深的印象！蔡锷不才，愿意有机会报答川中百姓对护国军这一路支持的恩情。没有这份支援和帮助，我们是打不垮袁世凯的！所以说，蔡锷愿意把四川，也看作是另一片牵挂于心的乡土！”

这番话引起了一片掌声。蔡锷挥挥手，清清沙哑的嗓子，继续道：“所谓弃蜀入湘之议，不过是旁人好心的推测罢了，蔡锷绝无此心！若是老天留我，能医好病患，我当转来，继续服务于此地，希望大家不要厌弃才是！”

“支持蔡都督回川任职！”

“希望蔡将军玉体康复，早日回到四川来！”众人纷纷祝福道。

记者们还要继续提问，却被罗佩金、戴戡等人拦住了：“蔡将军喉疾正殷，遵医嘱不能多说话，请大家到此为止。”

众记者纷纷散开，一个年轻女记者却冲回到蔡锷面前，提了最后一个问题：“蔡将军，据说护国战争前，您和您的老师梁启超先生曾有过约定，功成身退，不再涉足政界。如今您功勋卓著，各省、各地，甚至是北京中央政府，都希望您能去履职，您的身体却不容胜任，那么我想问，您的初心有改吗？”

蔡锷认真地看着她，眼中尽是真诚坦率的光芒：“能放下一切，去追随我的老师梁先生做学问，是我深藏于心的一个愿望。但是人生在世，不如意者十之八九，有很多责任，有很多担当，更有很多无可奈何。我在想，只要我心里坚持着自己该坚持的东西，那么不管是居于庙堂之上，还是悠游于林泉之中，都是一样的！”

他把“一样的”三个字咬得很重，那位女记者听了感慨不语。

躲过媒体的狂轰滥炸，蔡锷仍旧没有休息，还在和军政要员们商议四川的事务。他对罗佩金和戴戡简述了自己在这几天要做的改革事宜：统一财政收支，制定军队、官吏奖惩制度等。他尤其对即将接任他督军一职的罗佩金讲述了自己在军队改革上的一个重要设想：对四川省内及外籍在川军队，进行必要的收缩，按照一、二、三的比例改编，即黔军一师，滇军二师，川军三师。通过缩减军队，减轻四川百姓战后的经济负担。

他又就川省行政人员的安排和即将接任四川省省长的戴戡交换了意见。最后他勉励罗佩金和戴戡通力合作，将四川治理好：“今后国家的问题甚多，川省富庶，大有可为。应当联络滇、黔，团结成西南通力合作的局面。现将军政善后问题、大略规划，交给你们二人办理，希望大家同心努力，把四川的事情办好。”

他交代着政务，精神还好，但是由于说话太多，声音又变得暗哑起来。蒋方震走来发现，就拉着他到周边走走，休息一下。

两个好友绕着杜甫草堂的花间小径走了一会儿，来到那通著名的“少陵草堂”石碑前。蒋方震笑道：“这算是踩了诗圣的地界儿了！松坡，你原也是个爱作诗的人，不如吟诵一二？”

蔡锷微微笑着也不答言。两人又绕着石碑走了两圈，蒋方震为他讲着自己才从一些川中士绅那里听来的有关杜甫的传闻旧事，又一再嘱咐蔡锷只能听，不能说，借机休息一下嗓子。

蔡锷遵从好友的意思，不说话，只是静静地听着。等到两人准备离开石碑往回走时，蔡锷才轻声道：“百里，你看来是很喜欢这个地方？文人的情感总是相通的。其实，如果脱去了军装，咱们都是安安静静做学问的人。”

他微微咬着薄唇，看着蒋方震的眼睛亮晶晶的：“所以我刚才回答那个女记者的提问，才会说，我的坚持，才是我自己最为看重的！”

“不错，松坡，”蒋方震点头，“我理解你，想必你也能懂我，如果有一天天下安宁，海晏河清，咱们就该退而做学问，不问经济仕途，那才爽心！”

“谁让咱们师出同门呢？”蔡锷也露出很是向往的样子，“咱俩自然是要继续跟在卓如师身边的，埋身书海，手不释卷，朝经暮史，谈古论今。嗨，想想就让人神往啊！”

蒋方震点头，兴奋地拉住他的手：“赶紧的，我陪你去把病治好了，咱们逐渐实现自己的美好理想吧。”

蔡锷笑看着好友：“今天真是个值得纪念的日子，也罢，就满足你刚才的一个小要求，我胡乱吟诵两句，毕竟刚才在这块土地上止了干戈，也算是应景儿吧。”

“快快快！原来你藏这儿呢？”蒋方震有点急不可耐了。

蔡锷却仍旧是习惯性地抿抿嘴，耸耸眉，缓缓吟出一首诗来：

锦城多少闲丝管，
不识人间有战争；
要与先生横铁笛，
一时吹作共和声。

“好诗！”蒋方震拊掌大赞，“是你刚才这会儿吟成的吗？好吧，昔日有曹子建七步成诗，今天蔡松坡也可以与之媲美了！”

蔡锷笑着摇摇手，表示谦逊之意，又看着好友顽皮一笑：“你刚才不让我说话，我只好闷声跟着你转，自然有时间在心里打了腹稿！”两人相对大笑起来。

1916年8月9日　成都望江楼

这座坐落在成都东郊锦江南岸的著名园林，是为了纪念唐代女诗人薛涛而修建。绿竹环绕，曲径通幽，几座小巧的亭台楼台次第掩映在一片苍翠中。

拂晓时分，在临江的亭子上，一个瘦削的身影独立其中。他穿着灰呢长袍，外罩青缎背心，在这个暑天微凉的早晨显得有些烦琐，但是当他不停地捂着嘴轻咳时，才能看出来那是一个体质虚弱的久病之人。

蔡锷这样独自站在江边的亭子上，看着亭子下方静静流淌的江水沉默不语。几个跟随的副官、卫士都散立在数十步外。蒋方震匆匆赶来，对他轻声说着自己已经做好的安排。

“按照你的吩咐，我让轿子等在东门处，等会儿也就是罗佩金、戴戡等几个人悄悄送行一下。你不愿意惊动成都士绅官吏们，他们也都很理解。”

蔡锷点头，眉头却仍然紧紧地蹙着，蒋方震看出来他一定有心事，没来得及开口相问，蔡锷已经主动说出了一番感想：“昨天任职川边镇守使行营的几名高级军官来见我，我说了一番心事：如今西南局面看似已经勘定，但还有很多不容乐观的地方。更有一些非常令人担心的隐患，让人念及就不能不揪心！”

蒋方震静静地听他讲着。

“滇军经过此次护国之役，难免志得意满，居功自傲情绪泛滥，纪律也松懈下来，远非数年前可比！我那日和罗佩金讲了有关军队改造的事情，但是我不能保证他一定会听从并付诸实施。唉，其实我本意想推荐更稳妥之人——殷承瓛接这个督军的位置，他带的华封歌一团是滇军中最精锐的部队，战斗力强，而且纪律极好！但是目前兵权在罗之手，又如之奈何？罗佩金和戴戡能否通力合作，心往一处想，劲儿往一处使？唉，实在是一件令人忧心的事啊！但是目前又毫无办法……”

他认真看向蒋方震：“百里，你心里是明白的，我最初的打算，是向北京政府推荐你做这个四川督军。以你的才干、局量，以及在中国军界的威望，这也许是极合适的安排？可是……”

他话未说完，就被蒋方震打断：“我目前最想做的事情，就是先陪你去上海，找名医能医治好你的病！其他的，以后再加考量。松坡，你知道我这个人也有个毛病，就是比较固执。自己打定主意要做的事情，就是会排除一切因素做下去的！”

蔡锷盯着他看了几秒钟，无奈苦笑道：“唉，你总说我是湖南霸蛮，你这算什么？”

蒋方震哈哈一笑：“你是通古博今的，不记得古人有云：‘同气相感，同类相召’？这有啥好奇怪的呢？至于说到你刚才忧虑的事情，有关四川目前的局面嘛，”他换了郑重的神色看了蔡锷一眼，微微摇头，轻声劝道，“既然是目前不能解决的事情，就不妨先丢开手好了。你眼下最该做的，是去先养好了病，然后再图其他。”

蔡锷长叹一声，不语默认。离开望江亭前，他又回头看看薄雾轻绕的江面，低声吟诵出一首诗：

锦江河暖溅惊波，
忍听巴人下里歌；
敢唱满江红一阙，
从头收拾旧山河。

蒋方震听罢笑道：“你在这古称锦官城的地方，倒是诗兴大发。前两天那首《谒杜甫草堂》我都给你存着了，这首诗名叫什么？《别望江楼》可好？”

蔡锷没有反对，走下亭子，向园林的东门走去，蒋方震跟上他，后面是副官卫士们。

到了东门口，不仅蔡锷猛然间愣在那里，随后跟上来的蒋方震也吃惊地张大了嘴巴。门外汇集了众多的老百姓，男女老幼，贩夫走卒，形形色色，拥堵在门前。

正在指挥卫队警戒的戴戡跑上前来，凑近蔡锷低语道：“不知道你从这里离开成都的事情怎么会传开了？这一大早的，就来了这么多人……”

蔡锷默默注视着眼前的百姓，心里感慨万千。这里面，有白发苍苍的老者，有抱着孩子的妇女，还有穿着短装，明显是准备出苦力的青壮年。他们手里提着一筐筐鸡蛋，抓着几只鸡鸭，还有捧着一盘盘水果，个个脸上都带着热忱留恋的神情望着蔡锷。

“蜀中的父老乡亲们……”蔡锷低喊出半句话，就哽咽在那里。

一位皓发童颜的老者走上前，双手递上一张微微发黄的纸："都督，听说您喉咙有病，这是我们家祖传的秘方，您拿着看看，找大夫掂量一下，是否用得上？"

蔡锷含泪点头，双手接过药方，认真看了，向老者致过谢意，递给身旁的李华禹。

又有一位中年妇女捧着一个毛巾包裹着的东西上前，不好意思直接递到蔡锷手里，就塞到站在他身旁的李华禹怀里："家里没有什么值钱的东西，这几个煮鸡蛋不成个样子，孩子他爸不好意思，就让我送来……"

更多的民众将手里拿着的东西要递到蔡锷面前，戴戡和罗佩金怕出事，忙勒令卫士、护兵们拦下了。正在此时，一个老太太举着几炷香面向蔡锷跪下了："蔡大人不要走啊！不要走啊！你走了，我们怎么办啊？"

人群中马上和声一片：

"蔡将军不要离开成都吧！留下来吧！"

"蔡都督，这里需要您啊，留下吧！"

"您要是走了，北军会打回来吗？"

"护国军就好比当年的岳家军，要留下来保卫成都，保卫四川啊！"

蔡锷指着身边的罗佩金和戴戡，尽量大声对民众道："我虽然离开了，目前还有罗督军、戴省长治理川中，一定会打开一个全新的局面的！请大家放心！他们也都是护国军的将领，请大家放心吧！"

他的声音嘶哑，又咳嗽起来，蒋方震忙搀住他，又示意李华禹一起，送他到门口的轿子旁。卫士们拦住了激动的民众，戴戡取出一张文稿，大声对群众喊道："蔡将军专门写了一篇《告别蜀中父老文》，送给大家，留作纪念。现在我就代表他朗读给大家听！"

在这样打岔的瞬间，蔡锷才进了轿子，他再次撩开轿帘，向依依不舍的群众挥手告别。

"蔡将军走好，早日回来！"

"蔡都督，您治好病，我们一定再去东大门迎接您回来啊！"

在众人的呼喊送别声中，蔡锷一行离开了望江楼。

蒋方震骑在马上，跟随轿子前行。他的耳边，回荡着戴戡大声朗读的声音。蔡锷的这篇文章，情真意切，他昨晚已经读过，此刻又一次萦绕在脑际。

锷履蜀土，凡七阅月矣。曩者，驰驱戎马，不获与邦人诸友以礼相见，而又多所惊扰，于我心有戚戚焉。

顾邦人诸友曾不我责，而又深情笃挚，通悃款于交绥之后，动讴歌于受命之余，人孰无情，厚我如斯，锷知感矣。

是以病未能兴，犹舁舆入蓉，冀得当以报蜀，不自知其不可也。乃者，视事浃旬，百政棼如，环顾衙斋森肃，宾从案牍，药炉茶鼎，杂然并陈，目眩神摇，甚矣其惫。

继此以往，不引疾则卧治耳。虽然，蜀患深矣！扶衰救敝，方将夙兴夜寐，胼手胝足之不暇，而顾隐情惜己，苟偷食息，使百事堕坏于冥冥，则所谓报蜀之志，不其谬欤。去固负蜀，留且误蜀，与其误也宁负！

倘以邦人诸友之灵，若药瞑眩，吾疾遂瘳，则他日又将以报蜀者，补今日负蜀之过，亦安在其不可？

锷行矣，幸谢邦人，勉佐后贤，共济艰难。锷也一苇东航，日日俯视江水，共证此心，虽谓锷犹未去蜀可也。

坐在前方轿子中的蔡锷，自然更是万般感慨在心。他的心里，也再次默默诉说着对这片土地的眷恋，对川中父老乡亲的感念和不舍：

“想我蔡锷来到蜀地已经七月有余，先前受困于军中事务，未能与民众寻常相见，展开军事行动又影响到大家的正常生活，多有惊扰，我心实在过意不去。川中父老不但未曾抱怨，还以诚相待。反袁护国期间支持帮助我们的军队，患难不弃；后面我主政四川时，又赖大家拥护。人非草木，孰能无情？得如此厚爱，蔡锷自是感念在心。所以没等病好，被人抬着，也要早日入川上任，就是想急于报答这方水土，为蜀地百姓服务、造福，绝没想到自己的身体会如此不堪。接任不过十来天，政务纷杂，尚未理出头绪，却看着身边侍从肃立、下属忙碌，熬药、侍病，倒觉得头晕眼花，心力交瘁，疲乏不已。

“如此下去，不因病离职，也得卧床调养。但是地方上积弊甚重，要做的事情还很多，夜以继日也不能完成。我若因顾惜身体放松政事，不能解决地方困难，那所谓回报百姓、造福一方之说，岂不成了空话。就此离职自是辜负了四川父老的厚望，但是勉力支撑又怕误事。如此，我宁可辜负百姓相留之意，也不愿意勉强支撑而贻误了大局！若是托福大家，治疗见效，那么今后还会有机会回到蜀地服务于乡亲，以弥补今日之过，未尝不可？

“我走了，恳请父老乡亲们继续支持和辅佐后来继任的贤者，团结一心，共度艰难。蔡锷虽然此番东渡，望着滔滔江水，以此为证，人虽走，心却留，当时刻惦念着这片土地，大家就当蔡锷还没有离开蜀地吧。”

第三十一章　袍泽

名声是无味的向日葵，戴着一顶华丽而俗不可耐的金冠；友谊则是鲜润的玫瑰花，褶褶瓣瓣散发着沁人的芳香。

——霍姆斯

1916 年 11 月 4 日夜　四川泸州南溪官仓街朱德官邸

30 岁的少将旅长朱德坐在自己的书房里，房门紧闭。他的面前放着一通电报，他看了不知多少遍了，此刻还呆呆地盯在那张薄薄的纸上。

门外响起轻轻的叩门声，朱德起身打开房门，看到好友孙炳文亲切的面庞。

孙炳文是四川南溪人，比朱德大一岁，是一个受"新思潮"影响的青年知识分子，他不仅是朱德的挚友，目前还在朱德军中任参议，此刻他看着朱德布满忧伤的面容，轻叹一句："你把自己关在书房里有一整天了，大家都很忧心。副官、随从们又不敢打搅你，尊夫人也急着想办法，就把我找来了。"

朱德没有说话，将他引进书房里坐下，又将书桌上的那通电报递给了他。

"将军东瀛病笃"六个字映入眼帘，同样刺痛了孙炳文的心。他的耳边，好友朱德在轻声诉说着自己的心情。

"浚明兄，你知道我现在有多伤痛，又有多恐惧吗？我觉得我快要失去他了，那个在我心中如师长、如兄长的人！我时常会觉得自己好像航行在茫茫无际、黑暗无边的大海上，而他，就像是一盏导引着我的航向的明灯。如今，这盏灯快要熄灭了，我有一种即将重新陷入黑暗的恐惧和无助的感觉！

"很多人在称赞我在刚刚过去的护国一战中的赫赫战功，称颂我是一战成名的骁将，可是只有我知道我的力量和智慧来源于何处！ 我曾经和别人说过这样的话：‘打大仗我是跟蔡锷将军学来的！’”

他深情地回忆着：“我和他相识在云南，我对那时年仅二十七岁的他，初次谋面的印象是——体弱面白，一个典型的知识分子模样。他任教于云南陆军讲武堂，算是我的教官，虽然才年长我四岁，但是丰富的军事素养和才干，很快就让我折服并仰慕。我有幸成为他偏爱的学生之一，获准随意出入他家里的书房。在那里，我见识到大量的中外文的政治、军事、史学经典著作。”

“我的用兵学术也是他手把手教给我的，他编写的《曾胡治兵语录》是我的军事启蒙教材。在这本书中，他在每一章前都附有按语，着重阐释章内的主要思想和现实效用。他曾经循循善诱地逐条为我讲解这些军事理论，并结合军校的日常训练对我启发和引导。在这次护国之战中，如果说我的军事能力、指挥才干有所提高的话，也只是在他的亲自指挥指导下的一次实战演练。他的临危不乱，胸怀大局，身先士卒，敢为人先的品质，让我又一次接受了灵魂的洗礼！我是在他的领导下，打出一员战将的勇气和果敢，一支军队的威猛和豪情的！”

孙炳文静静地听着，不愿打断他。他理解朱德此刻的苦闷和忧伤，他愿意让他能在此刻有所发泄，他也愿意听朱德对自己再一次描述他们都很钦佩仰慕的那个人。

朱德说：“很快的，他就像一位可靠而亲切的兄长，让我从心底愿意和他接近。我向他倾诉了自己的抱负和志向，讲述了自己走出大山里的农舍上新学堂、当体育教师和不远千里来云南投考讲武堂的经历，还讲述了自己从痛恨官府、地主的压迫到拥护变法维新，从立志强心救国、教育救国到决心改变中国黑暗政治制度、实现民主共和的思想过程。”

说到这里，朱德认真地盯着孙炳文道：“浚明兄，你知道吗？最初相识时，我和很多人一样，曾经怀疑这样一个问题，那就是——蔡锷是否会革命？他是个很有个性的人，工作上喜欢较真儿，军容风纪一丝不苟，喜怒不形于色，沉稳内敛；工作之余，他性情恬淡随和，不爱参与社交活动，唯爱安静读书，在自己的官邸过着几乎与世隔绝的生活，低调简朴，不尚奢华。他谨言慎行，在重大政治问题上很少公开表露自己的意见，给人以无党无派的印象。对于清廷，他好像很少表示出不满之意，面对一些学生讨论清政府腐败无能的过激语言，他既不表示公开支持，但是也不加阻止，有时候还为他的学生悄悄打掩护。但是某一次，当我和另一个军官因为一些过激的革命言论被当时的清廷委派的统领抓了，准备法办时，他却挺身而出，用自己平日里积攒的‘平和不争，无党无派’的声望将我们解救出来。”

他微微蹙起剑眉：“后来你知道了，重九起义发生，他竟然会是我们的领导人！我心里满是惊喜！真的，不是惊愕，完全是惊喜！因为我早已在心中，暗暗认定了他是和我们一样的革命者，虽然他选择表达的方式不同，呈现的状态和我们不一样。他永远是用行动说话的人，他的行动永远大于他的语言。可谓智虑深沉、胸怀大志而不露锋芒。”

孙炳文点头：“其实玉阶，我也深深感觉到了，你和他是心灵相通的一类人。也许你们的出身、经历，甚至意识形态不一定完全一致，但是在很多方面，你们基本上是一对‘政治共同体’，有着相同的政治道德和认识觉悟，这样心灵相通的感觉，并不是每一个朋友都能够达到的高度和深度！”

朱德默默点头，认可了好友的这番论断。他接着叙述着自己的心声：“他对我的关爱是全方位的。就像一位亲切有爱的兄长，对我的个人情感也会顾及。那年我作为滇军援川军官出滇打仗，他派人和我的老家取得了联系。因为他和我交谈时，得知过我当年瞒着家人离家求学、多年未和四川老家联系的情形。当我们援川部队凯旋回滇后，我立功的喜报已经传回了家乡，就这样，在他的关爱下，我和老家亲人又恢复了联系。”

“这真是一位心细如发，又关心下属的领导者啊。”孙炳文也感慨道。

朱德继续讲述着：“这次护国战争中，我有幸见识了他卓越的军事才干，跟在他身边，我学到的东西太多。战略、战术，如何统兵，如何打仗，甚至是军纪的维护，以及军队如何获得民众的拥护和支持的问题。尤其是作为一名指挥官，他临危不惧、身先士卒的精神，跟普通士兵同吃同住、甘苦与共的行为，还有坚韧不拔、苦苦相持的忍功。以少胜多，绝地逢生，这些都不是轻而易举能够实现的事情，我们却在他的运筹帷幄下，取得了一次次这样令人惊讶的战绩。他的意志力，就是我们全军意志力的迸发点，也是我们能打赢这场看似根本没法打赢的这场决战的重要保证。”

“这就是一种非常可贵的人格道德，是一种患难与共、相忍为国的政治艺术。”孙炳文接言道，“比起他教给你的军事谋略与运筹帷幄的指挥艺术，这个更为令人佩服。”

他看着朱德，也是长叹一声：“我和蔡锷将军只有一次谋面，就是在你这里，咱们三人的几番交谈也深深印刻在我的心里。我看到将军在战后对局势的精辟分析和预见，明白他的‘不放心’所在，也能体味他的‘不甘心’的深意。他那时已经病入膏肓，知道自己剩下的时间不多了，他忧虑的仍是国家前途和命运，这一点给我留下了极深的印象。”

“是的，他的‘不甘心’让人扼腕叹息，他的‘不放心’更令人心酸伤感，难以忘怀啊！”朱德眼中显现出迷茫惆怅的神色，他和孙炳文不约而同地望向窗外暮色霭霭的夜空，三个月前那难忘的最后的相处时光同时浮现在他们眼前。

1916 年 8 月中旬　四川泸州南溪官仓街朱德官邸

从成都出发，蔡锷准备赴上海治病。他沿着长江北上，先来到泸州，到朱德这里小住了几天，也是和自己最爱重的部下和学生道别的意思。在朱德的引见下，孙炳文也在这里见到了久闻其名、仰慕已久的蔡锷将军。

初次谋面，孙炳文在心中为这个著名的将军深深悲伤不已，从他的外表看，他已经不复曾经传闻中的风采，成了一个瘦骨支离的久病之人，他虚弱得两三步路都走不动，后来朱德这样告诉孙炳文，当他在泸州看到蔡锷的第一眼时，一种绝望的心情立刻占据了他的心房！

蔡锷虚弱不堪地半倚在床上，朱德和孙炳文守候在他的床边，当时蔡锷的喉疾正殷，他们要认真仔细地聆听，才能辨别蔡锷说的话语。

即使是在这样的情形下，他们三人谈论的还是国家的前途和命运，每个人都心里明白，也许这样的恳谈，此次一去，不会再有。

孙炳文和朱德都看出来，那时的蔡锷是有多么忧虑，多么感伤，又是多么的灰心。他丝毫不在意自己的病情，甚至是已经望得见的死亡之翼，也不曾让他有半分恐惧。萦系在他心头的，还是烽烟未尽的疆场、令人忧心的时局、破败不堪的山河和满目疮痍的祖国。

孙炳文看着满脸病容、憔悴不堪的将军，轻语安慰着：“您安心去治病，等您康复归来，我们还要在您的领导下，为这个国家多做些事情。”

蔡锷苦笑着摆摆手：“此次去上海就医，既费时间又费钱，其实已经没多大意义……我心里明白。”

他看看朱德，喟然长叹：“唉，我并不畏死，只是有些事情实在是放不下！”

朱德心里清楚他的忧思所在，也跟着叹息道：“如今咱们这个国家的前途，的确不能不让人感到忧虑！咱们打倒了专制的袁世凯，但是目前主政北京的人又如何呢？亲日派总理段祺瑞成为实权人物，他对日本的亲善和依附，未必弱于袁世凯！而日本对我国一向虎视眈眈之心，怎么不叫人警惕和担心？”

“玉阶你看得很对！”蔡锷叹道，“当年我留学日本时，就注意到日本对我国的某些企图在逐渐发酵过程中。我一直在跟踪某位学者的研究成果，从日本对中国的研究问题上的演变，我们就可以看出，中日关系将会在未来十几年，或者几十年有剧烈变动。我不知道将来会发生什么，但是我还是坚持我在当日给袁世凯上书中提出的那个观点——中国不发展国力，实现现代化，使自己逐渐强大起来，早晚会遭遇亡国灭种的危机；但是中国要实现现代化，就必须迈过日本这道坎！”

朱德、孙炳文认真听着，陷入沉思。

蔡锷停下来喘息一会儿，才打起精神又对两个有着共同忧患意识的青年军人讲述道：“原先我希望把四川重建为共和派的坚强基地，可是也只来得及做到为军事改编奠定基础，虽然这是实现政治改革计划的依据。护国军如果能按照原先我的计划，和在南方的孙中山先生的武装力量联成一气，还可以有足够的力量来粉碎北洋军阀和他们的外国主子的阴谋。可如今……”

朱、孙两人听了这番话，更觉得忧心忡忡起来。

他们心里都十分明白，一旦蔡锷离开四川，护国军的内部就会产生分化，一些野心分子就会跳出来，干起军阀的勾当。过去，是蔡锷的天才和无私将他们维系到一起，如今将星将陨，群龙无首，局面的控制就会成为问题。他们再次悲哀地意识到，在西南，甚至是在整个中国军界，还没有人能赶得上蔡锷的军事才华、政治道德和素养。前途是那样渺茫，时局是那样令人忧虑，病榻上的人和守在床前的他的部下、友人，都是那样的唏嘘感叹。

仿佛被眼前这种压抑的空气所窒息，蔡锷又低头咳嗽起来。朱德忙扶着他的身子为他捶背，孙炳文去倒了一杯水，递到他唇边。

两人精心照料着病体孱弱的人，待他平息下来，扶他重新靠在床头的被摞上。朱德暗暗对孙炳文使了个眼色，后者心领神会。两人强打精神，说起一些令人鼓舞振奋的话题，目的只为了让眼前这个垂危的人放宽一点心。

朱德首先向蔡锷讲述了自己听到的一些乐观情形：倒袁斗争已经转变成保卫1912年约法的强有力的全国性运动，护国军已经成为华西和西南的主要武装。

孙炳文更是兴致勃勃向蔡锷介绍了产生于国立北京大学的新的民族复兴运

动，一群光芒四射、远见卓识的教授们在1915年的混乱局势中涌现出来，他们提出了“新文化”和“新思潮”的口号。他用激情澎湃的语言告诉蔡锷，当年选举产生的国会已经在北京开会，废除儒教为国教，并宣布决心要总统、内阁以及各地官员向国会负责，以防止再有新的独裁者出现。

他们就这样尽量搜刮着脑海里的信息，用自己听闻到的具有正能量的消息来安慰着蔡锷，想让这个病情垂危的人放心，情况并不太坏，中国的青年，一定会挑起民族复兴的重担，阻止历史悲剧的重演。

蔡锷带着温暖的笑意静静听着，时而鼓励地握握两人的手。他自然明白他们说这番话的意义所在，也许，他们是想让自己走得更安心一些，起码，能怀揣着一线希望，一丝梦想。他就这样淡淡地微笑着，表达着对他们的感激和祝福，也在心底暗暗祝福自己多灾多难的祖国。

但是病入膏肓的他并没有失去一贯制的敏锐思想，他郑重地叮嘱二人，要看清楚一些蛛丝马迹的现象，从而分析认清形势和时局。他再次提醒他们说，段祺瑞和袁世凯并无不同之处，如今他的阴影已经在全国伸展了。

他们就这样谈了很久，似乎要将整个中国的命运，穿过重重迷雾来看透。

这样的相聚毕竟是极为短暂的，分别来临时分，每个人心头都是沉甸甸的。很可能这就是他们的永诀，可是谁也无力挽回那不可逆转的命运之舟。

蔡锷在泸州朱德官邸小住几日后，沿长江而上，赴上海治病。朱德和孙炳文送他到码头。蔡锷无力行走，是被滑竿抬上轮船的，随行的蒋方震拍拍朱德的肩膀，表示告别。

“请随时将将军医病的情形电报告知……”朱德说出这半句话，已经哽咽难言。

他们心情沉重地目送蔡锷乘坐的船渐渐消失在长江的薄雾中。回头望去，孙炳文惊异地发现，一向沉稳刚强的朱德早已泪流满面，几乎不能自持。这个很少在人前表露感情的军中硬汉，此刻，在众多部下军官的注视下垂泪不语。他终于明白了人们常说的那句话——男儿有泪不轻弹，只是未到伤心处。他带泪劝解了很久，朱德都不能释怀。

1916年11月4日夜　四川泸州南溪官仓街朱德官邸

回忆了和蔡锷离别的情景，孙炳文和朱德都相对无言。半晌，孙炳文才轻声安慰眼前的好友道：“玉阶，我自然懂你。我听说，也看到，你曾为了这样一个亦师亦友的人流过几次泪。我知道，你们之间的友谊和情义，不是旁人所能理解的，应该是一种千古相知的感觉！人生苦短，情意绵长。这辈子，有这样一位难忘的师友，共同度过一段相濡以沫、心心相印的时光，就是幸运的，也是幸福的！”

他再次凝视着窗外的夜色，喃喃自语道：“其实我也是如此。思想敏锐，知识丰富，见解精辟，坚韧不拔，无私无欲，文韬武略，还有高洁伟岸的人品和忧国忧民的情怀——一个铁血儒将的形象，也将永存在我的心底！”

朱德看着好友，感慨地点点头。他重新拿过那封电报，默默走到窗前，在心底默默祝福着：“天佑中国，但愿这颗璀璨夺目的将星，不要这样快就陨落！”

“我们的国家，实在不能少了他！”朱德和孙炳文同时在心里叹息。

1916 年 11 月 4 日夜　福冈医院特护病房

“克强兄……”一直昏迷着的蔡锷发出一声呓语，守候在床边的潘蕙英忙惊起，俯身看视他，轻声唤着：“松坡，松坡！”

站在床尾的美江忙出去叫来了稻田、久保博士，蒋方震和石陶钧、林建昭也闻讯进了病房。

两位教授仔细检查了蔡锷的情况，微微摇头，蒋方震和他们用日语交谈了几句。就忙对潘蕙英说明意思：“两位博士说，松坡还没有完全醒过来，但是情况已经有所平稳好转，你别太担心。”

“好的，我没事。”潘蕙英依旧平静如昔，还对着众人微笑了一下：“大家都操心了，你们先去休息吧，我守着他就好。”

蒋方震看着她劝道：“蕙英，你去休息一下好吗？总这样守着不成！我们在这里，你不如回客栈小睡一会儿，等松坡醒了……”

“不行，百里兄，他这样，我怎能离开半步？”潘蕙英急急地打断他的话，“我一点都不累，我陪着他，心里很安宁。真的，我想，他醒来时，能第一眼看到我，也会安慰的吧？”

她看着身旁的美江，微微点头：“就是美江护士辛苦了，现在情况平稳，你应该去休息一下。”

一旁的林建昭想对美江使眼色做个暗示，其实小姑娘已经马上接上了潘蕙英的话：“夫人，我不累，陪着您，我也很快乐！”

潘蕙英感激地对她笑笑，又劝蒋、石等人去外间休息了。美江打来一盆温水，扭了毛巾递到潘蕙英手里。潘蕙英轻轻为丈夫擦拭着脸庞、脖颈和双手，眼光温柔如水，让美江看得既心酸又感慨。

蔡锷其实正处于半昏迷半清醒的状态，很多前尘旧事，像一束束强烈的光线，此刻都反射到他的脑海里。他觉得自己的身子轻如羽毛，慢慢飘起来，浮在空中，他不知道是一种什么力量突然推动了他，让他飞回到往昔那段难忘的岁月中。

1916年8月28日　上海码头

从成都出发，沿着长江东行向上，在泸州小住几天后，继续东行，过重庆，穿过长江三峡，经过武汉等地到达上海。

一路水路劳顿，蔡锷的身体不支，从宜昌到上海，几乎都是躺在床上，不能起身。船到上海港时，他正靠在床上，听秘书唐岩读着一篇文章。这个年轻的秘书也是湖南邵阳人，从成都起，开始跟在蔡锷身边，经常为他打理一些文件、琐事。这次也跟随在他身边照料。此刻，他正在把自己搜集到的一些报纸文章读给蔡锷听，就看见蒋方震笑着走进了船舱。

“松坡，上海港到了，你看谁来接你了？”

话音未落，黄一欧笑盈盈走了进来。

“松坡叔叔！”他亲热地叫着，扑到蔡锷床边，握起他的手。

近处端详着蔡锷，青年的笑容瞬间凝固了，他看到了对方异常憔悴苍白的面颊和骨瘦如柴的身躯。

眼前的人瘦得已经脱形：颧骨高耸的面庞，恹恹委顿的身子，几个月的分别，竟然让黄一欧快要认不出蔡锷了！在日本码头，他送别的是一个虽然文弱却不乏英气勃勃的战将，如今，迎来的，却是这样一个病入膏肓、卧床不起的孱弱之人。青年顿时伤感起来，眼圈一红，差点掉下泪来。

蔡锷微笑地看着他。从第一次见面起，他就莫名爱上了这个灵气逼人的伢子。当然，在这个年轻人身上，他更多看到了盟兄黄兴亲切温暖的影子。

唐岩扶持蔡锷坐起身来，他拉住黄一欧的手，用嘶哑的声音说道：“一欧，怎么会是你呢？我真高兴啊！很快就能见到你父亲了，你都想不到我有多渴望！

我们已经很多年没有聚首了！”

想到不能让病中的叔叔伤感，黄一欧忍住泪，强笑着解释道：“父亲今天有个重要的会议，所以不能亲自来迎接您，他再三嘱咐我一定要代替他前来迎候您。而且，父亲还叮嘱了，说松坡叔叔您目前在病中，让我一定要到船舱里来迎候您，扶着您下船……”

他望着蔡锷病容深重的脸，又真挚地加了一句安慰的话：“松坡叔叔，上海的医疗条件好，您在这里一定可以把病治好的！”

蔡锷拍拍黄一欧的手，给了他一个感动的微笑。

李华禹拿了衣服进来，黄一欧接过来，执意亲手照顾蔡锷换上，正准备和秘书副官一起，搀扶蔡锷下船，却看到蒋方震又带一人走进船舱。

“老师？您？”蔡锷愣住了，眼前竟然是自己的恩师梁启超。

“松坡啊，我特意来接你，怎么你感到意外吗？”梁启超笑盈盈地看着爱徒，但当他看到对方失去人形的面容时，猛然愣住了，泪水瞬间涌上眼眶。

蔡锷没有注意到他的表情。虽然身体极度不适，他还是勉力要遵循一贯的礼仪，对自己的恩师有所表示。他轻轻推开唐岩和黄一欧搀扶着他的手，上前对着梁启超深深鞠了一躬。还没抬起身来，就被梁启超一把抱住，泪水滚落在他的肩膀上。

“哎呀，松坡，你这是干什么？别说你如今病体不支，不该行此礼仪，就是按照你目前的身份，正是国之栋梁，再造共和的功臣，受万人敬仰，也不该……”

“老师您说什么呢？蔡锷何时何地都是您的学生。”蔡锷拦住他的话，郑重其事地说道。

梁启超暗暗擦去了泪水，点头道：“好好好，你此次到沪，咱们有很多时间可以攀谈，现在你先下船，去安排好的住处休息一下，千万别劳累到了。唉，你的身体……”他说得再次伤感万分。

1916 年 8 月 30 日上午　上海静安寺路礼庐梁启超寓所

歇息一日，蔡锷到寓所正式拜访恩师梁启超。他知道自己病骨支离，形容憔悴，为了怕老师担忧伤感，特意穿上病后很少上身的军装，以显得精神些。

开门进屋的瞬间，他推开了身边副官秘书的搀扶，自己尽量从容地走了进去。他再度想向老师行礼，却被梁启超拦住了，叹息道：“你如今这身体，千万别再讲这些繁文缛节了。我们师徒的情分，岂是这种寻常礼仪能约束的吗？”

蔡锷感慨着点头：“老话云：一日为师，终身为父。其实我最明白这其中的含义啊！恩师于我的情谊，又岂能以普通父子情分相比拟？”

梁启超自言道：“我明白你此话的含义。此次护国之役，也是咱们师徒相携相扶走过的一场艰难路程。只是我伤感的是，你怎么把自己弄成这样一副病骨支离的状态？当真让人看了心痛不已！”

他说着又要落泪，蔡锷忙笑着安慰：“一切都过去了，好在共和之国体履险犹存，相较而言，如今个人的一切都不足为惜了！”

梁启超：“醉六军中也有书信来，知道你们在护国之战中种种艰难危困之情形，也知道你带病征战的百般苦处，可是我万没想到你会病到如此地步！如果当初离开北京时，我顾及你的身体状况，劝住你不要去进行这样一场奔波，可能……”

蔡锷笑道：“我不能说没有蔡锷，就不会有人出头去做这样一件事，但是起码咱们师徒之间的约定——一个用文章去抨击帝制，一个用武力去维护共和，‘申大义于天下，为国民争人格’这个铁的誓言就没法落实了！”

“这个自然！我就说，这次护国成功，无非两点：蔡松坡决心赴死，将士们志在必胜，方有这逆转乾坤的壮举！”梁启超频频点头，“可就是苦了你啊，竟然付出了健康的代价！昨天在船上第一眼看到你时，我的心都快碎了！回到家我一夜没合眼，就在计划着，如何让你能在此处好好医病休养？辗转反侧，怎么都不能安眠。”

听了老师的温语絮絮，想到先前的艰险困苦求全责备，蔡锷几乎落泪。他自知病体沉重，难以痊愈，未免早存了一丝灰心丧气的苦闷心绪，只是好强倔强的他绝少在外人面前流露罢了。梁启超和他名分上是师徒，但是深情厚谊早已逾过父子兄弟情分，面对这样父兄一般的恩师，蔡锷觉得瞬间身心俱疲，实在是想痛痛快快哭上一场！

但是看到老师关切痛惜的脸庞，还是心生不忍，只能强笑道：“让老师为我操心至此，倒是蔡锷的罪过了。”

他抬头看着恩师，真诚地说道：“我不能忘，在战事最凶险的关头，在我孤军深入，几乎陷入进退两难绝境之时，多亏恩师涉险相助，亲赴广西，策动两广起义，加入护国军，扭转了态势和战局，不然，后果不堪设想，我也肯定是无命再见老师了！”

梁启超挥挥手：“你我情分上，这些往事已不必再提！对了，有一件重要事情要告诉你！昨天，国务总理段祺瑞给我发来电报，想邀请你到北京西山去疗养。据说，那个陆军总长的位置还给你留着呢，你意如何？”

蔡锷摇头：“我既然已辞去四川省省长兼督军之职，前段时间，黄克强兄推荐我做湖南都督，也被我婉辞了，又怎会再有此想法？何况，您是清楚的，北京那样的地方，我还去得吗？北洋诸首领，窥伺权柄已久，哪里容得下我这样的人？何况，您看我这个身子……”他话未说完，就急促地咳喘起来。

梁启超忙起身为他倒了一杯水，蔡锷喝了两口，才平复下来。

梁启超抚摸着他的背脊，叹道：“不去也罢！咱们现在说更重要的事情，就是你治病的问题。我本来已经为你在上海联系好了医院，可是如今看来，你的病情不容再有拖延差池！而且你现在是名人，国内探视者众多，在上海就医也不利于你静养。我主张你去日本就医，那里医疗条件优于国内，而且毕竟是故地，你我在那边都有很多朋友可以关照，我建议由百里陪你马上东渡治病！”

梁启超看到爱徒如今的病况，自是心痛莫名，心绪难平，说话的语调都失去了往日的平和优雅。

蔡锷摇了摇头，苦笑道：“我身体已然这般，俗话说，医得了病，医不了命。只恐天意如此！何必耽误时间，空耗人力，财力，做这番无谓之举呢？”他忍住一阵咳嗽，微微喘息着。

梁启超轻轻为他捶着背，温言劝道：“松坡，你还年轻，才 34 岁！还有多少好时光在眼前呢！你的才学，你的见识，你的军事素养和领导能力，都是目前我们这个国家所亟须的啊，怎可轻言放弃？”

蔡锷喟叹：“命定如此，如之奈何？我的身体状况自己最清楚，如今已是油尽灯干之势！想当年誓师之初，我已决心拼死以殉共和，今幸而共和复活，更无须我辈为国效力。不死则我之幸也，死则我之分也！总之听天由命，付之无可奈何罢了。如今既已无可救药，当随遇而安。只是学生原想履行和老师事前的约定，功成则退而做学问，不涉政局……如今看来，只怕连这点薄愿也不能达到！今天和老师话别，还不知可有命再次相见？”他终于忍不住黯然泪下。

见他陷入如此委顿不振、心灰意冷的状态，梁启超心下更是大痛，像有利刃直戳胸间一般，他忍耐不住，拍案针砭：“蔡松坡！你这个样子太让我失望了，你是我最倚重的学生啊！当初你带病在身，要潜出北京，南下以图反袁大业，我曾劝你珍重身体，慎行慎为。你当时何等的气概，誓言不挽救共和国体，不完成讨袁大业，誓不罢休！如今天下初定，你就该珍重自身，好好将养身体，以期望有一天更好地为这个国家服务，贡献自己的才智，也不枉费你当年投笔从军，几十载寒窗之苦才对！可是看看你如今这副遇难退缩、萎靡不振、自暴自弃的样子，哪还有一点我梁任公门下弟子的风范？！”

言毕他气得走到窗前，背对蔡锷而立。

见到老师如此震怒，蔡锷大为不安，他忙站起身，刚说了句：“老师，我……”一阵剧烈的咳嗽猛然向他袭来，他忍不住俯身大咳起来，只咳得满脸通红，上气不接下气，像是要把肺从口腔中直接咳出来一般。

梁启超大惊，忙回身上前为他捶着背脊，又是悔恨又是心疼地说道：“松坡！松坡！你怎样了？……你别激动！都怪我刺激了你！”他说着，眼泪也如断线的珠子般滚落前襟。

蔡锷听了老师的话，咳得说不出话，只是摇手。

梁启超含泪道：“松坡，就听我一句劝吧，万不可轻言放弃！只要有一线希望，我们就去百般努力！你看，你的同学、同乡，百里、陶钧、孝准他们，曾经围绕在你身边，戴戡、殷承瓛等人，哪个又不是人中之龙？可是他们偏偏都愿意追随在你的麾下，为这个国家做些事情。更别说云南数万将士，更是以你马首是瞻！你出征护国之时，云南父老是怎样洒泪相送于你？你带病辞官离开蜀中时，四川百姓又是怎样苦苦挽留于你？你知道吗？每当我从各类报纸新闻上看到众人对你的拥护和爱戴，我是多么欣慰！”

他长叹一口气，继续劝道：“所以，松坡啊！从哪方面讲，你都要爱惜自己的身子，为这个国家勉为自珍！记住，你的生命不是属于你个人的，是属于这个现在还很疲弱的国家的，是属于四万万人的！”他拉过蔡锷的手，用劲一握，似乎想把所有的爱护和期待，通过一股热切的能量，传递到这个病弱的躯体中去。

蔡锷自然深深感受到老师的情谊和热望，他擦去泪水，抬起头，露出一丝孩子般信赖的笑容：“松坡明白了，当谨遵师言！”

1916 年 8 月 30 日下午　上海哈同花园（爱俪园）

爱俪园中一栋僻静的小楼的二楼卧室，环境清幽。

蔡锷正靠在床上看书，就见秘书唐岩来禀报说黄兴先生来访。他听了赶紧扔了手中的书，就起身下床去迎接。因为太兴奋急切，几乎忘却了自己久病无力的身体，甚至都忘了穿上拖鞋，就向门口奔去，才走了两步，毕竟身子虚弱，一阵头晕袭来，他身子晃了晃，几乎摔倒。

“您慢点！”一旁唐秘书忙上前扶住，又搀扶了他来到楼梯口等候。

楼下的黄兴也同样兴奋。李华禹在前面给他引路，走到楼梯前，性急的他干脆一把拨开李华禹，一边叫着“松坡，我来了！”一边疾步跑上楼。四目相对，两人在楼梯口紧紧相拥在一起。

拥抱了好一阵，黄兴才想起蔡锷还在病中，忙扶住他：“一高兴，都忘了你是个病人了。快回床上躺下！”他和秘书副官一起，将蔡锷扶回房间，让他躺回床上。

知道两人的交情，必然有很多话要讲，李华禹和唐岩悄然退出。

黄兴坐在蔡锷床边，细细端详着他，刚才在楼梯口光线暗，他没看清蔡锷的模样，现在再仔细看来，不免暗暗心惊：眼前这人已经瘦得只剩一把骨头，身体薄得像纸片一般，在一身白色的中式睡衣中晃荡；异常消瘦的双颊上面，泛着不健康的潮红；这张脸上，只有一双眼睛还带着以往的光彩，显示出一丝青年人的样子来。

“这还是往昔那个神采飞扬、英姿勃发的蔡松坡吗？他还未满三十四岁呢！”念及此，黄兴心痛难抑，他忍不住在心底叹了口气，关切地看着自己的盟弟，语气带着怜惜和怨念：“你这个不要命的小家伙，是不是在四川打仗太累了，看看都把自己熬成了什么样子？难怪一欧那天从码头回去后大哭了一场，说是心疼松坡叔叔的身体……”他的眼眶瞬间湿润了。

蔡锷也满含深情地凝视着黄兴，看到他殷切关怀的神色，心中涌起感动的潮水，他感慨着：“一欧这孩子，还真像克强兄你，是个性情中人！”

此刻黄兴的全部注意力都在蔡锷的病体上：“你这病耽误不得！这一阵子我都在为你打算，我在想，上海的医疗条件不够好，而且探视你的人太多，未免疲于应付接待，于静养有碍，不如到日本去，那里医疗条件较好，而且咱们的故交旧友也多，诸事方便些。孙中山先生也是这个意见，他让我代他向你致意！”

他说着环顾一下周围环境，笑看蔡锷：“这个地方不错吧？孙先生说你在这里养病，最是适宜。”

蔡锷感激地一笑："这次避居哈同花园，能有这样幽静舒适的地方养病，全靠孙先生介绍安排，我心里很是感念，请你代我致谢吧。"

黄兴点头："孙先生很关心你的身体。他想到你如今是新闻媒体追逐的对象，但是终究于静养不宜，他就托了奇僧宗仰上人安排，联系到这座著名的公馆。"

蔡锷："真的很感谢他这番关心！至于谈到到日本治病的事情，昨天我去拜访了卓如师，他也是这个意见。"

"这就对了！"黄兴高兴地拍了拍他的手背，"你就听从大家的安排，放心去把病治好，这个国家还有很多事等着你去做呢！这几年风风雨雨，坎坎坷坷，你实在是不易！尤其是这一场再造共和的苦战，实在把你劳累坏了！前几天我读到过醉六写的护国战争日记，看到你们九死一生的征战过程，着实是感到后怕和庆幸呐！那时的形势真的是危如累卵，我们所有的人都为你捏了一把汗！如今能侥幸成功，实在是你松坡功莫大焉！"

他转而伤感地望着蔡锷："可是今日看到你这副容颜，我才深切感受到，这场战争实在是熬坏你了！"他亲切地将手放在了蔡锷的肩头，深深叹了一口气。

蔡锷望着这个一直如兄长般带给自己温暖的人，从心底绽放一丝欣慰和感激的笑意，尽管这番笑意包含了太多的心酸和苦楚。

两人相对无言。片刻，黄兴又打起精神对蔡锷道："刚才提到了孙中山先生，你可知他对你们前番打的那场护国之役也有一番精彩评价呢？"

看到蔡锷认真地看着他，黄兴接着道："今年5月，在云南驻沪代表欢迎宴会上，孙中山先生对起于云南首义的护国战争这样评说——'云南起义，其目标之正确，信心之坚强，士气之昂扬，作战之英勇以及民心之振奋，响应之迅速，与黄花岗之役，辛亥武昌之役，可谓先后辉映，毫无轩轾！'松坡，孙先生的概括全面、公允，也是极高的定论！"

蔡锷欣慰地笑笑，看到黄兴亲切地望向自己，他的心头一暖，突然有一种强烈的倾诉欲涌上心间。他看看黄兴，欲说又止。虽然面对这位亲切的同乡和战友，一直以来自己无比爱戴、无条件信任和依赖的兄长，他想说出心底一段极隐秘的心曲，但是又怕这番话会让对方担心，这倒让他踌躇。

黄兴却敏感地看出他的犹豫，就带着鼓励的微笑看着他，又用轻松的语气，叫着以往青年时代爱叫他的称呼，问道："小家伙，你有什么话要对我讲吗？怎么又咽回去了？蔡松坡目前可是横刀立马的大将军，不再是我们往昔戏谑称呼的'如闺阁弱女般'的青年了？"

蔡锷咧咧嘴，不好意思地笑了。他选择此刻要对这位盟兄吐露心声。尽管喉痛隐隐，他还是想发泄，想倾诉。这种极其私我的一种情绪，也只会在他——最亲爱的大哥面前才会有。

“刚才大哥说到护国之役中的辛苦……其实我想说的是，打仗虽苦，莫若心苦更加难挨！”他幽幽道来，“大哥，你想象得到吗，几年来，我过的都是一种‘恐惧’的生活，换句话讲，这些年，我一直是在一种害怕的情绪中度过的。”

“害怕？为什么会这样？”黄兴着实一愣，不解地望向他，“蔡松坡的勇气豪气，以及敢作敢为的精神，那是我们公认的强大啊？为什么你提到‘恐惧’、‘害怕’这两个词？”

蔡锷苦笑了一下，点点头：“真的是害怕……”

他眯起细长的眼睛，静静地回忆着：“在北京的两年，伴君如伴虎的状况自不必说了，在我察觉了袁世凯的真面目时，我就开始着手出京计划了！那时候，我在装病，装沉沦，时刻要以假面示人，这双面人的日子实在不好过！一方面，我害怕露出破绽，被袁贼识破，不仅一切努力付之东流，只怕会落得个‘宋遁初第二’的下场。另一方面，在京城的灯红酒绿、倚醉买欢的生涯中，我还要时刻把握住自己，害怕习惯成自然，不知不觉会迷失在其中……如果那样，我蔡锷真成了个依附逆贼、一事无成的千古罪人了！”他说得情绪有些激动，下意识地捂住胸口微微喘起来。

黄兴忙按着他的手：“松坡，你歇歇，先不要说了！”正好李华禹进来，为黄兴送来一杯咖啡，黄兴让他给蔡锷倒杯水来。

李华禹迟疑地看着蔡锷：“将军也该吃药了！”

蔡锷有些怨念地看了一眼副官：“我和克强先生在说话，药等会再吃吧。”

黄兴摇头：“这如何使得？”他吩咐李华禹拿来药，亲手递给蔡锷吃了，又劝他喝了些水。看到蔡锷平静了下来，黄兴温声道：“你喉咙有病，还是少说话为上。反正你在上海还要盘桓几日，我每天都可以抽时间来陪你。”

蔡锷摇了摇头，伸手握住黄兴的手：“大哥！你让我说出来，这样我才好受些！很多话，我憋了许久，憋得我心疼啊，疼得都有些麻木了……”

黄兴有些惊愕地望着这个自己一直以来打心底真切爱护着的盟弟，眉头微微紧锁。他太了解蔡锷的性情了！这个同出自湖南的弟兄生性静默，一向内敛自持，谨言慎行，绝少放纵宣泄自己的负面情绪，以影响朋友，更不愿他人为自己担心。可是，如今重病在身的他，如此激动地要表达出这一份情绪，一定有他太多的难言之隐、难掩之痛！

想到这里，黄兴体贴地笑了笑，他再次抚了抚蔡锷瘦弱的肩头：“那你慢慢讲，不要着急，也别太激动！”

蔡锷蹙起眉毛，目光穿过黄兴的肩膀，仿佛飘散到远方一般：“后来，袁世凯称帝步伐渐近，我知道再也不能等下去了，必须背水一战，和他玩个兵戎相见，即使拼上这条命也在所不惜！这一切计划，潜出北京自然是大关节所在。虽然和你，和卓如师，还有唐继尧都有过密商，可是真正实施起来还是危机重重，生死未卜！后来的事情你很明了了，你安排张孝准、石陶钧等人协助我，长途跋涉、穿越数国，途中自是险象频生。从香港到越南，从越南回云南，我们几次躲过了袁逆的暗杀，可谓九死一生！在紧急时刻，戴戡和殷承瓛他们甚至执意和我换了衣服，装成我的模样，去应对一些场面。那时他们这样对我说：‘我们不能让你冒一点点风险。蔡松坡，如今你死不起，你必须为了共和而活着，活着回到昆明，回到滇军中去！’”

他说到这里，明显动了感情：“当时我除了感动，就是害怕，是前所未有的恐惧！从军几十年，我从来没有这样的感受！我可以不怕死，可是却要为了这场即将到来的战争留下一条命！那时候，我真的是死不起啊！”

他的眼泪终于忍不住夺眶而出，他暗暗用手背拭去。黄兴深深看着他，眼中也氤氲着水汽，他理解而同情地望着蔡锷，一时说不出话来。

蔡锷叹了口气，幽幽地继续诉说着：“好容易来到昆明，可是我心中的焦虑害怕的情绪一点没有放松。这一路上，我就在谋划，如何说服唐继尧他们——这些我以前的老部下们一起举事？你是知道的，虽然我一直有和蓂赓联系抵制帝制的事情，但是要具体到树旗起兵，究竟不是一件小事情！这究竟是造反的大事情，身为云南都督的蓂赓如何想如何做，我也是没有十足把握的……”

黄兴点头道：“唐蓂赓那里我也事先联络过，也说明咱们这次策划护国起义的目的所在。你蔡松坡回云南等于借兵举义，反对袁世凯搞帝制，绝不是回老地方去抢班夺权。事后看，唐继尧在反袁问题上，还是旗帜鲜明的。但是他有私心，想保存实力，扩充地盘，所以才会有战争进行时的后援不力，局势平定下来滇军却反常地开进四川的情形。唉，这些事情，我们经历过了，也无法计较，更不用评说，历史将来自有定论！”

蔡锷听出他的话外之意，但是无心留意，他还是继续着自己的讲述：“好在我们顺利起兵了。很多人都劝我注意身体，不能再辛苦征战了。大家反对我亲自带兵入川，我违拗了大家的好意，除了借此表明我并非为了督军的地位才回云南的意思之外，还有一个说不出口的原因——这场征战是为了挽救共和国体的重要一战，我实在也不放心交给别人。就算我蔡锷自负一回吧，我要亲自带兵打这场仗，才算对得起我的良心和大家的嘱托！”他习惯性抿起嘴角，露出一种倔强而自信的微笑。

黄兴不由得感慨了：“难怪别人叫你霸蛮伢子！松坡，就是你这股不服输、不服软的豪气，加之这种不要命、不放弃的劲头，才赢了这场生死攸关之战啊！”

蔡锷微微摇了下头，他似乎没有注意黄兴的感慨，继续陷入先前的回忆中：“从云南出发时，所有人看到的，是一个信心百倍、意气风发的蔡锷总司令，只有我自己心里明白，我仍旧生活在恐惧当中。”

他看着黄兴：“你们前面几次反袁行动都失败了，二次革命也无奈败北，如今我们又接着来干！能否打赢这场战役，说实话，我是一点把握也没有！毕竟，我们开始是以一省之兵力，去抗衡一国之兵力，要面对的，是一群骄兵悍将的虎狼之师，是曾经所向披靡的北洋重兵！”

他扳扳指头算道：“出发时，为了给民众以信心和鼓励，我们对外号称数万大军，其实我的军队，满打满算才不过六千多人！可是直接面对的，却是十倍于我们的袁氏军队！第一场战役，我们直接面临的对手——冯玉祥部就有四万人！他们的装备和兵力，都是我们根本无法企及的！在出兵誓师大会上，作为总司令的我，要鼓舞士气，要拿出百倍，甚至千倍的豪情壮志来。在行军作战中，即使是面对醉六、凝青这样的身边亲信好友，也不敢稍露真实心情。身为军中统帅的我，时时刻刻要做出信心百倍的必胜样子来，因为，我知道，我的军官们在看着我，我的士兵们也在看着我，我不能流露出一丝一毫的颓丧、怯战甚至是恐惧犹豫的神态来！那时候，只要我有一点点懈怠悲观之气泄露出来，就有可能带来兵败如山倒的结局！”

他望向黄兴，眼中尽是酸楚无奈的神情：“可是，大哥，你知道吗？每当夜晚，在军中，所有人都睡下了，只剩下我一个人的时候，我有多发愁吗？我有多害怕吗？这个仗该怎样打呢？该怎样才能打赢呢？”

他长长叹了一口气：“那时候，我们实在是没有一丝一毫的退路了！该做的，我们千辛万苦地都做了，剩下的，只有苦战到底了！”

他的眼光变得深远惆怅，仿佛又一次回到往昔艰苦卓绝的征战岁月："苦战叙府，围攻泸州，在纳溪打得尤其艰难，三次易手，形成拉锯战。在最艰苦的纳溪一战中，双方处于胶着状态，僵持不下，好几次，我们都坚持不住了。可是我们的确没有退路！该往哪里退呢？退出纳溪？退出永宁？退出四川？退回云南？那我们前面的一切心血就白费了，洪宪帝国的龙旗就要取代共和国的五色旗，那些刚刚站起来的膝盖，就会重新跪下去！让袁世凯怎么笑话我们呢？让世界各国如何看中国人呢？所以，我们真的是退无可退，只能硬着头皮去打，去拼！我们真的输不起！"

毕竟是太过激动，引得一阵咳嗽袭来，他捂住胸口，低头嗽起来，黄兴边为他拍着背，边劝道："松坡！我明白，我明白！唉，害怕，恐惧……那些日子，实在是苦了你了！"他悄悄拭去眼角溢满的泪水。

蔡锷此刻已经完全陷入自己的情绪中去："是的，没有人知道，在那些日子里，这种害怕恐惧的心理如影随形地跟着我，跟着我行军打仗，跟着我纵横布局，它远远超过了身体上的病痛带给我的折磨！我一向崇尚曾文正公的《挺经》里的一段话：二人争道，互不相让，谁挺得久谁就胜出。这就是意志力的比拼，没有任何取巧的余地！多少次，我的撤退命令都签好了，却迟迟不忍发下去，因为我明白，很多时候，不能挺过最后五分钟，以至于一场战役功亏一篑，实在是可惜！"

说到这里，他又微微咳喘起来，黄兴忙起身拿过来水杯，让他喝了一口，蔡锷借机平静了一下情绪，继续说下去。

"其实，我也明白胜算是在战场外，在北洋系内部。冯国璋和段祺瑞这两大巨头都不支持袁世凯称帝；在广西，有卓如师在积极策动广西都督陆荣廷宣布独立；在贵州，有戴戡在运作反帝制行动；在四川，有事先我布局到陈宧处的雷飚……滇军能坚持在泸纳地区多挨一天，出现转机的可能性就会增加一分！可是这种硬挺硬捱的日子，真不好受啊！"

他一声叹息："后来，广西、广东、云贵川纷纷响应，讨袁势力不断扩大，我才慢慢心头踏实起来……"

黄兴深情地看着自己坚韧不拔、威猛有加的兄弟，心里自是感慨万千："我要说，这就是天意，更是民心！我们全国人的意志，借你蔡松坡的力量来表现，而你的力量，又靠全国人的意志来支持！"

蔡锷却露出羞赧的笑意来："今天，有机会当着大哥的面，说出我那段时间的一种心理折磨，那种恐惧和害怕，实在是畅述胸臆了！只是，大哥，你能理解吗？你不会笑话，蔡松坡曾经如此怯懦和柔弱吧？”说到此处，他脸微红，不好意思地看着盟兄。

黄兴有些心疼，又有些感动和心酸，起身上前揽住他的肩膀，深情地说道：“怎么会？实在是难为了你啊！而且，我打心眼里为你感到骄傲！别人看到的，都是你辉煌的一面，是你打赢了护国一战，赢得万载青史留名的荣耀，岂知你蔡松坡实在是拿自己的命在拼、在赌！醉六曾经和我说过，作为资深军人，他无限感慨的是，也只有松坡你，可以用自己的威望，用自己身先士卒的品质，用你敢为天下先的勇气，来带动这支明显弱势的军队，打赢了这场在旁人眼里几乎不可能打赢的战争，创造了这样的一个奇迹！而且，在四川，你们还赢得了好名声，百姓们‘拟蔡军为岳家军’将你们比作纪律严明、作战勇猛的岳飞的军队，这委实不容易啊！”

蔡锷感激和欣慰地笑了，他感受到来自知己密友的理解和支持，还有这来自兄长的发自肺腑的赞扬和鼓励。

黄兴疼爱地看着他，转了话题：“不过，我想提醒你的是，不管是恐惧还是勇气，是苦难还是荣誉，好在，一切都熬过来了！松坡，你现在要做的，是静心调养，早日养好你的病，再次为这个国家出一份力！”他拉起蔡锷瘦骨嶙峋的手，用劲握了握。

激动着讲了太多的话，蔡锷的喉头像着了火一样疼痛起来。他靠在床头，带着感激和信赖的目光望着黄兴，能在自己最知己的大哥面前吐露出心头的郁积情结，他觉得心头顿时轻松舒畅了不少。不过平静下来细细打量黄兴，他的心头又有些感慨和心痛。

他看到才四十出头的黄兴的两鬓已经有了不少华发，额头已经挂上了深深的皱纹，他虽然身躯看着壮实，可是脸色却有些灰暗。他知道黄兴有着严重的胃病，而且这几年，他的心也是很苦的。这位盟兄一生经历的失败也多，曾经被一些人嘲讽为“常败将军”，但是只有蔡锷知道，黄兴是多么顽强和倔强！屡战屡败，屡败又战，就没有黄克强过不去的坎！黄兴的不屈不挠精神，始终是鼓励蔡锷的一面旗帜。

同时，他也知道，黄兴又经历了本党太多的纠葛和非议，甚至是他最亲密的上级和战友，也屡次和他因观念分歧而抵牾分离。但是，蔡锷心里清楚，自己的这位盟兄，心胸坦荡，磊落无私，他的一切行为都不是为谋一己之私利，所以，他也赢得了党内党外的很多人的尊重，尤其是蔡锷，因敬重他的人品，始终和他惺惺相惜、肝胆相照。每当蔡锷对局势和国家前途忧虑失望时，总会想起黄克强这个名字，这个代表着勇气、正义、无私无欲、百折不挠的响亮名字。

无论是亲密的相助和往来，还是那些无法解释、不用解释、不必解释的历史谜案，蔡黄二人的友情和相知，都是别人无法理解，甚至难以揣测的。他们聚首的机会可能不多，很多的时候都是一种心灵交汇、心心相印的感觉，每当遭遇人生的重大转折，一方就会向另一方无条件、没有芥蒂地伸出援助之手。

当然还有可贵的理解和默契！他们像是背对背相依相靠的一对战士，互相把信任的后背袒露给对方，同时，又紧紧用自己的血肉之躯，给对方以最贴切、最亲密的依靠！也许，黄蔡之间的情谊，真的如《高山流水》那首古乐中阐述的情境，巍巍乎似高山，潺潺乎如流水，延绵不绝，如空谷足音般绝世而令人怅惘。他们的关系仿佛已经到了这样一个境界，那就是，两人之间的友谊和情义，已经不需要他人，甚至历史来猜测和评说的了。

此刻，黄兴重新坐到蔡锷身边，继续和他聊着形势："你还年轻啊，松坡！身体至关重要！前不久，程潜带领护国军进驻长沙，赶走了汤芗茗，他建议我回湖南主政，我致电国务院，推荐你做湖南督军，我们实在是太想实现湘人治湘的愿望了！可是如今看你的病况，还是先放一放吧，等你先去日本治好了病再说。至于你牵挂的四川局势，也可以丢开吧，交给戴戡、罗佩金他们去处理好了。还有云南的唐继尧、广西的陆荣廷，情况都不很妙，南方新的军阀割据局面又出现了……我时常在想，如果我们的国家，我们的军队中，能够多出现一些像你这样不计个人得失，一心为国家的忠勇军人，那么一切就有希望了！"

两人正谈得热切，李华禹进来禀报，蔡锷的旧时好友罗湘来探望他了。黄兴不由得笑道："我就知道他一听说你到了上海，会马上赶过来的！好吧，咱们盟兄弟几个，也算在此重聚了！"

他的话音未落，一阵响亮的脚步声已经从楼下传来，罗湘很快出现在他们面前。

"克强兄也在这里。"罗湘带笑招呼了黄兴，就急忙来到蔡锷的床边。他怔怔地盯着蔡锷的脸，眼泪一颗颗滚下面颊。

"唉，小远，你这是做什么？刚见面就冲着我哭？"蔡锷笑着打趣他，叫着他的小名。却见罗湘用劲摇摇头，擦去了泪水，一下子扑到床前，将蔡锷的身子抱住，几乎是大放悲声：“你看看你这个傻子？你这个最大的傻子！蔡艮寅，你把自己弄成什么样子了？”

蔡锷挣扎不得，苦笑着看着黄兴：“你看他像孩子一样，哪里就到这样的地步了？”

黄兴上前劝住了罗湘，拉他在蔡锷床前坐下。罗湘再次端详了蔡锷，喃喃道：“我快认不出你了！不过三年……你这个样子让我们这些兄弟们看了，心里如何忍得？”

“打仗嘛，哪有不辛苦的？我的身体原本也不很强壮，别人不清楚，你还不明白？”蔡锷笑嗔着他，“当着病人，哪有老说这样伤情话的？你把我都弄伤感了！”罗湘算是发小旧识，蔡锷和他说话更是随便一些。

罗湘却叹息着，扭脸看着黄兴：“我以前一直这样看松坡——这个男人，和别人不同，任责而不谋权，‘既不惜死，也不爱钱’。如今可好，再加上一句——最能吃苦，最能拼命！”

“霸蛮特征！”他和黄兴不约而同说出这样的话来，相顾大笑起来。

蔡锷有点不好意思，羞赧一笑，看着罗湘转移了话题：“你上次托人送我的那套文房四宝，我爱得很，一直带在身边的。”

罗湘点头：“这次我也给你带来了一件礼物。”他招呼一下李华禹，拿来自己带来的一只手杖，递到蔡锷面前：“就听说你身子极弱，我想这个是个支撑身体的助手，也许你用得上。”

他看看黄兴，又对蔡锷抿嘴微笑：“还有个意思，想你如今是名满天下的护国大将军，大将军岂能没有利剑在手？所谓宝剑赠予英雄，你如今病着，我送你这只手杖，你权且当作是一把锋利的宝剑，在扶持你身体的同时，也助你用它斩断病魔，早日康复！”

黄兴哈哈大笑：“好礼物！还是小远想得周全！”

蔡锷也很感念，嘟嘟嘴，没有再说什么。黄兴又接着道：“最后一句话应该改成这样：‘助你用它斩断病魔，早日从东瀛康复来归！’”

“怎么，松坡？你已经决定去日本医病了吗？”罗湘问道。

蔡锷点头，黄兴又对罗湘讲起刚才说到蔡锷治病情况的话题。两人陪着蔡锷坐着闲谈了很久，吃过晚饭，三人还不忍分别，想到蔡锷病中难免寂寞，就想多陪他一会儿。两人照顾着蔡锷吃了药，又叫李华禹去买来了一些时令水果，边吃边继续聊天。

后来罗湘提到前一阵他和妻子季梅专程到杭州为秋瑾、徐锡麟扫墓的事情，蔡锷也因此说起发生在护国战争后期的海珠惨案。

梁启超的好友，曾任中国银行总裁的汤觉顿，在蔡锷蛰居北京时期，就和他以及梁启超三人一起，经常密谋反对袁世凯称帝的对策。蔡锷多次从北京到天津，就是在汤觉顿公馆和梁启超秘密会面。护国战争开始后，汤觉顿追随着梁启超，先后秘密到广西策动反袁行动，促成了广西独立。后来广东巡抚使龙济光也挂出“独立”的招牌，致电广西督军陆荣廷和梁启超等人，敦请其派代表前往广东协商。汤觉顿深知“粤不定则贼不灭”，就慨然请缨，以陆荣廷和梁启超的特使身份，赴粤谈判。1916 年 4 月 12 日，汤觉顿等人在广州海珠岛和龙济光商谈时，龙的警卫军统领颜启汉突然拔枪开火，当场将护国军代表汤觉顿、谭学夔、王广龄三人击毙，此为轰动一时的“海珠惨案”。

海珠案发生时，正值讨袁高潮时期，梁启超戎马倥偬，无暇亲及汤觉顿善后事宜，乃托付长女梁思顺协助料理，又撰挽联悼念海珠三烈士。当时蔡锷正在大洲驿驻军，身体也正处于极度萎靡虚弱之时。听闻老友汤觉顿的噩耗后，悲愤不已，他带病书写挽联，献给三烈士。

才若晨星，国如累棋，希合而支持，乃聚而歼绝；
君等饮弹，我亦吞炭，与生也废弃，宁死也芬芳。

黄兴诵读出蔡锷所写的这副挽联，轻声赞道:“写得好。就是这句‘我亦吞炭’听上去让人伤感无比”！

“‘与生也废弃，宁死也芬芳！’松坡，这是你一贯的傲骨，我晓得！”罗湘也从旁感叹着，“只是，这次你一定好好去治病，我们要你活着，活着才能继续做‘芬芳于这个国家’的事情！”

黄兴看着他赞许地点头。蔡锷却又默默提到了另外的一些人:“可能是病中静思，才会浮想联翩吧？我最近时常记起年轻时的事情，那些已经逝去的故交旧友的面容，老是在眼前飘荡。复生师、佛尘师，刚才提到的秋瑾姐、徐锡麟先生，还有咱们曾经的盟兄弟星台兄和稽亭兄。”

听他提起已经逝去的陈天华和禹之谟，黄兴也伤感不已。1905 年 12 月 8 日，时年三十岁的陈天华在日本大森海湾蹈海而死；1906 年 8 月，禹之谟为反对清廷盐捐浮收和提款兴学等反动政策，率湘乡驻省中学二百名学生回湘乡与县衙据理力争，8 月 10 日被捕。1907 年 2 月 6 日，禹之谟在靖州东门外慷慨就义，年仅四十一岁。临刑前他高呼：“为救中国而死，为救四万万人而死，继我志者自有人！”

蔡锷沉声道：“当年星台兄逝后，是克强兄您和稽亭兄一起，倡议在长沙为他举行公葬，埋骨岳麓山。稽亭兄逝后，也于民国元年公葬于岳麓山，孙中山先生追赠他为陆军左将军。如今，他们都已经长眠于在岳麓山的怀抱了。”他的眼中露出一丝向往的神色。

停顿一下，他又叹息道：“唉，岳麓山！那里留下了咱们太多的青春记忆！我时常在想，能够永远安歇在那样幽静安宁的地方，也算人生一大幸事！你们一个是我的大哥，一个是我的小弟，别怪我病中胡想，如果这次我将不起，你们能够满足我的一点愿望吗？”

黄兴和罗湘都呆呆地看着他，无从阻拦那即将说出的不祥话语：“就葬我在星台兄和稽亭兄之侧吧，这样我们又可以朝夕相伴了！”

罗湘忍不住落泪，黄兴摆摆头，劝慰道：“病中胡想也算正常，但是不该作此不祥之语。你明知道我们都是最渴望你能恢复健康的人！”他看到蔡锷已经很疲倦了，怕他劳累哀痛过度，就借口告辞，终止了这段令人伤感的谈话。罗湘舍不得和蔡锷分离，执意留下来陪他一晚。

一周后，蔡锷启程东渡日本治病，为了避开媒体的骚扰，没有通知更多的人，只是黄兴父子、罗湘几人送他到码头。

副官和秘书照顾潘蕙英抱着孩子先上了船，罗湘和黄一欧左右搀扶了蔡锷，准备送他上船。

蔡锷含着泪，深深拥抱住黄兴，他哽咽着说不出话来，只是用手臂紧紧搂着黄兴的脊背，久久不愿松开。

黄兴也伤感万分，他拥住蔡锷瘦削得几乎不盈一握的身子，心中涌起一丝不祥的预兆。他竭力控制住自己的情绪，勉强笑看他：“你好好去养病，不要操心忧虑，总之心要放宽一些。需要什么，想吃什么湖南家乡的特产了，给我来电，我给你寄去！”蔡锷听了含泪点头。

看着走几步路都虚弱无力的蔡锷，在罗湘和黄一欧的搀扶下，走上轮船，黄兴心痛难抑。他悄悄拉住蒋方震：“这一行，松坡就拜托你照顾了！我已经给湖南都督谭延闿去电，请他转告石陶钧，让他也随后赶赴日本，一起协理松坡治病事宜，这样也能多一个人照应吧！”

蒋方震高兴地说道:“太好了，我正发愁这一行人中，就我一个人懂日文呢。松坡喉疾正殷，连说话都很困难，如果醉六能随后来，那是再好不过的啦！而且他和松坡也最为相投！”

黄兴长叹口气，语气格外地伤感:“松坡的情形实在是不大好……为了这个国家，请照顾好他吧！”

船渐渐离开了上海港，黄兴等人对着远行的航船挥手作别。

蔡锷在蒋方震和李华禹的搀扶下，站立在甲板上，望着岸上好友渐渐变小、变模糊的脸，一丝悲凉和不祥的永诀之意涌上他的心头。

尤其望着黄兴，蔡锷的心中突然莫名浮起这样一句感慨:“从此，到哪里可以再见到我丰硕魁梧的克强兄呢？”

第三十二章　诀别

爱情坚信自己的力量，并且宣告要战胜死亡。

——泰戈尔

1916 年 11 月 5 日晨　福冈医院特护病房

病榻上的蔡锷处于半梦半醒的混沌状态中，他似乎一直在游走，在寻找，在一个个浮现在自己眼前的故人面容中，分辨出一张最令他难忘的脸庞。当他逐渐抓住这张无比亲切、熟悉的面容时，他感觉自己回到了那个令人唏嘘感叹的兄弟间的诀别时刻。他站在船上，黄兴站在岸边，互相挥着手，直到彼此的面容变得模糊、更迷糊，完全看不清了……

“从此，到哪里可以再见到我丰硕魁梧的克强兄呢？”他的心底再次涌现出这句让人伤感的话语，他挣扎着想叩问苍天，就这样用劲大声喊了出来，也让自己重新回到人间。

“松坡！”

“都督！”

“将军！”

似乎很多种声音在同时呼唤着他，蔡锷缓缓睁开眼睛，看到蒋方震、石陶钧、云南议会议长赵伸、李华禹、唐岩等人都围在他床前，潘蕙英默默守在他的床头，不断用湿毛巾为他擦着前额。

众人脸上都挂着关切又担忧的神情，蔡锷才想起来自己仿佛昏迷了很久。他虚弱地看着他们，嘴边露出一丝充满歉意的笑容：“唉……我这是昏迷多久了？又吓坏你们了？”

石陶钧回答他："只要你醒了就好。你的身体太过虚弱，刚才稻田博士他们来诊看过了，说是你醒了，好好将息，会慢慢好起来的！"

"哪能望好？……"蔡锷咧嘴苦笑，又忙改口："你们这样守着，也是辛苦。"

蒋方震忙安慰他："你别不安，我们没什么，就是蕙英这阵子真的是太劳累。"他看着潘蕙英，建议道："昨晚你又整整熬了一夜，如今他醒了，你该放心回去休息一下了吧？"

石陶钧也上前接过潘蕙英手里的毛巾，劝说道："是的，别让松坡再心疼着急了。"

蔡锷抬头看着夫人，也微微点头示意。潘蕙英看着众人这般相劝，也是有点难为情，又见蔡锷清醒过来，就答应着离开了病房。

蔡锷示意要坐起身来，石陶钧和李华禹、唐岩一起扶他起身，又照料他半倚在床头，将枕头垫高，让他舒服地躺着。

蔡锷看向一旁站着的赵伸问道："赵议长何时回国呢？"

赵伸："那日探望过了都督，原本计划第二天就返程的。没想到……如今都督清醒过来，一切都会慢慢好起来的。我想明日正好有到上海的船，我就准备走了。"

"上海……"蔡锷默默念着这个地名，突然黄兴的面容猛然浮现在眼前，他似乎才记起自己昏迷前遇到的那桩悲痛事件，"黄克强死了"这五个字，再次像插在心头的一把利刃，切割在他虚弱不堪的心口上，有鲜血淋漓的痛楚感。他微闭上眼，手按住胸口，悄悄吸了一口气。

"松坡，怎么？又不舒服了吗？"蒋方震担心地问他，石陶钧就想去找医生，却被蔡锷拦下了。

"没事，我很好。"当着众人面，蔡锷暗暗咬紧牙关，忍住了这阵不适，抬头看着赵伸道："我想请赵议长帮我做件事情。"

"都督请讲。"

"黄克强先生仙逝，上海方面肯定有一系列的追悼纪念活动，黄夫人徐宗汉女士，还有一欧、一中、一美等诸位公子也在上海，我想写一副挽联，和一篇祭文，烦请赵议长带给他们，表达我的一点哀思。"

"属下定然不负都督托付！"

赵伸郑重承诺，又看到蔡锷刚刚醒转，神情疲乏，就匆忙告辞，石陶钧送他出去。

蔡锷叫过唐岩，吩咐他去街上买些纸张笔墨回来。又吩咐李华禹给他弄一碗参汤来，两人答应着去了。

病房里只剩下蒋方震陪在床前，望着蔡锷默默不语。他知道蔡锷是很少吃这些高档补品的。自从蔡锷到日本治病以来，来看望他的，其日本留学时代的老师、同学、师兄弟以及日本友人，给他送来了很多高级补品，他却很少享用。只是因为后期身体实在虚弱，很多食物不能下咽，在日本医生的建议下，才偶尔由潘夫人为他熬些燕窝粥。

此刻见他让李华禹去准备参汤，蒋方震心里明白了几分，就试探着问他："看样子你是准备亲自为克强兄写祭文和挽联了？我知道你们的情谊非比寻常，可是你毕竟昏迷了两天两夜，这才刚刚醒来，身子还很虚弱，实在不宜再劳神费脑、耗费心力。你看，唐秘书是你的同乡，跟随你也有段时间了，他的文笔你清楚。再不然，还有我和醉六呢？醉六的文风文采你一向是赞赏有加的。所以无论是谁，替你完成这个心愿都不成问题的。你说呢？"

蔡锷摇头："这不是文笔文采的问题，这实在是我的一片心意。我一定要自己来写！"

饶是沉稳持重如蒋方震，此时此刻也忍不住急了，他硬下心肠来，以少有的强硬决绝口吻面对蔡锷："你这人怎么总不听劝呢？你看看现在你都病到什么程度了？为什么就不能省省心？"他说着，已不觉潸然泪下。

蔡锷抬起身来，用手握住蒋方震的手背，脸上挂着几乎是恳切哀求的神色："这可能是我为克强兄做的最后一件事了！百里兄，帮帮我！"他的泪水也不由滚落腮边。

蔡锷和蒋方震同岁，平常两人都是以字相称，很少称兄称弟，如今听到蔡锷郑重地叫出"百里兄"三个字，蒋方震不由得心软了。他拭去眼角的泪水，握住蔡锷的手，哽咽着道："这样吧，你先构思祭文，我替你笔录，如何？"

蔡锷也知道以自己目前的身体状况，根本无力亲自执笔写下几百字的文稿，只能黯然点头。他不再说话，将头靠在床边，闭目构思起祭文来。

唐岩将纸张笔墨买回，放在了病房的书桌上。他看看半靠在床上闭目不语的蔡锷，又望向坐在床边的蒋方震："看这样子，是要为克强先生写祭文挽联了，要不要我先打个底稿？"

蒋方震有些怨念地向他示意了一下床上的人，苦笑道："你看他肯吗？"

唐岩虽然理解却仍旧很担忧，就低声道："我自然明白我们将军和克强先生的交情，只是他目前不是病着呢吗？实在不宜劳心费神，做这样的哀伤之文！”

蒋方震叹息：“倒也要劝得住才行啊！你跟着他也不是一半天了，他的脾气，你还不了解？唉！还是那句话，我就犟不过你们这些湖南人！”身为蔡锷邵阳同乡的唐岩听了这话，也不好再辩什么。蒋方震让他帮助自己将书桌移到靠近病床，就让他先出去了。

蔡锷没有留意蒋方震和唐岩的对话，他的一切思维都陷入对黄兴的哀悼和追忆中去。往日的一些片段，像一片片凋零的秋叶，被风吹落到他的脑海中，曾经的手足情分、兄弟恩义，如今都成了刻骨铭心的印记，化作把把利刃，戳在他微弱的心脏上。

曾经的情有多重，今日的殇就有多深！

他思索一阵，心中有了底稿，就望着蒋方震点头示意，后者提起了笔。

“从此，到哪里可以再见到我丰硕魁梧的克强兄呢？”自己从晕厥中醒来时漂浮在心头的一句话，此刻又浮上蔡锷心头。他张张嘴，想组织语言把这番意思表达出来，却突然感到一阵锥心的疼痛袭来，让他痛到心胆俱裂的程度，他拼命摇牙忍住。忍得了疼痛，却忍不住悲伤，他觉得心里有决堤的海水涌出，全化作了不能控制住的河流，此刻好像立刻就漂移到眼眶里。泪水就这样不受控制地哗哗直流，直到泪如泉涌的地步。紧接着，一阵咳嗽又袭来，他边哭边咳，佝偻着身子喘成一团。

蒋方震被从来未曾见过的蔡锷如此这般悲痛欲绝的情形所震惊，他这样的无助和虚弱，也是从来没有过的。蒋方震赶紧扔下了笔，上前揽住他的肩膀，为他捶着脊背。

蔡锷像孩子一样伤心地哭着，他紧紧抓住蒋方震的胳膊，像是抓住了黄兴曾经孔武有力的臂膀，抓住盟兄已然远去的身影和兄弟情分，也像要抓住自己即将飘逝的生命一般。

他哭泣着喃喃自语：“呜呼，伤哉！予继今将何从而视吾丰硕魁梧之克强君？”

蒋方震已然被他的悲伤情绪所感，泪流不止，听到这句惨烈痛心的反诘，看着哭得浑身颤抖、哀伤欲绝的蔡锷，再想到眼前的这个自己最爱戴、最知心的挚友也命若游丝，即将逝去，任蒋方震如何自持克制，也如万箭穿心般痛彻心扉！他忍不住和蔡锷紧紧相拥到一处，失声痛哭！

两人就这样痛快淋漓地哭了一场。终究蒋方震先醒悟过来，他暗暗自责自己的放纵和脆弱，收泪劝向蔡锷：“好了，松坡，让我们都坚强一些！总不能这样一哭了事吧？你说，我来写！”

虽然哭得头晕心颤，毕竟宣泄过去，稍有缓解，蔡锷觉得心中竟然好受了一些，他点点头，拭去泪水，缓缓将刚才心中打好的腹稿说出。

呜呼，伤哉！予继今将何从而视吾丰硕魁梧之克强君？孰故于此控抟而颠摧之？岂天上之悲剧制造者有抑塞磊落奇才之心而故为之者耶？……

他边说着，眼前浮现出黄兴往日的音容笑貌来。

是的，在他心中，黄兴就是磊落奇才，是一个真正的君子！

辛亥革命后，黄兴担任了中华民国第一任总司令和陆军总长，他的权力之大，可想而知。可是作为最高军事长官，他没有为自己建立任何一支私人军队，也没有利用手中的枪杆子为自己谋一块地盘。

清王朝退位后，他立即遣散了大量的军队，减轻国家的负担。他说过，他的理想是做一个实业家，去实现实业报国的志向，而不想拥兵自重，做一个靠武力压迫别人，为自己牟取私利的新军阀。这一点，是尤为蔡锷敬重，也是和蔡锷的志向相吻合的。

蔡锷多次设想过，如果天下平定，他就交出兵权，退而做学问，他愿意重新跟随在老师梁启超身边，做一些研究工作。对于这个尔虞我诈、黑暗肮脏的官场仕途，他实在是厌倦已久！

君始以趣起社会之动机，欲激扬民族永静之惰性，而以其悲智显继，以非利己主义之直接认识……君又变历史之声，而求自由思想于炎黄胄裔之发展，苟笃其行而不谬，复何安忍长逝而离乎今世？……

想到前几天赵伸、石陶钧他们谈到的如今国内局势，四川、云南、江西、贵州……护国战争烽烟刚刚熄灭，各路军阀崛起之势已经形成，对比黄兴的无私无欲、磊落坦荡的做法，怎不叫人扼腕叹息！

共和之胎形方新，而专制之第一缩图，诚勇刚强不可陵……君纵不欲以其家托诸后死之吾；徒紧我国人，将此呱呱保抱之婴儿国，托诸谁氏之

将扶？……

吟诵至此，蔡锷再次伤怀不已。共和体制刚刚经历劫难，侥幸得存，年轻的共和国，就好比一个嗷嗷待哺的婴儿一般脆弱，正需要黄兴这样的中流砥柱般人物赖以柱其间！可如今……如果像黄兴这样赫赫威名、豪情如炽的人尚不能长命，以挽救国家的颓唐、社会的腐败，那么，病弱而又孤立无援的自己，又再抱何种希望呢？一种从心底升起的绝望悲观情绪，瞬间将蔡锷淹没了。

呜呼！予已血为之厥，泪为之枯，念人事之靡常，壮健如君而犹速化，翻欲以造物之倒行逆施者，以自慰借此已浮沉一年余之病躯，予言有穷，而痛将无有已时也！……予继今将何从而视吾丰硕魁梧之克强君？呜呼伤哉！

再次重复了这句痛不欲生的反诘之语，祭文结束，蔡锷似乎平静了下来，他长长吁了一口气，疲倦地闭上了眼睛。蒋方震含泪写完最后一个字，将笔放下，也望着眼前的这篇祭文沉默不语。

李华禹端着一碗参汤进来，他望望蒋方震，又看着蔡锷：“您现在就喝吗？”蔡锷虚弱地点了点头。

蒋方震擦了擦眼角的泪水，起身从李华禹手中接过汤碗，平静地坐到蔡锷床边，用小匙舀了参汤，试了试温度，喂到蔡锷唇边。

看着他不愿假手副官，而是亲手喂自己喝汤，蔡锷开始有些不解，可是当他看到蒋方震眼中流露出来的理解和支持的温情时，蔡锷的嘴角挂上了一丝感激而欣慰的笑容。他像孩子一样温顺地张开了嘴，一口一口地将好友喂到他唇边的这碗参汤喝了下去。

喝过参汤，蔡锷叫李华禹将纸张铺好。年轻的副官不解地望着他二人，见蒋方震没有反对，就疑惑着将纸张展开铺好。

蔡锷靠在床头，微微闭上双目，蒋方震不知道他在凝神养气、积聚精力，还是在打着腹稿？正在此时，石陶钧回到病房。他来到书桌上，拿着祭文看了一遍，点头称赞：“松坡这篇祭文，风格自然是秉承章太炎先生之文体文风，一气呵成，言简意永，克强兄英魂不远，当感知你这番情谊了！”

蔡锷没有理会他的赞语，他在努力使自己静下心来，闭目养了会儿神，觉得自己身上似乎有了些力气，就挣扎着坐起身来，扶着床头，欲起身下床。

“您要干什么？您不能起来！”李华禹见状急得大喊，忙上来扶住他的身子，也是阻拦他下床的意思。

蔡锷靠在他肩头喘息了一阵，低声道：“华禹，你搀扶我到那边桌子旁。”

“不行，您不能下床！医生们反复交代过的！”李华禹急得声音里都带着哭腔。石陶钧扔下手中的祭文，也赶上来按住他：“嗨，你这个不要命的，又要干什么啊？”

“祭奠克强兄的挽联，我必须亲自来写！”蔡锷回答得毫无商量余地。

石陶钧都快被这个倔强的好友气疯了，他狠狠地盯着他：“你不看看你如今这个样子，连笔都拿不稳，怎么写挽幛？”他叹口气，建议道：“你继续口述吧，我，或者百里代你写！”

蔡锷固执地摇头：“不行！挽联不同于祭文，我必须亲自写！他是我的大哥，这是我给他做的最后一件事情！”

李华禹抱着他的身子，哭泣着劝道：“求您了，将军！这么多朋友、随从、秘书，谁都可以帮您写两副啊！您，您都成这样了……”

蔡锷拼力挣脱开他的扶抱，态度决绝地表示：“这次谁都拦不住我，这件事我一定要亲自做！我不要你们搀扶，你们也不要阻拦，让开！”

他推开身边的李华禹和石陶钧，看向一旁默默不语的蒋方震，带着信任的微笑，向蒋方震伸出了手。

蒋方震叹了口气，理解而无奈地苦笑着。他看看石陶钧，幽幽道：“这是松坡的一点痴念，我们就别违拗他了！”一边说着，他一边上前挽住了蔡锷递向他的手。

石陶钧自是比他还了解蔡锷的脾气和秉性，在心底深深叹息了一声，也默默走过去，和蒋方震一起，将蔡锷搀了起来，扶他来到书桌前。

蔡锷用手撑着书桌，身子斜倚在两位好友的身上，他屏神静气，望望眼前用来写挽联的纸张。

白色的纸张仿佛刺目的阳光，化作一阵强烈的头晕目眩的感觉向他袭来，蔡锷咬牙挺住了，他努力积聚起周身的力气，咬紧牙关，用颤抖的手拿起了毛笔。

一阵阵眩晕，一股股冷汗，蔡锷的嘴唇都咬出了白印，他长吸一口气，拼尽全身的力量，支撑起手腕，挥笔写下刚刚构思好的两副挽联：

方期公挽我，不期我挽公，国事回思惟一哭；
未以病为忧，竟以忧成病，此心谁与寄同情。

以勇健开国，而宁静持身，贯彻实行，是能创作一生者；
曾送我海上，忽哭公天涯，惊起挥泪，难为卧病九州人！

写完最后那个“人”字的一捺时，蔡锷已然支撑不住，他下意识扔掉了手中的笔，身体瘫软，向后仰倒，晕厥在好友的怀中。那支被他扔掉的笔，墨汁甩在地上，形成了一个大大的惊叹号。

傍晚，美江在医院的花园里和林建昭见面。她看到他一脸忧伤的神情，就明白了，轻声问道：“你刚才去病房看将军了？”

林建昭点点头：“他的情况不好，时常昏迷，醒来的时间越来越短了……”他的声音有些哽咽。

美江也红了眼圈：“最近这两天，我陪在夫人身边，亲眼看到了他们深厚的夫妻感情。彼此相爱太深，是幸运还是不幸呢？”女孩望向青年，“也许到了这个快要诀别的时刻，感情就是最让人心痛的事情了吧？”

林建昭仿佛没有关注到她的情绪，他尽量平静地说道：“也许不久我就要回国了。我们也许不再会有见面的机会。美江，”他盯着女孩，“谢谢你这段时间对我的帮助。有关你拿给我看的你的表舅公的文章，我也读了不少，它们让我更加了解中国，了解日本，了解日本人眼里的中国，究竟是怎样一副形容，还有就是……”他突然停住了话头，眉毛蹙起，看着女孩露出一丝微笑：“如果你将来有机会，到我的国家来游玩，请一定告诉我，我可以带你去很多地方。”

“真的吗？”美江兴奋地瞪大了眼睛，“我现在对中国感兴趣极了！你们的国家，真是一个神奇的地方！我表舅公和我讲过许多，你对我讲了许多，贵国的风土人情，历史文化，还有将军和夫人的传奇爱情故事！”

她用秀美的大眼睛盯着林建昭：“你知道吗？这两天，夫人终于肯给我看一些原先很隐秘的东西。将军在战场上给夫人写的信，奇妙吧？夫人说是家书，我说是情书！大将军在战场上给自己最爱的女人写的东西，不是情书还会是什么？”

林建昭嘴角上弯，没有否认女孩的说法。

美江继续道："后来，在我小心翼翼的恳求下，夫人给我看了其中的两封。其实我根本看不懂啊，夫人就给我耐心讲解。我竟然被将军的深情感动到落泪！"

她不自觉地拉住林建昭的手，急切说道："将军是个绝顶勇敢的人，不是吗？但是在自己妻子的面前，在给爱人的信中，他扔掉了所有坚强的面具，将自己千疮百孔的心灵和重病缠身的躯体带来的所有苦痛，向她哀告和倾诉，甚至带着一丝孩子般的撒娇和柔弱。"

她的眼睛里闪烁着泪光："这样的将军让我更加崇拜，这是一个用情很深的好男人！"

"既能金戈铁马，又能似水温柔。"林建昭接言道，突然想起美江不能明白其中的某些词汇，就为她作了解释。

美江用劲点头。林建昭感叹道："也许他们的感情，早已经超越了一般夫妻的感情和信任，这是一种灵魂的交流和依托。人生在世，若能得到这样一段美妙的爱情，也算不枉此生了。"

美江又是不能完全听明白他的意思，林建昭不好意思向她解说这最后一句话，就只好转换了话题："不过，石将军和蒋将军倒是多次让我提醒你，最近多留意夫人的情绪吧。她和将军感情太深了，这点也是让人担心！"

美江再次乖巧地点头："我知道的，你们是怕将军万一……夫人会想不开？这真是一件值得注意的事情呢！"

说到这里，美江猛然惊起："我得赶紧回病房了！我要时刻陪着夫人呢。"她忙告辞离开。

病房中，蔡锷仍昏睡不醒。蒋方震和石陶钧、唐岩、李华禹等人都守在外间，潘蕙英独自守在他的床前。

她默默看着昏睡不醒的丈夫，他的面容更加晦暗憔悴了，一层衰败的灰色调笼罩了他的面庞。她从医生、护士们闪躲回避的眼光中，看出来他的生命之烛已经燃到了尽头。

"有些事情，是该早做准备了。"她在心里默默计较着。起身来到小地柜前，从里面取出那个暗藏的锦缎包裹。她打开匆忙整理了一下。那对沉香木龙凤挂件依旧放在那里；一把精致的小剪刀她拿起来看看，又放了回去。还有就是那叠厚厚的书信。

她取来一方手帕，将那叠书信包裹了，又从床头柜里取过一盒火柴，也包到手帕中。她到床前看看那人，就出了病房。

“百里兄，醉六兄，我想去花园里透透气，松坡那边，麻烦你们照看一下。”她的神色依旧是一如既往的平静温和。

石陶钧忙点头：“你去吧，我们守在他身边，放心！”蒋方震却看看她身边，“美江护士不在吗？”

潘蕙英微笑道：“她最近也太累了，这阵松坡平静些，我让小护士回去休息一下，换换衣服。”她又笑看众人：“我独自到外边转转，很快就回来的。”

看着她离去，蒋、石二人忙回到蔡锷床前。

潘蕙英来到花园一个角落，将手中的手帕解开，把那叠书信拿了出来。她想点火，却又有点犹豫，就将书信依次抚摸了一遍，喃喃自语着：“我真舍不得烧啊……可是，松坡，我已经决定要陪着你走了，这些信，这些记录了咱们爱情的痕迹的东西，也应该随咱们一起到另外一个世界吧。”

她看着手里的信件，仿佛是在面对着那人，嘴里说着誓言：“真爱究竟是什么？前次梅子和我讨论过这个问题。是的，其实我也总爱在心底反复问自己。松坡，现在，我想说——对我而言，真爱就是永远和你在一起！”

她带着微笑轻轻摇头：“请原谅我的固执和偏激。我也许不能和你同年同月同日生，但是一定要和你同年同月同日死！请答应我，让我们以这样的方式，完成我们彼此的承诺——一生一世在一起吧！”

她再次将信件放到地上，拿过一根火柴，咬咬唇，毅然一划，小小的火苗燃起。

“夫人，请等一下！”随着一声呼喊，美江突然出现在她面前。

女孩上前抢过书信，看着潘蕙英不解地问道：“夫人，您这是干什么呀？这些都是将军写给您的信，您说过，是您最宝贝的东西，怎么您突然会？……”

刚才美江和林建昭分手后，正想回病房，经过花园时，却意外发现蹲在一隅的潘蕙英的身影。她发现她的行为有点怪异，就一直默默躲在一棵树后观察着，看到她竟然想烧毁这些信件，就赶紧跳出来制止。

“我……”潘蕙英脸微红，不知道该怎样和这个东瀛小护士解释。最近女孩一直陪在她身边，协助她照料病重的蔡锷，尽心尽力，又很体贴，潘蕙英和这个小护士的感情蓦然加深很多。此刻她不能和女孩说明真情，但是又没法马上圆谎，正在纠结处，却看到特护病房另一个护士真子匆忙跑来，胖胖的圆脸上带着急切又惊喜的神色。

“夫人，到处找不到，您原来在这里？蔡将军醒了，在找您呢，蒋将军让我赶紧找您回病房。”

“哦？好的，我们赶紧回去！”潘蕙英拉着美江一起向病房跑去。

1916年11月6日晨

又是一个宁静的早晨。蔡锷从昏睡中醒来，看到潘蕙英伏在床边，握着他的手，静静地睡着。

这一阵子，每当他从昏睡中挣扎醒来，就会看到这样让他欣慰却又心酸的场面——自己柔弱的小妻子，衣不解带地守候在他的床前，即使是由于过于劳累睡着了，也会用她的小手，紧紧抓住他的手，仿佛唯恐一松开，他就消失了一般。

可是，这样的相握还能维持多久？

蔡锷的唇边挂上一丝悲凉的笑容。他知道自己的日子已经不多了，每当他闭上眼，那些已经逝去的恩师、好友的面庞就会瞬间进入他的眼帘。他不畏死，他已经做了他该做的事情，他实在太累了！有时候，他在想，如果能够这样长睡不醒，也是人生一大惬意之事呢。可是他唯独放不下的，是这个他毕生挚爱的女人。

他的爱情被唤醒在二十九岁那年，从那首《高山流水》的结缘，这个沉静温柔，却又倔强深情的女子，从此就走入到他的生命中。

他很快发现自己得到了人生最美的珍宝。自他和她结缡后，他的人生就彻底变了，他觉得从此竟然有了这样一个深重的情结——一个小巧文静、如小鹿般无辜的女孩，将爱情和生命同时交到了他的手上。

这是一个永远让男人无法开采殆尽的宝藏，她的智慧、她的温柔、她的贤淑、她的颖悟，像一朵朵五彩缤纷的花朵，在不同时分，悄悄绽放出不同的风采，让人陶醉，让人慨叹，让人惊喜却永远无法预测下一个。

更让蔡锷庆幸而欣慰的是，潘蕙英作为受过中西文化熏陶的知识女性，能够站在平等的精神高度上，和他进行深入的交流，理解他，安慰他。

身处官场仕途的他，时常处于精神紧张、愤懑难平的心绪中，潘蕙英虽然不懂政治，却能以一个妻子温存贤惠的心，来慰藉他，体贴他，安静地听他倾诉，听他宣泄，很快的，他就发现，秉承谨言慎行、内敛持重的他，是多么需要有这样一个温馨的港湾来栖息，来停泊。所谓“夫妇擅朋友之胜”，他们是夫妻，更是知音。

他固然深爱她，是她，使他明白了这世上真有所谓的前生因缘，今生挚爱，使他在报国就死的信仰以外，还可以尝到生活的乐趣和甘甜。她给了他一个温馨的家，三个可爱的孩子，一份永世的牵挂。

他自认是将自己完整的爱情给了她的，一个男人的所有的痴念和柔情。他可以将浓厚的亲情和尊重奉献给别的亲人，可是爱情他唯独给了她，给了这个唤醒了他的爱情触觉和知觉的女人。

他也感受到她对自己的那份依恋，那份痴情。她实在是用全身心在爱着他，守着他。他敏锐地感觉到——他，仿佛就是她生命的全部意义。

可是，如今，这份浓浓的爱，却成为他心底一份深深的忧虑和负担，这自然来自于他感受到的，这段时间以来，她的不寻常的冷静和决绝。这种平静一定是蕴藏着可怕的风暴和狂飙!

他有着一种强烈不安的预感!

他明白她的性格，这个外表文静温柔的女人，骨子里有一份别样的刚强和决绝。就如当年，她作为受过西学熏陶的青年，却做出割臂救亲的壮举那样，别人看出的是愚孝，他却看出了她的刚烈和勇气。在这生离死别的时候，她没有表现出一个妻子的应有悲伤和痛苦，她的冷静，她的淡然，都让他不安，担心，想想其中可能隐藏的原因，他甚至感到不寒而栗!

她平日里最爱说的一句话就是:“答应我，我们要永远在一起! ”他太懂她了! 想到她的痴情，她对自己的依恋和深情，她的义无反顾、烈火焚身般的爱——他的心都颤抖起来!

如何试探出她的意思，转而劝她放弃那种可怕的念头呢? 想到自己来日无多，蔡锷心都碎了。一种迫不及待的焦灼情绪让他的身子在瞬间颤抖起来。

这阵轻微的动静却惊醒了浅眠的潘蕙英，她望向他，绽开一丝温柔的微笑:“你醒了? ”

蔡锷疼爱地看着她:“你总是这样熬着，身体怎么受得了? ”

潘蕙英笑着摇了摇头，她起身用手摸了摸药碗:“药还温着呢，你现在吃了好吗? ”

她不等他回答，就上前将他的头扶起来，让他斜倚在自己怀里，一手端了药碗，一手用汤匙舀了喂他，当然，她没忘习惯性的先自己喝了一口。

喂完药，他示意她扶着他坐起来，他在暗自思忖怎样将话题挑开，说出自己的意思，打消她的一些可怕念头和想法。当然，要先试出她的本意才行。

“蕙儿，”他这样叫着她的昵称，这个只有他们夫妇独处时候才会叫的昵称，“今天趁我精神好，有些事情我要和你谈谈了。”他望着她的脸，在竭力选择着合适的用词。

“我的情况你想必心里已有所准备，所谓人生无不散的宴席，已然如此，只能付之无可奈何罢了。我们是挚爱夫妻，我也不想瞒你，一些事情，你如今该做打算了。作为一个军人，很多公事上面的安排我自会和百里、陶钧他们谈。但是家事，我不想拖累别人，只能对你说。”

他微微有些轻喘，潘蕙英上前，用手为他捋着胸口，他却抓住了她的手，深深地看着她的脸：“到了这个时候，我不能只顾怕你伤感了，有些事情我必须交代给你！如果……我不在了，你，你们该怎样办呢？”

潘蕙英坐在他面前，任由他紧紧抓着自己的手。听着他的话，她垂首不语。

他尽量平静地说道：“母亲那里，我倒不是很担心，现在二弟和三弟都成家立业了，自会照管她老人家；侠贞住在山门镇老宅中，靠近娘家，应该也没有太大问题，两个女儿跟着她，自然也是稳妥的。铸莲已经10岁了，当能安慰她的母亲……”

提到女儿，蔡锷几乎落泪，但他强忍住了：“就是你们母子四人，我实在不能放心，淑莲四岁，端生两岁，永宁还未满周岁，你带着三个这样小的孩子，今后该怎样生活呢？”他终于潸然泪下。

潘蕙英抬起头来，含泪笑看他，一只手由着他握着，她只能用另一只手捋着他的头发：“一切都会好起来的，你放心，不会有事的。还有那样多的朋友可以照顾他们，我……我们不会有事的。”

蔡锷抬头望着她，观察着她的神色：“有些事情，我已经有所打算。你知道的，我一向未置家业，日前我估算了一下，倒有三四千元的外债。不过，这个倒不怕，我一旦走了，按规矩会有万元左右的政府抚恤金，还了债务以后，剩下的可以给你们度日。关于这件事情，这次我在上海的时候，已经交代给何鹏翔了，作为跟随我多年的副官长，他自然会在我身后替你们打理好。当然，好友众多，应该还有一些奠仪，总够你们撑一段时间了，然后……”

他顿了顿，看看潘蕙英的反应，忍下心来，继续说道：“我在想，你可以带着孩子们回到昆明去生活，那里有咱们的一栋房子，而且毕竟靠近你的娘家，总可以有所照应的。”

潘蕙英忍住泪水，点头安慰他：“我一切都听你的，你放心就是！”

蔡锷将她拉近一些，让她几乎靠在自己胸前：“还有，就是你后面的生活。你曾经和我说过，在结识我之前，你的理想是当个先生，去女学堂教书。我在想，如果孩子们大一些了，你可以走出家门，去开始一种全新的生活。毕竟你的文化根底是很深厚的，跟着我这几年，一直是在做着家庭主妇，实在委屈你了！你上过洋学堂，毕竟不同于旧式妇女。我只希望，在我身后，你能快乐充实地生活，做自己想做的事情，能有一片自己的新天地。”

他仔细观察着潘蕙英的表情，想象着她听了这番话，应该有的反应。他看到她几乎只是淡然一笑：“好的，都听你的。你不要说太多了，还是躺下休息吧。”她上前想扶他躺下。

蔡锷制止住了她，她的表情和神态，似乎印证了他的忧虑和预感。他决定必须要果断出击了——他必须要将她拉回到现实世界中来，他必须要制止她任何可能发生的可怕行为！可是该从哪里讲呢？蔡锷苦苦思虑着。

潘蕙英起身去绞了一条毛巾来，准备给蔡锷擦脸。蔡锷默默看着她，心中在默默盘算着。

她仔细地为他擦了脸，连脖颈都细细擦过了，她的神色是一如既往的自如，仿佛平日里无数次照顾他一样，丝毫看不出她是在照顾自己病危的夫君。

蔡锷紧张地思索着。猛然间，一个近来总浮现在他的脑海中的，一张英气逼人的青年人面庞，再次闪现在面前，他顿时有了计较。也许，这实在是一个残酷的话题，但是他已然别无选择。他的时间不多了，为了挽救她，他必须狠下心来。想到自己要设计一个圈套，对付眼前这个单纯深情，痴爱自己，也为自己所痴爱的人，蔡锷在心底悲酸地叹了口气。

他招呼她坐在自己身边，笑着看她：“躺得久了，心情都郁结了，趁今天精神好些，实在想和你多说几句，哪怕聊聊闲话也好。”

潘蕙英平静地笑着：“只要你不太累就成。你说，我听着。”她为他垫了床被子在身后，让他坐得更舒适些，然后自己俯身坐在他旁边，抓了他的手，在自己手中握了。

蔡锷似乎漫不经心地开始回忆：“这一阵子以来，我一闭上眼，总会看到一些旧友故交的面容，有些人，有些事，总是令人难忘。今天，我就给你讲讲一个让我铭刻于心的人吧。”

他笑看着妻子：“对了，是一段令人难忘的故事，有关爱情的。这个好像是你一直喜欢和我说的一个话题呢？”

“有关爱情吗？”潘蕙英有点意外，可是看着他此刻精神很好，也觉得宽心不少。“只要他开心就好！”她这样想着，就信赖地望着他，做出一副很感兴趣的样子来。

蔡锷看看她，眯起细长的眸子，似乎在回忆着一件久远的事情：“我认识的朋友里面，有一个叫林觉民的人，实在令我难忘！他小我5岁，福建闽侯人，同盟会会员，也曾是留日学生，和克强兄交情很深。当年他听说克强兄要在广州举行反清起义，就专门从日本赶回来参加，后来起义失败，他受伤被俘，被清廷杀害了，死的时候才刚刚二十四岁。后来葬在黄花岗，是著名的72烈士之一。”

潘蕙英：“这个事情，我以前在昆明上学时候，在报纸上面看到过的，那是发生在你们重九起义前吧？”

蔡锷点头：“在重九起义前，同盟会组织了多次反清起义，广州起义算是很惨烈的一次。我的一些留学日本的故友，也牺牲了好几个。这个林觉民，我因为克强兄的缘故，和他有过一面之缘，那实在是个英俊儒雅、意气风发的青年！”

“他是世家子弟，学识渊博，除了日语外，还精通英语和德语。据说他被俘后，在庭上和两广总督张鸣岐、水师提督李准对阵，林觉民不会说广东话，就用英语来回答问题，滔滔不绝，慷慨陈词，毫无惧色。他讲得累了，要吐痰，张鸣岐竟然忍不住亲自为他递痰盒……”

潘蕙英感叹：“这样的人才，最后他们为什么又忍心杀害呢？”

蔡锷也叹息：“张鸣岐虽然怜惜林觉民人才难得，但是自然也知道这样的青年对清廷危害之深，终究不能留他。张鸣岐签了处死令，还在感慨：‘惜哉，林觉民！面貌如玉，肝肠如铁，心地光明如雪！’”

潘蕙英听得呆了。蔡锷看着她，悄悄转换了话题：“其实那个时候，像林觉民这样的青年，我身边到处都是，实在令人痛惜又钦佩。不过，我对林觉民印象最深的，倒不是他的慷慨赴义，而是他的一段爱情悲剧。”

潘蕙英看着他，秀美的眼睛里满是疑惑不解。

蔡锷继续说着：“他在参加起义前，曾经给他的父亲和妻子各留了一封信，就是诀别的意思。给他妻子的那封信很有名，当时在革命党人中流传很广，很多同盟会员都有传抄。我当时在昆明，在雷飚处看到了，实在是感动莫名！”

潘蕙英看着他：“这样的才子，留给妻子的信一定是很感人的！他写了些什么？”

蔡锷回忆：“因为实在感怀他的那份情感，我几乎将那封信可以背下来了。”

他默诵道：

意映卿卿如晤：

吾今以此书与汝永别矣！吾作此书时，尚是世中一人；汝看此书时，吾已成为阴间一鬼。吾作此书，泪珠和笔墨齐下，不能竟书而欲搁笔！又恐汝不察吾衷，谓吾忍舍汝而死，谓吾不知汝之不欲吾死也，故遂忍悲为汝言之。

吾至爱汝，即此爱汝一念，使吾勇于就死也……

潘蕙英潸然泪下：“太凄惨了！这让他的妻子情何以堪！”

蔡锷叹息：“我听克强兄讲过，林觉民的妻子叫陈意映，是个大家闺秀。虽然两人是家庭包办婚姻，但是夫妻恩爱，感情很深。小两口聚少离多，但是心心相印，几乎是彼此爱到了骨髓里，这从他的与妻书中就可以感受到。据说，陈意映虽然不懂革命，但是由于太爱林觉民之故，为了能和他相厮守，曾主动要求丈夫带着她一起行动，她只要求能和他在一起，爱妻情切的林觉民都答应了她。可是，广州起义前夕，她怀有身孕，所以不能和他同行。”

潘蕙英听着已经泪下：“天下痴情女子，原来都是一样的！”

蔡锷忍心不去看她，只是继续道：“后来，起义失败了，除了克强兄几人带伤脱险以外，其余人或被杀或被擒。林觉民就义后，他的战友冒着风险潜回福州，将林觉民给妻子的信交到了陈意映手中。”

潘蕙英抽泣着问道：“陈意映一定是痛不欲生吧？”

蔡锷悲伤地点头：“真正是痛不欲生！因为……她甚至是抱定了殉夫的念头，想自尽随了他去……”

潘蕙英猛然抬头，泪眼看他：“那结果呢？”她已经隐隐觉得蔡锷说这番话是有一定深意的。

蔡锷几乎不敢看她的眼神，黯然低首道：“后经林觉民双亲跪地苦劝，求她念在两个孩子尚年幼，需要母亲照料的份上，她才放弃自杀念头。但是过了一年多，她终因思念亡夫过度，终日郁郁寡欢而病死……”

潘蕙英泣不成声，点头赞道：“一定会是这样的结果！对于陈意映来说，死，也许是比生更幸福的选择！深爱一个人，并能和他生死在一起，就是一件幸福的事情！”

她深情地望向蔡锷，像是要在他的眼睛里面看出什么一样，她的泪几乎是如断线的珠子一样滚落胸前。

蔡锷回避着她的目光，他只是握紧了她的手，他感觉到这只小手已经变得冰凉，他知道他已经触动了她，他要继续残忍地说下去，他要将她拉回到这个温暖的世界中来！

他沉吟着：“真爱是什么？对于陈意映来说，就是和夫君同生共死，可是对于林觉民来讲，爱人的生命和未来的幸福，一定高于一切，也是他当时最牵挂的。在即将赴死的前夕，他洋洋洒洒写了那样长的一封信给妻子，主要的目的有两个，一个是说明他不得不死的原因，他是在殉他的信仰；另一方面，就是鼓励妻子勇敢地生活下去！”

“他想用一切事情来打动她，告诉她活下去，是多么的重要。他甚至专门说到他们的孩子，包括那个当时还在腹中的胎儿。他告诉她，他虽然死了，还有两个孩子替他陪在她身边。”他边说，边在观察潘蕙英的神色。

潘蕙英泪眼婆娑，似乎在思考什么。

蔡锷继续着：“林觉民还在信中回忆了他们夫妻间的一段往事——当年小两口在一起的时候开玩笑，说起谁先死的问题，林觉民那时说希望陈意映能死于他之前。听了这样的话，做妻子的人当然不高兴了。现在，在永别的时刻，林觉民终于有机会向妻子解释自己当年的深意——他认为凭陈意映柔弱的身体，一定经受不住失去爱人的悲痛，所以，‘我先死，把痛苦留给你，我内心不忍，所以宁愿希望你先死，让我来承担悲痛吧。’——这就是作为痴爱妻子的丈夫的一点念想了。”说到这里，蔡锷也已经忍不住潸然泪下。

潘蕙英俯身在他的胸前，已经是泪眼模糊，不能自已。

蔡锷带泪继续讲述：“所以林觉民写下这封信，解说自己不得已而死的原因，希望妻子能理解，不要误会‘恐汝不察吾衷，谓吾忍舍汝而死，谓吾不知汝之不欲吾死也，故遂忍悲为汝言之’，他想让自己的妻子能因了这份爱而勇敢地活下去，为了他们的孩子，为了更多的亲人。”

他轻轻托起潘蕙英的脸庞，深情地注视着她美丽的眼睛：“蕙儿，你明白我的意思了吗？”

潘蕙英泪流不止，她摇着头，逃避着他的逼视，只是用双臂紧紧搂住他，将头埋在他额脖颈下，低声呜咽着。

蔡锷长叹：“如果林觉民泉下有知，看到爱妻的悲惨结局，他必定会痛彻心扉的！如果爱情一定要因这种殉葬的方式来展现，那他肯定会选择宁可不要这个所谓的爱情。纵使辜负了这个痴情的女子，也比用这如花的生命来殉这份真爱要强百倍！爱她，就希望她好好活着，这是一个真爱者的理智和无私，什么都没有生命来得宝贵和崇高！”

潘蕙英摇头：“我的理解，陈意映不是在殉夫。她是在殉自己的爱情，这就是崇高的！”

“可是爱情，并非一定要以殉葬的方式来实现！”他再次捧起爱妻的脸庞，带泪直视她，“蕙儿！你听着：我要你珍惜自己的生命！我知道你对我的这份爱，可是我绝不愿意你成为第二个陈意映！那样，我在九泉之下也会伤心不安的！”

潘蕙英的心理防线就在这一刻彻底崩塌，自从蔡锷病重以来，陪他一起走的念头，就像野草一样，在她的心里疯狂蔓延。她为此做了充分的心理准备，她觉得她的心已经坚如磐石。

可是，如今蔡锷这短短的几句话，却像尖刀一样直戳她的心扉，让她的心脏在压满巨石的负荷下，又被划伤了一道深深的伤口。仿佛再也无法耐受住这种锥心之痛，她终于忍不住说出了自己隐藏已久的一个痴念。

她猛然扑在蔡锷怀中，失声号啕：“松坡，你带了我去吧，千万别丢下我！你一定是懂我的，没有了你的日日夜夜，对我来说就是地狱般的日子！如果失去了你，我的生命还有什么意义？难道爱我如你，能忍心我从此过着生不如死的日子吗？带我去吧，松坡！”

蔡锷用病弱的双臂，将她哭得颤抖的小小身子紧紧拥在怀中。

潘蕙英哭着抬头看他：“我知道你牵挂我们的三个孩子，我已经想好了，我给侠贞姐写好了一封信，请她帮助我带大他们，侠贞姐一定会答应的。还有松垣弟、松墀弟他们，还有这些朋友们，都会看顾他们的……实在不行，我将他们送回昆明，我的娘家，我的父亲、兄弟们也会养育他们的……可是你是孤零零一个人走啊，就让我跟着你去，陪着你，照顾你，永远和你在一起，答应我啊，松坡！求你！”

蔡锷让她尽情在自己怀中哭着，没有说一句话，他知道她压抑痛苦太久，必须要好好发泄一下。他只是用手轻揽住她的身子，像哄孩子一般拍着她瘦弱的脊背。他又轻轻地吻着她的秀发，她的额头，她的眼睛，她的面颊，她的嘴唇，好像要将她整个人吻刻到心底。

在他温存的慰藉中，潘蕙英的哭声渐渐减弱。

他搂着她，喃喃道："这段时间，我已经真正尝到了林觉民当年的痛苦——也许我和他一样，面对死亡，我们从没感到恐惧过，可是想到要将柔弱无依的爱人留在这个世上，让你们单薄的双肩独自承受失去挚爱的苦痛，作为丈夫，该是有多不忍心！有多心痛！如果上天能够给我选择的机会，我宁愿让我的爱人走在我的前面，把这份痛苦，留给我来承担……"

他泪洒两腮："自从觉得病情加重以来，我就时常在想这个痛苦的问题……我甚至后悔当年和你结下这份姻缘，终究是我负了你！"他泪如泉涌，不能自制。

强烈的痛苦让他病弱的身体不堪重负，他突然觉得胸部闷痛，几乎喘不上气来。他不由得张开嘴，大声喘息起来。

潘蕙英看出了他的不适，她急急擦去泪水，从他的怀抱中挣脱出来，伏在他身旁，用手为他捋着胸口。他实在支撑不下去了，他让她扶自己平躺下去，然后抓住她的一只手，怔怔地看着她。潘蕙英握着他的手，也泪眼望他。

蔡锷努力用平静的语调，对妻子说出了一个斟酌已久的想法："可是，蕙儿，你听我说，如果你真的相信我们是几世情缘，是命定的伴侣，我希望你能满足我最后的一个心愿！"

潘蕙英擦了一把满眼的泪水，看着他哽咽道："你说，只要你说的，我都会去听从，去做……"

蔡锷直视着她的泪眼，一字一顿地："让我以另一种方式，活下去！"

潘蕙英睁大了眼睛，不解地看着他。蔡锷淡淡一笑："你去把那对沉香木的信物拿来好吗？"

潘蕙英点头，擦去泪水，起身去柜子里取出那对挂件，捧到他的面前。

蔡锷深情地凝视着这对信物，眼中流露出一种宁静温柔的暖意。他用手依次抚摸过两枚挂件，将其中的小凤拿到手里，抬头看着妻子轻柔一笑："你想不出我有多爱它，因为自从你我结缡后，每次分别，戴着它，我的心都格外安宁，我会把它看成是你的化身。还有就是，你好像对我讲过，有关沉香木的一个动人说法？"

潘蕙英安静地说出自己曾经告诉他的典故："沉香树树心部位被动物抓伤或者受到外伤后，会分泌带有香味的树脂，这样就开始结香，再要经历很长的生长期，才能变成一块优质的沉香木。沉香木就像是珍珠，是经过磨难才形成的美丽和香氛，是伤口上长出最美的花朵，是不完美的东西形成的幸运之物；是生于忧伤绝望之中的永恒之爱。"

蔡锷点头："是啊，人生在世，不如意之事十有八九，哪里去找完美的东西呢？只要心里记着一份初心，一份真爱，那么肉体的消亡，未必是太过值得计较的纠结和苦痛？"

他深情地望向妻子："我答应过你，我们要一生一世在一起。可是我认为，最好的方式就是，我们能真正灵与肉融合到一起！你便是我，我便是你，我们是同一个人！这样，你会知道，我从来不会远离你，我的肉体即使不在了，灵魂还生活在你的体内，与你日日相伴……用你的眼睛，看这个世界，用你的嘴唇，呼吸着空气，用你的心脏，来感知这个世界的一切。"

说到这里，蔡锷甚至对她露出了一丝笑意："蕙儿，你是懂我的！你知道我有多么留恋这个世界，我才三十四岁，怎忍心从此长眠在这无尽的黑暗之中？我想，爱我如你，不会希望我就这样死去吧？你不妨换个角度想想，如果我死了，你还活着，那我就等于没有死，我会在你的体内继续生存下去，陪着你，看着我们的孩子长大，将我们的生命延续到他们的身上。"

他将那枚小龙的挂件放到潘蕙英手上，又把小凤握在自己手里，笑着看她："就如你多次说的那样，有它们相伴，那么等于我身边有你，你身边有我，这难道不是一种永生的陪伴？你总是对我说，我们是前生缘分未尽，那么，为什么我们不能再许下一个来生的缘分，在这样的意义下，生生世世在一切呢？"

他笑看着她："请让我以这样的方式活下去吧！我将会和你融为一体，日夜呵护在你的左右，你会在每一个清晨和黄昏，每时每刻感受到我和你同在，在注视着你，注视着咱们的孩子，咱们的亲人！当某一天，你要离开这个世界的时候，我们的灵魂和爱，又会在我们的孩子的体内生存下去……这样，我们才是真正永生永世不分开了！答应我，蕙儿！请为了这份永恒的爱，帮助我，以这样的方式，和你一起活下去，永远不分离！"

潘蕙英慢慢止住了哭泣，她默默地望着自己挚爱的人，似乎在思索着他的一番话。

蔡锷的嘴角，挂起一丝鼓励的微笑："我仿佛已经看到那样一副美好的情景——我们的孩子已经长大成人，子孙满堂，而你也已经白发苍苍。我们就带着这样一种心满意足的幸福，一起离开这个地方，去寻找我们灵魂的下一个驿站……”

他再次深深望着自己挚爱的女人，用虚弱不堪的声音恳求：“答应我，蕙儿！答应我！别让我带着这份遗憾离开，别让我们的真爱，带着遗憾和悲伤，永远消失在无尽的黑暗中……”

一口气说了这样多的话，他仿佛耗尽了仅存的一丝力气，浑身都颤抖起来，只是他还是勉力抬着头望她，他的眼睛还紧紧盯着她的眼睛不放松。

潘蕙英心痛如割，心底仿佛在淌血。她上前将他的身子搂在怀中，让他的头舒服地靠在自己臂弯里，一面用手摩挲着他，仿佛想用自己的温柔，将他的一切病痛拂走一般。

“答应我……”在她的怀里，他呢喃着，恳求着。

潘蕙英流泪吻着他的额头，深深点头：“我答应你，松坡！我一切都听你的，我懂你的意思了。我会好好活下去，我不会让你有一点点不安心和不放心！我会为了我们的爱活下去，我记住你的话了，我不死，你就不会死，我们的爱也就不会死！松坡，我答应你，我们就这样，永远在一起……”

她搂他在怀中，贪婪地嗅着他的气息，感受着这几乎是最后的温柔，她不禁喃喃自语：“真爱究竟是什么？是死心塌地的服从，是无言不听、无言不信的纵容，是无怨无悔、无私无欲的坚持…… 一切皆是缘，一切都是命。松坡，还记得在云南的时候，我们最爱吟诵的那首古诗吗，那种格调，那个意境，今后，会永远留在我的梦中了……”

她吻着他，像哄孩子般在他耳边轻语：

君似明月我似雾，雾随月隐空留露。
君善抚琴我善舞，曲终人离心若堵。
只缘感君一回顾，使我思君朝与暮。
魂随君去终不悔，绵绵相思为君苦。
相思苦，凭谁诉？遥遥不知君何处。
扶门切思君之嘱，登高望断天涯路。

蔡锷就在妻子的温柔抚摸和深情呢喃中，再次陷入沉睡中。

第三十三章　魂归

每个社会时代都需要有自己的伟大人物，如果没有这样的人物，它就要创造出这样的人物来。

——马克思

1916年11月6日傍晚　日本福冈医院特护病房

梅子把永宁带到病房，大家热闹了一阵，看到蔡锷露出疲倦的神情，蒋方震让他躺下休息。潘蕙英去送梅子和孩子回去，蒋方震和石陶钧也退出病房，留唐岩守着蔡锷。

蔡锷让唐岩拿过笔和纸来，说有事情交代他记录一下。他斟酌着语句缓缓说出，唐岩记录着，没写完，就低着头停了笔。

“小唐，你怎么不写了？”蔡锷看着他问，却见年轻的秘书抬起头来，已经是泪流满面：“将军……”

蔡锷叹口气：“我就是信任你，才会瞅着这个没人的机会，让你帮我记录一下……唉，你莫哭了，不过是预备有个万一什么的，哪至于马上就死呢……”

“您还说……”唐岩干脆呜呜地哭出声来，“您不会的……”

蔡锷叹息着摇头：“你还是太年轻了！那时在川中战场，生和死也就是一瞬间的事情，哪容得这般多愁善感了？好了，你莫哭了，先帮我记录另一份文件吧，我要给北京政府上一道请求宽免的电文。”

“是。”唐岩点头，又重新拿过一张纸来。

蔡锷凝神沉思片刻，缓缓说出内容：

湘人杨度，曩倡君宪救国论，而附袁以行其志，实具苦衷，较之攀附尊荣者，究不可同日语。望政府为国惜才，俾邀宽典。

唐岩记录完毕，看着蔡锷道："您这是在为杨度先生做开脱了？"

蔡锷点头："我和杨皙子先生相识时间不短，知道他能文章，有辩才，精通各国宪政，是一个难得的政治人才。只是他生性憨直，不圆通，并不是一个八面玲珑、善于察言观色、见风使舵的政客。他赞成帝制，也是他才高气傲，想成就一番事业，以澄清天下自许，但是终究不脱书生气，所以会误入歧途。从各方面论，我都主张建议政府为国惜才，对他从轻论处。"

唐岩忍不住感慨："自从袁世凯倒台后，拥护帝制的人如过街老鼠一般，人皆鄙视之。杨皙子先生据说也避居租界，不问时事。您如今却是万民敬仰的'共和将军'，两人正好因政见不同，选择的道路不同，此刻身份形成鲜明的对比！如今，您这样为他开脱，只怕外人会有不同的看法？"

蔡锷淡淡一笑："岂能尽如人意，但求无愧我心罢了！什么是私谊不害公义？什么又是公义不妨私谊？这一切，咱们不妨慢慢品味吧。"

蔡锷盯了他一眼，又道："刚才我让你记录的那四件事情，你赶紧整理一下，别只顾着难过，这也是公事，马虎不得！"

"是，将军，我明白了。"唐岩低头答道。

1916 年 11 月 7 日晨　日本福冈医院特护病房

又一个秋高气爽的早晨来临，这天的天气格外好，一大早，阳光就将一股柔柔的暖意射进病房中，也铺到了那张病床上。

蔡锷缓缓睁开眼睛，他不知道自己究竟昏睡了多久，只是从守候在床前的潘蕙英、李华禹、唐岩等人疲倦劳累的面容上，看出自己睡的时间不短。

看到他醒来，几个人都露出欣喜的表情。潘蕙英上前握了他的手，轻声问："松坡，你醒了？感觉怎么样？"

蔡锷声音暗哑地说了句什么，大家都没有听清楚，还是潘蕙英凑近他的唇边，才听清楚他是想坐起身来。

当蒋方震和石陶钧进来，就看到让他们感到欣慰的一幕：蔡锷似乎精神很好地半倚在床上，显然是梳洗过了，神色都比前几天精神了不少。潘蕙英喂他喝了一碗粥后，又接着喝了一小杯牛肉汁。

石陶钧高兴地坐到他的床头，兴奋地看着他：“松坡，不错啊！你好久都没有这样好的胃口了！”

蒋方震也微笑望着他：“是啊，只要能吃得下东西就好，你的身体会一天天好转起来！”

看到两位好友为自己高兴的样子，蔡锷也露出一丝温暖的笑意：“奇怪得很，我今天觉得身上轻松多了，好久都没有这样感觉了，似乎恢复了一些力气的样子。”

“那就好！那就好！”石陶钧兴奋得都有些手舞足蹈了，“也许你的病从此有了转机也未可知？关键是你能有胃口就好！”

两人陪着他闲话两句，蔡锷看着潘蕙英微微点头，潘蕙英明白他们有公务要说，就离开了。蔡锷示意唐岩把昨天记录的那份东西拿来，递到两位好友面前。

蒋、石二人看了，默默无语。沉默片刻，石陶钧先忍不住叫起来：“松坡，才先说你身体好转了，你又拿这样的东西来堵我们的心！”

蔡锷摇头：“这是必要的准备，我的情况我清楚，什么事情未雨绸缪都不会留下遗憾。你们是我身边的挚友，这件事情你们一定帮我很好地完成，这样，咱们三人的情分也算完满了！”

他的唇边绽放出安详沉静的微笑，却让两个好友红了眼圈。石陶钧揉揉眼睛，借着一个由头出去了。蒋方震知道感性的他，不愿意面对任何有关生离死别的暗示，但是自己却责无旁贷，就将这张纸收了起来。

蔡锷看了，欣慰地点头，又叫唐岩把那封自己拟定的上书北京政府为杨度开脱的电文拿来给他看了，蒋方震表示理解，接过电文去找人拍发。

这天早上因为蔡锷的精神很好，好像病情有所转机的样子，跟随在他身边的人脸上都挂了笑意。

护士真子来为他进行例行的量血压、查体温等检查，看到他精神很好地靠坐在床上，不由带笑道：“将军，您今天的精神真好，这真是一件令人高兴的事情！”

蔡锷也用日语微笑着对她回应道：“谢谢你，辛苦了！对了，我刚才看到今天早晨这里的很多医护人员，进进出出都是很兴奋的样子，我想，不会是为了我精神好这样一件小事，让大家如此吧？今天似乎有什么喜事呢？”

“啊？将军，您真聪明啊！今天真的是有一件令人兴奋无比的大事情要发生呢！”真子是个圆脸盘、性情率真的姑娘，她笑着对蔡锷讲述道，“今天上午，附近会有一件绝妙大事，大日本空军的航空表演将要在不远处的广场上举行，医院里所有人都会看到的，您说这难道不令人兴奋吗？”

“哦？航空表演？”蔡锷一扬眉，若有所思，正想再问小护士几句，却见美江走了进来。

美江是来接真子班的，此刻正好听到真子和蔡锷的对话，就蹙着眉嗔怪着同事：“真子，你的话真多啊，护士长的交代你都忘了？”

真子仿佛才想起什么，脸红起来，不好意思地看看蔡锷，嗫嚅着：“对不起，将军，我不该告诉您的……”

美江也忙对蔡锷解释道：“将军，有关航空表演的事情，稻田博士和樱井护士长都嘱咐不能告诉您，因为怕您激动，对您的病体不利。您知道的，航空表演气氛很热烈，很激动人心，可是依您目前的身体，不宜观赏那样的节目呢。”

“好了，我知道了。此事不怪真子护士，你不要责怪她了，也别告诉护士长他们。”蔡锷淡淡地说道。美江答应一声，和真子一起为蔡锷例行检查后，离开病房。

因为他们三人的对话用的都是日语，一旁的潘蕙英和李华禹听不懂，只是不解地看着蔡锷。等护士们离开后，蔡锷吩咐李华禹马上将蒋方震和石陶钧请来。

赶到病房的蒋、石二人听到蔡锷的话，对视一下，默不作声。蔡锷察言观色，点头道：“看来这件事情你们是早就知道了？为何单瞒着我？”

石陶钧摇头：“表演就在医院附近的广场上，演示的是日本军队飞机的技能。其实，日本军部是发了观赏邀请函的，请咱们前去观礼。但是医生们考虑到你目前的身体状况，不建议你参加。”

蒋方震也接言道：“我和醉六商量了一下，你正在病中，也没有精力和体力去观看，我们也就都不去了！”

“唉，你们好糊涂啊！”蔡锷有点激动地说道，“你们难道忘记了自己的身份吗？咱们是中国军人啊，还是研究各国军事的中国将军！这样好的学习观摩机会，怎么能轻易放过？快把邀请函拿来给我看！”

他又回头看着李华禹：“我的那套将军服呢？”这样说着，他挣扎着想坐起身来，却不料一阵头晕袭来，他又跌回到后面靠着的枕头上，微微喘息不定。

“干什么呀，蔡松坡？你还要不要命了？”石陶钧看到他露出想自己前去观礼的意思来，心里一急，就忍不住提名叫姓地大声制止道：“你如今这个样子，别说去看飞行表演，就是下床都困难！”

潘蕙英俯身床前，为他按揉着胸口，让他喘息平静下来。石陶钧看着叹气，对潘蕙英道：“我都想不出谁还能管得住这个不听话、没有自知之明的病人了？”

那人喘息着还想强辩：“可是，百里，醉六……”

蒋方震也劝慰道：“唉，机会有的是，你何必争这一时半刻的？养好身体，什么事情做不得的？这样吧，我和醉六代表你前去观礼，回来自会把看到的一切讲给你听，这样总可以了吧？”

刚才勉力挣扎的那一下，让蔡锷看出来自己如今的确是体虚至极，有心无力，只好点头同意了他的方案。石陶钧叫来林建昭陪在蔡锷身边，自己和蒋方震都换上军装走了。

上午十点多钟，飞行表演就要开始了，隔壁的广场上军号齐鸣，掌声雷动，不断传来阵阵喧哗声。

蔡锷在床上躺不住了，他对守在自己身旁的林建昭道：“从北京陆军部任职以来，我就一直关注航空方面的信息，作为一个军人，怎能不了解目前现代化军事的一些利器和设施呢？这次的机会太难得了，我得想办法看到。”

他扭脸张望了一下阳台方向，对林建昭建议道：“刚才听真子护士说，这里的阳台上也可以看到飞行表演。你叫华禹、小唐他们过来，在阳台上给我摆上躺椅。”

林建昭正想劝阻，潘蕙英进来，听到他的请求，坚决地摇头：“松坡，你的身子真的不能再折腾了！听话啊，别想东想西的了，等蒋将军和石将军回来，自然会给你描述这场飞行表演详情的。”

“是的，将军，您不能再劳累了。”林建昭也从旁劝说着。

蔡锷倔强地摇头：“你们怎么不懂我呢？我今天情况明显好转了，这个飞行表演是我极为看重的，若是让我僵硬地躺在床上，看不到，我心里这番焦急，才是于病体大不利呢。”

他又苦笑着看向妻子：“蕙英，你最懂我，帮帮我！这是多好的一次机会？也许是我最后的一次机会了……”

潘蕙英听着他哀恳的语调，看着他孩子般祈求的神情，心下软化了，只好妥协下来："那你只能看上一小会儿，等会就回到床上来？"

蔡锷兴奋得直点头。潘蕙英吩咐李华禹和唐岩将阳台上的躺椅准备好，又和林建昭一起扶他坐起，为他穿好外衣。

蔡锷身体极度虚弱，根本无法下床，还是李华禹上前，将他抱到阳台的躺椅上半卧好，潘蕙英取过一张薄毯为他罩住身子。美江进来，看到这种情形，知道无法阻拦，就回到护士站拿来医疗器械，为他量过血压，又数过脉搏，看到一切正常，才放下心来。

外边的欢呼声和喝彩声更加热烈起来，随着一阵巨大的轰鸣声，飞行表演正式开始。阳台上的人，都凝神观看着，蔡锷也眯起眼睛，抬头仰望天空。

天气很好，阳光灿烂，万里晴空如水洗般碧蓝。一架架银鹰就以这蔚蓝的天空为背景，不断勾画变幻成不同的队形和花样。这是一批双翼飞机，银白色的机身，每个机尾都醒目地刷着猩红的太阳徽记。只见它们时而腾空而上，直插云端；时而相互绕行，在天空挽成八字的形状；突然，它们又向这边俯冲下来，在超低空飞行一段时间后，机身又被拉起来，临空而起，身后洒下一串五彩的传单和飘带。

漂亮潇洒的表演，引起不远处广场的阵阵欢呼声，站在阳台上的人，可以清楚地听到其中"大日本帝国万岁！""日本皇军万岁！"的喊声不绝于耳。

"哦，太美了，太壮观了！"守在蔡锷藤椅边的美江眼中含泪，低声呼喊着，她看向一旁的林建昭，"我也是第一次看到飞行表演，真的太令人兴奋了！小林君，你也会为我的国家高兴的，是吧？这块土地，也是你求学的地方啊！"

林建昭紧紧抿着嘴，没有吭声。他的眼睛里，随着飞机的上下起伏表演也闪动着激动的光芒，但是此刻他的心情却说不出是一种怎样的感觉。他看看蔡锷，后者正用手挡在额头前，认真观看着空中的表演，没有说话。

"将军，您说，咱们国家什么时候，也会有这样的空中利器呢？"林建昭忍不住轻声问出一句。蔡锷没有回答他，他目前全身心沉浸在这场表演中，心中满是感慨和激动，还有强烈的震撼和……不安！

"哦，飞机！我终于看到这种现代化的空中利器在眼前表演……"蔡锷在心底默默自语着。作为一个醉心研究各国军事实力的中国军人，他很早就听说并关注了这种现代化军事武器。他知道，早在 1908 年，美国陆军部就在老罗斯福总统的支持下，花费两万五千美金，从莱特兄弟手中定制了世界上第一架军用飞机；也是在这一年，法国政府又以十万美金的高价，邀请莱特兄弟到法国去进行飞行表演，并在法国建立了莱特飞机工厂；1909年俄国和意大利也采购了莱特飞机。

目前，各个列强国家都在积极组建自己的空军，使它成为未来战争的重磅武器，这是大势所趋。但是蔡锷实在没想到，日本军队竟然也这样快地拥有了自己的飞机，自己的空军。作为一位毕生研究军事的专家，时刻关注中日军事局势的中国将军，蔡锷一向对于这个虎视眈眈的邻国军事动向十分关心。今天，日本空军的飞机，就这样在自己眼前飞行翱翔，他的心情必然是格外复杂和忧虑的。

他突然意识到，这是一件多么可怕的事情！据他分析，中日早晚必有一战。中国要实现现代化，就必须迈过日本这道坎。那么一旦两国开战，这种先进的战争利器就会发挥不可估量的作用。制空权对一个战争的作用实在是无法估量的。

远处的欢呼声、军号声瞬间变得那样刺耳。从日本最高军事学府毕业的蔡锷，自然比旁人更清楚日本军队的作战能力和比中国先进不知道多少倍的军事装备。何况，大和民族狂热的扩张主义思想，日本人团结上进、同仇敌忾的那种精神，也是让蔡锷曾经佩服，继而感到心惊和不安的。既然中日之间避免不了一场恶战，那我们的胜算又有多少呢？

蔡锷每每念及此时，都会觉得揪心和无奈。此刻突然间看到这样令人刺激的一幕，更有一种恐惧的情绪瞬间攫住了他的心脏，让他周身的血脉都停止了流转。眼前的银鹰还在翱翔着，翻转着，但是在蔡锷的眼中，已经化作一幅可怕的场景：

在硝烟弥漫的战场上，这种战争利器就变成了杀人武器！它们号叫着，翻滚着，任意肆虐在中国的领空上。它们的身后，洒下的不再是五彩缤纷的传单和彩带，而是一枚枚狰狞的叫作“炸弹”的怪物！这些怪物呼啸着，纷纷落向四万万同胞的头上……

念及此处，蔡锷的眼前闪出一道剧烈的白光，胸腔内一阵撕心裂肺的疼痛猛然袭来，他用手紧紧按住胸口，忍不住低声呻吟了一句。

“松坡，你怎么了？难受得很吗？”一直在旁边留神他的状况的潘蕙英急忙扶住他的身子问道。

蔡锷微微摇头，正想说什么，却不料一阵致命的眩晕感此刻又袭来，直接将他击倒在躺椅上。

当蒋方震和石陶钧匆匆赶回病房时，蔡锷已经昏迷在床上。两位日本医学博士悲哀无奈地告诉两人，其实将军早已病势垂危，今早的良好状态，不过是一种回光返照的情形罢了。他嘱咐大家多加留意，病人随时有可能不救。

这番诊断让所有人都陷入悲伤的心境中，病房里的空气仿佛在瞬间凝固住，不再流通般窒息，众人忧伤而无助地守在蔡锷的病床前，无语沉默。午后时分，蔡锷才又一次苏醒过来。

他看看身旁的潘蕙英，后者俯身在他的枕边，听他说出了一句话，而后传达给众人："松坡有公事要和蒋将军、石将军谈，其他人先回避一下吧。"她说完，擦着泪水，率先出了病房。

蔡锷示意蒋、石二人扶自己略微坐起身来，靠卧在床头。他喘息了一阵，轻声道："如今我也顾不得你们难受的心情了！看这个情形，咱们三人分别在即，有些话，我希望能痛快说出来，也许对你们，对这个国家还有些用处……这也是我的一点痴念吧！"

他凝视着蒋方震，声音微弱喑哑："今天看飞行表演，我记起了那个咱们二人曾经总是爱争议的问题，就是中日未来难免一战的问题。"

他露出一丝苦笑："咱们作为军人，其实心里都明白，这是早晚要发生的一件事情！日本作为一个岛国，想要发展求生存，就必须实行大陆扩张主义，他们最方便攫取，最垂涎三尺的，就是我们这块广袤的土地了！我从青年时留学在此地起，就关注到一位日本教授的文章，他最初是从研究中国人留学日本史开始，继而研讨中日关系的历史沿革问题。后面几年，他转而研究起了日本的对华政策。"

"是藤原纪男教授吗？"蒋方震问他，随即又点头："难怪你总是在关注追踪着他的文章。"他又对石陶钧说明藤原教授和这里美江护士的亲戚关系。

蔡锷点头："这些日子，美江护士也给我们提供了不少藤原教授的文章，其实教授本人只是个纯粹做学问的学者，可是他的观点却不能不引起我们这些中国军人的充分关注。"

他认真看向蒋方震："我请小林医生帮助我整理抄录了很多藤原教授的文章摘选，嘱咐他有时间交到你手上。百里，咱们俩以前有过计划，合著一篇有关中日关系前途分析的文章，可是如今恐怕是没有这个机会了。也许这个，对你……会有帮助……"他说得气喘吁吁起来。

蒋方震上前，欲扶他躺下休息，蔡锷摇手："顾不得这些了，你们注意听我的话，这些话不说出来……我死都难以瞑目的……”

他回头看看石陶钧：“咱们三人都是在这里学习军事的，也最明白这个岛国国民的素质和野心。其实，人家磨刀霍霍已久，从明治维新以来，从鸦片战争开始，他们就在准备着打这场仗了！可是我们呢？我们的祖国，我们的军队，我们的人民，在干什么呢？是否准备好了呢？甚至是否看出这个形势了呢？”

石陶钧道：“不！他们还在梦中甜睡，还在麻木不仁，还在内战不断，相互倾轧，争权夺利！”

蔡锷边点头边喘息不已，他费劲地继续：“可是，看到今天的飞行表演，我突然意识到，我们的国防建设尚未着手，而现代战争已由平面转为立体！这是多大的差距呢？我们的国家这样和他们一比较，不知道又落后了多少年！”他咳喘得几乎说不下去了。

蒋方震上前轻抚他背脊：“你先歇一会儿再说吧！”

蔡锷摇头：“没有时间了，请记住我这个垂死者最后的忠告吧！百里，醉六，你们是我最知心的友人，也曾是我最忠实的战友，请帮我记下这最后的一番话，也许以后用得着的。”

两人郑重地点头。

蔡锷喘息了片刻，强打精神继续说道：“百里，坚持你自己想做的事情吧，写一篇阐述中日军事形势和未来的军事著作，并能早日完成它！其实，我一直有这样一个想法——就是一切也不是那样完全悲观无望的！我在想，我们也许还有机会打赢这场战争！”

他歇了口气，继续道：“你们看，我们有那样大的国土，等于拥有极长的防御阵线，如果战事一开，我们的军队不妨采取一些非常的战术。你们知道的，我在我的那部《曾胡治兵语录》中有讲到一种战术——波亚战术，就是采用阵地战、运动战和游击战相结合，逐步防守，疲惫日军，诱惑日军深入中国国土，失去后勤、补充能力，然后进行决战围歼。”

蒋方震颔首道：“我自然记得！我还记得我们曾经这样讨论过，如果发生这场战争，由于两国军事实力实在悬殊，我们也许不可能速战速决，但是可以拖着它慢慢打。打败了，再回头打，一年不行，就来两年三年，两年三年不行，就十年八年！破裤子缠腿，拖住它，百折不挠，愈战愈勇！……无论如何，要相信中国总有办法！”

蔡锷欣慰地笑了：“说得好，百里！是的，要相信中国总有办法！”

此刻，他似乎耗尽了全身的力气，伏在床边喘息了一阵，接着又态度平静地对蒋、石二人交代自己的身后事。他请蒋方震把昨天交给他的唐岩记录的文件拿出来，郑重地注明，此乃他的遗嘱。

蒋方震忍住心酸和心痛，从隔壁房间拿出那页纸来，回到他的病床前。

“百里，你一定是润色过了，读来我听听。”蔡锷的嘴边挂起一丝平和安宁的微笑，安静地对蒋方震说道。

蒋方震忍住涌到眼眶里的泪水，轻声读道：

国会、大总统钧鉴：

锷病恐不起，谨口授随员等以遗电陈：

1. 愿我人民、政府，协力一心，采有希望之积极政策；

2. 意见多由于争权利，愿为民望者，以道德爱国；

3. 此次在川阵亡将士及出力人员，恳饬罗（佩金）督军、戴（戡）省长核实呈请恤奖，以昭激励；

4. 锷以短命，未克尽力民国，应行薄葬。

临电哀鸣，伏乞慈鉴。

前四川督军兼省长蔡锷叩。

读到最后一条遗嘱时，蒋方震的泪水终于滚落面颊，一旁的石陶钧也哭出声来。

蔡锷平静地看着两位挚友，语气恬淡地自语道：“身为军人，不能死于对外作战的疆场，而死于这样安宁舒适的病榻之上，终究是人生之憾事。从这一点上讲，我蔡锷就算不得一个光荣优秀之军人！”

他认真地看着两人：“但愿二君为我致意政府，不可耗费钱财，作无谓之举，蔡锷只当黄土埋身即可！”

随即他示意蒋方震将笔递给他，欲在遗嘱上签字，可惜久病无力，连钢笔都拿不稳了，最后还是蒋方震含泪上前，扶住他的手腕，协助他在遗嘱上签了字。

蔡锷还未放下笔，一旁俯身床边哭泣的石陶钧就扑向前，搂住他的身子问道：“还有家事呢？松坡？你还一句话没提到自己的家人呢？关于家眷，老母，夫人，孩子，你还有什么托付？你说出来，我们都给你记下来，一定替你做到！”

听了他这番话，蔡锷脸上浮现一丝伤感的神色，但是他倔强地摇摇头，什么也没说。仿佛这番言行将他累得过逾了，他很快地再次陷入昏迷中。

据心理学研究者描述，人在濒死阶段大脑会分泌出过量的化学物质，这些化学物质有些能引起奇特的幻觉，大多数人会因此记起自己一生最难忘的经历和场景，这也可以算是一个人对自己曾经生活过的世界的一种回味和告别。

此时的蔡锷就处于这样一种状态，他三十四岁的生命即将走到尽头，相较于大多数人来讲，这个三十四载的人生实在是太过百转千回，精彩纷呈。仿佛太美好的事物都不会长久，太完美壮丽的人生注定会是短暂的辉煌。

也许从某一个方面来讲，老天是公平的，将这个生来就注定要走出一条不凡人生的人的面容，永远定格在三十四岁的华年，只为给世间留一个永恒的青年才俊形象，从这点来说，他就这样实现了在万千追随者心中青春永驻的印象。

他的人生来去匆匆，仿佛他就是要为做成那件惊天动地的伟业——再造共和而生的，实现了目的，他就匆匆离去，不带走一片云彩。

此刻的他，心情是平静而安宁的，他实践了他的诺言，完成了他的使命，用他三十四岁亮丽的青春之笔，涂亮了他的祖国的沉沉夜空。他是蜡烛，也许全世界的黑暗，都不会影响到他的光亮；他是宝剑，刺破青天锷未残；他是火花，生如闪电之耀亮，死如彗星之迅忽。

在这最后的时刻，蔡锷又看到他的那匹白马，扬鬃撒蹄向他奔来。他觉得突然间，一股活力注入他久病沉重的身躯内，使他重新变得充满青春活力，身轻如燕起来。他以他特有的神奇上马姿势：打马前奔，飞跃而上，扬鞭奋蹄，驰马奔向前方。

那是一片永藏于记忆之中的郁郁青山——岳麓山，那里有他的无数好友在等待着他，期盼着他：陈天华、禹之谟、姚宏业、蒋翊武、焦达峰……他纵马向他们奔去。他的耳边，是青年时代自己登临岳麓山时所做的一首诗——《登岳麓山》：

苍苍云树直参天，
万水千山拜眼前。
环顾中原谁是主，
从容骑马上峰巅。

1916年11月8日凌晨2时许，蔡锷病逝，距他34岁生日还有38天。

他平静地仰卧在病床上，面容如沉睡般安详。潘蕙英深情地凝视着他的脸庞，用手温柔地抚摸着他的面颊。她取出那对沉香木信物，将其中的小凤挂到丈夫的颈上，而将那枚小龙挂到自己颈间。

“松坡，从此后，你伴着我，我伴着你，咱们还是生生世世在一处！”

她又拿出那把小剪刀，剪下他的一缕头发，将自己的发髻拆散，将他的那缕头发放了进去，然后重新盘起了发髻。

这缕将军的遗发，从此伴随潘蕙英终生。她以这种方式，实现了和自己丈夫永远在一起的誓言。

隔壁房间中，蒋方震在边流泪边起草给中央政府的电文，他除了照录蔡锷遗嘱外，还加上了附加评语：

> 一年以来，公恶衣菲食以戕自身，早作夜息以伤其神，临终之际，犹未能裹尸为憾。然蔡公身虽未死于疆场，实于阵亡者一例也。

写到此处，蒋方震悲不自胜，伏案痛哭失声。一旁的石陶钧也是泪流满面。

医院的花园小径上，林建昭和美江也是相对流泪。悲伤片刻，林建昭对美江道：“我们可能要分别了。蔡将军的灵柩即将回国，我也想跟随回去。我突然觉得，我想重新选择一个职业，也许对我的祖国，目前是更有作用的职业。”

美江理解地点点头，看着他道：“可能我将来也有机会去你的国家。梅子小姐说了，她后面会追随蒋将军去中国，也许，那时，我也会跟着她一起去，看看你的国家，那个神秘的国度。”

林建昭凝视着她的脸，没有再说什么。

远处黎明的曙光隐隐泛起，给两个年轻人的轮廓勾上了一层淡淡的金色。新的一天即将到来。

1916年11月底，海容号巡洋舰起锚赴日迎接将军灵柩。12月5日，蔡锷的灵柩，在大总统特使袁华选和蒋方震、石陶钧等人的护送下，乘海轮返回祖国，抵达上海。1916年12月20日，北京政府以大总统名义下令，对蔡锷实行国葬，他成为民国“国葬第一人”。

1916年12月1日　北京中央公园

“蔡公松坡公祭大会”大字横幅拉起在一座临时搭建起的祭台的横梁上，庄重而醒目。一架巨幅遗像放置在祭坛前面，周围鲜花环绕下，摆放着诸位显赫之人的挽联挽幛。细细读去，各个都振聋发聩：

一身肝胆生无敌；

百战灵威殁有神。

——民国五年时任中华民国大总统黎元洪，敬挽勋一位陆军上将、已故四川督军蔡锷

平生慷慨班都护；

万里间关马伏波。

——孙文哀挽

还有段祺瑞、冯国璋等人的挽联也陈列其间。

人们正在认真读着挽联挽幛，交议叹息，却见一个全身黑衣的女子突然来到祭台前，正是十六岁的朱筱凤。

她头挽低髻，发髻上插了一把木梳，又斜插了一支白色的绒花，衬得那张神色悲伤的年轻面庞格外凄楚、幽怨。最令人吃惊的是，她细瘦的脖颈上，竟然缠着一缕白色的细布，和身上的乌衣恰形成鲜明的对比。

她步履轻缓地来到蔡锷遗像前，默默望着那幅遗像，痴痴地看着，泪水像走珠般滚落下那张苍白憔悴的面庞。

周围的人对着她分明都有猜疑之意，人们三三两两议论着，冷眼看着眼前这位年轻女子的行为。

朱筱凤不理会周围人的目光，她的注意力都在那幅遗像上。哀哀哭过一阵，她上前认真致祭，在遗像前深深鞠了三个躬。又从随身带的布包中取出两副挽联，交到一旁守灵工作人员手中，就飘然离去。

当这两副挽联被悬挂上挽联架时，周围的人们才上前围观，有人大声读出：

不幸周郎竟短命，
早知李靖是英雄。
万里南天鹏翼，直上扶摇，那堪忧患余生，萍水姻缘成一梦；
十年北地胭脂，自悲沦落，赢得英雄知己，桃花颜色亦千秋。

人群中引起片刻轰动，有知情者不禁叫出：“是小凤仙！没错，就是她……”
“却原来当年名噪京城的小凤仙竟然会来此吊祭蔡将军！人呢？人呢？”
有好事者急忙追出去寻找，却早已不见黑衣女子踪影。

1916年12月14日，上海蔡锷追悼大会

会场上悬挂着各式挽联挽幛，还有敬献的文章。众人围观在面前。其中一副挽联引起很多人的瞩目，它来自袁世凯的次子袁克文之手：

军人模范，国民模范；
自由精神，共和精神。

有人大声读出这副挽联，禁不住叹息道：“听说这位袁二公子，一直颇崇拜蔡松坡为人。唉！唯有蔡公松坡，才能有此特殊的荣耀，他甚至是得到了来自对手方阵营里的人的赞扬啊！”

“快看，这个是康有为先生的挽联，写的是——

微君之躬，今为洪宪之世矣；
思子之故，怕闻鼙鼓之声来。”

一位老者捻须叹息道：“唉，说得不错啊，若无蔡公南天起兵，推翻洪宪，你我等今天恐怕又不知道是哪朝的顺民了……”

“这里是杨度杨晳子的挽联了。他和蔡公私谊不错，但是政治上终究是分道扬镳了，令人叹惋啊！且看这杨晳子先生是如何写的：

魂魄异乡归，如今豪杰为神，万里江山空雨泣；

东南民力尽，太息疮痍满目，当时成败已沧桑。”

“再看这里，”又有人点评道，“‘自民国以来，武人解兵柄，棠爱犹存者，蔡松坡一人而已。’这段陶菊隐先生对蔡公的评价倒是甚确！”

“还有这段评价，也是令人拊掌称赞——‘蔡公松坡，实近世纪罕见之完人，德才具备，文武兼备，而又最重实行，异乎世之徒壮语者。综其一生之性行，不啻为智、仁、勇三字下注解也。’”

众人议论纷纷中，追悼大会开始。原定公推梁启超为宣读祭文者，但是在灵堂看过爱徒遗容后，梁启超痛不欲生，泪流满面。他喃喃自语着：“天祸中国，松坡病竟不救！”又扶棺痛哭失声，不能自抑，终究因哀伤过度，不能通读祭文，临时改由其学生石陶钧代为宣读。

“呜呼！自我松坡之死，国中有井水饮水处皆哭……”石陶钧读出梁启超撰写的祭文第一句，也是泣不成声，底下哭声一片。

石陶钧稳稳情绪，继续读着祭文。梁启超的祭文高度评价了蔡锷的一生，称他的这位学生是“天然之英雄”“心地光明，毫无权利思想”。民国以来，多少总长、总理都不过蝇营狗苟之辈，奔着权和利而来，只有蔡锷“因国事维艰，出为国民争人格，心地纯洁”。他想起了蔡锷经常说的话，“人以良心为第一命，令良心一坏，则凡事皆非”。他接着说，蔡锷举义云南，反对帝制，“自己担任总司令兼先锋队，每日亲到火线观察敌阵，对于责任，丝毫不肯放松”，而且蔡锷做事谨细缜密，“故以最短时间成就恢复共和之大功”。梁启超特别提到他们当年南下之前的相约，“此次举事，如不能成，决不亡命外洋，使国事更不堪问。故誓言各事不成，情愿身亡”。在祭文的最后，他郑重强调：“蔡公松坡，公在社稷，民不能忘。”

石陶钧读完祭文，又简短地回忆了自己和蔡锷的半生交往历程，讲述了他在护国战争中，亲历经历、亲眼看到的蔡锷的功勋。他深情地称赞自己的这位同乡和挚友是“中国最有学识之军官，神妙不测。但唯一以诚心为用，是后来军中指挥官之模范”。

蒋方震也讲述了自己对蔡锷的评价，谈到自己草拟的《蔡公行略状》，称赞蔡锷“其与军事，盖天才也”。他含泪回忆道：“松坡没有一个魁伟的身材，但是他是一个很有力量的人！他曾经亲口告诉我说：‘我遇到困难时，精神就会百倍振奋而起。’我们如今看到的事实是，纳溪之战时，护国军士气遇萎靡不振时，全靠总司令蔡松坡鼓舞振奋，和士兵们同甘共苦，生死与共，才会取得最后的胜利！而当他功成名就，被大家称作‘护国军神’时，他却摇头否认：‘这些都不算本事，作为军人，能战胜外来侵略者，才能称为真正的战神，军神！’蔡松坡走了，希望他这种精神能永驻在我们中间，在中国军人中间！”

湖南、湖北、四川、云南、贵州、广西等地也举行了蔡锷公祭活动，哀辞挽联不可胜读。四川追悼大会参加者逾十万，很多滇黔川军官兵，垂涕而行，边哭边跪倒在地，久久不愿起身。

蔡锷生前最爱重的学生和部下之一的朱德为了怀念老师，再次登泸州城外五峰岭，放眼望去，河山一片大好，斯人何在？他提笔赋诗悼念蔡锷：

将军一病下雕鞍，病笃东瀛去不还；
只恐罗山心早怯，果然马谡胆先寒。

因人事业前功弃，从古英雄末路难。
此后何人支大局，身肩重任敢偷安？

朱德生前在各个场合多次提到这位自己年轻时代的良师诤友，这个未来的共和国元帅，曾经这样告诉人们，蔡锷曾经是他的“北极星”，在他逝去后，很长一段时间，自己都感觉失去了前进的方向。

后来，在延安，在采访他的美国著名女记者史沫特莱面前，已经是八路军总司令的他还讲过这样一段著名的话：“我一生有两个老师，他们都是湖南人。一个是蔡锷，一个是毛泽东。参加共产党以前，我的老师是蔡锷，他是我在黑暗时代的指路明灯；参加共产党以后，我的老师是毛泽东，他是我现在的指路明灯。”

为了纪念蔡锷，国民政府将 12 月 25 日定为云南起义纪念日。

1917 年 1 月 2 日，蔡锷的灵柩在蒋方震等人的护送下，在军舰护航下回到湖南长沙。4 月 12 日，国民政府在岳麓山为蔡锷举行了国葬，他终于魂归故里。

国葬仪式由湖南都督谭延闿主持，湖南各界数千人在大雨中为这位湖南走出的共和伟人送葬。

在长长的学生送葬队伍里，有一个湖南青年，他两次冒雨参加了蔡锷的吊唁活动，为同乡先辈精神所感召，毅然决然地投笔从戎，走上了民族救亡复兴之路。他就是当时十九岁的刘少奇。

“惟楚有才”，另一位从湖南走出来的伟人毛泽东，也曾对这位再造共和的将军推崇有加。蔡锷编著的《曾胡治兵语录》曾是青年时代毛泽东最爱读的兵书之一，毛泽东于1920年，恰同学少年，激扬文字，曾经这样评说湖南几位名人：

曾左，吾之先民；
蔡黄，邦之模范。

其中提到的四人即曾国藩、左宗棠、蔡锷和黄兴。

同为军事家的蒋介石也对《曾胡治兵语录》倍加推崇赞赏：“余读曾、胡诸集既毕，正欲先摘其言行，可以为后世圭臬者成为一书以飨同志，而留纂太平天国战史于将来，不意松坡先得吾心，纂集此治兵语录一书。”

蒋介石为了表示对蔡锷的敬仰之情，在1935年蔡锷母亲逝世后，亲撰挽联，放置在各政界团体和社会要人所送的七百多副挽联之首：

教义讨曹，教忠讨胡，有子为党国豪杰；
知兴似王，知废似灌，吾母真巾帼伟人。

《曾胡治兵语录》随后在孙中山和蒋介石的大力推广下，作为黄埔军校的第一教科书而运用到军校的教学中；后来在抗战中，又成为八路军的军事教材之一，从而扬名中国军界。

1937年，抗日战争全面爆发。很多蔡锷当年的学生走上战场，成为抗日名将，如李宗仁、白崇禧、黄绍竑、李品仙等，他们投身到抗战洪流中去，用自己的铁血行为，实践着老师的军事思想。他们中的很多人多次撰文怀念恩师。

李宗仁几次回忆蔡锷，难忘他独特的上马姿势，他的马上英姿，深情地称赞他为“真正的飞将军”，他说“我们曾经对他敬若神明”。

9·18事变之后，一直关注抗战局势的蒋方震几次向国民政府请示，要求上前线带兵抗日，但都被婉拒，于是他再入书斋，埋头著书立说。

1937 年，他完成自己的名著《国防论》，书中提出了他的对日策略，归纳起来有以下三点：

第一，中国对日不惧鲸吞，乃怕蚕食，故对日不应步步后退，而要主动实施全面抗战，化日军后方为前方，使其无暇消化占领区，从而使日本无法利用占领地区提高战力；

第二，主动出击上海日军，迫日军主力进攻路线由东北——华北——华中——华南的南北路线改为沿长江而上的东西路线，从而充分利用沿江的山地与湖沼地利，抵消日军兵器训练方面的优势；

第三，以空间换时间，行持久战，通过时间的消耗拖垮日本。具体做法是将日军拖入湖南、四川交界处，和日军进行相持决战。

书中他除了断定中日之间全面战争不可避免，更在扉页上写下了这样鼓舞同胞的字句："万语千言，只是告诉大家一句话，中国是有办法的。"

在随后不久发表的文章中，蒋方震更掷地有声地提出了今后中国对日战略的指导方针："胜也罢，败也罢，就是不同它讲和！"

1938 年，时任陆军大学代理校长的蒋方震将军积劳成疾，病逝于广西，就地殓葬。邵力子先生的挽联云：

合万语为一言，信中国必有办法；
打败仗也还可，对日本切勿言和。

1947 年蒋方震的生前好友及士官学校的同学陈仪等人为他迁葬杭州西湖，起棺时竟然看到将军尸身不朽，似在期待着什么。其生前至交，时任浙江大学校长的竺可桢大哭，曰："百里，百里，有所待乎？我今告你，我国战胜矣！"一时众人泣不成声。将军遗骸火化后迁葬西湖。

蒋方震的夫人佐藤梅子女士，自随夫来到中国后，改名为蒋佐梅，抗战期间，她断绝了和日本的联系。和中国女性一样为中国伤兵治疗裹创，不辞劳苦。将军去世后，她忍辱负重，在误解和怀疑中抚养五个子女，皆以中国文化传统为教育，不习日语一字，获得了中国人的普遍尊敬。他们的三女婿就是我国著名的导弹之父——钱学森。

也是在抗战时期，蔡锷当年的学生，东陆大学校长董泽将潘惠英一家四口从沦陷的杭州接到昆明自己家中居住，热情接待，亲如一家。潘蕙英后来曾在中华圣公会创办的昆明恩光小学任教。1942 年前后，其女蔡淑莲任教于私立松坡中学。

滇军在抗战时也积极投入到抗敌卫国洪流之中。龙云主政云南以后，经过十年努力，到抗战时期，滇军素质已成为全国之冠。骁勇善战，敢打敢拼，屡建奇功。被蒋介石的德国军事顾问评价为“中国最精锐、最有力的部队”。抗战时，龙云组建陆军第六十军，共计四万将士出滇抗战，他们宣誓：“以牺牲的决心，作破釜沉舟的抗战！”

滇军随后参与了中条山之战、徐州会战、武汉会战等，为国家民族做出重大贡献，血战台儿庄的战绩，更是家喻户晓，举世闻名。

冼星海和田汉夫人安娥为激励云南子弟兵英勇抗击日寇，共同创作了一首战歌——《六十军军歌》。他们在歌词中，提到了蔡锷——这位滇军曾经的重要军事首领的名字。此后，不论在驻地或行军时，或在战场上，常常听到这首雄壮有力、铮铮强劲、感人肺腑的军歌，滇军将士在歌曲中缅怀着前辈军人带给这片土地的光荣和梦想。

尾　声

又是几十年过去，往昔的一切，似乎雨打风吹去，没留下太多的印记，唯有当事人的心头，还时常记起一位故人的容颜和他不灭的理想。

1954年10月　东北沈阳

已经改名张洗非的朱筱凤因病卧床不起。养女妞子守候在她的床前，看她仍然痴痴望着两件东西目不转睛：一把沉香木梳，已经陈旧不堪，上面刻的字也模糊不可辨认；另外有一张相片，也是微微发黄了。

妞子凑过脸去，看到相片上面是一位戎装威武的将军和一个妙龄少女的合影。

“娘娘，这是谁啊？少女像是您，这位将军又是谁呢？”

“他是我的一位朋友。”朱筱凤淡淡地说道。妞子发现，久病无力的养母，原本憔悴不堪的脸上现出一丝难得的红晕。

1955年11月8日　北京棉花胡同66号

这是北京一条不起眼的胡同里的不起眼的一个院落，从外观看，门檐和周边的其他院落没什么不同，唯有门前两棵高大葱郁的槐树，昭示着这个院落曾经的不平凡。

从粗壮沧桑的树身看，这两棵树也有年头了，遒劲有力的树杈向上举着，挥洒下一片绿荫。这两棵古槐就像是两个路标，将本该隐藏在这个普通胡同里的矮小、不打眼的66号院的门檐，衬托出了一丝与众不同的意味来。

左边槐树下有一个石凳，估计是院子里住户为夏季纳凉铺就的简单设施，此刻年届花甲的潘蕙英就静静地坐在那里。

解放后不久，解放军总司令、国家副主席朱德出于对蔡锷的感情，把潘蕙英和子女接到了北京定居。每年蔡锷的生日和忌日，潘蕙英总爱来到这个地方，在这个留下故人印记的地方坐上一会儿。

如今的潘蕙英已然步入老年，却是风韵犹存：一身斜襟灰布褂子，干净利落，梳得纹丝不乱的头发，在脑后低低地挽了一个髻。她依旧是南方女子瘦削苗条的身段，尖瘦的瓜子脸，白皙的肤色依旧，只是太多的岁月痕迹雕刻了记号在那上面，佳人迟暮，即使清丽脱俗的气质犹存，还是让观者徒生“自古美人如名将，不许人间见白头”的喟叹。

她的颈间，还带着那枚沉香木信物——那只小龙图案的挂件；她的发髻里，还盘着丈夫的那缕遗发。她的神态始终是安详平静的，那双曾经灵动的眸子不见了往昔的青春神采，却蕴含了历经沧桑的镇定和豁达。她以手扶额，遮挡着秋日正午绚烂灼热的日光，仔细打量着对面那棵古槐的枝端，那延伸向空中的生命枝干，久久的，久久的……

远处的院落里，收音机响起雄壮的革命歌曲，歌词听不清，但是曲调激昂，让人心生昂扬铿锵的力量。她静静地听着，另外一首同样雄壮有力的歌曲此刻突然在她耳边响起。她努力回忆着，记起那首歌的歌名来——《国民革命军六十军军歌》。抗战时期，这首歌曾在滇军中日夜传唱。那曲调自是难以忘怀，歌词更是铭刻在了她的心里：

我们来自云南起义伟大的地方，
横穿过贵州湖南开赴抗敌的战场。
弟兄们，用血肉争取民族的解放，
保卫蔡松坡留给我们的荣光！
不能让敌人横行在我们的国土，
不能任敌机轰炸我们的澜沧江。
云南是六十军的故乡！
六十军是保卫中华的武装！

全文完

2016.2.21 于西安